KB162008

니코스 카잔차키스(1883~1957)

아테네 여행 카잔차키스와 루마니아 시인 파나이트 이스트라티. 1928.

ΝΙΚΟΥ ΚΑΖΑΝΤΖΑΚΗ

ΒΙΟΣ ΚΑΙ ΠΟΛΙΤΕΙΑ
ΤΟΥ
ΑΛΕΞΗ ΖΟΡΜΠΑ

ΕΚΔΟΣΕΙΣ ΚΑΖΑΝΤΖΑΚΗ

《그리스인 조르바》(1947) 표지

카잔차키스 흉상 이라클리오

▲ 카잔차키스의 묘
그리스정교회에서 파
문당한 카잔차키스는
크레타 섬 이라클리오
성 밖 공터에 묻혔다.

▶ 카잔차키스의 묘비문
'나는 아무것도 바라
지 않는다.
나는 아무것도 두려
워하지 않는다.
나는 자유다'
라는 자유의지의 실
천을 노래했던 조르
바 정신을 표현했다.

ANTHONY QUINN
ALAN BATES · IRENE PAPAS
Dans un film de
MICHAEL CACOYANNIS
ZORBA
LE GREC

Anthony Quinn au sommet de sa carrière.
Un pur moment de bonheur !

영화 〈그리스인 조르바〉 마이클 카코야니스 감독, 안소니 퀸·이렌느 파파스 주연. 1964.

세계문학전집040
Nikos Kazantzakis
ZORBA THE GREEK

그리스인 조르바

니코스 카잔차키스/박석일 옮김

동서문화사

디자인 : 동서랑 미술팀

그리스인 조르바

차례

그리스인 조르바

그리스인 조르바 ⋯ 11

오! 러시아여

오데사 ⋯ 357

키예프 ⋯ 362

모스크바 ⋯ 371

결혼과 사랑 ⋯ 379

톨스토이와 도스토옙스키 ⋯ 386

레닌 ⋯ 394

십자가에 못 박힌 러시아 ⋯ 401

카잔차키스의 생애와 작품

카잔차키스와 그리스인 조르바 ⋯ 411

니코스 카잔차키스 연보 ⋯ 423

Zorba The Greek

그리스인 조르바

그리스인 조르바

1

그를 처음 만난 곳은 항구도시 피레에프스였다. 먼동이 틀 무렵 크레타 섬으로 가는 배를 타려고 항구로 나갔는데 비가 오고 있었다. 강한 시로코 바람(사하라 사막에서 지중해 북안(쪽으로 부는 뜨거운 먼지바람)은 유리문이 닫힌 저쪽 작은 카페까지 파도의 물거품을 날리고 있었다. 카페 안은 발효한 세이지(꿀풀과의 여러해살이풀로,(식용·약용으로 쓰임) 냄새와 사람의 체취가 물씬 풍겼는데 밖은 추워서 창문마다 입김이 서렸다. 밤을 거기서 지낸 바닷사람 대여섯이 양가죽으로 된 갈색 리퍼재킷으로 몸을 감싸고 커피 또는 세이지를 마시면서 뿌얀 창 너머 바다를 내다보고 있었다. 사나운 바닷바람에 어리둥절해진 물고기들은 바다 깊숙이 달아나 다시 파도가 잔잔해지기를 기다렸다. 카페에 몰려온 어부들도 폭풍이 잠잠해지기를 기다리고 있었다. 폭풍이 수그러들어야 물고기들이 안심하고 낚싯밥을 찾아 위쪽으로 올라오기 때문이다. 서대기, 놀래기, 홍어들은 그들의 밤 모험에서 돌아오고 있었다. 이제 날은 거의 밝았다.

유리문이 열리더니 건장한 몸집에 진흙투성이 모습을 한 고된 세상살이에 찌들어 보이는 부두 노동자 하나가 맨머리에 맨발로 나타났다.

"야! 코스탄디!" 하늘색 외투를 입은 늙은 뱃사람이 아는 체했다. "요즘 자네 일은 어떤가?"

코스탄디는 침을 퉤 뱉었다. "자넨 어떻게 보내는가?" 그는 신경질적으로 대답했다. "술집에 나와 아침 문안을 드리고 하숙집에 저녁 인사를 올리는 격이지! 그게 요즘 내 생활이라네, 일거리가 하나도 없어!"

어떤 사람은 웃음을 터뜨리고 다른 사람들은 고개를 저으며 투덜댔다.

"이놈의 세상살이는 꼭 종신형이거든." 카라기오지스(14세기 자바에서 아랍 상인들이 아라비(아·터키·시리아·북아프리카에 가져가
발전시킨 정통 마호메트교도 간의 유일한 인형그림자놀이로 카페에(서 연출. 카라게우즈 또는 카라고즈라고도 하며 '검은 눈'이라는 뜻)에서 철학을 주워들은 수염 기른 사나이가 말했다. "그렇지, 종신형이고말고. 제기랄."

푸른 기가 감도는 창백한 녹색 깃발이 카페의 더러운 창문을 꿰뚫고 들어와서는 손이며 콧등이며 이마 등을 어루만졌다. 비껴든 햇살은 껑충 뛰더니 카운터를 가로질러 병들을 비췄다. 전깃불이 희미해지니 밤새 앉아 있느라 졸음에 겨운 카페 주인은 그만 손을 뻗쳐 전기 스위치를 끄고 말았다.

한동안 침묵이 흘렀다. 모든 시선은 지저분한 창 너머 하늘로 쏠렸다. 파도소리가 들려오고 카페 안은 후카 파이프(물파이프)를 몇 모금 빠는 소리뿐.

늙은 뱃사람이 한숨을 푹 쉬었다. "레모니 선장은 어떻게 되었을까? 하느님, 부디 그를 구해주시길!" 그는 성난 얼굴로 바다를 노려보더니 버럭 소리를 질렀다. "숱한 가정을 파괴한 너에게 신의 저주가 있으리라." 그는 자기 회색 수염을 깨물었다.

나는 한쪽 구석에 앉아 있었다. 여전히 추워서 두 잔째 세이지를 주문했다. 잠자러 가고 싶었지만 잠자고 싶은 욕망과 싸웠다. 피로와 이른 아침의 쓸쓸한 기분을 이겨내려 했다. 나는 뱃고동 소리와 짐수레꾼이며 뱃사람들이 지르는 소리로 잠을 깨는 항구의 모습을 수증기가 서린 창으로 내다보았다. 그리고 내가 바라보고 있는 동안 보이지 않는 그물이 바다와 하늘 그리고 내 이별의 추억에서 나오는 것 같더니 심장을 꼭 쥐어짤 듯이 죄어들었다.

나의 시선은 큰 배의 검은 뱃머리에 달라붙은 듯 빨려 들어갔다. 선체는 아직 온통 어둠에 싸여 있었다. 비가 내리고 있었는데, 빗발이 하늘에서 질퍽거리는 땅바닥으로 내리꽂히는 것을 볼 수 있었다.

검은 배와 그 그림자들과 비를 바라보는 동안 나의 슬픔은 모습을 갖춰갔다. 기억들이 떠올랐다. 습기 찬 분위기에서 쏟아지는 비와 나의 울화는 내 위대한 친구 모습으로 변해가고 있었다. 그것이 작년이던가? 전생이던가? 아니면 어제이던가? 내가 바로 이 항구에 와서 그에게 작별인사를 했던 것은 언제였단 말인가? 나는 그날 아침에도 비가 오면서 춥고 이른 햇살이 비치던 것을 기억한다. 그때도 내 마음은 무거웠었다.

절친한 친구들에게서 천천히 떨어져 나간다는 것이 얼마나 가슴 쓰라린 일인가! 깨끗이 끝장을 내고 고독을 지키는 편이 훨씬 낫다. 고독은 인간이 타고난 기후인 것이다. 하지만 비 오는 그 새벽, 나는 그 친구를 떠날 수 없었다(나중에야 그 이유를 알았지만 불행히도 이미 너무 늦은 다음이었다).

나는 그와 함께 배에 올라 가방이 여기저기 흩어진 그의 선실에 앉아서 그의 관심이 딴 곳에 쏠려 있을 때 오랫동안 그를 뚫어질 듯이 바라보았다. 마치 그의 푸른빛이 감도는 밝은 초록빛 눈, 동그스름하니 앳된 얼굴, 이지적이며 경멸하는 듯한 표정, 그리고 무엇보다 손가락이 가늘고 긴 귀족적인 두 손의 생김새 하나하나를 기억해두고 싶다는 듯이.

나의 시선이 오랫동안 그를 부지런히 더듬고 있음을 깨닫자 그는 감정을 감추고 싶을 때 흔히 그렇듯 조롱하는 태도로 돌아섰다. 나를 바라본 그는 그 까닭을 알았다. 그리고 이별의 슬픔을 피하려고 익살스럽게 웃으며 물었다.

"얼마나?"

"얼마라니? 무슨 말이지?"

"얼마나 자네는 종이를 씹으며 잉크로 자네 몸을 뒤집어쓰겠다는 것인가? 왜 나하고 같이 안 가는 거지? 저 캅카스에는 우리 동포 수천 명이 위험에 빠져 있어. 가서 그들을 구출하세." 그러고는 그는 마치 그의 고상한 계획을 비웃듯이 웃음을 터뜨렸다. "어쩌면 우리는 그들을 구해주지 말아야 할지도 몰라. 자네는 뭐 이렇게 설교하지 않았던가. 자기 자신을 구하는 유일한 길은 남들을 구해주는 것이라고…… 아무튼 앞으로 나아가세. 자네 설교는 참 멋있지. 왜 나하고 함께 가지 않는가!"

나는 대답하지 않았다. 나는 동방의 저 성스러운 땅, 제신(諸神)의 오랜 어머니, 프로메테우스가 바위에 못 박혀 큰 소리로 울부짖던 곳을 생각했다. 바로 그와 같은 바위에 못 박혀 우리 동족이 울부짖고 있었다. 다시금 위기에 빠져든 것이다. 종족은 그 자손에게 도움을 청하고 있었다. 그리고 나는 고통이 꿈인 듯 인생이 하나의 흥미진진한 비극인 듯 잠자코 듣고만 있었다. 촌놈이나 바보가 아니라면 무대로 달려 올라가서 함께 연기할 수 없는 그런 비극이었다.

친구는 대답을 더 기다리지 않고 자리를 털고 일어섰다. 뱃고동이 세 번째 울렸다. 그는 나에게 손을 내밀고 우스갯소리로 다시 감정을 숨겼다.

"오 르부아(안녕), 책벌레야!"

그의 목소리가 떨렸다. 그는 자기 감정도 스스로 억누르지 못한다면 창피한 일이라고 생각한 것이다. 눈물, 상냥한 말들, 어쩌지 못하는 몸짓, 흔한 감정의 표현 전부가 그에게는 남자답지 않는 약점으로 보였던 것이다. 서로가 그처럼 좋아했던 우리는 사랑에 넘치는 말이라곤 단 한 번도 주고받은 적이 없었다. 우리는 야수처럼 놀았고 상대를 할퀴었다. 그는 이지적이고 익살스러우며 예법을 갖춘 편이었고 나는 야만인이었다. 그가 자신을 억누르며 자기의 모든 감정을 웃음 속에 설득력 있게 표현하는 편이었다면, 나는 갑자기 장소에 어울리지 않는 야만인의 웃음을 드러내는 편이었다.

나는 또 거친 말로 내 감정을 숨기려고도 했다. 그러나 부끄러웠다. 아니, 정말 부끄러워한 것은 아니지만 감정을 멋있게 감추지 못했다. 나는 그의 손을 잡았다. 손을 잡고 놓지 않았다. 그는 놀라서 나를 처다보았다.

"자네, 그렇게 감동했나?" 그는 웃음을 지으려고 했다.

"그래." 나는 차분하게 대답했다.

"뭐라고? 이봐, 우리 뭐라고 말했었지? 그 점에 대해서는 몇 년 전에 합의하지 않았나? 자네가 사랑하는 일본인들이 뭐라고 하더라? 푸도신(不動身)! 아타락시아, 올림포스 신 같은 평정(平靜), 얼굴은 웃으며 움직일 줄 모르는 가면. 그 가면 뒤에서 일어나는 일은 오로지 우리 자신만이 알아서 처리해야 할 문제지."

"그렇겠군." 나는 긴 문장을 늘어놓아 판이 깨지는 일이 없도록 애쓰며 대답했다. 나는 내 목소리를 떨리지 않게 제대로 가눌 자신이 없었다.

고동이 울렸다. 배에 오른 방문객들을 선실에서 몰아내는 고동소리였다. 비가 조용히 내리고 있었다. 이별의 슬픈 말, 약속, 오랜 키스, 빠르고 숨찬 지시로 주위는 온통 들떠 있었다. 어머니는 아들에게 달려가고, 아내는 남편에게, 친구들은 친구에게 달려가고 있었다. 마치 그들은 영원히 헤어지기라도 하는 듯했다. 이 작은 이별이 또 하나의 이별—사별(死別)을 떠올리게 하는 듯. 그때 갑자기 습기 찬 공기를 뚫고 배 끝머리에서 끝머리로 고동소리가 부드럽게 조종(弔鐘)처럼 울려퍼졌다. 나는 몸서리쳤다.

친구는 몸을 이쪽으로 기울이며 낮은 목소리로 속삭였다.

"이봐, 무슨 예감이라도 들었나?"

"그렇다네." 나는 대답했다.

"자넨 그런 엉터리없는 것을 믿나?"

"아니." 나는 다부지게 대답했다.

"그럼 왜 그러지?"

그럼이고 뭐고 없었다. 나는 그것을 믿지 않지만 그래도 걱정되었다.

친구는 왼손으로 내 무릎을 가볍게 쳤다. 신이 났을 때 하는 그의 버릇이다. 내가 그에게 빨리 결정을 하라고 재촉하면 그는 귀를 막고 내 재촉을 물리치겠지. 그러나 끝내는 내 말을 받아들이며 나의 무릎을 칠 것이다. 마치이렇게 말하듯 말이다. "좋아, 우리 우정을 생각해서 자네가 하라는 대로 하지……."

그는 두세 번 눈을 깜박이더니 다시 나를 노려보았다. 그는 내가 불안해한다는 걸 알고 있었다. 그럴 때 우리가 흔히 쓰는 무기, 소리내어 웃거나 미소 짓는다거나 조롱하는 것도 꺼리는 나를 이해했다.

"자 됐어, 악수나 하세. 만약 우리 둘 중 하나가 죽음의 위험에 몰리면……."

그는 창피하다고 느꼈는지 말꼬리를 흐렸다. 그토록 오랫동안 형이상학적인 비약을 조롱하고, 채식주의자, 심령주의자, 접신(接神)론자, 심령체(心靈體)를 한데 묶어 도매금으로 넘기던 우리가 이제…….

"그래서?" 나는 그의 말뜻을 헤아리려고 애쓰며 물었다.

"그것을 어떤 게임으로 생각하자구." 그는 자신이 끄집어낸 위태로운 말을 집어치우려고 이렇게 말했다. "만약 우리 둘 중 하나가 죽음의 위기에 몰린다면 남은 사람을 강렬하게 생각해서 어디 있건 간에 위험신호를 깨닫게 하잔 말이야……. 어때?" 그는 웃으려고 했지만 입술은 얼어붙은 듯 움직이질 않았다.

"좋아." 나는 말했다.

친구는 자기 감정을 너무나 뚜렷하게 털어놓지 않았나 생각하며 급히 말을 보냈다.

"이봐, 알아둬. 나는 생각을 전달한다거나 그따위 것을 눈곱만치도 믿지 않는단 말이야……."

"걱정 마. 그렇다고 해두자고……." 나는 중얼거렸다.

"좋았어. 그쯤 해두지, 됐어?"

"됐어." 나는 대답했다.

그것이 우리가 나눈 마지막 대화였다. 우리는 말없이 서로 손을 잡고 뜨겁게 악수를 하고는 또 금세 손을 풀었다. 나는 뒤돌아보지도 않고 마치 미행이라도 당하는 듯 잰걸음으로 빠져나왔다. 문득 마지막으로 친구의 모습을 보고 싶었지만 참았다. '뒤돌아보지 마, 앞으로 가자!' 나는 나 자신에게 명령했다.

인간의 영혼은 진흙으로 된 육체 속에 갇혀 있어서 둔중한 법이다. 영혼은 아무것도 분명하고 확실하게 볼 줄 모른다. 만약 앞을 내다본 이별이었다면 우리의 이별은 얼마나 달라질 수 있었을 것인가.

주위가 점점 더 밝아졌다. 두 아침이 한데 뒤섞였다. 지금은 더 선명히 떠올릴 수 있는 친구의 사랑스러운 얼굴이 빗속의 항구 분위기 속에서는 움직일 줄 모르는 외로운 모습이다. 카페의 문이 열리더니 바다의 포효소리가 들리면서 두 다리를 쩍 벌리고 수염을 늘어뜨린 건장한 선원 하나가 들어섰다. 여기저기서 반가워하는 목소리가 울려퍼진다.

"레모니 선장, 어서 오시오!"

나는 한쪽 구석에 웅크리고 앉아서 친구 생각을 좀더 떠올리려고 애썼다. 그렇지만 친구의 얼굴은 빗속에 사라지고 없었다.

날이 더 밝았다. 근엄한 모습에 말이 없는 레모니 선장은 호박으로 된 묵주를 꺼내더니 묵주신공을 외기 시작했다. 나는 아무것도 보지 않고 듣지 않으려, 빗속에 녹아버리는 환상을 다만 얼마라도 좀더 붙들려고 바동거렸다. 친구가 나를 책벌레라고 불렀을 때 불쑥 솟아올랐던 그 분노의 순간을 다시 살릴 수 있다면 얼마나 좋을까! 내가 지금까지 살아온 인생에 대한 모든 혐오가 바로 그 말 속에 살아 있었던 것이다. 인생을 그처럼 사랑했던 내가 어떤 영문으로 그토록 오랫동안 책 나부랭이와 잉크로 더러워진 종이 속에 말려들어 가도록 나 자신을 내버려뒀던 걸까? 이별하는 날 친구는 나에게 그 사실을 분명히 지적해주었던 것이다. 나는 가슴이 후련했다. 이제 내가 앓고 있던 병명을 알았으니, 그 병을 정복하기가 좀 쉬워진 것인지도 몰랐다. 그것은 이제 알 수 없거나 이름을 붙일 수 없는 것이 아니다. 이름과 형체가 밝혀졌으니 싸움도 수월해질 것이다.

그의 표정이 내 안에 소리 없는 개혁을 가져다준 것이 분명했다. 나는 책을 내팽개칠 핑계를 찾았으며 나 자신을 행동하는 인생으로 뜯어고칠 핑계를 찾게 되었다. 나는 내 인생항로에 이 가엾은 벌레를 옮기는 것이 지겨워졌다. 한 달 뒤 내가 바라던 기회가 나타났다. 나는 리비아 쪽을 향한 크레타 해안에 있는 폐광이 된 갈탄광 자리를 빌려 책벌레 족속들과는 멀리 떨어진 곳에서 단순한 사람들, 노동자 농민들과 함께 살기로 결정한 것이다.

나는 그 여행이 신비로운 뜻을 지닌 것처럼 들떠서 떠날 준비를 했다. 나는 내 생활 양식을 온통 바꿀 결심이었다. 나는 나 자신에게 말했다. "지금까지 너는 오로지 그림자만 보아왔고 그것으로 사뭇 만족하고 있었지. 이제 나는 너를 알맹이가 있는 곳으로 데리고 갈 거다."

마침내 준비를 다 마쳤다. 떠나기로 마음먹은 전날 밤, 나는 서류들을 뒤지다가 미완성 원고를 찾아냈다. 그 원고를 끄집어내고는 망설이며 내용을 들여다보았다. 지난 2년 동안 나의 내부 깊숙한 곳에서 위대한 욕망이 하나의 씨앗처럼 자라고 있었는데 그놈이 꿈틀거리며 자라는 것을 느낄 수 있었다. 그놈은 나를 먹이로 하여 성숙해가고 있었다. 그놈은 자라서 움직이며 밖으로 나오겠다고 오장육부의 내벽을 냅다 쥐어지르기 시작했다. 나는 이제 그놈을 파괴할 용기가 없었다. 내 힘으로는 안 되었다. 그런 정신적인 인공유산을 해치우기에는 너무 늦어버렸다.

망설이며 원고뭉치를 들고 있던 나는 문득 허공 속에서 웃고 있는 친구의 냉소적이면서도 따뜻한 웃음을 의식했다. "나는 이걸 가져갈 거야!" 급소를 찔린 나는 소리를 질렀다. "나는 이걸 가져간다니까. 자넨 웃을 필요가 없어!" 나는 조심스럽게 마치 어린애를 감싸듯 원고뭉치를 싸서 함께 가지고 갔다.

레모니 선장의 깊고 목쉰 소리가 들리는 것 같았다. 나는 귀를 기울였다. 그는 물의 요정에 대해 얘기하고 있었다. 폭풍이 몰아칠 때 그의 카이크선 돛에 기어 올라온 요정들이 돛을 핥고 있었다는 것이다.

그는 말했다. "그들은 부드럽고, 끈적끈적하지. 그들 얘기를 많이 하면 손에 불이 붙어. 어둠 속에서 내 수염을 쓰다듬으니까 나는 마치 악마처럼 빛이 났지. 그러자 바닷물이 배 속으로 들어와서 석탄을 흠뻑 적셔 놓았어. 탄에 물이 스며드니까 카이크선이 기우뚱하지 않겠어? 그때 하느님이 손을 쓰셨지. 번개를 내려보내셨거든. 배 옆구리 뚜껑 덮개가 터져나가더니 바다가 석탄을 몽땅 가져가버렸어. 배는 가벼워지면서 자세를 바로잡게 되고 우리는 목숨을 건진 걸세. 다시는 그런 일이 없어야지, 원!"

나는 호주머니에서 여행할 때 가지고 다니는 단테의 문고본을 꺼냈다. 파이프에 불을 붙이고 벽에 몸을 기대 편안한 자세를 취했다. 잠시 머뭇거렸다. 어떤 시행을 읽어야지? 불이 타오르는 암흑의 〈지옥편〉을 읽어? 아니면 〈연옥편〉의 정결한 불길을 찾아? 아니면 더 건너뛰고 곧바로 인간의 희망이 가장 고양된 그곳 그 대목을 읽어? 나는 선택의 여유가 있었다. 문고본 단테를 손에 들고 내가 가진 자유를 만끽했다. 내가 이른 아침에 읽으려는 시들은 온종일 그 리듬을 나눠줄 것이다.

나는 어느 것을 읽을까 결정하려고 그 강렬한 환상(단테의 《신곡》)을 들여다보았는데 그럴 시간이 없었다. 갑자기 이상해진 나는 머리를 치켜들었다. 어떻게 된 건지 나의 두개골을 꿰뚫고 스며드는 듯한 두 시선을 느꼈던 것이다. 나는 유리문이 있는 쪽으로 급히 고개를 돌렸다. 순간 허망한 희망이 머릿속을 스쳐갔다. '다시 친구를 만나게 되는군.' 나는 기적을 받아들일 준비가 되어 있었던 것이다. 그러나 기적은 일어나지 않았다. 예순쯤 되어 보이는 키가 헌칠하게 크고 깡마른 낯선 사람이 유리창에 코를 대고 나를 노려보고 있었다. 그는 조금 납작해진 꾸러미 하나를 옆구리에 끼고 있었다.

내가 가장 감명받은 것은 그의 냉소적이면서도 불길처럼 이글거리는 강렬한 눈매였다. 아무튼 내게는 그렇게 보였다.

우리 시선이 부딪치자—내가 바로 그가 찾던 사람임을 확인하는 눈치였는데—낯선 사람은 힘 있게 문을 열어젖혔다.

그는 빠르고 힘이 넘치는 걸음으로 테이블 사이를 누비며 내 앞까지 걸어왔다.

"여행하시오? 어디로 가죠? 하느님만 믿고 가나요?" 그는 물었다.

"크레타로 가는 길이오. 왜 묻습니까?"

"나를 데리고 가겠습니까?"

나는 그를 자세히 살펴보았다. 뺨은 핼쑥한데 광대뼈가 나오고 턱이 야무졌으며 곱슬머리는 회색인 데다 눈은 반짝이며 예리했다.

"왜요? 함께 무슨 일을 할 수 있나요?"

그는 어깨를 흠칫하더니 경멸이 담긴 소리로 말했다.

"저런, 그게 무슨 소리요! 사람이 이유 없이는 아무 일도 못한단 말이오? 그저 하고 싶어서 하는 일 같은 거 말입니다. 자, 나를 데리고 가요. 요리사라면 어때요. 나는 당신이 들어보거나 생각해보지도 못한 수프를 만들 수 있어요."

나는 웃기 시작했다. 그의 윽박지르는 태도와 맺고 끊는 말투가 마음에 들었다. 수프 소리도 귀가 번쩍 틔게 했다. 이렇게 아무렇게나 생긴 친구를 그 멀고도 외로운 고장에 데려가는 일도 나쁠 것은 없다는 생각이 들었다. 수프와 이야기……. 그는 세상을 꽤 돌아다닌 것처럼 보였다. 뱃사람이 된 신드바드라고나 할까. 나는 그가 마음에 들었다.

"무슨 생각을 합니까?" 그는 큰 머리를 저으며 허물없이 물었다. "당신도 저울 한 벌을 가지고 다니는군요. 안 그렇소? 모든 것을 자세히 재보는 버릇이죠. 안 그래요? 자, 친구, 마음을 결정하시오. 이젠 콱 정해버리라니까요!"

키다리 영감이 나를 가리고 서 있어서 그에게 말을 하려면 고개를 들어야 하는 게 귀찮아진 나는 단테를 덮고 말했다. "앉으시오. 세이지 한 잔 하겠소?"

"세이지?" 경멸하듯이 내뱉은 그는 이렇게 말했다. "이봐 웨이터, 럼주 한 잔!"

그는 럼주를 조금씩 홀짝이며 오랫동안 입속에서 맛을 본 다음 천천히 삼키며 그의 속을 덥혔다. '육감주의자, 미식가로군…….' 나는 속으로 생각했다. "무슨 일을 하고 있소?" 그에게 물었다.

"닥치는 대로. 발로 하는 일, 손으로 하는 일, 머리로 하는 일 다 하지요. 우리가 하고 싶은 일만 하고 있다면야 누군들 다른 일을 하겠소?"

"어디서 일하다가 여기에 왔소?"

"광산에서. 난 참 괜찮은 광부랍니다. 광석에 대해서는 한두 가지 알지요. 광맥을 어떻게 찾는지 알고 갱도 짜는 법도 알지요. 나는 갱 속에 들어가도 무서워하지를 않소. 광부 노릇을 썩 잘했지요. 십장이었는데 불만이라곤 없었죠. 하지만 악마가 훼방을 놓았어요. 지난 토요일 밤 괜히 그러고 싶어졌지 뭡니까. 갑자기 그날 그곳을 시찰 나온 주인을 붙잡아 놓고는 주먹질을 했어요……."

"까닭이 있었겠죠. 그자가 무슨 짓을 했소?"

"내게 말이오? 아무 짓도 안 했죠. 나는 그자를 본 게 그때가 처음인 걸요 뭐. 그 불쌍한 친구는 담배까지 피우라고 내밀었는데."

"그래서?"

"당신은 거기 앉아서 심문만 하는군요! 그러고 싶어서 그랬던 것뿐이라니까. 댁은 방앗간집 마누라 얘기를 아시오? 그 여자를 보고 철자법을 배울 수 있다는 생각은 못하겠죠? 방앗간 마누라의 뒷모습, 그것이 인간의 이성이라는 겁니다."

책에서 인간의 이성에 대한 많은 정의를 읽었지만 이렇게 놀라운 정의는 처음인 것 같았다. 나는 그 말이 좋았다. 나는 흥미를 느끼며 새로 사귄 친구를 바라보았다. 그의 얼굴은 주름투성이요, 벌레 먹은 나무처럼 고된 세상살이에 찌들어 있었다. 몇 년 뒤에 만난 또 한 사람의 얼굴에서 닳아빠지고 주리를 튼 듯한 표정을 보았는데, 바로 파나이트 이스트라티(폐병을 앓고 프랑스어로 작품 《아드리안 조그라피의 일생》을 쓴 루마니아 작가)의 얼굴이었다.

"꾸러미 속에는 뭐가 들었소? 먹을 거요, 옷이요? 아니면 연장이오?"

동행자는 어깨를 으쓱하더니 크게 소리 내어 웃었다.

"미안한 소리지만 당신은 참 눈치가 빨라서 좋군요." 그러고는 길쭉하고 옹이 진 손가락으로 끼고 있던 꾸러미를 쓰다듬으며 말했다.

"아니요. 이건 산투르(희랍 현악기)요."

"산투르? 당신이 산투르를 연주한단 말이오?"

"아주 먹고 살기 힘들 때는 여관을 찾아다니며 산투르를 켠답니다. 마케도니아 지방에서 전해 내려오는 오랜 클레프테스 곡을 노래하지요. 그러고 나서 여기 이 베레모를 들고 한 바퀴 도는데, 그럼 이게 돈으로 가득 찬다오."

"이름이 뭐죠?"

"알렉시스 조르바요. 어떤 사람들은 빵 굽는 삽이라고도 부르지요. 깡말라빠진 데다가 머리통은 납작과자처럼 생겨먹어서 그렇다는 겁니다. 파사 템포(소금과 볶은 호박씨)라는 이름도 있지요. 한때 볶은 호박씨를 팔고 다녀서 그래요. 곰팡이라고 부르기도 하죠. 그들 말로는 내가 가는 곳마다 사기를 치기 때문이라는 거예요. 개에게나 붙여줄 이름들이지요. 뭐 그 밖에도 별명이 많습니다만 그건 다음 기회로 미뤄두겠습니다……."

"그런데 산투르 연주는 언제 그렇게 배웠소?"

"스무 살 때라오. 올림포스 산 밑 마을에서 열린 축제에 들렀을 때 처음 배웠지요. 내 허파에서 숨을 몽땅 빼앗아가 버려서 그만 사흘 동안 아무것도 입에 대질 못했답니다. 아버지가 '너 왜 그러니' 묻더군요. 참, 그의 영혼에 평온이 있기를 비나이다. '산투르를 배우려고 해요!' '너는 창피하지도 않니. 네가 집시더냐? 네가 깽깽이 악사가 되겠다는 말이지.' '산투르를 배우려고 한다니까요!' 나는 결혼 준비금으로 모아놓았던 돈이 조금 있었어요. 어린애 같은 생각이지요. 그러나 그땐 정말 어렸으니까. 혈기는 왕성했고요. 나는 결혼을 하고 싶었던 거지요. 참 어리석었어요. 아무튼 나는 내가 저금했던 것에 돈을 좀더 보태서 산투르 하나를 샀습니다. 지금 당신이 보고 있는 것이 바로 그 산투르입니다. 나는 이걸 가지고 살로니카로 갔지요. 거기서 레트셉 에펜디라는 터키사람을 붙들었는데, 그는 아무에게나 산투르 켜는 법을 가르쳐줬어요. 내가 그의 발 앞에 엎드렸더니 그는 '이 꼬마 이교도, 자넨 뭘 원하나?' 말하더군요. '저는 산투르를 배우고 싶어요.' '좋아, 그런데 왜 내 발 앞에 그렇게 펄썩 엎드리는 건가?' '선생님께 수업료를 낼 돈이 없어서 그러지요!' '그런데 자네는 산투르 때문에 미쳤다니 정말인가?' '정말입니다.' '그럼 자네는 나하고 같이 있어도 좋아. 보수를 안 받아도 괜찮으니.' 나는 1년을 그와 함께 지내면서 공부했습니다. 그의 무덤에 신의 축복이 있기를 빕니다! 그는 지금쯤 늙어서 죽었을 테니까요. 하느님이 강아지를 천당으로 들어오게 하신다면 레트셉 에펜디에게는 천당의 문을 활짝 열어주셔야 할 겁니다. 나는 산투르를 만질 수 있게 된 다음부터 완전히 딴사람이 되었죠. 기분이 몹시 나쁘거나 돈이 한 푼도 없을 때 산투르를 켜면 용기가 나곤 합니다. 내가 연주할 때는 당신이 무슨 소리를 해도 들리지 않고, 만일 들린다 해도 나는 말을 못해요. 내가 말을 듣거나 하려고 해도 소용없어요. 안 되는 걸요."

"조르바, 그건 왜죠?"

"그걸 모른단 말이오? 정열이지. 바로 그거요!"

문이 열렸다. 바다소리가 다시 한 번 카페 안으로 몰려들었다. 우리의 손과 발은 얼어 있었다. 한쪽 구석에서 더 몸을 웅크린 나는 외투로 온몸을 감쌌다. 나는 그 순간의 행복을 곱씹었다.

'어디로 간다지?' 속으로 생각했다. '여기서는 그럭저럭 지내기가 괜찮은데. 이 순간이 몇 년이고 계속되기를 빌고 싶구나.'

나는 내 앞에 서 있는 낯선 사나이를 자세히 뜯어보았다. 그의 시선은 나에게 못 박혀 있었는데, 작고 둥근 눈동자는 깊은 검은빛이고 흰자위에는 핏발이 서 있었다. 그 시선은 피부를 꿰뚫는 데가 있었으며 탐욕스럽게 나를 훑어보는 것 같았다.

"그래서? 얘기를 계속하시오." 나는 말했다.

조르바는 또 그 말라빠진 어깨를 흠칫하고서는 말했다. "그만 치웁시다. 담배 한 대 주겠소?"

나는 담배 한 대를 그에게 내주었다. 그는 호주머니에서 부싯돌과 심지를 꺼내더니 불을 댕겼다. 그리고 만족스러운 듯이 눈을 반쯤 감았다.

"결혼했소?"

"난 뭐 남자가 아니오?" 그는 화를 냈다. "난 뭐 남자가 아닌가? 눈이 멀었었죠. 나보다 앞서 간 사람들이 그렇듯 나도 시궁창에 빠졌어요. 결혼을 했지요. 내리막길을 걸었단 말입니다. 가장이 되고 집을 짓고 아이들—말썽꾸러기들을 낳고, 하지만 산투르가 없었다면 어떻게 되었을까요!"

"시름을 잊으려고 악기를 만졌군요. 안 그래요?"

"이봐요. 보아하니 댁은 아무런 악기도 못 만지는 것 같은데 도대체 무슨 소리를 하는 거요? 집에 가면 당신의 걱정거리가 태산 같죠. 마누라가 그렇고 자식들이 그렇죠. 끼니 걱정을 해야 하고 또 걸치고 다닐 옷가지 걱정을 해야 하죠. 게다가 앞날이라는 것도 생각해봐야죠, 지옥이야! 산투르를 켜려면 갖출 것 다 갖춰야 하고 마음이 깨끗해야 한다오. 내 여편네가 한 마디면 될 것을 두 마디만 지껄여도 지겨운데 어떻게 산투르를 연주할 기분이 생기겠소? 애들이 배가 고파서 삑삑거리는데 악기를 한번 켜려고 해보시오! 산투르를 켜려면 온갖 정성을 거기에 쏟아야만 합니다. 아시겠어요?"

나는 이제 알았다. 조르바는 내가 오랫동안 찾고 찾았으나 만날 수 없었던 바로 그런 사람이었던 것이다. 살아 움직이는 심장을 가진 사나이, 크고 말이 푸짐한 입이 있으며 위대한 야성의 정신이 있어 아직 대지의 젖줄에서 떨어져 나오지 않은 사나이였다.

말과 예술, 사랑과 아름다움, 순수성과 정열, 이 모든 것이 막벌이꾼의 입에서 나온 가장 단순한 언어로써 그 뜻이 뚜렷해졌다. 나는 그의 손을 쳐다보았다. 곡괭이를 쥘 수도 있었고 산투르를 만질 수도 있었던 손은 굳은살이 박인 채 갈라지고 일그러져 힘줄이 서 있었다. 그는 마치 여자의 옷을 벗기듯 정말 조심스럽게 다정한 손길을 뻗어 보따리를 끄르더니, 몇 해를 두고 닦고 또 닦은 낡은 산투르를 끄집어냈다. 줄이 많이 달리고 놋쇠, 상아, 붉은 실크의 술로 된 장식이 붙어 있었다. 그 굵직한 손가락이 천천히 그러나 정열적으로 마치 여인의 몸매를 애무하듯이 악기를 두루 어루만졌다. 그러고는 그 큼직한 손으로 사랑하는 여인이 감기라도 들세라 옷을 입히듯 산투르를 다시 보자기에 쌌다.

"이것이 내 산투르요." 보따리를 조심스럽게 의자 위에 놓더니 그가 중얼거렸다.

뱃사람들은 이제 서로 유리잔을 부딪치며 신나게 웃음을 터뜨리고 있었다. 노련한 선원은 레모니 선장의 등을 다정스럽게 두드렸다.

"선장, 겁 좀 먹었겠군, 안 그런가? 성 니콜라스에게 수천 개의 촛불을 켜드리겠다고 빌었겠지!"

선장이 짙은 눈썹을 찌푸렸다.

"무슨 소리. 내 맹세코 말하지만 죽음을 부르는 대천사가 나타났을 적에 성모 생각도 성 니콜라스 생각도 안 했다네. 그저 살라미스 쪽으로 몸을 틀었을 뿐이야. 마누라 생각을 하고는 소릴 질렀지. '아, 카테리나, 지금 이 순간 내가 당신과 함께 침대에 누워 있다면 얼마나 좋을까!' 이렇게 말일세!"

또 한 번 선원들은 폭소를 터뜨렸고 레모니 선장도 덩달아 껄껄 웃었다.

"인간은 참 철저한 동물이야." 그가 말했다. "아니, 죽음의 천사가 칼을 빼어들고 당장에 목을 내리칠 듯이 바로 머리 위를 맴도는데, 한다는 생각은 거기 생각뿐이니. 딴 생각도 안 하고 바로 거기뿐이라니까! 늙은 색골은 악마가 잡아가 버려야 하지!"

그는 손뼉을 쳤다.

"모든 친구에게 한 잔씩 더 돌려!"

조르바는 그 큰 귀를 세우고 열심히 듣고 있었다. 그는 뱃사람들을 빙 둘러보고 나서 나를 보았다.

"거기라니? 저 친구 무슨 소리를 하고 있는 거요?"

그러나 금세 뜻을 알아채고 입을 열더니 찬탄의 소리를 질렀다.

"브라보! 나의 친구! 저 뱃사람들은 비밀을 안단 말이오. 밤낮으로 죽음과 맞붙어 싸우기 때문에 그럴 거요."

그는 허공을 향해 그의 큰 주먹을 휘둘렀다.

"그렇소. 그건 딴 문제요. 우리 얘기를 다시 합시다. 나는 여기 남는 거요, 아니면 함께 가는 거요? 결단을 내리시오."

"조르바." 나는 그의 품속에 뛰어들고 싶은 충동을 억눌러야만 했다. "우린 의견이 맞은 거요! 나와 같이 갑시다. 난 크레타 섬에 갈탄광을 하나 가지고 있소. 당신은 인부를 감독할 수 있을 거요. 저녁에는 모래밭에 다리를 쭉 펴고 지냅시다. 나는 아내도 아이들도 강아지도 없는 사람이오. 우리 함께 먹고 마시며 지냅시다. 그리고 당신은 산투르를 켜면 되겠군요."

"만약 그럴 기분이 든다면······. 아시겠소? 내가 마음만 내키면 당신을 위해 당신이 원하는 만큼 일을 하지요. 거기선 당신이 내 주인이오. 하지만 산투르는 좀 달라요. 그놈은 야생동물입니다. 자유가 필요합니다. 마음이 내키면 연주를 하지요. 노래도 부르지요. 또 제임베키코(소아시아 해안지방에 사는 제임베크족의 춤), 하사피코(백정의 춤), 펜토잘리(크레타 민족 전사의 춤)도 추지요. 그렇지만 처음부터 분명히 밝혀두는데, 반드시 내가 그럴 기분이 들어야 합니다. 이 점은 확실하게 해둡시다. 만일 당신이 나더러 연주를 강요하면 그땐 끝장입니다. 이 점은 이해해야 할 겁니다. 나는 남자니까요."

"남자라고? 그게 무슨 뜻이오?"

"글쎄, 자유롭다는 거죠!"

나는 럼주 한 잔을 더 시켰다.

"두 잔 가져와!" 조르바가 외쳤다. "당신도 한 잔 들어야 합니다. 그래야 건배를 할 게 아니오. 세이지와 럼주는 어울리지 않지요. 당신도 럼주를 마셔야 우리 계약이 효력을 갖습니다."

우리는 잔을 소리나게 부딪치면서 건배했다. 이제는 정말 날이 훤히 밝았다. 배는 고동을 울리고 있었다. 내 짐들을 배 위에 나른 거룻배 사공이 나에게 손짓을 했다.

"신의 가호가 있기를! 갑시다." 내가 일어서며 말했다.

"신과 악마가 함께하기를!" 조르바가 태연히 덧붙였다.

그는 한쪽으로 몸을 굽혀 산투르를 팔에 끼고서는 문을 열고 앞서 걸어나 갔다.

2

바다, 온화한 가을, 빛에 씻긴 섬. 그리스의 영원한 나체 위에 투명한 베일을 두른 듯한 가볍고 보드라운 비가 내렸다—죽기 전에 에게 해를 항해하는 행운을 누린 사람이야말로 정말 행복한 사람이라고 나는 생각했다.

여자와 과일과 상념들, 이 세상에 기쁨은 많다. 그렇지만 온화한 가을 날씨에 그 바다를 헤쳐나가며, 눈에 들어오는 작은 섬들의 이름을 중얼거리는 것은 인간의 마음을 낙원으로 이끌어주기에 가장 알맞은 기쁨일 것 같다. 그곳처럼 고요한 마음으로 현실에서 꿈으로 쉽사리 옮겨갈 수 있는 곳은 없다. 꿈과 현실의 경계가 사라지고 낡은 배의 돛대에서는 가지가 솟아나며 열매가 열린다. 그것은 마치 그리스에서는 필요가 기적의 어머니 노릇을 하는 것 같다.

한낮이 가까울 무렵 비가 멎었다. 구름을 헤치고 나온 해는 따스하고 상냥했으며 갓 씻은 듯 싱싱했는데, 빛살은 사랑하는 바다와 물결을 어루만졌다. 나는 뱃머리에 서서 시야에 펼쳐진 기적에 실컷 취하도록 나 자신을 내버려두었다.

배 위에는 그리스인들이 가득 탔다. 탐욕스러운 눈알을 굴리는 교활한 악마들, 머리는 장군이 파는 싸구려 물건들 같은 그들이 음모를 꾸미며 아옹다옹 싸우고 있었다. 그들은 조율이 안 된 피아노, 정직하지만 지독히 바가지 긁는 여자 같았다. 문득, 생각 같아서는 배를 쥐고 바닷속에 푹 처넣었다가 배를 더럽히는 인간·쥐·벌레 같은 산 것들은 몽땅 떠내려가도록 뒤흔들어 깨끗이 씻긴 다음 텅 빈 배를 다시 띄워놓고 싶어진다.

그러나 이따금 동정에 사로잡히기도 한다. 그것은 형이상학적 삼단논법의 결론처럼 차디찬 불교도의 연민(자비)이다. 그것은 사람만이 아니라 싸우고 소리치며 울고 희망하며 세상만사가 허무의 허깨비임을 모르고 사는 모든 생명에 대한 연민이다. 그리스인들에 대한 동정이며, 갈탄광에 대한 동정이고, 갑자기 맑은 공기를 흩뜨리고 더럽힐 빛과 그늘로 빚어진 허무한 온갖 것에 대한 동정이었다.

나는 조르바의 찡그리고 주름진 얼굴을 보았다. 그는 뱃머리에 감아놓은 로프 위에 앉아 있었다. 레몬 향기를 맡으며, 큰 귀를 세워 어떤 손님들이 왕에 대해 싸우는 말소리를 들으며, 또 한 패거리가 베니젤로스(그리스 정치가·수상)를 놓고 떠들썩하는 소리를 들었다. 그는 고개를 저으며 침을 탁 뱉었다.

"늘 떠들어대는 그놈의 소리지! 저 친구들은 창피한 것도 모르나!"

그는 경멸하듯 중얼거렸다.

"늘 떠들어대던 소리라니! 조르바, 그게 무슨 뜻이오?"

"무슨 뜻이긴요 임금, 민주주의, 국민투표, 대의원 어쩌구저쩌구하는, 모두 그게 그 소리지 뭡니까!"

조르바는 현대에 일어나는 일들에 너무나 뒤져 있었으므로 어떤 일이 일어나든 시대에 뒤떨어진 엉터리 수작들로밖에 보이지 않게 되었다. 정말 그에게는 전신기술, 증기선, 엔진, 요즘의 도덕관과 종교가 모두 녹이 슨 낡은 총처럼 형편없는 것으로 비쳤으리라. 그의 마음은 세상보다 훨씬 앞질러가고 있었던 것이다.

돛대에 걸친 밧줄이 삐걱삐걱 소리를 지르고 해안선이 춤을 추니까 배 위에 오른 여자들의 얼굴빛이 레몬보다도 더 샛노랗게 되었다. 그들은 그들의 무기—화장이며 웃옷을 벗어던지고 머리핀과 빗들을 풀어헤쳤다. 입술은 핏기가 가서 파랗게 질리고 손톱은 퍼렇게 멍들었다. 늙은 수다쟁이들이 빌려서 몸을 치장했던 리본·가짜 눈썹·얼굴에 붙인 점·브래지어 등이 흩어지고 늘어지면서 그들이 막 게울 지경이 된 것을 보면, 당신은 혐오와 함께 동정도 느낄 것이다.

조르바 또한 얼굴이 노래지더니 녹색빛이 되고 말았다. 반짝이던 그의 눈이 흐리멍덩해졌는데 저녁이 되어서야 겨우 생기를 되찾았다. 그는 배를 따라 물에서 뛰어오르는 돌고래 두 마리를 가리켰다.

"돌고래다!" 그는 기쁜 듯이 소리쳤다.

나는 그제야 그의 왼손 집게손가락이 거의 반쯤이나 잘라져나간 것을 보았다. 놀란 나머지 기분이 이상해졌다.

"당신 손가락은 어찌된 거요, 조르바?" 그를 향해 소리쳤다.

"아무것도 아니라오." 그는 내가 돌고래를 보고 더 신 나지 않는 것이 못

마땅하여 그렇게 대답했다.

"기계 속에 손가락을 넣었다 잘렸소?" 나는 다그쳐 물었다.

"도대체 무슨 영문으로 기계, 기계 합니까? 내가 스스로 잘랐소."

"당신이? 왜?"

"이해 못 하실 겁니다. 주인님은!" 그는 어깨를 움찔했다. "내가 안 해본 일이라고는 없었다고 말했지요. 한때는 도자기도 구웠답니다. 아주 그 기술에 미쳤었지요. 진흙덩이를 가져다가 만들고 싶은 것은 뭐든 만들어내는 일이 어떤 것인지 아시겠어요? 프르르! 돌림판을 돌립니다. 그러면 진흙이 신이 들린 듯 돌아가며 소리 지르지요. 당신은 가만히 지켜서서 이렇게 말합니다. ─항아리를 만들어야지, 접시를 만들어야지, 램프를 만들어야지, 그리고 뭐든지 만들 수 있다! 이렇게 말이오. 그게 사람으로 태어난 보람 같은 것 아니겠습니까. 바로 뭐든지 만드는 자유 말입니다!"

그는 바다 같은 것은 잊고 있었다. 레몬을 씹는 것도 잊었다. 눈이 다시 밝아졌다.

"그런데 당신 손가락은 어떻게 그리 되었소?" 나는 다시 물었다.

"아, 그게 글쎄 바퀴와 나 사이에 끼어들어 방해를 하지 않겠어요. 일이 한창일 때 늘 그놈이 일어나서 내 계획을 망가뜨리지 뭡니까. 그래서 하루는 도끼를 들고 그만······."

"아프진 않았소?"

"무슨 말씀이오? 내가 목석인 줄 아십니까? 난 사람이오. 물론 아팠지요. 하지만 그게 돌림판에서 일하는 데 너무 거치적거려 내가 싹 잘랐지 뭡니까."

해가 지고 바다는 잔잔해졌다. 구름이 흩어졌다. 초저녁 별이 빛나기 시작했다. 나는 바다를 바라보고 또 하늘을 쳐다보며 생각에 잠겼다. 그렇게 사랑하는 일······ 도끼로 끊어내고 고통을 느껴도 사랑하는 일······. 하지만 나는 내 감정을 숨겼다.

"조르바, 그건 좋지 않은 방식인데." 나는 웃으며 말했다. "그러고 보니 어떤 금욕주의자 얘기가 생각나는군. 《황금전설》(13세기 제노바의 대주교 야코/부스 데 보라지네가 편찬)에 의하면, 그 사람은 자기를 육체적으로 난처하게 만든 여자를 본 다음 도끼를 들어서······."

조르바는 내가 하려는 말을 짐작하고 가로막았다. "그걸 자르긴 왜 자릅니까! 지옥에나 떨어질 멍청이 같으니라고! 미개하고 순진한 친구, 딱하기도 하지. 그건 절대 장애물이 아닌데 말이야!"

"하지만 큰 방해물이 될 수도 있지." 내가 말했다.

"뭘 하는데 말입니까?"

"천당에 들어가는 데 말일세."

조르바는 곁눈으로 경멸하듯 나를 흘겨보더니 이렇게 말했다. "바보 같은 소릴 다 하시는군, 바로 그게 천당에 들어가는 열쇠란 말이오!"

그는 고개를 들더니 마치 내가 머릿속에서 내세의 삶을, 아니면 하늘의 왕국을, 여자를, 신부(神父)를 생각하는가 알고 싶다는 듯 나를 자세히 쳐다보았다. 하지만 내 마음속을 별로 헤아린 것 같지는 않았다. 그는 흰 머리털이 수북한 머리를 조심스럽게 흔들었다.

"불구자는 천당에 못 들어간다오." 그러고는 입을 다물었다.

나는 선실로 내려가 책을 집어들었다. 부처의 생각이 아직 머릿속을 떠나지 않고 있었다. 나는 부처와 목자(牧者)의 대화를 읽었다. 몇 해 동안 내 마음속에 평화와 안정을 가져다주었던 글이었다.

목자 내 식사가 준비되었습니다. 암양의 젖을 짜놓았고 집 문은 빗장을 걸어 잠갔으며 불은 피워 있습니다. 그러니 비를 내리고 싶은 대로 내려보내시오!

부처 나는 이제 먹을 것이나 마실 젖이 필요 없소. 바람이 나의 피난처이고 불은 꺼졌소. 그러니 하늘이여, 비를 내리고 싶을 만큼 내려보내시오.

목자 내게는 수소들이 있습니다. 나는 암소도 가졌습니다. 아버지의 목장을 물려받았고 내 암소들을 돌볼 씨수소도 한 마리 있습니다. 그러니 하늘이여, 비를 뿌리고 싶은 만큼 뿌려보시오!

부처 나는 수소도 암소도 없소. 나는 목장도 없소. 나는 아무것도 가진 게 없고 아무것도 두려운 것이 없습니다. 그러니 하늘이여, 비를 뿌리고 싶은 만큼 뿌려보시오!

목자 나에게는 말 잘 듣고 성실한 양치기 여자가 있습니다. 그 여자는 몇 년 전에 내 아내가 되었습니다. 그녀와 밤에 노닐 때는 행복합니다. 그러니 하늘이여, 비를 내리고 싶은 만큼 내리시오!

부처 나는 자유롭고 착한 영혼이 있습니다. 몇 년 동안 나는 영혼을 길들였습니다. 그리고 나와 함께 놀도록 가르쳤습니다. 그러니 하늘이여, 비를 내리고 싶은 만큼 내려보내시오!

이윽고 잠이 덮쳐올 때까지 이 두 목소리는 귓가를 울렸었다. 바람은 다시 일어나고 파도가 선체의 두꺼운 유리를 때리며 부서지고 있었다. 나는 비몽사몽 간에 한 가닥 연기처럼 떠 흐르고 있었다. 거칠고 사나운 폭풍이 불었다. 목장이며 수소며 암소며 씨수소며 할 것 없이 모두 파도가 삼키고 말았다. 바람은 지붕을 날리고 불을 꺼버렸고 여자는 외마디 소리를 지르며 진흙탕에 떨어져 죽었으며 목자는 비탄에 잠겨 곡하기 시작했다. 그의 말소리를 들을 수는 없었지만 그가 소리를 크게 지르는 것을 들으며 나는 바다 깊숙이 가라앉은 물고기처럼 점점 깊은 잠 속에 빠져들어갔다.

동이 틀 때 잠에서 깨어났다. 오른편을 보니 콧대 높고 길들지 않은 늠름한 그 섬이 보이지 않는가. 연분홍빛으로 물든 산봉우리가 가을 햇빛 아래 얇게 펼쳐진 안개 저편에서 미소 지었다.

갈색 담요로 몸을 감싼 조르바는 크레타 섬을 뚫어져라 바라보고 있었다. 그의 시선은 재빠르게 산에서 평야로 구르더니 마치 모든 해안선과 육지가 낯이 익다는 듯 해안선을 따라 샅샅이 훑고 마음속으로 다시 그 섬을 더듬는 게 퍽 즐거운 표정이었다.

나는 그에게 가서 어깨를 치며 말했다.

"조르바, 당신은 크레타가 처음이 아니구료! 마치 오랜 친굴 들여다보듯 자세히 보는 걸 보면 말이오."

조르바는 하품을 했다. 따분하다는 투였다. 그는 대화를 나눌 생각이 별로 없어 보였다.

나는 웃었다. "말하는 게 따분한 게로군. 안 그렇소, 조르바?"

"그런 건 아닙니다, 주인님. 말하는 게 힘들어서 그래요." 그가 대답했다.

"힘들다니, 왜?"

그는 금세 대답하지는 않았다. 그의 시선은 다시 천천히 해안을 더듬었다. 갑판에서 자는 바람에 그의 회색 곱슬머리에는 이슬이 맺혀 있었다. 막 떠오른 햇빛이 그의 볼이며, 턱과 목에 깊숙이 팬 주름을 비췄다.

이윽고 그는 입술을 움직였다. 산양처럼 두껍고 조금 아래로 처진 입술이었다.

"아침이면 입을 여는 것이 힘들어요. 정말 힘이 들어요. 미안합니다."

그는 다시 침묵에 잠겼다. 그리고 또 그의 작고 둥근 눈은 크레타 섬에 가 박혔다.

아침식사를 알리는 종이 울렸다. 푸르뎅뎅하니 노랗게 뜨고 마냥 찡그린 얼굴들이 선실에서 나오기 시작했다. 말았던 머리가 헝클어진 여자들은 이 테이블에서 저 테이블로 몸을 가까스로 가누며 휘청거렸다. 그들의 몸에서는 토해낸 냄새, 오드콜로뉴 냄새가 뒤섞여 풍겼고 눈자위는 흐리고 겁에 질려 멍청해 보였다.

내 바로 앞에 앉은 조르바는 동양인처럼 코를 벌름벌름거리며 커피 냄새를 맡았다. 그는 빵 위에 버터와 꿀을 발라먹었다. 얼굴색이 차차 밝아지며 평정을 되찾은 듯했고 입 가장자리의 주름이 한결 부드러워졌다. 나는 그가 천천히 잠기운을 떨치고 깨어나는 모습을 몰래 지켜보았는데, 시간이 지날수록 그의 눈빛이 점점 더 반짝거리기 시작했다.

그는 담배에 불을 붙여 맛있게 한 모금 빨고는 콧수염이 수북이 자란 콧구멍으로 파란 연기를 내뿜었다. 그는 오른발을 접어 동양인처럼 편한 자세를 취했다. 이제 그는 말할 수 있는 모양이다.

"크레타가 처음이냐고 물으셨던가요?" 그는 말문을 열었다. (그는 반쯤 감은 눈으로 배의 창문을 통해 우리 뒤쪽 시야로 사라지는 이다 산을 바라보았다.) "아닙니다. 처음 오는 건 아닙니다. 1896년에 나는 이미 성년이었지요. 내 수염과 머리털은 깊은 계곡처럼 새까맣게 제 색깔을 하고 있었고요. 이도 서른두 개 모두 멀쩡했고 술이 취하면 오르되브르^(식사 전에 먹는
간단한 요리)를 먹고는 접시도 함께 씹어먹었습지요. 정말이지 실컷 기분나는 대로 즐겼습니다. 그런데 갑자기 악마가 훼방을 놓기 시작했습니다. 크레타 섬에 혁명 바람이 불어왔지 뭡니까.

그때 나는 행상을 하고 있었지요. 마케도니아 지방의 마을에서 마을로 잡화를 팔고 다녔는데 돈 대신 치즈·양모·버터·토끼·옥수수를 받곤 했지요. 그리고는 그걸 죄 팔아서 곱을 남겼습니다. 언제나 마음 착한 과부가 없는 마을은 없었지요. 하느님, 과부를 축복해주십시오! 나는 그녀에게 실뭉치한 개 아니면 빗, 아니면 검은 스카프, 물론 상중에 있는 만큼 까만 걸로 하나 주고는 같이 잤지요. 돈이 별로 들지 않았습니다!

주인님, 정말 돈이 몇 푼 안 들더군요. 참 신났죠! 그런데 아까 말한 것처럼 일이 잘못 되어가더니 그만 크레타가 다시 전쟁터가 됐지 뭡니까. 이 망할 놈의 크레타 같으니. 나는 저주했지요. '빌어먹을 크레타는 왜 우리를 평화스럽게 놔두지 못할까.' 나는 솜과 빗들을 제쳐놓고 총을 들고는 크레타 반란군에게 가담하러 길을 떠났어요."

조르바는 말을 끊었다. 우리는 지금 조용한 모래사장이 있는 만(灣)을 끼고 선회하고 있었다. 그곳의 파도는 부딪쳐 부서지질 않고 다만 해안선에 가는 물거품 한 가닥을 길게 남기고 있었다. 구름이 이미 걷히고 햇볕이 내리쬐고 있어서 크레타 섬의 거친 윤곽이 한결 뚜렷해졌다. 조르바는 고개를 돌리더니 나를 조롱하는 듯이 쳐다보았다.

"주인님, 내가 얼마나 많은 터키인의 목을 쳐냈는가, 그리고 얼마나 많은 터키인의 귀를 수프 속에 절였는가—그건 크레타 섬의 풍습이니까요—는 얘기하지 않기로 합시다. 얘기하고 싶지도 않고요, 창피해요. 어떤 광기가 우리를 덮치는 걸까요? 오늘 나는 조금 정상적인 생각을 하게 되어 스스로 이렇게 물어보기도 합니다. 남이 우리를 전혀 해코지하지도 않았는데 남을 덮치다니 도대체 어떤 광기가 들었을까? 그를 물어뜯고 코를 베어내고 귀를 찢어내고 창자를 후벼내면서도 언제나 전능하신 하느님의 가호만을 믿었으니 말입니다. 그건 우리가 하느님이 그들의 코와 귀를 도려내고 사람을 작살 내주기를 바란다는 뜻인가요?

잘 이해하겠지만, 그때 나는 혈기가 너무 왕성했지요! 일을 제대로 공정히 생각할 수 있으려면 사람은 침착해야만 하고 나이 들어 이도 좀 빠져야 합니다. 이가 하나도 없는 쪼그랑 늙은이라면 당신은 '애들아, 물면 안 된대도!' 호통치기는 쉽습니다. 하지만 서른두 개의 이가 다 성할 때라면……. 젊을 때는 사람이 사람입니까? 짐승이지요. 그렇습니다. 야만인, 사람을 잡아먹는 짐승이고말고요!"

그는 설레설레 고개를 저었다.

"아, 그야 양고기도 먹고 닭이며 돼지도 먹습지요. 하지만 사람을 잡아먹지 않으면 배가 차질 않는대요."

그는 커피 잔에다 담배를 짓이겨 끄면서 한마디 더 보탰다.

"속이 차질 않고말고요. 그런데 현자들은 그런 문제에 대해 어떤 말을 할 수 있을까요?"

그는 대답을 기다리지 않았다.

"뭐라고 말하시겠어요? 알고 싶군요." 그는 나를 보면서 말을 이었다. "내가 말할 수 있는 한, 주인님은 한 번도 굶주려본 적이 없고 사람을 죽여 보지도 물건을 훔쳐보지도 않았으며 간음도 해보지 않았습니다. 그런 사람이 어떻게 세상 돌아가는 일을 알겠어요? 나리의 머리는 순진하고 살갗은 햇빛을 느껴 보지도 못했습니다."

그는 분명히 조롱하는 투로 중얼거렸다.

나는 내 섬세한 손이, 내 창백한 얼굴이, 진흙과 핏속에 곤죽이 되어 보지 못한 내 인생이 창피하게 여겨졌다.

"좋아요." 조르바는 마치 스펀지로 문질러내듯 그의 무거운 손으로 테이블을 쓸어내면서 말했다. "좋아요! 하지만 주인님에게 한 가지 물어볼 것이 있어요. 주인님은 책을 수백 권 읽었을 테니까 아마 대답할 수 있을 거예요 ……."

"말해 봐요, 조르바. 무슨 얘긴데?"

"주인님, 기적 같은 일이 일어났답니다. 아무리 생각해도 이상한 기적 말입니다. 바로 우리 교도들이 그 지랄을 했는데—글쎄, 속임수를 쓰고 훔치고 사람을 마구 죽이기까지 했는데—그 때문에 게오르기오스 왕자가 크레타 섬에 오게 되고, 자유가 찾아왔으니! 안 그래요?"

그는 정말 놀란 듯이 눈을 크게 뜨고 나를 바라보았다.

"신비로운 일이야!" 그가 중얼거렸다. "굉장히 신비로운 일이야! 만약 우리가 이 악한 세상에서 자유를 원한다면 그 모든 살인을 저지르고 또 그 모든 속임수를 써야 한다는 얘기 아니겠어요? 정말이지 내가 저지른 그 끔찍한 짓과 우리가 사람을 죽인 이야기를 죄 들려드리면 머리끝이 쭈뼛쭈뼛할 겁니다. 그런데 그렇게 형편없이 굴러먹은 결과가 자유지 뭡니까! 하느님이 벼락을 내리시는 대신에 자유를 주셨습니다. 나는 정말 이해하지 못하겠어요."

그는 마치 도움을 바라는 사람처럼 나를 바라보았다. 나는 그가 그 문제로 상당한 고민을 하며 그 뜻을 헤아리지 못하고 있음을 알 수 있었다.

"이해할 수 있겠어요?" 그가 괴로운 듯이 물었다.

이해하다니 무엇을 이해했다고 말할 것인가? 무엇을 말해줘야 한단 말인가? 우리가 하느님이라고 부르는 것이 존재하지 않는다고…… 아니면 우리가 살인, 악당의 짓이라고 부르는 것이 세계를 해방시키려는 투쟁에는 필요한 일이라고 해야 할까.

나는 조르바를 위해 좀더 단순한 다른 대답을 찾아주려고 머리를 쥐어짰다.

"풀이 어떻게 돋아나고 비료와 진흙 속에서 어떻게 꽃으로 자라나지? 조르바, 비료와 진흙은 사람이고 꽃은 자유라고 자신에게 타이르면 될 게 아니오."

"하지만 씨는?" 조르바는 소리 지르더니 테이블을 쾅 쳤다. "풀이 돋아나려면 먼저 씨가 있어야만 할 것 아닙니까. 누가 그런 씨를 우리 창자 속에 집어넣었다는 말입니까? 그리고 왜 이 씨가 친절하고 정직한 데서는 꽃을 피우지 못한다는 겁니까? 왜 하필이면 피와 더러운 게 밑거름이 되어야만 하지요?"

나는 머리를 저었다. 그리고 이렇게 말했다.

"난 모르겠어."

"누가 알까요?"

"없을 거요."

조르바는 시선을 이리저리 굴리며 절망한 듯이 외쳤다. "그렇다면, 당신의 배며 기계며 넥타이를 가지고 내가 뭘 하리라고 기대하는 겁니까?"

뱃멀미를 하던 승객 두세 명이 이웃 테이블에서 다시 기운을 차려 커피를 마시고 있었다. 그들은 말다툼이 벌어졌다고 깨달았는지 귀를 기울였다.

조르바는 그들의 행동이 싫었다. 그는 목소리를 낮추었다.

"화제를 바꿉시다. 그 생각만 하면 손에 닿치는 대로 의자건 램프건 내 골통이건 벽에 던져 깨버리고 싶어져요. 그렇지만 그게 무슨 소용이 있겠습니까? 깬 물건 값이나 물어줘야 하고 의사한테 가서 머리를 붕대로 감는 노릇이 고작일 테니 말입니다. 그리고 만약 하느님이 존재한다면 글쎄, 상황은 더 형편없겠죠. 우리는 깨끗이 망한 거지 뭡니까! 그분은 저 하늘 위에서 나를 내려다보시며 배를 쥐고 웃고 계실 게 틀림없어요."

그는 마치 귀찮게 구는 파리를 쫓는 듯 손을 움직였다.

"자, 걷어치웁시다!" 그는 후회스러운 듯이 말했다. "내가 말하고 싶은 점은 딴 게 아니라 이겁니다. 온갖 깃발을 단 왕의 배가 들어오더니 함포에서 몇 차례 불을 뿜기 시작했지요. 그러고는 크레타 땅에 첫발을 들여놓은 것이 왕이었습니다. 사람들이 자유를 찾았다고 해서 온통 미쳐버린 광경을 보신 적이 있나요? 없지요? 그럼 주인님도 눈이 먼 채 태어나서 눈이 먼 채 죽을 팔자인가 보군요. 내가 천 년을 살아서 내 몸이 한 줌의 살덩이에 지나지 않는데도 그날 내가 본 것은 절대 잊어버리지 않을 겁니다. 그리고 우리가 저마다 취미에 맞는 하늘 위 낙원을 고를 수만 있다면—낙원이라는 것이 원래 그래야 하겠지만—나는 하느님에게 이렇게 말하겠습니다. '하느님, 도금양(桃金孃 : 사랑을 상징하는 흰 꽃으로 예부터 비너스의 신성한 나무로 믿었음)과 깃발로 뒤덮인 크레타 섬을 제가 살 낙원이게 하옵시고 게오르기오스 왕자가 크레타에 발을 들여놓는 그 순간이 수백 년 계속되게 해주십시오.' 그것이면 저는 만족해요."

조르바는 또다시 침묵했다. 턱수염을 추어올리고는 컵에 얼음물을 가득 따르더니 단숨에 마셔버렸다.

"조르바, 크레타에서 무슨 일이 있었소? 내게 얘길 해요!"

"얘기를 거창한 말투로 시작해야 합니까?" 조르바는 기분이 상해서 말했다. "이봐요, 내가 툭 털고 말하지요. 하고말고요. 이 세상은 하나의 신비이고 인간은 커다란 짐승에 지나지 않는다고 말입니다. 커다란 짐승 그리고 신이기도 하지요. 마케도니아에서 나와 함께 온 교도 가운데 형편없는 놈이 있었어요. 요르가라는 진짜 극악무도한 놈이었는데, 아시겠어요? 글쎄, 그 녀석이 울었다니까요. '이놈아, 넌 왜 우냐?' 내 눈에서도 눈물이 마구 쏟아지는데, 나는 소릴 질렀지요. '왜 울어? 이 늙은 돼지야!' 하지만 그는 두 팔로 내 목을 끌어안더니 어린애처럼 엉엉 울었어요. 그러고는 그 노랑이 같은 잡놈이 자기 지갑을 꺼내 그동안 터키사람들한테서 약탈한 금화를 몽땅 무릎에다 쏟더군요. 그걸 어떻게 한지 아세요? 한 줌씩 가득가득 쥐어서는 공중에 뿌렸어요. 아시겠지요? 그게 자유라는 겁니다!"

나는 일어서서 갑판으로 올라갔다. 날카로운 바닷바람이 얼굴을 때렸다.

'그게 자유라는 거지.' 나는 생각했다. 황금을 긁어모으는 데 정열을 쏟다가 갑자기 그 정열을 물리치고 보화를 온통 바람 속에 날려보내다니.

당신을 어떤 정열에서 해방시켜 좀더 고상한 정열에 휩쓸리게 만드는 것. 하지만 그것 또한 어떤 노예 상태가 아닐까? 사상이나 인종(人種)이나 하느님을 위해 희생하는 것은 어떨까? 아니면 동경의 모델이 고상하면 고상할수록 우리를 옥죄는 노예의 쇠사슬이 길다는 뜻은 아닐까? 그리고 우리는 좀더 넓은 경기장에서 재미를 보고 까불다가 노예의 신분을 벗어나지 못한 채 죽는 게 아닐까? 그럼 그것이 우리가 말하는 자유일까?

어스름이 질 무렵 우리는 모래톱 해안에 정박했다. 알이 고운 흰 모래밭과 아직도 꽃피어 있는 협죽도, 무화과, 캐러브나무가 있었고, 오른쪽 저편으로는 쉬고 있는 여인의 얼굴을 닮은, 나무 한 그루 없는 낮은 회색빛 언덕이 보였다. 그녀의 턱밑 목선과 같은 언덕을 따라서 갈탄광의 흑갈색 맥이 뛰고 있었다.

가을바람이 불고 갈기갈기 찢긴 구름들이 천천히 대지 위를 지나가노라면 어느새 땅 위의 선이 부드러워졌다. 또 구름 떼가 하늘 저쪽에서 험상궂게 솟아올랐다. 해는 나왔다 들어갔다 하고, 대지의 표정은 산 사람의 들뜬 표정처럼 밝았다 어두웠다 종잡을 수가 없었다.

나는 한동안 모래밭 위에 서 있었다. 내 앞에 성스런 고요가 사막처럼 죽은 듯 그러나 매혹적인 자태로 엎드려 있었다. 부처의 노래가 바로 내가 딛고선 땅 위에서 솟아올라, 내 존재의 내면 깊숙이 파고들었다. '언제쯤 나는 모든 것을 뿌리치고 친구도 없이 기쁨도 없이 슬픔도 없이, 모든 것은 오직 꿈이라는 성스런 확신 하나만으로 고요 속에서 쉴 수 있을까? 언제 나는 넝마를 걸친 채 아무런 욕망도 없이 만족하여 산속에 묻힐 수 있을까? 언제 나는 나의 몸은 다만 병이요, 죄악이요, 늙음이요, 죽음임을 깨닫고 자유로이 행복하게 숲으로 돌아갈 수 있을까? 언제? 아, 언제쯤에?'

산투르를 팔 밑에 낀 조르바가 아직 익숙하지 않은 발걸음으로 더듬더듬 내 쪽으로 다가왔다.

"갈탄이 있네!" 나는 내 마음을 숨기려고 입을 열었다. 그러고는 팔을 쭉 펴서 여자의 얼굴 같은 언덕을 가리켰다.

조르바는 주위를 둘러보지도 않고 얼굴부터 찡그렸다.

"이따가 보지요. 아직 그럴 때가 아닙니다, 주인님." 그는 말했다. "빙빙 도는 지구가 설 때까지 기다려줘야죠. 지구가 요동을 치는 것 같군요. 염병할 배 갑판 같아요. 자, 마을로 들어갑시다."

그는 체면을 세우려고 큰 맘 먹은 듯 길게 한 걸음 떼었다.

아랍 아이들처럼 살갗이 갈색으로 탄 맨발의 꼬마 두 녀석이 뛰어오더니 짐을 받아들었다. 몸집 큰 세관원이 검문소 안에서 물담뱃대를 꼬나물고 푹 푹거리고 있었다. 그는 파란 눈 한쪽 귀퉁이로 우리를 뚫어져라 바라보더니 별 관심 없이 가방을 흘끗 보았다가 자리에서 일어설 듯 의자에서 몸을 틀었다. 하지만 일어나기가 너무 힘에 겨웠다. 그는 천천히 물담뱃대를 올리더니만 졸린 목소리로, "잘 오셨습니다!" 한마디 했다.

꼬마녀석 하나가 나에게 가까이 왔다. 올리브빛으로 까만 눈을 윙크하듯 깜박이면서 녀석은 조롱하는 투로 말했다.

"저 사람은 크레타 사람이 아니래요. 형편없이 게을러빠졌지요."

"크레타 사람도 저 사람처럼 게으르지 않니?"

"하긴 그래요. 하지만 좀 다른 식으로 게으르죠."

"마을은 여기서 머니?"

"총알이 닿을 만큼 가까워요. 보세요. 저 골짜기에 있는 채소밭 너머지요. 참 좋은 마을이에요. 캐러브나무·열매콩·곡식·기름·포도주 모든 것이 풍성해요. 그리고 저 아래쪽 모래밭에서는 크레타에서 가장 먼저 열리는 오이·토마토·가지·수박 밭이 있지요. 아프리카에서 불어오는 바람이 그것들을 크게 한대요. 글쎄, 밤에 과수원에 들어서면 열매들이 크느라고 툭툭 벌어지는 소리가 들린다니까요."

조르바는 앞장서서 걷고 있었다. 아직도 뱃멀미 기운이 가시질 않아 머리를 가까스로 가누며 걸었다. 침을 탁 뱉었다.

"기운을 내요, 조르바." 뒤에서 내가 소리쳤다. "어쨌든 무사히 버텨냈어. 이젠 두려워할 게 하나도 없네!"

우리는 걸음을 재촉했다. 모래와 조개껍데기가 깔린 길가 여기저기에 위성류·야생 무화과·갈대숲·쓴 멀레인(현삼과의 풀. 키가 크고 털이 수북/한 잎에 여러 가지 색의 꽃이 핌)이 뻗어 있었다. 날씨는 후텁지근한 것이 구름이 자꾸 아래로 아래로 처지며 바람이 멎고 있었다.

우리 일행이, 나이가 들 만큼 들어서 속이 텅 비기 시작한 줄기 둘이 뒤엉켜 올라간 큰 무화과나무 곁을 지날 무렵 꼬마녀석 하나가 걸음을 멈추더니 턱을 치켜 고목나무를 가리키며 말했다.

"우리 젊은 아가씨의 무화과나무입니다."

나는 놀랐다. 크레타 땅에는 돌 하나 나무 하나마다 비극의 역사가 숨어 있는 것이다.

"우리 젊은 아가씨라니? 왜 그런 이름을 붙였다던?"

"제 할아버지 때의 얘기래요. 우리 지주 가운데 한 분의 따님이 목동하고 눈이 맞았대요. 하지만 그 아버지가 어디 그런 사연을 들어준대요? 젊은 아가씨가 울고불고 애원했지만 아버지는 끝내 말을 안 들어줬나 봐요. 그러던 어느 날 밤 두 사람이 없어졌어요. 온 섬을 이 잡듯이 찾았는데 하루, 이틀, 사흘, 일주일이 지나도 나타나지 않았어요. 그런데 이상한 냄새가 나기 시작했어요. 그 냄새를 따라가 봤더니 그들이 꼭 껴안은 채 여기 이 무화과나무 아래서 썩고 있었어요. 냄새를 맡고서야 그들을 찾았지 뭡니까."

아이는 큰 소리로 웃음을 터뜨렸다. 마을에서 소리들이 들려왔다. 개들이 짖기 시작하고 여자들이 외치는 소리, 날씨 변화를 알리는 닭소리가 들렸다. 라키(터키 지방 의 발효술) 술을 달이는 큰 통에서 나는 포도 냄새가 바람 속에 감돌았다.

"마을에 다 왔어요!" 두 소년은 소리 지르고 뛰어갔다.

모래언덕을 돌아서자 곧 작은 마을이 눈에 들어왔다. 마을은 계곡의 등성이를 기어오르듯, 회를 칠하고 테라스가 붙은 집들이 웅기종기 모여 있었다. 열어젖힌 창문들은 까만 헝겊 같았고 마을은 바위틈에 하얗게 바랜 두개골이 꽉 차 있는 것 같았다.

나는 조르바에게 다가가 타일렀다.

"이제 마을로 들어가니 거동을 조심하시게. 우리 소문이 나지 않도록 해야 해요, 조르바. 우리는 엄숙한 사업가 행세를 할 거요. 나는 관리인, 당신은 감독이오. 크레타 사람들은 일을 가볍게 보지 않아요. 그들이 당신을 관찰하는 순간 당신의 이상한 점을 뭐든지 찾아내서 별명을 붙인단 말이오. 그렇게 되면 그것을 벗어날 길이 없지. 스튜 냄비를 꼬리에 달고 뛰어다니는 개처럼 되고 말거든."

조르바는 수염을 한 주먹 움켜쥐더니 생각에 잠겼다. 이윽고 그는 이렇게 말했다.

"주인님. 만약 이곳에 과부가 있으면 걱정할 건 없어요, 만약 없다면……."

막 마을로 들어서는데 누더기를 걸친 여자거지가 손을 벌리며 우리한테 달려왔다. 피부는 까맣고 더러웠으며 깔깔한 수염까지 조금 나 있는 여자였다.

그녀는 낯익은 듯 조르바에게 말을 걸었다.

"형제분, 안녕하세요? 형제는 영혼이 있수?"

조르바는 멈칫 섰다.

"있지." 그는 엄숙히 대답했다.

"그럼 나한테 5드라크마만 줘!"

조르바는 호주머니에서 고물이 다 된 가죽지갑을 꺼내며 말했다.

"자, 가져." 그때까지 쓰디쓴 표정이던 그의 입술에 웃음이 부드럽게 번졌다. 그는 뒤돌아보며 말했다.

"주인님, 이곳은 영혼값이 참 싼 것 같군요. 하나에 5드라크마라니……."

마을에 사는 개들이 우리 쪽으로 달려나오고 여자들은 우리를 좀더 자세히 보기 위해 테라스에서 몸을 내밀었다. 애들이 우리를 따라오며 소리 질렀다. 어떤 녀석들은 강아지처럼 짖어댔고 어떤 녀석들은 자동차 경적 소리를 냈으며 또 다른 녀석들은 우리 앞을 달려가며 놀란 듯 큰 눈을 부릅뜨고 우리를 쳐다보았다.

우리는 마을의 광장이라고 부를 만한 곳에 이르렀는데 큰 포플러나무 두 그루를 가운데 놓고 조잡하게 깎아낸 나무토막들이 빙 둘러 있었다. 그 건너쪽에 카페가 있었으며 색이 다 바랜 채 걸려 있는 큰 간판에는 이렇게 써 있었다. '모디스티 카페 겸 정육점.'

"왜 웃습니까?" 조르바가 물었다.

그러나 대답할 틈이 없었다. 카페 겸 정육점 문이 열리더니 검푸른색 바지에 빨간 허리띠를 두른 거인 대여섯 명이 튀어나왔다. 그들이 소리쳤다. "친구분들, 잘 오셨소! 들어와 라키 한잔 드시죠. 통에서 방금 따른 거라 아직 따뜻합니다."

조르바는 혀를 끌끌 찼다. "주인님, 어떻게 할까요?" 그가 뒤돌아보고 내게 윙크했다. "우리 한잔 할까요?"

우리는 갓 따른 리키 술을 한잔했다. 속에 불이 붙는 것 같았다. 카페 겸 정육점 주인은 활발하고 건장하게 생긴 데다 곱게 늙은 영감이었다. 그가 우리에게 의자를 내주었다.

나는 어디 묵을 데가 있겠느냐고 물었다.

"오르탕스 부인댁으로 가보시오!" 누군가가 소리쳤다.

"프랑스 여자가 사나요?" 나는 놀라 물었다.

"어디서 왔는지 누가 압니까. 안 가본 데라곤 없는 여자랍니다. 갖은 비바람을 용케 피해서 지금은 이 마을에 눌러앉아 여인숙 하나를 차렸지요."

"사탕도 팔아요!" 어린애가 한몫 거든다.

"그 여자는 찍고 바르고 화장이 요란스럽지요." 다른 누군가가 말했다. "목에 리본을 두르고요……. 앵무새 한 마리도 기르고 있어요."

"그럼 과부?" 조르바가 물었다.

카페 주인은 탐스럽게 자란 자신의 회색 턱수염을 덥석 잡으며 말했다.

"이 양반아, 여기 내 수염이 모두 몇인지 셀 수 있겠소, 몇 개지? 과부라면 숱한 남자의 과부겠지. 무슨 말인지 알겠소?"

"알겠소. 그 여자는 당신도 홀아비로 만들어놓겠군요……." 조르바는 입술을 핥으며 대답했다.

"자네나 조심하게!" 노인이 소리 지르는 바람에 모두 웃음을 터뜨렸다.

카페 주인은 우리에게 한 잔씩 술을 새로 돌리고 나서 쟁반에 보리빵, 염소젖 치즈와 배를 내놓았다.

"자, 이 사람들을 가만 놔둬요. 그들이 여인숙에 가려는 꿈도 꾸게 해서는 안 돼! 그들은 오늘 밤 바로 여기서 묵는단 말씀이야!"

"콘도마놀리오, 내가 그들을 받을 작정이네! 나는 어린애도 없어. 우리집은 크고 방도 많지." 노인이 말했다.

"미안해요, 아나그노스티 아저씨. 내가 먼저 말했는걸요." 카페 주인은 노인의 귀에 대고 소리쳤다.

"자네가 한 사람 데리고 가게. 나는 늙은 친구를 데리고 갈 테니까." 아나그노스티 노인이 말했다.

"어느 늙은 놈 말입니까?" 조르바가 늙었다는 말에 발끈해서 물었다.

"우리는 함께 있어야 합니다." 나는 조르바에게 기분 나쁘게 생각지 말라는 신호를 보내며 말했다. "우리는 함께 있어야 하니까, 오르탕스 부인의 여인숙으로 가겠습니다."

"어서 오십시오. 손님들, 잘 오셨습니다!"

빛바랜 황갈색 머리의 뚱뚱하고 키 작은 여자가 포플러나무 아래서 안짱다리 걸음으로 걸어나왔다. 턱에는 빳빳한 털이 돋아난 검은 반점이 있었다. 목에는 붉은 벨벳 리본을 감고 쪼글쪼글한 두 볼에는 연한 자줏빛 분을 두껍게 발랐다. 머리털 한 줌이 그녀 미간 위에서 신나게 춤을 추었고, 그런 모습이 마치 나이를 먹고 연극 〈새끼독수리〉(로스탕의 희곡)에 나오던 사라 베른하르트와 비슷한 데가 있었다.

"오르탕스 부인, 만나서 반갑습니다!" 나는 갑자기 기분이 좋아져 그만 그녀 손에 키스하려고 했다.

인생이 별안간 동화 속 아니면 〈템페스트〉(셰익스피어의 희곡)의 서막 같아졌다. 상상 속이지만 우리는 난파로 온몸이 물에 흠뻑 젖은 채 이제 막 섬에 상륙한 셈이었다. 우리는 멋진 해안을 탐험하며 그곳 주민들과 의식 같은 인사를 나누고 있는 것이다. 오르탕스 부인은 이 섬의 여왕으로 보였다. 금발의 빛이 나는 해마가 바닷물에 밀려 반쯤 썩어 이 모래 해안에 내던져진 것 같았다. 그녀 등 뒤에 지저분하고 털이 북슬북슬한 여러 얼굴은 흔히 보는 서민의 상냥함을 풍기고 있었는데 그 속에 낀 캘리밴(〈템페스트〉에 나오는 반인반수)은 여왕에 대한 자랑과 경멸이 섞인 표정을 짓고 있었다.

신분을 숨긴 왕자인 조르바 또한 그녀를 응시하고 있었다. 마치 그 여자가 옛 전우이거나 한 것처럼. 먼 바다에서 싸우던 오래된 프리깃(구축함보다 크고 순양함보다 작은 군함)은 일승일패를 거듭했지만 승강구 뚜껑은 박살 나고 돛대는 부러진 채 돛은 찢기고—물 새는 틈서리를 때우듯 깊어진 주름을 분과 크림으로 메운 얼굴로 이 해안에 모습을 감추며 기다리고 있었던 것이다. 정말 그 여자는 흉터가 천 개나 되는 조르바를 기다리고 있었다. 나는 이 두 배우가 마침내 크레타의 무대에서 만났다는 것이 기뻤다. 무대는 군더더기 없이 매우 단출했고 배경은 물감을 듬뿍 묻힌 솔로 한두 번 칠한 듯한 풍경이었다.

"오르탕스 부인, 침대 둘을 주십시오. 침대 둘. 빈대가 없어야 하오." 나는 이 러브신 연기에 뛰어난 늙은 전문가에게 허리를 굽히며 말했다.

"빈대가 없어야 한다고? 없고말고요!" 그녀는 나에게 도전적인 시선을 던지며 외쳤다.

"없습지요!" 캘리밴은 조소가 담긴 입을 크게 열며 말했다.

"빈대는 하나도 없어요. 없지요!" 오르탕스 부인은 통통하게 살이 찐 발로 자갈을 힘껏 밟으며 대꾸했다. 그녀는 두꺼운 하늘색 스타킹을 신고 멋들어진 실크 리본을 단 다 쭈그러진 궁정 구두를 신고 있었다.

"프리마돈나, 저리 비켜요. 비키라니까!" 캘리밴은 또 한 번 소리쳤다.

그렇지만 오르탕스 부인은 당당한 위엄을 과시하며 이미 우리에게 길을 비켜주고 있었다. 그녀에게서 분과 싸구려 비누 냄새가 났다.

조르바는 탐욕스럽게 그녀를 바라보며 뒤를 따랐다.

"주인님, 저걸 좀 보세요. 저 잡것이 궁둥이 흔드는 것 좀 보시오. 씰룩쌜룩 마치 꼬리에 기름이 잔뜩 오른 암양 같죠!" 그가 나직한 목소리로 말했다.

큰 빗방울이 두셋 떨어지더니 하늘이 온통 구름으로 덮였다. 푸른 번갯불이 산 위에서 번쩍였다. 양가죽으로 된 케이프를 뒤집어쓴 소녀들이 목장에서 풀을 뜯던 염소와 양들을 서둘러 몰아오고 있었다. 부인네들은 난로 앞에 쭈그리고 앉아 저녁을 지으려고 불을 붙였다.

조르바는 그 굴러가는 여자의 엉덩이에서 한시도 눈을 떼지 않으며 성급하게 자기 수염을 물어뜯었다.

"휴우." 그가 갑자기 한숨을 쉬었다. "산다는 게 지옥이지! 화냥년이 끝까지 우리를 꼬이려고 하는군!"

3

오르탕스 부인의 여인숙은 목욕탕이 붙은 낡은 막사들을 한데 이은 것이었다. 첫 번째 막사는 사탕류·담배·땅콩·램프 심지·종이류·초·안식향 따위를 살 수 있는 가게였다. 그에 연이어 늘어선 막사와 숙소, 그 뒤쪽 안마당에는 취사장·세탁장·닭장·토끼장이 있었다. 주위를 빙 둘러선 보드라운 모래밭에는 대나무와 가시 달린 배나무가 자라고 있었다. 여인숙은 바다 냄새, 대소변 냄새로 뒤범벅이었다. 하지만 이따금 오르탕스 부인이 지나갈 때면 마치 누군가가 미장원 쓰레기통을 코밑에다 뒤집어 쏟은 것처럼 냄새가 달라지곤 했다.

침대가 준비되자마자 우리는 이불을 걷어붙이고 들어가 이튿날 아침까지 곯아떨어졌다. 꿈을 꾸었는지는 기억나지 않지만 막 바다에 뛰어들어 몸을 씻고 나온 것처럼 가볍고 상쾌한 기분으로 일어났다.

일요일이었다. 이웃마을에서 오는 광부들은 월요일이 되어야 탄광에서 일을 시작하니까 나는 내 운명이 실어다 놓은 해안을 한 바퀴 둘러볼 시간이 있었다. 먼동이 트기 전에 길을 떠났다. 정원들을 지나서 바닷가를 끼고 돌았다. 서둘러 그곳 물과 흙과 공기를 어루만지며 야생 풀을 뜯다 보니 손바닥에서는 짠 내와 샐비어, 박하 향기가 물씬 났다.

나는 언덕에 올라 주위를 둘러보았다. 화강암과 매우 단란한 석회암이 준엄한 경치를 이뤘는데, 어두운 그늘이 진 캐러브나무, 은빛 올리브나무, 무화과와 포도 넝쿨도 점점이 박혀 있다. 그늘이 드리운 산골짜기에는 오렌지 과수원, 레몬나무와 모과나무가 있었으며 해안 가까이에는 채소밭이 보였다. 남쪽으로는 바다가 끝없이 펼쳐져 있는데 아프리카에서 크레타 해안을 물어뜯으러 달려오는 파도는 아직 노여움이 가시지 않아 으르렁거렸다. 가까운 모래밭에 덮인 낮고 자그마한 섬이 아침 해의 넘치는 첫 햇살에 장밋빛으로 빛났다.

이 크레타의 시골 풍경은 잘 쓴 산문 같다는 생각이 들었다. 생각을 다듬은 구성, 군더더기 수식어가 빠져 강력하고도 은근함이 묻어나는 문장. 산문은 표현해야 할 모든 것을 최대한 절제하여 표현하고 있었다. 경박한 데라곤 없었고 인위적인 구석도 없었다. 말해야만 할 것을 남자다운 위엄으로 말했다. 그러나 엄격한 행간에서 기대하지 않았던 예민한 감성과 부드러운 정을 발견할 수 있었다. 그늘진 산골짜기의 레몬나무와 오렌지나무는 공기를 향긋하게 만들고 넓은 바다는 무궁한 시가를 읊조리고 있었다.

"크레타." 나는 나직이 중얼거렸다. "크레타……." 그러자 심장이 고동쳤다.

나는 자그마한 언덕에서 내려와 물가로 갔다. 눈처럼 하얀 숄을 두르고 노란 장화를 신고서는 치마를 걷어올린 소녀들이 재잘거리며 나타났다. 바다빛과 대조적으로 화사한 흰색을 반짝이며 그들은 저 너머 수녀원으로 미사를 드리러 가는 길이다.

나는 걸음을 멈췄다. 소녀들은 나를 보자 웃음소리를 그쳤다. 못 보던 남자를 발견한 그들의 표정이 불신으로 딱딱해졌다. 그들은 갑자기 머릿끝에서 발끝까지 방어태세를 취했는데 단단히 단추를 채운 블라우스를 꼭 쥐어잡는 손마디가 떨리는 것도 같았다. 공포가 그들의 핏속에 끓어올랐다. 수세기 동안 아프리카 쪽을 마주보고 있는 크레타 해안 일대에는 가끔 코르세르 해적들이 출몰하여 양도 암놈을 잡아가는가 하면 아녀자들을 겁탈했다. 해적들은 그들이 차고 있던 붉은 벨트로 전리품을 묶어 해적선 선체 바닥에 쓸어넣고는 알제리, 알렉산드리아, 베이루트에 팔아치웠다. 오랫동안 이 해안 일대에는 삼단 같은 머릿단을 풀어헤치는 광경이 되풀이되고 곡소리가 메아리쳤다. 나는 이 겁에 질린 소녀들이 마치 비집고 들어갈 수 없는 밀집대형을 이루듯 한데 엉켜 걸어나오는 모습을 바라보았다. 그것은 본능적인 반응이었다. 옛날에는 그럴 수밖에 없었지만 오늘날까지 까닭 없이 되풀이되는 그런 반응이었다. 지나가버린 옛날의 필요가 그들의 행동을 지배하는 것이다.

아가씨들이 내 앞을 지날 때 나는 조용히 길을 비켜주며 미소를 지었다. 그러자 그들은 그들이 느꼈던 공포가 수백 년 전에 지나갔고 그들이 안전한 시대에 살고 있음을 새삼 깨달은 듯 금세 얼굴이 밝아지며 밀집한 전투대형을 풀더니 일제히 맑고 기분 좋은 목소리로 나에게 인사를 하고 지나간다. 그때 마침 멀리 수녀원에서 유쾌하고 신나는 종소리가 울려퍼져 주위를 온통 기쁨의 소리로 가득 차게 했다.

해가 솟아오르고 하늘은 맑았다. 나는 암초에 앉은 갈매기처럼 바위틈에 웅크리고 앉아 바다를 오래오래 바라보았다. 내 몸은 기운이 넘치고 싱싱했으며 말을 잘 들었다. 그리고 내 정신은 파도를 따라가다가 그만 한 자락의 파도가 되어 저항 없이 바다의 리듬에 잠겨갔다.

나의 마음은 부풀기 시작했다. 뚜렷하진 않지만 호소하는 목소리가 내 안에서 들려왔다. 나는 누가 나를 부르고 있는지 안다. 내가 잠시라도 혼자 있을 때면 그 존재는 소리를 지른다. 무서운 예감, 황홀감, 미칠 듯한 공포에 질린 목소리는 내가 그를 끄집어내주길 기다리는 것이다.

나는 그 두려운 마귀의 소리를 달래기 위해서 서둘러 내 여행 동무인 단테의 책을 폈다. 책장을 뒤적이며 띄엄띄엄 한 행 또는 삼행연구(三行聯句)를 읽다가 연가(連歌) 한 편을 몽땅 외기도 했다. 그 불타는 시행이 담긴 책장에서 저주받은 자들이 소리 지르며 일어나기도 했다. 상처입은 영혼들은 바위 벼랑의 중간쯤 오르다가 깎아지른 산을 어떻게 오를까 길을 다시 찾았다. 축복받은 영혼들은 저 높은 에메랄드빛 초원에서 눈부신 반딧불처럼 움직이고 있었다. 나는 이 무서운 운명의 집을 가장 높은 곳에서 가장 낮은 곳까지 방황했다. 나는 자유로이 지옥·연옥·천당을 마치 내 집처럼 드나들었다. 그 훌륭한 시들을 읽다 보면 감동하여 고통받기도 하고 더없는 행복을 기다리거나 맛보기도 했다.

나는 단테를 쾅 닫아버리고 멀리 바다를 보았다. 갈매기 한 마리가 가슴을 물에 대고 파도와 함께 출렁이고 있었는데 물결에 온몸을 내맡기며, 몽땅 내맡기는 데서 오는 기쁨을 맛보고 있었다. 햇볕에 그을린 맨발의 소년이 물가에 나와 사랑의 노래를 불렀다. 노래 가사에 담긴 아픔을 이해하는지 그의 목소리는 수평아리처럼 쉰 소리가 되어가고 있었다.

수백 년 동안 단테의 시는 시인의 조국에서 노래로 불려왔다. 사랑의 노래가 젊은 남녀에게 사랑을 준비하게 하는 것처럼 격렬한 피렌체 사람인 단테의 시구들은 이탈리아 젊은이들에게 자기 해방을 준비토록 하는 것이다. 대를 이으며 모든 사람은 시인의 정신과 이야기하고 그들의 노예생활을 자유로 바꿔놓았다.

나는 등 뒤에서 나는 웃음소리를 듣고 그만 단테의 명상에서 깨어나고 말았다. 뒤돌아보았더니 온통 웃음으로 주름진 조르바의 얼굴이 보였다.

"일을 참 잘도 하십니다! 내가 이러고 몇 시간을 찾아 헤맸지만 도대체 여기 와 있는 걸 어떻게 알 수 있었겠습니까?" 그가 말했다.

내가 잠자코 있자 그가 다시 말을 이었다.

"한낮이 다 되었지요. 닭을 삶고 있는데 그만 다 바스러지고 말겠어요. 아시겠어요?"

"알고 있소. 하지만 배가 고프진 않은걸."

"배가 안 고프다고요? 하지만 아침부터 조금도 먹은 게 없잖아요. 몸에도 영혼은 있답니다. 몸을 가엾게 생각해야죠, 주인님. 그놈에게 먹을 것 좀 줘요. 뭔가 먹여야 합니다. 그건 우리의 짐승이거든요. 미리 먹이를 주지 않는 다면 당신을 길 한복판에서 오도 가도 못하게 만들 거요!" 조르바는 제 허벅다리를 철썩 갈기며 소리쳤다.

나는 요 몇 년 동안 육체의 쾌락을 경멸해왔다. 되도록이면 먹더라도 부끄러운 일을 저지르는 것처럼 몰래 숨어서 먹기를 원했다. 하지만 조르바의 불만을 그냥 듣고만 있을 수도 없어서 일어서며 말했다.

"좋아, 내려가겠소."

우리는 함께 마을 쪽으로 걸음을 옮겼다. 바위틈에서 지낸 시간은 애인끼리 만났던 순간처럼 번개같이 지나간 것이다.

"지금껏 갈탄 생각을 했나요?" 조르바가 머뭇거리며 물었다.

"내가 그것 말고 또 생각할 게 있겠소? 내일부터 일을 시작합시다. 나는 그전에 계산을 좀 해봐야만 했었지요." 나는 웃으면서 대답했다.

"계산을 해본 결과는 어떻습니까?" 그는 조심조심 걸음을 옮기며 물었다.

"석 달 뒤면 하루에 10톤씩 캐내야만 비용을 메울 수 있겠습니다."

조르바는 좀 근심스런 표정으로 나를 쳐다보았다. 그러더니 얼마쯤 있다가 입을 열었다.

"그런데 도대체 계산을 하는데 바다에는 왜 내려갔지요? 주인님, 이런 질문을 하는 걸 용서하세요. 하지만 내가 몰라서 그래요. 나는 숫자를 가지고 씨름을 해야 할 때 아무것도 볼 수 없는 땅속에라도 들어가 있고 싶은 심정이거든요. 만약 내가 눈을 쳐들고 바다를 보거나 나무를 보거나 여자를 보면—비록 늙은 여자라도 말입니다—제기랄, 그때까지 생각했던 계산이며 숫자가 몽땅 불에 사른 듯 날아가지 않으면 이상하죠. 날개가 돋친 것처럼 날아가면 나는 죽어라 뒤쫓아가야 하고……."

"하지만 조르바, 그건 당신 잘못이지. 정신을 집중하지 않으니까 그렇소." 나는 그를 놀렸다.

"주인님 말이 맞을지도 몰라요. 모든 건 생각하기에 달려 있으니까. 현명한 솔로몬 왕도 어쩔 수 없는 경우가 있으니까요……. 내가 하루는 자그만 동네에 들렀는데 아흔 살 먹은 할아버지가 편도나무 한 그루를 심고 있지 않겠어요? '뭐요, 할아버지!' 나는 소리쳤어요. '편도나무를 심으세요?' 그랬더니 허리가 굽은 그가 고개를 들고 말하더군요. '얘야, 나는 절대로 죽지 않을 것처럼 계속 일한단다.' 나는 이렇게 대답했죠. '나는 내가 언제 죽을지 모른다는 생각을 하며 살고 있군요.' 어느 쪽이 옳은 걸까요, 주인님?"

"이 말에는 꼼짝 못하겠지요?"

그는 이겼다는 듯이 나를 바라보며 말했다.

나는 잠자코 있었다. 두 개의 가파르고 험준한 고갯길은 같은 봉우리에 이르는 길일 수도 있다. 마치 죽음이 존재하지 않는 것처럼 행동하거나 아니면 매순간 죽음을 생각하는 것은 어쩌면 같은 일인지도 모른다. 그러나 조르바가 질문을 던졌을 때는 그런 생각이 떠오르지 않았다.

조르바는 조롱하는 말투로 얘기했다. "주인님, 반박을 못한다고 걱정하진 마세요. 우리 다른 얘기를 합시다. 지금 나는 계피 뿌린 닭고기와 필라프(쌀·고기·향료를 넣은 음식)를 생각하고 있어요. 내 머릿속은 필라프처럼 김이 뭉게뭉게 날 지경이에요. 먼저 먹고 봅시다. 배를 채워놓고 난 다음에 생각해봅시다. 모든 것은 제때가 있습지요. 지금 우리 앞에는 필라프가 있으니 우리 마음도 필라프가 되게 해야죠. 내일이면 우리 앞에 갈탄이 있을 테니 그때 우리 마음은 갈탄이 되어야만 하는 겁니다! 어정쩡한 놀음은 아무짝에도 쓸모없으니까요."

우리는 마을에 들어섰다. 여인네들은 문간 계단에 앉아 이러쿵저러쿵 떠들어댔다. 늙은이들은 단장에 몸을 기댄 채 말이 없었다. 석류가 잔뜩 열린 석류나무 아래서 키가 작고 쪼글쪼글한 할머니가 손자의 이를 잡아주고 있었다.

카페 앞에는 심각하고 긴장한 표정을 지은 매부리코 영감이 곧은 자세로 서 있었다. 위엄 있는 풍채였다. 그가 마브란도니였다. 그는 마을의 장로이며 우리에게 갈탄광을 빌려준 사람이다. 그는 간밤에 오르탕스 부인 집에 찾아와서 우리를 자기 집으로 데려가겠다고 했었다.

"이 마을에 사람이라곤 없는 것처럼 그 여자의 여인숙에서 묵으시다니 창피한 일입니다."

그는 근엄했고 마을 지도자답게 말을 조심스레 골라 했다. 그러나 우리는 거절했다. 그는 기분이 상해 보였지만 굳이 가자고 고집하지는 않았다.

"나는 내 임무를 다했소. 당신 좋을 대로 하시오." 그는 떠나면서 말했다.

조금 있다가 그는 우리에게 치즈 두 덩이, 석류 한 바구니, 건포도와 무화과 한 단지 그리고 목이 가는 큰 병에 라키 술을 가득 보내왔다. 그 집 하인은 작은 나귀에서 짐을 풀며 이렇게 말했다.

"마브란도니 어른이 보내시는 겁니다. 대단한 것은 못되지만 정성을 받아 달라 하셨습니다."

이제 우린 마을의 우두머리를 좀 수다스럽게 반겼다.

"장수를 빕니다." 그는 가슴에 손을 얹고 말했다. 그러고는 입을 다물었다.

"말하는 걸 별로 좋아하지 않나 봐요, 늙은 바보로군." 조르바가 중얼거렸다.

"자존심이 강해서 그래. 나는 그가 좋소." 내가 말했다.

우리는 여인숙에 거의 다 이르렀다. 조르바는 신이 난다는 듯 코를 벌름거렸다. 문간에서 우리가 돌아오는 모습을 보자마자 오르탕스 부인은 소리를 지르며 부엌으로 달려갔다.

조르바는 잎이 다 떨어진 정원의 포도나무 정자 아래로 식탁을 내놓았다. 그러고는 빵을 두껍게 썰고 술을 갖다 놓으며 상을 보았다. 이윽고 몸을 돌려 악동처럼 나를 보더니 식탁을 가리켰다. 그는 세 사람 분의 식탁을 차린 것이다.

"주인님, 이해하시겠어요?" 그가 속삭였다.

"이해하겠네. 이 늙은 주책 같으니!" 내가 대답했다.

"늙은 닭으로 끓인 스튜 맛이 최고지요." 그는 입맛을 다시며 말했다. 그의 거동은 민첩했고 눈은 반짝거렸다. 그는 옛날에 유행한 사랑노래를 흥얼거렸다.

"주인님, 이게 인생을 사는 방법이라오. 재미를 보고 게다가 닭도 먹는단 말이지요. 아시겠어요? 나는 마치 이 순간이 끝나면 죽어야 하는 사람처럼 이런 일을 하고 있는 겁니다. 나는 잽싸게 일을 하지요. 닭을 채 먹기 전에 뻗어버리면 허탕이거든요!"

"식탁으로 가져가요!" 오르탕스 부인이 명령했다.

그녀는 냄비를 들어다가 우리 앞에 놓았다. 그러더니 선 채 입을 딱 벌렸다. 접시가 세 개 놓인 것을 보았던 것이다. 그만 기쁨에 홍당무가 된 그녀는 조르바를 보더니 날카롭고 불그레한 빛이 감도는 그녀의 작은 눈을 깜박였다.

"잔뜩 동하는뎁쇼." 조르바가 속삭였다.

그러더니 더할 나위 없이 친절한 태도로 부인을 향해 이렇게 입을 열었다.

"바다의 아름다운 님프이시여, 저 바다는 난파당한 우리를 당신의 영토에 몰아붙였습니다. 나의 세이렌이여, 식탁을 더불어 나누는 영광을 베풀어주시옵소서!"

늙은 카바레 가수는 팔을 활짝 벌렸다가 마치 우리 둘을 다 함께 끌어안고 싶다는 듯이 다시 감싸안았다. 그녀는 우아하게 몸을 흔들면서 조르바를 건드리고 나를 스치더니 까르르 웃으며 자기 방으로 뛰어들어갔다. 얼마 안 있어 그녀는 제일 좋은 옷으로 갈아입고 새처럼 매력을 과시하며 다시 나타났다. 오래되었지만 반짝이는 벨벳 드레스를 닳아빠진 황금빛 수술로 장식했다. 보디스는 편안하게 펴진 대로 놔두고 그 위에 활짝 핀 장미 조화를 달았다. 한 손에 든 앵무새 새장은 포도덩굴이 엉킨 정자에 걸었다.

우리는 그녀를 우리 사이에 앉혔다. 조르바는 그녀의 오른쪽, 나는 왼쪽에 앉았다.

우리 셋은 모두 황홀한 기분에 빠졌다. 우리는 오랫동안 한마디 말도 하지 않았다. 짐승에게 먹이를 주기에 바빴고 그의 갈증을 포도주로 풀어주기에 바빴다. 음식은 곧 피가 되었고 세상은 한결 더 아름다워졌으며 우리 옆에 앉은 여인은 시시각각으로 젊어져 얼굴 주름이 차차 사라져갔다. 우리 앞에 매달린 새장 속에서 초록빛 재킷에 노란 조끼를 입은 것 같은 앵무새가 우리를 쳐다보았다. 그는 마술에 걸린 외톨이 사내 같기도 했고 초록과 노란색 드레스를 입은 늙은 카바레 가수의 영혼 같기도 했다. 우리 머리 위 포도덩굴에는 시커멓게 큰 포도송이가 주렁주렁 달려 있었다.

조르바의 눈은 빙글빙글 돌고 있었고 마치 온 세상을 끌어안고 싶다는 듯이 두 팔을 활짝 벌렸다.

"어떻게 된 거지요, 주인님?" 그는 놀라서 소리쳤다. "작은 잔으로 포도주 한 잔을 마셨는데 세상이 이렇게 빨리 돌아버렸으니 말입니다. 주인님, 인생은 괴상한 것이군요. 정말 우리 머리 위에 주렁주렁 열린 것이 포도송이입니까, 아니면 천사들입니까? 난 모르겠어요. 아니면 이것들은 아무것도 아니란 말입니까? 아무것도, 닭고기도 세이렌도 크레타 섬도 존재하지 않는다는 말입니까? 부디 말해줘요. 주인님, 말해줘요. 내가 여기서 미쳐버리지 않게 말입니다!"

조르바는 점점 활기가 돌았다. 그는 닭고기를 다 뜯어먹고 나서 이제 오르탕스 부인을 탐욕스럽게 바라보았다. 그의 시선은 그녀를 핥듯이 더듬었다. 위에서 아래로 훑어내리다가 마치 눈에 촉각이라도 있는 것처럼 그녀의 솟아오른 젖가슴 속으로 미끄러져 들어가기도 했다. 우리 숙녀의 작은 눈도 반짝거리고 있었다. 그녀는 포도주를 좋아했다. 네댓 잔은 비웠을 것이다. 포도주 속에 들어 있던 장난꾸러기 마귀가 그녀를 세월 좋던 옛날로 되돌아가게 했다. 그녀는 다시 상냥하고 쾌활하며 활달한 여인이 되었다. 그녀는 마을 사람들이 그녀를 볼 수 없도록 일어서서 바깥문의 빗장을 잠갔다. 그녀는 그들을 야만인들이라고 불렀다. 그녀는 담배를 피워 물었고 프랑스식으로 휘어오른 그녀의 작은 코에서는 꽃다발 같은 연기가 나오기 시작했다.

그와 함께 한 여자의 모든 문이 열렸다. 파수병들은 쉬어 자세를 취하고, 한마디 친절한 말은 황금이나 사랑만큼 강렬한 힘을 발휘한다. 그래서 나는 파이프에 불을 댕기고 그런 친절한 말을 했다.

"오르탕스 부인, 당신을 대하고 있으니까 사라 베른하르트가 떠오르는군요. 그녀가 젊었을 때의 얼굴말입니다. 이 황량한 곳에서 이토록 우아하며 고상하고 친절하며 아름다운 분을 만날 줄은 미처 몰랐어요. 어떤 셰익스피어가 당신을 이런 야만인들 속에 보낸 겁니까?"

"셰익스피어? 어떤 셰익스피어라고?" 그녀는 창백한 작은 눈을 크게 뜨며 물었다.

그녀의 마음은 주마등처럼 그녀가 거쳐 온 극장들을 떠올렸다. 눈 깜박할 사이 그녀는 파리에서 베이루트 그리고 아나톨리아의 해안을 누비며 카페콘서트, 카바레, 술집을 차례차례 회상했다. 갑자기 기억이 떠올랐다. 샹들리에가 번쩍이며 플러시 천을 댄 의자에 앉은 남녀들, 등을 내놓은 옷차림을 한 여자들과 향기와 꽃의 기억이 떠오르는 알렉산드리아의 큰 극장이었다. 별안간 커튼이 오르더니 무섭게 생긴 흑인이 나타났다……

"어떤 셰익스피어라고?" 기억을 되살린 그녀가 자랑스럽게 물었다. "오셀로라고도 부르는 그 사람 말이에요?"

"같은 사람이지요. 나의 백합부인, 대체 어떤 셰익스피어가 당신을 이 야만의 바윗더미에 내버렸습니까?"

그녀는 주위를 둘러보았다. 문은 닫혀 있었고 앵무새는 잠들었으며 토끼들은 교미가 한창이라 우리 말고는 아무도 없었다. 그녀는 감동했다. 우리를 위해 그녀는 가슴을 열기 시작했다. 마치 오래 닫아두었던 장롱을 여는 것 같았다. 향료가 가득한 그 속에는 노랗고 바랜 연애편지와 옛날 옷가지들이 들어 있었다.

그녀는 자기 나름의 그리스어로 지껄였다. 단어를 요절내고 음절을 뒤섞는 그런 그리스어였지만 우리는 그녀의 뜻을 완벽하게 이해할 수 있었다. 때로 웃음을 참기가 어렵기도 했지만 이따금—꽤 마시기도 한 터라서—눈물을 쏟기도 했다.

"저……." 늙은 세이렌이 향수 냄새가 진동하는 여인숙 뜰에서 우리에게 한 말을 대충 옮기면 이러하다. "여러분이 지금 보고 있는 사람으로 말하자면 결코 술집에서 노래나 부르는 가수가 아니었습니다. 천만에! 나는 유명한 예술가였지요. 진짜 레이스로 꾸민 비단 속옷도 입어보았지요. 그러나 사랑이……."

그녀는 깊은 한숨을 쉬더니 조르바가 권한 담배에 불을 댕겼다.

"저는 해군 제독을 사랑했어요. 크레타에 다시 혁명이 일어나고 여러 열강들의 함대가 수다 항에 정박하고 있을 때지요. 며칠 뒤 제가 탄 배도 그곳에 닻을 내렸지요. 아, 기가 막히게 화려한 광경이었어요! 당신들도 영국, 프랑스, 이탈리아, 러시아의 제독들을 봐야 하는 건데. 모두 금술을 두른 검정 에나멜가죽 구두를 신고 깃 달린 모자를 쓰고 있었지요. 수탉들 같았어요. 모두 75킬로그램에서 90킬로그램은 나가 보였으니 수탉치고는 너무 컸지요. 그리고 그 수염! 말도 마세요. 곱슬곱슬한 수염, 비단 같은 수염, 까만 수염, 금발회색 수염, 붉은색 수염 그리고 냄새도 얼마나 좋았다고요! 모두 저마다 독특한 향수를 썼답니다. 그러니까 캄캄한 어둠 속에서도 그들 하나 하나를 다 구별할 수 있었지요. 영국 제독은 오드콜로뉴 냄새, 프랑스 제독은 바이올렛, 러시아 제독은 사향냄새, 이탈리아 제독은 파촐리 (인도산 꿀풀과의 식물로 만든 향료)를 즐겨 썼습니다. 아유 참, 그렇게도 멋진 수염이 있을까! 그렇게 멋진 수염이 어디 있을까!

우리는 여러 차례 기함에 모여서 혁명을 논했지요. 그들의 제복은 구김살이라곤 전혀 없었고 내 실크 슈미즈도 살갗을 찌를 만큼 빳빳했어요. 그들이 거기다가 샴페인을 퍼부었거든요. 그때는 여름이었지요. 아시겠어요? 혁명에 대한 얘기를 했는데, 심각한 대화였지요. 나는 그들의 수염을 잡고서는 불쌍한 우리 크레타 사람들에게 폭격하지 말라고 애원했습니다. 우리는 쌍안경으로 카니아 근처 바위 위에서 그들을 보았지요. 조그맣게, 정말 조그맣게 보이더군요. 푸른색 바지에 노란 구두를 신은 개미들 같았어요. 그들은 소리를 지르고 또 질렀습니다. 깃발도 가지고 있었고요."

안마당을 둘러싼 대밭에서 움직이는 기척이 났다. 늙은 여장부는 소스라치게 놀라 이야기를 멈췄다. 잎사귀 사이에서 장난기 가득한 작은 눈들이 반짝였다. 마을의 꼬마녀석들이 우리가 야유회를 즐기는 줄 알아채고 몰래 염탐하고 있었던 것이다.

카바레 가수는 일어서려고 했지만 발이 말을 듣지 않았다. 너무 먹고 너무나 많이 마셨던 것이다. 그녀는 땀을 흘리며 주저앉았다. 조르바는 돌을 집어들었다. 애들은 비명을 지르며 흩어졌다.

"나의 아름다운 여인이여, 말을 계속해요! 나의 보배여, 말을 이어나가요!" 조르바가 의자를 그녀에게 바싹 더 가까이 밀고 가며 말했다.

"그래서 나는 이탈리아 제독에게 말했지요—나는 그와 더 친했습니다—나는 그의 수염을 붙잡고 타일렀지요. '나의 카나바로', 그게 그의 이름이었으니까요. '제발 이 꼬마 카나바로야, 이제 쾅쾅을 그만해! 이제 그만하래두!'"

"당신들이 지금 보고 있는 여자가 크레타 사람들을 얼마나 여러 번 구해준 줄 아십니까? 그 대포에 대포알이 진짜로 장전되었을 때마다 내가 제독의 수염을 붙잡고 그가 쾅쾅 쏘지 못하게 만들었습니다. 하지만 그러고 나서 내가 받은 감사는 대체 무엇일까요? 자, 내가 훈장 대신 받은 것 좀 봐요!"

오르탕스 부인은 고마움을 모르는 남자들의 태도에 분개하고 있었다. 그녀는 부드럽고 주름진 주먹으로 테이블을 쳤다. 조르바는 익숙한 솜씨로 그녀의 벌린 무릎 위에 두 손을 가져가더니 꼭 붙들며 짐짓 감동한 듯한 목소리로 외쳤다.

"나의 부불리나(Bouboulina : ^{그리스 독립}_{전쟁의 여걸}), 제발 쾅쾅은 그만합시다!"

"손 놓아요! 저를 뭐로 보시는 거예요?" 우리의 착한 부인은 만족스럽게 웃으며 나른한 눈매를 그에게 던졌다.

"하느님이 하늘에 계십니다." 엉큼한 꾀가 하늘을 찌를 듯한 호색가의 말씀이었다. "흥분하지 말아요. 나의 부불리나. 우리가 여기 있질 않소, 당신, 두려워하지 말아요."

늙은 세이렌은 신랄한 푸른 눈을 들어 하늘을 쳐다보았다. 그녀의 초록색 앵무새가 잠들어 있는 것이 보였다.

"나의 카나바로, 나의 귀여운 카나바로!" 그녀가 요염하게 말했다.

그녀의 목소리를 알아들은 앵무새는 눈을 뜨고 새장에 지른 창살을 붙잡더니 "카나바로! 카나바로!" 물에 빠진 녀석처럼 목이 쉰 소리로 외치기 시작했다.

"선물이요!" 조르바는 애무의 손길이 수없이 닿았던 그녀의 무릎에 다시금 두 손을 갖다대며 말했다. 이번에는 무릎을 제 것인 양 끌어안고 싶다는 투였다. 늙은 카바레 가수는 의자에서 몸을 뒤틀더니 다시 주름진 작은 입을 열었다.

"나도 말이죠, 용감히 싸웠답니다. 가슴과 가슴을 맞대고 말이에요……. 하지만 악운이 닥쳐왔어요. 크레타가 해방이 됐거든요. 함대들은 떠나라는 명령을 받았어요. '그럼 저는 어떻게 되지요?' 나는 네 제독의 수염을 붙들고 물었지요. '저를 어디다 두고 떠날 작정이죠? 저는 품위 있는 생활이 몸에 배었고 샴페인, 통닭구이에 입맛을 들였어요. 잘생긴 수병들한테 경례받는 생활에 익숙해진 이 몸이 당장 네 번이나 과부 설움을 당해야 하다니! 각하, 제독님들, 이 몸은 어떻게 해야 합니까?'

그들은 웃기만 합디다. 당신도 그런 사나이겠죠! 그들은 영국 파운드, 이탈리아 리라, 러시아 루블, 프랑스 나폴레옹 화폐를 잔뜩 집어줬어요. 나는 그걸 스타킹과 보디스 그리고 신발 속에다 구겨 넣었지요. 헤어지는 날에는 얼마나 울고불고 했던지, 제독들은 나를 정말 가엾게 여겼어요. 그들은 목욕통에 찰찰 넘치도록 샴페인을 따르더니 나를 그 속에 집어넣었어요. 그때 이미 우리는 남남이 아니었거든요. 그러더니 그들은 저를 위해 목욕통에 입을 대고 샴페인을 마셨어요. 그들은 잔뜩 취해 불을 껐지요…….

아침이 되니까 내 몸에서는 겹겹이 쌓인 네 사람의 향수 냄새가 났죠. 바이올렛 위에 오드콜로뉴, 그 위에 사향냄새 그리고 맨 위에 파촐리 향수가 물씬 풍겼어요. 나는 4대 강대국인 영국, 프랑스, 러시아, 이탈리아를 바로 이 무릎 위에 올려놓고 그들을 이렇게……."

오르탕스 부인은 통통한 작은 팔을 뻗더니 마치 무릎 위에서 어린아이를 달래듯 아래위로 흔들었다.

"이렇게, 이렇게 달래줬다는 말씀입니다! 그리고 먼동이 트자 그들은 대포를 쏘기 시작하더군요. 내 명예를 걸고 말씀드리지만 그들은 저를 위해 축포를 쏘았던 거예요. 그러더니 열두 명의 배 젓는 선원이 흰 배로 나를 해안에 데려다주었어요."

그녀는 작은 손수건을 꺼내더니 걷잡을 수 없이 눈물을 쏟기 시작했다.

"나의 부불리나, 눈을 감아요……." 조르바는 행복한 듯 소리쳤다. "나의 보배여, 눈을 감아요. 내가 바로 카나바로라니까!"

"이 손을 놓으라니까요!" 우리의 훌륭한 숙녀께서는 울다가 웃었다. "그 잘생긴 당신의 모습을 쳐다보기나 하시지. 금테 견장이며 세모난 모자며 향수 뿌린 수염은 어디 두셨나요? 아, 아무렴 어떨까……."

그녀는 조르바의 손을 상냥하게 쥐더니만 다시 훌쩍이기 시작했다.

한결 선선해졌다. 우리는 한동안 할 말을 잃었다. 대나무밭 저 너머에서 바다가 한숨을 쉬었다. 마침내 바다는 잔잔해지고 평정을 되찾은 것이다. 바람은 잠잠해지고, 해도 쉬려고 바닷속에 들어가버렸다. 까마귀 두 마리가 우리 머리 위로 지나가는데 날개에서 마치 비단헝겊을 쭉 찢는 소리가 났다. 여가수의 비단 슈미즈 찢어지는 소리 같았다.

저녁 햇살이 정원에 온통 황금먼지를 뿌린 것처럼 반짝였다. 오르탕스 부인의 환상적인 입술이 저녁 미풍 속에 불붙은 듯 파르르 떨렸다. 마치 날개가 있다면 그녀의 입술에 머금은 불을 이웃사람의 머리에 가져다주고 싶은 듯 보였다. 황금빛 노을이 반쯤 드러낸 젖가슴과 나이 들어 살이 찐 벌어진 무릎 위에 쏟아지고, 그녀의 목덜미 잔주름과 닳아빠진 궁정 구두를 비췄다.

우리 늙은 세이렌은 몸을 부르르 떨었다. 그녀는 눈물과 포도주로 빨개진 작은 눈을 반쯤 감고 처음에는 나를 보더니 이윽고 조르바를 보았다. 조르바의 입술은 타들어간 듯했으며 여자의 젖가슴에 넋이 빠져 있었다. 그녀가 궁금한 듯한 눈초리로 우리를 번갈아보는 모습이 과연 어느 쪽이 카나바로인가를 묻고 있는 것처럼 보였다.

"나의 부불리나여!" 조르바가 정열적인 구애를 하며 제 무릎을 그녀 무릎에 바싹 가져다 문질렀다. "걱정 말아요, 하느님도 없고 악마도 없어요. 당신의 작은 머리를 들어 턱을 손에 꾀고……. 자, 우리를 위해서 노래나 한 곡 불러줘요. 죽음 따위는 아무것도 아니라니까!"

조르바는 화끈 달아 있었다. 왼손으로 자기 수염을 자꾸 꼬면서 오른손으로는 술에 취한 여가수의 몸을 더듬었다. 그는 숨찬 목소리로 말했고 눈매는 나른했다. 그가 지금 앞에 놓고 앉은 것은 쪼글쪼글 말라비틀어지고 천박하기 이를 데 없는 화장을 한 늙은 여자가 아니요, 여성 전부였다. 여자를 그렇게 부르는 건 그의 버릇이었다. 개인은 자취를 감추고, 젊건 늙었건 아름답건 결국 외모는 눈앞에서 사라진다. 그런 것은 별로 중요하지 않았다. 모든 여자의 개인적인 특성이 사라진 그 자리에 엄숙하고 신성하며 신비한 아프로디테의 얼굴이 나타나는 것이다.

지금 조르바가 보고 말하면서 갖길 원하는 건 바로 그런 얼굴이었다. 오르탕스 부인은 덧없는 순간의 투명한 가면에 지나지 않았고, 조르바는 그 투명한 가면을 찢어 영원한 입에 키스했던 것이다.

"나의 보배여, 당신의 눈처럼 하얀 목을 들어요." 그는 숨을 헐떡이며 애원하는 목소리로 되풀이했다. "눈처럼 하얀 당신의 목을 들고 우리에게 노래를 불러줘요!"

늙은 여가수는 빨래로 죄다 터버린 그 투박한 손 위에 턱을 괴었다. 눈이 게슴츠레해졌다. 그녀는 야성의 슬픈 소리를 지르고서 반쯤 감은 눈을 조르바에게서 떼지 않고 그녀가 좋아하는 노래를 부르고 또 불렀다. 그녀는 이미 조르바를 점찍었던 것이다.

내 세월의 흐름 속에서
당신을 만났기 때문에……

조르바는 깡충 뛰어올랐다. 산투르를 집어다가 터키인처럼 땅바닥에 주저앉아 악기를 풀어 무릎 위에 올려놓더니 그의 큰 손을 폈다.

"아아!" 그의 굵은 목소리가 울려 퍼졌다. "칼을 가져다 내 목을 끊으렴, 부불리나!"

날이 어두워져 저녁 하늘에 별이 나왔다. 감미롭게 유혹하는 산투르의 울음소리가 조르바의 욕망에 기름을 부었다. 닭고기와 밥과 구운 아몬드와 술에 취한 오르탕스 부인은 비틀거리다가 덥석 조르바의 어깨에 기대며 푹 한숨을 내쉬었다. 그녀는 뼈가 앙상한 그의 옆구리에 가만히 몸을 문지르며 하품을 하더니 새삼 한숨을 쉬었다.

조르바는 나에게 신호를 보내더니 목소리를 낮추었다.

"주인님, 여자가 기분이 동했어요. 부탁입니다. 둘만 있게 해주세요."

4

새벽에 눈을 뜬 나는 내 맞은편 침대 끝에 두 발을 올리고 앉은 조르바를 보았다. 담배를 피우면서 깊은 명상에 잠긴 표정이었다. 그의 작은 눈은 바로 앞 부채꼴 장식 창가에 못 박혀 있었는데, 먼동이 밝아와 창문이 희뿌옇게 물들었다. 그의 눈은 부어 있었고 유난히 길고 털 없이 까칠한 목은 마치 날짐승을 채먹는 새의 목처럼 쑥 빠져나왔다.

전날 밤, 나는 그를 늙은 암탉과 있도록 놔두고 일찍이 잠자리에 들었던 것이다.

"난 가겠소, 조르바. 재미 보시오. 행운을 비오!"

"주인님, 잘 가세요. 우리의 작은 일을 끝맺게 봐주셔야죠. 푹 주무십시오."

그들은 그들의 작은 일을 해결한 게 분명했다. 나는 잠결에 소리 죽인 구애 소리를 들은 것 같았는데, 한동안 옆이 뒤흔들리고 요동쳤다. 그러나 그만 깊은 잠이 들고 말았다. 자정이 한참 지나서야 맨발로 건너온 조르바는 나를 깨우지 않으려고 조용히 자기 침대에 가서 몸을 뉘었다.

먼동이 텄을 때 그는 그렇게 생기 없는 눈초리로 먼 곳을 응시하고 있었다. 그는 아직 잠에서 덜 깬 게 분명했으며 그의 이마에서도 채 잠이 걷히지 않았다. 조용하게 애무하듯 그는 그늘진 물결에 짙게 흐르는 자신을 내맡기고 있었다. 우주가, 대지가, 물이, 생각과 사람이 천천히 먼 바다를 향해 흘러가고 있었고, 조르바는 두말할 것 없이 그 흐름에 거역하지 않고 행복하게 떠내려가고 있었다.

마을이 잠을 털고 일어나기 시작했다. 닭·돼지·노새·사람들의 속삭임이 한데 섞여 들려왔다. 나는 침대에서 뛰어 일어나 이렇게 외치고 싶었다. '조르바! 오늘 우리는 할 일이 있지!' 하지만 나는 장밋빛으로 변하는 아침 속에 조용히 나 자신을 일으켜 세우는 커다란 행복에 젖어 아무 말도 못했다. 그 마술 같은 순간이야말로 온 생명이 새벽처럼 가뿐해보이는 것이다. 대지는 보드랍고 꿈틀거리는 구름처럼 바람결을 따라 모양을 바뀌나간다.

나는 팔을 펴 기지개를 켰다. 담배가 피우고 싶어졌다. 나는 파이프를 집어들었다. 그러고는 감회 깊게 그걸 바라보았다. 큼지막하고 귀한 파이프였다. 'MADE IN ENGLAND.' 친구의 선물이었다—회색빛이 감도는 초록빛 눈매에 손가락이 가느다란 친구였다. 몇 년 전 해외에 있을 때다. 그는 공부를 모두 마치고 그날 저녁 그리스로 떠날 참이었다. "궐련을 피우지 말게." 그가 말했다. "궐련에 불을 붙이면 반만 피우고 나머진 버리게 되지. 자네 사랑은 불과 1분이면 끝장나는 걸세. 창피하지. 파이프를 피우는 게 좋을 거야. 그건 정숙한 아내 같거든. 집에 가면 제자리에서 자네를 조용히 기다리고 있을 테지. 자네가 불을 댕겨 떠오르는 연기를 보면 내 생각이 나겠지?"

한낮이었다. 우리는 그가 그토록 좋아하던 그림—렘브란트의 〈전사〉 그림을 마지막으로 한 번 더 보려고 베를린 미술관을 다녀오는 길이었다. 놋으로 만든 헬멧, 홀쭉한 두 볼, 슬프지만 의지에 넘치는 전사의 표정. 그는 확고하고 필사적인 전사의 표정을 노려보며 중얼거렸다. "만약 내가 일생에 사나이다운 행동을 한다면 그건 저 사람 덕택이지."

우리는 미술관 안뜰의 기둥에 기대고 서 있었다. 우리 앞에는 발가벗은 아마존(그리스 전설 의 여장부)이 형언할 수 없이 우아한 몸매로 야생마를 타고 달리는 모습의 청동상이 있었다. 아마존의 허리 위에 작은 회색빛 할미새 한 마리가 날아와 앉더니 우리가 있는 곳을 향해 꽁지를 파닥이고 두세 번 조롱하듯 지저귀고는 파르르 날아가버렸다.

부르르 몸을 떤 나는 친구를 보고 물었다.

"자네, 새소리를 들었는가? 우리에게 뭐라고 지저귄 것 같아. 그러고는 날아가버렸지."

친구는 빙그레 웃었다. "그건 새야, 노래하도록 놔둬. 그건 새야, 지껄이도록 놔둬." 그는 유명한 발라드 곡 중 한 구절을 인용하면서 말했다.

날이 새는 순간, 이 크레타 해안에서, 하필이면 그런 기억이 그 변함없는 가사와 함께 떠올라 내 마음을 쓰라리게 하는 걸까?

나는 느릿느릿 파이프에 담배를 다져 넣고 불을 붙였다. 이 세상에 있는 사전에는 숨은 뜻이 있으려니 생각했다. 사람들·짐승들·나무들·별들, 그들은 모두가 상형문자이다. 그것들을 해독하고 그 의미를 상상할 수 있는 사람은 불행하다……. 당신이 그것을 보았을 때 당신은 그것들을 이해하지 못한다. 당신은 그것이 정말 사람들이며, 나무들, 별들이라고 생각한다. 당신이 그 뜻을 이해하는 것은 숱한 시간이 흘러간 다음이니 그때는 이미 늦은 것이다……

청동 투구를 쓴 전사, 기둥에 몸을 기댄 나의 친구, 할미새와 그 새가 우리에게 들려준 노래 그리고 우울한 발라드에서 인용한 시구. 오늘 생각해보면 이 모든 것이 숨은 뜻을 담고 있는 것 같다. 그러나 그것이 과연 무엇일까?

나의 시선은 얼룩진 햇살 속에서 말렸다가 풀리는 담배연기를 좇았다. 그리고 나의 마음은 어느덧 연기에 뒤섞이며 천천히 푸른 꽃다발처럼 흩어져 갔다. 오랜 세월이 흐르고 나서 나는 전혀 논리에 의존하지 않고도 확신을 가지고 세계의 기원·생성·사멸을 볼 수 있었다. 마치 또 한 번 부처의 세계로 뛰어든 것만 같았다. 하지만 이번에는 환각처럼 들리는 말소리도 마음속에 거만한 광대의 속임수도 없었다. 이 연기는 부처의 가르침의 정수요, 저 소용돌이를 그리며 사라지는 것은 푸른 열반의 행복한 마지막을 찾아 성급히 다가드는 생명이리라…….

나는 가볍게 한숨을 쉬었다. 마치 그 한숨이 나를 현실에 되돌려놓은 듯 나는 주위를 둘러보고 나무로 지은 형편없는 움막을 보았다. 그리고 벽에는 작은 거울이 하나 걸려 있었는데 이제 막 첫 햇살이 유리 위에서 불꽃을 튀기고 있었다. 맞은편에는 매트리스 위에 앉은 조르바가 나에게 등을 돌린 채 담배를 피우고 있다.

그 희비극이 얽힌 운명의 얘기와 함께 갑자기 어제의 일이 떠올랐다. 뿌린 지 며칠 된 바이올렛 향수며, 바이올렛 오드콜로뉴, 사향, 파촐리. 앵무새 한 마리, 인간이 앵무새로 바뀌어서 갇힌 새장의 쇠창살을 날개로 두드리며 예전의 애인 이름을 불렀다. 그리고 낡은 마호네(돛 달린 연안 선박. 전에는 노예선을 그렇게 불렀다. 아랍어 Ma'on) 한 척, 전함대에서 살아남은 유일한 그 배는 옛 해전의 얘기를 다시 들려주고…….

조르바는 내 한숨소리를 듣고는 머리를 저으며 나를 돌아보았다.

"주인님, 우리는 행실이 엉망이었습니다. 점잖지가 못했어요. 당신도 웃었고 나도 웃었죠. 그 여자는 우리를 보았습니다. 그러고 나서 당신은 방을 나섰는데 그런 법이 어디 있어요. 그 여자가 뭐 백 살쯤 되는 늙은 접대부라도 되나요? 그렇게 상냥한 말 한마디 없이 나가버리게. 그런 창피한 노릇이 어디 있어요! 주인님, 그건 예의가 아니에요. 그건 남자의 도리가 아니지요. 아니고말고요. 그녀는 결국 숙녀입니다, 안 그래요? 나약하고 토라지기 잘하는 미물이라고요. 내가 뒤에 남아서 달래주기를 천 번도 잘한 노릇이지."

"하지만 그게 무슨 소리요, 조르바?" 내가 대꾸했다. "당신은 정말 모든 여자가 그것 빼놓고는 생각하는 것이 없다고 여기오?"

"물론이죠 주인님, 그들은 마음속에 딴 생각이라곤 가져본 적이 없지요. 이제 내 말 좀 들어봐요……. 나는 세상만사 안 겪어본 일이라곤 없습니다. 온갖 짓을 다 해보았죠. 내 경험에 따르면 여자는 그것 말고는 아무것도 보질 못해요. 그녀는 병든 동물입니다. 그리고 앵돌아지길 잘하지요. 만약 당신이 그녀에게 사랑한다, 갖고 싶다는 말을 안 해준다면 그녀는 울음을 터뜨리게 될 거예요. 그 여자는 당신을 전혀 갖고 싶지 않을지도 모르죠. 어쩌면 당신이 역겹고 싫다고 할지도 몰라요. 그렇다면 딴 얘기입니다. 하지만 그녀를 본 남자라면 누구나 그녀를 갖고 싶어해야죠. 여자는 그러길 바라거든요. 참 불쌍한 거죠. 그러니 그녀의 비위를 맞춰 즐겁게 해주려는 게 아니겠어요!

내게 할머니가 한 분 계셨습니다. 팔순은 족히 되셨을 거예요. 그분의 인생도 얘기하자면 굉장하지요! 하지만 치웁시다. 그것도 딴 얘기니까요. 아무튼 그녀는 그늘에 접어든 팔순의 노파였고 우리집 건너편에는 꽃처럼 청순한 젊은 여자가 살고 있었지요. 크리스탈로라고 불렀어요. 토요일 저녁마다 마을의 철부지 젊은이들은 한데 어울려 술을 마시곤 했는데 술이 들어가면 아주 신들이 나서 춤을 추곤 했습죠. 바질(향기와 매운맛이 있어 향신료나 방향제로 쓰는 풀) 잔가지를 귀밑에 꽂고 저희 사촌 하나가 기타를 들고 나서면 우리는 세레나데를 불렀어요. 기막힌 사랑! 기막힌 정열이었죠! 우리는 황소들처럼 노래 불렀지요! 우리는 모두가 바그너를 원했어요. 그래서 토요일마다 떼지어 몰려가 그녀더러 마음에 드는 사람을 고르라고 졸랐지요.

참, 주인님 이 말을 믿을 수 있겠어요? 그건 수수께끼예요! 여자들은 도저히 아물 수 없는 상처를 하나씩 가지고 있어요. 모든 상처가 나아도 그놈만은—주인님이 읽은 책 얘기는 하지 마십쇼—그놈의 상처는 낫질 않거든요. 여자가 여든 살이면 뭐합니까? 상처는 아물지 않은 채로 있지요.

그래서 토요일 저녁마다 매트리스를 창가에 끌어다 놓고 작은 거울을 꺼내서 얼마 남지 않은 머리를 빗어올리고 조심스럽게 가르마를 탔어요. 그럴 때면 누가 보지 않을까 슬금슬금 주위를 훔쳐보곤 했지요. 만약 누가 가까이 올라치면 침대에 나동그라지며 입에 넣은 버터가 안 녹은 듯한 표정을 지으며 짐짓 조는 체했거든요. 하지만 어떻게 그녀가 잠들 수 있었겠어요? 그녀는 세레나데를 기다리고 있었던 겁니다. 나이 여든에 말입니다! 여자라는 것이 수수께끼인 건 이젠 아시겠죠. 주인님! 지금 그 생각을 하면 울고 싶어집니다. 하지만 그때에는 하도 방정맞게 놀던 나이라서 그게 뭔지 알지 못하고 웃기만 했죠. 하루는 할머니에게 짜증이 났어요. 그분은 내가 계집애 궁둥이를 쫓아다닌다고 야단야단을 쳤어요. 그래서 나는 할머니에게 노골적인 농담을 쏘아붙였지요. '할머닌 왜 토요일마다 호두 잎사귀로 입술을 문지르고 가르마를 타지? 우리가 할머니 창가에 와서 세레나데를 불러줄까? 하지만 우리가 쫓아다니는 건 크리스탈로야. 할머닌 냄새나는 낡은 송장인걸.'

주인님, 내 말을 믿으시겠어요! 나는 여자가 어떤 것인가 그날 처음 알았습니다. 할머니 두 눈에 금세 눈물이 맺힙니다. 강아지처럼 움츠리더니 턱이 달달 떨리기 시작했어요. '크리스탈로!' 나는 할머니 귀에 좀더 똑똑히 들리라고 가까이 가며 소리쳤지요. '크리스탈로!' 젊은 놈들은 잔인한 짐승이에요. 그것들은 사람도 아니고 아는 것도 없으니까요. 나의 할머니는 뼈만 남은 두 손을 하늘로 우러러 뻗쳐들더니 '너를 내 심장의 밑바닥으로부터 저주한다'고 외쳤어요. 바로 그날부터 할머니는 기력이 쇠약해지더군요. 점점 수척해지더니 두 달 뒤에는 며칠 더 못 살 만큼 극도로 약해졌어요. 그러다 숨이 막 넘어가려고 할 즈음 할머니는 나를 보았어요. 자라처럼 소리를 지르면서 말라비틀어진 손가락으로 나를 잡으려고 했지요. 그러더니 이렇게 말하더군요. '나를 죽인 것은 너야. 하느님! 알렉시스에게 저주를 주시고 내가 받은 모든 고통을 내려주시옵소서!'"

조르바는 미소를 지었다.

"아, 늙은 마녀의 저주가 그만 정통으로 들어맞았지 뭐요." 그는 제 수염을 쓰다듬으면서 말했다. "지금 내 나이 예순다섯인데 비록 백 살을 살지라도 그 저주에선 벗어나지 못할 거요. 그때도 호주머니에 작은 거울을 넣고 다닐 것이고 여자 뒤꽁무니나 쫓아다니겠죠."

그는 또 한 번 웃으면서 피우던 담배를 부채꼴 장식창 사이로 내던졌다. 그러고는 팔을 쭉 펴며 말했다.

"나에게는 다른 결점도 숱하게 많지만 바로 그놈이 나를 죽일 거요."

그는 침대에서 뛰어 일어났다.

"자 그만하면 됐소. 쓸데없는 잡담은 집어치우고 오늘은 우리 일을 합시다!"

그는 눈 깜짝할 사이에 옷을 주워 입고 신을 신더니 밖으로 나갔다.

고개를 떨어뜨린 채 조르바의 말을 되씹고 있던 나는 문득 눈 속에 갇힌 머나먼 어느 거리가 떠올랐다. 나는 로댕의 전시회에 가서 〈하느님의 손〉이라는 커다란 청동으로 빚은 손을 보려고 서 있었다. 그 손은 반쯤 닫혀 있고 손바닥 안에 남녀가 황홀하게 포옹하며 몸부림치고 있었다.

여자가 내 옆에 다가와 섰다. 그녀도 작품을 보더니, 보는 사람의 마음을 뒤흔들어 놓는 남녀의 영원한 포옹에 감동을 받은 것 같았다. 호리호리한 키에 단정히 옷을 잘 입은 여자는 풍성한 금발, 강한 턱, 엷은 입술이 인상적이었다. 결의와 정력이 느껴지는 여자였다. 나는 보통 먼저 말을 끄집어내기를 싫어하는 성미인데 그날은 대체 뭐 때문에 그녀에게 이런 질문을 던졌는지 모르겠다.

"무슨 생각하십니까?"

"우리가 도망갈 수만 있다면 얼마나 좋겠어요!"

그녀는 언짢은 듯 중얼거렸다.

"도망을 간다 해도 어디로 가죠? 어디를 가나 하느님 손안이에요. 구원의 길은 없죠. 그런데 이렇게 말하는 게 싫으세요?"

"아뇨, 사랑은 지상에서 가장 강렬한 기쁨일지 몰라요. 그럴 수 있겠지요. 하지만 저는 청동의 손을 보고 있어요. 달아나고 싶군요."

"자유를 더 좋아한다는 말씀이죠."

"예."

"그렇지만 저 청동의 손에 복종할 때만이 우리가 자유로워진다면 어떻게 하시겠어요? 저런 질량감이 주는 통속적인 의미가 신이라는 낱말에 없다면 어떻게 하시겠어요?"

그녀는 불안한 눈으로 나를 보았다. 그녀의 눈은 잿빛으로 빛났고 입술은 메말라 매정해 보였다.

"무슨 말인지 모르겠어요." 여자는 그렇게 말하고 발걸음을 옮겼다.

여자는 사라진 것이다. 그리고 나는 두 번 다시 그 여자 생각을 해본 적이 없다. 그럼에도 그 여자는 틀림없이 내 가슴속 깊이 살고 있었음이 분명하다. 그리고 오늘 그녀는 내 존재의 심연으로부터 솟아나오듯 창백하고 신비한 모습으로 이 텅 빈 해안에 다시 나타난 것이다.

그렇다, 나는 잘못했다. 조르바 말이 옳다. 그 청동의 손은 좋은 핑계이다. 첫 인연이 맺어지고 처음 상상한 말이 오가고 났으면 우리는 이윽고 하느님의 손안에서 서로를 끌어안았을 것이며 아무런 방해 없이 하나가 되었을지도 모른다. 그러나 나는 갑자기 지상에서 하늘로 날아올랐고 여자는 겁을 집어먹고 달아났던 것이다.

오르탕스 부인의 안마당에서 수탉이 울었다. 하얀 햇살이 작은 창문으로 새어들었다. 나는 침대에서 뛰어나왔다.

곡괭이·쇠지레·괭이를 들고 인부들이 모여들고 있었다. 조르바가 지시하는 소리가 들렸다. 그는 일어나자마자 금세 일터에 뛰어든 것이다. 사람을 부릴 줄 알고 책임을 사랑하는 사람임이 느껴졌다.

부채꼴 장식창으로 머리를 내민 나는, 서른 명 남짓한 깡마르고 허리가 가늘며 거칠고 풍상에 찌든 남자들 한복판에 커다란 괴인처럼 서 있는 조르바를 보았다. 그가 팔을 휘두르며 지시를 내릴 때마다 권위 있어 보였고, 말씨는 간결하고 요령이 있었다. 젊어 보이는 친구 하나가 중얼대며 앞으로 나오는 걸음걸이가 미적거리는 것을 보고는 그 친구의 뒷덜미를 잡았다.

"뭐 할 말이 있어?" 조르바는 버럭 소리를 질렀다. "할 말이 있으면 크게 해봐! 나는 중얼거리는 게 딱 질색이란 말이야. 일을 하려거든 일할 기분이 나야 해. 그럴 기분이 아니면 술집으로 되돌아가게!"

그러고 있는데 오르탕스 부인이 엉킨 머리에 부은 얼굴을 하고 나타났다.

화장은 하지 않았고 큼지막한 더러운 가운을 걸친 채 긴 가난뱅이 슬리퍼를 질질 끌고 있었다. 그녀는 당나귀 울음소리 같은, 목소리가 잠긴 늙은 가수가 할 법한 기침을 했다. 그러고는 걸음을 멈추더니 자랑스럽게 조르바를 쳐다보았다. 눈에 물기가 어렸다. 조르바가 눈치를 채도록 기침을 크게 하면서 궁둥이를 흔들고 뒤틀며 그 가까이를 지나갔다. 그녀의 넓은 소매는 거의 그를 스칠 지경이었다. 그렇지만 그는 그녀를 돌아보지도 않았다. 보리과자 한 쪽과 올리브 한 줌을 인부로부터 받아든 그는 소리쳤다.

"자 여러분, 하느님의 이름으로 성호를 그으시오!" 그러고는 앞장서서 인부들을 거느리고 곧장 산을 향하여 성큼성큼 걸어갔다.

나는 여기서 탄광 이야기를 하지는 않겠다. 그러려면 인내심이 필요한데 나에게는 그게 조금도 없다. 우리는 바닷가에다 대와 고리버들로 엮고 석유통을 이용한 막사 하나를 지었다. 조르바는 언제나 새벽에 일어나 곡괭이를 들고는 인부들이 나타나기 전에 탄광으로 갔다. 한번 갱도를 팠다가 그것을 포기한 다음 다른 곳으로 가 반짝이는 갈탄광맥을 찾고는 신바람이 나서 춤을 췄다. 그러나 며칠 지나서 광맥을 잃게 되면 땅바닥에 벌렁 누워 발을 곤두세우고 발목과 손목을 흔들며 하늘에다 대고 놀리는 시늉을 했다.

그는 일에 열중했다. 이제는 나하고 상의하는 법도 없었다. 첫날부터 모든 걱정과 책임은 내 손을 떠나 그에게 옮겨져 버렸다. 그의 임무는 결정을 내리고 그것을 실천에 옮기는 바로 그것이었다. 나는 그처럼 중요한 일을 하는 사람에게 급료만 지급하면 그만이었다. 게다가 그렇게 되고 보니 나에게도 여간 편한 노릇이 아니었다. 나는 그와 함께 있는 몇 달이 나의 생애에서 가장 행복한 시절이 되리라는 느낌이 들었다. 그리고 이것저것 죄 따져보더라도 나는 나의 행복을 너무 싸게 사고 있다는 생각이 들었다.

꽤 큰 크레타 마을에 살고 있던 나의 외할아버지는 매일 저녁이면 등불을 켜들고 거리를 돌아다니면서 혹 낯선 사람이 섬에 들르지 않았나 살피는 버릇이 있었다. 그는 낯선 사람을 자기집으로 데려가서 푸짐한 음식을 차려 대접한 다음, 긴 안락의자에 앉아 긴 터키 물부리에 불을 붙이고는 손님을 바라보면서—손님에게는 후한 대접에 보상할 시간이 온 셈이었다—명령을 내리듯 이렇게 말하는 것이다.

"말을 하게!"

"무얼 말입니까, 무스토오르기 영감님?"

"자네는 뭐하는 사람이며 이름은 뭐고 어디서 오는 길인가. 자네가 구경한 도시와 마을은 어디어디인가. 이 모든 것을, 그래 이 모든 것을 나에게 얘기하게나. 자, 말을 해보게!"

그러면 길손은 닥치는 대로 말을 시작하여 참말과 거짓말을 늘어놓게 되는데, 그럴라치면 나의 할아버지는 긴 안락의자에 가만히 앉아 터키 담배를 피우면서 이방인의 말에 열중하고 그를 따라 먼 여행길에 나섰다. 그리고 만약 그 손님이 마음에 들면 이렇게 말하곤 했다.

"자네는 내일도 여기서 묵어야 하네. 자네는 길을 떠나면 안 돼. 자넨 아직 할 얘기가 더 남아 있거든."

할아버지는 평생 마을을 단 한 번도 떠나 본 적이 없었다. 칸디아나 카네아에도 가본 적이 없었다. 할아버지 말씀은 이랬다. "뭐하러 거기까지 가니? 칸디아 사람과 카네아 사람이 평화롭게 이곳에 지나다니는 걸 보지 않니—칸디아, 카네아가 모두 나한테 오는데 왜 내가 그곳에 간단 말이냐?"

오늘 이 크레타 해안에서 나는 할아버지의 그런 광기를 되풀이하고 있었다. 나 또한 등잔 불빛으로 손님을 하나 찾아냈고 그를 떠나보내지 않으려고 하는 것이다. 그는 저녁 한 끼 대접하는 것보다 더 많은 돈이 든 손님이지만 나는 그 값을 치렀다. 매일 저녁 나는 일을 끝내고 돌아오는 그를 기다려서 내 맞은편에 앉히고는 함께 저녁을 들었다. 이윽고 그가 갚을 차례가 오면 나는 그더러 말한다. "애길 해요!" 나는 파이프를 피우며 귀를 기울인다. 이 손님은 지상과 인간의 영혼을 샅샅이 답사한 사람이다. 그의 말을 귀 기울여 듣는 것은 결코 지루하지 않았다.

"애길해요. 조르바, 얘기하라니까!"

그가 얘기를 할 때면 금세 마케도니아 전체가 내 눈앞에 펼쳐지곤 한다. 조르바와 내가 앉아 있는 그 좁은 공간에 마케도니아의 산악이며 삼림, 급류, 또 그 게릴라들이며 부지런한 여자들과, 커다랗고 기골장대한 남자들이 가득 들어차는 것이다. 그리고 아토스 산과 그 품 안에 든 스물한 개의 수도원, 무기창고, 그리고 엉덩이가 넓은 그 지방의 게으름뱅이들까지 끼어들곤 했다. 조르바는 수도사들에 대한 얘기를 끝내면서 고개를 저으며 웃음을 터뜨리곤 했다. "하느님, 부디 우리 주인님을 노새 엉덩이와 수도사의 뿌리로부터 보호해주소서!"

저녁마다 조르바는 나를 그리스 곳곳으로 안내하고 불가리아, 콘스탄티노플까지 끌고 가는 것이다. 나는 눈을 감았다. 그러면 실제 눈앞에 펼쳐지는 것처럼 그의 얘기는 실감이 나곤 했다. 그는 혼란이 극심한 발칸 반도를 두루 돌아다니면서 매처럼 작은 눈으로 모든 것을 살펴보았다. 그 작은 눈은 경이에 늘 눈을 부릅뜨고 있어야만 하는 것이다. 우리가 습관으로 여기고 아무렇지 않게 지나쳐버리던 것도 조르바 앞에서는 두려운 수수께끼처럼 불쑥 문제가 되곤 했다. 여자가 지나가는 것만 보아도 그는 어쩔 줄 모르고 서 버렸던 것이다.

"저 신비는 무엇일까? 여자란 무엇일까? 그리고 여자는 왜 우리 머리를 돌아가게 하는 것일까? 내게만 일러줘요. 예, 그 의미가 무엇입니까?"

그는 사람을 보거나 꽃핀 나무를 보거나 한 잔의 냉수를 대했을 때도 그와 같은 경이감을 느끼고 스스로에게 질문을 던졌다. 조르바는 매일 모든 것을 생전 처음 보듯 대했다.

우리는 어제 막사 앞에 앉아 있었다. 포도주를 한 잔 마시더니 그는 놀란 듯이 나를 돌아보았다.

"저, 이 붉은 물이 도대체 뭐하는 겁니까? 주인님, 말 좀 해줘요! 늙은 줄기에 새 가지가 뻗지요. 그리고 거기에 처음 주렁주렁 매달리는 것이라곤 시큼한 열매 송이뿐이에요. 시간이 지나고 햇빛이 그것들을 익히면 마침내 열매는 꿀처럼 달아지는데, 그걸 포도라고 부르지요. 우리는 그것을 발로 짓이겨 거기서 짜낸 즙을 술통에 부어넣어요. 그것은 저절로 발효하는데 그걸 성 요한의 날(8월15일 Klyd-onas의 축제.)에 열어보면 그새 술이 되어 있지 뭡니까! 그건 기적입니다! 당신이 그 붉은 주스를 마신다면, 자 보십시오. 당신의 정신은 커집니다. 너무 커지다 보니 늙은 송장 속에 그대로 처박혀 있다가 거북스러워지고 하느님과 싸우자고 으르는 거지요. 자 말 좀 해주세요. 주인님, 어째서 그런 일이 일어난다지요?"

나는 대답을 하지 않았다. 조르바의 말을 듣고 있으면 세상이 다시 태초의 신선함을 되찾고 있는 느낌이 들었다. 일상의 무디어진 모든 것이 우리가 막 하느님의 손에서 창조되어 나오던 그 순간에 가졌던 밝은 모습을 되찾았다.

여자와 별과 빵이 신비로운 원시의 원형으로 되돌아가고, 하늘의 회오리바람이 다시 한 번 주위를 맴돌았다.

저녁마다 자갈밭에 누워서 초조하게 조르바를 기다린 이유는 바로 거기 있었다. 나는 지구의 내장 속에서 갑자기 나온 듯이 그의 온몸이 저마다 따로 노는 듯한 휘청거리는 걸음을 길게 떼어놓으며 다가오는 것을 보았다. 그가 걸어오는 모습을 보고 있으면 멀리서도 그날의 일이 잘 되었는가 안 되었는가를 알 수 있었다. 그가 고개를 세우고 오는가 아니면 떨어뜨리고 오는가, 팔을 어떻게 흔드는가가 모두 그날의 일과 관련이 있었다.

처음엔 나도 그와 함께 나갔었다. 인부를 바라보았다. 다른 형태의 인생을 살아보려고 노력했고 실제 노동에 관심을 가져보려고 했으며 나의 손아귀에 들어온 인적 자원을 이해하고 사랑하려 했다. 말을 다루는 일을 걷어치우고 그 대신 산 사람을 부린다는, 그토록 오래 기다린 기쁨을 맛보려고도 했다. 그리고 나는 낭만적인 계획—갈탄 채굴이 성공한다면 말이다—을 세워 모든 것을 서로 나눠가면서 형제처럼 같은 음식을 먹고 같은 옷을 입는 어떤 공동사회를 조직해보려 했다. 마음속에서 나는 하나의 새로운 종교단체, 새 생활의 감화를 주는 조직을 창안하고 있었던 것이다.

그러나 나는 그때까지 조르바에게 나의 계획을 얘기해줘야 할지 말아야 할지를 미처 결심하지 못했다. 그는 내가 인부들 틈에 섞여 왔다 갔다 하면서 질문을 던지고 참견을 하며 늘 인부 편을 드는 것에 짜증을 내었다.

조르바는 입이 뿌루퉁해져 이렇게 말하곤 했다.

"밖에서 산책이나 안 하시렵니까? 햇빛과 바다, 아시겠지요!"

처음엔 나도 고집을 부리며 자리를 떠나지 않으려고 했다. 꼬치꼬치 물어보고 잡담을 즐기며 모든 인부의 경력을 알아보려고 들었다. 부양하는 애들은 몇이나 되고 시집간 누이, 노동력이 없는 늙은 친척은 몇이나 되며 그들의 근심, 병 바라지, 걱정을 묻고 돌아다녔다.

"그들의 역사를 그렇게 꼬치꼬치 따지려들지 마세요, 주인님." 조르바는 찡그리며 말을 하곤 했다. "주인님은 마음이 착해서 그들에게 속습니다. 그들 자신이나 당신의 착한 마음에 어울리지 않도록 그들을 좋아하게 된다는 말입니다. 그자들은 무슨 짓을 해도 꼭 핑계를 대죠. 그래요, 하느님 우리를 도와주소서, 그들은 일을 아무렇게나 날림으로 해치우게 됩니다. 하느님 그들을 보살펴주소서. 주인님은 그걸 아셔야죠. 주인이 엄할 때 인부들은 그를 존경하고 일도 열심히 하려 합니다. 하지만 주인이 부드럽게 굴면 그들은 일을 죄다 주인에게 내맡기고 놀려고 들지요. 아시겠습니까?"

어느 날 저녁 일을 마치고 돌아온 그는 곡괭이를 광에 갖다 내던지더니 더 이상 못 참겠다는 듯이 소리를 버럭 질렀다.

"봐요, 주인님, 제발 참견을 그만 걷어치우세요. 내가 일을 기껏 해놓자마자 당신은 망가뜨리고 있어요. 그리고 오늘 그들에게 한 말이 대체 무슨 소리지요? 사회주의라, 개떡 같은 소리! 당신이 선교사인가요? 아니면 자본가인가요? 마음을 결정해야 합니다."

하지만 내가 어떻게 양자택일을 할 수 있다는 말인가? 나는 그 두 가지를 한데 결합해보고 싶은 진정한 욕망에 사로잡혀 있었다. 그것은 도저히 결합할 수 없는 정반대의 것들을 화합할 길을 찾겠다는 욕망이며 지상의 생활과 더불어 하늘의 천국을 얻겠다는 욕망이었다. 어릴 때부터 나를 따라다닌 욕망이기도 했다. 내가 아직 학교에 다닐 때의 일이다. 나는 아주 가까운 친구들과 친우회라는 비밀단체─우리가 지은 이름이었다─를 조직했다. 내 침실에 모여 문을 걸어 잠그고 우리는 인생의 모든 것을 바쳐서 불의와 싸우기로 맹세했다. 손을 가슴에 얹고 맹세를 할 때 우리 얼굴에선 커다란 눈물방울들이 흘러내렸다.

어린아이의 이상이었다! 그러나 그런 이상을 듣고, 그들을 비웃는 자에게는 재난이 있으리! 친우회의 회원들이 돌팔이 의사, 쩨쩨한 변호사, 식품상, 지조 없는 정치가, 삼류 기자들이 되어버린 것을 알았을 때 내 가슴은 찢어질 듯이 아팠다. 이 세상이 거칠고 음산하게 느껴졌다. 가장 귀중한 씨들이 싹을 못 틔우거나, 덤불이나 쐐기풀에 치어 질식하고 만다. 그렇다면 나는 어떠한가? 오늘날 나 자신이 뚜렷이 볼 수 있듯이 나는─하느님 덕택이겠지! ─이성에 질식당하지는 않고 있다. 아직도 돈키호테 같은 편력의 길에 나설 마음의 준비가 되어 있다고 생각하는 것이다.

일요일이면 마치 우리가 결혼할 나이의 젊은이들이기나 한 것처럼 정성스럽게 서로 몸단장을 했다. 우리는 면도를 하고 깨끗한 흰 셔츠를 꺼내 입고는 저녁이 가까워질 무렵 오르탕스 부인을 만나러 갔다. 일요일마다 그녀는 우리를 위하여 닭을 잡았다. 우리는 또 한 번 셋이 식탁을 둘러쌌다. 우리는 먹고 마셨다. 조르바의 긴 손이 친절한 여인의 젖가슴에 닿아 그것을 소유하곤 했다. 밤이 되어 바닷가, 곧 우리가 사는 터전으로 되돌아오면, 인생은 단순하고 선의에 가득 넘치며 오르탕스 부인처럼 비록 늙긴 했지만 매우 뜻이 맞고 극진해 보였다.

그렇게 어느 일요일 우리는 풍성한 대접을 받고 돌아오는 길이었다. 나는 조르바에게 내 계획을 털어놓기로 마음먹었다. 그는 입을 벌리고 가까스로 자신을 억제하면서 내 말을 들었다. 하지만 이따금 그는 커다란 머리를 내저으며 노여움을 드러냈다. 내 말을 듣고 난 뒤, 그가 한 첫마디는 술기운을 싹 가시게 했다. 내 말을 다 듣고 나더니 그는 신경질적으로 턱수염을 두세 오라기 뜯어냈다.

"주인님, 내가 이런 말을 한다고 언짢게 생각하진 마시오. 하지만 나는 당신 머리가 제대로 여물었다는 생각이 안 드는군요. 대체 지금 나이가 몇이지요?"

"서른다섯이오."

"그럼 머리가 여물기는 다 틀렸군." 그는 껄껄 소리내어 웃음을 터뜨렸다. 급소를 찔린 나는 찔끔했지만 짐짓 아무렇지 않은 체하며 되쏘았다.

"사람의 말을 믿지 않는군, 안 그렇소?"

"봐요, 주인님. 화는 내지 마쇼. 나는 아무것도 믿지 않습니다. 내가 인간을 믿는다면 나는 하느님도 믿을 것이고 또 악마도 믿을 거예요. 그럼요, 그것만으로도 벅찬 일이지요. 주인님, 그렇게 되면 모두가 뒤죽박죽이 되어 나는 큰 혼란에 빠지고 말 거예요."

그는 잠잠해지더니 베레모를 벗고 미친 듯이 머리를 긁적이고는 또 한 번 수염을 잡아당겼다. 뜯어내는가 싶었다. 무슨 말이 하고 싶은데, 자신을 억제하는 듯 보였다. 그는 곁눈질로 나를 두어 번 훔쳐보더니 말을 하기로 작정한 모양이었다.

"사람은 짐승입니다." 짧은 지팡이로 자갈을 톡톡 치면서 그는 말했다. "엄청난 짐승이지요. 주인님은 그걸 이해하지 못합니다. 당신에게는 모든 것이 너무 쉽게 보였던 것 같군요. 하지만 나한테 물어본다면 말이죠, 짐승이라고 서슴없이 대답하겠어요. 그에게 잔인하게 대하면 그는 당신을 존경하고 당신을 무서워하게 되지요. 만약 당신이 그를 친절하게 대한다면 그는 당신의 눈알을 후벼파내고 맙니다.

주인님, 거리를 두세요! 그들이 너무 뻔뻔스럽게 굴도록 해선 안 돼요. 우리 모두가 평등하다느니 똑같은 권리를 가졌다느니 하는 소릴랑 하고 다니지 마시오. 그들은 당장 기어올라서 당신의 권리를 짓이기고 말 거예요. 그들은 당신의 빵을 훔치고 당신이 굶어 죽도록 내버려둘 겁니다. 제발 주인님, 주인님이 잘되라고 드리는 말입니다. 거리를 두고 사귀세요!"

"하지만 당신은 아무것도 안 믿는단 말이죠?" 나는 분통이 터져 소리 질렀다.

"그렇소, 나는 아무것도 안 믿습니다. 내가 몇 번을 말해야 합니까? 나는 믿는 것도 믿는 사람도 없습니다. 조르바만 믿습죠. 조르바가 다른 사람들보다 나아서가 아닙니다. 천만에, 조금도 나을 게 없죠! 그도 다른 놈과 매한가지 짐승이죠. 하지만 나는 조르바를 믿어요. 왜냐하면 내가 다스릴 수 있는 오직 하나의 존재이고 내가 아는 하나밖에 없는 놈이니까. 그 밖의 모든 것은 허깨비지요. 나는 이 눈으로 보고 이 귀로 들으며 이 창자로 먹은 것을 삭입니다. 나머지는 모두 허깨비지. 그렇고말고요. 내가 죽으면 모든 것이 싹 죽어 없어집니다. 조르바의 세계는 온통 바닥으로 내려앉고 말 겁니다!"

"대단한 이기주의시군!" 내가 조롱하듯 말했다.

"어쩔 수 없어요, 주인님! 그게 사실인걸요. 내가 콩을 먹으면 나는 콩 같은 말을 합니다. 나는 조르바이니 조르바 같은 말을 할 수밖에 없죠."

나는 아무 말도 안 했다. 조르바의 말은 나를 채찍처럼 후려갈긴 것이다. 나는 그가 그토록 강인하고 그토록 사람들을 경멸하면서도 동시에 그들과 함께 살고 일하기를 원한다는 점을 존경했다. 그들과 참고 견디어 나갈 수 있도록 나는 금욕주의자가 되거나 아니면 다른 사람을 모두 가짜 깃털로 장식해야만 했던 것이다.

조르바는 고개를 돌려 나를 보았다. 별빛 아래서 나는 그가 활짝 미소를 짓는 것을 볼 수 있었다.

"주인님 마음을 상하게 했나요?" 그가 갑자기 걸음을 멈추더니 물었다. 우리는 벌써 숙소에 이르렀던 것이다. 조르바는 나를 따뜻한 얼굴로 쳐다보고 있었지만 어딘가 불안해 보였다.

나는 대답하지 않았다. 내 마음은 조르바의 말에 맞장구를 쳤지만, 나의 심장은 그 말에 거역하고 그대로 뛰쳐나와 그 짐승을 피해 어디론가 제 고집대로 가고 싶어했다.

"나는 오늘 밤 자지 않겠소. 조르바, 당신은 자러 가시오."

별이 빛나고 있었다. 바다는 한숨을 쉬며 조개껍데기를 혀로 핥았고 반딧불은 배 밑에 자그맣고 선정적인 등불을 켜고서 날고 있었다. 밤의 머리털은 이슬에 촉촉이 젖어 물결쳤다.

나는 얼굴을 땅에 묻고 아무 생각도 하지 않은 채 침묵을 되씹고 있었다. 나는 지금 밤과 바다와 한몸인 것이다. 내 마음은 작은 등불을 켜든 채 축축하고 어두운 땅 위에 내려앉아 기다리고 있는 반딧불 같았다.

별자리가 원을 그리며 자리를 옮기고 시간이 꽤 지나갔다. 내가 일어났을 때는 어떻게 된 영문인지, 내 마음속에 이 바닷가에서 완성해야만 될 두 가지 과업이 아로새겨져 있었다.

부처님으로부터 벗어나고 말로써 나의 모든 형이상학적인 불안을 제거하며 내 마음에서 부질없는 걱정을 털어내자.

지금 당장 이 순간부터 인간과 직접적이며 착실한 접촉을 갖자.

"아마 아직은 그렇게 늦지 않았을지도 몰라." 나는 자신에게 타일렀다.

5

"아나그노스티 아저씨, 그 할아버지가 아저씨에게 안부를 전하면서 집에 와서 부디 식사를 함께하는 게 어떤지 여쭤보라 하셨습니다. 불알을 까는 사람이 오늘 돼지 불알을 까러 마을에 온답니다. 그 부분의 맛은 희한한 진미거든요. 영감의 아내인 키리아 마룰리아가 그걸 아저씨를 위해 특별히 요리해놓을 겁니다. 그리고 오늘은 그 영감 손자 녀석 미나스의 생일이기도 하니 그 애의 장수를 빌어줄 수도 있을 테고요."

크레타의 농부집에 들어서면 큰 기쁨을 느끼게 된다. 그 안에 들어가면 모든 것이 가부장제의 냄새를 물씬 풍긴다. 벽난로, 기름 램프, 벽에 쭉 걸린 흙으로 구운 병들, 의자 몇 개, 테이블 한 개, 그리고 들어서서 왼쪽으로 벽에 뚫린 구멍 속에 넣어놓은 신선한 물주전자, 모두가 그런 분위기를 말해준다. 기둥에는 모과와 석류, 그리고 샐비어, 박하, 고추, 로즈메리, 세이보리 등의 향미료들이 걸려 있다.

방 저쪽 끝에는 사다리 아니면 나무로 짠 몇 개의 계단에 올라선 높은 자리에 선반침대가 있고 그 위에 등불과 함께 성모상을 모셔두고 있다. 집은 텅 비어 보이지만 필요한 것은 모두 다 갖추고 있는 걸 보면 사람에게 정말 필요한 것이 실은 얼마 안 된다는 사실을 알 수 있다.

그날은 가을 해가 비쳐 매우 온화하고 썩 좋은 날씨였다. 우리는 집 앞마당의 열매가 줄줄이 달린 올리브나무 아래 앉았다. 은빛 나뭇잎들 사이로 멀리 파도가 잔잔히 자는 고요한 바다가 반짝였다. 안개처럼 생긴 구름이 잇달아 태양을 가리며 지나가고, 그럴 때마다 대지는 마치 숨 쉬는 것처럼 슬펐다 기뻤다 표정을 바꾸곤 했다.

울타리로 막은 작은 마당 구석에서 불알을 까인 돼지가 아파서 소릴 냅다 지르는 바람에 우리는 귀가 멍멍해졌다. 벽난로의 잿불을 긁어모아 거기서 굽는 키리아 마룰리아의 요리 냄새가 콧속으로 솔솔 들어왔다.

우리의 대화는 끊임없이 되풀이되는 밭농사, 포도 수확, 비 얘기에만 머물렀다. 우리는 그 집 영감의 귀가 좀 멀어서 소리를 지를 수밖에 없었다. 그는 스스로 '자존심이 강한 귀'를 가지고 있노라고 말했다. 그 늙은이 같은 크레타인의 생활은 바람으로부터 잘 보호된 계곡에서 마음놓고 자란 나무만큼이나 곧고 평화로웠다. 그는 그렇게 나고 자라서 결혼했다. 그는 자식들도 있었고 살 만큼 살아 손자들도 보았다. 몇은 죽었지만 나머지는 살아 있었다. 따라서 가계가 이어질 것은 틀림없는 노릇이었다.

이 늙은 크레타인은 터키 사람의 통치를 받던 옛날을 회상하며, 그의 아버지가 하던 이야기며 그때 일어났던 기적에 대한 이야기를 들려줬다. 그때만 해도 여자들은 하느님을 두려워했고, 믿음이 두터웠다.

"자, 여기서 이렇게 당신들에게 말하고 있는 늙은이 아나그노스티 아저씨를 좀 보소! 내가 태어난 것은 기적이었죠. 정말 내 영혼을 걸고 맹세하는데 기적이었어요. 내가 어떻게 그 기적이 일어났는가 얘기를 한다면 당신들은 아마 성모 마리아 사원에 가서 그분을 위해 촛불을 하나쯤 켜놓게 될 겁니다."

그는 성호를 긋더니 점잖게 부드러운 목소리로 그 얘기를 끄집어냈다.
"그 무렵에는 저 돈 많은 터키 여자가 우리 마을에 살고 있었죠. 지겨운 여자였다네! 날씨 화창한 어느 날 그녀는 배가 불러 애를 낳을 때가 되었소.

그들은 그녀를 침대 위에 눕혀놓았는데 사흘 밤낮을 새끼 암소처럼 울부짖었죠. 하지만 애가 어디 배 속에서 나와야지 말입니다. 그래서 그 여자친구 하나가—그것도 천당에는 못 갈 년이지! —충고를 했어요. '차퍼 하눔, 어머니 마리아께 도움을 청하라고요!' 터키 사람들은 동정녀를 그렇게 부른답니다. 위대하신 동정녀여!

고약한 차퍼는 소리쳤지요. '그 여자는 불러 뭐하게? 그 여자를 어머니라고 부르느니 차라리 죽고 말겠다!' 하지만 진통은 점점 더 심해지고 또 하루 낮과 밤이 지났어요. 그 여자는 그때까지 소리만 질러댔죠. 애를 분만할 재간이 없었거든요. 무슨 수를 써야 할 것인가? 여자는 고통을 그 이상 견딜 수가 없었소. 그래서 여자는 힘껏 '성모 마리아님! 성모 마리아님!' 하고 외쳤는데 그래도 소용이 없었다지 뭐요. 진통은 멎지 않고 아이는 나올 생각도 안 했죠. 친구가 한마디 했어요. '아마 성모님은 터키 말을 못 알아듣는가 봐!' 그래서 여자는 소리쳤지요. '루미스(Roumis : 예수교도 혹은 이교도를 뜻하는 이슬람교 언어)의 처녀여! 루미스의 처녀여!' 고통은 더 심해지기만 했소. '그의 이름을 제대로 못 부르는군. 그의 이름을 제대로 못 불러. 그러니까 도와주러 오질 않지.' 여자친구가 타일렀죠. 그래서 신앙심이 없는 여자는 이제 위험이 닥쳐온 것을 깨닫고는 허파가 터져나가라 소리를 질렀다지요. '성 동정녀!' 그 말이 떨어지자마자 애가 자궁에서 쑥 빠져나오더니 진흙 속의 뱀장어처럼 꿈틀거렸다나요.

그것이 주일이었는데 그 다음 주일에는 우리 어머니가 진통을 겪으셨죠. 불쌍한 분도 고생을 치렀어요. 불쌍한 어머니는 진통이 정말로 심해져서 외쳤대요. '성모 마리아님! 성모 마리아님!' 하지만 아이는 안 나왔죠. 내 아버지는 마당 한가운데 버티고 앉아 있었지요. 아내의 고통 때문에 그는 먹지도 마시지도 못하고 있었죠. 그는 성 동정녀가 그렇게 탐탁스럽지 못했거든요. 차퍼가 성모를 마지막으로 불렀을 때 성모는 목이 부러져라 냉큼 달려와서 해산을 시켰거든요. 하지만…… 이제 나흘째가 되었답니다. 아버지는 더 이상 참을 수 없었지요. 그는 지체없이 마른풀을 들어올리는 자루 긴 쇠스랑을 움켜쥐고는 순교한 동정녀를 모신 사원으로 달려갔어요. 성모여, 우리를 구원해주소서! 사원에 이른 그는 화가 머리끝까지 나서 성호도 긋지 않고, 안에 들어서자마자 문을 닫고는 빗장을 내려지른 뒤 성모상 앞으로 곧장 걸어나갔지요. 그러고는 소리 질렀습니다. '이봐요, 성모 마리아. 나의 아내 크리니오를 아시죠, 그렇죠? 모르신다면 말이 안 되죠. 그 여자는 매주 토요일마다 당신에게 기름을 가져다가 당신의 등잔에 불을 밝히곤 했으니까요. 그런 아내가 지금 사흘 밤낮으로 진통을 겪으며 당신을 찾고 있습니다. 당신은 그녀 기도소리가 안 들립니까? 안 들린다면 귀가 단단히 먹은 것이 틀림없어요. 물론 내 아내가 터키의 창녀 같은 차퍼 계집이라면 당신은 달려가서 애를 써줬겠죠. 하지만 크리니오는 기독교 신자일 뿐입니다. 그러니 당신은 귀가 먹어 애원을 들을 수 없는 거지요! 알겠어요. 당신이 성 처녀만 아니었던들 여기 이 쇠스랑 자루로 본때 있게 버릇을 가르쳐놓을 텐데.'

그러고는 더 떠들지 않고 머리를 조아려 절도 하지 않은 채 되돌아서서 막 나오려고 했답니다. 그런데 이 어찌 된 일일까요? 그때 막 성모상에서 부러져 나가는 듯 요란한 삐걱 소리가 났다지 뭡니까. 아직 그 뜻을 모른다면 내가 얘기해주지요. 성모상은 기적을 일으킬 때면 그런 소리를 낸답니다. 우리 아버지는 당장에 알아차렸지요. 그는 잽싸게 돌아서서 무릎을 꿇고 성호를 긋고는 외쳤습니다. '성모님, 제가 당신에게 죄를 지었나이다. 제가 해서는 안 될 말을 많이 지껄였습니다. 하지만 그걸 잊어주십시오!'

그가 마을에 돌아오자마자 좋은 소식이 기다리고 있었지요.

'코스탄디, 생일을 축하하네, 자네 마누라가 아들을 낳았지 뭔가!' 그게 여기 있는 늙은 아나그노스티, 바로 납니다. 하지만 나는 태어날 때부터 한쪽 귀가 잘 안 들렸어요. 아시겠지요. 아버지가 하느님을 욕했거든요. 성 처녀를 귀머거리라고 했으니 말입니다."

성 처녀는 이렇게 말했을 거예요. '아 그래? 그럼 좋아. 자네 좀 기다리게. 나는 자네 아들을 귀가 멀게 만들 테니……. 그게 신에게 욕을 한 교훈이 될 것이네!'"

그리고 아나그노스티 아저씨는 성호를 그었다.

"하지만 그건 아무것도 아니죠. 하느님에게 영광을 드립시다—나의 눈을 멀게 하거나 아니면 나를 천치로 만들거나 꼽추 아니면—아, 전능하신 하느님, 저희를 보호하소서! —나를 아예 여자로 만들어놓았을지도 모를 일이죠. 이건 아무것도 아니라니까요. 나는 성모님 은총에 감사드려요!"

그는 잔에 술을 가득가득 따랐다.

그리고 술잔을 들면서 외쳤다. "성모님, 우리를 오래도록 도와주소서!"

"아나그노스티 아저씨의 건강을 빕니다. 백 살까지 사시고 손자의 손자를 보게 되시기를!"

늙은이는 단숨에 포도주잔을 비우더니 턱수염을 닦았다.

"아니지. 젊은이, 그건 욕심이 과해. 나는 이제 손자들을 본 몸이오. 그것으로 충분하네. 너무 욕심을 부리면 안 되지. 나는 갈 때가 되었소. 친구들, 나는 이제 늙었고, 나의 허리는 텅 비었지—아무리 그러고 싶어도…… 나는 이제 더 애들을 만들 수 없어요. 이런 나이에 더 살면 뭐 하겠소?"

그는 잔들을 다시 채우더니 그의 허리춤에서 월계잎에 싼 호두며 말린 무화과 열매를 내놓고는 우리에게 먹으라고 권했다.

"내가 가진 재산은 몽땅 우리 아이들에게 줬어요. 우리는 가난뱅이가 되었소. 그렇지요 가난뱅이지. 하지만 나는 불평하지 않아요. 하느님은 필요한 모든 것을 가지셨소!"

"그래요, 하느님은 필요한 모든 것을 가지고 계실지 모르죠. 하지만 아나그노스티 아저씨, 우리는 아니에요. 그 늙은 구두쇠는 우리에게 아무것도 안 줬거든요!" 조르바는 늙은이의 귀에다 대고 소리쳤다.

그러나 그 말에 늙은 시골 영감은 얼굴을 찡그리며 그를 호되게 꾸짖었다.

"그런 소릴 하지 마오! 그를 나무라지 말아요! 그 불쌍한 친구는 우리를 믿고 있답니다, 알겠어요!"

그때 조용히 하녀 같은 몸가짐으로 아나그노스티 할머니가 들어섰다. 할머니는 접시 위에 그 유명한 진미를 날라다 놓고 큰 술통에 포도주도 한통 가득 갖다 놓았다. 그녀는 그것들을 테이블 위에 올려놓은 다음 손을 앞으로 모아쥐고 선 채 눈을 떨어뜨렸다.

나는 이런 오르되브르를 맛봐야 한다는 데 구역질을 느꼈지만 그렇다고 거절할 용기도 없었다. 조르바는 곁눈질로 나를 살피면서 내가 쩔쩔매는 꼴이 재미있다는 표정이었다.

"주인님, 이것이야말로 세상에서 가장 맛있는 음식입지요. 우물쭈물하지 마세요." 그는 단호히 말했다.

그러자 늙은 아나그노스티가 껄껄 웃으며 덧붙여 얘기했다.

"정말이지 맛있는 음식이고말고. 맛을 보면 알 거요, 그놈이 입안에서 스르르 녹거든! 게오르기오스 전하에게 축복이 있기를! 전하가 저 산 위에 있는 우리 사원을 찾아오셨을 때 수도사들은 전하를 위해서 잔칫상을 차렸지요. 모든 사람에게 고기를 대접하고 전하에게만은 수프 한 접시만을 올렸답니다. 전하께서는 숟가락을 들고 수프를 저으며 놀라 물으셨대요. '이게 뭔가, 콩인가? 흰 강낭콩인가?' 그러자 늙은 수도원장이 말했대요. '전하, 드셔보십시오. 먼저 맛을 보신 다음에 저희가 말씀드리겠습니다.' 전하는 한 술 더 뜨시더니 두 술 세 술 접시를 금세 비우고는 입맛을 다시면서 물으셨지요. '이 훌륭한 음식은 대체 뭔가? 참 맛 좋은 콩이로군! 곰요리만큼 훌륭한 콩!' '전하, 그것은 콩이 아니옵니다' 수도원장은 웃으면서 대답했지요. '그건 콩이 아니고 말씀입니다. 이 근방에 사는 수탉을 모조리 거세시킨 것입지요…….'"

한참 소리내어 웃고 난 늙은이는 포크를 다시 입에 가져다 넣었다. "왕자님들을 위한 음식이요! 자 입을 벌리시오." 내가 입을 열자 그는 고기 한 무더기를 톡 집어넣었다.

그는 잔들을 또 한 차례 채우고, 우리는 그의 손자의 건강을 위해서 건배했다. 아나그노스티의 눈빛이 빛났다.

"손자가 뭐가 됐으면 싶으세요? 아나그노스티 아저씨, 말씀해주세요. 그래서 우리 모두가 빌게 말입니다." 내가 물었다.

"내가 무엇을 원하느냐고 젊은이 물었소? 글쎄 그가 올바른 길을 가고, 착한 사람이 되고, 가족을 거느리는 가장이 되고, 그 또한 장가를 들어서 아이들과 손자를 보았으면 하네. 그리고 그 애들 중의 한 놈이 나를 닮아서 마을 사람들이 이렇게 말해주길 바라오. '참 고 녀석은 아나그노스티 영감을—하느님, 그의 영혼을 보호하소서!—꼭 빼닮지 않았는가? 그 영감 참 좋은 사람이었지!'

그런데 마룰리아! 마룰리아, 술 더 가져와, 술통을 다시 가득 채워줘!" 그는 아내를 쳐다보지도 않고 불렀다.

그때 막 울타리에 내어놓은 작은 문이 돼지의 힘센 일격에 활짝 열렸다. 돼지는 꿀꿀거리며 마당으로 뛰쳐나왔다.

"그게 아플 거야. 불쌍한 짐승 같으니!" 조르바가 가엾다는 듯 말했다.

"물론 아프고말고. 자네들 그것을 깐다고 생각해보시게, 아프지 않겠소?"

늙은 크레타인은 껄껄 웃으면서 물었다.

의자에 앉아 있던 조르바는 겁에 질려 안절부절못하다가 대뜸 이렇게 소리쳤다.

"이 늙은 귀머거리 등신 같으니 당신 혀나 잘라가게 하소!"

돼지는 우리 앞을 맹렬하게 뛰어다니며 성난 얼굴로 우리를 노려보았다.

"우리가 그걸 먹어치운 걸 녀석이 알아차린 게 틀림없어." 아나그노스티 아저씨가 말했다. 그는 조금씩 조금씩 마신 술에 취해 기분이 매우 좋아졌다.

하지만 우리는 식인종처럼 조용히 만족스럽게 진미를 맛보며 붉은 포도주를 마시고 있었다. 올리브나무의 은빛 잎사귀 사이로 내다보이는 바다는 해가 지면서 온통 분홍빛으로 빛났다.

땅거미가 내려앉을 무렵, 우리는 노인의 집을 나왔다. 조르바도 이제는 술기운이 돌아 기분이 유쾌해져서 자꾸 말이 하고 싶었다.

"주인님, 그저께 뭐라고 이야기했지요? 사람들의 눈을 뜨게 만들고 싶다고 했죠? 좋아요, 그럼 늙은 아나그노스티 아저씨의 눈이나 가서 뜨게 만들어놓지 그래요! 그의 아내가 내 앞에서 마치 구걸하는 개처럼 그의 명령만 기다리며 어떻게 행동해야 했는지 잘 보셨지요? 이제 가서 그들에게 가르치세요. 여자도 남자와 같은 권리를 가지고 있고, 당신 앞에서 신음하고 있는 어린 돼지의 살 한 점을 뜯어먹는 노릇이야말로 잔인한 짓이라고 말이에요. 그리고 하느님은 모든 것을 가지고 있는데 당신이 풀이 죽어가면서 하느님에게 감사드린다는 것은 오직 미친놈 놀음이라고 말해줘요! 당신의 엉터리 같은 설명을 전부 듣고 난 불쌍한 악마 아나그노스티에게 무슨 좋은 수가 생길까요? 당신은 그를 굉장히 귀찮게 할 뿐이에요. 아나그노스티 부인 또한 거기서 무얼 배울까요? 기름덩어리를 불 속에 집어넣는 격이지요. 가족싸움이 벌어지고 암탉이 수탉 노릇을 하려고 들 테고 한바탕 털이 뜯겨 휘날리는 큰 부부싸움이 일어나겠지요! 주인님, 사람들일랑 그대로 놔둬요. 그들의 눈을 뜨게 하지 말아요. 만약 당신이 그렇게 한다면 그들 눈에 보이는 게 뭐겠어요? 그들의 비참한 꼴입니다! 그들의 눈을 감은 그대로 놔두세요. 주인님, 그들에게 계속 꿈을 꾸도록 해줘요!"

말을 다하고 한동안 잠잠해진 그가 머리를 긁었다. 그는 잠시 생각하다가 이윽고 말을 이었다.

"만약…… 만약에 말입니다……."

"만약에 뭐요? 어디 속 시원히 들어봅시다!"

"만약 그들이 눈을 떴을 때, 당신이 지금의 저 어두운 세상보다 한결 나은 세상을 보여줄 수 있다면 얘기는 다르죠……. 그럴 수 있겠어요?"

나는 알 수 없었다. 나는 무엇을 파괴해야 할지는 충분히 알고 있었다. 그러나 파괴된 그 폐허에 무엇을 세울 수 있을 것인가에 대해서는 아는 바가 없었다. 그 해답에 확신을 가지고 있는 사람은 아무도 없을 거라고 생각했다. 지금 우리가 살고 있는 이 세상, 시시각각으로 싸우고 있는 이 세상은 만질 수 있을 만큼 견고한 것—따라서 존재하는 것이다. 미래의 세계는 아직 탄생하지 않았다. 빛으로 이뤄져서 손에 잡히질 않고 끊임없이 흘러 움직이며 그것으로 꿈이 짜여진다. 광포한 바람—사랑·미움·상상·행운·신들로 둘러싸인 한 가닥 구름이다. 지상에서 가장 위대한 예언자라 할지라도 인간에게 암시밖에는 줄 수 없다. 암시가 모호한 것일수록 그는 위대한 예언가다.

조르바는 내 약을 올리는, 조롱하는 웃음을 입가에 띠었다.

"나는 그들에게 보다 나은 세계를 보여줄 수 있소!" 나는 대답했다.

"그럴 수 있다고요? 그럼 어디 그 얘기 한번 들어봅시다!"

"나는 설명할 수 없소. 당신은 이해하지 못할 테니까 말이오."

"그건 당신이 설명해 보일 만한 건더기가 없다는 뜻이죠!" 조르바는 머리를 저으며 항의했다. "주인님, 나를 바보로 보지는 마십쇼, 누가 나더러 타고난 멍청이라고 주인에게 이야기했을진 모릅니다만, 그렇다면 그자들이 잘 모르는 소리를 지껄인 겁니다. 내가 받은 교육이라면야 아나그노스티 아저씨보다 나을 것이 조금도 없겠습니다만, 내가 그만큼 어리석다면 어림없는 말이죠! 글쎄 내가 이해하지 못한다면 그 불쌍한 영감이나 그자의 얼간이 여편네에게 대체 무엇을 기대한다는 겁니까? 그리고 이 세상에 있는 그 밖의 모든 아나그노스티는 어떻게 할 참이지요? 그들에게 보여줄 암흑을 그만큼이나 많이 가지고 있다는 말인가요? 그들은 지금까지 잘 살아왔어요. 아이를 낳고 손자들까지 두고 살았어요. 하느님이 그들의 귀를 먹게 하고 눈을 멀게 만들어도 그들은 '신에게 영광을!' 어쩌고 외칩니다. 그들은 자기들의 비참한 생활에 익숙해졌어요. 그러니 그들을 그대로 놔두시고 아무 말 하지 말아요."

나는 입을 다물었다. 우리는 과붓집 정원을 지나가고 있었다. 조르바는 잠시 발걸음을 멈추고 한숨을 쉬었을 뿐 아무 말도 하지 않았다. 소나기가 한 차례 내린 것이 분명했다. 공기 속에는 싱싱한 흙냄새가 풍겼다. 초승달이 빛나고 있는데 푸르스름한 녹색이 물든 노란 달은 부드러운 그림자 같았다. 하늘 가득히 따스한 기운이 넘쳐흐르고 있었다.

'이 사람은 학교 문 앞에도 못 가봤다.' 나는 생각했다. 그러니 그의 두뇌는 괴상하게 뒤틀어지지 않았을 것이다. 그는 온갖 경험을 고루 갖추고 있다. 마음이 확 틔었고 원시적인 대담성을 조금도 잃지 않았으면서도 심장은 크게 성장해 있었다. 우리가 아주 얽히고설켜서 도저히 풀 수 없다고 생각하는 모든 문제에, 그는 마치 알렉산더 대왕이 고르디아스의 매듭을 칼로 끊어 내듯이 명쾌한 해답을 제시했다. 그에게는 표적을 놓치는 일이 오히려 힘들었는데, 그럴 수밖에 없는 것이 그의 두 다리는 온몸의 무게를 받아 힘차게 대지를 꽉 밟고 있었기 때문이다. 아프리카의 야만인들이 뱀을 숭배하는 이유도 여기 있었다. 그들은 뱀이 온몸을 땅에 붙이고 있어서 틀림없이 지구의 모든 비밀을 알고 있을 거라 생각했다. 뱀은 그의 배로, 그의 꼬리로 그리고 그의 머리로 대지의 비밀을 안다. 그것은 늘 대지의 어머니와 접촉하거나 어울려 지내는 것이다. 조르바의 경우도 그와 같을 게 틀림없다. 우리 교육받은 사람들은 하늘을 날아다니면서 새 대가리처럼 골이 비어 있는 것이다.

하늘에는 별의 무리가 곱절로 늘어나 있었다. 별들은 하나같이 견고하고 사나우며 인간을 경멸하듯 찬란한 빛을 내쏘고 있었다.

우리는 그 이상 말이 없었다. 우리는 둘 다 겁에 질린 눈길을 들어 하늘을 우러러보고 있었다. 매초마다 동쪽에서 샛별이 솟아오르고 그 큰 불빛은 하늘로 퍼지고 있었다.

이윽고 초막에 다다랐다. 나는 식욕이 조금도 없어서 바닷가 바위 위에 올라가 앉았다. 불을 피워 식사를 마친 조르바는 내 곁에 와서 앉으려 하다가는 마음을 고쳐먹고 자기 매트리스에 눕더니 그만 잠이 들고 말았다.

바다는 죽은 듯이 고요했다. 별똥별이 요란히 쏟아지는 하늘 아래 대지는 미동도 하지 않고 조용했다. 개짖는 소리 하나 없고, 우는 밤새 한 마리 없었다. 살금살금 몰래 기어드는 위험하고도 완전한 침묵 속에는 먼 곳에서 나는 울음소리와 우리가 엿들을 수 없으리만큼 우리 자신의 내부 깊숙이에서 우러나오는 소리들이 숨어 있었다. 나는 내 이마에 흐르고 있는 혈관의 맥박과 내 목에 흐르고 있는 혈관의 맥박을 겨우 깨달을 뿐이다.

호랑이의 노래! 문득 생각한 나는 몸서리가 쳐졌다.

밤의 장막이 내리면 인도에서는 그 슬프고 단조로운 노래를 나직한 목소리로 부르는 느릿느릿한 야생의 노랫가락을 들을 수 있다. 야수가 멀리서 하품하는 듯한 소리, 호랑이의 노랫소리다. 인간은 잔뜩 긴장한 채로 다음에 일어날 사태를 예감한다. 심장이 마구 떨리면서 인간은 어떤 탈출구를 찾게 된다.

내가 그 무서운 노래를 생각하고 있는 사이, 내 가슴속 텅 비었던 자리는 차차 차오르게 되었다. 귀가 생명을 되찾자 침묵은 고함으로 변했다. 그것은 마치 영혼 그 자체가 그런 노랫소리로 빚어지기라도 한 듯했으며 그 노래를 듣기 위해서 몸 밖으로 빠져나가려고 요동치는 것 같았다.

나는 허리를 굽혀 바닷물에 손바닥을 적셔서 미간과 이마를 축였다. 정신이 번쩍 들었다. 내 존재의 심연에서 위협하듯 뒤범벅이 된 성급한 울부짖음이 메아리쳤다. 내 속에 호랑이 한 마리가 들어앉아 포효하고 있었던 것이다.

갑자기 그 소리는 또렷이 들렸다. 부처의 목소리였다.

나는 도망가려고 하는 사람처럼 물가를 따라 빨리 걷기 시작했다. 최근에 이르러 한동안 혼자 있는 밤이거나 침묵이 세상을 다스릴 때면 나는 그 목소리를 듣곤 했다. 처음에는 죽은 사람을 애도하는 노래처럼 애처롭게 울다가, 이윽고 화내고 꾸짖으며 명령하는 소리로 변하는 것이다. 자궁에서 떠날 시간이 다 된 태아가 발길질을 하듯 그것은 내 가슴속을 윽박지르곤 했다.

한밤중임에 틀림없을 것 같았다. 하늘에는 검은 구름이 겹겹이 덮이고 굵은 빗방울이 손바닥 위에 떨어졌다. 그러나 나는 아랑곳하지 않았다. 나는 불타는 세계에 파묻혀 들어가 있었고 양쪽 미간에서 불길이 혀를 날름거리는 것을 느꼈다.

때가 왔구나! 나는 부르르 몸을 떨면서 생각했다. 불교의 윤회가 나를 신고 떠난다. 나 자신에게서 이기심의 짐을 풀어놓을 시간이 바로 다가온 것이다.

나는 황급히 초막으로 돌아가서 램프에 불을 댕겼다. 불빛이 조르바에게 비치자 그는 눈썹을 깜박이며 눈을 떴다. 그러다가 종이 앞에 허리를 굽히고 글을 쓰는 나를 바라보았다. 그는 내가 알아듣지 못할 소리를 몇 마디 중얼거리고는 벌컥 벽 쪽으로 몸을 돌려 눕고 다시 깊은 잠에 곯아떨어졌다.

나는 급하게 글을 썼다. 서둘러야만 했다. 부처님은 내 안에서 모든 준비가 다 되어 있었다. 그리고 나는 그것이 나의 뇌에서 심벌로 가득 찬 푸른 리본처럼 빠져나오는 것을 볼 수 있었다. 그것은 급하게 쏟아져 나왔고 나는 그 속력을 따라가느라 허둥지둥 안간힘을 썼다. 모든 것은 단순해지고 매우 간단해졌다. 나는 글을 쓰는 것이 아니라 베끼고 있었던 것이다. 전 우주가 내 앞에 모습을 드러냈는데 연민과 포기와 대기로만 이뤄져 있었다. 부처의 저택들, 후궁의 여인들, 황금마차, 늙고 병든 사람들, 죽음, 세 번의 숙명적인 만남, 출가, 금욕 생활, 해탈, 구원의 선언이 있었다. 대지에는 노란 꽃이 뒤덮이고 거지와 왕자들은 사프란색 예복을 걸치고 돌과 나무와 육신은 한결 가벼워졌다. 영혼들은 기화(氣化)하고 증기는 혼이 되며 혼은 무로 돌아간다. ……손가락이 아파왔지만 나는 쓰기를 멈추지 않았으며 멈출 수도 없었다. 환상은 쏜살같이 지나서 사라졌고 나는 그것을 놓치지 말아야 했던 것이다.

아침에 조르바는 원고에 머리를 처박고 잠든 나를 발견했다.

6

내가 깨어났을 때 해는 벌써 하늘 한가운데 떠 있었다. 내 오른손 마디는 펜을 너무 오래 쥐고 있어서 아직도 뻣뻣했다. 나는 손가락을 오므릴 수가 없었다. 부처님의 폭풍우가 나를 엄습했고 지친 나를 껍질처럼 텅 비게 만든 것이다.

나는 바닥에 흩어진 종이들을 주우려고 허리를 굽혔지만 내게는 그것들을 들여다볼 기운도 없었고 그럴 기분도 안 났다. 그처럼 갑자기 솟아나 내 머릿속을 마구 휘저어놓은 모든 영감이 한낱 꿈같았다. 그런 꿈이 말 속에 갇히고 말로써 타락한 모습을 보고 싶지는 않았다.

부드러운 비가 조용히 내리고 있었다. 조르바는 나가기 전 화로에 불을 피워놓았다. 나는 아침나절 아무것도 먹지 않고 두 손을 불에 쬐며 꼼짝 않고 앉아 보슬보슬 내리는 첫봄의 빗소리만 듣고 있었다.

　나는 아무 생각도 하지 않았다. 축축한 흙 속의 두더지처럼 동그랗게 움츠린 내 머릿속은 쉬고 있었다. 나는 대지의 미동과 속삭임 그리고 작은 입놀림을 들을 수 있었고, 빗방울 떨어지는 소리와 씨들이 불어나는 소리를 들을 수 있었다. 옛날 그들이 한 쌍의 남녀처럼 관계를 하고 아이들을 낳던 때와 같이 하늘과 땅이 맞붙어 무언가 하고 있다는 것을 나는 느낄 수 있었다. 야수처럼 울부짖으며 갈증을 달래려고 온 해안을 혀로 핥고 있는 저 앞바다 소리도 들을 수 있었다.

　나는 행복했고 스스로 그 사실을 알고 있었다. 우리가 행복을 체험할 때 그것을 의식하기는 매우 어렵다. 행복이 지나가고 나서 지난날을 돌이켜볼 때 우리는 갑자기, 때로는 놀라움과 함께 우리가 얼마나 행복했던가를 깨닫는 것이다. 하지만 이 크레타 섬의 해안에서 행복을 맛보면서 나는 내가 행복해하고 있음을 느꼈다.

　그 막막한 갈증을 달래는 검푸른 바다는 바로 아프리카 해안까지 퍼져 있었다. 이따금 퍽 뜨거운 남풍이 불었다. 불타는 사막 멀리서 불어오는 리바스 바람이다. 아침이면 바다에서는 온통 수박 냄새가 났고 낮에는 아지랑이에 덮여 조용했는데, 자그마하니 일렁이는 파도는 채 여물지 않은 여자 젖가슴 같았다. 저녁이 되어 바다는 한숨을 쉬면서 장밋빛이 되었다가 가지색으로 물들면 어느새 포도주처럼 진하다 못해 짙푸른색으로 풀리고 마는 것이다.

　오후가 되면 나는 한손 가득히 알이 가늘고 엷은 모래를 움켜쥐었다가 손가락 사이로 빠지는 그 뜨겁고 보드라운 모래의 감촉을 즐겼다. 손은 그 사이로 우리의 인생이 새어나가다가 없어지고 마는 모래시계다. 그것은 자신을 잃어버리고 있었다. 나는 바다를 바라보며 조르바의 목소리를 들었는데, 그럴 때면 이마가 터져버릴 듯이 뿌듯한 행복을 느꼈다.

　지금도 기억한다. 내 조카인 알카가 네 살이던 어느 날이다. 그것은 섣달 그믐날이었는데 함께 장난감 가게를 들여다보고 있던 꼬마 계집애는 나를 쳐다보면서 이런 엄청난 말을 했다. "오그레 삼촌, 나는 쑥쑥 자라나는 풀이에요. 그래서 참 기뻐요!" 나는 깜짝 놀랐다. 인생은 얼마나 놀라운 기적인가. 그리고 모든 영혼의 뿌리 깊숙이 파고들면 모든 영혼은 서로 만나서 곧 하나가 되지 않는가! 문득 내가 어느 먼 박물관에서 구경한 적이 있는 흑단으로 조각한 불상이 떠올랐다. 해탈한 부처가 7년의 고뇌 끝에 이를 데 없이 큰 기쁨에 잠긴 모습을 조각한 것이다. 그의 양쪽 이마가 부어오르다가 마침내 살갗이 터지고 그 자리에는 강철 스프링처럼 말린 두 개의 억센 뿔이 돋아났었다.

오후 늦게 가는 빗발은 걷히고 하늘이 맑아왔다. 나는 배가 고파졌고 그런 배고픔이 기뻤다. 이제 조르바가 돌아와 불을 피우고는 일상의 의식인 요리를 할 시간이었기 때문이다.

"당신을 절대로 혼자 두지 않을 또 다른 일이죠." 조르바는 불 위에 그릇을 얹으며 말하곤 했다. "여자뿐 아닙니다. 염병할 여자도 끝없는 일인데 먹는 것 또한 그렇습니다."

이 해안에 와서 나는 처음으로 식사한다는 것이 얼마나 즐거운 일인가를 느꼈다. 저녁에 조르바는 두 개의 돌 사이에 피운 불에다 요리를 했다. 우리가 먹고 마시기 시작하면 대화는 생기를 더해갔다. 나는 결국 먹는다는 것이 정신의 기능이고 고기와 빵과 술은 정신을 만드는 원료임을 깨달았던 셈이다.

온종일 고되게 일한 조르바는 식사를 하고 숨을 돌리기까지 둔하게 움직였다. 말도 신경질적이고 억지로 시켜야만 몇 마디 대꾸하곤 했다. 그의 움직임도 나른하고 거북살스러웠다. 그러나 그의 엔진에 연료를 집어넣으면, 그의 말마따나 육신이 삐걱거리고 피곤하던 기계에는 다시 한 번 생명이 돌아와 속력이 붙고 발동이 걸렸다. 눈에서 광채가 나고 머릿속의 온갖 기억은 찰찰 넘치도록 되살아났으며 다리는 날개가 돋친 듯 춤을 추었다.

"먹은 음식으로 뭘 하는가 말해준다면, 당신이 어떤 사람인지 나는 알아맞힐 거예요. 어떤 사람은 먹은 음식을 비계와 비료로 만들고, 어떤 사람은 일과 좋은 유머에 쓰고, 또 다른 사람들은 내가 듣기로는 그걸 하느님에게 돌린다고 합니다. 그러니 꼭 세 가지 인간이 있다는 말이죠. 나는 셋 가운데 가장 흉측한 녀석은 아닙니다. 그렇다고 가장 훌륭한 축에도 못 끼지요. 그저 어디 중간쯤에나 끼어들 겁니다. 내가 먹은 음식은 일이 되고 좋은 익살이 된다는 거죠. 그만하면 크게 나쁠 건 없어요!"

그는 장난기 가득 찬 눈으로 나를 바라보면서 웃음을 터뜨렸다.

"그런데 주인님은 말입니다. 당신은 당신 수준에서 섭취한 것을 하느님에게 돌리려고 온갖 노력을 다하고 있는 것 같아요. 하지만 그게 제대로 되질 않지요. 또 그것이 당신을 괴롭히기까지 합니다. 까마귀에게 일어난 것과 똑같은 사태가 당신한테도 일어나고 있는 거예요."

"까마귀에게 일어난 일이 뭐요, 조르바?"

"그게 말이죠, 아시다시피 그는 존경을 받을 만큼 의젓한 걸음걸이를 하고 있었지요. 글쎄, 까마귀답게 말입니다. 그런데 어느 날 그는 비둘기처럼 꽁지를 세우고 거들먹거리며 걸어보고 싶은 생각이 들었죠. 그리고 그 순간부터 그 가엾은 친구는 죽을 때까지 저 자신의 걸음걸이가 어떤 것이었는지를 기억해낼 수가 없다나요. 그는 뒤죽박죽이 되었거든요. 알만하지요? 두 다리를 묶인 듯이 어기적거리는 것이 고작이었대요."

나는 고개를 들었다. 갱도를 걸어올라오는 조르바의 발소리를 들은 것이다. 이윽고 얼굴을 잔뜩 찡그리고 맥없이 두 팔을 축 늘어뜨린 그가 다가오는 모습이 보였다.

"별일 없었지요, 주인님?" 그는 다 죽은 소리로 인사했다.

"수고했소, 조르바. 오늘 일은 어찌 되었소?"

그는 내 물음엔 대답하지 않고 이렇게 말했다.

"내가 불을 피워 식사 준비를 하지요."

그는 구석에서 나무를 한 아름 들고는 밖으로 나가서 두 개의 돌 사이에다 장작을 차곡차곡 예술적으로 쌓아올리더니 불을 지폈다. 그 위에다 그는 질그릇을 얹고 물을 좀 부은 다음 양파와 토마토 그리고 쌀을 집어넣은 뒤에 그것들을 끓이기 시작했다. 그러는 사이 나는 낮고 둥근 테이블에 식탁보를 깔고 밀가루로 만든 빵을 두껍게 썰어놓고 목이 긴 병에서 포도주를 따라 표주박잔 가득히 부었다. 우리가 섬에 도착한 이튿날 아나그노스티 아저씨가 준 그 잔에는 무늬가 그려져 있었다.

조르바는 음식을 얹은 냄비 앞에 쪼그리고 앉아서 이글거리는 불을 노려보며 말이 없었다.

"조르바, 아이들은 없소?" 나는 갑자기 물었다.

그는 돌아다보았다.

"그건 왜 물어보죠? 딸애 하나가 있습지요."

"결혼했소?"

조르바는 웃기 시작했다.

"왜 웃죠, 조르바?"

"그걸 말이라고 묻습니까! 물론 그 애는 결혼을 했지요. 그 애는 천치가 아니니까요. 나는 칼키디키 지방의 프라비슈타 근처 동광에서 일하고 있었습니다. 어느 날 나는 형 얀니한테서 편지 한 통을 받았습니다. 아, 그렇군. 나한테 형이 있다는 애길 하는 걸 잊었군요. 참 분별력이 있고 바깥출입을 모르는 고리대금업자, 위선적인 교인, 사회의 진짜 대들보 같은 인물로 지금은 살로니카에서 식품점을 하고 있죠. 형이 보낸 편지 내용은 이랬어요. '알렉시스 동생, 자네 딸 프로소가 길을 잘못 들었다네, 그 애가 우리 가문을 더럽혔어, 그 애한테는 정부가 있고 그놈한테 애까지 하나 얻었거든. 우리집 명예는 박살이 났다네. 나는 마을로 내려가서 그 애 목을 자를 참이네.'"

"그래 당신은 어떻게 했소, 조르바?"

조르바는 어깨를 움찔했다.

"'아, 여자들이라니!' 한마디 하곤 편지를 찢어버렸지요 뭐."

그는 쌀을 휘휘 젓더니 소금을 조금 넣으며 미소를 지었다.

"하지만 잠깐 기다려요. 그 얘기의 재미있는 대목을 알게 될 겁니다. 두 달인가 석 달 뒤 나는 내 미련한 형한테서 두 번째 편지를 받았지요. 멍청이는 이렇게 썼더군요, '동생, 건강하고 행복하게. 우리 명예는 안전하네. 이제 다시 아우는 고개를 들고 다닐 수 있어. 문제의 사나이는 프로소하고 결혼했다네!'"

조르바는 고개를 돌려 흘깃 나를 보았다. 그가 물고 있는 담배 불빛에 그의 두 눈이 반짝였다. 그는 또 한 번 어깨를 움츠렸다.

"아 남자들이라는 것!" 그는 입에 담을 수 없는 경멸이 가득 담긴 목소리로 말했다.

잠깐 있다가 그는 말을 이었다.

"여자한테서 무엇을 기대할 수 있어요? 먼저 가까이 온 사내라면 그가 누구이든 간에 붙어서 애를 낳다니. 남자한테선 뭘 기대할 수가 있지요? 그들은 그런 함정에 빠지는 게 고작입니다. 제 말을 잘 기억해두시오, 주인님도!"

그는 불에 얹었던 냄비를 내렸고 우리는 저녁을 먹기 시작했다.

조르바는 다시금 깊은 생각에 잠겼다.

무언가가 그를 근심에 잠기게 하고 있었다. 나를 쳐다본 그는 입을 열었다가 다시 닫았다. 기름 램프의 불빛을 빌려 나는 그의 눈빛에 어린 근심과 걱정을 읽을 수 있었다.

나는 그러한 그의 모습을 차마 견딜 수가 없었다.

"조르바, 나한테 뭔가 하고 싶은 말이 있지요? 자 자, 털어놓아요. 말을 해버리고 나면 후련할 테니까."

조르바는 그래도 말이 없었다. 작은 돌들을 집어들더니 꽤 힘있게 열린 창밖으로 내던졌다.

"돌은 놓으라니까! 말을 해요!"

조르바는 주름이 간 목을 쑥 빼었다.

"주인님, 나를 믿고 있나요?" 열심히 내 눈을 들여다보며 그가 물었다.

"그렇소, 조르바. 당신은 무슨 일을 하건 그르칠 턱이 없소. 설령 당신이 그러고 싶다 하더라도 잘못 빗나갈 수가 없을 거요. 당신은 사자 같소. 아니 이리라고 하는 게 옳겠군요. 그런 짐승들은 아무리 그러고 싶어도 양이나 당나귀처럼 처신하지는 않으니까요. 그 천성은 저버리지 못합니다. 그리고 당신은 당신 손톱 끝까지 조르바이죠."

조르바는 머리를 끄덕였다.

"하지만 나는 지금 우리가 대체 어디로 가고 있는가 전혀 짐작도 못할 지경입니다."

"내가 다 알고 있으니 당신은 그런 걱정일랑 말고 그저 하던 일만 계속하면 되는 겁니다!"

"그 말 다시 한 번 해줘요, 주인님. 내게 용기를 주시오!" 그가 소리쳤다.

"하는 일만 해나가요!"

조르바의 두 눈이 반짝였다.

"그럼 이제 말할 수 있겠군요." 그는 얘기를 끄집어냈다. "나는 지난 며칠 동안 마음속으로 큰 계획 하나를 짜나가고 있었습니다. 미친놈 같은 생각인데 정말 해볼까요?"

"나에게 물어볼 필요가 있겠소? 우리가 여기 온 목적이 뭔데. 가진 생각들을 실천하려고 온 것 아니겠소?"

조르바는 목을 황새처럼 빼면서 기쁨과 두려움이 섞인 눈으로 나를 보았다.

"좀더 쉽게 말해주시죠!" 그는 외쳤다. "우리가 여기 온 것은 탄을 캐려고 온 것 아닙니까?"

"탄은 하나의 핑계죠. 그저 지방 사람들이 호기심을 곤두세워서 캐묻는 것을 막고 우리를 진지한 청부업자로 보이게만 하면 그만이요. 그렇게 되면 우리를 환영한답시고 토마토를 던지는 일은 없겠죠. 조르바, 무슨 말인지 알아듣겠소?"

조르바는 넋나간 듯이 멍했다. 그는 말뜻을 새기려고 무진 애를 썼다. 그는 그런 행복을 믿을 수가 없었던 것이다. 그는 금세 내 말이 에누리 없다는 것을 깨달았다. 그는 와락 달려들더니 내 두 어깨를 덥석 잡았다.

"춤추겠어요?" 그는 열띤 목소리로 물었다. "춤추겠어요?"

"아뇨."

"아니라고요?"

그는 어리둥절해져서 두 팔을 옆으로 떨어뜨렸다.

"아, 그럼 할 수 없죠." 한참 뒤에 그가 말했다. "그럼 주인님, 내가 춤을 추죠. 저만치 물러나 앉으시오. 주인을 들이받지 않게 말입니다."

그는 껑충 한 번 뛰더니 초막 밖으로 뛰쳐나갔다. 신발과 웃옷과 조끼를 모두 벗어 던진 그는 바지를 무릎까지 걷어올리고 춤을 추기 시작했다. 그의 얼굴에는 아직도 시꺼먼 탄이 묻어 있었다. 눈의 흰자위가 번득였다.

그는 춤 속에 온몸을 내맡겼다. 손뼉을 치며 뛰고 발가락 끝으로 돌다가는 무릎을 꿇었다가 다리를 움츠리고 또 치솟는 폼이 고무로 만든 몸집 같았다. 그는 갑자기 자연의 법칙을 정복하고 날아가버리고 싶은 듯 길길이 공중으로 뛰어올랐다. 그의 늙은 육신 속에는 그의 몸을 들어다 어둠 속에 유성처럼 날리고 싶어하는 영혼이 안간힘을 쓰고 있다는 느낌이 들었다. 몸은 공중에 오랫동안 머물 수 없어서 땅에 떨어질 때마다 격렬히 떨리고 거듭거듭 사정없이 흔들거렸다. 이번에는 조금 더 높이 솟아올랐지만 불쌍한 몸은 역시 아래로 떨어지고 숨은 턱까지 차올랐다.

조르바는 미간을 찌푸렸다. 그의 얼굴에는 놀랄 만큼 엄숙한 빛이 나타났다. 그는 이제 소리도 지르지 않았다. 이를 악물고 불가능을 성취하려고 마음먹은 사람 같았다.

"조르바! 조르바!" 나는 소리 질렀다. "됐어요. 그만!"

나는 그의 늙은 몸이 그런 혹독한 폭력에 견디질 못하고 수천 조각으로 깨어져서 사방팔방 하늘로 흩어질 것만 같아 겁이 났다.

하지만 내가 소리친다고 무슨 소용이 있다는 말인가? 조르바가 어떻게 지상에서 지르는 나의 소리를 들을 수 있다는 말인가? 그의 오장육부는 바로 새의 그것처럼 가벼워졌던 것이다.

나는 불안한 눈초리로 그 야성적이며 결사적인 춤을 지켜보았다. 어린아이일 때 상상의 비약을 마음대로 했던 나는 친구들에게 엉뚱한 거짓말을 하고서 그것을 스스로 믿곤 했다.

"너희 할아버지는 어떻게 돌아가셨니?" 어느 날 학교에서 한 꼬마 친구가 내게 물었다.

그때 나는 서슴없이 신화 한 편을 조작해냈으며 많은 신화를 꾸며낼수록 점점 더 나 자신이 그것들을 믿게 되었다.

"우리 할아버지는 말야, 흰 수염이 있고 고무신을 신고 다니셨단다. 근데 하루는 말이지. 할아버지가 우리집 지붕에서 뛰어내렸는데 발이 땅에 닿자마자 공처럼 튕겨서 집보다 더 높이 솟아올랐지. 땅에 발이 닿을수록 점점 더 높이 솟아오르더니 구름 속으로 사라져버렸어. 그렇게 해서 우리 할아버지는 돌아가셨지 뭐니."

그런 신화를 꾸며낸 다음 나는 성 미나스의 작은 교회에 들어갈 때마다 바닥에 그려놓은 예수의 승천상을 내 친구들에게 손으로 가리키며 이렇게 말하곤 했다.

"이봐, 저기 할아버지가 고무신을 신고 계시지 않니!"

그런데 그로부터 숱한 세월이 흐른 지금 조르바가 길길이 하늘로 솟아오르는 모습을 보며, 나는 공포 속에서 내 어릴 때 얘기를 다시 체험한 것이다. 조르바가 구름 속으로 사라져버리지나 않을까 걱정되었다.

"조르바! 조르바!" 나는 외쳤다. "그만, 그만둬요!"

이윽고 조르바는 숨이 차서 땅바닥에 주저앉고 말았다. 그의 얼굴은 반짝거렸고 행복했다. 회색 머리카락이 그의 이마에 들러붙고 탄가루와 범벅이 된 땀이 그의 두 볼과 턱으로 흘러내리고 있었다.

나는 걱정스레 그를 굽어보았다.

한참 있다가 그는 입을 열었다. "한결 기분이 나아지는군요. 피를 그만큼 흘린 것 같아요. 이제 얘기할 수 있습니다."

그는 초막으로 돌아가 화롯불 앞에 앉아 신이 나서 반짝이는 표정으로 나를 보았다.

"뭐가 그렇게 신나서 춤을 춰댔소?"

"주인님, 그럼 어떻게 한단 말이오. 나는 신이 나서 숨구멍이 막힐 것 같았어요. 숨구멍을 터놓을 길을 찾아야 했지요. 대체 무슨 돌파구가 있었겠습니까? 말이라고요? 흥 웃기지."

"뭐가 그렇게 즐거웠소?"

그의 얼굴에 다시 구름이 끼고 입술이 덜덜 떨리기 시작했다.

"뭐가 그렇게 즐거웠냐고요? 조금 전에 나더러 말하지 않았습니까…… 그 얘기는 괜한 소린가요? 무슨 뜻인지도 모르고 한 말인가요? 우리가 여기 탄을 캐러 온 것은 아니라고 나에게 말했지요? 그런 말을 안 했다는 건가요? 우리가 여기 온 것은 시간을 보내기 위해서이고 마을 사람들이 우리를 정신병 환자로 보고 우리에게 토마토를 던지지 않도록 핑계를 만든 거라고 말했잖아요! 하지만 우리가 단둘이 있고 아무도 우리를 보지 않을 때는 웃고 실컷 즐기자는 얘기 아닌가요! 그렇지 않아요? 맹세하지만 내가 바라는 것도 그거예요. 하지만 내가 제대로 말을 알아들었는지 모르겠군요. 어떤 땐 갈탄을 생각하다가 어떤 때는 부불리나를 생각하다가 어떤 때는 또 당신을 생각하다 보니 뭐가 뭔지 모르겠군요. 갱도에서 탄을 파낼 때 나는 말했습니다. 내가 원하는 것은 탄이다! 그러면 머리끝에서 발끝까지 나는 탄이 되었죠. 하지만 일이 끝나고 그 늙은 암퇘지와 희롱하고 놀 때면, 나는 또 이렇게 말했습니다. 아, 그녀에게 행운이 있으라! 모든 갈탄부대며 주인 노릇을 하는 자들을 그녀의 목에 감긴 작은 리본으로 목매게 하고, 조르바도 그들과 함께 목을 달아매게 하소서! 그러다가 또 혼자 있고 아무 할 일이 없을 때면 나는 당신 생각을 했습니다. 주인님, 그럼 가슴이 뭉클해지고 양심에 부담을 느끼곤 합니다. '야 조르바, 그건 창피한 짓이야. 그처럼 착한 사람한테 가서 그를 속이고서 그의 돈을 몽땅 먹어치우다니 명예롭지 못한 짓이고 말고. 그런 썩어빠진 건달 노릇은 언제 집어치울 테야? 조르바 이 녀석아! 난 이제 너한테 넌덜머리가 났대두!' 주인님, 정말 내가 어디 있는지 나는 몰랐습니다. 악마는 이쪽에서, 하느님은 저쪽에서 나를 잡아당깁니다. 그들 틈서리에서 나는 한가운데가 두 동강이 나고 말았습지요. 그런데 주인님은 고맙게도 위대한 말을 했고, 나는 이제 모든 것을 뚜렷이 볼 수 있어요. 나는 알았습니다. 나는 다 이해했어요! 우리는 뜻이 맞았어요. 자 빨리 서둡시다! 돈이 얼마나 남았죠? 이리 줘요! 자 먹어치웁시다!"

조르바가 이마를 문지르더니 주위를 둘러보았다. 우리가 먹다 남은 음식은 아직 작은 식탁 위에 놓여 있었다. 그는 긴 팔로 그것들을 잡아당겼다.

"주인님, 먹어도 되지요? 나는 다시 배가 고파졌어요."

그는 빵 한 쪽과 양파 그리고 올리브를 한 줌 움켜쥐었다.

게걸스럽게 음식을 먹으며 그는 표주박잔을 비웠는데 붉은 포도주는 그가 잔을 입술에 가져다 대기도 전에 콸콸 그의 목으로 넘어갔다. 조르바는 입맛을 다셨다. 그는 만족했다.

"이제 좀 낫군." 그가 말했다.

그는 윙크를 하면서 이렇게 물었다.

"왜 웃지 않죠? 왜 그런 눈으로 나를 봅니까? 나는 생기기를 그렇게 생겼는걸요. 내 속에는 소리를 지르는 악마 한 마리가 들어 있고 나는 그놈이 시키는 대로 합니다. 나에게 격한 감정이 일어 가슴이 터질 지경이 되면 그는 '춤춰라!' 소리를 치죠. 그러면 나는 춤을 춥니다. 그러고 나면 기분이 한결 나아지거든요! 칼키디키에서 우리 작은 디미트라키 녀석이 죽은 때입니다. 나는 조금 전 그랬던 것처럼 벌떡 일어서서 춤을 췄지요. 시체 앞에서 춤추고 있는 나를 본 친척이나 친구들은 우르르 달려들며 나를 말리려고 했어요. '조르바가 돌아버렸어!' 그들은 소리치더군요. '조르바가 그만 돌았어!' 그렇지만 그때 내가 춤을 추지 않았다면 정말 나는 미쳐버렸을 겁니다. 슬퍼서! 왜냐하면 녀석은 나의 첫 아들이었고 그때 세 살이었지요. 나는 아이를 잃은 것을 참을 수 없었어요. 이해하겠어요? 주인님, 내가 얘기하는 것을 말입니다. 아니면 내가 혼잣말을 하고 있는 겁니까?"

"이해하겠소, 조르바. 나는 알겠어요. 당신은 혼잣말을 하고 있는 것이 아니오."

"또 한 번은…… 그러니까 내가 러시아에 있을 때군요…… 그렇죠, 나는 거기도 가보았습니다. 마찬가지로 광산 일이었지요. 이번에는 노보로시스크 가까이 있는 동광이었지요! 나는 대여섯 마디의 러시아말을 배웠어요. 그건 노동하는 데 겨우 써먹을 만했어요. 예, 아니오, 빵, 물, 나는 너를 사랑해, 이리와, 얼마지? ……고작 이런 것들뿐이었죠. 그렇지만 나는 한 러시아 친구와 가깝게 지냈어요. 철저한 볼셰비키 당원이었지요. 우리는 저녁마다 항구에 있는 술집에 갔어요. 보드카 여러 병을 마시고 나면 기분이 유쾌해지곤 했지요. 한번은 기분이 좋아져서 우리 둘 다 얘기가 하고 싶어졌어요. 그는 러시아 혁명 때 자기에게 일어난 모든 일을 다 나한테 털어놓고 싶어진 겁니다. 그리고 나는 그에게 내가 무슨 짓을 하고 다녔는지 알리고 싶어졌어요…… 우리는 함께 취했거든요. 아시겠죠, 형제가 된 거예요.

우리는 손짓 발짓을 다 써가며 되는 대로 한 가지 약속을 했어요. 그가 먼저 얘기를 하기로 말입니다. 내가 그의 말을 좇아갈 수 없게 되면 곧 나는 '그만!' 하고 소리쳐 말을 중단시키기로 했지요. 그럼 그는 일어나서 춤을 추는 겁니다. 알겠어요, 주인님? 그는 나에게 말하고 싶은 것을 춤으로 얘기했어요. 나도 마찬가지였고요. 우리는 말로 표현할 수 없는 것들을 발과 손, 배 등을 총동원해서 되도록 하고 싶은 이야기를 전하려 했지요. 아니면 하이! 하이! 호플라! 호하이! 같은 야생의 소리를 질러 얘기했어요.

러시아 친구가 말문을 열었습니다. 어떻게 그가 총을 잡게 되고 전쟁이 어떻게 퍼져갔으며 어떻게 그들이 노보로시스크에 도착했는가를 말했지요. 그 이상 말귀를 못 알아듣겠다고 느껴졌을 때 나는 '그만!' 하고 소리쳤지요. 러시아 친구는 금세 자리를 털고 뛰어오르더니 춤을 추기 시작했어요. 그는 미친 사람처럼 춤을 춰댔어요. 그리고 나는 그의 손, 그의 다리, 그의 가슴, 그의 눈이 어떻게 움직이는가를 살피며 모든 것을 이해할 수 있었지요. 그들이 어떻게 노보로시스크에 들어오고 어떻게 상점을 약탈했으며 인가에 들어가서는 어떻게 여자들을 업어냈는가 죄 알아들었어요. 처음에는 그 바람둥이 계집들이 제 얼굴을 손톱으로 할퀴며 사내에게 저항했지만 차츰차츰 길이 들어 그들은 눈을 감고 쾌감의 기성을 질렀대요. 그들은 결국 여자니까요!

그리고 나서 그의 얘기가 끝나고는 내 차례가 되었는데 나는 겨우 한 두 마디밖에 못했습니다! 아마 그는 머리가 조금 나빠서 내 말을 알아듣지 못했나 봅니다! 러시아인은 '그만!' 하고 소리치지 않겠어요? 내가 기다리고 있었던 것은 바로 그거였죠. 나는 자리를 차고 일어나서 의자와 식탁들을 밀어놓고는 춤추기 시작했지요. 아, 불쌍한 친구여, 인간은 정말 너무너무 타락하고 말았어요. 악마밥이지요! 그래서 그들의 몸뚱이는 벙어리가 되고 입으로만 말을 하고 살게 됐다지 뭡니까? 하지만 입에서 나올 수 있는 것이 대체 어떤 것이라고 기대하나요? 당신한테 그게 뭘 말할 수 있겠어요? 내 머리끝에서 발끝까지의 움직임을 듣고 나의 전부를 이해했던 그 러시아 사람을 당신이 보았다면 얼마나 좋을까! 나는 내 불행을 춤으로 얘기했고 내가 돌아다닌 곳, 내가 몇 번이나 결혼했던가, 그리고 내가 일찍이 배운 직업들, 석수장이·광부·행상·옹기장이·비정규 부대 요원·산투르 연주가·도붓장수·대장장이·밀수꾼의 얘길 하고, 내가 어떻게 해서 감옥에 들어가고 어떻게 탈출했으며, 어떻게 러시아까지 왔는가를 얘기했어요…….

그처럼 머리가 둔한 친구지만 내가 한 모든 말을 이해할 수 있었어요. 나의 발과 손이 말을 했고, 머리카락 그리고 내 옷들이 얘기를 걸었지요. 허리춤에 차고 있던 접이식 나이프까지 얘기를 거들었어요. 내가 얘기를 끝마치니까 그 장승같이 크고 미련한 친구는 두 팔로 나를 끌어안았어요. 우리는 다시 한 번 우리 잔 가득히 보드카를 채웠어요. 우리는 서로 얼싸안고 울다가 웃다가 했는데, 새벽녘이면 떨어져 비틀거리며 제 침대로 돌아갔지요. 그리고 저녁때가 되면 다시 만났어요.

웃고 있습니까? 내 말이 믿기지 않나요? 주인님은 이렇게 혼자 말하고 있는 것 같군요. '이 신드바드 같은 녀석이 대체 무슨 얘기를 하는 거지? 춤으로 얘기를 나누는 것이 정말로 가능할까?' 그렇지만 맹세컨대 신과 악마들은 분명 이런 식으로 이야기했을 겁니다.

그런데 당신은 졸린 모양이군요. 알겠습니다. 당신은 너무 약해요. 원기가 없어요. 자, 가서 자고 내일 다시 얘기합시다. 나는 계획이 하나 있어요. 굉장한 계획입니다. 내일 그걸 말하지요. 나는 담배를 한 대만 더 피우겠어요.

바다에 가서 몸을 좀 식히고 올까 봐요. 몸에 불이 붙은 것 같은 기분인데 꺼야지요. 안녕히 주무시오!"

나는 잠을 청하면서 오랫동안 뒤척였다. 나는 인생을 헛살고 있다고 생각했다. 걸레를 찾아서 지금까지 내가 배운 모든 것을 지우고 내가 보고 들은 모든 것을 닦아낼 수만 있다면, 그리고 조르바의 학교에 들어가 위대한 진짜 알파벳을 처음부터 배울 수만 있다면 얼마나 좋을까! 그렇게만 된다면 나는 다른 길을 선택할 것이다. 나는 내 오관과 온몸을 완전하게 훈련시켜서 그것이 인생을 즐기고 이해할 수 있게 할 것이다. 나는 달음박질·씨름·수영·승마를 배우고 배를 젓고 차를 몰고 총 쏘는 법을 배울 것이다. 나는 내 영혼 가득히 육신을 채울 것이다. 나는 나의 육신 가득히 정신을 채울 것이다. 나는 마침내 나의 내부에 있는 두 개의 영원한 적대자를 화해시킬 것이다.

나는 매트리스 위에 앉은 채 내 인생이 몽땅 낭비되어가고 있다고 생각한다. 열린 문 저쪽 별빛으로 겨우 조르바의 모습을 볼 수 있었다. 그는 한 마리 올빼미처럼 바위 위에 쭈그리고 앉아 있었다. 나는 그가 부러웠다. 진리를 발견한 것은 그라고 나는 생각했다. 그는 올바른 길을 걷고 있었다.

좀더 원시적이고 창조력이 넘치는 시대에 태어났더라면 조르바는 한 종족을 거느리는 추장이 되었을 것이다. 그는 앞장서서 도끼로 새 길을 개척하고 나아갔을 것이다. 아니면 명성을 떨치는 음유시인이 되어 뭇 성을 찾아다니며 당대의 모든 사람, 성주고 귀부인이고 하인들이고 할 것 없이 모두가 그의 시구를 외고 또 외게 했을 것이다. 이 달갑지 않은 시대에 태어난 우리의 조르바는 굶주린 한 마리의 이리처럼 앞길을 가로막는 담을 끼고 돌며 방황하거나 어떤 문필장이의 광대로 전락했다.

나는 조르바가 갑자기 일어나는 것을 보았다. 그는 옷을 벗어 자갈밭에 던지더니 풍덩 바닷속으로 뛰어들었다. 한동안 나는 창백한 달빛 아래 나타났다가 사라지고 사라졌다가 나타나는 그의 커다란 머리를 볼 수 있었다. 이따금 그는 소리를 질렀다. 울부짖다가 흐느끼다가 닭처럼 울기도 했다. 이처럼 텅 빈 밤에 그의 영혼은 동물들과 저절로 친해졌던 것이다.

의식하지 못한 사이에 나는 깜빡 잠이 들고 말았다. 이튿날 먼동이 트자 나는 평온한 표정으로 웃으며 나의 발을 잡아당기려고 다가오는 조르바를 보았다.

"일어나요, 주인님. 내 계획을 털어놓을 테니 들어봐요. 듣고 있지요?"

"듣고 있소." 그는 맨바닥에 터키 사람처럼 털썩 주저앉더니 산꼭대기에서 해안까지 케이블을 놓겠다는 얘기며 그런 방법으로 갱도를 넓히는 데 쓰일 목재를 실어 내리고 나머지 목재는 우리가 건축용재로 팔 수 있다는 설명을 하기 시작했다. 우리는 수도원 소유의 소나무밭을 빌리기로 이미 결정했었지만 운반 비용이 비싼 데다 노새를 충분한 수만큼 찾아낼 수도 없었다. 조르바는 굵은 케이블과 철탑과 도르래로 선을 놓는 계획을 상상해냈다.

"동의하지요?" 설명을 마친 그가 내게 물었다. "서명하겠어요?"

"내 서명하죠. 조르바, 동의했소."

그는 화로에 불을 지피고 주전자를 불 위에 올려 커피를 끓인 다음, 내가 감기에 걸리지 않도록 융단을 내 발밑에 깔아놓았다. 그리고 만족스러운 얼굴로 밖에 나가려다가 한마디 덧붙였다.

"우리는 오늘 새 갱도를 터놓을 참입니다. 나는 참 멋진 탄맥을 하나 짚었어요. 진짜 검정 다이아몬드 노다지죠!"

나는 불교 원고를 펴놓고 내 나름의 갱도를 파 내려가기 시작했다. 나는 온종일 글을 썼다. 일이 진척되면 될수록 나는 더 자유롭게 느껴졌다. 내 마음속은 안도감·자부심·혐오감이 뒤범벅되어 있었다. 하지만 나는 작업에 몰두할 수 있었다. 이 원고를 마저 다 쓴 뒤에 철하고 봉하고 나면 나는 자유가 되리라는 것을 알고 있었기 때문이다.

나는 배가 고팠다. 나는 건포도 조금과 아몬드 몇 알과 빵 한 쪽을 먹었다. 나는 조르바가 돌아오기만을 기다렸다. 그와 함께 깨끗한 웃음소리, 친절한 말, 맛있는 요리, 사람의 마음을 기쁘게 하는 모든 것이 돌아오기를 기다렸다.

그는 저녁에서야 나타나 식사 준비를 했다. 우리는 함께 밥을 먹었지만 그의 마음은 딴 데 가 있었다. 그는 무릎을 꿇고 앉더니 작은 나무 몇 개를 땅 위에 꽂고는 줄을 늘어뜨렸다. 자그마한 도르래에서 또 성냥을 늘어뜨리고 그 기묘한 장치가 쓰러지지 않게 알맞은 기울기를 찾으려 했다. 그는 설명했다.

"만약 비탈면이 너무 급하면 우리는 끝장이죠. 우리는 정확한 기울기를 찾아야 합니다. 그러려면 주인님, 우리는 약간의 두뇌와 술이 있어야겠어요."

나는 웃으며 말했다. "우리가 가지고 있는 술은 많지. 하지만 글쎄, 두뇌는……."

조르바는 웃음을 터뜨렸다.

"주인님도 족집게로 집어내듯 알아맞히는 것이 더러는 있군요." 그는 나를 다정하게 바라보면서 말했다.

휴식을 취하려고 앉은 그는 담뱃불을 붙였다.

그는 다시 기분이 좋아져 말이 많아지고 있었다.

"이 고가선이 제구실을 하면 우리는 숲을 모조리 베어버릴 수 있습니다. 우리는 목재소를 차리고 두꺼운 판자며 기둥감이며 발판 자료를 쓸어낼 수 있죠. 참 그럼, 우린 돈더미 속에서 뒹굴게 될 거요. 우리는 돛이 세 개나 되는 배를 설계해 만든 다음 짐을 몽땅 싣고는 돌 한 개를 뒤에다 던져놓고 세계 일주에 나서는 겁니다!"

먼 항구와 항구에 있는 여인들, 도시와 조명, 간판들, 빌딩들, 기계, 기선들이 조르바의 망막에 와 닿았다.

"나는 머리 꼭대기가 벌써 하얗게 세었어요, 주인님. 그리고 이들도 흔들리기 시작했지요. 나는 이제 머뭇거릴 시간이 없어요. 당신은 젊어서 아직 서두르지 않아도 될 테지만 난 그럴 수가 없어요. 나는 선언합니다. 나이를 하나씩 더 먹을수록 나는 더 거칠어지겠다고! 늙은 나이가 되면 사람이 침착해진다는 소릴랑 아무도 못하게 만들 참이에요! 죽음이 다가오는 것을 보고 목을 쑥 내밀면서 '제발 내 목을 자르시죠. 내가 천당에 갈 수 있게' 하고 말하지는 못하게 할 참이란 말이오! 나는 오래 살수록 더 반항할 겁니다. 나는 두 손을 들고 나가진 않겠어요. 나는 세계를 정복하고 싶습니다!"

그는 일어섰다. 그리고 걸어놓았던 산투르를 내리며 말했다.

"이리와 이 도깨비 같은 녀석아. 너는 벽에 척 걸린 채 말 한 마디 없으니 어떻게 된 거냐. 네 노래 좀 들어보자!"

나는 조르바가 산투르를 싼 보자기를 끄를 때 얼마나 조심스럽고 얼마나 곱게 다루는지 암만 보아도 싫증이 나지 않았다.

그는 마치 자줏빛 무화과 열매의 껍질을 벗기거나 여인의 옷을 풀어 벗기는 듯한 표정이었다. 그는 산투르를 무릎에 놓았다. 허리를 굽히며 가볍게 손을 줄 위로 가져갔다—마치 그는 그들과 무슨 노래를 부를까 의논하는 듯했고, 악기더러 눈을 뜨라고 애원하는 것 같더니, 고독에 지친 그의 방황하는 영혼에게 동무가 되어달라고 어르는 듯 보이기도 했다. 그는 노래를 한 곡 불렀다. 그것은 어쩐지 제 가락이 되지 못하는 듯싶었다. 그 곡을 그만둔 그는 새 노래를 부르기 시작했다. 노래의 흥이 일지 않는 듯 악기의 현들은 고통에 이지러진 소리만 지르고 있었다. 조르바는 벽에 기대어 이마를 닦았다. 갑자기 그의 미간에 땀이 흐르기 시작했던 것이다.

"하고 싶지 않다는군……." 그는 중얼거리다 두려운 듯이 산투르를 바라보면서 말했다. "하고 싶지 않대요!"

다시 바닥에 앉은 그는 잿불 속을 휘저어 밤알을 찾았고 잔에다 포도주를 따랐다. 그는 마시고 또 마셨다. 밤을 까서는 나에게 주었다.

"주인님, 무슨 영문인지 알겠어요?" 그는 나에게 물었다. "나는 이해할 재간이 없어요. 나무며 돌이며 우리가 마시는 술이며 우리가 밟고 다니는 땅이며 모든 것이 영혼을 가지고 있는 것 같아요. 주인님, 모든 것, 정말 모든 물건이 말입니다!"

그는 잔을 높이 들고 "건강을 빕니다" 외쳤다.

그는 잔을 쭉 비우고는 다시 가득 채웠다. 그러고는 혼자 중얼거렸다.

"이 무슨 조랑말 같은 인생이람! 조랑말! 부불리나와 같고말고!"

나는 웃음을 터뜨렸다.

"제발 들어봐요. 주인님, 웃지 말아요. 인생은 꼭 부불리나와 같다는 말입니다. 늙었죠. 그렇잖아요? 그렇습니다. 하지만 짭짤한 양념맛은 있거든요. 그녀는 당신을 미치게 만드는 한두 가지 방법을 알고 있답니다. 눈을 감으면 당신의 품에 안긴 여자가 갓 스무 살짜리라는 생각이 들지요. 그 일을 할 때, 불을 껐을 때는 틀림없이 그 여자는 스무 살이 되고말고요.

그녀가 너무 익었다고 말해도 소용없습니다. 그 여자는 굉장히 정력을 낭비하는 인생을 살았지요. 해군제독·해군·육군·농부들·유랑극단원들·신부들·목사들·경찰관들·학교장들·치안판사들과 신나게 마시고 놀았거든! 그래서 어쨌다는 말입니까? 그게 어때서요? 그녀는 곧 잊어버립니다. 그 화냥기 많은 늙은 것은 참 잘 잊어요. 옛날 애인을 하나도 기억하지 못합니다. 그럴 때마다 그 여자는—농담이 아닙니다—작고 아름다운 비둘기, 새하얀 백조, 젖을 빠는 작은 비둘기가 되어 얼굴을 붉힌답니다. 정말이에요. 얼굴을 붉히고 마치 그것을 생전 처음 해보는 것처럼 온몸을 와들와들 떨기까지 합니다! 주인님, 참 신비로운 게 여자지요! 설령 천 번을 당해도 천 번을 털고 일어서면 그는 처녀입니다. 대체 어떻게 그럴 수가, 하고 말하겠지요? 여자는 기억을 안 하기 때문입니다!"

"하지만 앵무새는 기억하죠, 조르바." 나는 그의 약을 올리려고 말했다. "녀석은 당신 이름이 아닌 딴 이름을 늘 지껄이지 않소. 하늘에 오른 듯이 한창 황홀한 순간마다 앵무새란 놈이 '카나바로! 카나바로!' 하고 소리 지르는데 화가 나지도 않소? 놈의 목덜미를 낚아채어 주리를 틀고 싶진 않소? 당신이 이제는 그놈더러 '조르바! 조르바!' 하고 소리치도록 가르칠 만할 때가 된 것도 같은데."

"아, 또 그런 엉터리없는 말을 합니까!" 조르바는 큰 손으로 두 귀를 막으며 외쳤다. "목을 비틀어놓으라고 말했나요? 하지만 나는 그 이름을 부르는 게 듣기 좋을 걸요! 한밤에 낮살이 지긋한 죄인은 녀석을 침대 위에 걸어놓습니다. 그 작은 악마는 어둠을 뚫어보는 눈이 있어서 막 둘이서 기분을 내기 시작하자마자 '카나바로! 카나바로!' 외치기 시작하는 거죠.

그러면 금세 난 말이지요, 주인님. 그토록 형편없는 책물이 든 당신이 어찌 그것을 이해할 수 있겠습니까만, 난 말이지요, 금세 발에는 검은 에나멜 가죽신을 신고 머리에는 깃털이 달린 모자를 쓰고, 턱에는 파촐리 향수 냄새가 물씬 나는 은빛 수염이 돋아난 기분이 된답니다. —안녕하세요!(Buon giorno!), 안녕하세요!(Buona sera!), 식사는 하셨소!(Mangiate macaroni!)—나는 정말 카나바로가 되는 겁니다. 나는 천 발의 총을 맞고 나의 기함(旗艦)에 기어올라 떠나가는 겁니다. 보일러에 불을 댕겨라! 포격을 시작해라!"

조르바는 정말 유쾌하게 웃었다. 그는 왼쪽 눈을 감고 오른쪽 눈으로 나를 보았다.

"주인님, 나를 용서해야 합니다. 나는 내 할아버지 알렉시스를 닮아서 그렇답니다. 하느님, 그의 유해를 보살펴주옵소서! 그는 백 살 나이에도 저녁이면 문 앞에 앉아서 우물로 물 길러 가는 젊은 여자에게 추파를 보냈답니다. 시력이 별로 좋지 않았어요. 그는 자세히 살펴볼 수가 없으니까 아가씨들을 가까이 부르곤 했어요. '애야 너는 어느 집 아이니?' '크세니오예요, 마스트란도니의 딸이죠.' '그럼 좀더 가까이 오렴. 그리고 내가 좀 만져봐도 되니. 자, 이리 온. 무서워하진 말고!' 아가씨는 엄숙한 표정을 지으며 표정을 흩뜨리지 않고 그에게 다가갑니다. 그럴라치면 할아버지는 손을 아가씨의 얼굴에 가져가서 천천히 애무하듯 쓰다듬곤 했답니다. 주르르 그의 눈에서는 눈물이 흐르곤 했지요. '할아버지 왜 우시지요?' 한번은 내가 물어봤어요. 그랬더니 할아버지는 이렇게 말씀하시더군요. '아 그래, 내가 멋진 계집애들을 저처럼 많이 남겨놓고 천천히 죽어가는데 눈물 흘려야 할 까닭이 없다고 생각하니, 넌?'"

조르바는 한숨을 쉬었다. "아, 참 불쌍한 할아버지였죠!" 그가 말했다. "내가 얼마나 할아버지를 생각하는지 아나요! 가끔 나는 나 자신에게 이렇게 말합니다. 아 불쌍하도다! 세상의 모든 아름다운 여자가 나와 함께 죽는다면 얼마나 좋을까! 그렇지만 행실이 수상한 계집애들은 여전히 죽지 않고 살아가겠지. 그것들은 살아서 신나게 재미를 볼 테고, 사내들은 계집들을 품고 키스를 하는데 나는 그들이 밟고 다니는 흙 한 줌에 지나지 않을 것이라니!"

그는 불 속에서 밤 몇 알을 꺼내더니 껍질을 깠고, 우리는 잔을 부딪쳐 건배를 했다. 우리는 오랫동안 그렇게 마시며 두 덩이의 큰 토끼고기를 천천히 먹어 들어갔다. 포효하는 바닷소리를 들을 수 있었다.

7

포도주 한 잔, 군밤 한 알, 찌그러진 작은 화로, 바닷소리처럼 행복이란 얼마나 소박하고 단순한 것인지 나는 다시금 느꼈다. 그 밖에는 아무것도 필요하지 않았다. 지금 이 순간이 행복하다고 느끼는 데는 소박하고 단순한 마음 하나면 충분했다.

"당신은 몇 번이나 결혼했소, 조르바?" 나는 물었다.

우리 둘 다 기분이 좋았다. 술을 많이 마셔서 그렇다기보다는 가늠할 수 없는 행복이 우리 가슴을 채우고 있었기 때문이었다. 우리는 나름대로 땅껍질을 꼭 물고 늘어진 한낱 작은 하루살이 두 마리에 지나지 않았다. 하지만 우리는 대나무와 판자, 빈 석유통으로 가려진 바다 가까이 있는 편한 구석에서 서로를 의지했다. 우리 눈앞에는 기분 좋은 물건들과 음식이 놓여 있었고, 가슴속에는 평온과 사랑이 깃들어 마음이 든든하다는 느낌을 받았다.

조르바는 내 질문을 듣지 못했다. 그의 마음이 내 목소리가 닿을 수 없는 어느 물길에서 돛을 세워 달리고 있는지 누가 알겠는가. 나는 팔을 뻗쳐 손가락 끝으로 그를 톡톡 쳤다.

"결혼은 몇 번이나 했소, 조르바?" 나는 다시 물었다.

그는 깜짝 놀라며 고개를 돌렸다. 이번엔 내 목소리를 들었다. 큰 손을 휘저으며 그가 대답했다.

"이젠 또 뭘 캐내려고 그럽니까? 나를 사람도 아니라고 생각하나요? 다른 사람들과 마찬가지로 나 역시 엄청나게 어리석은 짓을 저질렀지요. 결혼을 나는 그렇게 부릅니다. 결혼한 사람들이어, 부디 나를 용서해주소서! 그래요, 나는 엄청난 어리석음을 저질렀죠. 결혼했었답니다!"

"알겠소. 하지만 몇 번이나 했소?"

조르바는 머리를 우악스럽게 긁었다.

"몇 번이나 했냐고요?" 그는 이윽고 대답했다. "정직하게 말해 한 번밖에 안 했죠. 반쯤 정직하게 말하면 두 번, 거짓말을 하자면 1천 번, 2천 번쯤 되죠. 어떻게 그런 걸 내가 셀 수 있다고 생각합니까?"

"조르바, 당신의 결혼 얘기를 조금만 들려줘요. 내일은 일요일이니까 우리 수염도 깎고 제일 좋은 옷을 입고 부불리나네 집으로 가서 재미도 보고 나쁜 여자도 만나 봅시다. 자, 얘길 해요!"

"뭘 말하라는 겁니까! 주인님, 그런 얘기가 정말 하고 싶어요? 정직한 결혼은 맛이 없습니다. 후추나 고춧가루를 하나도 안 친 음식맛이지요. 무슨 얘기를 할까요! 성상의 성자들이 당신을 내려다보며 추파를 던지고 축복을 주면 그걸 당신은 키스라고 부르겠습니까? 우리 마을에는 훔친 고기라야 제맛이 난다는 말이 있지요. 마누라란 훔친 고기가 아니죠. 그리고 그 부정한 결합들을 무슨 재간으로 다 기억합니까? 수탉이 기록을 한답니까? 내기 합시다. 뭐 하러 그러겠어요? 한때는 나도 가위를 가지고 다녔지요. 성당에 갔을 때도 내 호주머니 속에는 가위가 하나 들어 있었어요! 우리는 별수 없는 사내들이잖아요. 당장 어떤 일이 일어날지 절대로 알 수 없지요. 안 그래요?

그래 그렇게 해서 나는 거웃을 수집했지요. 새카만 것들도 있고 금색 털, 붉은 털, 심지어는 흰 털도 약간 있었는데 얼마나 많이 모았던지 베개 하나를 그 털로 채웠어요. 겨울에만 그걸 베고 잤지요. 여름에 베고 자기엔 너무 더웠어요. 그리고 조금 지나니까 그것도 싫증이 났는데, 알겠지만, 냄새가 나기 시작했답니다. 그래서 태워버렸지요."

조르바는 껄껄 웃음을 터뜨렸다.

"그게 내 장부였죠. 주인님, 장부를 다 태워버렸어요. 그것에 신물이 났던 거죠. 그토록 많은 종류의 털이 있지는 않을 거라고 여겼었는데 끝이 없지 뭡니까. 그래서 가위를 동댕이치고 말았죠."

"반쯤 정직한 결혼은 어떻게 했소, 조르바?"

"아, 그것들은 좀 매력이 있습니다." 그는 한숨을 쉬었다. "아, 기막힌 슬라브 여인이여! 천수를 누리는 행운이 있기를! 얼마나 자유로웠는지! '어디 갔었어요?' '왜 늦었죠?' '어디서 주무셨죠?' 하는 따위의 소리는 서로 묻지도 않아요. 바로 그게 자유 아닙니까!"

그는 잔을 잡더니 꿀꺽 비우고 밤을 하나 깠다. 그는 밤을 씹으면서 말을 이었다.

"하나는 소핀카였고 또 하나는 누사였어요. 소핀카는 노보로시스크 근방에 있는 작은 마을에서 만났습니다. 겨울이라서 눈이 오고 있었죠. 광산 일자리를 찾고 있던 참에 그 마을에 머물렀던 겁니다. 장날이었는데, 가까운 모든 마을에서 남자고 여자고 모여들어 물건을 사고팔고 하더라고요. 무서운 흉년이 든 데다가 날씨가 지독히 추웠던 때라서 사람들은 빵을 사려고 가진 것을 몽땅 내다 파는 참이었어요. 심지어 성상까지 팔아치우더군요!

그런데 장터를 돌고 있을 때 나는 젊은 농사꾼 차림을 한 처녀 하나가 마차에서 내리는 걸 보았지요. 6척의 왈패 같은 키에 눈은 바다처럼 푸르고 허벅지와 엉덩이가 어찌나 컸던지…… 진짜 씨암말이었어요! …… 나는 말뚝을 박은 듯 그 자리에 멈춰 서고 말았지요. 그리고 '가엾은 조르바야. 아, 불쌍한 조르바의 피가 끓는군!' 하면서 중얼거렸어요.

나는 그녀를 따라가 봤어요…… 그녀에게서 시선을 뗄 수가 없었으니까요! 당신이 부활절 교회 종처럼 흔들리는 그녀의 엉덩이를 봤어야 했는데! 난 '이 불쌍한 바보야, 광산은 찾아다녀서 뭐하니' 하고 자책했어요. '왜 귀중한 시간을 거기서 낭비하려는 거냐. 이 바람개비 같은 녀석아! 자, 여기 광산이 나타났어. 파고들어가서 갱도를 뚫어!'

여자는 걸음을 멈추고 흥정을 벌이더니 나무 한 다발을 샀어요. 그걸 집어들어—제기랄, 그런 팔뚝도 처음 봤지요! —마차에 처넣더군요! 빵하고 훈제 물고기 대여섯 마리도 샀어요. '얼만가요?' 그녀가 묻더니, '그렇게 비싼가……' 하고는 금으로 된 귀고리를 끌러서 셈을 치르려고 하더군요. 돈이 없어서 자기 귀고리를 내놓으려는 거였죠. 심장이 입으로 튀어나올 것 같은 기분이었어요. 여자가 자기 귀고리나 장신구, 향기로운 비누, 작은 라벤더 향수를 포기하게 만들 수야 있겠습니까? 만약 여자가 그런 것을 내버리면 세상은 모두 끝장나는 겁니다! 그건 공작새의 털을 모두 뜯어놓는 것과 같지요. 당신 같으면 공작새의 털을 뜯어놓고 싶은 마음이 생기겠습니까? 어림없지요. 조르바가 숨쉬고 있는 한 절대 그럴 수는 없다고 나는 다짐했습니다. 나는 지갑을 열고 돈을 냈습니다. 그때는 루블화가 한낱 휴지 조각 같던 때였어요. 1백 드라크마만 있으면 노새 한 마리를 살 수 있었고 10드라크마면 여자를 살 수 있었지요.

어쨌든 내가 값을 치른 겁니다. 여자가 고개를 돌리더니 나를 보더군요. 그러고는 내 손을 잡더니 거기다 키스를 하려고 했어요. 하지만 나는 손을 뒤로 뺐죠. 나를 뭘로 보고 이러는 거지, 늙은이로 보는 건가? '스파시바! 스파시바!' 그녀가 외쳤어요. 고맙습니다, 고맙습니다라는 뜻이지요. 그러더니 마차 위로 껑충 뛰어올랐습니다. 그녀는 고삐를 잡고 채찍을 높이 치켜들었어요. '조르바, 이 친구야 정신차려. 여자가 자네 손가락 사이로 빠져나가려고 하잖아!' 나는 속으로 말했지요. 단숨에 마차에 뛰어올라서 여자 곁에 앉았어요. 그녀는 아무 말도 하지 않았습니다. 나를 돌아보지도 않았어요. 채찍이 떨어지고 우리는 그곳을 떠났습니다.

한참 달리다가 여자는 내가 자기를 내 것으로 만들고 싶어한다는 걸 알게 되었어요. 나는 러시아말은 세 마디밖에 못 했지만, 그런 일에는 많은 말이 필요 없죠. 우리는 눈과 손과 무릎으로 얘기를 나눴죠. 말을 빙빙 돌려댈 필요가 없었어요. 마을에 다다라서 그녀가 사는 통나무집 앞에 서자 마차에서 내렸어요. 여자가 대문을 어깨로 밀어서 열고 함께 들어갔어요. 마당에 땔나무를 내려놓고 나서 물고기와 빵은 가지고 안으로 들어섰습니다. 늙고 조그만 여자 하나가 불 꺼진 난로 앞에 앉아 달달 떨고 있더군요. 양말을 신고 누더기 위에 양가죽 외투까지 걸치고 있는데도 떨고 있었어요. 정말이지 굉장히 추운 날이었거든요. 손톱이 떨어져 나갈 판이었으니까요. 나는 나무를 한 아름 안아다가 벽난로에 집어넣고 불을 지폈지요. 키 작은 노파가 나를 바라보더니 웃었어요. 딸이 어머니에게 뭐라고 했지만 나는 알아들을 수가 없었어요. 내가 불을 피우자 노파는 온기에 몸이 녹아서 기운을 좀 차렸어요.

그동안 여자는 상을 차리고 있었습니다. 그녀가 보드카를 꺼내와서 함께 마셨어요. 그녀는 사모바르를 불에 올리고 차를 끓였지요. 우리는 먹으면서 노파에게도 주었지요. 그리고 나서 여자는 깨끗한 깔개로 잠자리를 펴더니 성모상 앞의 램프에 불을 켜고 성호를 세 번 그었어요. 나한테 손짓을 하기에 우리는 함께 노파 앞에서 무릎을 꿇고 그 손에 입을 맞췄지요. 노파는 깡마른 두 손을 우리 머리 위에 얹고 뭐라고 중얼거렸습니다. 아마 우리를 축복해줬겠지요. '스파시바! 스파시바!' 나는 그렇게 소리치고는 단숨에 침대 위로 뛰어올라 처녀와 잠자리에 들었지요."

조르바는 말을 끊었다. 그는 머리를 들더니 먼바다를 응시했다.

"그녀 이름이 소핀카였죠……." 한참 있다가 이렇게 말하고 그는 다시 침묵에 잠겼다.

"그래서?" 성급히 나는 물었다. "그래서 어떻게 됐죠?"

"그래서가 뭡니까! 주인님도 어지간히 밝히는군요. 걸핏하면 '그래서' 아니면 '왜'란 말뿐이시니! 그런 얘기는 안 하는 거예요. 여자는 신선한 샘물입니다. 당신이 다가서서 몸을 기울이면 모습이 그 속에 비치죠. 그걸 마시는 겁니다. 뼈가 삐드득 소릴 낼 때까지 마시는 거죠. 그 다음에 또 한 사람이 나타납니다. 그 역시 목이 마르죠. 그 사람도 그녀 위에 엎디어 거기 비친 제 모습을 보고 물을 마십니다. 그리고 제3의 사나이가 신선한 샘을 찾아옵니다. 그게 여자입니다. 소핀카도 그랬죠. 그녀도 여자였으니……."

"그러고 나서 그 여자를 버렸소?"

"그럼 뭘 기대했소? 내가 말했잖소, 여자는 샘물이고 나는 지나가는 나그네라고. 나는 가야 할 길로 되돌아 나섰지요. 나는 그녀와 석 달을 같이 지냈습니다. 하느님 그녀를 보살펴주소서. 나는 그녀에 대해 나쁘게 말할 것이 없어요. 하지만 석 달이 지나자 나는 내가 광산을 찾아가고 있었다는 사실을 기억해냈지요. '소핀카,' 어느 날 아침 나는 말을 꺼냈어요. '나는 해야 할 일이 있어. 떠나야 해.' '좋아요. 가세요. 한 달은 기다리겠어요. 만약 당신이 한 달 안에 돌아오지 않으면 나는 내 마음대로 하겠어요. 당신도 마찬가지예요. 하느님이 당신을 보살펴주시기를!' 나는 떠났습니다."

"그리고 한 달 뒤에 되돌아갔소?"

"이렇게 말하면 좀 그렇지만, 주인님도 꽤나 아둔하군요." 조르바는 외쳤다. "돌아간다고요! 화냥년들이 가만히 놔둘 것 같아요? 열흘 뒤 쿠반에서 나는 누사를 만났어요."

"그 얘기를 해봐요! 어서!"

"다음에 하죠, 주인님. 그들을 뒤섞어버리면 안 돼요…… 불쌍한 것들! 소핀카의 건강을 위하여!"

그는 술을 단숨에 들이켰다. 그리고 벽에 기대더니 다시 말을 이었다.

"좋아요! 누사에 관한 얘기도 해버리죠. 오늘 밤은 러시아 사람 얘기에 열중하는군요. 까짓 것, 기왕 백기 든 거 아예 풀어버립시다."

그는 턱수염을 쓸고는 불을 쑤셔댔다.

"이미 말했듯이 나는 그 여자를 쿠반 마을에서 만났어요. 여름이었습니다. 참외와 수박이 산더미처럼 많았으니까요. 내가 하나 그냥 들고 가도 뭐라고 말하는 사람이 없을 정도였죠. 나는 그걸 두 쪽을 내어 얼굴을 파묻고 먹어치우곤 했어요.

러시아에서는 무엇이나 푸짐하게 얻을 수 있었답니다, 주인님. 산더미처럼 쌓여 있으니까요. 손을 걷어붙이고 갖고 싶은 걸 고르기만 하면 돼요! 푸짐한 것은 참외나 수박만이 아니었죠. 생선과 버터 그리고 여자도 푸짐했어요. 지나가다가 수박밭을 보면 그냥 가져갑니다. 이 그리스와는 딴판이죠. 여기서야 참외 껍질을 손톱만큼 건드려도 법정에 끌려가고 여자 몸에 손이 닿기가 무섭게 여자의 오빠인지 뭔지가 달려나와 칼을 빼들고 사람을 소시지 고기처럼 저며놓지 않습니까. 에이그 지겨워! 그런 거지같은 패거리들은 지옥에나 처넣어야지! 귀족처럼 살 수 있는 방법을 알고 싶거들랑 러시아로 가면 돼요.

아무튼 나는 쿠반을 지나가다가 채마밭에서 여자 하나를 보았지요. 그 여자가 마음에 들었습니다. 그리스 여자들은 사랑을 한 방울씩 팔고 값보다 훨씬 못한 것을 주면서 그나마 저울눈을 속이려고 별짓을 다하는 욕심쟁이에다 말라깽이지만 슬라브 여자들은 안 그래요. 뭐든 덤을 듬뿍 얹어준다니까요. 잠잘 때도 사랑할 때도 음식을 줄 때도 그래요. 슬라브 여자는 들에 사는 동물이나 대지 그 자체와 그토록 가까운 겁니다. 주고도 또 주죠. 깎고 따지는 그리스 여자들처럼 인색하지 않아요. 나는 물어보았습니다. '이름이 뭐요?' 여자들을 통해서 그들의 말을 몇 마디 배웠거든요. '누사라고 해요. 당신 이름은 뭔데요?' '알렉시스요. 누사, 당신이 마음에 드오.' 그녀는 마치 말을 사기 전에 감정하는 듯한 눈초리로 나를 찬찬히 뜯어보더군요. '당신도 빌빌이는 아니네요.' 그녀가 말합디다. '치아도 단단하고 수염도 덥수룩한 데다 어깨가 넓고 팔은 힘깨나 쓰겠군요. 나도 당신이 마음에 들어요.' 우리는 그 이상 별말을 하지도 않았어요. 그럴 필요가 없었지요. 순간 이해에 다다른 셈이니까요. 나는 그날 저녁 나들이 옷차림으로 그녀의 집을 찾아가기로 했어요. 그런데 누사가 물었어요. '털을 댄 외투를 가지고 있나요?' '있긴 한데 이 더위에⋯⋯.' '괜찮아요. 그걸 가지고 와요. 근사해 보일 거예요.'

그날 저녁 나는 신랑이라도 된 듯이 꾸몄죠. 외투는 팔에 걸쳐 들고, 은제 손잡이가 달린 지팡이까지 꺼내 들고 갔답니다. 바깥채까지 있는 큼지막한 시골집이었어요. 암소들과 압착기들이 눈에 띄었고, 마당에는 불을 두 군데 피워놓았는데 큰 솥이 불 위에 걸려 있었어요. '뭘 끓이는 거요?' 내가 물었어요. '수박일 거예요.' '그럼 여기는?' '멜론일 거예요.' 나는 속으로 생각했지요. '참 굉장한 나라구나! 저 소리가 들려? 멜론과 수박 끓는 소리가 틀림없을 거야! 여기야말로 약속의 땅이구나! 가난이여, 잘 가라! 조르바, 널 위한 곳이다. 너는 재수 좋은 놈이야, 치즈 광에 떨어진 생쥐 격이지!'

나는 계단을 올라갔습니다. 굉장히 큰 나무계단인데 삐걱거렸어요. 계단을 다 오르자 누사의 아버지와 어머니가 서 있었습니다. 그들은 초록빛 반바지 차림에 큰 술이 달린 붉은 허리띠를 두르고 있더군요. 꽤 잘사는 것 같았어요. 러시아인들은 원숭이처럼 팔로 얼싸안고 키스를 퍼붓습니다. 나는 온통 침으로 범벅이 되었죠. 그들은 나한테 굉장히 빠른 말을 지껄여댔어요. 거의 알아들을 수 없었지만, 무슨 상관이겠어요? 표정이나 표현으로 봐서는 나를 기분 나쁘게 생각지 않는 게 분명했으니까.

방에 들어가서는 내가 뭘 봤을까요? 커다란 범선처럼 상마다 다리가 휘어 지도록 차려놓은 진수성찬이었어요. 모든 사람이 서서 기다리고 있었습니다. 친척들, 여자들, 남자들이 서 있는 맨 앞에 화장을 하고 이브닝드레스를 입은 누사가 젖가슴을 뱃머리에 장식한 조각상처럼 드러내고 서 있었어요. 그녀는 눈부시게 젊고 아름다웠어요. 머리에는 붉은 머릿수건을 쓰고 가슴 에는 수놓은 망치와 낫 무늬를 달고 있었지요. '조르바, 몇 번을 죽어도 시 원찮을 죄인 같으니라구. 저게 네 고기냐? 저게 오늘 밤 네가 품에 안을 몸 뚱이야? 하느님, 나를 이 세상에 내놓은 내 부모를 용서하소서!' 나는 속으 로 중얼거렸습니다.

우리는 남녀 할 것 없이 신나게 음식에 달려들었어요. 게걸스럽게 먹고 미 친 듯이 마셨지요. 돼지처럼 먹고 물고기처럼 마신 셈이죠. '신부(神父)는 어떻게 된 겁니까?' 나는 누사의 아버지에게 물어보았습니다. 내 곁에 앉아 있던 그는 어찌나 많이 먹었던지 몸에서 수증기가 피어오르더군요. '우리를 축복할 신부는 어디 있습니까?' '신부는 없소.' 그는 침을 튀기며 '신부는 없 소, 종교는 대중의 아편이오' 하고 말하더군요.

그러고 나서 그는 가슴을 한껏 부풀리고는 일어나서 붉은 띠를 늦추고 팔 을 들어 조용히 하라고 명했습니다. 술을 남실남실 따른 잔을 들고 내 눈을 똑바로 들여다보았습니다. 그러고는 지껄이기 시작했습니다. 나에게 연설하 는 거였죠. 그가 뭐라고 했느냐구요? 하느님만이 아시겠죠! 나는 서 있는 것에 지치고 약이 오르기도 했어요. 그래서 자리에 앉으며 무릎으로 누사의 무릎을 밀었어요. 그녀는 내 오른쪽에 앉아 있었지요.

영감은 그래도 말을 끝내지 않았습니다. 땀이 샘솟듯 하더군요. 그래서 그 들 모두 그한테 달려가서 말을 멈추게 하느라고 그를 붙들었지요. 곧 연설이 끝났어요. 누사가 나에게 '이제는 당신이 말할 차례예요!' 하고 신호를 보냈 어요.

그래서 나는 용감하게 일어나 연설을 했지요. 반은 러시아말, 반은 그리스 말이었습니다. 무슨 말을 했느냐구요? 내가 어떻게 알겠어요. 맨 마지막에 클레프트 산적들의 노래를 갖다붙인 것만 기억나네요. 운율도 무시하고 아무 이유도 없이 나는 소리를 질러댔어요.

산에서 클레프트가 내려왔네.
그들 모두 도둑이었네!
말은 한 마리도 못 찾았지만,
그들은 누사를 찾아냈다네!

주인님도 알겠지만, 나는 노래를 그 장소에 어울리게끔 가사를 바꾼 거지요.

달아나네 그들은, 달아나네 그들은……
(어머니, 그들이 달아나요!)
아! 나의 누사!
아! 나의 누사!
안녕!

나는 '안녕!' 하고 소리치면서 누사를 끌어안고 키스를 했어요.

바로 그것을 기다리고 있었나 보더군요. 내가 그들이 그때까지 기다리고 있던 신호를 준 것 같았습니다. 아니, 사실 그 신호만 기다리고 있던 거죠. 붉은 수염이 난 덩치 큰 사내 서넛이 달려나오더니 불을 꺼버렸어요.

숙녀건 화냥년이건 무섭다고 소리를 지르기 시작했어요. 하지만 그 캄캄한 가운데 거의 동시에 킬킬킬 웃더라고요. 간지러움을 태우고 웃기는 것이 좋다는 거지요.

그 다음에 일어난 일은 하느님만이 아실 겁니다, 주인님. 아니, 하느님도 그건 몰랐을 거라고 생각해요. 왜냐하면 만약 그걸 아셨다면 벼락을 내리쳐서 모두 불태워버렸을 테니까요. 거기서 남녀가 뒤범벅이 된 채 마룻바닥을 뒹굴었어요. 나는 누사를 찾아나섰지만 어디서 그녀를 찾습니까? 딴 여자를 찾아서 일을 치렀습지요.

동틀 녘에 나는 일어나 내 여자와 떠나려고 했습니다. 방 안이 캄캄해서 똑똑히 볼 수가 없었어요. 나는 발을 하나 잡고 끌어당겼지요. 아니었어요.

누사 것이 아니었어요. 다른 발을 잡았는데 그것도 아니에요! 세 번째를 끌어당겼지만 아니었어요! 네 번째, 다섯 번째, 천신만고 끝에 누사의 발을 찾아서 불쌍한 처녀 위에 올라탄 두세 놈의 짐승 같은 녀석을 떨쳐 내고 그녀를 일으켰습니다. '누사, 갑시다!' 나는 말했지요. '당신의 털 외투를 잊지 말아요!' 그녀의 대답이었어요. 그리고 우리는 떠났지요."

"그래서?" 나는 조르바가 침묵에 잠기는 것을 참다못해 또 물었다.

"또 '그래서'라는 말이 되풀이되는군요."

그런 질문을 참지 못하는 조르바가 말했다.

그는 한숨을 내쉬었다.

"나는 그 여자와 여섯 달을 살았습니다. 그날부터—하느님, 제 얘기의 증인이 되어주소서! —나는 아무것도 두려워하지 않았습니다, 아무것도. 딱한 가지만 빼놓고요. 그것은 악마나 하느님이 내 기억에서 그 여섯 달의 추억을 지워버리지 않을까 하는 두려움이죠. 아시겠어요? '알겠소' 하고 대답해야만 합니다."

조르바는 눈을 감았다. 그는 몹시 흥분한 것 같았다. 옛 추억에 그가 그토록 강렬한 반응을 보이는 것을 나는 처음 보았다.

"누사를 그토록 사랑했었군요, 그럼?" 조금 뒤 내가 물었다.

조르바는 감았던 눈을 떴다.

"주인님, 당신은 젊습니다. 당신은 너무 젊어서 이해할 수 없어요! 당신도 나처럼 머리가 하얗게 센 다음에 이 영원한 사업 얘기를 다시 합시다."

"뭐가 영원한 사업이에요?"

"그야 물론 여자죠! 여자란 영원히 계속되는 사업이라는 말을 대체 몇 번이나 해야 합니까. 지금 당신은 양 꼬리가 두어 번 흔들거리는 동안 암탉을 누르고는 가슴을 펴면서 똥더미 위에 올라가 목청을 돋워 자랑하는 어린 수탉이나 다름없어요. 그런 수탉은, 암탉은 보지 않고 볏만 쳐다보지요! 그런데 사랑을 알긴 뭘 알겠어요? 악마가 잡아갈 일이죠!"

그는 아니꼽다는 듯이 땅에다 침을 퉤 뱉었다. 그러고는 고개를 돌려버렸다. 나를 보고 싶지 않았던 것이다.

"그건 그렇고 조르바, 누사는 어떻게 되었죠?" 나는 다시 물어보았다.

먼바다를 계속 응시하면서 조르바는 그 물음에 이렇게 대답했다.

"어느 날 저녁, 집에 돌아오니 없었어요. 떠난 거죠. 마을에 미남 군인 하나가 들어왔는데 그녀는 그 군인하고 도망쳤어요. 다 끝난 거죠! 사실을 말씀드리자면 그때 내 가슴은 두 쪽으로 찢어졌어요. 하지만 그놈의 것은 얼마 안 가서 다시 붙고 맙디다. 빨갛고 노랗고 까만 천 조각을 굵은 실로 이리저리 꿰맨 돛들을 봤을 겁니다. 그것들은 제아무리 사나운 폭풍에도 찢어지지 않습니다. 글쎄 그게 내 마음 같다니까요. 구멍이 숭숭 뚫리면 또 조각들을 가지가지 갖다가 기웠지요. 더 두려워할 게 없어요!"

"그럼 조르바, 누사에게 당신은 아무런 감정도 없다는 거요?"

"감정이라고요? 왜요? 주인님, 누가 뭐라던 여자는 좀 달라요. 여자는 인간이 아니에요! 왜 그녀에게 감정을 품겠어요? 여자는 알 수 없는 겁니다. 모든 법률과 종교는 여자를 전적으로 잘못 알고 있어요. 여자에게 그런 짓을 하면 안 돼요. 그건 가혹하고 공정치 못한 일입니다. 내가 법을 만든다면 난 남자와 여자를 같은 법으로 다스리지 않겠어요. 남자에겐 열 개, 백 개, 천 개의 계명이 있어야 해요. 남자는 결국 남자고, 계명을 지킬 만한 힘이 있으니까. 하지만 여자에겐 단 하나의 법률도 필요하지 않아요. 왜냐하면 —도대체 내가 이런 말을 몇 번 해야만 하는 걸까요, 주인님? —여자는 힘 없는 창조물이니까요. 자, 누사를 위해 한잔 합시다. 주인님! 그리고 여자를 위해서! ……그리고 하느님이 남자들에게 좀더 분별력을 주시도록!"

그는 술을 마시고는 손을 높이 올렸다가 도끼질을 하듯이 힘차게 내렸다.

"그분은 우리 남자들에게 좀더 분별력을 주시든지," 그가 말했다. "아니면 수술을 시키든지 하셔야만 합니다. 내 말을 믿어요. 그렇지 않으면 우리 남자들은 끝장이 납니다."

8

이튿날은 다시 비가 내렸다. 하늘과 땅은 더없이 다정하게 서로 어울렸다. 나는 짙은 회색 돌에 얕게 돋을새김한 힌두 조각상을 생각해냈다. 남자가 여자를 팔로 끌어안고 어쩌나 부드럽고 체념하듯이 그녀와 붙었던지—자연의 힘이 풍화를 일으키며 거의 육체를 파먹고 들어간 듯한 그 조각은—가는 비에 날개가 촉촉이 젖은 채 교미하고 있는 두 마리의 곤충을 보는 듯한 느낌을 주었다. 그토록 밀착하여 얽힌 채 그들은 다시 천천히 대지의 탐욕스러운 위 속으로 빨려 들어가는 것이었다.

나는 오두막 앞에 앉아서 땅거미가 지는 대지와 바다가 초록빛으로 반짝이는 모습을 바라보았다. 해안 저쪽 끝에서 이쪽 끝까지 사람의 그림자라곤 하나도 보이지 않았다. 돛이나 새 한 마리도 보이지 않았다. 오직 흙냄새만이 창으로 넘어 들어왔다.

나는 일어나서 거지처럼 손을 내밀고 빗방울을 받았다. 갑자기 울고 싶어졌다. 어떤 슬픔이, 내 것이 아니라 그보다 더 깊고 막연한 것이 젖은 대지에서 올라오고 있었다. 평화스럽게 풀을 뜯고 있던 짐승들이 어떤 물체를 본 것도 아닌데 별안간 주위 공기에서 함정에 빠져 도망칠 수 없음을 냄새로 느낀 순간과 같은 공포감이었다.

나는 버럭 소리를 지르고 싶었다. 그러면 감정이 좀 후련해질 것 같았다. 하지만 그러는 것이 창피했다.

구름들은 더 낮게 내려오고 있었다. 나는 창밖을 내다보았다. 심장이 조용히 두근거렸다.

부드럽게 비 내리는 시간에 내부를 흐르는 슬픔을 맛본다는 것은 얼마나 관능적인 즐거움인가! 그럴 때면 마음속 깊이 숨어 있는 모든 쓰디쓴 기억들이 표면 위로 떠올랐다. 친구와의 이별과 여인의 빛바랜 미소, 날개를 잃고 다시 애벌레가 된 나비의—그 애벌레는 내 심장의 잎사귀 위를 기어다니며 그것을 갉아먹고 있었다—희망 같은 추억들이 말이다.

캅카스로 망명한 친구의 모습이 비와 젖은 흙 속에서 천천히 나타났다. 나는 펜을 집어들고 종이 위에 엎드려 가느다란 빗발로 얽힌 그물을 끊어버리고 다시 숨쉴 수 있도록 그에게 말을 걸기 시작했다.

사랑하는 친구에게

나는 지금 운명과 맺은 약속 때문에 앞으로 여러 달 동안 머물며 놀아보기로 한—자본가 놀음을 해보는 걸세—크레타의 외로운 해안에서 이 글을 쓰고 있네. 만일 이 놀이가 성공한다면 나는 그게 놀이가 아니었다고 말할 거야. 하지만 나는 큰 결심을 했고, 내 삶의 양식까지 바꿔버렸지.

자네가 떠나면서 나더러 책벌레라고 말했던 걸 기억하겠지. 그 말에 화가 난 나는 한동안—아니면 영원히? —종이에 끼적이는 짓을 집어치우고 스스로를 행동하는 생활에 내맡기겠다고 결심했네. 나는 갈탄이 매장된 산을 하나 빌렸어. 일꾼들도 부리고 괭이·삽·아세틸렌 램프·바구니·트럭 같은 것을 쓰고 있지. 나는 갱도를 열고 그 속에 들어간다네. 자네 약을 올리려고 이러는 거야. 땅을 파고 땅속에 통로를 만드는 것으로 책벌레는 두더지가 된 셈일세. 나는 자네가 이런 변화된 모습을 찬성해주길 바라네.

여기서의 내 기쁨은 크네. 왜냐하면 그것들은 매우 단순하고 영원한 요소에서 나온 것이니까. 깨끗한 공기, 태양과 바다, 그리고 밀로 만든 빵처럼 말일세. 저녁이면 기막히게 멋있는 뱃사람 신드바드가 터키 사람처럼 내 앞에 퍼질러 앉아 얘기를 하지. 그가 얘기를 하면 세상이 자꾸만 커지는 기분이 든다네. 이따금 말만 가지고는 도저히 안 될 때 그는 껑충 일어나서 춤을 추지. 춤을 가지고도 안 되겠다 싶으면 산투리를 무릎에 올려놓고 켠다네.

가끔 그는 야성적인 곡을 켜는데, 듣고 있다 보면 자기 인생이 아무 색깔도 없고 비참하며 덧없이 느껴져 숨이 턱 막히는 것 같다네. 때로 그는 슬픈 곡조를 켜기도 해. 자네가 그걸 듣는다면 자네 인생이 모래처럼 손가락 사이로 빠져나가서 구원이란 전혀 없다고 느끼게 될 걸세.

내 심장은 베 짜는 사람의 북처럼 가슴속에서 왔다 갔다 하고 있지. 이 북이 베틀에서 내가 크레타 섬에서 보내고 있는 이 몇 달을 짜 나가고 있어. 그리고—하느님 저를 용서하십시오—나는 내가 행복하다고 믿네.

공자가 말했지. '많은 사람은 행복을 인간보다 높은 데서 찾거나 그 아래서 찾는다. 그러나 행복은 인간과 같은 높이에 있다.' 옳은 말이야. 그러니까 모든 사람의 키에 알맞은 행복이 있다는 것이겠지. 그런 것이—나의 사랑하는 제자여, 스승이여—오늘을 사는 나의 행복이라네. 나는 열심히 내 키를 재고 또 잰다네. 순간순간의 내 키 높이를 알기 위해서지. 왜냐하면 자네는 잘 알겠지만 인간의 높이란 늘 같은 것이 아니니까 말이야.

인간의 영혼은 기후·침묵·고독 그리고 함께 있는 사람들에 따라서 얼마나 달라질 수 있는지!

나같이 고독한 상태에서 보면 사람들이 개미처럼 보이지 않고 반대로 엄청난 괴물처럼—생명체를 처음 빚어낸 탄산가스와 잔뜩 썩어가는 초목으로 포화상태에 이른 환경에서 사는 공룡이나 익룡처럼—느껴진다네. 이해할 도리가 없는 부조리의 정글이지. 자네가 그처럼 좋아하는 '국가'와 '인종'이란 말이나 나를 매혹시킨 '초국가' '인간성' 같은 말들이 여기서는 파괴의 전능한 입김 속에서 똑같은 가치를 지니게 된다네. 우리는 의식의 표면까지 솟아올라서 가끔 몇 음절의 소리를 지르지만 그것은 음절도 채 못 되는 '아!' '네!' 같은 불확실한 소리에 지나지 않는 거야. 그러고 나면 우리는 부서지는 거지. 가장 고귀한 사상마저도 해부해 보면 겨를 잔뜩 채운 꼭두각시에 지나지 않는다는 걸 알게 되네. 겨 속에 숨겨져 있던 용수철이 드러나거든.

자네는 나를 잘 알아서 이해하겠지만, 이처럼 잔인한 명상은 나를 도망가게 만들기는커녕 정반대로 내 내부의 불길에 없어서는 안 될 땔감이 되는 것이라네. 왜냐하면 내 스승인 부처님이 '나는 깨달았노라'고 말씀하셨기 때문이지. 나도 깨달았어. 눈 깜박할 사이에 사라지는 유쾌하고 변덕스러우며 보이지 않는 조물주와 친해졌으니 이제부터는 이 세상이 끝날 때까지 내가 맡은 역에 충실할 수 있을 것이네. 말하자면 용기를 잃지 않고 분명히 해낸단 말이지. 그 깨달음으로 나는 하느님의 무대에서 한몫을 거들게 된 걸세.

그래서 나는 우주라는 무대를 훑어보면서 캅카스의 전설적인 요새에서 자네가 맡은 바를 해내는 모습도 볼 수 있다네. 죽음에 직면한 수천의 우리 종족을 구하려고 싸우는 자네의 모습도 볼 수 있지. 굶주림과 추위와 병마 그리고 죽음을 부르는 암흑의 세력과 싸우는 가짜 프로메테우스라면 진짜 실감나는 고문을 겪을 수밖에 없지. 하지만 자존심 강한 자네는 파괴를 일삼는 암흑의 세력이 그토록 많고 강하다는 사실에 때로는 기쁨을 느낄 걸세. 그래야만 희망을 갖지 않고 살겠다는 자네의 영혼은 비극의 위대성을 얻을 테니까.

자네는 분명 인생이 자네를 행복한 쪽으로 이끌어주리라고 생각하겠지. 그리고 그렇게 생각하기에 아마 자네는 행복할 테지. 자네 역시 자네의 행복을 자네 키 높이에 맞췄어. 그리고 자네의 키는 지금—하느님에게 영광을—내 키보다 훨씬 크지. 좋은 스승에게 자기를 능가하는 제자를 양성하는 것보다 기쁜 일은 없다네.

나로 말하자면, 가끔씩 잊어버리고 스스로를 깎아내리지. 내 길을 잃어 버리기도 해. 내 신앙이란 불신의 모자이크야.

이따금 흥정을 하고 싶어질 때가 있을 정도야. 한순간을 인간답게 사는 대신 내 인생의 나머지를 몽땅 내주자는 거지. 그러나 자네는 키 손잡이를 꼭 쥐고 놓지 않아. 인생의 가장 황홀한 순간에도 자네가 정한 목적지를 잊어버리는 법이 없지.

우리가 그리스로 가는 길에 이탈리아를 함께 가로질러 갔던 일을 기억하나? 위험했던 폰토스 지방을 지나기로 결정했었지. 우리는 작은 마을에 이르러 기차에서 내렸지. 기차를 갈아타려면 한 시간이 남았었으니까. 우리는 역 가까이 있는 숲으로 둘러싸인 큰 정원으로 들어갔었지. 활엽수가 들어 찬 가운데 바나나가 매달려 있고, 어두운 금속빛 대나무들이 자라고 있었지. 벌들이 꽃이 활짝 핀 가지로 모여들어 꿀을 빨고, 그 모습을 보며 나뭇가지들은 오들오들 떨었었지.

우리는 꿈을 꾸듯 황홀한 기분으로 말없이 걸어갔지. 꽃길 모퉁이에서 두 아가씨가 책을 읽으며 나타났지. 나는 그들이 예뻤는지 미웠는지 지금은 잊어버렸어. 한 명은 살갗이 희었고 다른 한 명은 검은 편이었는데 둘 다 봄 블라우스를 입고 있었던 것만 기억나는군.

우리는 꿈속에서처럼 대담해져서 그들에게 다가갔고 자네가 말했지. '읽고 있는 책이 뭔지 모르지만 함께 책 얘기를 나눌 수 있을 겁니다.' 그들이 읽고 있던 책은 고리키였어. 하지만 시간이 없어 서둘러야 했던 우리는 단숨에 인생과 가난, 정신의 혁명과 사랑을 얘기했었지…….

나는 그때 맛본 기쁨과 슬픔을 잊을 수 없어. 우리와 그 두 아가씨는 오랜 친구, 오랜 연인이 되고 말았지. 우리는 그들의 영혼과 육체를 책임져야 하게 된 거지. 얼마 뒤면 그들과 영원히 이별해야 해서 우리는 급히 서둘렀지. 떨리는 공기 속에서 우리는 기쁨을 맛보고 죽음의 냄새를 맡을 수 있었네.

기차가 도착했고 기적이 울렸지. 우리는 꿈에서 깨어난 사람처럼 떠났어. 우리는 악수를 했지. 나는 죽어도 못 잊을 거야. 서로 얼마나 굳고 애달프게 손을 잡았던지, 손가락이 떨어지기를 거부하고 있었어. 한 아가씨는 창백해지고 한 아가씨는 웃으면서 와들와들 떨고 있었지.

내가 그때 자네에게 한 말이 기억나네. '그리스, 우리나라, 의무…… 그게 다 뭐란 말인가? 진실은 여기 있네!' 자네는 대답했지. '그리스, 우리나라, 의무는 아무 의미도 없지. 그렇지만 그 아무것도 아닌 것을 위하여 우리는 기꺼이 파멸을 받아들이려는 거야.'

내가 왜 이런 소리를 자네에게 쓰고 있을까? 우리가 함께 지냈던 어느 한순간도 잊지 않았음을 자네에게 보여주려는 것이네. 그리고 좋은 건지 나쁜 건지는 모르겠지만, 우리에겐 감정을 억누르는 버릇이 있어서 함께 있을 때 자네에게 밝히지 못한 내 생각을 밝혀두려는 것이네.

이제 자네는 내 곁에 없으니 내 얼굴을 볼 수 없지. 이제 자네에게 물렁하고 우습게 보일 염려도 없으니 말할 수 있어. 난 자네를 아주 깊게 사랑한다네.

나는 편지를 다 썼다. 친구와 얘기하고 나니 기분이 한결 가벼워졌다. 나는 조르바를 불렀다. 그는 비를 피해 바위 밑에 쭈그리고 앉아 모형 케이블선을 시험하고 있었다.

"조르바, 일어나서 마을로 산책이나 갑시다." 내가 외쳤다.

"주인님, 기분이 좋은 모양이네요. 비도 오는데 혼자 가면 안 되나요?"

"이 좋은 기분을 망가뜨리고 싶지 않소. 우리가 함께 간다면 그럴 위험은 없죠. 따라와요."

그는 웃었다.

"나도 필요할 때가 있다니 고맙군요. 갑시다, 그럼."

그는 내가 준, 뾰족한 모자가 달린 크레타식 양털 외투를 걸쳤다. 우리는 진흙 속을 철벅이며 길을 찾아나섰다.

비는 계속해서 내렸다. 산봉우리들은 비에 가려서 보이지 않았다. 바람 한 점 없었다. 젖은 돌부리는 반짝거렸다. 갈탄광은 자욱한 안개에 뒤덮이고, 여자 얼굴처럼 보이는 산등성이는 슬픔에 잠겨 까무러친 채 비를 맞고 있는 것 같기도 했다.

"비가 내리면 가슴이 아프답니다." 조르바가 말했다. "주인님, 그렇다고 악의를 품으면 안 되지요. 이 불쌍한 녀석도 영혼이란 걸 가졌으니까요."

그는 산울타리 곁에서 허리를 굽히더니 갓 피어난 작은 수선화를 꺾었다.

그는 꽃을 한참 동안 들여다보았다. 그래도 모자른 듯이 수선화를 난생처음 보는 사람처럼 들여다보았다. 눈을 감고 냄새를 맡더니 한숨을 쉬면서 꽃을 내게 건넸다.

"주인님, 우리가 돌과 비와 꽃들의 말을 알아듣는다면 얼마나 좋을까요. 아마 그들은 우리를 부르고 있을 거예요. 그런데도 우리는 그들의 소리를 듣지 못하는 거지요. 언제 사람의 귀가 제대로 뚫릴까요, 주인님? 우리는 언제 눈을 뜨고 제대로 보게 될까요? 그 언제쯤에나 우리는 두 팔을 벌리고 돌과 비와 꽃 그리고 사람들을 모두 끌어안을 수 있을까요? 주인님은 그걸 어떻게 생각해요? 당신이 읽는 책에는 그것에 관해서 뭐라고 씌어 있나요?"

"악마의 밥이나 돼라!" 나는 조르바가 즐겨 쓰는 말을 빌려 대답했다. "악마의 밥이나 돼라! 그 말밖에는 하지 않더군."

조르바는 내 팔을 잡았다.

"내 생각을 말하고 싶은데 주인님, 화내면 안 됩니다. 당신 책일랑 몽땅 한곳에 쌓아놓고 불을 질러버려요! 그러고 나면 누가 압니까, 당신이 바보를 면하게 될지. 그래도 당신은 괜찮은 사람이니까…… 우리가 당신을 완전히 다른 사람으로 만들어놓을지도 몰라요!"

'그가 옳아!' 나는 속으로 소리쳤다. '그가 옳다! 하지만 나는 그럴 수 없어.'

조르바는 망설이더니 생각에 잠겼다. 그러더니 이렇게 말했다.

"내가 이해하지 못하는 것이 한 가지 있습니다……."

"뭔데? 말해봐요!"

"잘 모르긴 해도, 이런 게 아닐까 생각해봤어요. 그럼 알 것 같더라고요. 그렇지만 당신에게 얘기하려고 들면 그만 뒤죽박죽이 되어버려요. 나중에 상태가 좋을 때 그걸 내가 춤으로 보여드리지요."

빗발이 더 굵어지기 시작했다. 우리는 마을에 도착했다. 소녀들이 풀을 뜯던 양 떼를 몰아 돌아오고 있었다. 밭을 갈던 사람들은 황소의 멍에를 풀고 반쯤 갈던 밭을 포기했다. 아낙네들은 꼬마들을 찾아 좁은 길목을 뛰어다니고 있었다. 소나기가 내리치자 마을 전체에 유쾌한 소동이 일었다. 여인네들은 입으로는 찢어지는 소리를 지르면서도 눈으로는 웃었다. 남정네들의 빳빳한 수염이며 꼬부라진 코밑수염에는 큰 빗방울이 대롱대롱 매달렸다. 땅과 돌과 풀에서 싸한 냄새가 풍겼다.

우리는 물에 빠진 생쥐처럼 카페 겸 정육점 모데스티에 뛰어들었다. 카페 안은 사람들로 북적였다. 한 패는 블로트(³²장으로 치는 프랑스 카드놀이)에 열중해 있었고 다른 패들은 산을 사이에 두고 있기라도 한 것처럼 목청껏 논쟁을 벌이고 있었다. 저쪽 구석에서는 마을 장로들이 강압적으로 말하고 있었다. 소매가 넓은 셔츠를 입은 아나그노스티, 근엄한 표정으로 마룻바닥에 시선을 박은 채 말없이 물담배를 피우고 있는 마브란도니의 모습이 보였다. 키가 크고 마른 중년의 교장선생은 굵은 단장에 기대어 선 채, 막 칸디아에서 돌아온 털보 거인의 이야기를 듣고 있었다. 그 털보 거인은 대도시의 신기한 모습들을 설명하는 중이었다. 카운터 뒤에 선 카페 주인은 한쪽 눈으로 스토브 위에 늘어선 커피포트들을 감시하면서 얘기를 들으며 웃고 있었다.

우리를 보자 아나그노스티 아저씨가 곧바로 일어섰다.

"자, 이리 와서 앉으시오, 동포들." 그는 말했다. "스파키아노니콜리가 지금 칸디아에서 보고 들은 것을 우리에게 들려주는 참이지요, 참 재미있는 친구랍니다. 이리 와요!"

그는 카페 주인 쪽을 향해 소리쳤다.

"마놀라키, 라키 두 잔!"

우리는 앉았다. 한창 신이 나서 떠들던 양치기는 낯선 사람이 들어와 앉는 것을 보더니 움츠리며 입을 다물고 말았다.

"그래 니콜라이 추장, 자네도 극장에 가지 않았다는 말인가?" 교장선생은 다시 그에게 말문을 열게 하려고 그렇게 말했다. "극장을 어떻게 생각하지?"

스파키아노니콜리는 커다란 손을 뻗어 술잔을 잡더니 단숨에 삼키고 용기를 끌어냈다.

"극장에 가지 않았느냐고요?" 그는 소리 질렀다. "물론 갔지요! 그들 모두가 코토풀리(코토풀리는 유명한 그리스 여배우, pouli는 병아리라는 뜻)가 이렇다는 둥 저렇다는 둥 말이 많더군요. 그래서 어느 날 저녁 나는 성호를 긋고 중얼거렸죠. '좋아, 내가 직접 가서 보지 못할 건 뭐람? 코토풀리를 놓고 야단인데 도대체 그 여자가 어떻다는 거야?'"

"그래서 뭘 보았다는 말인가, 젊은 친구?" 아나그노스티 아저씨가 물었다. "얼른 얘기해봐. 자, 어서 들려주게."

"글쎄 내 영혼을 걸고 맹세하지만, 별거 아니었어. 나는 사람들이 말하는 걸로 봐서 '이제 그럴싸한 구경을 하겠군' 하고 생각했죠. 하지만 돈만 버렸지 뭡니까. 정말이에요. 거기는 큰 술집 같은 장소인데 마치 타작마당처럼 바닥이 둥글게 생겼지요. 그리고 의자와 불빛과 사람으로 가득 차 있습니다. 내가 어디 있는지 모를 지경이었어요. 불빛에 눈이 부셔서 뭘 볼 수가 있어야지요. 나는 속으로 말했지요. '악마의 짓이야. 다음에는 저들이 나에게 마법을 쓸 거야. 나가야겠다.' 그런데 그때 막 할미새처럼 까불거리는 아가씨가 내 손을 잡더군요. '이봐요! 날 어디로 데려가는 거요?' 나는 소릴 질렀지만 그녀는 무작정 나를 한참 끌고가더니 돌아보면서 앉으라고 하데요. 그래서 앉았지요. 생각해봐요. 내 앞이고 옆이고 할 것 없이 사람이 천장을 메우도록 꽉 찼지 뭡니까. '숨이 막히는걸. 이러다가 쓰러지겠네. 공기가 바닥이 날 텐데.' 난 속으로 생각했어요. 그리고 옆에 앉은 사람에게 물었지요. '퍼마돈나(프리마돈나를 잘
못 발음한 것)가 어디서 나오나요?'

'저 안에서 나온다오.' 그는 커튼을 가리키며 내게 말했습니다. 그의 얘기가 맞더군요. 종이 울리더니 커튼이 열리고 그들이 코토풀리라고 부르는 사람이 무대 앞으로 걸어 나왔습니다. 하지만 왜 그들이 그 여자를 병아리라고 부르는지는 나에게 묻지 말아요. 있을 것 있고 갖출 것 다 가진 여자였으니까요. 그 여자가 몸을 빙 돌리면서 꼬리를 위아래로 흔들더라고요. 그리고 그것을 보는 것이 지루해지면 그들은 손뼉을 치기 시작하고, 그럼 그 여자는 허둥지둥 들어가버리는 거예요."

마을 사람들은 배를 쥐고 웃었다. 스파키아노니콜리는 창피를 당한 것 같아서 기분이 상해 문께로 얼굴을 돌렸다.

"비 내리는 것 좀 봐요." 그는 화제를 돌리려고 말했다.

모든 사람의 시선이 그의 시선을 따랐다. 바로 그 순간 어깨까지 치렁치렁한 머리채를 늘어뜨린 한 여인이 검은 치마를 무릎까지 걷어올리면서 달려갔다. 비에 젖은 옷이 몸에 착 달라붙어 둥글고 탄탄한 몸매가 드러나 있었다.

나는 놀랐다. '저 맹수의 먹이는 무엇일까?' 나는 생각했다. 나에게 그녀는 남자를 잡아먹는 나긋나긋하고 위험한 동물로 비친 것이다.

여자는 순간 머리를 돌리더니 카페 안으로 빠르고 아찔한 눈길을 던지고 지나갔다.

"동정녀 마리아여!" 턱에 솜털이 보송보송한 젊은이가 중얼거렸다.

"저 요부년에게 저주나 내려라." 마을 경관 마놀라카스가 큰 소리로 떠들었다. "저주나 받아! 사내 가슴에 불만 질러놓고 타 죽게 내버려둔단 말이야!"

창가에 있던 젊은이가 콧노래를 부르기 시작했다. 처음에는 눈치를 보며 가느다랗게 흥얼거리던 소리가 이윽고 커졌다.

……과부의 베개에서는 모과 향기가 나요!
그 향기 맡고부터 나도 잠 못 이루네!

"닥쳐!" 물담뱃대를 내저으며 마브란도니가 소리쳤다.

젊은 친구는 입을 다물었다. 한 늙은이가 경관 마놀라카스한테 기대면서 속삭였다.

"자네 아저씨가 화내고 있네. 그 여자가 저 손에 들어가면 그 불쌍한 것을 갈기갈기 찢어놓고 말 거야. 하느님, 여자에게 자비를 베푸소서!"

"글쎄요, 안드룰리오," 마놀라카스가 말했다. "당신도 과부 치맛자락을 졸졸 좇고 있다는 걸 다 아는데 왜 이러시오. 창피하지 않소?"

"내 말 들어보게.—하느님, 그 여자에게 자비를 베푸소서! 자네는 눈치를 못 챘을지도 모르네만, 요즘 마을에 태어나는 아이들이 어떤 애들인지 아나? 과부에게 축복을! 그 여자는 이를테면 온 마을 사람의 정부라고 할 수 있지. 자네는 불을 끄고 나면, 자네 팔 안에 있는 게 자네 마누라가 아니라 그 과부라고 상상하겠지. 내 말 잘 들어둬. 바로 그 때문에 요즘 우리 마을에서 쓸 만한 애들이 나고 있는 거라네!"

한동안 침묵이 흐르고 늙은 안드룰리오는 마침내 이렇게 중얼거렸다.

"그 여자를 감싸안는 허벅다리에 행운이 있을지어다! 아, 내가 마브란도니의 아들 파블리처럼 스무 살밖에 안 되었다면 얼마나 좋겠나!"

"자, 이제 우리는 그녀가 집으로 돌아가는 걸 보게 될 거야!" 누가 웃으면서 말했다.

모두 문 쪽으로 고개를 돌렸다. 비가 억수처럼 쏟아지고 있었다. 이따금 번갯불이 온 하늘을 밝혔다. 조르바는 과부가 지나가는 것을 본 다음부터 숨을 제대로 쉬지 못했다. 그는 자신을 더 억제할 수가 없었다. 그는 한숨을 내쉬며 나에게 말했다.

"비가 걷히고 있어요. 주인님 나갑시다!"

맨발에 엉성한 머리를 한 젊은이 하나가 큰 눈을 이리저리 굴리며 문 앞에 나타났다. 성화 제작자들이 그려 넣은, 단식과 기도로 엄청나게 커진 세례자 요한의 눈과 너무나 닮아 있었다.

"미미코, 안녕하신가!" 몇 사람이 소리치며 웃음을 터뜨렸다.

어느 마을에나 바보는 하나쯤 있게 마련인데, 진짜가 없으면 심심풀이로 가짜라도 하나 만들어놓는 법이다. 미미코는 이 마을의 바보였다.

"친구들," 미미코는 계집애 같은 목소리로 더듬거렸다. "친구들, 과부댁 소멜리나가 암양을 잃어버렸는데 그걸 찾는 사람에겐 포도주 1갤런을 내놓겠대!"

"나가!" 마브란도니가 소리쳤다. "꺼져!"

미미코는 질겁해서 문 가까운 구석에 가서 웅크렸다.

"앉게, 미미코. 라키 한 잔 들어. 그래야 감기에 안 걸리지." 그가 측은해진 아나그노스티 아저씨가 입을 열었다. "바보가 없었으면 우리 마을은 대체 어떻게 됐을까?"

물기 어린 푸른 눈을 한 건달같이 보이는 젊은이가 문 앞에 나타났다. 숨이 턱에 찬 그의 찰싹 달라붙은 머리털에서 물이 뚝뚝 떨어졌다.

"이야, 파블리 아닌가!" 마놀라카스가 외쳤다. "사촌, 자리를 잡고 앉게나."

마브란도니는 고개를 돌려 자기 아들을 보더니 이마를 찌푸렸다.

'저게 내 아들이야?' 그는 속으로 중얼거렸다. '저 작고 못생긴 녀석이! 저 녀석은 도대체 누굴 닮았을까? 뒷덜미를 낚아채서 새끼 낙지처럼 땅바닥에 내동댕이 쳐줬으면 좋으련만!'

조르바는 뜨거운 벽돌 위에 올라간 고양이 같았다. 과부가 그의 오관에 불을 질러놓아 더 이상 네 벽으로 가로막힌 방 안에서 가만있을 수가 없었다.

"갑시다, 주인님. 가자고요." 그는 1초에 한 번씩 중얼거렸다. "여기 있다가는 터져버리겠어요!"

그는 구름이 걷히고 해가 다시 나오기라도 한 것처럼 굴었다.

그는 카페 주인 쪽으로 돌아섰다.

"그 과부는 누구요?" 관심 없는 척하며 그가 물었다.

"씨암말이지." 콘도마놀리오가 대답했다.

그는 손가락을 입술에 갖다 대면서 의미 있는 시선을 마브란도니에게 보냈다. 마브란도니는 다시 마룻바닥을 응시하고 있었다.

"씨암말이지." 콘도마놀리오는 되풀이했다. "그 여자 얘기는 하지 말자구. 저주라도 받으면 큰일이니까!"

마브란도니는 일어서서 물담배통의 목을 돌렸다.

"자, 실례하겠소. 나는 집에 가겠소. 파블리 따라와!" 그가 말했다.

그는 아들을 데리고 나갔다. 우리 앞을 지나 그들은 곧 빗속으로 사라졌다. 마놀라카스도 일어서더니 그들 뒤를 따랐다.

콘도마놀리오는 마브란도니가 앉았던 자리에 옮겨 앉았다.

"불쌍한 마브란도니 영감 같으니!" 그는 이웃 테이블에 앉은 사람들에게 들리지 않을 만큼 낮은 목소리로 말했다. "그는 화병으로 죽을 거야. 집안에 불행이 닥쳤는걸. 바로 어제 파블리가 제 애비한테 얘기하는 걸 귀로 들었거든. '그 여자를 아내로 삼을 수 없다면 난 죽어버리겠어요!' 이러더라고. 하지만 그 화냥년은 녀석과 상종하기도 싫어하거든. 여자가 그 애더러 저리 가서 코나 닦으라고 말했다는군."

"갑시다." 조르바는 또 말했다. 과부 얘기만 나오면 그는 점점 더 흥분하는 것 같았다.

닭이 울기 시작했다. 빗발이 조금 약해진 듯싶었다.

"그럼 가죠." 나는 일어섰다.

미미코가 구석에서 벌떡 일어서더니 우리를 뒤따라 나왔다.

자갈들은 반들거리고 비에 젖은 문들은 칙칙해 보였다. 달팽이를 찾아 키 작은 노파들이 바구니를 들고 나오고 있었다.

미미코는 나한테 다가서더니 팔을 잡았다.

"담배 한 대 줍쇼, 선생님. 그럼 행운이 찾아올 겁니다."

나는 그에게 담배 한 대를 주었다. 그는 가죽만 남고 햇볕에 시꺼멓게 탄

손을 내밀었다.

"불도 주셔야죠!"

나는 불을 주었다. 미미코는 눈을 반쯤 감은 채 허파 속으로 연기를 빨아들였다가 콧구멍으로 쑥 내뿜었다.

"파샤(옛 터키에서 신분이 높은 사람에게 주던 칭호)만큼 행복하군!" 그는 중얼거렸다.

"어디로 갈 건가?"

"과부댁 뜰로 가요. 내가 그 집 암양에 대한 소문을 퍼뜨려주면 과부댁이 나한테 먹을 걸 조금 준다고 했거든요."

우리는 걸음을 재촉했다. 구름이 갈라졌다. 온 마을은 깨끗이 씻겨 싱싱했고 온통 웃음짓는 듯했다.

"미미코, 자네 과부댁을 좋아하나?" 조르바가 한숨을 내쉬면서 물었다. 미미코는 깔깔대고 웃었다.

"이봐요, 나는 그 여자를 좋아하면 안 되나요? 나도 딴 사람들하고 똑같이 시궁창에서 나온 게 아닌가요?"

"시궁창?" 나는 기절초풍하여 물었다. "무슨 뜻인가, 미미코?"

"뭐, 어머니 배 속에서 나왔다는 거죠."

나는 놀랐다. 셰익스피어쯤 돼야 가장 창조적인 순간에 탄생의 어둡고 역겨운 신비를 묘사하는 데에 그토록 거칠고 사실적인 표현을 찾아낼 수 있었을 것이다.

나는 미미코를 보았다. 그의 눈은 컸고 황홀감에 젖어 있었으며 약간 사팔뜨기였다.

"어떻게 지내지, 미미코?"

"어떻게 생각하는데요? 난 귀족처럼 살아요! 아침에 일어나면 빵 부스러기를 먹지요. 나는 사람들을 위해 어디서나 무슨 일이든 다 해요. 심부름도 다니고 비료도 나르고 말똥을 줍고요. 낚싯대도 하나 있죠. 우리 숙모 레니오하고 같이 사는데 돈 받고 곡해주는 게 그녀의 일이지요. 이제 당신도 그녀를 알게 될 겁니다. 모르는 사람이 없으니까요. 그녀는 사진에 찍힌 적도 있었어요. 저녁에는 집으로 돌아가 수프 한 사발을 비우고 포도주가 있으면 한 방울 마십니다. 없으면 배가 북처럼 부르게 하느님의 물을 마시죠. 그러고는 편안히 주무시죠!"

"결혼은 안 할 건가, 미미코?"

"뭐라고요, 내가요? 내가 미쳤습니까! 이제는 뭘 물어볼 참이죠, 친구? 나더러 고생을 사서 하라는 말이오? 여자는 신발이 있어야 하잖아요! 내가 어디서 그걸 구해요? 봐요. 나도 맨발로 다니잖습니까?"

"당신은 신발이 없소?"

"나를 뭘로 보는 거예요? 물론 나도 신발이 있고말고요! 어떤 사람이 작년에 죽었는데 내 숙모 레니오가 그의 발에서 신발을 벗겨 왔지요. 나는 부활절에만 그걸 신어요. 교회에 가서 신부님을 볼 때 신지요. 그러고는 벗어서 목에 걸고 집으로 와요."

"미미코, 당신은 이 세상에서 뭘 제일 좋아하지?"

"첫째는 빵이죠. 내가 그걸 얼마나 좋아하는데요! 바삭바삭하고 따끈따끈하고. 특히 밀가루로 구운 빵이 그만이죠. 그담은 포도주, 그담은 잠자는 것."

"여자는 어떤가?"

"퉤퉤. 먹고 마시고 잠자면 그만이죠. 나머지는 다 말썽이나 일으킨다고요!"

"그럼 과부는?"

"아, 그 여자는 악마나 물어 가라고 해요. 내 이야기 하지만, 신수가 좋으려거든 그러란 말이오. 내 뒤로 물러서라, 사탄아!"

그는 침을 퉤퉤퉤 세 번 뱉고는 성호를 그었다.

"글을 읽을 수 있나?"

"이봐요. 나는 그런 바보가 아니라고요! 어릴 때 학교로 끌려가긴 했지만 운이 좋았죠. 장티푸스에 걸려 바보가 되었거든요. 그래서 학교를 빠져나올 수 있었다고요!"

조르바는 내가 꼬치꼬치 물어보는 것을 더 이상 잠자코 듣고 있지 못했다. 그는 이제 과부 말고는 다른 생각은 머리에 들어오지도 않았던 것이다.

"주인님……." 그는 내 팔을 잡으며 말했다. 그리고 미미코에게 우리 둘이서 할 얘기가 있으니 먼저 가라고 명령했다.

"주인님, 이쯤에서 당신을 믿어보겠소. 이제 남자를 불명예스럽게 하지 말아요! 신과 악마가 당신에게 이 진귀한 음식을 갖다준 겁니다. 당신에게는 이가 있죠. 좋아요. 그걸 물어뜯어요. 팔을 뻗어서 그녀를 잡아요! 조물주가 우리에게 손을 만들어주신 까닭이 뭡니까? 잡히는 것은 잡으라는 거죠! 그래요, 잡아요! 나는 평생 여자를 꽤나 많이 보아왔지만 그 망할 과부는 교회의 뾰족탑들도 뒤흔들겠더군요!"

"말썽이 생기는 건 딱 질색이오!" 버럭 짜증을 내며 내가 말했다.

짜증을 낸 것은, 나 또한 속으로는 야생동물처럼 암내를 풍기며 지나간 그 탄력적인 몸을 갈망하고 있었기 때문이었다.

"말썽이 나는 게 질색이라고요?" 조르바는 어이없다는 듯이 소리쳤다. "그럼 도대체 주인님이 원하는 게 뭡니까?"

나는 대답하지 않았다.

"사는 것 자체가 말썽입니다." 조르바는 말을 이었다. "죽으면 말썽이 없지요. 산다는 것—그게 뭘 의미하는 건지 알기나 해요? 당신의 허리띠를 풀고 말썽을 찾아나선다는 뜻이라고요!"

그래도 나는 말을 하지 않았다. 조르바가 옳다는 것을 나도 알고 있었다. 알긴 했지만 그럴 용기가 나지 않았다. 내 인생은 잘못된 궤도를 달리고 있었으며, 다른 사람과의 관계는 이제 나만의 독백이 되어가고 있었던 것이다. 나는 얼마나 타락했던지, 여자와 사랑에 빠질 것인지 아니면 사랑에 관한 책을 읽을 것인지 하나를 택하라고 한다면 책을 택할 정도였다.

"주인님, 계산하지 말아요." 조르바는 제 말을 계속했다. "숫자놀이랑 저리 놔두고 염병할 저울대는 부숴버리라고요. 푼돈을 따지는 당신 가게는 문을 닫아요. 지금은 당신이 당신의 영혼을 구제하느냐 못 하느냐 하는 문제를 결정할 시간입니다. 주인님, 내 말을 들어요. 손수건을 꺼내서 2, 3파운드를 싸요. 금화라야 합니다. 종이돈은 번쩍거리질 않거든요. 그걸 미미코를 통해 과부한테 보내요. 그에게 가서 이렇게 말하라고 시켜요. '저의 주인어른이 문안을 여쭈라면서 이 작은 수건을 보냈습니다. 변변치 못한 거지만 그분의 사랑은 크다고 말씀하시더군요. 그리고 또 이렇게 말씀하셨습니다. 암양에 대해선 걱정하지 말라고요. 만약 그놈이 없어졌더라도 내가 여기 있으니 걱정 말라는 거었어요. 당신이 카페 앞을 지나갈 때 그분이 보시고는 병이 나셨대요. 당신밖에는 그분의 병을 고칠 사람이 없대요!'

자, 그리고는 바로 그날 저녁 주인님이 그 집 문을 두드리는 겁니다. 쇠뿔은 단김에 뽑아야 하니까요. 가다가 길을 잃었노라고 여자에게 말해요. 어두운데 랜턴을 빌려주겠느냐고 묻는 겁니다. 아니면 갑자기 현기증이 난다고 물 한잔을 청하세요. 아니, 암양을 하나 사가지고 그걸 그 여자한테 끌고 가는 편이 더 나을지도 모르겠군요. '안녕하십니까, 부인' 하고 운을 떼는 겁니다. '여기 당신이 잃었던 암양을 찾아왔습니다. 당신을 위해 제가 이놈을 찾게 되었군요.' 주인님, 잘 들어둬요. 과부댁이 보답을 하면 당신은 들어가는 겁니다…… 전지전능하신 하느님, 당신의 노새 뒤에 내가 탈 수 있다면 주인님, 당신은 말을 타고 천당에 들어가는 격입니다. 만약 당신이 그 밖의 낙원을 찾고 있다면 미안하지만 그런 건 없어요. 신부들이 하는 말을 듣지 말라고요. 그런 천당은 없다니까요!"

과부댁 정원에 거의 다 온 모양이었다. 미미코가 한숨을 쉬고 더듬거리는 소리로 그의 슬픔을 노래하기 시작했다.

술은 밤알과 어울리고 꿀은 호두알과 어울리네!
소녀는 소년에게, 소년은 소녀에게!

조르바는 긴 다리를 내뻗으며 콧구멍을 벌름거렸다. 그는 갑자기 멈추더니 길게 숨을 들이마셨다. 내 눈을 똑바로 바라보면서 말했다. "그러면?" 그리고 초조하게 기다렸다.

"그만하면 됐소!" 나는 매정하게 대답했다.

그리고 걸음을 빨리했다.

조르바는 고개를 저으며 내가 알아듣지 못할 말을 성난 듯이 뭐라고 중얼거렸다.

오두막에 돌아오자 그는 다리를 꼬고 앉아 산투리를 무릎 위에 놓고 고개를 떨어뜨린 채 깊은 명상에 잠겼다. 그것은 마치 머리를 가슴에 묻고 헤아릴 수 없이 많은 노래를 듣고 있는 모습 같았으며, 그 모든 노래 가운데에서 가장 아름답고도 가장 절망적인 노래를 고르려고 하는 것 같았다. 그는 이윽고 노래를 결정했다. 그리고 가슴이 미어지는 곡을 켜기 시작했다. 이따금 그는 나를 곁눈질했다. 나는 그가 말로는 감히 이야기할 수 없고, 하고 싶어도 하지 못하는 말을 음악으로 하고 있다고 느꼈다. 내가 인생을 낭비하고 있으며, 그 과부와 나는 일순간을 태양 아래 살다가 영원히 죽어버릴 두 마리의 벌레들이라고. 두 번 살 수는 없다! 두 번 살 수는 없다! 말하고 있었다.

조르바는 벌떡 일어났다. 그는 문득 아무 소용없이 자신을 피곤하게 만들고 있음을 깨달은 것이다. 그는 벽에 기대서서 담배를 붙여 문 다음 조금 있다가 말했다.

"주인님, 당신에게 비밀을 하나 일러주죠. 내가 살로니카에 있을 때 호자(hodja : 터키의 성인율을 이르는 말)가 들려준 겁니다……. 별 소용이 없을지 몰라도 들려줘야겠어요.

그때 나는 마케도니아 지방에서 행상을 하고 있었어요. 마을을 찾아다니며 실톳과 바늘을 팔고, 성인 전기며 안식향이며 고추도 팔았지요. 나는 흔치 않은 목소리를 타고나서 그때만 해도 꾀꼬리처럼 노래를 잘 불렀지요. 여자는 목소리에도 넘어온다는 것을 알아야 합니다. 하긴 여자들이 혹하지 않는 게 어디 있나요. 화냥년들 같으니! 오직 하느님만이 여자들 속마음을 아시겠죠. 당신이 비록 죄악처럼 추하고 절름발이에 꼽추라고 해도 보드라운 목소리로 노래만 할 수 있다면 여자들은 완전히 미쳐버리고 말지요.

나는 살로니카에서 행상 노릇을 하며 터키인 거주지에 들어가 보기도 했어요. 그런데 터키인 우두머리의 딸로 돈 많은 이슬람교도 여인 하나가 내 목소리에 홀딱 반해서 잠도 잘 수가 없었던 것 같아요. 그녀는 나이 많은 호자를 불러 그의 손에 메지디스(터키의 화폐 단위, 은화)를 잔뜩 쥐여주고는 '아만!'('아이고!' 같은 탄원, 항복, 항의의 감탄사) 하고 한숨을 쉬었다죠. '가서 행상하는 자우르(불신자. 터키 사람이 그리스도교도를 부르는 말)를 오라고 해줘요. 아만! 그를 만나야겠어요. 이 이상 참고 견딜 수가 없어요!'

호자가 나를 찾아와서 말하더군요. '이봐 젊은 루미(루마니아) 친구, 나를 따라오게.' '안 가겠소. 날 어디로 데리고 가려는 거요?' '파샤의 딸이 샘물을 필요로 한다네. 그 여자가 자네를 자기 방에서 기다리고 있지. 가자고, 이 젊은 루미 친구야!' 하지만 나는 밤이면 그들이 터키인 거주지에서 그리스도교를 믿는 자들을 죽인다는 사실을 알고 있었지요. 그래서 '아니요, 난 안 가겠어요' 하고 말했어요. '자우르, 자넨 하느님이 두렵지 않나?' '내가 두려워할 까닭이 있소?' '있고말고, 젊은 루미야! 여자하고 잘 능력이 있는데 자지 않는 사내는 큰 죄를 범하는 거야. 젊은 친구, 만약 여자가 자네더러 함께 자자는데 자네가 안 간다면 자네 영혼은 파멸하고 말 걸세! 심판의 날 그 여자가 하느님 앞에 나가면 한숨을 쉬겠지. 여자의 한숨은 자네가 누구이든 자네가 아무리 좋은 일을 많이 했든 간에 자네를 지옥에 떨어뜨리고 말 거야!' 하고 말하더군요."

조르바는 한숨을 쉬었다.

"지옥이 정말 있다면 나는 지옥에 가게 될 겁니다. 그리고 그 사건이 그 이유지요. 내가 강도질을 하거나 사람을 죽이고, 간통을 해서가 아니란 말입니다. 그런 일은 아무것도 아니에요. 하지만 나는 지옥에 가게 될 겁니다. 어느 날 밤 살로니카의 침대에서 여자가 나를 기다리는데 내가 가지 않았다는 이유 때문에 말입니다……"

그는 일어나서 불을 피우고 식사 준비를 했다. 그는 눈꼬리로 나를 흘깃거리며 가소롭다는 듯 웃음을 지었다.

"당신은 영원히 귀머거리의 집 문만 두드리겠군." 그는 중얼거렸다.

그러고는 허리를 굽히고 화내면서 젖은 장작을 입으로 불기 시작했다.

9

해가 점점 짧아지고 빛살이 빨리 사라졌다. 저녁이 다가오기만 하면 가슴이 불안해지곤 했다. 원시적인 공포가 우리를 사로잡았다. 우리 조상들은 겨울을 맞이하여 날마다 조금씩 짧아지는 해를 보면서 공포를 느꼈을 것이다. "이러다가 내일은 해가 아주 없어져버릴 거야." 그들은 틀림없이 절망 속에서 울부짖으며 온 밤을 공포의 절정에서 떨고 지냈을 것이다.

조르바는 나보다 이 불안을 더 깊고 원시적으로 느꼈다. 그는 불안에서 벗어나기 위해 하늘에 별이 반짝일 때까지 탄광의 갱도에서 나올 생각을 하지 않았다.

그는 아주 좋은 갈탄이 묻힌 탄층을 발견했다. 재가 많지 않고 매우 짙은 데다 열량도 풍부했다. 그는 기분이 좋았다. 그의 마음속에서는 우리가 수지를 맞춘다는 사실이 모습을 바꾸어 곧 여행이 되고 여자가 되며 새로운 모험이 되는 모양이었다. 그는 한밑천 잡을 날을 안타깝게 기다렸다. 그날이 오면 그의 날개는 충분히 커져서—그는 돈을 날개라고 불렀다—멀리 날아갈 수 있을 것이다. 그래서 그는 밤마다 아무것도 하지 않고 모형 고가 케이블 실험에 열중했다. 늘 목재들을 천천히 끌어내릴 수 있는 기울기를 찾았는데, 그럴 때면 가끔씩 천사가 들어내리듯 사뿐히 사뿐히 내려오라고 말하곤 했다.

어느 날 그는 큰 종이 한 장과 색연필을 가져오더니 산이며 숲, 고가 케이블과 케이블에 매달려 내려오는 통나무들을 그렸다. 통나무마다 푸른 날개가 두 개씩 달려 있었다. 작고 둥근 만(灣)에는 검은 보트와 앵무새 같은 초록빛 뱃사람들과 노란 통나무가 가득 쌓인 마호네(연안을 향해 하는 배)를 그렸다. 네 귀퉁이에는 수도승을 하나씩 그려놓았는데 그들의 입에서 나온 분홍빛 리본 위에 인쇄체 대문자로 ‘하느님은 거룩하다. 기적 같은 그의 행적!’ 하고 검은색으로 써넣었다.

며칠 동안 조르바는 서둘러서 불을 피우고 저녁 식사를 준비했다. 식사를 마치면 그는 마을로 달려가곤 했다. 그러다가 조금 지나서는 얼굴을 찡그리고 돌아왔다.

“또 어딜 갔었소, 조르바?” 내가 물었다.

“주인님은 걱정 말아요.” 그는 이렇게 한마디하고는 화제를 바꿔버렸다.

“하느님이 있습니까? —있어요, 없어요? 주인님은 어떻게 생각하죠? 그리고 만약 있다면, 그럴 가능성은 얼마든지 있지만—그가 어떻게 하고 있을 것 같나요?”

나는 어깨를 으쓱했다.

“농담하는 게 아닙니다. 나는 하느님이 꼭 나를 닮았을 거라고 생각해요. 다만 더 크고 더 힘이 세고 나보다 좀더 돌았겠지요. 덤으로 죽지 않을 테고요. 부드러운 양가죽을 포개어 깔고 하늘을 집으로 삼고 살겠지요. 우리 오두막처럼 낡은 양철 석유통으로 만든 게 아니라 구름으로 지은 집 말이에요. 오른손에 칼이나 저울 따위를 들고 있진 않을 겁니다. 그 저주로운 연장들이야 백정이나 식품가게 주인의 것이지 어디 하느님이 가지고 다닐 물건입니까. 물이 가득 배어든 큰 스펀지를 들고 있을 거예요. 비구름처럼 생긴 놈을 말이죠. 그의 오른쪽에는 천당이 있고 왼쪽에는 지옥이 있습니다. 혼령이 하나 들어옵니다. 불쌍한 저 작은 것이 아주 벌거벗었군요. 옷을, 아니 그 몸을 잃어버리고 달달 떨고 있어요. 하느님은 그놈을 보고 속으로 킬킬 웃으면서 무서운 마귀역을 하는 겁니다. '이리 와. 이 불쌍한 놈 같으니' 하고 쩌렁 쩌렁 울리게 소리 지르는 거죠!

그리고 그는 심문을 시작하지요. 벌거벗은 영혼은 하느님 발밑에 넙적 엎드리면서 '자비를 베푸시옵소서. 저는 죄를 지었습니다' 하고 울지요. 그리고 지은 죄를 조목조목 외워 나갑니다. 시시하고 장황한 이야기를 온통 끝없이 늘어놓는 거죠. 하느님은 이건 너무 지나치다고 생각하고 하품을 합니다. '제발 그만뒤!' 그는 소릴 지릅니다. '그딴 소리는 신물나게 들어왔단 말이다.' 그가 스펀지로 쓱싹쓱싹 문지르면 죄가 전부 말끔히 씻겨 나갑니다. '저리 가, 저리 가버려! 천당으로 썩 꺼지라니까!' 그는 영혼에게 말합니다. '베드로, 이 불쌍한 작은 녀석도 넣어주게!'

아시겠지만, 하느님은 대영주입니다. 영주가 된다는 게 뭘 의미합니까? 바로 용서해준다는 뜻이죠!"

조르바가 심오한 엉터리 같은 소리를 쉴 새 없이 늘어놓던 그날 저녁, 나는 웃을 수밖에 없었던 것을 지금도 기억하고 있다. 그러나 하느님의 '위풍당당함'은 내 마음속에서 형태를 잡으면서 신은 동정심 많고 너그러우며 전능하다는 생각으로 성숙해져 갔다.

비가 오던 또 다른 저녁이었다. 우리는 화로 앞에 쭈그리고 앉아서 밤을 굽고 있었는데 조르바가 내 쪽으로 고개를 돌리더니 한참 동안 나를 바라보았다. 어떤 위대한 수수께끼를 풀어보려는 사람 같았다. 이윽고 생각을 혼자 감당하기가 어려워진 그는 이렇게 말했다.

"주인님, 내게서 무얼 찾아볼 수 있는지 알고 싶군요. 왜 내 귀를 잡아끌고 밖으로 내쫓지 않나요? 사람들이 왜 나를 곰팡이라고 부르는지 말했었죠. 어디를 가건 있던 그대로 놔두질 못하거든요. 당신 사업도 엉망으로 망쳐놓고 말 겁니다. 나를 내쫓아버려요. 진심입니다!"

"나는 당신이 좋소." 나는 대답했다. "그럼 됐죠, 뭐."

"하지만 주인님, 내 머리 무게가 정상이 아니라는 걸 아나요? 조금 더 나갈지도 모르고 조금 덜 나갈지도 모르지만 옳은 무게는 아니란 말입니다! 봐요, 당신이 이해할 만한 얘기가 있어요. 그 과부 때문에 나는 며칠 밤낮을 안절부절못했습니다. 내가 탐이 나서 그런 건 아닙니다. 아니고말고요. 맹세코 그런 건 아니에요. 나는 악마나 물어가라고 말했는걸요. 나는 그 여자에게 손가락 하나 대지 않겠어요. 그건 틀림없습니다. 난 그런 여자의 상대가 못 되니까요…… 하지만 나는 모든 사람이 그 여자를 그냥 놓치고 마는 것이 싫어요. 나는 그 여자가 혼자서 지내도록 놔둘 수가 없어요. 주인님, 그건 옳은 일이 아니에요. 생각만 해도 참을 수 없습니다. 그래서 밤이면 그녀의 정원을 방황하는 거지요. 내가 밤마다 사라지는 것은 그 때문이고요. 주인님은 어디 가느냐고 물었죠? 그런데 왜 그런지 알겠어요? 그녀하고 잠자리를 같이하는 사람이 있는지 확인하려고 그래요. 그래야만 내 마음이 편해질 겁니다."

나는 껄껄 웃기 시작했다.

"주인님 웃지 말아요! 만약 여자가 혼자 자는 것이 사실이라면 그건 우리 남자들 잘못이니까요. 우리는 너나없이 마지막 심판을 받는 날이 오면 우리가 한 행동을 모두 설명할 수 있어야 합니다. 하느님은 온갖 죄를 용서하실 겁니다. 저번에 말한 것처럼 스펀지를 준비하고 계실 테니까요. 하지만 그 죄만은 용서하지 않으실 거예요. 여자와 잘 수 있는데 자지 않는 사나이에게 화가 있을진저! 남자하고 잘 수 있음에도 자지 않는 여자에게 재앙이 내릴진저! 호자의 말을 기억해봐요!"

그는 잠시 입을 다물었다.

"사람이 죽으면 다시 세상에 태어날 수 있나요?"

그가 난데없이 물었다.

"난 그렇게 생각하지 않소, 조르바."

"나도 그래요. 하지만 만약 사람이 그럴 수만 있다면 그자들은, 내가 말하는 그자들이란 여자에게 봉사하기를 거절하고 도망간 자들인데, 지상에 되살아날 거예요. 뭐로 태어나는지 알아요? 노새가 되는 거예요!"

그는 다시 침묵에 잠겼다. 그리고 한참을 생각했다. 갑자기 그의 눈에 광채가 돌았다.

"누가 압니까." 그는 자신이 발견한 사실에 흥분하여 말했다. "아마 우리가 오늘날 이 세상에서 보는 노새란 노새가 죄다 그런 사람들일지. 불구자들, 탈영병들, 남자이면서 남자가 아니고 여자이면서 여자가 아닌 것들일 거예요. 그러니까 노새들이 늘 발길질만 하는 게 아닐까요. 어떻습니까, 주인님?"

"그 생각이 바로 당신 머리 무게가 모자란다는 증거요, 조르바." 나는 웃으면서 대답했다. "산투리나 가져와요!"

"기분 나빠하지 말아요, 주인님. 하지만 오늘 밤은 산투리를 안 켜겠습니다. 나는 얘기를 계속하겠어요. 엉터리없는 소리를 말입니다. 왜 그런지 알겠어요? 지금 나는 걱정이 태산 같단 말입니다. 새로 뚫은 갱도 말입니다—염병할 놈의 것이—나를 데리고 놀지 뭡니까. 그런데 나더러 산투리를 켜라니요!"

그는 재를 휘휘 저어서 밤알들을 끄집어내어 나한테 한 줌 주고는 라키를 우리 잔에 채웠다.

"하느님, 오른쪽에 역사해주옵소서!" 나는 술잔을 부딪치며 말했다.

"왼쪽으로 오셔야죠! 왼쪽! 지금까지 오른쪽에서는 쓸 만한 것들이 안 나왔어요."

그는 불처럼 화끈거리는 술을 들이켜고는 침대에 들어가 누웠다.

"내일은," 그는 말했다. "젖 먹던 힘까지 필요할 거예요. 천 마리의 악마와 싸워야 하거든요. 안녕히 주무시오!"

이튿날 꼭두새벽에 조르바는 탄광으로 자취를 감추었다. 인부들은 탄맥이 좋은 곳을 짚어 갱도를 깎아 내려가는 데 진전을 보이고 있었다. 물이 천장으로 새어들어 사람들은 시커먼 진흙탕에서 철벅거리며 돌아다녔다.

이틀 전 조르바는 갱도를 보강할 통나무들을 요구했었다. 하지만 받침대들이 생각만큼 굵고 단단하지 못해 그는 불안해했다. 지하의 미로에서 일어나는 일을 샅샅이 알아내는 그의 심오한 직감 때문에 그는 받침대가 안전하지 못하다는 것을 피부로 느꼈다. 그는 다른 사람들은 미처 듣지 못하는, 아주 가늘지만 삐걱거리는 소리를 들을 수 있었다. 그것은 천장을 받치고 있는 나무들이 무게에 눌려 신음하는 소리였다.

또 한 가지 일이 그날 조르바의 불안을 부채질했다. 그가 막 새로 뚫은 갱도에 내려서려는데 마을 사제인 스테파노스 신부가 노새를 타고 그 앞을 지나갔던 것이다. 이웃 수녀원에서 죽어가는 수녀에게 병자성사를 베풀어주려고 급히 달려가는 참이었다. 다행히 조르바는 신부가 먼저 말을 걸기 전에 땅에 침을 세 번 뱉고 제 몸을 꼬집을 시간은 있었다.

"안녕하세요, 신부님!" 그는 신부의 인사를 받고 무뚝뚝하게 대답했다. 그리고 조금 낮은 목소리로 덧붙였다.

"당신의 저주가 나에게 내리도록 하소서!"

하지만 그는 그런 액땜이 충분치 못하다고 느꼈으므로 미처 불안을 달래지 못한 채 새 갱도로 내려갔다.

갈탄과 아세틸렌 냄새가 짙게 풍겨 왔다. 인부들은 벌써 통나무들을 들어다가 갱도 천장을 단단히 괴며 보강하고 있었다. 조르바는 그들에게 건성으로 퉁명스럽게 아침인사를 한 다음 소매를 걷어붙이고 일을 시작했다.

인부 열두 명이 탄맥에 곡괭이질을 하여 탄을 발아래로 모으면 나머지 사람들은 그것을 삽으로 퍼올려 작은 손수레에 실어서 밖으로 내갔다.

갑자기 조르바가 일손을 멈췄다. 그리고 다른 인부들에게도 중지하라고 손짓하고는 귀를 쫑긋 세웠다. 기수는 말과, 선장은 배와 한마음 한 몸이 되듯 조르바는 탄광과 혼연일체가 된 것이다. 그는 사방으로 가지를 쳐나간 갱도를 자신의 살 속에 뚫린 혈관처럼 느낄 수 있었고, 검은 탄덩어리들이 느낄 수 없는 것조차 인간의 투명한 의식으로 느낄 수가 있었다.

그는 크고 털이 난 귀를 세워 열심히 듣고 나더니 갱도 속을 엿보았다. 내가 도착한 것은 그때였다. 나는 어떤 보이지 않는 손이 흔든 것 같은 이상한 예감이 들어서 깜짝 놀라 잠에서 깨어났었다. 그리고 황급히 옷을 입고 왜 그렇게 서둘러야 하는지 어디로 가려는지도 모르고 뛰쳐나왔다. 내 몸은 망설임 없이 발길을 탄광으로 돌리게 했다. 조르바가 불안한 표정으로 귀를 세우고 두리번거리는 순간에 나는 거기 도착했다.

"아무것도 아니야……" 한참 있다가 그는 말했다. "잠깐 이것이…… 생각했는데 괜찮아. 자, 다들 일이나 하자고!"

그는 등을 돌려 나를 보더니 입술을 실룩이면서 말했다.

"주인님, 이렇게 일찍 여긴 왜 나왔어요?"

그는 나한테 다가왔다.

"위로 올라가서 신선한 공기나 쐬는 게 어때요, 주인님?" 그는 나직한 목소리로 속삭이듯 말했다. "여기는 다음에 와서 나 대신 감독 노릇을 해보시고."

"왜 그러죠, 조르바?"

"아무것도 아니에요…… 엉뚱한 상상이에요. 오늘 아침 신부가 내 앞길을 가로질러 갔거든요. 나가요."

"위험하다고 자리를 뜨면 창피한 노릇이 아니오?"

"그렇지요." 조르바는 대답했다.

"당신도 나가겠소?"

"아뇨."

"그럼 나도 안 나가요!"

"조르바가 할 일은 조르바가 할 일이고 다른 사람이 할 일은 또 다른 사람이 할 일이지요!" 그는 짜증스럽게 대답했다. "하지만 떠나는 것이 창피하다고 느껴지면 가지 말고 여기 머물러 있으시오. 당신의 제삿날이 될 테니까!"

그는 무거운 망치를 들어 천장의 버팀대에 못질을 하려고 발돋움했다. 나는 기둥에서 아세틸렌 등을 들고 진흙밭을 헤치고 아래로 내려가면서 번쩍이는 탄맥을 보았다. 수백만 년 전 엄청나게 큰 숲을 집어삼켰던 것이 틀림없었다. 대지는 그 숲을 소화하여 새로운 자식들을 만들어냈다. 나무는 갈탄이 되고, 갈탄은 석탄이 되고, 조르바가 오고…….

나는 못에 램프를 걸고 조르바가 일하는 것을 지켜보았다. 그는 일에 완전히 몰두해 있었다. 그는 일 말고는 아무 생각도 하지 않았고, 대지와 괭이 그리고 탄과 호흡이 일치했다. 그와 망치와 못은 나무와의 싸움에서 힘을 모았다. 갱도의 천장이 벌어지자 그는 고통을 느꼈다. 약삭빠른 재치와 힘으로 탄을 파내느라 산 하나와 주먹다짐을 벌였다. 조르바는 어김없고 틀림없는 직감으로 물질을 파악했다. 그리고 그것의 가장 취약한 곳, 정복하기 쉬운 곳에 일격을 가하는 것이었다. 탄가루를 뒤집어쓰고 진탕에서 구른 듯한 모습으로 나타나 흰자위만 번쩍이는 그를 보고 있자니, 적이 눈치채지 못하는 사이 적진 깊숙이 침투하려고 탄가루로 위장하고 마침내는 탄 그 자체가 되어버린 것 같았다.

"브라보, 조르바! 멋진데요!" 나는 순진하게 감격하여 소리를 질렀다.

그러나 그는 돌아보지도 않았다. 그런 순간에 어찌 괭이를 휘두르는 대신 가엾게도 손에 연필 꽁다리를 움켜쥔 책벌레에게 말을 할 수가 있겠는가. 그는 바쁠 때는 말을 하기 싫어했다. "내가 일할 때는 말 걸지 말아요." 그는 어느 날 저녁 이렇게 말한 적이 있다. "동강이 날지도 모른다고요!" "동강이 나다니 조르바, 그게 무슨 소리요?" "또 그 왜, 무슨 소리요, 하는 말을 되풀이하시는군! 어린애같이! 내가 어떻게 설명할 수 있어요? 일에 온통 몸을 빼앗기다 보면 머리끝에서 발끝까지 팽팽하게 잔뜩 긴장해서 돌을 파건 탄을 파건 산투리를 켜건 간에 내 몸이 그 자체가 되어버린단 말입니다. 만약 누가 갑자기 내 몸에 손을 대거나 말을 걸면 몸을 돌리려다가 딱 소리를 내면서 부러질지도 모른다는 거죠. 이제 알겠죠?"

나는 시계를 보았다. 10시를 가리키고 있었다.

"자, 친구들 점심 먹고 쉴 시간이오!" 나는 말했다. "쉴 시간이 벌써 지났는걸."

인부들은 내 말이 떨어지자 곧 연장들을 한구석에 내던지고 얼굴의 땀을 닦으며 갱 속에서 나올 준비를 했다. 일에 열중해 있는 조르바는 그 소리를 듣지 못했다. 설령 들었다고 하더라도 그 자리에서 떠나려고 하지 않았을 것이다. 다시 그는 불안스럽게 귀를 기울였다.

"잠깐 기다리면서 담배나 한 대 핍시다." 나는 인부들에게 말했다.

사람들이 나를 빙 둘러싼 가운데 나는 내 호주머니를 뒤지고 있었다. 갑자기 조르바가 놀라서 고개를 들었다. 그리고 갱도를 가로막은 곳에다 귀를 갖다 대었다. 아세틸렌 램프 빛에 나는 일그러진 채 떡 벌어진 그의 입을 볼 수 있었다.

"어떻게 된 거요, 조르바?" 나는 소리쳤다.

그 순간 갱도의 모든 천장이 우리 머리 위에서 몸서리치는 것 같았다.

"나가라!" 조르바는 쉰 목소리로 외쳤다. "나가!"

우리는 출구 쪽으로 뛰기 시작했다. 하지만 첫 번째 통나무 버팀목을 지나기도 전에 머리 위에서 천장이 두 번째로 무너지는 소리가 울렸다. 조르바는 그 순간 갱도가 무너지는 것을 막으려고 큰 통나무 하나를 들어다가 쐐기처럼 박으려고 했다. 그가 날쌔게 그걸 갖다 박는다면 우리에게 도망갈 시간이 몇 초쯤 더 늘어날 것이었다.

"나가!" 조르바는 다시 고함쳤다. 그러나 이번에는 그의 목소리가 지구의 내장 속에서 들려오는 것만큼이나 잘 들리지 않았다.

위험한 순간에 인간은 자기도 모르게 겁쟁이가 된다. 우리도 모두 조르바를 깨끗이 잊어버린 채 뛰쳐나갔다. 하지만 몇 초 뒤 나는 정신을 가다듬고 갱도를 되돌아서 뛰었다.

"조르바!" 나는 소리쳤다. "조르바!"

적어도 나는 소리쳤다고 생각했다. 뒤에 가서야 알았지만 내 고함 소리는 내 목구멍을 벗어나지도 못했던 것이다. 공포가 내 목소리를 짓누른 탓이었다.

나는 너무나 부끄러웠지만 곧 손을 뻗쳐서 그에게 달려들었다. 조르바는 그때 막 그 큰 받침대를 박아놓고 진흙 속을 누비며 출구로 달려나오던 참이었다. 캄캄한 데를 허둥지둥 달리던 그는 나를 정면으로 들이받았고 우리는 얼싸안은 꼴이 되었다.

"어서 나가야 해요!" 그가 소리쳤다. "나가요!"

우리는 뛰었다. 환한 출구가 보였다. 겁에 질린 인부들이 갱도 입구에 모여서 안을 들여다보고 있었다.

우리는 세 번째로 더 무지막지하게 허물어지는 소리를 들었다. 폭풍에 나무가 두 동강이 나는 소리 같았다. 곧이어 벼락이 떨어지듯 무서운 소리가 났다. 이 소리는 산허리를 흔들고, 갱도는 폭삭 무너져버리고 말았다.

"하느님 맙소사!" 사람들은 성호를 그으며 중얼거렸다.

"자네들, 저 속에다 괭이들을 두고 왔지!" 조르바가 성이 나서 소리쳤다.

사람들은 아무 소리도 하지 못했다.

"왜 안 가지고 나왔어!" 그는 다시 버럭 소리를 질렀다. 화가 머리끝까지 나 있었다. "바지에 오줌이나 찔끔 쌌겠지, 안 그래? 연장이 불쌍하지도 않나?"

"조르바, 지금 괭이 가지고 어쩌고저쩌고 할 상황이오?" 내가 그들 사이에 뛰어들어 말렸다. "모두가 안 다치고 안전하게 빠져나온 것만으로도 고맙게 여깁시다! 고맙소, 조르바. 우리 모두 당신 덕에 목숨을 건졌소."

"아, 배고파!" 조르바는 말했다. "그러고 나니 속이 텅 빈 것 같군."

그는 돌 위에 놔두었던 도시락 꾸러미를 열더니 빵과 올리브, 양파와 삶은 감자 그리고 포도주를 넣은 작은 호리병을 꺼냈다.

"자자, 다들 먹자고!" 그는 음식을 한 입 틀어넣으면서 말했다.

조르바는 가지고 온 음식을 잽싸게 먹어치웠다. 갑자기 힘이 몽땅 빠져버려서 다시 잔뜩 먹어두려는 것 같았다.

그는 앞으로 몸을 숙이고 아무 말도 없이 먹었다. 술통을 들고 머리를 뒤로 젖히고는 바짝 마른 목구멍 사이로 포도주를 흘려보냈다.

인부들도 기운을 차려서 그들의 도시락을 꺼내 먹기 시작했다. 그들은 책상다리를 하고 조르바 주위로 둘러앉아 음식을 들었다. 그들은 그의 발밑에라도 엎드려 그의 손에 입을 맞추고 싶었다. 하지만 조르바의 무뚝뚝하고 괴상한 성미를 아는지라 아무도 그럴 용기를 내지 못하고 있었다.

이윽고 가장 나이 많고 잿빛 턱수염이 덥수룩한 미켈리스가 마음을 굳게 먹고 입을 열었다.

"알렉시스 나리가 거기 안 계셨다면 우리 애들은 지금쯤 모두 고아가 되었을 겁니다."

"그만두지!" 조르바는 입에 음식을 가득 넣은 채 말했다. 그러자 아무도 말 한마디 꺼내려 들질 못했다.

10

'그러면 누가 이 망설임의 미로를 만들고, 이 뻔뻔스러운 절을, 이 죄악의 물주전자, 천 가지 거짓으로 씨를 뿌린 이 밭, 지옥으로 가는 이 문, 잔꾀로 넘쳐흐르는 바구니, 이 꿀맛 같은 독, 유한한 생명을 지상에 묶어놓은 이 쇠사슬을 만들었나이까, 여인인가요?'

나는 화롯가 흙마루에 앉아서 천천히 아무 말 없이 이 부처님의 노래를 베끼고 있었다. 나는 주문에 주문을 외고 있었던 것이다. 밤이면 밤마다 내 눈앞으로 엉덩이를 흔들면서 축축한 공기 속을 오가는 비에 젖은 여인의 육체를 마음속에서 몰아내고 싶었다. 내 목숨이 끝장날 뻔했던 갱도가 무너진 날 뒤로 나는 그 과부가 내 핏속에 들어와 흐르는 것을 느꼈다. 그 여자는 한 마리 들짐승처럼 끈질기게 책망하듯 나를 불렀다.

"와요! 이리 와요!" 그녀는 소리쳤다. "인생은 눈 깜짝할 사이에 흘러가요. 빨리 와요, 빨리빨리 너무 늦기 전에 와요!"

나는 그것이 악령 마라가 둔갑하여 탱탱한 허벅지와 엉덩이를 가진 여자의 몸으로 나타난 것임을 잘 알았다. 나는 그 악령과 싸웠다. 나는 야만인들이 그들의 동굴 속에다가 날이 선 돌조각, 아니면 붉고 흰 안료로 그들 가까이에서 어슬렁거리는 굶주리고 표독한 야수의 그림을 그리는 기분으로 정성을 다하여 불경을 베꼈다. 그들 또한 조각과 그림으로 그 짐승들을 바위에 꼼짝 못하게 묶어놓으려고 애를 쓴 것이 아니겠는가. 그렇게 하지 않았다면 짐승들이 그들을 잡아먹으려고 달려들었을 것이다.

죽음을 가까스로 면한 그날부터 과부는 고독으로 달아오른 내 주위를 끊임없이 오가면서 나에게 오라고 손짓하고 엉덩이를 탐스럽게 흔들어대곤 했다. 낮 동안 나는 강했다. 내 마음은 물 샐 틈 없는 경계로 그 여자를 밖으로 몰아낼 수 있었다. 나는 어떤 가면을 쓴 유혹자가 부처 앞에 나타났으며, 그가 어떻게 여자 모습으로 변하여 통통한 젖가슴으로 그 금욕주의자의 무릎을 비볐던가 하는 얘기를 썼고, 그 위험을 알아차린 부처가 어떻게 온 힘을 다하여 악마를 물리쳤던가 하는 얘기를 베꼈다.

한 문장을 쓸 때마다 새로운 구원이 찾아오는 것 같아서 나는 용기를 얻었고, 언어의 전능한 주문에 걸려 악령이 쫓겨난다고 생각했다. 낮에는 온 힘을 다하여 싸웠지만 밤이면 내 마음이 스스로 무장을 풀었고, 문이 열리면 적이 들어왔다.

아침에 일어나면 나는 잔뜩 지쳐 정복당해 있었다. 그리고 다시 싸움이 시작되었다. 종이에서 머리를 들었을 때는 이미 저녁이 다 되었었다. 빛이 쫓겨나가고 있었다. 어둠이 돌연 나를 엄습했다. 해가 짧아지고 크리스마스 때가 가까워지던 무렵이었다. 나는 온 마음과 온 힘을 다 바쳐 싸움에 임하며 자신에게 타일렀다. 나는 혼자가 아니라고. 위대한 힘인 낮의 햇빛 또한 싸우고 있었던 것이다. 태양도 때로는 정복당하고 때로는 승리한다. 그러나 절망하지는 않는다. 나는 햇빛과 함께 투쟁하고 희망을 가질 것이다!

이런 생각은 나에게 용기를 주었다. 과부와 싸우는 데 있어서도 나는 위대한 우주의 리듬을 따르고 있는 것 같았다. 사악한 물질이 이 몸뚱이를 택하여 내부에서 활활 타고 있는 자유의 불길을 천천히 꺼버리려 한다고 나는 생각했다. 나는 나 자신에게 말했다. 물질을 정신으로 바꾸는 막강한 힘은 하늘에서 온 것이다, 모든 사람은 자기 안에 신성한 회오리바람을 안고 있어서 빵과 물과 고기를 사상이나 행동으로 바꿔놓을 수 있는 것이다, 라고. "당신이 먹는 것을 어떻게 하는지 얘기해봐요. 그러면 당신이 누구인지 말해줄 테니까요!"

나는 육체의 광포한 욕망을 부처로 만들어보려고 고통스럽도록 싸우고 있었다.

"주인님, 무슨 생각을 하고 있죠? 요즘 주인님 몰골이 영 아닌데." 크리스마스 전날, 조르바는 나에게 그런 말을 했다. 그는 내가 어떤 악마와 싸우고 있는지 너무나 잘 알고 있었다.

나는 일부러 못 들은 척했다. 하지만 조르바는 그렇게 쉽게 단념할 위인이 아니었다.

"당신은 젊어요, 주인님." 그는 말했다.

그러더니 갑자기 원망스럽고 노여움에 찬 소리로 말을 이었다.

"당신은 젊고 힘세고 잘 먹고 잘 마시고 신나는 바닷바람을 들이마시며 기운을 모으지요. 그런데 그걸 어떻게 쓰고 있습니까? 당신은 혼자 자지요. 그건 축적된 에너지에도 나쁜 겁니다! 오늘 밤 거기 가봐요. 머뭇거릴 시간이 없어요! 주인님, 세상일은 간단해요. 내가 몇 번이나 말해야 합니까? 그러니 가지 말고 어디 한번 일을 복잡하게 만들어봐요!"

불경 원고가 내 앞에 펼쳐져 있었다. 원고를 한 장 한 장 넘기면서 조르바 얘기를 듣고 있던 나는 그 말이 확실하고 매력적이며 너무나 인간적인 길을 제시하고 있다는 것을 깨달았다. 그것은 교활한 뚜쟁이 마라의 악령이 부르는 소리였다.

나는 잠자코 말을 듣기만 하면서 원고를 천천히 넘겼다. 그리고 내 감정을 숨기려고 휘파람을 불었다. 내가 대꾸를 해주지 않자 조르바는 갑자기 버럭 소리를 질렀다.

"오늘이 크리스마스이브요, 나의 친구. 그녀가 교회에 가기 전에 서둘러서 찾아가요. 예수가 오늘 탄생하실 겁니다. 주인님, 당신도 가서 당신의 기적을 행하고 오라니까요!"

나는 신경질이 나서 일어났다.

"그만해 둬요, 조르바." 나는 말했다. "모든 사람은 제멋에 산다오. 사람은 마치 나무 같죠. 무화과나무에 버찌가 열리지 않는다고 무화과나무와 싸우진 않겠지, 안 그렇소? 그럼 이제 알았을 거요. 자정이 거의 다 되었군요. 자, 교회에 가서 예수가 탄생하는 것을 보도록 합시다."

조르바는 두꺼운 겨울모자를 꾹 눌러쓰면서 언짢은 투로 말했다.

"좋아요. 그럼 갑시다! 하지만 하느님께서는 당신이 가브리엘 대천사처럼 과붓집에 가는 걸 더 기뻐하실 겁니다. 만약 하느님이 당신 같은 길을 밟았더라면 마리아한테 가지도 않았을 테고 예수는 태어나지 못했겠죠. 만약 하느님이 어떤 길을 가시느냐고 내게 묻는다면 마리아한테 가는 길이라고 말하겠어요. 마리아는 과부입니다."

그는 말을 끊고 내 대답을 기다렸지만 부질없는 노릇이었다. 그는 문을 확 열어젖히고 나갔다. 그리고 지팡이 끝으로 성난 듯이 자갈을 툭툭 쑤셔댔다.

"그렇죠. 마리아는 과부라고요!" 그는 고집스럽게 되풀이했다.

"자, 갑시다. 고함을 지르진 말고!" 나는 말했다.

우리는 겨울밤의 어둠 속을 꽤 빠른 속도로 걸어나갔다. 하늘은 수정처럼 깨끗했고 별들이 크게 보여서 마치 불덩이들을 하늘에 주렁주렁 달아놓은 것 같았다. 해안을 따라가면서 보니까 밤은 물가에 죽치고 누운 커다란 검은 짐승을 닮아 있었다. 나는 속으로 말했다.

'오늘 밤부터 겨울이 구석으로 몰아붙인 햇빛이 승리의 싸움을 시작할 것이다. 이 빛도 오늘 밤 어린 신과 함께 태어난 것처럼.'

온 마을 사람들이 따뜻하고 향내가 풍기는 교회로 가득 모여들었다. 남자들이 앞줄에 서고 여자들은 합장한 모습으로 그 뒤에 섰다. 키 큰 스테파노스 신부는 40일의 단식 끝에 형편없이 지친 상태였다. 무거운 황금빛 미사복을 걸친 신부는 향로를 들고 성큼성큼 왔다 갔다 하면서 목청껏 노래 부르고 있었다. 예수가 태어나는 것을 얼른 보고, 진한 수프와 맛있는 소시지에 훈제고기가 기다리는 집으로 빨리 돌아가고 싶었는지 몹시 서두르고 있었다.

만약 성경에서 '오늘 빛이 났도다'라고 했더라면 사람들의 가슴이 그토록 뛰지는 않았을 것이다. 그 사상이 전설이 되고 세상을 정복하지도 못했을 것이다. 단순히 정상적인 물리현상을 설명하는 것뿐이라고 여겨져 우리의 상상력, 우리의 영혼에 불을 댕기지는 못했을 것이다. 그러나 겨울 한복판에 태어난 이 빛은 아이가 되고, 아이는 하느님이 되어 20세기 동안 우리의 영혼은 그 젖줄을 빨고 있는 셈이었다.

자정이 조금 지나 신비의 의식은 끝났다. 예수가 태어난 것이다. 그동안 배를 곯으면서도 즐거워진 마을 사람들은 집으로 돌아갔다. 그들은 명절 음식을 먹으면서 그들의 창자 깊숙이 육신화하는 신비를 맛보려는 것이다. 배는 견고한 그릇이 되고 빵과 포도주 그리고 고기는 그 안의 내용물이다. 하느님도 창조하시려면 빵과 포도주와 고기가 있어야 했으리라.

교회의 하얀 지붕 위에서 별들은 천사처럼 환한 빛을 발했다. 하늘 한쪽으로 은하수는 강처럼 흐르고 초록빛 별 하나가 에메랄드처럼 우리 머리 위에서 빛났다. 나는 내 감정의 먹이가 된 것을 감추지 못하고 한숨을 내쉬었다.

조르바가 나를 돌아보았다.

"주인님, 그걸 믿겠어요? 하느님이 인간이 되고, 마구간에서 태어났다는 사실 말입니다. 정말 그것을 믿어서 그러나요? 아니면 그냥 일부러 그러는 건가요?"

"조르바, 그건 말하기 어려워요." 나는 대답했다. "나는 내가 믿는다고 말할 수 없소. 그렇다고 안 믿는다고 말할 수도 없죠. 당신은 어떻소?"

"나도 이렇다 저렇다 꼬집어서 말할 수는 없어요. 내가 꼬마일 때 할머니는 여러 가지 얘기를 들려줬지만 나는 그걸 한마디도 안 믿었으니까요. 그러면서도 그걸 믿는 것처럼 감격했다는 듯이 부르르 몸을 떨며 웃고 울고 했어요. 턱에 수염이 나기 시작한 뒤로는 나는 그런 얘기들을 아예 무시하고 비웃기까지 했었지요. 하지만 이제는 달라요. 이처럼 나이를 먹으니까—노망기가 들어 이러는 걸까요, 주인님? —그때 얘기를 어느 정도는 다시 믿기 시작했어요! 인간은 신비로운 물건이죠!"

우리는 오르탕스 부인의 집으로 가는 길에 들어서자 마구간 냄새를 맡은 굶주린 두 마리 말처럼 뛰기 시작했다.

"신부들은 참 약아요. 알죠!" 조르바는 말했다. "먼저 먹는 것부터 간섭하니 당해낼 수 있겠어요? 40일 동안 고기도 먹지 말고 술도 마시지 말고 금식을 하라고 그러잖아요. 왜 그런지 알아요? 그래야 고기와 술이 먹고 싶어서 죽을 지경이 되니까요. 아, 돼지들 같으니, 놀이에서 써먹는 온갖 잔꾀를 다 알고 있다니까!"

그의 걸음이 좀더 빨라졌다.

"어서 갑시다. 주인님, 지금쯤은 칠면조가 적당하게 익었을 거예요!" 그는 말했다.

커다란 유혹의 침대가 놓인 그 착한 여인의 방에 도착했을 때, 테이블에는 하얀 식탁보가 깔려 있었고 그 위에 다리를 쩍 벌리고 누워 있는 칠면조에서 김이 무럭무럭 나고 있었다. 화로에서는 알맞은 열기가 피어 오르고 있었다.

오르탕스 부인은 머리를 위로 말아올렸다. 소매가 넓고 레이스가 닳은 빛바랜 분홍빛 긴 가운을 입고 있었다. 주름진 그녀의 목에는 손가락 두 개의 두께만 한 카나리아색 리본이 꽉 매여 있었다. 오렌지 꽃물을 듬뿍 뿌리고 나온 것이 분명했다.

이 지상의 모든 것은 얼마나 조화로운가, 나는 감탄했다. 이 대지는 얼마나 훌륭하게 인간의 가슴과 조화를 이루는 것일까! 인생을 탕진한 늙은 카바레 가수는 이제 이 외로운 해안에 유배된 몸이지만, 이 구차한 방에 성스러운 욕망과 여인의 따스한 온기를 몽땅 쏟아놓고 있었다.

푸짐하게 정성을 다해 차린 음식이며 불이 타오르는 화로, 화장하고 리본으로 장식한 몸, 오렌지꽃 향수—이처럼 매우 인간적인 사소한 육신의 즐거움이 눈 깜박할 사이에 번거로운 절차도 없이 위대한 하나의 정신적 즐거움이 되고 만 것이다!

갑자기 가슴속에서 심장이 두근거렸다. 이 엄숙한 밤에 나 혼자 해안에 남아 있는 게 아니라는 느낌을 받았다. 여성적인 헌신과 상냥함, 인내심이 가득한 신의 창조물이 나에게 다가왔다. 그녀는 어머니요 누나요 아내였던 것이다. 이 세상에 그 어느 것도 필요하지 않다고 믿었던 내게 갑자기 모든 것이 필요하다는 느낌이 들었다.

조르바도 나와 비슷한 감동을 받은 게 틀림없었다. 우리가 방에 들어서기가 무섭게 그는 잔뜩 차려입은 카바레 가수한테 달려가서 그녀를 끌어안았다.

"예수님이 탄생하셨다네!" 그는 소리쳤다. "온 인류의 여성들에게 축복이 있으라!"

그는 나를 돌아보고는 소리내어 웃었다.

"알겠지요, 주인님. 여자가 얼마나 꾀 많은 창조물인지! 손가락으로 하느님도 빙빙 돌릴 수 있다니까요!"

우리는 식탁에 앉아 게걸스럽게 접시를 비우고 포도주를 마셨다. 육체가 만족하자 우리의 영혼도 즐거운 전율에 떨었다. 조르바는 다시 생기를 되찾

앉다.

"먹어요, 마셔요." 그는 계속 소리쳤다. "먹고 마셔요, 주인님, 그리고 기운을 내요! 노래해요. 목동처럼 노래하라고요. '하늘에 영광이! 땅에 영광이……' 예수가 탄생하셨어요. 신나는 일이죠. 안 그래요? 목청껏 노래를 불러요. 하느님이 듣고 흐뭇하시게 말입니다."

그는 신바람이 나서 어떻게 말릴 도리가 없었다.

"예수가 태어났어요. 나의 현명한 솔로몬, 나의 가엾은 서생이여! 세상만사 따질 생각일랑 마소서! 그분이 태어났어요, 안 태어났나요? 물론 그분은 태어나셨죠. 바보 같은 소리 마세요. 만약 확대경으로 당신이 마시는 물을 들여다보면—언젠가 한 기술자가 말해줬는데—맨눈으로는 볼 수 없는 작은 벌레가 물속에 우글거린대요. 그 벌레를 보면 마시지 못하겠죠. 물을 마시지 않으면 갈증으로 속이 타들어 가겠지요. 주인님, 당신의 확대경을 부숴요. 그럼 작은 벌레들이 없어질 테니까. 그러면 마실 수 있고 정신도 번쩍 들 겁니다!"

그는 요란하게 차려입은 우리 친구 쪽을 향하더니 술이 가득한 잔을 높이 들고 말했다.

"사랑하고 사랑하는 부불리나, 내 전우여. 당신의 건강을 위해 건배하겠소! 나는 세상에 태어난 뒤로 여태껏 수많은 뱃머리 장식을 보아왔다오. 가슴을 두 손으로 움켜쥐고 볼과 입술에 새빨간 불꽃이 피어오른 여인들이 뱃머리에 못 박혀 있죠. 오대양 육대주를 두루 다니다 배가 산산조각이 나면 해안으로 흘러들어가 마지막에는 선장들이 들락거리는 어부의 술집 벽에나 걸린다오. 나의 부불리나, 오늘 밤 맛있는 음식으로 배를 채우고 눈을 크게 뜨고 당신을 보노라니 꼭 커다란 배에 달렸던 조각상 같군요. 나는 당신의 마지막 항구요, 바다를 타는 선장들이 들르는 술집이라오. 이리 와요. 돛을 거두고 나한테 기대시오! 내가 이 크레타 포도주잔을 당신의 건강을 위해 비우리다. 나의 세이렌이여!"

가슴을 파고드는 이 말에 감동하여 오르탕스 부인은 훌쩍이면서 조르바의 어깨에 얼굴을 묻었다.

"알겠죠, 주인님." 조르바가 내 귀에 대고 속삭였다. "내 멋진 연설이 이제 나를 옭아넣게 되나 봐요. 이 늙은 말이 오늘 밤 나를 그냥 보내지는 않을 겁니다요. 하지만 당신은 가진 게 없으니 안됐군요. 정말 불쌍해요!"

"예수가 나셨네!" 그는 소리를 높이며 그의 세이렌에게 고함쳤다. "우리의 건강을 위하여!"

그는 우리 숙녀의 팔 밑으로 자기 팔을 넣어 팔짱을 끼더니 술잔을 부딪쳤다. 두 사람은 술을 들이마시며 황홀한 듯이 마주 바라보았다.

그 두 사람을 커다란 침대가 있는 작고 아늑한 방에 두고 밖으로 나왔을 때는 새벽도 멀지 않은 시각이었다. 마을 사람들은 실컷 먹고 마신 다음 하늘 가득히 별이 반짝이는 겨울밤 아래 문과 창을 걸어 잠그고 잠들어버렸다.

날이 찼다. 바다에서는 천둥소리가 울려오고 비너스 여신이 동녘에서 장난꾸러기처럼 춤을 추었다. 나는 기슭에 부딪치는 파도와 장난치면서 물가를 따라 걸었다. 파도가 불쑥 솟아올라 흠뻑 적시려고 들 때마다 나는 달아났다. 행복한 나머지 나는 스스로에게 말했다. "이것이 진짜 행복이지. 야심 없이도 온갖 야심을 가진 듯 소처럼 일하는 것. 사람들로부터 멀리 떨어져 살면서 그들을 필요로 하지는 않지만 그들을 사랑하고, 크리스마스 파티에 가서 먹고 마신 다음 저 모든 함정에서 스스로 피하여 별을 머리에 인 채 왼쪽으로는 물을 오른쪽으로는 바다를 끼고 걷는 것. 그리고 갑자기 마지막 기적이 일어나서 인생이 동화가 되어버렸음을 깨닫는 것."

며칠이 지났다. 나는 배짱을 부리며 아무렇지 않다는 듯 소리를 지르고 바보놀음을 했으나 가슴 깊은 곳에서 솟아나는 슬픔을 숨기지 못했다. 축제가 계속되는 성탄과 신년에 걸친 한 주일 동안 온갖 기억이 되살아났고 내 가슴속은 옛날에 들은 음악, 사랑하는 이들의 추억으로 뿌듯했다. 옛 사람의 말씀이 옳다는 생각이 들었다. 정말 인간의 심장은 피가 가득 찬 도랑이다. 세상을 떠나버린 사랑하는 이들은 이 도랑의 둑에서 몸을 아래로 던져 피를 마시고 생명을 되찾는다. 소중한 사람일수록 그들은 더 많은 피를 마시는 것이다.

섣달그믐. 마을 꼬마들 한 떼가 큰 종이배를 가지고 우리 오두막에 몰려와서 칼란다(새해맞이 노래)를 소리 높여 유쾌한 목소리로 부르기 시작했다.

그리스인 바실리우스 성인이
고향 마을 카이사레아에서 오셨네……

바실리우스는 이 작은 크레타 해안 남색의 바다를 등지고 섰다. 그가 지팡이에 몸을 기대자 지팡이에서 금세 잎과 꽃들이 돋아나 뒤덮인다. 새해를 맞는 찬송가가 울려퍼졌다.

행복한 새해를 맞으세요, 그리스도교도들이여!
주인이여, 당신 집 가득히 옥수수와 올리브유와 포도주가 넘치기를 빕니다.
당신의 아내는 지붕을 떠받치는 대리석 기둥이 되고
딸은 시집가서 아홉 명의 아들과 딸 하나를 낳도록 빕니다.
아들들은 우리 왕의 도시 콘스탄티노플을 해방시키게 하소서.

조르바는 홀린 듯이 노래를 듣더니 애들의 탬버린을 빼앗아 미친 듯이 두들렸다.
나는 아무 말도 하지 않고 그 광경을 지켜보았다. 나뭇잎 한 장이 내 심장에서 떨어져 나가는 것을 느낄 수 있었다. 또 한 해가 넘어가는 것이다. 나는 검은 구름을 향해 발걸음을 한 발짝 옮기고 있었던 것이다.
"주인님, 왜 그래요?" 조르바는 목청껏 노래 부르다가 아이들과 어울려 탬버린을 치면서 물어왔다. "이봐요. 무엇이 걸려서 그러느냐고요? 한꺼번에 나이를 몇 살은 더 먹은 것 같네요. 주인님 얼굴이 잿빛이오. 이날이 되면 나는 다시 어린 소년이 됩니다. 다시 태어나는 거죠. 예수처럼 말입니다. 그분도 해마다 태어나지 않던가요? 바로 내가 그렇다고요!"
나는 침대에 누워서 눈을 감았다. 그날 밤 내 가슴은 심란했다. 말을 하고 싶지 않았다.
잠을 이룰 수 없었다. 바로 그날 밤 내가 해온 행동에 설명을 붙여야 할 것 같았다. 나는 지난 내 인생을 회상했다. 미적지근하고 앞뒤가 맞지 않고 머뭇거리기만 하고 꿈처럼 몽롱한 삶이었다. 나는 절망 속에서 그걸 되새겨보았다. 높은 곳에서 부는 바람 때문에 흩어지는 솜털구름처럼 내 생활은 자주 모습을 바꿨다. 산산조각이 났다가 다시 모습을 바꾸어 백조가 되었다가 개가 되고 악마가 되었다가 전갈이 되고 다음엔 원숭이로 모습을 차례차례 바꿔갔다. 구름은 하늘에서 불어오는 바람과 무지개에 쫓겨다니며 영원히 흩날리고 찢기는 존재였다.

날이 밝았다. 나는 눈을 뜨지 않았다. 내 모든 힘을 나의 한 가지 열망에 집중시키려고 했다. 마음의 껍질을 깨고 모든 인간이 한 방울의 물처럼 떨어져 나가서 바다와 합쳐지는 그 어둡고 위험한 통로를 꿰뚫어보고 싶었던 것이다. 나는 베일을 찢고 새해가 나에게 가져다줄 것이 무엇인지 보고 싶었다.

"안녕하세요, 주인님. 새해 복 많이 받아요!"

조르바의 목소리가 나를 잔인하게 지상으로 끌어내렸다. 눈을 뜨자 조르바가 오두막의 문으로 큰 석류 하나를 집어던지는 것이 보였다. 루비처럼 맑은 씨알이 튀어서 내 침대에까지 날아왔다. 나는 몇 알을 주워 입안에 넣었다. 목구멍이 시원해졌다.

"돈이나 왕창 벌어서 아름다운 처녀들과 진탕 놀아봤으면 좋겠네요." 조르바는 유쾌하게 소리쳤다. 그는 세수와 면도를 하고 나서 그가 가진 옷 가운데 가장 멋진 옷을 입었다. 초록색 바지에 털 달린 웃옷, 그 위에 양가죽으로 반만 안을 댄 짧은 외투를 걸쳤다. 그리고 아스트라한 가죽 모자를 눌러쓰고 나서 턱수염을 쓰윽 쓰다듬었다.

"주인님." 그는 말했다. "나는 이제 회사 대표로서 교회에 나가볼 참이오. 그들이 우리를 프리메이슨(비밀결사)이라고 생각한다면 탄광 일에 좋을 리가 없으니까요. 돈 드는 일도 아니고, 시간 보내는 데도 그만이에요."

그는 허리를 굽히면서 윙크를 하고는 속삭였다.

"어쩌면 거기서 과부도 만날 수 있을 거예요."

하느님과 회사의 이익 그리고 과부의 생각이 모순 하나 없이 조르바의 마음속에서는 조화를 이루는 것이다. 가볍게 걸어나가는 그의 발소리가 들렸다. 나는 껑충 일어섰다. 내가 걸려 있던 마법에서 풀려났지만 내 영원은 새로운 육체의 감옥에 갇히고 말았다.

나는 옷을 입고 물가로 걸어나갔다. 걸음을 재촉했다. 위험이나 죄를 짓는 자리에서 빠져나온 듯 가벼운 기분이었다. 미래가 다가오기도 전에 미래를 엿보려고 들었던 그날 아침의 지각 없는 행동이 신을 모독하는 행위처럼 여겨졌다.

어느 날 아침 나뭇등걸에 붙어 있는 나비 번데기를 발견했던 적이 있었다. 나비는 빠져나오려고 번데기에 구멍을 내고 있는 참이었다. 나는 한참 기다렸다. 하지만 집을 뚫고 나오는 것이 너무 더뎌서 참기 힘들었다. 나는 허리를 굽히고 입김으로 번데기를 덥히기 시작했다. 온 힘을 다해 급히 나비집을 따뜻하게 만들어주었더니 바로 내 눈앞에서 생명의 속도보다 빠른 기적이 일어나기 시작했다. 구멍이 열리고 나비가 엉금엉금 기어나왔다. 나는 그때, 뒤로 붙은 채 구겨진 그 날개를 본 순간의 공포를 잊을 수가 없다. 불쌍한 나비는 온몸을 부르르 떨면서 날개들을 펴보려고 기를 썼다. 나는 그놈 위에 얼굴을 가까이 가져가서 입김으로 날개 펴는 것을 도우려고 들었다. 부질없는 노릇이었다. 나비가 부화되기를 참을성 있게 기다렸어야 했다. 그리고 날개를 펴는 일은 태양 아래서 천천히 진행되는 작업이어야 했다. 너무 늦어버린 뒤였다. 내 입김이 나비로 하여금 날개가 온통 구겨진 채 때가 되기도 전에 앞당겨 나오도록 강요한 셈이다. 나비는 필사적으로 바동거렸지만 몇 초 뒤 내 손바닥 위에서 죽고 말았다.

그 작은 몸뚱이가 지금껏 내 양심을 가장 무겁게 짓누른 것이었다고 생각한다. 오늘 나는 자연의 위대한 법칙을 어긴다는 것이 얼마나 큰 죄악인지 깨달았다. 함부로 덤비지 않고, 성급하게 굴지 말며, 영원의 리듬을 굳게 믿고 따라야 하는 것이다.

나는 바위 위에 앉아서 새해의 상념에 빠져 들어갔다. 아, 그 작은 나비가 내 앞에서 날개를 파닥이면서 나에게 가야 할 길을 가르쳐주면 얼마나 좋을까.

11

나는 새해 선물을 받은 것처럼 상쾌한 기분으로 일어났다. 바람은 찼고 하늘은 맑았으며 바다는 반짝이고 있었다.

나는 마을 가는 길로 접어들었다. 이제 미사는 끝났을 것이다. 나는 걸어가면서 막연한 궁금증―재수가 있을지 없을지―이 일었다. 올해 내가 처음 만나게 될 사람은 누구일까. 만약 그것이 새해 선물로 받은 장난감을 한아름 안은 어린아이라면 얼마나 좋을까. 아니면 용기 있게 이 지상에서 맡은 일을 다 해낸 데 만족스러워하는 활동적인 노인, 그가 긴 소매에 수 놓은 하얀 셔츠 차림으로 자랑스럽게 걸어오는 모습을 보아도 좋을 성싶었다. 한참 걸어서 마을 어귀에 가까워질수록 내 호기심이 더해갔다.

돌연 내 무릎에서 힘이 쭉 빠져나갔다. 붉은 옷을 입고 까만 머릿수건을 두른 가느다란 허리의 과부가 올리브나무 아랫길을 활기차게 걸어오고 있었던 것이다!

그녀의 탄력 있는 걸음은 정말 검은 표범 같았다. 공기 속에는 사향냄새가 자욱이 서리는 것 같았다. 도망가야 해! 이 짐승이 화를 내면 사정이 없으리라는 것을 나는 직감했다. 할 수 있는 것은 오직 도망치는 일뿐이었다. 하지만 어떻게? 과부는 착실한 걸음으로 가까이 다가오고 있었다. 마치 군대가 당당히 행진해오는 것 같은 자갈 밟는 소리가 귓가를 때렸다. 그녀는 나를 보며 머리를 까딱했다. 수건이 흘러내리면서 칠흑빛으로 반짝이는 머리칼이 드러났다. 그녀는 나른한 표정으로 나를 보더니 미소를 흘렸다. 눈에는 야생의 감미로움이 넘쳐흘렀다. 그녀는 여자의 가장 깊숙한 비밀인 머리털을 보인 것이 부끄럽다는 듯이 황급히 수건을 고쳐 썼다.

나는 그녀에게 말을 걸고 싶었다. 새해의 복을 빌어주고 싶었지만 마치 갱도가 무너져 목숨이 위태로웠던 그날처럼 목구멍이 죄어들어 아무 소리도 나오지 않았다. 그녀의 집 정원을 둘러싼 갈대밭이 바람에 사그락 흔들렸고, 겨울해가 검푸른 잎사귀를 단 황금빛 레몬과 오렌지를 동그랗게 비추었다. 정원은 낙원처럼 풍성했다.

과부는 걸음을 멈추더니 팔을 뻗어 문을 척 열었다. 바로 그 순간 나는 그녀 곁을 지나갔다. 그녀는 고개를 돌리더니 이마를 찡그리며 나를 바라보았다.

그녀는 문을 열어놓은 채 엉덩이를 이리저리 흔들며 오렌지나무 사이로 사라졌다.

그 문으로 들어가 빗장을 걸고 그녀의 허리를 끌어안고 아무 말 없이 침대로 데려간다면, 바로 그것이 남자다운 행동이리라. 내 할아버지라면 그랬을 테고 내 손자일지라도 그렇게 하기를 나는 바란다! 하지만 나는 거기 말뚝처럼 서서 일의 앞뒤를 재고 생각에 잠기는 것이 고작이었으니……

"내세에서라면," 나는 쓴웃음을 지으며 중얼거렸다. "이 세상이 아니고 다른 세상에서라면 이것보다는 좀 낫게 행동할 수 있을 거야!"

나는 마치 죽을 죄를 지은 것처럼 내 영혼에 큰 부담을 느끼며 유치한 말을 늘어놓았다. 안절부절못하고 오르락내리락했다. 날씨가 추워서 몸을 와들와들 떨었다. 과부의 살랑이며 흔들거리던 엉덩이, 그녀의 미소, 그녀의 눈매, 그녀의 가슴, 그것들을 내 머리에서 몰아내려 했지만 헛수고였다. 언제나 되돌아와 눈앞에 아른거렸다. 숨이 막혔다.

나뭇가지에서는 아직 잎이 돋아나지는 않았지만, 싹에는 물이 잔뜩 올라서 이미 부풀어 오르고 망울이 터지고 있었다. 망울마다 여린 잎사귀와 꽃과 열매가 되려는 농축된 존재를 느낄 수 있었다. 이제 햇빛만 와 닿으면 일제히 터질 채비를 하고 있었던 것이다. 한겨울 밤낮을 가리지 않고 봄은 소리 없이 마른 나무껍질 밑에서 비밀리에 위대한 기적을 준비하고 있었다.

갑자기 나는 기쁨의 소리를 내질렀다. 내 맞은편의 움푹 팬 응달에 서 있는 아몬드나무가 한겨울인데도 다른 나무들보다 앞장서서 꽃을 활짝 피워 봄이 온 것을 알리고 있었던 것이다.

나를 짓누르던 압박감에서 벗어났다. 후추 냄새 나는 대기를 크게 들이마셨다. 나는 길에서 내려와 활짝 핀 꽃가지 밑에 주저앉았다.

나는 오랫동안 아무것도 생각하지 않고 행복에 겨워 거기 그렇게 앉아 있었다. 이것이 영원이다. 나는 낙원의 나무 밑에 앉아 있는 셈이었다.

갑자기 크고 거친 목소리가 나를 낙원에서 쫓아냈다.

"주인님, 거기 쭈그리고 앉아서 도대체 무얼 하고 있는 겁니까? 여기저기 주인님을 찾았잖아요. 12시가 다 되었어요. 자, 갑시다!"

"어디로?"

"어디로라뇨? 그걸 나한테 묻습니까? 물론 애돼지구이 먹으러 가는 거죠! 배도 안 고프시오? 애돼지를 오븐에서 꺼냈나 봅니다! 냄새도 기가 막히지, 입에 군침이 도는군요! 자, 가요!"

나는 일어섰다. 그리고 그토록 많은 신비를 간직하고 개화의 기적을 낳은 아몬드나무의 단단한 나무껍질을 어루만졌다. 앞서 걷는 조르바의 발걸음은 기대와 배고픔으로 말미암아 경쾌하고 기운찼다. 인간의 기본적인 욕망—먹을 것, 마실 것, 여자, 춤추고 싶은 충동—은 건강하고 극성스러운 그의 몸에서 사라지는 순간이 없었다.

그는 분홍 포장지로 싸고 금색 끈으로 맨 납작한 꾸러미 하나를 손에 들고 있었다.

"새해 선물이오?" 나는 웃으며 물었다.

조르바는 껄껄 웃으면서 자기 감정을 숨겼다.

"그래야 그 불쌍한 여자가 투덜대지 않을 것 아닙니까." 그는 돌아보지도 않고 말했다. "이걸 갖다주면 그 여자는 한창때를 떠올리겠죠. 여자니까요. 신물 나도록 한 얘기 아니에요? 여자란 언제나 제 운명을 슬퍼하는 동물이니까요!"

"사진이오?"

"곧 알게 될 거예요…… 알게 될 테니 서두를 필요는 없어요! 내가 직접 만든 거랍니다. 갑시다, 빨리 서둘러 가야겠는걸요."

한낮의 햇빛은 어찌나 화사한지 뼛속까지 즐겁게 했다. 바다 또한 햇빛 속에서 행복하게 큰 몸뚱이를 따뜻이 덥히고 있었다. 저 멀리 작은 무인도는 엷은 안개에 싸여 아른거리는 모습이 마치 바다에서 솟아올라 둥둥 떠가는 것 같았다.

마을에 거의 다다를 무렵 조르바가 가까이 오더니 목소리를 낮추었다.

"있잖아요, 주인님. 문제의 인물이 교회에 와 있었어요. 내가 성가대 앞에 서 있는데 갑자기 성상이 빛나는 거예요. 예수, 성모 마리아 열두 사도, 모든 것이 환히 밝아졌지요……'무슨 일이 일어났나?' 나는 성호를 그으며 혼자 말했지요. '햇빛일까?' 고개를 돌렸더니 과부가 거기 있지 뭡니까!"

"알았소, 조르바. 그만해요." 나는 걸음을 빨리했다.

하지만 조르바는 금세 나를 쫓아왔다.

"나는 가까이서 그녀를 보았지요, 주인님. 뺨에 점이 하나 있더군요. 그것만 봐도 미칠 것 같았어요. 여자의 뺨에 아름다운 점이라니, 정말 신비로운 일 가운데 하나죠!"

그는 놀란 시늉을 하며 두 눈을 크게 떴다.

"주인님 눈치챘나요? 피부는 부드럽고 매끄럽죠. 그런 살결을 보다가 갑자기 새까만 점을 봅니다! 뭐 그거면 충분하지요. 더 바랄 게 없죠. 보는 순간 미치고 말 테니까요. 알겠어요, 주인님? 당신이 읽는 책에는 그런 것에 대해 어떻게 씌어 있던가요?"

"악마나 가져가라지!"

조르바는 내 말에 신이 나서 웃었다.

"바로 그거예요!" 그는 소리쳤다. "바로 그거예요. 이제야 깨닫기 시작하시는군……"

우리는 카페에서 걸음을 멈추지 않고 계속 앞으로 걸어나갔다.

우리의 훌륭한 오르탕스 부인은 오븐에다 애돼지 한 마리를 요리해놓고 문간에 나와서 우리를 기다리고 있었다.

그녀는 카나리아빛 노랑 리본을 목에 두르고 있었다. 분을 덕지덕지 바르고 입술을 진홍색으로 칠한 그녀의 모습은 보는 사람을 누구나 경악하게 할 만 했다. 그녀가 진짜 뱃머리 장식이 아니었을까? 우리를 보자마자 그녀의 온몸이 기쁨을 이기지 못해 꿈틀거리는 것 같았다. 그녀의 얼굴에서 춤추듯 떨리던 작은 눈은 조르바의 꼬부라진 턱수염에 가 닿더니 떠날 줄을 몰랐다.

바깥문이 닫히자마자 조르바는 그녀의 허리를 끌어안았다.

"새해 복 많이 받아요, 나의 부불리나!" 그는 말했다. "봐요. 내가 당신에게 뭘 가지고 왔는가!" 그러고는 그녀의 늘어지고 주름이 자글자글한 목에 키스를 했다. 늙은 세이렌은 순간 몸을 꼬면서 까르륵 웃었지만 허둥대지는 않았다. 그녀의 시선은 선물 위에 못 박혀 있었다. 그것을 낚아채어 금빛 끈을 끄르더니 속을 들여다본 그녀는 기쁨의 함성을 질렀다.

나도 뭔가 싶어서 고개를 숙이고 들여다보았다. 망나니 조르바가 두꺼운 판자 위에 빨강과 노랑, 회색과 검정의 네 가지 색으로 깃발을 나부끼며 남빛 바다를 달리는 네 척의 전함을 그려놓은 것이었다. 네 척의 군함 이물에는 파도 위에 떠서, 실오라기 하나 걸치지 않은 알몸으로 가슴을 드러낸 채 머리칼을 바람에 날리며 나선형 꼬리를 늘어뜨린 세이렌이 그려져 있었다. 목에 노란 리본을 두른 것을 보아하니 여지없는 오르탕스 부인이었다! 그녀는 영국·러시아·프랑스·이탈리아 국기가 휘날리는 네 척의 군함을 앞에서 끌어당기는 네 개의 줄을 쥐고 있었다. 그림의 네 귀퉁이에는 노랗고, 붉고, 희고, 까만 수염이 너풀거렸다.

늙은 가수는 금세 알아차렸다.

"나죠?" 그녀는 세이렌을 손가락으로 가리키며 대견스러운 듯이 말했다. 그리고 한숨을 쉬었다.

"아! 나도 옛날에는 끝내줬지!"

그녀는 작고 둥근 거울을 앵무새 새장 가까이 있는 그녀의 침대 머리에서 떼어내고 그 자리에 조르바의 그림을 걸었다. 그때, 두꺼운 화장으로 가려진 그녀의 맨 얼굴은 아마 창백해졌을 것이다.

그러는 동안 조르바는 부엌으로 갔다. 몹시 배가 고팠던 그는 애돼지구이가 담긴 접시를 들고 나오더니 포도주 한 병을 자기 앞 테이블 위에 꺼내놓고는 석 잔을 가득히 따랐다.

"자! 먹어요 먹어!" 그는 손뼉을 치면서 소리 질렀다. "자, 기초공사로 위를 채우는 노력부터 시작합시다. 그러고 난 다음에 우리 배꼽 밑에 뭐가 있는지 알아봅시다!"

하지만 분위기는 늙은 세이렌의 한숨으로 무겁게 가라앉았다. 새해가 돌아올 때마다 그녀는 그녀 나름대로 작은 심판의 날을 맞으며 그녀의 인생을 되돌아보고 저울질하면서 공허함을 느끼는 모양이었다. 숱이 적어지는 머리털, 대도시, 남자들, 비단옷, 샴페인 병, 향수 뿌린 수염들이 엄숙한 순간이면 언제나 그녀 기억의 무덤 속에서 되살아나곤 하는 것이다.

"입맛이 없어요." 그녀는 수줍어하듯 중얼거렸다. "먹지 않겠어요…… 아니 괜찮아요……"

그녀는 화로 앞에 무릎을 꿇고 앉아 빨갛게 단 석탄을 쑤셨다. 축 늘어진 볼이 불빛을 받고 빛났다. 머리털이 이마에서 미끄러져 내려와 불에 지글지글 탔다. 머리카락이 타는 역한 냄새가 방 안을 메웠다.

"먹지 않겠어요…… 나는 안 먹겠어요." 그녀는 우리가 그녀에게 전혀 관심을 두지 않는 것을 보더니 다시 한 번 중얼거리듯 말했다.

조르바는 안절부절못하면서 주먹을 꽉 쥐었다. 한동안 그는 어쩔 줄을 몰랐다. 그녀가 중얼거리건 말건 내버려둔 채 그냥 돼지구이를 먹을 수도 있었다. 아니면 무릎을 꿇고서 그녀를 끌어안고 다정한 말로 그녀를 달랠 수도 있었다. 나는 그의 햇볕에 그을린 얼굴을 바라보았다. 전혀 상반된 충동의 물결이 그의 움직이는 표정 위를 스쳐가고 있는 것이 보였다.

갑자기 그의 표정이 잠잠해졌다. 마음을 정한 것이다. 그는 그녀 곁에 무릎을 꿇고 세이렌의 무릎을 꼭 붙들었다.

"만약 당신이 먹지 않는다면…… 나의 작은 마술사여, 모든 것이 끝장이라오." 그는 가슴이 미어지는 듯한 소리를 질렀다. "사랑하는 당신, 돼지를 가엾게 여기고 이 맛있는 작은 다리를 뜯어요!" 그러고는 그녀의 입에 버터를 발라 구운 돼지다리를 요란스럽게 밀어넣었다.

그는 그녀를 두 팔로 끌어안아서 들어 올리더니 우리 둘 사이의 의자 위에다 상냥히 내려놓았다.

"먹어요." 그는 말했다. "먹으라니까요. 나의 보배여. 그래서 성인 바실리우스가 우리 마을 찾아오시도록 말이오! 만약 안 먹으면, 당신도 알지, 그가 우리를 찾아오지 않을 거요! 자기 나라인 카이사레아로 돌아가버릴 거요. 뿔로 만든 잉크병이랑 종이랑, 열두 번째 과자(크리스마스 12일 후 밤 동방박사 들의 예수 영접을 축하하는 과자)랑, 새해 선물이랑, 어린애 장난감이랑 심지어는 이 작은 애돼지마저 몽땅 도로 빼앗아 갈 거요! 어때, 나의 부불리나, 그 작은 입을 열고 좀 들어요!"

그는 두 손가락을 세우더니 그녀의 겨드랑이에 넣고 간지럼을 태웠다. 늙은 세이렌은 웃음을 터뜨리고는 작고 충혈된 눈을 비비더니 남이 거들세라 돼지다리를 물어뜯었다.

그때, 발정난 고양이 두 마리가 바로 우리 머리 위 지붕에서 울기 시작했다. 뭐라고 형언할 수 없는 증오에 가득 찬 소리였다. 소리는 높아졌다가 다시 낮아지며 위협적이 되기도 했다. 갑자기 지붕 위에서 서로 상대방을 갈기갈기 찢어발기듯 격투가 벌어지는 요란한 소리가 들렸다.

"야옹…… 야옹……." 조르바가 늙은 세이렌에게 윙크하며 흉내를 냈다.

여자는 웃으면서 탁자 밑으로 그의 손을 꼭 쥐었다. 그녀의 목구멍은 긴장이 풀렸는지 이제는 제법 식욕이 당기는 듯 먹기 시작했다.

해는 자리를 옮겨 작은 창문으로 비껴들어 착한 숙녀의 발을 비추고 있었다. 술병은 비었고 조르바는 들고양이처럼 제 수염을 비비 꼬면서 '여자라는 종족'에게 천천히 다가갔다. 오르탕스 부인이 머리를 조르바의 어깨에 파묻고 있다가 남자의 화끈한 취기를 맡고 온몸을 부르르 떨었다.

"주인님, 그런데 이게 또 무슨 희한한 일이래요?" 조르바는 나를 돌아보면서 물었다. "나한테는 온갖 일이 거꾸로 가거든요. 꼬마일 때 나는 순 영감 같았던 듯해요. 머리는 아둔하고 말은 별로 없었지만 목소리는 어른 목소리였답니다. 나는 할아버지를 닮았다더군요! 하지만 나이를 먹을수록 갱충맞은 일을 하게 되었어요. 스무 살 때부터 망나니 노릇을 하기 시작했죠. 아, 뭐 특별한 짓을 했다기보다는 그 나이의 젊은이들이 으레 저지르는 장난을 한 거지요. 한데 마흔이 되면서는 정말 혈기가 넘쳐 제일 미친 지랄을 많이 하게 되었죠. 그리고 이제 나는 예순이 넘었습니다. 예순다섯이지요, 주인님. 하지만 그 소리는 아무한테도 하지 말아요. 무슨 소릴 했더라? 아, 지금 나이 예순 고개를 넘어섰는데, 설명하기는 애매한데 말이오, 정말이지, 이 세상이 나한테는 너무 작아요!"

그가 잔을 들었다. 양심의 가책을 받았는지 애인 쪽을 향해 엄숙히 말했다.

"당신의 건강을 위해, 부불리나! 하느님에게 비노니 올해는 당신에게 약간의 치아와 단정한 눈썹을 주시고 복숭아처럼 향기나는 새 피부를 주게 하옵소서! 그래서 당신이 그 괴상한 리본을 하지 않아도 되게 하시길! 그리고 크레타 섬에 혁명이 또 한 번 일어나 4대 강국이 다시 찾아오게 하시고, 부불리나, 사랑하는 이여, 그들의 함대가 와야겠지…… 그리고 그 함대마다 제독이 따라와야 하고 모든 제독은 곱실거리는 수염에 향수를 뿌려야겠지. 그리고 나의 세이렌이여, 당신은 다시 파도를 헤치고 일어나 사랑의 노래를 부르도록 해야지. 그리고 그 함대들은 이 두 둥글고 무지막지한 바위에 부딪쳐 산산조각이나 나라!"

그의 큰 손이 탄력을 잃어 축 늘어진 그녀의 두 젖가슴으로 갔다.

조르바는 생기를 되찾았고 목소리는 욕정으로 쉰 소리가 났다. 나는 껄껄 웃었다. 언젠가 영화관에서, 터키의 고급장교가 파리의 카바레에서 장난치는 것을 본 적이 있었다. 그는 무릎 위에 금발의 파리 아가씨를 앉히고 있었는데 상점 여점원 같았다. 장교가 흥분하기 시작하자 그가 쓴 페즈 모자에 달린 술이 천천히 일어서더니 잠시 수평으로 뻗쳤다가 갑자기 공중으로 치솟아 올랐다.

"뭘 그리 웃으시오, 주인님?" 조르바가 물었다.

하지만 착한 숙녀는 그때까지 조르바가 한 말을 생각하고 있었다.

"아! 그럴 수 있다고 생각해요, 조르바?" 그녀는 말했다. "하지만 젊음은 한번 가면 절대 다시 돌아오지 않아요……."

조르바는 좀더 바짝 다가갔다. 두 의자는 이제 맞붙게 되었다.

"내 말 들어봐요." 그러면서 그는 여자의 보디스에 달린 결정적인 마지막 세 번째 단추를 끄르려고 했다. "내 말 들어봐요. 내가 이제 갖다줄 선물에 관해서 이야기해줄 테니. 보로노프라는 새로운 의사가 있지요. 사람들은 그가 기적을 행한다고 말하더군요. 그가 당신에게 물약이나 가루약을 지어줄 거요. 그걸 먹으면 당신은 금세 스무 살로 다시 젊어지죠. 아무리 재수가 없어도 스물다섯까지는 젊어질 거요! 그러니까 울지 말아요. 여보, 내가 유럽에 가서 당신한테 좀 부쳐주겠소!"

늙은 세이렌은 깜짝 놀랐다. 그녀의 성긴 머리칼 사이로 붉은빛 도는 살가죽이 달아올랐다. 여자는 투실투실 잔뜩 살찐 두 팔로 조르바의 목을 감싸안았다.

"그것이 물약이면, 자기⋯⋯," 그녀는 고양이처럼 조르바에게 몸을 비비적대면서 중얼거렸다. "나를 위해 한 병 주문해줘요. 그럴 거죠? 그리고 만약 그것이 가루로 된 것이라면⋯⋯"

"한 자루 보내주겠소!" 조르바가 세 번째 단추를 끄르면서 말했다.

한동안 조용하던 고양이들이 다시 소리를 지르기 시작했다. 한쪽 울음소리는 애원하고 호소하는 듯이 들리고 다른 한 쪽은 화가 나서 위협하는 듯한 소리였다. 우리의 착한 숙녀는 하품을 하고 나른하게 처진 눈을 치켜떴다.

"저 끔찍한 고양이 소리가 들려요?" 그녀는 속삭이듯 말했다. "창피한 줄도 모른다니까요!" 조르바의 무릎 위에 앉은 채 그녀는 머리를 남자의 목에 기대면서 깊은 한숨을 내쉬었다. 그녀는 술이 조금 과했는지 눈이 차차 멍해졌다.

"지금 무슨 생각을 하죠, 나의 부불리나?" 조르바는 그녀의 젖가슴을 두 손으로 쥐고 물었다.

"알렉산드리아⋯⋯." 세상 이곳저곳을 굴러다녔던 늙은 세이렌이 중얼거렸다. "알렉산드리아⋯⋯ 베이루트⋯⋯ 콘스탄티노플⋯⋯ 터키인들, 아랍인들, 셔벗, 황금빛 샌들, 붉은 페즈 모자⋯⋯."

그녀는 다시 한숨을 내쉬었다.

"알리베이가 나와 자던 그날 밤―턱수염, 눈썹이 참 멋있었죠. 그 팔은 참 우람했어! 그는 탬버린이나 플루트 부는 사람을 불러와 창문으로 돈을 던져주었지요. 우리집 안마당에서 새벽이 될 때까지 연주하라고요. 이웃사람들은 부러워서 죽으려고 했지요. '알리베이가 다시 그년과 어울렸군!' 그들은 화가 머리끝까지 나서 말하곤 했어요.

그 다음은 콘스탄티노플에서였지요. 금요일만 되면 술레이만 파샤는 나를 꼼짝 못하게 만들었어요. 그는 왕이 모스크로 가는 길에 혹시 나를 보고 내 미모에 홀려서 나를 납치해갈지 모른다고 두려워했던 거예요. 아침에 집을 나갈 때마다 그는 장승 같은 흑인 셋을 문간에 세워두고 어떤 남자건 나에게 접근하지 못하게 만들었지요…… 아! 나의 귀여운 술레이만!"

그녀는 체크무늬의 큰 손수건을 보디스에서 꺼내더니 눈물을 찍어냈다. 그리고 자라 같은 소리를 내며 훌쩍였다.

조르바는 곁에 있는 의자에 여자를 앉히고는 약간 기분이 상한 얼굴로 일어섰다. 방 안을 한두 번 왔다 갔다 하다가 저 혼자 씩씩거리기 시작했다. 갑자기 그에게 그 방이 오두막처럼 작게 느껴져 답답했던 것이다. 그는 지팡이를 집어들더니 마당으로 뛰어나갔다. 나는 그가 벽에 사다리를 걸치고 화가 나서 한꺼번에 두 계단씩 올라가는 모습을 보았다.

"조르바, 누굴 잡아 죽이려고 그러오?" 나는 소리 질렀다. "술레이만 파샤를?"

"저 망할 놈의 고양이들이요!" 그는 외쳤다. "우리를 잠시도 편안히 놔둘 수 없나 봅니다!"

그러고는 껑충 뛰어 지붕 위로 올라갔다.

오르탕스 부인은 멋지게 취해 머리는 엉망으로 흐트러지고 불붙은 듯 빨개진 눈을 지그시 감고는 이가 다 빠진 입으로 조심스럽게 코 고는 소리를 내고 있었다. 잠은 그녀를 들어올려 동방의 큰 도시로 데려다주었다. 색정 넘치는 터키인의 어둠침침한 하렘과 바깥세상하고는 단절된 정원이었다. 잠은 그녀에게 벽을 몇 개든 뚫는 힘을 주면서 꿈을 안겨주었다. 그녀가 낚싯줄 네 개를 던졌더니 전함 네 척이 걸려들었다.

코를 골고 무거운 숨을 내쉬면서 늙은 세이렌은 잠결에 행복한 듯 웃었다. 그리고 바다에서 수영이라도 한 것처럼 시원해 보이기까지 했다.

조르바는 지팡이를 내두르면서 돌아왔다.

"어라, 잠들었어요?" 그녀를 보더니 그는 말했다. "말괄량이가 잠들었어요, 그런 거죠?"

"그렇소, 조르바 파샤." 나는 대답했다. "늙은이를 다시 젊게 만들어 주는 보로노프 박사가 데려갔습죠. 꿈나라 말입니다. 그녀는 스무 살이 되어서 알렉산드리아와 베이루트 거리를 산책하고 있지요…….”

“악마한테나 가라 그래요. 늙은 암캐 같으니!” 조르바는 볼멘소리를 지르고 마루에 침을 뱉었다. “저, 저 여자 웃는 것 좀 봐요! 누굴 보고 저 뻔뻔스런 계집이 웃음을 흘릴까요? 갑시다, 주인님, 가요!”

그는 모자를 꽉 눌러쓰고는 문을 열었다.

“저게 제정신이 아니야.” 조르바는 울듯이 소리쳤다. “저년은 술레이만 파샤와 함께 있어요. 보면 모르겠어요? 더러운 암캐가 천당에 올라갔네요! ……자, 이리 와요. 꺼집시다!”

우리는 찬 공기 속으로 나왔다. 구름 한 점 없이 맑은 하늘에 달이 돛단배처럼 달리고 있었다.

“여자들이란!” 조르바가 역겨운 듯이 말했다. “어이구! 하지만 여자들 잘못만도 아니죠. 술레이만이나 조르바 같은 골빈 건달들 잘못이에요!”

그리고 한참 있더니 화를 내며 다시 이어 말했다.

“아니죠. 그건 우리 잘못도 아니죠. 이 모든 사태를 빚어놓은 원인이 된 장본인이 하나, 꼭 하나 있어요. 골빈 건달의 왕초 대(大) 술레이만 파샤 말이오…… 누군지 알겠지요!”

“알면 좋겠지만,” 나는 대답했다. “모르겠는데 어쩌오?”

“전능하신 하느님, 그러시다면 우리는 끝장 난 겁니다!”

한참 우리는 아무 말 없이 걸었다. 조르바는 뭔가 엉뚱한 생각을 하고 있었던 것이 틀림없었다. 한 발짝도 못 가서 지팡이로 자갈을 세게 쳐 내거나 침을 땅에다 뱉곤 했기 때문이다.

갑자기 그는 나에게 고개를 돌렸다.

“하느님, 부디 우리 할아버지의 뼈에서 죄를 씻어주십시오!” 그는 입을 뗐다. “그분도 여자를 조금은 알았지요. 여자를 꽤나 좋아했거든요. 불쌍도 하지, 일생 여자 꽁무니만 쫓아다녔으니까요. 그분은 이렇게 말씀하셨죠. ‘알렉시스, 내 아가야. 세상 뭐니뭐니해도 여자들을 조심해라! 하느님이 아담의 갈비뼈를 하나 떼서 여자를 만들 때 말이다. 저주받을 순간이지! 그때 악마가 염병할 놈의 뱀으로 변해서는 갈비뼈를 가로채서 도망친 게 아니겠냐……. 하느님이 녀석을 쫓아가서 붙잡았는데, 아뿔싸 그만 녀석이 손가락 사이로 빠져나가고 하느님의 손에는 악마의 뿔만 남았더라지. 하느님이 말했어. '훌륭한 가정주부는 숟가락을 가지고도 바느질을 한다는데. 좋아, 나도 어디 한번 악마의 뿔로 여자를 만들어보지!' 그리고 그는 과연 만들어냈어. 덕택에 우리는 모두 악마의 몸에서 나오게 되었어. 알겠니? 알렉시스야. 여자의 어디를 만져도 악마의 뿔을 만진다고 생각하면 돼. 여자를 조심하란 거야, 알겠지! 여자는 에덴동산에서 사과도 훔쳐서 보디스 속에 감춘거란다. 그러면서 지금도 밖에 나가 여봐란듯이 돌아다니지. 염병할 것들이 말이다! 어떤 놈이건 그 사과를 한 알만 먹으면 정신을 잃지. 먹지 마라. 그래야 바른 정신으로 살 수 있단다! 내가 우리 손자놈에게 어떤 충고를 더해줄 수 있겠냐? 네가 알아서 잘해라!' 그게 바로 할아버지가 나한테 하신 말씀입니다. 하지만 내가 어떻게 분별력 있게 자라나기를 기대하겠습니까? 나는 할아버지가 가신 길을 걸었죠. 악마를 향해 간 거죠!"

우리는 허겁지겁 마을을 빠져나왔다. 달빛이 교교한 것이 마음을 뒤숭숭하게 했다. 상상해보라. 실컷 술을 마시다가 좀 걸어보려고 밖으로 나왔는데 어느새 세상이 온통 변해버렸다면 어떻겠는가. 길은 우유가 흐르는 강으로 변하고 도로에 팬 구멍이나 바큇자국에는 분필 가루가 그득하고 산에는 눈이 덮인 것 같았다. 손이며 얼굴이며 목이 개똥벌레 꼬리처럼 파란빛을 뿜었다. 그리고 달은 이국풍의 둥근 훈장처럼 가슴에 걸려 있다고 상상해보라.

우리는 총총걸음으로 그 고요 속을 걸어갔다. 술도 술이지만 그에 못지않게 달빛에 취해서 발이 땅에 닿는지 안 닿는지 느끼지도 못했다. 뒤로 멀어지는 잠든 마을에서는 개들이 지붕 위로 올라가 달을 향해 우짖었다. 우리도 왠지 모르게 목을 쭉 빼고 달을 향해서 짖어보고 싶은 충동이 일어났다······.

우리는 과부네 정원까지 왔다. 조르바는 걸음을 멈췄다. 포도주와 훌륭한 음식 그리고 달빛이 그만 그를 돌게 만들었다. 그는 잔뜩 흥분해서 목을 두루미처럼 쭉 뽑더니 당나귀처럼 큰 소리로 즉흥적으로 음란한 시를 지어 읊어댔다.

"저년도 또 다른 악마의 뿔이야!" 그가 말했다. "주인님, 갑시다!"

우리가 오두막에 도착했을 때는 먼동이 막 틀 무렵이었다. 나는 지칠 대로 지친 몸을 침대에 내던졌다. 조르바는 몸을 씻고 스토브를 피워서 커피를 끓였다. 그리고 문 옆 바닥에 웅크리고 앉아서 담배에 불을 댕겨 차분히 물었다. 몸을 똑바로 세우고 바다를 내다보면서 꼼짝도 하지 않았다. 얼굴은 심각했고 생각에 잠긴 듯했다. 그는 내가 좋아하는 일본 그림을 연상시켰다. 그 그림에서 고행자는 무릎을 꿇고 기다란 오렌지빛 법의로 몸을 감고 있었다. 얼굴은 비를 맞아 검게 젖은 견고한 나무에 새겨넣은 것처럼 반짝였다. 목은 꼿꼿하고 암흑의 밤을 두려움 없이 응시하는 시선에는 아련히 웃음이 감돌았다.

나는 달빛 속의 조르바를 쳐다보고 주위 세계에 자신을 융화시킨 그의 단순함과 소박한 멋을 찬탄했다. 몸과 마음이 하나의 조화를 이뤄 전체가 되고, 모든 것이, 이를테면 여자·빵·물고기·잠, 이 모든 것이 그의 살과 멋지게 뒤섞여 조르바가 되었나 싶어 감탄이 나왔다. 나는 지금까지 인간과 우주의 그처럼 얽힌 관계를 한 번도 본 적이 없었던 것이다.

조금 있으면 달이 질 것이다. 둥글고 파리한 빛이 감돌았다. 뭐라고 형용할 수 없는 평화로움이 바다 가득히 퍼져 나갔다.

조르바는 피우던 담배를 휙 내던지고 바구니에 손을 뻗었다. 손을 넣어 더듬다가 노끈과 도르래, 그리고 작은 나무토막들을 꺼냈다. 그는 램프에 불을 켜더니 다시 한 번 케이블선을 실험했다. 원시적인 장난감에 허리를 굽히고는 계산을 하기 시작했다. 계산이 대단히 복잡하고 어려운 모양이었다. 그렇지 않고서야 그토록 가만있질 못하고 무섭게 머리를 긁적이며 욕을 해댈 리가 없었다.

그는 갑자기 계산이고 뭐고 실컷 했다는 생각이 들었는지 모형을 힘껏 걷어찼다. 케이블 모형은 땅바닥에 떨어져 박살이 났다.

12

잠에 못 이겨 눈을 붙였다가 깨어 보니 조르바는 벌써 나가고 없었다. 날씨가 어찌나 추운지 자리에서 일어나고 싶은 생각이 들지 않았다. 나는 머리맡 책장에서 책 한 권을 꺼냈다. 좋아해서 가지고 다니던 말라르메의 시집이었다. 천천히 아무렇게나 책장을 넘기며 시를 읽었다. 책장을 덮었다. 다시 폈다. 그리고 끝내 던져버리고 말았다. 난생처음으로 그 모든 것에 피도 눈물도 없으며 아무 냄새도 풍기지 못하고 전혀 인간적인 내용이 없다는 생각을 하게 되었다. 푸르뎅뎅 창백하고 진공에 담긴 것처럼 텅 빈 언어들. 잡균 하나 없이 완전히 깨끗한 증류수이지만 영양분 또한 없었다. 요컨대 생명이 없는 것이었다.

이미 창조적인 섬광을 잃어버린 종교에서는, 신들이 인간의 고독이나 벽면을 장식하는 시의 모티프 아니면 장식품으로 전락하고 만다. 그와 비슷한 사태가 그의 시에 일어났던 것이다. 가슴에서 불타는 열망이, 대지와 씨앗을 품은 열망이 그의 시에서는 그만 하나의 티없이 정연한 지적 놀음, 기발하고 몽환적이며, 복잡한 건축물이 되고 만 것이다.

나는 시집을 다시 펴서 읽어보았다. 이런 시들이 그동안 나를 꼼짝 못하게 사로잡은 까닭이 무엇이었을까? 순수한 시! 인생은 단 한 방울의 피도 더럽힐 수 없는 밝고 투명한 놀이가 되어 있었다. 인간적 요소는 야만스럽고 거칠며 순수하지 못한 것이다. 그것은 사랑과 육체 그리고 불만이 지르는 비명으로 이뤄진 것이다. 그것을 추상적인 관념으로 승화시키고 연금술의 여러 과정을 통하여 정신의 도가니 속에 넣어보라. 그것을 희박하게 만들고 증발시켜 보라.

그 전에는 그토록 나에게 매력적이던 것들이 오늘 아침에는 그저 단순한 지적 광대놀음이거나 세련된 사기극으로밖에 보이지 않는 것이 아닌가! 문명이 마지막에 가까워지면 언제나 그렇게 되게 마련이다. 그렇게 인간의 고뇌는 교묘하게 짜인 속임수―순수시, 순수음악, 순수사고―속에서 막을 내리는 법이다. 모든 신앙과 환상으로부터 벗어나 마침내 자유를 얻고 더 이상 세상에 기대할 것도 두려워할 것도 없어진 최후의 인간은, 자신의 원료로써 정신을 생성해낸 진흙이 동났음을 깨닫는다. 그리고 그 정신이 뿌리내리고 수액을 빨아올릴 토양도 없음을 깨닫는 것이다. 최후의 인간은 제 속을 텅비운다. 뿌려야 할 씨도, 배설해야 할 것도, 피도 없다. 모든 것이 언어가 되고, 언어의 모임이 음악을 만들어내도 최후의 인간은 거기서 걸음을 멈추지 않는다. 그는 고독의 절정에서 그 음악을 침묵으로, 수학 방정식으로 환원하는 것이다.

나는 소스라쳐 놀랐다. "부처가 그 최후의 인간이다!" 나는 소리를 버럭 지르고 말았다. 그것이 그의 비밀이다. 무서운 의미를 가진 비밀이다. 부처는 '순수한' 영혼, 스스로의 무게를 비워버린 존재다. 그 속은 공허하여, 그가 곧 공(空)이다. "네 몸을 비워라. 네 정신을 비워라. 네 가슴을 비워라!" 나는 외쳤다. 그의 발길이 닿은 곳에는 물이 흐르지 않고 풀이 자라지 않으며 아이가 태어나지 않는다.

나는 언어를 동원하고 그 마술적인 힘을 빌려야겠다고 생각했다. 그 마술적인 리듬에 기대어 그를 포위하고 마법을 걸어 내 오장육부에서 몰아내고 말겠다, 마술의 그물로 그를 잡아버리고 나 스스로를 해방시키겠다는 생각이었다.

불경을 베껴 쓰는 것이 더 이상 문학을 위한 연습일 수는 없었다. 그것은 내 안에 도사린 엄청난 파괴의 힘과의 목숨을 건 싸움이다. 내 심장을 갉아먹는 위대한 부정(否定)과 겨루는 결투이며, 그 결과에 내 영혼의 구원이 달려 있었다.

나는 결의를 다지고 힘차게 원고를 움켜잡았다. 나는 목표를 발견한 것이다. 어디를 후려쳐야 할지 이제 알았다. 부처는 최후의 인간. 우리는 이제 겨우 인생의 초입에 들어섰을 뿐 먹을 것을 먹지 않았고, 마실 것을 마시지 않았으며, 사랑할 만큼 사랑하지도 않았다. 충분히 살아본 것이 아니다. 이 욕심없는 노인, 숨이 가쁜 노인은 우리한테 너무 일찍 찾아온 셈이다. 우리는 되도록 빨리 그를 내쫓아야 한다.

이렇게 다짐하고 나서 나는 쓰기 시작했다. 아니, 쓰는 것이라기보다는 하나의 싸움, 무자비한 추적, 포위공격, 숨어 있는 귀신을 불러내기 위한 주문이었다. 예술은 실상 마법인 것이다. 그것은 우리 안에 도사리고 있는 알 수 없는 살인적인 힘을 충동질한다. 죽이고 파괴하고 증오하고 더럽힐 것을 충동질하는 것이다. 그러고 나서 예술은 달콤한 노래와 함께 나타나 우리를 구해주는 것이다.

나는 온종일 쓰고 쫓고 싸웠다. 저녁때가 되자, 몹시 지쳤지만 상당한 진전을 보았음을 느꼈다. 적의 전초지를 꽤 많이 점령했다. 나는 그제야 조르바가 왜 안 돌아오나 걱정했다. 새벽에 다시 싸우기 위해서는 먹고 자고 힘을 모아두어야 하기 때문이다.

조르바는 어두워진 뒤에야 돌아왔다. 그의 얼굴에 기쁨이 넘쳐흘렀다. 그 역시 뭔가 해답을 찾은 모양이라고 나는 생각했다. 그리고 그 말을 기다렸다.

요즈음 나는 그에게 조바심을 내기 시작했었다. 며칠 전, 나는 화가 나서 말했다.

"조르바, 이제 우리 자금이 바닥을 보이기 시작했소. 해야 할 일이 있으면 빨리 해치우시오. 고가 케이블을 놓아봅시다. 만일 석탄이 실패하면 목재라도 베어야죠. 이도 저도 아니면 다 끝장이 나는 거고."

조르바는 머리를 긁적이면서 말했다.

"돈이 떨어져간다고요, 주인님? 그것 참 낭패로군요!"

"떨어져가는 게 아니라 벌써 다 썼소, 조르바. 우리는 그걸 아주 많이 삼켜버렸소. 이제 뭔가 합시다. 당신의 실험은 어떻게 돼갑니까? 아직 운이 틔지 않았소?"

조르바는 머리를 떨어뜨리고 아무 대답도 하지 않았다. 그날 저녁 그는 몹시 수치심을 느끼는 것 같았다. "망할놈의 비탈 같으니라고." 그는 난폭하게 말했다. "아직 좋은 방도를 얻지 못했습니다." 그런데 이제 그가 성공으로 얼굴이 훤해 가지고 돌아온 것이다.

"주인님, 찾아냈어요!" 그는 소리쳤다. "정확한 각도를 알아냈어요. 그게 도망치려고 손가락 사이에서 빠져나가는데 내가 꼭 붙들고 꼼짝 못하게 잡아놓았지요."

"그럼 서둘러서 일을 추진하시오. 자, 빨리 진행합시다, 조르바! 또 뭐가 필요하오?"

"내일 아침 일찍이 시내에 가서 연장을 사야겠습니다. 굵은 케이블·도르래·베어링·못·고리들이 있어야지요…… 걱정말아요. 갔는지도 모르는 사이에 갔다 돌아올 테니까요!"

조금 있다가 그는 불을 피워서 저녁 식사를 준비했다. 우리는 게걸스럽게 먹고 마셨다. 그날 우리는 둘 다 열심히 일했던 것이다.

이튿날 아침 나는 마을까지 조르바를 바래다주었다. 우리는 갈탄광의 작업을 놓고 진지하고 현실적으로 셈 밝은 사람들처럼 얘기를 주고받았다. 비탈길을 내려가면서 조르바는 돌을 하나 걷어찼다. 돌은 언덕 아래로 굴러갔다. 그는 놀라서 잠시 멈칫했는데 마치 그런 놀라운 광경을 난생처음 본 듯한 표정이었다. 그는 나를 돌아보았다. 나는 그가 어지간히 놀랐음을 알 수 있었다.

"주인님 저걸 봤어요?" 그는 이윽고 말했다. "비탈에서 돌들은 다시 생명을 얻어요."

나는 말을 하지는 않았지만 깊은 환희를 느꼈다. 위대한 환상가나 위대한 시인들이 사물을 보는 방식이 바로 이런 것이리라고 생각했다. 모든 것이 처음 보는 듯하다는 것이다. 아침마다 그들은 바로 눈앞에 펼쳐지는 새로운 세상을 본다. 아니, 보는 것이 아니라 창조하는 것이다.

조르바에게 있어서 우주란 이 지상에 처음 태어난 사람들 눈에 비치는 세계처럼 중요하고 강렬한 현상이었다. 별들은 그의 머리 위를 날렵하게 미끄러져 가고, 바다는 그의 관자놀이에서 부서졌다. 그는 이성의 방해를 받지 않고 흙과 물과 동물과 하느님과 어울려 살았다.

오르탕스 부인은 미리 연락을 받고 문 앞에 나와서 우리를 기다리고 있었다. 화장을 요란스레 처덕처덕 덧바른 모습이 딱해 보였다. 차림새는 토요일 밤에 유원지에 놀러 나온 여인 같았다. 노새는 그녀의 집 문 앞에 서 있었다. 조르바는 껑충 뛰어 노새 등에 오르더니 고삐를 잡았다.

늙은 세이렌이 머뭇거리며 가까이 가더니 살찐 작은 손을 짐승의 가슴에 가져갔다. 애인이 떠나는 것을 말리고 싶다는 투였다.

"조르바……," 그녀는 코 먹은 소리로 이름을 부르며 발돋움을 했다. "조르바……."

조르바는 고개를 다른 쪽으로 돌려버렸다. 그는 이런 한길에서 애인이 지껄이는 쓸데없는 소리를 듣는 게 죽기보다 싫었던 것이다. 가련한 여자는 그의 표정을 보고는 겁을 집어먹었다. 하지만 그녀의 손은 아직 애원하듯 노새의 가슴 위에서 떠날 줄을 몰랐다.

"뭣 땜에 그래요?" 조르바는 화가 나서 물었다.

"조르바." 애원조였다. "몸조심해요. 날 잊지 말아요. 조르바…… 몸조심해요……."

조르바는 대답하지 않고 고삐를 낚아챘다. 노새는 달려갔다.

"행운을 비오. 조르바!" 나는 소리쳤다. "사흘이오, 알겠소? 더 걸리면 안 되오!"

그는 이쪽을 돌아보고 큰 손을 흔들었다. 나이 든 세이렌은 울고 있었다. 그녀의 눈물은 얼굴에 바른 분가루를 씻어내 가려져 있었던 주름을 들춰냈다.

"틀림없이 돌아오겠습니다, 주인님!" 조르바가 큰소리쳤다. "다녀오겠습니다!"

그는 올리브나무 아래로 사라졌다. 오르탕스 부인의 눈에서는 아직도 눈물이 흐르고 있었지만, 사랑하는 그이가 편히 앉아가도록 붉은 융단으로 손수 만든 안장에서 눈길을 떼지는 않았다. 그것은 나무의 은빛 잎사귀 사이에서 어른거리면서 멀어지다가 마침내 안 보이게 되었다. 오르탕스 부인은 주위를 둘러보았다. 세상이 그만 텅 비고 말았다.

나는 해안으로 돌아가지 않았다. 서글픈 생각이 들어서 산 쪽으로 걸어갔다. 산길로 접어들자 나팔 소리가 들렸다. 시골 우체부가 마을에 도착했음을 알리는 소리였다.

"선생님!" 우체부가 손을 저으며 나를 불렀다.

다가온 그는 신문 한 뭉치와 문학평론지 몇 부, 편지 두 통을 건네주었다. 편지 하나는 일을 다 끝내고 평정을 되찾는 때 읽으려고 호주머니 속에 집어넣었다. 누가 쓴 편지인지 알았기 때문에 그 즐거움이 더 길어지도록 겉봉을 뜯는 재미를 뒤로 미뤘던 것이다.

또 하나의 편지는 그 날카롭고 힘 줘 쓴 글씨체와 이국적인 우표딱지로 미뤄 누구의 것인지 알 만했다. 나의 옛 동창인 카라얀니스한테서 온 것이었다. 탕가니카 근처 아프리카의 거친 산속에서 온 편지였다.

그는 이상하게 충동적인 친구였다. 까만 피부에 이는 무척 하얬다. 송곳니 하나는 멧돼지의 이빨처럼 밖으로 나왔었다. 그는 말을 하는 게 아니라 소리를 질렀다. 절대 차근차근 논의하는 법이 없고 싸웠다. 한때는 젊은 신학선생이요 신부이기도 했지만, 고국 크레타를 떠나버렸다. 그는 자기 제자와 연정을 나누었는데 어느 날 운동장에서 키스를 해서 사람들을 놀라게 했다. 그들은 조롱과 야유를 받았다. 바로 그날 젊은 선생은 신부옷을 벗어던지고 배를 탔다. 그는 아프리카에 사는 삼촌한테 가서 독한 마음으로 일을 시작했다. 로프 만드는 공장을 차렸고, 굉장한 돈을 벌었다. 이따금 나한테 편지를 썼는데, 아프리카에 와서 자기와 함께 여섯 달쯤 지내자는 것이었다. 나는 그의 편지를 뜯을 때마다 읽기도 전에 언제나 실로 묶여 있는 빡빡한 지면에서 가득 퍼져오르는, 머리끝이 쭈뼛거릴 만큼 그의 광포한 숨결을 느끼곤 했다. 나는 언제 한번 가서 그를 아프리카에서 만나보겠다고 생각했지만 한 번도 가진 않았다.

나는 길을 벗어나서 돌 위에 걸터앉아 편지를 뜯고 읽어내려 갔다.

자네는 언제쯤 이곳에 올 결심을 하겠나? 그리스의 바위에 눌러붙은 삿갓조개, 의자에만 앉아 있는 바보 같은 친구야. 자네도 전형적인 지저분한 그리스놈이 다 된 게로군. 선술집이나 드나들고 카페에 궁둥이를 붙이고 사는 놈들 말이야. 왜냐하면 진짜 카페만이 카페인 것은 아닐 테니 말일세. 책들이 카페이고 버릇도 카페이고 자네의 알량한 이념도 카페이지 뭔가. 그 모든 것이 카페이지. 오늘은 일요일이고 나는 할 일이 없어. 내 영지에서 자네를 생각하고 있지. 태양은 용광로처럼 찌고 비 한 방울 안 내려. 여기는 4, 5, 6월 비가 올 때면 문자 그대로 홍수지.

나는 혼자야. 그런데 이게 좋아. 여기도 거지 같은 그리스인들이 꽤나 있지만(이 인간쓰레기들이 안 가 있는 곳이 어디 있겠나?) 나는 그들과 상종하지 않아. 그들은 구역질이 나거든. 여기에도 망할놈의 술집 건달들이—악마가 자네 종족을 몽땅 잡아가버리면 얼마나 좋을까—문둥병이며 모략중상의 가없은 버릇을 가져다 퍼뜨렸지 뭔가. 정치! 바로 그게 그리스를 망치고 있는 범인일세. 물론 카드 노름도 그렇고 무지와 육욕도 다 그렇긴 하지.

나는 유럽인들을 혐오해. 그래서 내가 지금 우숨바라의 산속을 방황하고 있는 게 아니겠나. 유럽인을 증오하지만 그중에서도 가장 미운 것이 저 지저분한 그리스놈들…… 그리스 것이라면 모든 게 소름이 끼친다네. 나는 절대 다시 그리스 땅을 밟지 않을 거야. 나는 여기서 남은 생애를 바치겠어. 이미 이 황량한 산을 낀 내 움막 앞에 내 무덤도 만들어놓았다네. 묘비도 벌써 세워놓고, 큰 대문자로 이렇게 묘비명도 새겨두었지.

여기 그리스인을 증오하는 그리스인이 묻혔다.

나는 그리스를 생각할 때마다 웃음을 터뜨리고 침을 뱉고 욕설을 퍼붓고 울지. 다시는 그리스 사람을 안 보려고, 그리스 것을 아예 상대하지 않으려고 나는 영원히 그 나라를 떠났어. 나는 여기 올 때 내 운명을 나와 함께 끌고 왔어. 운명이 나를 끌고 온 게 아니라는 뜻이야. 사람은 자기 행동을 선택하는 거야! 나는 내 운명을 이곳에 데려와 노예처럼 일했고, 지금도 노예처럼 일하고 있어. 나는 땀을 양동이로 쏟았고, 계속 양동이만큼 쏟으며 일할 거야. 나는 지금 땅과 바람과 비 그리고 나의 붉고 검은 노예들과 싸우고 있는 걸세.

재미는 없어. 그렇지, 한 가지 있다면 그건 일이야. 육체노동과 정신노동, 하지만 나는 육체노동을 더 좋아한다네. 나는 스스로를 혹사시키고 땀을 바가지로 흘리며 등뼈가 우직거리는 소리를 듣는 걸 즐겨. 번 돈의 절반은 기분 내키는 때 기분 나는 곳에 다 써버리지. 나는 돈의 노예가 아니거든. 돈이 내 노예지. 나는 일의 노예야. 그리고 그게 자랑스러워. 나는 벌채를 하는데 영국 사람과 계약을 맺고 있다네. 로프도 만들고 지금은 목화를 심기 시작했어. 어젯밤 여기 흑인 부족인 와야오족과 왕고니족이 여자 하나를 놓고 싸움을 벌였다네. 갈보를 놓고 말일세. 단지 자존심이 좀 상했다는 이유로. 그리스에서 흔히 보는 그런 싸움이었어. 욕을 주고받다가 주먹이 오가더군. 그러더니 몽둥이가 등장했어. 그 여자 때문에 서로 머리통을 깬 거야. 한밤중에 여자들이 나를 찾아 몰려와 소리를 우우 질러서 잠든 나를 깨우더니 가서 좀 말려달라는 거야. 나는 화가 나서, 어서 꺼지든지 영국 경관한테 가보라고 했어. 하지만 그들이 밤새도록 집 앞에 서서 소리를 지르는 통에 새벽에 밖으로 나가 싸움을 말렸지.

내일 일찍이 나는 우숨바라 산을 오르려고 하네. 나무가 울창하며 물이 깨끗하고 맑은 늘 푸른 산이지. 이 지저분한 바빌로니아의 그리스 친구야, 언제쯤이면 유럽과 인연을 끊고 나서겠나? '지상의 온갖 왕들과 놀아나고 수많은 물줄기에 발을 적신 창녀……' 그리스에 말일세. 언제나 오겠어? 언제 와서 이처럼 순수하고 원시 그대로의 산을 나와 함께 오를 텐가?

나는 흑인 여자와의 사이에 낳은 딸애가 하나 있다네. 그 애 어미는 멀리 보내버렸어. 나무 그늘이란 그늘은 두루 찾아다니며 대낮에 서방질을 해서 온 동네가 다 알아버렸으니 뭔가. 그래서 참다 못해 결국 쫓아버렸네. 하지만 딸애는 내가 길러. 두 살이지. 걸을 수 있어. 그리고 말을 배우기 시작했지. 그 애한테 그리스말을 가르친다네. 처음 그 애에게 가르쳐준 말이 뭔지 알아? ─네게 침을 뱉는다, 이 저저분한 그리스놈, 네게 침을 뱉는다, 이 지저분한 그리스놈아!

나를 닮아서 개구쟁이야. 제 어미에게 물려받은 건 퍼지게 납작한 코밖에 없지. 나는 그 애를 사랑해. 하지만 강아지나 고양이를 사랑하는 마음과 같겠지. 여기 오게. 와서 우숨바라 여인한테서 아들 하나만 얻어. 그리고 나중에 두 아이를 결혼시켜 우리는 사돈이 되고, 우리도 즐기고 그들도 즐기게 하세나!

잘 있게, 다정한 친구야! 악마가 자네와 나와 함께 있길.

—잔악한 신의 노예, 카라얀니스

나는 그 편지를 무릎 위에 펴놓은 채 있었다. 모두 때려치우고 가보고 싶다는 욕망이 나를 다시금 사로잡았다. 이곳을 떠나고 싶어서 그런 것은 아니다—나는 크레타 섬에 불만이라곤 없었다. 행복하고 자유로웠으며 더 바랄 게 없었다—하지만 언제나 한 가지 욕망만은 버리질 못했다. 내가 죽기 전에 땅과 바다를 조금 더 가까이하고 더 많이 구경하고 싶다는 욕망이었다.

나는 일어섰다. 생각을 바꾸어 산으로 오르는 대신 바닷가로 급히 내려갔다. 나는 외투의 윗주머니 속 편지를 만져보았다. 더 이상 기다릴 수가 없었다. 달콤하고 그 견딜 수 없는 기쁨의 기다림도 그만큼이면 충분했다.

오두막에 닿은 나는 불을 지피고 차를 끓인 뒤 꿀을 바른 빵 몇 쪽과 오렌지를 먹었다. 옷을 벗고는 침대 위에 몸을 뻗고 편지를 뜯었다.

스승이자 제자여, 안녕하신가?

나는 여기서 엄청나게 어려운 일을 하고 있네. (하느님) 맙소사! 그 위험한 단어를 마치 쇠창살에 갇힌 야수처럼 괄호 속에다 가둬놓겠어. 그래야 자네가 이 편지를 열자마자 놀라 자빠지진 않을 게 아닌가. 정말 매우 힘든 일이야, (하느님) 찬미하라! 러시아 남부와 캅카스에서 50만의 그리스인들이 위험에 처해 있어. 그들 대부분은 터키말이나 러시아말밖에 못하지만 가슴속으로는 광적일 만큼 그리스말을 하는 사람들이지. 우리 동포라네. 그들이 흰 족제비처럼 욕심스럽게 눈을 반짝이는 모습, 웃을 때의 교활하고 육감적인 입술의 움직임, 이 넓은 러시아 땅에서 러시아 농부들을 부리는 우두머리로 행세하는 요령을 보기만 해도 바로 그들이 자네가 사랑하는 오디세우스의 후손들이라는 것을 알고도 남을 걸세. 그래서 이 사람들에게 정을 주면 그들이 파멸하는 모습을 보고 있을 수만은 없게 된다네.

그런데 그들은 지금 파멸의 위기에 놓여 있어. 재산을 모두 잃어버리고 헐 벗고 굶주려 있다네. 한쪽에서는 볼셰비키들에게 괴롭힘을 당하고 또 한쪽 에서는 쿠르드족에게 시달림을 받고 있지. 여기저기에서 모여든 피난민들이 그루지야와 아르메니아 지방의 도시에 정착하려고 하는데 약이나 옷은커녕 식량도 없지. 그들은 항구에 모여서 행여나 그리스 선박이 나타나서 자기들 을 모국—그리스—으로 데려다주지 않을까 기다리면서 불안한 눈초리로 수 평선을 훑어보고 있어. 우리 민족의 일부—곧 내 영혼의 일부—가 공포에 질려 있어.

만약 그들을 운명에 맡겨두면 멸망하고 말 거야. 우리에게 필요한 것은 무 한한 사랑과 이해심과 열의와 현실감각이지. 그들을 구출해서 그들이 가장 필요로 하는 마케도니아 변경이나 좀더 멀리 떨어진 트라키아 국경 같은 자 유로운 우리 영토에 데려가려면 그 네 가지 요소를 모두 갖춰야 하겠지. 그 걸 모두 갖춰야만 우리는 수십만의 그리스인과 우리 자신을 구원할 수 있을 거야. 나는 자네가 나한테 가르쳐주었던 것처럼 여기 오자마자 원을 그리고, 그 원을 '내 의무'라고 부르게 되었어. '만약 내가 이 원 안에 들어 있는 그 리스인 전부를 구제하면 나는 구원받는 것이고 만약 그들을 구하지 못하면 끝장이다.' 그래, 그 원 안에는 5만 명의 그리스인이 있는 거야!

나는 도시와 마을을 누비며 모든 그리스인을 한데 모아놓고 보고서를 작 성하고 전보를 쳐서, 아테네에 있는 우리 관리들이 배와 식량, 옷과 의약품 을 보내서 이 불쌍한 사람들을 그리스로 실어가도록 애쓰고 있어. 만약 열정 과 오기로 바둥거리는 것이 행복이라면 나는 지금 행복한 거겠지. 자네 말처 럼 나는 행복을 어떻게 내 키에 맞추어야 할지 모르겠어. 하지만 키 높이에 맞는 거라면 얼마나 좋을까? 나는 위대한 인물일 테니까. 나는 나를 행복하 게 만들 만큼 키가 커지기를 바라네. 내 그림자가 그리스의 가장 먼 변경을 덮을 수 있을 만큼 커졌으면 좋겠어! 하지만 그런 실없는 소리는 그만 하 지! 자네는 크레타의 바닷가를 뒹굴며 바닷소리, 산투리 소리를 듣고 있겠 지. 자네에게는 있는 시간이 나한테는 없어. 나는 정신없이 일해야 하지만 그게 좋다네. 행동—이 꼼짝하기 싫어하는 친구야, 행동 그것밖에는 구원의 길이 없다네.

그래서 내가 생각하는 주제도 마냥 단순하고 오직 하나뿐일 수밖에 없지. 폰투스와 캅카스 이주민과 카르스 농부들, 티플리스(트빌리시의 옛 이름)·바툼·노보로시스크·로스토프·오데사 그리고 크리미아의 상인들은 모두 우리 동포야. 그들은 우리와 같은 피를 나눴고, 그들에게도 우리에게도 그리스의 수도는 콘스탄티노플이지. 우리의 두목도 같고 말이야. 자네는 오디세우스라고 부르고 다른 사람들은 콘스탄티누스 팔라이올로고스(동로마제국 마지막 황제, 재위 1448~1453)라고 부르지만 그도 같은 사람이야. 비잔티움 벽 밑에서 살해당한 사람이 아니라 대리석으로 둔갑하여 여전히 자유의 천사를 기다리며 서 있는 그 전설의 인물 말이네. 자네가 동의한다면 나는 우리의 두목을 아크리타스(Digenes Akritas : 비잔틴 서사시의 주인공으로 중세 그리스의 이상적 영웅. 모슬렘계 아버지와 기독교계 어머니를 가짐. Akritas는 황제의 친위병이란 뜻)라고 부르겠네. 이 이름이 더 좋은 것 같아. 더 근엄하고 전투적이지. 이 이름을 듣는 순간 완전무장하고 국경에서 쉬지 않고 싸우는 헬레네의 모습이 떠오르지 않는가. 국가와 지식, 영혼 같은 모든 것의 변경에서 싸우는 거지. 거기에 디게네스(이중혈통이라는 뜻)를 합친다면 동서양의 훌륭한 조화인 우리 민족을 한결 더 완전히 설명하는 것이 될 거야.

나는 지금 카르스에 있어. 인근 모든 마을의 그리스인들을 모으려고 왔지. 내가 도착하는 바로 그날 쿠르드족이 여기서 그리스인 신부와 선생을 잡아가서 그들의 발에 편자를 때려박았지. 유지들은 기겁을 하고 지금 내가 묵는 집으로 피신했어. 쿠르드족의 총소리가 점점 더 가까워지고 있어. 그리스인들은 내가 그들을 구해줄 수 있는 유일한 사람이라도 되는 듯 나만 바라보고 있다네.

내일은 티플리스로 떠날 예정이었는데 이런 위험한 사태를 그냥 놔두고 떠나는 것이 부끄러워졌지 뭔가. 그래서 나는 여기 머물기로 결정했어. 그렇다고 무섭지 않은 것은 아냐. 나도 겁이 나. 하지만 부끄러우면 어떻게 하겠는가. 내가 좋아하는 렘브란트의 전사도 나 같은 일을 하지 않았을까? 만약 쿠르드가 거리에 들어오면 편자가 내 발에 맨 먼저 박히리라는 건 의심의 여지가 없어. 스승이여, 자네의 제자가 이렇게 끝나리라고는 생각도 못했겠지!

그리스 사람들끼리 모이면 으레 그러듯 회의를 거듭한 끝에 우리는 오늘 저녁 노새·말·소·아녀자들을 한데 모아놓기로 결정했어. 그리고 새벽녘에 북쪽을 향해서 모두 떠나게 될 거야. 나는 맨 앞에 서서 이 피난민 무리를 이끄는 한 마리의 양이 되는 거지.

인도자를 따라 사람들은 전설적인 이름을 가진 산과 고개를 넘고, 평원과 평야를 가로질러 대이동을 하게 되는 거지! 그리고 나는 모세―진짜는 아니지만―가 되어 선택된 민중을 약속의 땅으로 이끌고 가는 거야. 이곳의 순진한 사람들은 그리스를 그렇게 부른다네. 물론 이 모세와 같은 사명을 감당할 자격을 갖추고 스승인 자네를 망신시키지 않으려면, 자네가 놀려대던 우아한 행전을 벗고 양가죽으로 다리를 싸매야겠지. 또 때에 절어서 물결치는 수염을 기르고, 무엇보다 뿔 한 쌍을 메어야 할 걸세. 하지만 미안하군. 자네에게 그런 기쁨을 주지는 않겠네. 내 옷차림을 바꾸는 것보다 내 영혼을 바꿔 넣는 게 더 쉬울 거야. 나는 행전을 찰 걸세. 양배추 밑동처럼 미끈하게 면도도 할 거야. 아직 결혼하지 않았으니까.

스승이여, 자네가 이 편지를 받기를 바라네. 이것이 마지막이 될지 모르니까. 아무도 장담할 수 없지. 악의도 목적도 없이 거치적거리는 사람마다 닥치는 대로 아무나 죽일 자신이 내게는 없어. 만약 내가 이 땅을 떠나더라도 (자네나 나 자신에게 정확한 표현을 써서 겁주지 않으려고 '떠난다'는 말을 쓰네) 자네는 몸성히 행복하게. 사랑하는 친구! 이렇게 말하는 것이 좀 거북하지만 말을 안 할 수도 없으니 부디 용서하게. 나도 자네를 정말 사랑하고 존경하네.

그 밑에 그는 연필로 급하게 이렇게 덧붙였다.

추신. 내가 떠나던 날 약속했던 말을 잊었군. 내가 이 땅을 '떠나야' 한다면 자네가 어디 있건 그것 때문에 두려워하지는 말게.

13

3일, 4일, 5일이 지났다. 그래도 조르바는 돌아오지 않았다. 엿새째 되는 날 나는 칸디아에서 온 편지 한 통을 받았다. 여러 장에 걸쳐 쓴 시시한 사연이었다. 향수를 뿌린 분홍빛 종이에 쓴 것인데 한쪽 구석에는 화살에 찔린 심장이 그려져 있었다.

나는 그것을 조심스레 보관해뒀었는데, 여기저기 눈에 띄는 까다로운 표현을 그대로 살리고 애교 넘치는 철자만 좀 고치면서 여기에 정성스럽게 옮긴다. 조르바는 펜을 마치 괭이 쥐듯 잡고 종이를 사납게 공격한 모양이었다. 편지지에는 구멍이 숭숭 뚫려 있고 잉크가 번져 얼룩덜룩했다.

존경하는 주인님! 자본주의자 나리!

건강은 괜찮은지 궁금해서 펜을 들었습니다. 우리도 괜찮습니다. 하느님 덕택이죠!

나는 꽤 오랫동안, 내가 말이나 소처럼 되려고 태어난 건 아니라는 생각을 가지고 있었습니다. 동물들만이 먹기 위해서 살아갑니다. 그런 비난을 받지 않으려고 나는 밤낮으로 일거리를 만들어내는 거죠. 떠오르는 생각 하나 때문에 끼니를 놓치기도 하지요. 나는 속담을 이렇게 고쳐서 써먹곤 해요. '연못가 깡마른 뇌조가 새장 속 살찐 참새보다 낫다'는 거죠.

많은 사람들은 아무 일도 안 하면서 애국자 흉내를 냅니다. 난 애국자도 아니고, 앞으로 억만금을 주더라도 애국자가 되지는 않을 거예요. 사람들은 천국을 믿고, 거기에 나귀를 한 마리씩 묶어놓지요. 내겐 나귀가 한 마리도 없어서 자유로워요! 내 나귀가 떨어져 죽을 지옥이 나는 무섭지 않아요. 천국을 바라지도 않고요. 기껏해야 클로버나 실컷 뜯어 먹겠죠. 나는 무식한 돌대가리예요. 무엇을 어떻게 해야 하는질 몰라요. 하지만 주인님, 당신은 나를 이해할 수 있을 겁니다.

사람들은 허무를 두려워하죠. 난 그걸 이겨냈어요. 사람들은 심각하게 생각하지만, 난 그럴 필요가 없답니다. 난 좋은 일이라고 야단을 떨지도 않고, 나쁜 일이라고 절망하지도 않아요. 그리스가 콘스탄티노플을 점령했다는 소식은 터키가 아테네를 점령했다는 거랑 다를 바 없어요.

이런 넋두리를 늘어놓는 것을 보고 내 머리가 좀 돈 것이 아닌가 생각된다면 편지를 주세요. 내가 칸디아의 상점에 들어가 케이블을 사려고 하다가 웃음을 터뜨리면 사람들이 물어봅니다.

'형씨, 뭘 보고 웃소?' 하지만 그걸 어떻게 그들에게 설명합니까? 내가 웃는 것은 그 강철 케이블이 좋은 건지 알아보려고 손을 들어올릴 때마다, 인간이 도대체 무엇인가, 인간은 왜 이 세상에 오게 되었는가, 인간이 어디에 쓸모가 있는가(쓸모가 있긴 어디 있겠습니까만), 그런 생각들을 하기 때문이죠. 나에게 여자가 있건 없건, 내가 정직하건 아니건, 내가 파샤이건 길거리 짐꾼이건 아무 차이가 없어요. 차이를 결정하는 것은 단 하나. 내가 살아 있는가, 아니면 죽었는가 하는 거예요. 악마가 부르건 하느님이 부르건 간에 (주인님, 알겠어요? 나는 악마나 하느님이나 다 같다고 생각합니다) 나는 죽게 되고, 냄새 고약한 송장이 될 테고, 그 냄새로 사람들을 쫓아내게 되겠죠. 할 수 없이 냄새에 숨이 막히지 않으려고 적어도 땅을 넉 자는 파고 나를 처넣어야 할 겁니다!

그건 그렇고 좀 겁나는 문제가 하나 있어서 물어봐야겠어요. 그 문제 때문에 나는 밤낮으로 편안치가 않답니다. 주인님, 내가 겁나는 건 늙는다는 겁니다—하늘이여, 우리를 늙지 않게 하옵소서! —죽는다는 건 아무것도 아닙니다. 그저 끽하면 그만이죠. 그리고 촛불은 꺼지는 겁니다. 하지만 늙은 것은 창피한 거죠.

나이 먹어 감을 인정한다는 건 무던히도 창피한 일이라고 나는 생각해요. 그래서 나는 사람들이 내 나이를 생각지 못하도록 할 수 있는 일은 다 합니다. 깡충깡충 뛰어다니고 춤을 추지요. 허리가 아프지만 계속해서 춤을 춰요. 술도 마시죠. 휘청거리고 머리가 팽팽 돌더라도 앉는 법이 없죠. 모든 것이 더할 나위 없이 좋은 양 행동하죠. 땀을 흘리면 바다로 풍덩 뛰어들고 감기가 들지요. 쿨룩쿨룩 기침이 나옵니다. 시원하게 뱉어버리고 싶은데 주인님, 그것이 부끄러워서 나왔던 기침을 목구멍으로 도로 삼켜넣을지 뭡니까? 절대 어림도 없지요. 그리고 다른 사람들이 곁에 있을 때만 그러는 게 아니냐고 생각할지도 모르겠는데, 전혀 아니에요. 나 혼자 있을 때도 마찬가집니다! 나는 조르바 앞에서 염치를 안다, 이 말이죠. 어떻게 생각합니까, 주인님? 그 친구 앞에서도 부끄럽다니까요!

어느 날 아토스 산을 올랐을 때입니다. —거기 올라가느니 차라리 내 오른 손을 잘라버리는 것이 나았을 뻔했어요! —거기서 키오스가 고향인, 수도자 라브렌티오를 만났습니다. 그 가엾은 친구는 자기 안에 악마가 숨어 있다고 믿었고 심지어 그 악마에게 이름까지 붙여줬지요. 그는 그 악마를 호자라고 불렀어요. '호자가 성 금요일에도 고기를 먹고 싶어해!' 가련한 라브렌티오는 머리를 교회 벽에 부딪치며 고함을 냅다 지르곤 했어요. '호자가 여자하고 자고 싶어하는군. 호자는 대수도원장을 죽이고 싶어해. 그건 호자, 호자야. 내가 아니야!' 그러면서 돌에다 머리를 쾅쾅 짓찧는 것이었죠.

주인님, 내 속에도 어떤 악마가 들어와서 살고 있는데 나는 그놈을 조르바라고 불러요! 속에 있는 조르바는 늙는 것을 싫어합니다. 그건 아예 질색이죠. 그는 절대 나이를 먹지 않거든요. 그는 사람을 잡아먹는 도깨비예요. 머리는 칠흑처럼 까맣고 이빨은 서른두 개(숫자로 적으면 32)에 귀밑에다간 붉은 카네이션을 하나 꽂고 다니죠. 그렇지만 겉으로 보이는 조르바, 이 불쌍한 악마는 불룩한 장구통배에 백발이 성성합니다. 쪼글쪼글 시들고 주름살이 간 데다가 이는 무더기로 빠지고, 늙으면 나오는 긴 당나귀털 같은 흰 털이 그의 큰 귓속을 소복이 메우고 있습니다!

주인님, 그가 뭘 할 수 있을까요? 이 두 조르바가 얼마나 싸우게 될까요? 어느 쪽이 이길까요? 내가 지금 팍 고꾸라진다면 그것도 괜찮겠죠. 그러면 또 어떻습니까, 하지만 아직 꽤 오랫동안 더 살게 된다면 망한 겁니다. 망했죠, 주인님! 내가 망신당할 날이 오고 말 겁니다. 나는 내 자유를 잃어버릴 거예요. 내 며느리나 딸년이 나더러 그들의 자식, 무서운 꼬마녀석을 보라고 명령을 내릴 겁니다. 녀석이 화상을 입거나 어디서 떨어지거나 흙을 묻히지 않게 말입니다. 그리고 어쩌다 녀석이 몸을 더럽힌다면, 아이구 맙소사, 나더러 녀석을 씻기게 하겠지요!

주인님, 당신은 아직 젊지만 비슷한 수모를 겪지 않고는 못 배길 겁니다. 조심하시오. 내 말을 잘 듣고 내가 하는 대로만 행동해요. 그 밖에는 구원의 길이 없습니다. 산에 들어가서 석탄·구리·철·아연을 캡시다. 그리고 돈을 잔뜩 벌어서 친척들이 우리를 존경하게 만들고 친구들이 우리의 신발을 핥고 부자들도 우리한테는 모자를 벗으며 인사하게 만듭시다. 성공하지 못한다면 짐을 싸서 이리나 곰이나 아니면 찾아낼 수 있는 야수한테 잡아먹히는 것이 낫지요. 짐승들에겐 참 좋은 일을 하는 셈이죠. 하느님이 그런 맹수들을 왜 이 땅에 내려보냈겠습니까. 우리 같은 몇몇 사람을 치워 없애서 그들이 더 이상 타락하는 것을 막으려고 보낸 거겠죠.

여기에서 조르바는 색연필로 초록빛 나무들 아래로 도망치는 깡마른 키다리 하나를 그려놓았다. 그 뒤를 이리 일곱 마리가 바짝 쫓아가고 있었는데 그림 꼭대기에 대문자로 '조르바와 일곱 가지 대죄'라고 씌어 있었다.

그리고 그의 편지는 다음으로 이어졌다.

이 편지를 읽으면 내가 얼마나 불행한 사람인지 알 겁니다. 당신하고 이야기를 나누는 것만이 내 울적한 기분을 조금이라도 풀 수 있게 해준 답니다. 당신이 모르고 있을 뿐이지 당신 역시 나 같은 데가 있으니까요. 당신 안에도 악마 한 마리가 들어앉았지요. 하지만 당신은 그놈 이름을 아직 안 지었어요. 그리고 그걸 모르고 있으니까 숨 쉴 수 있는 거죠. 주인님, 그놈에게 세례를 해줘요. 그럼 한결 나아질 겁니다!

내가 지금껏 신세타령을 했죠. 내가 아는 것도 사실 바보 소리밖에 안 된다는 건 똑똑히 알고 있어요. 하지만 이따금 위대한 생각이 온종일 떠오를 때도 있지요. 안쪽 조르바가 속삭이는 일을 한다면 세상이 깜짝 놀랄 거예요!

나는 인생과 맺은 계약에 기한이 없음을 확인해보려고 가장 위험한 산길 모퉁이를 돌 때마다 브레이크를 늦춥니다. 인간의 일생이란 따지고 보면 가파른 언덕을 오르내리는 길이겠죠. 분별력이 있는 사람이라면 누구나 다 브레이크를 겁니다. 하지만 주인님, 여기서 내가 어떻게 생겨먹은 인간인가를 보여줘야 할 것 같습니다. 나는 브레이크를 빼서 팽개친 지 오래지요. 왜냐하면 나는 덜커덩거리는 게 두렵지 않거든요. 기계가 탈선하는 걸 우리 기사들은 '덜커덩!'이라고 하지요. 그리고 덜커덩하는 걸 내가 무서워한다면 그건 거짓말이에요. 밤이고 낮이고 나는 내가 하고 싶은 짓을 하면서 전속력으로 달려나갔어요. 망해서 산산조각으로 깨진다면, 그것 참 안됐군! 그뿐이죠. 내가 잃을 것이 뭐가 있겠어요? 아무것도 없습니다. 내가 천천히 편안하게 간다고 해서 어디 딴 델 가겠어요? 물론 같은 곳밖에 안 갑니다. 그러니 목구멍이 타들어 오도록 달리자 이겁니다!

이 소리를 듣고 지금 주인님은 틀림없이 웃고 있겠죠. 하지만 나는 나의 주절거림을 써내려가고 있어요. 아니면 나의 생각 또는 나의 나약함들을 쓰고 있다고 할까요? (도대체 그 셋 사이에 어떤 차이가 있는 걸까요, 나는 정말 그 차이를 모르겠습니다.) 그리고 당신이 따분하다면 실컷 웃겠지요. 당신이 웃는다는 생각을 하니 나도 웃음이 나는군요. 바로 그런 이유로 세상에는 웃음이 그칠 날이 없는 거죠. 모든 사람이 바보 같은 짓을 하고 있어요. 그러나 가장 큰 바보는 그런 바보 같은 점이 없는 인간입니다.

이제는 내가 칸디아에서 얼마나 바보짓을 저지르고 있는지 알 겁니다. 모든 것을 샅샅이 보고하겠습니다. 주인님, 조언을 듣고 싶어서 그러는 겁니다. 물론 당신은 아직 젊습니다. 하지만 당신은 지혜가 가득 담긴 옛날 책을 잔뜩 읽었고, 이런 말이 실례가 안 된다면 당신은 약간 구식 사람이 되고 말았기 때문에 당신의 충고가 듣고 싶은 겁니다.

글쎄, 나는 모든 인간이 자기만의 체취를 가지고 있다고 생각해요. 평시에는 그걸 잘 못 느끼지요. 냄새들이 한데 뒤섞이니까요. 정말 어느 게 당신 거고 어느 게 내 것인지 알 수 없어요. 우리가 알 수 있는 것은 한 가지 고약한 냄새가 난다는 거죠. 우리가 '인간성'이라고 부르는 겁니다. '인간의 냄새'가 아니고 뭐겠습니까. 마치 그것이 라벤더 향수인 것처럼 그 냄새를 맡는 사람도 있죠. 나는 그 냄새를 맡으면 구역질이 납니다. 아무튼 하던 얘기를 계속합시다. 그건 딴 얘기니까요…….

나는 이렇게 말하고 싶습니다(이제 또다시 브레이크를 밟지 않고 내버려둘 작정이에요). 암캐들처럼 축축한 코를 가지고 있는 계집들, 창녀들은 자신들을 가지고 싶어하는 사람과 그렇지 않은 사람을 곧장 알아냅니다. 그러니까 나같이 늙어서 원숭이처럼 못생긴 데다 괜찮은 옷을 못 입은 인간이라도 어느 거리엘 가건 내 뒤꽁무니를 좇는 여자 한둘은 있기 마련이거든요. 계집들은 나를 냄새로 맡아내는 거죠! ―하느님 그들에게 축복을 내려주십시오!

아무튼 칸디아에 무사히 도착한 첫날 해질녘이었어요. 상점으로 달려갔는데 모두 문을 닫은 다음이었습니다. 여관에 가서 노새에게 먹이를 주고는 나도 식사를 하고 목욕을 한바탕 했습니다. 그 다음엔 담배를 붙여 물고는 거리 구경을 하러 밖에 나갔었지요. 아는 사람이라곤 하나 없었고 나를 알아볼 사람도 하나 없었어요. 완전히 자유로웠던 거죠. 길거리에서 휘파람을 불 수도 있었고 마음대로 웃으며 혼자 중얼거릴 수도 있었습니다. 나는 파사템포(소금을 넣고 튀긴 호박씨.)(한때 조르바의 별명)를 조금 사서 씹다가 뱉으면서 실컷 돌아다녔지요. 가로등이 켜지고 사나이들은 아페리티프(식욕을 돋우기 위해 식전에 마시는 술) 한 잔을 들이켜고 여자들은 집에 돌아가는 시간이었죠. 공기 속에서는 분, 화장비누, 아니스 술, 수블라키

^{(고기} 냄새가 진동했어요. 나는 혼잣말을 했지요. '이보게, 조르바. 자네는
^(산적) 그 벌름거리는 코를 가지고 얼마나 살 작정인가? 공기 속에서 냄새를 맡고
있을 시간도 이제 얼마 남진 않았다네. 그래, 이 친구야. 할 수 있을 만큼
맘껏 들이마시게나!'

그 광장을 오르내리며(그 광장 알죠) 그렇게 중얼거리고 있었는데, 갑자
기─하느님도 고마우셔라─와자지껄하는 소리가 들리더군요. 그들은 춤추
며 탬버린 장단에 맞춰 동양적인 노래를 부르고 있었습니다. 나는 귀를 세우
고 요란한 소리가 나는 쪽으로 달려갔지요. 카바레가 붙어 있는 카페였어요.
바로 내가 바라던 곳이었죠. 나는 들어가서 앞쪽에 가까운 작은 탁자에 자리
를 잡았습니다. 대담하지 말아야 할 이유가 없잖습니까? 아까 말한 것처럼
나를 알아보는 사람은 하나도 없고 정말 자유로웠으니까요.

몸집 큰 얼간이 같은 여자 하나가 무대 위에서 치맛자락을 걷어올리며 춤
추고 있었는데 나는 눈 하나 까딱 안 했죠. 맥주 한 병을 가져오라고 주문했
더니, 까무잡잡하니 귀엽게 생긴 애 하나가 내 테이블에 와 앉았습니다. 미
장이가 벽을 바른 것만큼이나 화장을 두껍게 했더군요.

'앉아도 되나요, 할아버지?' 그녀는 웃으면서 물었습니다.

그 말에 흐르던 피가 몽땅 거꾸로 치솟아오르는 것 같았습니다. 망할 년,
목을 비틀고 싶을 만큼 무서운 충동을 느꼈으니까요! 하지만 나는 참았습니
다. '여자라는 종족'이 측은해져서 나는 웨이터를 불렀지요.

"샴페인 두 병 가져와!"

용서해요, 주인님! 당신이 준 돈을 좀 썼습니다. 하지만 그 망할 계집의
모욕이 너무 심해서 나는 우리의 명예, 내 명예 못지않게 당신의 명예를 위
해서 그 작은 계집이 우리 앞에서 무릎을 꿇도록 만들어놔야 했어요. 나는
당신이 그처럼 어려운 상황에서 나를 팽개치지 않을 것으로 믿고 있습니다.
그래서 '샴페인 두 병!' 하는 소리가 나오고 만 거죠.

샴페인이 오자 나는 케이크 안주도 가져오라고 시켰습니다. 그리고 샴페
인도 더 가져오게 했어요. 재스민 파는 남자가 다가오기에 나는 그것도 한
바구니 사서 우리를 감히 모욕한 작은 계집의 무릎에다 안겨줬지요.

우리는 마시고 또 마셨습니다. 하지만 주인님, 맹세하지만 그 애를 찔러
보지도 않았습니다. 나는 내 분수에 맞는 여자를 알거든요. 내가 젊었을 때

는 먼저 계집들을 찔러본 다음 함께 재미를 보았습니다. 이제는 늙었으니 무엇보다 돈을 펑펑 쓰고 씀씀이가 시원스러워야 합니다. 여자들은 그렇게 대접해주는 것을 무진장 좋아라하거든요. 화냥년들은 미쳐버리지요. 꼽추건 늙어서 쭉정이같이 생겼건 사면발니처럼 추악하게 생겼건 그들은 깨끗이 잊는답니다. 그 암캐들에겐 딴 것은 전혀 보이지 않고 돈을 끄집어내는 손만 보이는데, 구멍이 난 자루에서 새나가는 것처럼 돈을 헤프게 날리도록 거들어주지요. 그래서 내가 말한 바와 같이 나는 한 밑천 날렸습니다. —하느님이 당신에게 복을 주시도록…… 그리고 주인님, 그 백 갑절의 돈이 벌리도록 빌겠습니다. —그리고 지금까지 말했던 여자애가 나를 물고 늘어졌답니다. 점점 더 가까이 오더니 작은 무릎을 내 통뼈 다리통에 대고 마구 비비적대는 겁니다. 하지만 나는 얼음덩어리처럼 끄떡도 안 했어요. 속으로는 비록 후끈 달고 난처해졌어도 말입니다. 이게 바로 여자들을 안달 나게 만드는 기술입니다. 당신도 비슷한 상황에 놓일 것을 생각하고 잘 배워둬요. 당신도 덕을 볼 테니까. 속으로는 불타고 있더라도 그들에게 손가락 하나 까딱하면 안 되는 겁니다!

글쎄 그러다 보니 밤 12시가 넘었지 뭡니까, 불들이 하나둘 꺼지고 카페도 문을 닫기 시작했습니다. 나는 천 드라크마짜리 지폐 뭉치를 꺼내서 술값을 치르고는 웨이터에게도 두둑한 팁을 남겨놓았습니다. 계집애가 나한테 매달렸어요.

'당신 이름이 뭐죠?' 그녀는 상사병에 걸린 듯한 목소리로 물었어요.

'할아버지!' 나는 골이 나서 대답했지요.

뻔뻔도 하지, 그 작은 암캐가 나를 세게 꼬집더니 속삭였어요.

'나를 따라와요…… 나를 따라와요!'

나는 그 여자의 작은 손을 잡고 알겠다는 듯이 꼭 쥐었지요.

'가자, 그럼 꼬마 아가씨……' 목에서 쉰 소리가 나옵디다. 나머지는 주인님도 상상할 수 있겠지요. 우리는 으레 하는 일을 치르고는 잠들었습니다. 내가 일어났을 때는 적어도 정오는 되었을 겁니다. 주위를 빙 둘러보았는데 뭘 보았을까요? 깔끔하고 산뜻한 아담한 방에 놓인 안락의자들, 벽에 걸린 화사한 드레스들, 그리고 사진들이 늘어서 있었습니다. 뱃사람들, 장교들, 선장들, 경관들, 춤추는 여자들, ……여자들은 샌들만 신은 알몸이었습니다. 그리고 침대의 바로 내 곁에는 따뜻한 체온에 머리를 흐트러뜨린 여자라는 종족이 누워 있었지요!

'아, 조르바,' 나는 눈을 감으면서 자신에게 말했습니다. '자네는 산 채로 천당에 들어갔군! 이곳은 참으로 살아볼 만한 곳일세. 물러서지 마!'

주인님, 내가 언젠가 모든 인간에게는 자신에게 꼭 맞는 천국이 있다고 이야기했었지요. 당신에게는 책이 가득가득 쌓이고 큰 병에 담긴 잉크가 찰랑이는 곳이 바로 천국이겠지요. 다른 사람에게는 포도주통이며 럼주·브랜디 통이 차곡차곡 쌓인 곳일 테고 또 다른 사람에게는 돈더미가 쌓여 있는 곳이 바로 천국이 될 겁니다. 나에게 낙원이라는 것은 벽에 화사한 색깔의 드레스가 걸린 향수냄새가 나는 작은 방, 향료가 들어 있는 비누가 있고 스프링 좋은 큰 침대가 있으며 내 곁에 여자라는 종족이 있는 바로 그곳입니다.

잘못을 고백하면 반쯤은 씻긴다고 하지요. 나는 그날 그 방문 밖으로는 코빼기도 안 내밀었습니다. 내가 어디를 가야 했겠어요? 내가 무슨 일을 해야 했을까요? 걱정할 게 어딨나요! 내가 있는 곳이 마음에 든 거죠. 나는 그 거리에서 가장 좋은 식당에 먹을 것을 가져오라고 주문했습니다. 다름이 아니라 기운을 내게 하는 근사한 음식으로, 검은 캐비아(철갑 상어알), 춉(두껍게 썬 고깃점), 생선, 레몬 주스, 카다이프(호두·밤 따위 가 든 터키 과자)를 시켰어요. 그리고 다시 자잘한 재미를 보고 또 낮잠을 잤습니다. 저녁에 일어나선 옷을 입고는 팔짱을 끼고 다시 한 번 카페에 들렀지요.

당신이 내 말을 듣고 헷갈리지 않도록 알려주는 건데, 계획은 아직도 진행되고 있습니다. 주인님, 너무 걱정하지 말아요. 이러면서도 당신의 사업은 돌보고 있으니까요. 이따금 나는 거리에 나가서 가게를 돌아보고 있어요. 케이블과 우리가 필요로 하는 모든 것을 사겠습니다. 걱정 말아요. 빨리 하건, 하루 또는 일주일 아니면 한달 늦건 무슨 상관이 있겠습니까? 속담에 있듯이 고양이가 너무 서두르면 이상하게 생긴 새끼들을 낳는다지 않아요. 당신의 이익을 위해서 나는 내 귀가 모든 것을 들을 수 있고 마음이 맑아질 때를 기다리는 겁니다. 그래야 사기를 당하지 않거든요. 케이블은 일류 제품이어야 합니다. 아니면 망하니까요. 그러니 주인님, 좀 참고 나를 믿어주시오. 그리고 부디 제 건강은 염려 마세요. 모험은 멋지게 돼가고 몸에도 좋답니다. 며칠 사이에 스무 살짜리 젊은이로 돌아간 것 같습니다. 기운이 넘치거든요. 두고 보십쇼. 이도 새로 돋아날 겁니다. 여기 도착했을 때는 허리가 좀 아팠는데 이제는 씻은 듯이 낫고 쌩쌩합니다. 아침마다 거울을 보고 밤새 머리카락이 새까맣게 변하지 않는 게 놀랍기만 하네요.

당신은 왜 내가 이런 편지를 쓰고 있는지 묻겠지요? 글쎄요…… 당신이 내 고해신부 같아서 그러는 겁니다. 주인님, 당신에게는 내 모든 죄를 털어놓아도 부끄럽지가 않습니다. 왜 그런지 알겠어요? 내가 아는 한 당신은 내가 옳은 일을 하건 나쁜 일을 하건 전혀 신경 쓰지 않았어요. 당신은 하느님처럼 젖은 스펀지를 가지고 있습니다. 그걸로 쓱쓱 닦아내죠. 쓱싹쓱싹 닦아 버리면 모든 것이 지워집니다. 이처럼 모든 것을 고해 바치게 만든 것은 바로 그 때문입니다. 그러니 들어주시오!

나는 엉망으로 취해서 완전히 돌아버릴 지경입니다. 제발 주인님, 이 편지를 받는 즉시 펜을 들고 나에게 답장을 써줘요. 당신의 답장을 받을 때까지는 안절부절못할 겁니다. 앞으로 몇 년 동안 내 이름은 신의 장부에서 지워져 있을 겁니다. 악마의 장부에서도 마찬가지지요. 당신의 장부에만 아직 내 이름이 올라 있죠. 그래서 내가 의논할 상대라곤 존경하는 당신밖에 없습니다. 그러니 내가 하는 말을 들어주시오. 대충 이런 얘깁니다.

어제 칸디아에서 가까운 마을에 본명축일(本命祝日 : 자기와 같은 영세명을 가진 성자의 축제일) 행사가 벌어졌습니다. 롤라가 어떤 성인의 이름과 닮았는지 내가 알 게 뭐예요. 아, 그렇지. 그 여자의 이름을 당신에게 소개하는 것을 잊었군요. 이름은 롤라인데 이렇게 말했습니다.

'할아버지!' 그녀는 나를 또 할아버지라고 불렀지만 이제는 애칭이랍니다. "할아버지, 축제에 가고 싶은데!"

"그럼 가려무나. 할멈아." 나는 말했지요.

"하지만 할아버지랑 같이 가고 싶은데."

"나는 안 가. 나는 성자들을 좋아하지 않는다니까. 너 혼자서 가."

"좋아. 나도 안 갈래." 나는 그녀를 노려보았습니다.

"안 간다고? 왜 그래? 가고 싶지 않다는 거야?"

"할아버지가 나랑 같이 가면 나도 가지. 안 가면 나도 안 가."

"왜 그래? 넌 자유로운 몸이잖아. 안 그래?"

"아니야."

"자유롭고 싶지 않다는 거야?"

"그러고 싶지 않다니까!"

난 내가 환청을 듣고 있는 게 틀림없다고 생각했어요. 정말로 그랬답니다.

"자유를 원하지 않는다고 했니?" 나는 소리쳤습니다.

"그래. 나는 원치 않아, 원치 않아! 원치 않는다니까!"

주인님, 나는 이것을 롤라의 방에서 롤라의 종이에 쓰고 있습니다. 제발 잘 들어줘요. 나는 자유를 원하는 자만이 인간이라고 생각합니다. 여자들은 자유를 원하지 않아요. 그런데도 여자는 인간일까요?

제발 답을 써주시오.

가장 훌륭한 주인에게 가장 좋은 복을 내려주시길……

알렉시스 조르바

조르바의 편지를 읽고 난 다음 한동안 내 마음은 두 가닥으로, 아니 세 가닥으로 갈라졌다.

화를 내야 할지, 웃어야 할지, 아니면 이 논리나 도덕성·정직성 같은 삶의 껍데기를 그냥 갈라버린 원시적인 인간을 칭찬해야 할지 갈피를 잡을 수 없었다. 그토록 쓸모 있고 아기자기한 미덕이라곤 그에게 손톱만큼도 없었다. 그가 가지고 있는 것은 불편하기 짝이 없고 위험스런 가치뿐이었다. 그것이 그로 하여금 줄곧 어쩔 수 없이 극한과 지옥의 심연으로 치닫게 충동질했다.

글을 쓸 때는, 이 무식한 노동자는 펜을 연방 부러뜨린다. 원숭이 껍질을 처음 벗은 원시인처럼, 아니면 정말 위대한 철학자들처럼 그는 인류의 기본적인 문제에 골똘히 사로잡혀 있다. 그에게는 그런 문제의 해결이 눈앞에서 가장 시급하고 필요한 것이다. 그는 어린애처럼 모든 것을 처음 보는 표정을 짓는다. 언제 무엇을 보아도 그는 놀라고, 왜 그럴까 이유를 캐묻는다. 모든 현상이 그에게는 기적이다. 그래서 눈을 뜨는 아침마다 그는 나무와 돌과 새를 보고 놀란다.

"이 기적은 뭡니까?" 그는 흥분한다. "나무들, 바다와 들과 새들, 이 신비로움을 뭐라고 부르지요?"

어느 날인가, 우리가 마을로 내려가는 길목이었던 것 같은데, 노새를 타고 오는 자그마한 늙은이를 만난 적이 있다. 조르바는 그 짐승을 보더니 눈을 크게 떴다. 그의 노려보는 시선이 얼마나 강렬했던지 농부는 겁에 질린 비명을 올렸다.

"제발 형씨 그런 악마의 시선을 던지지 마십쇼!" 그러고는 그 자신은 성호를 긋는 것이 아닌가.

나는 조르바 쪽으로 돌아보았다.

"저 영감이 소릴 지르다니 대체 무슨 짓을 한 거요?" 나는 그에게 물었다.

"내가? 내가 뭘 했다고 그래요? 나는 영감의 노새를 바라본 것뿐인 걸요! 주인님, 그런데 이상하지 않소?"

"무엇이 말이오?"

"저…… 이 세상에 노새 같은 게 살고 있다는 것 말입니다!"

다른 날은 내가 바닷가에 누워서 책을 보고 있었는데 조르바가 와서 마주 앉았다. 산투리를 무릎 위에 올려놓고는 켜기 시작했다. 나는 눈을 들어 그를 지켜보았다. 점점 그의 표정이 바뀌더니 야성적인 환희가 그를 사로잡았다. 그는 길고 주름진 목을 흔들면서 노래를 부르기 시작했다.

마케도니아의 노래, 클레프트의 노래, 야만의 함성이 쏟아져 나왔다. 인간의 목청은 선사시대로 되돌아가서 우리가 오늘날 시, 음악, 사상이라고 부르는 것이 한데 섞여 함성으로 바뀌었다. "아크! 아크!" 고함 소리는 조르바 존재의 밑바닥에서 우러나오는 것이었고, 우리가 문명이라고 부르는 얄팍한 껍질을 모조리 깨고, 그 속에서 영원불멸한 야수, 털이 북슬북슬한 신, 무시무시한 고릴라의 울부짖음이 솟구쳐 나오는 것이었다.

갈탄·수지·손해·오르탕스 부인, 미래를 위한 계획 전부가 깡그리 없어졌다. 그 함성은 모든 것을 휩쓸어가고 있는 것이다. 크레타의 고독한 해안에 갇힌 우리 둘은 인생의 고뇌와 감미로움을 가슴 깊이 맛보았다. 더 이상 고뇌와 감미로움은 존재하지 않았다. 해가 지고 밤이 찾아오자 하늘에 박힌 움직이지 않은 축을 돌며 큰곰자리가 춤을 추었다. 달이 떠올라 모래밭 위에서 두려움 없이 노래하는 두 마리의 작은 짐승을 내려다보고 깜짝 놀랐다.

"하! 인간은 들짐승이지." 조르바는 자기 노래에 흥분한 나머지 소리를 버럭 질렀다. "책은 그대로 버려둬요. 부끄럽지도 않소? 인간은 한 마리의 들짐승, 들짐승이 책을 읽는답니까?"

그는 한동안 잠자코 있더니 웃음을 터뜨렸다.

"알겠지요?" 그는 말했다. "하느님이 어떻게 사람을 만드셨는지 말입니다. 이 인간이라는 짐승이 하느님에게 한 첫마디 말이 뭔지 아나요?"

"아니 그걸 내가 어떻게 압니까! 나는 거기 있지도 않았는데."

"나는 있었어요!" 조르바가 말했다. 눈이 반짝 빛났다.

"그럼 어디 얘기해보시오."

반은 도취하고 반은 조롱하듯 그는 창세기의 엄청난 얘기를 엮어나가기 시작했다.

"글쎄 잘 들어요, 주인님. 어느 아침에 하느님은 울적한 기분으로 일어났어요. '나도 참 형편없는 신이지! 나를 위해 향불 피워주는 사람 하나 없고 심심풀이로 내 이름을 외쳐주는 놈 하나 없으니, 원! 늙은 부엉이처럼 혼자 끽끽거리고 사는 것도 넌덜머리가 나는군. 퉤퉤! 그는 손에 침을 뱉더니 소매를 둘둘 걷어올리고 돋보기안경을 쓰고는, 흙덩이를 들어서 침을 뱉어 진흙을 만들어서 잘 이겨 갠 다음 자그마한 사람 하나를 빚어 햇빛에 말렸어요.

일곱 밤을 자고 난 그는 그걸 볕에서 거둬 들여 구웠답니다. 하느님은 그걸 보더니 배를 쥐고 웃었어요.

'아서라 아서,' 그는 말합니다. '돼지가 뒷다리를 딛고 일어선 것 같군. 내가 원하는 건 이런 게 아냐! 나 참, 엉망진창으로 일을 그르쳐놓은 게 틀림없군!'

그래서 그는 흙으로 구운 놈의 목덜미를 들어올려 엉덩이를 냅다 걷어차면서 말했습니다.

'가, 썩 꺼져버려! 이제 네가 할 일은 다름 아니라 다른 돼지 새끼들을 까놓는 일이다. 이 땅이 네 것이거든! 자, 뛰어가. 왼발 오른발 왼발 오른발 …… 발맞춰!'

그런데 알겠지만, 그놈은 절대로 돼지는 아니었어요! 펠트 모자를 쓰고 어깨에 아무렇게나 웃옷을 걸쳐입은 데다 주름 세운 바지를 입고 게다가 빨간 술이 달린 터키 슬리퍼를 신고 있었어요. 그리고 허리띠에는 (그것을 그에게 준 건 틀림없이 악마일 거예요) 끝이 뾰족한 단검을 차고 있었는데 '내가 너를 잡겠다!'는 글귀가 씌어 있었다 이겁니다.

그게 사람이었죠! 하느님은 그더러 입을 맞추라고 손을 내밀었습니다. 그런데 사람은 수염을 비비 꼬면서 이렇게 말했지요.

'이봐요 늙은이, 길을 비키라니까! 나 좀 지나가자고!'"

내가 웃음을 터뜨리는 것을 보고 조르바는 거기서 이야기를 멈췄다. 그는 얼굴을 찡그렸다.

"웃지 말아요!" 그는 말했다. "그렇게 되었다는 얘깁니다!"

"당신이 그걸 어떻게 아오?"

"나는 일이, 일이 그렇게 벌어졌다고 느껴요. 그리고 만약 내가 아담이었다면 그렇게 놀았을 겁니다. 만약 아담이 그렇게 행동하지 않았다면 나는 내 목을 자르라고 내놓겠어요. 그러니 책에 씌어 있는 얘기 같은 건 아예 믿지 말라고요. 당신이 믿어야 할 사람은 바로 나란 말입니다!"

그는 대답을 기다리지도 않고 큰 손을 뻗치더니 다시 한 번 산투리를 켜기 시작했다.

나는 심장을 화살로 찍은, 조르바의 향수 냄새가 물씬거리는 편지를 마냥 펼쳐든 채 그의 인간적인 체취로 가득 찼던 지난날을 회상했다. 내가 그의 곁에서 지냈던 시간이 지나갈수록 조르바와 함께한 기억은 새로운 맛을 더했다. 그것은 이미 외계에서 일어난 사건의 수학적인 순서도 아니었고, 그렇다고 내부에 도사리고 앉은 채 풀리지 않는 철학적인 문제도 아니었다. 그것은 따뜻한 모래, 체로 친 듯 알이 고운 모래였다. 나는 그것이 보드라운 감촉을 남기며 손가락 사이로 빠져나가는 것을 느꼈다.

"복 받은 조르바!" 나는 중얼거렸다. "그는 내 안에서 추위에 달달 떨고 있는 모든 추상적인 관념에게 따뜻하고 사랑스러우며 살아 움직이는 육체를 준 것이다. 그가 없다면 나는 다시 추위를 몹시 타게 될 것이다."

나는 종이 한 장을 꺼냈다. 일꾼을 불러서 지급전보 한 통을 보냈다.

'급히 돌아오라.'

3월 초하루 토요일 오후. 나는 바닷가 바위에 기대어 글을 쓰고 있었다. 그날 나는 첫 제비를 보았다. 기분이 여간 좋은 게 아니었다. 부처의 주문은 종이 위에 넘쳐흐르는 듯 거침없이 풀려나왔고 그와 나의 투쟁은 조금 평온해진 상태였다. 나는 그전처럼 처절하게 서두르지는 않았다. 그리고 나한테서 글다운 글이 풀려나오리라는 자신이 있었다.

갑자기 자갈을 밟는 소리가 들렸다. 눈을 들어 보니 늙은 세이렌이 소형 구축함처럼 차려입고 굴러오듯이 바닷가를 달려오고 있었다. 그녀는 몸이 달고 숨이 턱에 찼다. 뭔가 걱정이 있어 보였다.

"편지가 왔다고요?" 여자는 불안스레 물었다.

"예!" 웃으며 대답한 나는 일어서서 그녀를 맞았다. "그는 여러 번 당신의 안부를 물어왔어요. 밤낮으로 당신 생각을 한다는 거예요. 그는 제대로 먹지도 마시지도 못한답니다. 떨어져 있는 것이 그렇게 참기 어려운가 보죠."

"그 소리밖에는 안 하던가요?" 불행한 여인은 숨이 차서 물었다.

나는 그 여자가 안쓰러웠다. 주머니 속에서 그의 편지를 꺼내 가지고는 읽는 체해 보였다. 늙은 세이렌은 이가 다 빠진 입을 벌리고 작은 두 눈을 깜박이며 숨소리를 죽이고 귀를 기울였다.

나는 짐짓 편지를 읽어내려가는 척했으나 좀 둘러대기가 힘든 대목에 가서는 글씨를 알아보기가 힘들어 그러는 것처럼 더듬거렸다. "주인님, 어제 나는 한 끼를 때우려고 싸구려 식당엘 들어갔습니다. 나는 배가 고팠어요. 젊은 미인이 들어오는 것을 보았습니다. 그녀는 진짜 여신이었어요. —하느님 맙소사! 그녀는 꼭 나의 부불리나를 닮았습니다. 그러자 내 눈에서는 분수처럼 눈물이 쏟아져 나오고 목구멍에 덩어리 같은 게 생겨서…… 음식을 삼킬 수가 없었어요. 나는 그냥 일어나서 음식값을 치르고는 나와버렸습니다. 좀처럼 천사나 사도를 찾은 적 없는 나인데, 주인님, 나는 얼마나 감동했는지 성 미나스 사원에 당장 달려가서 성단 앞에다 초 한 자루를 켰습니다. '성 미나스이시여, 저로 하여금 제가 사랑하는 천사의 좋은 소식을 듣게 하여주십시오. 우리의 날개가 곧 다시 결합할 수 있도록 비나이다!' 하고 나는 기도했습니다."

"호호호!" 오르탕스 부인은 기쁨으로 활짝 핀 밝은 얼굴로 웃었다.

"뭣 때문에 그렇게 웃지요, 부인?" 나는 숨을 돌리고 거짓말을 조금 더 보탤 셈으로 읽던 것을 멈추며 물었다. "뭣 때문에 웃는단 말이오. 이 대목은 나 같으면 웃기는커녕 울고 싶은 생각이 들겠는데."

"참 당신이 알기만 하면…… 당신이 알기만 하면……." 여자는 키득거리더니 웃음을 터뜨렸다.

"뭔데요?"

"날개 얘기 말이에요. 그 색골은 발을 그렇게 부른답니다. 우리 단둘이 있을 때 그는 그걸 그렇게 불러요. 우리 날개를 서로 붙게 하소서, 하고 그는 말하지요. 호호호!"

"자 그럼 다음 구절을 들어봐요. 당신은 아마 깜짝 놀랄 겁니다."

나는 편지 한 장을 넘기고 다시 읽어내려가는 체하며 소리를 내었다.

"그리고 오늘 내가 이발소 앞을 지나가려는데 이발소 주인이 비눗물을 밖에다가 몽땅 버렸답니다. 길거리가 온통 비누냄새로 가득 찼죠. 그러자 나는 또 부불리나 생각이 나서 울기 시작했어요. 주인님, 나는 이 이상 더 그녀와 떨어져 있을 수가 없습니다. 나는 미치고 말 겁니다…… 봐요, 나는 시까지 썼습니다. 그저께 밤 나는 잠이 안 와서 그녀를 위해 시 한 편을 쓰기 시작했습니다. 당신이 그걸 그녀에게 읽어주어서 내가 지금 얼마나 괴로워하고 있는가를 그녀가 알 수 있도록 전해줬으면 합니다.

아! 어떤 길목에서 당신과 내가 만날 수만 있다면
그리고 그 길목이 우리의 슬픔을 담을 수 있을 만큼 넓었더라면!
나를 갈아서 빵 부스러기나 고기 파이로 만들어놓아도
내 가루가 된 뼈는 아직도 당신을 향해 달려갈 힘이 있을 테지!"

오르탕스 부인은 나른하게 눈을 반쯤 감은 채 행복한 표정으로 한마디라도 놓칠세라 듣고 있었다. 그녀는 자기 목을 거의 조르듯이 비끄러매고 있던 작은 리본까지도 풀어버렸다. 순간 그녀의 얼굴에서는 주름이 사라졌다. 말없이 그녀는 미소를 지었고, 행복에 겨워 만족한 그녀의 마음은 멀리멀리 떠내려가고 있는 듯싶었다.

3월은 새 풀이 돋아나고 붉고 노랗고 자줏빛 꽃들이 피어나는 달, 투명한 물가에서는 희고 검은 고니들이 노래하며 교미하는 달. 암컷들은 하얗고 수컷들은 까맸는데 반쯤 열린 부리는 진홍빛으로 붉었다. 푸른 곰치들이 번쩍이는 몸을 일으키고 큰 노란빛 뱀에게 몸을 칭칭 꼬았다. 오르탕스 부인은 다시 열네 살의 소녀가 되어 알렉산드리아, 베이루트, 스미르나, 콘스탄티노플의 동양풍 양탄자에서 춤을 추고 있다가 반들반들하게 닦은 배 갑판에 올라 크레타 섬을 향하고 있었다……. 그녀는 이제 전처럼 뚜렷이 옛일을 기억할 수는 없었다. 기억은 혼동되기 시작하고 그녀의 가슴은 부풀어 오르고 해안선은 갈라져 나갔다. 그리고 그녀가 춤을 추고 있는데 바다는 갑자기 온통 황금빛 뱃머리를 드러낸 배들로 가득 차는 게 아닌가. 그 갑판 위에는 울긋불긋한 천막들이 쳐지고 은빛으로 번쩍이는 깃발들이 나붙었다. 천막으로부터 황금의 술을 페즈 모자 위에 꼿꼿이 세운 파샤들의 대행렬이 나타났다. 돈 많고 늙은 지방의 유지들은 가득 재물을 채운 다음 우울하게 생긴, 아직 턱수염도 안 난 아들놈들을 거느리고 지금 순례길에 오른 것이다. 함께 나온 제독들은 삼색 모자를 번쩍이고 있었으며, 수병들은 눈부신 흰색에 통이 넓고 펄럭이는 바지를 입고 있었다. 젊은 크레타인들이 그 뒤를 따랐다. 그들은 연한 하늘빛 천으로 만든 굽이치는 양복바지에다 노란 부츠를 신고 검은 수건을 머리에 동여매고 있었다. 그리고 맨 나중에 조르바가 나타났다. 사랑을 너무 많이 해서 말라빠진 거구의 사나이. 그의 손가락에는 엄청나게 큰 약혼반지가 끼워져 있었으며 은발 머리 위에 오렌지꽃 화관을 쓰고 있었다……

모험을 즐기던 일생 동안 그녀가 만났던 모든 남자가 배에서 내려왔다. 빠진 사람은 한 사람도 없었다. 심지어 콘스탄티노플에서 어느 날 저녁 그녀를 바다로 데리고 나갔던 이 빠진 늙은 꼽추의 모습까지 보였다. 밤이 되었다. 이제는 아무도 그녀를 볼 수가 없다. 그들은 전부 내렸다. 그들 모두가 배를 내려오고 저 배 뒤에서는, 아! 곰치들, 고니들의 교미가 한창이었다!

남자들은 가까이 와서 그녀와 어울렸다. 샘 속에 있는 호색적인 뱀들처럼 서로 얽혀서 빙 둘러싸고는 덩어리로 뭉쳐 쉬 소리를 지르며 고개를 들었다. 그리고 한가운데에는 온통 흰 살을 드러낸 채 땀을 흘리며 입술을 반쯤 벌려 날카로운 작은 이를 보이는 딱딱하고 만족할 줄 모르며 젖가슴이 꼿꼿이 일어선 14세, 20세, 30세, 40세, 50세, 60세의 오르탕스 부인이 소리를 지르고 있었다.

잃어버린 것은 하나도 없었다. 죽은 애인도 없었다. 그녀의 쭉정이가 된 젖가슴에서 그들은 모두가 부활했으며 제복 차림으로 성장하고 있었다. 마치 오르탕스 부인은 고귀한 세 개의 돛을 단 쾌속정이요, 그녀와 사랑을 나눈 모든 애인(그녀는 45년 동안 현역으로 활약했다)은 그 위에 승선하여 선창으로, 뱃전으로, 돛대 위로 기어오르는 듯싶었다. 그녀는 돛폭이 꽤 상하고 여기저기 콜타르로 땜질을 한 채 그녀가 그토록 간절히 바라던 결혼이라는 마지막 위대한 항구를 향하여 달려나가는 참이었다. 그리고 조르바는 천 개의 얼굴이 되었다. 터키인, 유럽인, 아르메니아인, 아랍인, 그리스인, 그리고 그녀가 조르바를 끌어안을 때면 오르탕스 부인은 저 모든 복받은 사람들, 끊일 줄 모르는 행렬의 인물들을 다 품에 안는 것이다.

늙은 세이렌은 갑자기 내가 편지를 읽고 있지 않다는 것을 깨달았다. 환상은 깨어졌고 그녀는 무거운 눈꺼풀을 들어올렸다.

"다른 얘기는 뭐 없던가요?"

그녀는 다그치는 목소리로 탐욕스레 입술에다 침을 묻히며 물었다.

"뭘 더 원하시오, 오르탕스 부인? 모르겠어요? 편지에는 온통 당신 얘기뿐이고 다른 얘기라고는 하나도 없다오. 봐요, 그게 넉 장이나 된다오! 그리고 이 구석에다가는 심장도 그려넣었군. 조르바는 그걸 제 손으로 직접 그린 거라 말하고 있소. 봐요, 사랑이 그걸 꿰뚫었어요. 그 아래에는 저런, 비둘기 두 마리가 포옹을 하고 있네. 그리고 날개 위에는 붉은 잉크로 쓴 깨알만 한 글씨의 두 이름이 얽혀 있어. 오르탕스—조르바!"

비둘기도 이름도 거기에는 없었다. 하지만 눈물이 가득 고인 세이렌의 작은 눈에는 오직 보고 싶은 것이 보일 따름이다.

"또 다른 건 없어요? 또 다른 건 없나요?" 그녀는 또 물었다. 아직 만족할 수가 없었던 것이다.

날개, 이발소의 비눗물, 작은 비둘기들, 그것은 다 괜찮은 것들이다. 멋지고 푸짐한 말이겠지만 그것은 바람에 지나지 않았다. 여자의 현실적인 생각은 좀더 다른 것을 바랐다. 좀더 손에 잡히고 견고한 것을 바랐다. 일생 동안에 그녀는 도대체 이토록 터무니없는 소리를 얼마나 많이 들으면서 살아온 것일까! 그런 멋진 수작이 무슨 좋은 노릇을 시켜줬던가. 열심히 힘들여 일을 하고 보니 남은 것이라고는 늙고 메마른 제 몸뚱이 하나밖에는 없었다.

"그것뿐인가요?" 그녀는 원망하듯 중얼거렸다. "그것뿐이에요?"

나를 쳐다보는 그녀의 눈매는 포수에게 쫓긴 암사슴의 눈매 같았다. 나는 그녀가 불쌍해졌다.

"그는 그리고 또 굉장히 중요한 얘기를 하고 있어요. 오르탕스 부인." 나는 말했다. "그래서 나는 그걸 끝으로 미뤄놓았던 거요."

"뭘까……?" 여자는 한숨을 쉬었다.

"돌아오자마자 그는 당신 앞에 무릎을 꿇고 눈물을 흘리면서 자기와 결혼해달라고 애원을 할 참이라고 써 보냈어요. 그는 더 기다릴 수가 없답니다. 그는 당신을 자기의 예쁜 아내, 오르탕스 조르바 부인으로 삼고 싶다는 거예요. 그래서 앞으로는 절대 떨어져 지내지 않겠답니다."

이번에는 정말 눈물이 줄줄 흘러내리기 시작했다. 그것은 이제까지 맛본 기쁨 가운데 최상의 기쁨이었다. 열망해 마지않던 안식의 자리였다. 이것이야말로 바로 그녀가 이 세상에 태어나서 그토록 가지고 싶어했지만 지금까지 갖지 못한 채 후회해온 것이 아닌가! 생활의 안정과 정당한 침대에 눕는 것, 그 이상은 바라지도 않았다!

그녀는 두 손으로 눈을 가렸다.

"좋아요." 마치 거룩한 부인이 남자를 봐준다는 투로 그녀는 말했다. "승낙하지요. 하지만 그이에게 이렇게 써 보내주세요. 이 마을에는 오렌지꽃 화환이 없다고 말입니다. 그걸 칸디아에서 가지고 와야만 할 거예요. 그리고 두 개의 하얀 초와 분홍 리본 그리고 설탕에 절인 편도를 좋은 걸로 좀 가져와야 한다고 일러요. 그리고 나한테 웨딩드레스도 하얀 것으로 한 벌 사주고 실크 스타킹과 새틴 궁정화(官廷靴)도 사줘야만 할 거예요. 여기 깔개는 있다고 일러요. 그래 그거 하나는 안 가져와도 된다고요. 침대도 하나 있다고요."

그녀는 이미 남편을 심부름하는 애처럼 부리는 아내가 되어 주문할 물건 목록을 작성한 뒤 일어섰다. 그러고는 갑자기 위엄 있는 유부녀의 표정을 지었다.

"당신에게 물어볼 말이 있는데요." 그녀는 말을 이었다. "아주 중요한 말이에요." 그리고 여자는 감동하여 이쪽 대답을 기다렸다.

"오르탕스 부인, 자 말을 하세요. 이렇게 대령하고 있습니다."

"조르바와 나는 당신을 무척 좋아해요. 당신은 참 친절하죠. 그리고 우리를 망신시키진 않을 거예요. 우리 결혼식 증인이 되어주겠어요?"

나는 몸서리가 쳐졌다. 아버지 집에 디아만둘라라는 늙은 하녀가 있었다. 예순이 넘은 할머니였는데 코밑수염이 나고 내내 처녀였기 때문에 반쯤 돌아버린 형편인 데다가 신경질에 말라 쭈그러진 밋밋한 여인이었다. 그녀는 식료품 가게 배달꾼인 미초와 그만 사랑에 빠지고 말았는데 녀석은 더럽고 살이 피둥피둥한, 수염 하나 나지 않은 젊은 농부였다.

"언제 나하고 결혼해줄래?" 여자는 일요일마다 그에게 물어보곤 했다. "지금 결혼해줘! 얼마나 더 기다려야 해? 더는 못 참겠어!"

"나도 참기 힘들어요!" 그녀의 습관을 역이용하여 설득을 벌이는 식료품 가게 배달꾼은 교활하게 말했다. "나도 더는 기다릴 수가 없단 말이오, 디아만둘라. 하지만 나도 당신만 한 콧수염이 나야 결혼할 수 있지 않겠소……"

그런 식으로 몇 해가 흘러갔고 늙은 디아만둘라는 기다렸다. 그녀의 히스테리는 점점 잦아들었으며, 두통이 줄었고, 키스 한 번도 못 해본 쓰라린 입술에는 미소가 어렸다. 그녀는 이제 옷도 깨끗이 빨아 입었고, 접시도 덜 깼으며, 절대 음식을 태우지도 않았다.

"도련님, 우리의 증인이 되어주시겠어요?" 어느 날 저녁, 그녀는 수줍은 듯 내게 물었다.

"물론이지, 디아만둘라." 나는 그녀가 너무 애처로워서 이렇게 대답은 했지만 목에 덩어리가 걸린 것 같은 기분이었다.

그때 그런 제안을 받았을 때 가슴이 아팠는데, 지금 오르탕스 부인에게 똑같은 부탁을 듣자 몸서리가 쳐졌다.

"물론 해야죠." 나는 대답했다. "영광입니다, 오르탕스 부인."

그녀는 일어섰다. 작은 모자 밑에 달린 작은 방울들을 쓰다듬더니 입맛을 다셨다.

"안녕히 주무세요." 그녀는 말했다. "안녕, 그이가 빨리 우리한테 돌아왔으면 좋겠네요!"

나는 어기적거리며 걸어가는 그녀의 뒷모습을 지켜보았다. 늙은 몸을 마치 젊은 아가씨가 맵시를 내는 것만큼이나 흔들고 갔다. 기쁨이 그녀에게 날개를 달아준 것이다. 그녀의 비뚤어진 궁정화가 밟고 간 자리마다 모래밭에는 깊은 발자국이 남았다.

그녀가 막 곶을 돌아섰을까 말까 했을 즈음, 나는 해안 쪽에서 들려오는 날카로운 비명과 울음소리를 들었다.

나는 벌떡 일어나서 시끄러운 소리가 나는 쪽으로 달려갔다. 반대쪽 방향에 있는 곳에서 곡을 하는 여자의 소리가 들렸다. 나는 바위 위에 올라가서 내려다보았다. 마을 쪽에서 남자들과 여자들이 달려나오고 있었고 개들이 짖으며 그 뒤를 쫓아나오고 있었다. 말을 탄 두 세 사람은 그들보다 앞장서서 달리고 있었다. 짙은 먼지바람이 자욱이 땅에서 일었다.

'무슨 사고가 일어난 모양이군.' 나는 생각했다. 그리고 물굽이를 돌아 뛰어내려 갔다.

와자지껄하는 소리는 점점 더 크게 들렸다. 지는 햇살을 받으며 봄 구름 두세 점이 까딱 않고 걸려 있었다. 우리의 젊은 아씨를 기념하는 무화과나무는 새 잎들로 새 단장을 했다.

불쑥 오르탕스 부인이 쓰러질 듯이 나에게 달려들었다. 그녀는 머리를 풀어헤치고 가던 길을 되짚어 달려오고 있었던 것이다. 숨이 턱에 차고 신 한 짝은 벗겨졌다. 그녀는 신발을 손에 들고 울면서 달려왔다.

"하느님 맙소사…… 하느님 맙소사……." 그녀는 나를 보자 흐느껴 울었다. 발을 헛디뎌 까딱했으면 고꾸라질 뻔했다.

나는 그녀를 붙들었다.

"왜 울어요? 무슨 일이 난 겁니까?" 나는 그녀를 거들어서 밑창이 거의 다 나간 신을 신겨주었다.

"나는 무서워요…… 나는 무서워요……."

"뭐가 말입니까?"

"죽는 것이."

그녀는 아마도 공기 가득히 퍼진 죽음의 냄새를 맡았나 보았다.

그녀의 축 늘어진 팔을 끌고 나는 현장으로 가려고 했지만 나이 든 그녀의 몸은 말을 안 들었고 와들와들 떨기만 했다.

"나는 가기 싫어…… 나는 가기 싫어……." 그녀는 울부짖었다.

불쌍한 노파는 죽음이 나타난 장소 가까이 가는 것에 그만 질려 했다. 카론(저승으로 가는 스틱스 강을 건너는 나룻배 사공)이 행여 그녀를 보고 기억해두면 큰 낭패였다. 나이 든 사람이면 누구나가 그렇듯이, 우리 가련한 세이렌도 녹색으로 변장하거나 흙빛으로 둔갑해서 자신의 존재를 감추려고 했다. 그래야 카론이 보더라도 그녀가 흙인지 풀인지 분간 못할 것이 아닌가. 그녀는 지방이 모여 둥글게 뭉친 어깨 사이에 깊숙이 머리를 묻은 채 사시나무 떨듯이 몸을 떨었다.

가까스로 제 몸을 올리브나무가 서 있는 곳으로 끌고가더니 여기저기 기워서 때운 외투를 펴놓고 땅이 꺼질 듯 풀썩 주저앉아서 말했다.

"이걸 나한테 덮어주겠어요? 이걸 나한테 덮어주고 당신은 가서 좀 보고 와요."

"추워서 그럽니까?"

"그래요, 그러니 이걸로 나를 덮어줘요."

나는 누가 봐도 흙인지 사람인지 분간 못할 만큼 그녀를 푹 덮어주고는 곳 쪽으로 발길을 돌렸다.

해안선이 휘어진 곳에 다가가자 곡하는 소리가 한결 뚜렷이 들려왔다. 미미코가 내 곁을 지나 달려갔다.

"미미코, 대체 무슨 일인가?" 나는 물었다.

"그 애가 물에 빠져 죽었어요. 저 스스로 물에 빠져 죽은 거라고요!" 그는 쉬지 않고 소리 질렀다.

"누가?"

"파블리, 마브란도니의 아들 말이에요."

"왜?"

"저 과부……."

그 한 마디 말이 저녁 공기 속에 매달린 채 그 여자의 위험하고 나긋나긋한 몸매를 불러일으켰다.

바위들이 모여 있는 곳까지 간 나는 마을 사람들이 다 모여 있는 광경을 보았다. 남자들은 모자를 벗고 말이 없었다. 여자들은 수건을 어깨너머로 걸어 올리고는 머리털을 쥐어뜯으면서 찢어져 나갈 듯이 울부짖고 있다. 자갈이 깔린 해안에 퉁퉁 불어오른 창백한 시체가 하나 누워 있었다. 늙은 마브란도니는 꼼짝도 않고 그것을 뚫어지게 내려다보며 서 있었다. 오른손으로 장대를 짚고 있었고 왼손으로는 곱슬곱슬한 은빛 턱수염을 잡고 있었다.

"과부야, 너는 저주받아!" 날카로운 목소리가 갑자기 외쳤다. "하느님은 너에게 이 값을 물게 할 거다!"

한 여자가 뛰어올랐다. 남자들을 향해 소리쳤다.

"이놈의 마을에는 그년을 끌어다가 이 사람 무릎 위에 엎어놓고 양의 멱을 따듯 그년의 목을 따낼 남자는 한 사람도 없단 말이오? 장하군 장해! 겁쟁이들!"

그리고 여자는 아무 말 없이 자기를 쳐다보고만 있는 남자들에게 침을 칵 뱉었다.

카페 주인인 콘도마놀리오가 그녀의 말에 불끈했다.

"우리를 모욕하지 마, 미친 카테리나야. 우리를 모욕하지 말라니까. 아직 사나이들이 있어, 팔리카리아 같은 남자가 우리 마을에 있을 테니 두고 보란 말야!" 그는 고래고래 소리 질렀다.

나는 자신을 억제할 도리가 없었다.

"여러분, 참 창피한 줄이나 아시오!" 나는 소리쳤다. "대체 그 여자에게 무슨 책임이 있다는 겁니까? 그건 운명이에요. 여러분은 하느님이 무섭지 않소?"

그러나 아무도 대답하는 사람은 없었다.

물에 빠진 사나이의 사촌인 마놀라카스가 커다란 몸집을 굽히더니 송장을 두 팔로 들어올리고는 맨 먼저 마을로 되돌아섰다.

여자들은 계속 슬픈 소리를 지르고 제 얼굴을 손톱으로 할퀴면서 제 머리채를 낚아채며 뜯어댔다. 송장이 들려가는 것을 보더니 그들은 우르르 달려들어 그것을 안으려고 했다. 그러나 마브란도니는 장대를 휘둘러 그들을 쫓아내고 앞장 서 걸었다. 여자들은 장송곡을 부르며 그 뒤를 따랐다. 맨 뒤에 입을 꼭 다문 남자들이 걸어나갔다.

그들은 저녁 어둠 속으로 사라졌다. 주위에서는 다시 한 번 바다의 평화로운 숨소리가 되살아오는 것 같았다. 둘러보니 나 혼자만이 남아 있었다.

"나도 집에 돌아가야지." 나는 말했다. "아 하느님, 슬픔이 또 할퀴고 지나간 하루였습니다."

깊은 명상에 잠겨서 나는 고갯길을 따라나갔다. 나는 그처럼 가깝게 인간의 고통을 자기 것으로 느끼는 이곳 사람들을 좋아했다. 오르탕스 부인, 조르바, 과부 그리고 제 슬픔을 묻어버리기 위하여 과감히 스스로 바다에 몸을 던진 창백한 파블리, 그리고 과부의 목을 양의 먹처럼 따라고 외친 델리카테리나, 다른 사람들 앞에서 울기는커녕 말도 거부했던 마브란도니. 발기불능이고 이성이 어쩌고 따지는 것은 나뿐이었다. 내 피는 끓을 줄을 몰랐다. 나는 정열을 가지고 사랑하거나 증오해온 적도 없었다. 나는 모든 것을 운명의 탓으로 돌리는 비겁한 방법으로 사태를 바로잡아 보려고 나섰던 셈이다.

해 질 무렵 어스름 속에서 나는 아직 바위 위에 앉아 있는 아나그노스티 아저씨의 모습을 볼 수 있었다. 그는 긴 지팡이로 턱을 괴고는 바다를 노려보고 있었다.

그를 불러보았지만 그는 대답이 없었다. 나는 그가 있는 곳으로 올라갔다. 그는 나를 보더니 머리를 흔들었다.

"불쌍한 인간 같으니! 젊은 목숨을 끊어버리다니! 가엾은 녀석은 제 슬픔을 감당할 수가 없어서 바다에 제 몸을 던져 익사했소. 이제는 구원을 받았겠군."

"구원을 받았다고요?"

"구원을 받았지. 젊은이, 그럼 구원 받았고말고. 그가 살아서 뭘 하겠느냔 말일세. 만일에 과부하고 결혼했더라면 어찌됐겠소. 좀 있으면 싸움질이나 할 테고 어쩌면 사나이 명예나 구기고 말죠. 그 여자는 씨 받는 암말 같은 여자요. 그 여자는 수치심이라곤 없거든! 그녀는 남자를 보자마자 기분이 좋아서 말처럼 우는 그런 여자요. 그리고 만약 녀석이 그 여자와 결혼을 못했다면 엄청난 행복을 놓쳤다는 생각이 녀석의 머릿속에 꼭 박혀 일생을 괴로워했을 게 아니오! 앞으로 나가자니 입을 벌린 심연이요 뒷걸음질치자니 낭떠러지가 기다리고 있었죠!"

"아나그노스티 아저씨, 제발 그런 말은 하지 말아요. 아저씨 말을 들으면 누구나 절망하겠습니다!"

"이봐요, 그렇게 두려워할 필요 없소. 아무도 내 말은 못 알아들어요. 자네 빼놓고는. 그리고 설사 그들이 내 말을 알아듣는다고 해서 내 말을 믿기나 하겠소? 자, 세상에 나보다 더 행복한 사람은 없을 거요. 나는 밭과 포도원과 올리브 과수원이 있고 이층짜리 집에서 살고 있소. 게다가 돈도 많고 마을어른의 한 사람이오. 또 아들만 낳은 착하고 말 잘 듣는 여자와 만나 잘 살고 있소. 이 여자가 반항하여 내 앞에서 눈을 치켜뜨는 것 한 번 본 적이 없고, 아들 녀석들도 다 착한 애비 노릇을 하고 있죠. 나는 불만이라곤 아예 없거든. 손자 녀석들도 있죠. 내가 뭘 더 바라겠소? 내 뿌리는 깊이 박혔으니 말이오. 하지만 말일세, 내가 다시 살 수만 있다면 나도 파블리처럼 목에다가 돌을 비끄러매고 바다에다 몸을 던지겠소. 인생살이는 괴로운 거요. 정말 괴로운 걸세. 제일 행복하다는 순간도 마찬가지죠. 인생은 저주받은 거요!"

"하지만 당신에게 부족한 게 대체 뭡니까, 아나그노스티 아저씨? 뭘 가지고 불평하고 있는 거지요?"

"부족한 게 하나도 없다고 말하지 않았소! 하지만 가서 인간의 속마음을 캐물어보시게나!"

그는 한동안 침묵했다. 어둠이 짙어가는 바다를 다시 보았다.

"잘했어, 파블리 너는 옳은 일을 했다!" 그는 지팡이를 휘두르며 소리쳤다. "계집들은 꽥꽥 울부짖고 소리나 지르게 내버려둬. 여자들은 골이 비었거든. 너는 이제 구원을 받았다. 파블리—네 아버지는 그걸 알지. 그러니 그는 외마디 비명도 지르지 않지!"

그는 이미 분간할 수 없을 만큼 뒤섞여버린 하늘과 산등성이를 바라보며 중얼거렸다.

"밤이야. 돌아가는 게 낫겠군."

그러더니 자기도 모르게 지껄인 말이 후회스러운 듯 갑자기 멈춰 섰다. 마치 큰 비밀을 폭로하고서 이제 그것을 수습하려는 듯 보였다.

그는 앙상히 메마른 손을 내 어깨 위에 얹었다.

"당신은 젊소." 그는 웃으면서 나에게 말했다. "늙은이의 말은 그냥 흘려버려요. 만약 세상 사람들이 늙은이의 말을 듣는다면 곧장 파멸의 길로 치닫기밖에 더하겠소. 만약 과부가 당신의 앞길로 질러간다면 그녀를 꽉 붙들어요! 결혼하고 아이들을 갖고 망설일 것 없소. 젊은이들은 고생하기 위해서 태어났다지 뭐요!"

나는 움막이 있는 바닷가로 되돌아와서 불을 지피고 저녁 차를 끓였다. 피곤하고 배고팠다. 나는 동물적 기쁨에 온통 자신을 내맡기고 게걸스럽게 먹어치웠다.

어디서 나타났는지 미미코의 좀 납작해진 머리가 불쑥 창가에 다가붙더니 불가에 쭈그리고 앉아 먹고 있는 나를 봤다. 그는 교활하게 웃었다.

"여긴 왜 왔지, 미미코?"

"주인님, 뭘 좀 가지고 왔는데요…… 오렌지 한 바구니예요. 과수댁이 그러는데, 정원에 열린 마지막 오렌지래요…….''

"과수댁이?" 나는 깜짝 놀라 물었다. "왜 이걸 그 여자가 나한테 보냈을까?"

"오늘 오후 마을 사람들 앞에서 자기를 위해서 좋은 말을 해줬기 때문이라고 하던데요."

"무슨 좋은 말을 했다고?"

"제가 어떻게 알겠어요. 그 여자가 한 말을 그대로 옮기는 것뿐인데. 그게 다예요!"

그는 침대 위에다 오렌지를 몽땅 쏟았다. 오두막 안이 온통 오렌지 향기로 그윽해졌다.

"그 여자에게 선물 고맙게 받았다고 얘기해주고 몸 조심하라고도 전해주게. 거동을 매우 조심하고 절대로 마을에 나타나지 말라고 해. 알아들었지? 한동안은 집 안에서만 있어야 한다고 그래. 이 불행한 일을 모두 잊을 때까지 말이다. 잘 알아들었지, 미미코?"

"그게 전부인가요, 주인님?"

"그게 다야. 이제는 가도 되네."

미미코는 나에게 눈을 끔벅거렸다.

"그게 다지요?"

"가라니까!"

그는 가버렸다. 나는 물이 많은 오렌지 한 알을 깠다. 그것은 꿀처럼 달았다. 나는 침대에 누워 잠이 들었다. 그리고 하룻밤 내내 오렌지 숲을 방황하는 꿈을 꾸었다. 따뜻한 바람이 불고 있었다. 나는 가슴을 열어젖히고 바람을 맞으면서 향긋한 바질^(박하 비슷한 다년생 식물) 가지를 귀밑에 꽂았다. 나는 스무 살짜리 시골 농부가 되었는데 누군가를 기다리며 휘파람을 불면서 오렌지 숲을 이리 뛰고 저리 쏘다녔다. 나는 누구를 기다리고 있는 걸까? 나는 몰랐다. 하지만 내 가슴은 기쁨으로 터질 듯이 뿌듯했다. 나는 콧수염을 쓰다듬으면서 귀를 세우고 밤새도록 오렌지나무 뒤에서 여자처럼 한숨을 쉬는 바닷소리를 들었다.

15

그날은 거센 강풍이 불었다. 지중해를 건너온 아프리카 사막의 열기가 그대로 느껴지는 바람이었다. 가는 모래 먼지가 하늘 높이 솟아올라 춤을 추었고 숨을 쉴 때마다 목구멍과 허파 속으로 스며들었다. 입을 놀리면 이가 서걱거렸고 눈은 염증을 일으켰다. 모래가 뿌려지지 않은 빵 한 쪽이라도 얻어먹을 작정이면 문과 창을 꼭꼭 닫아 걸어야만 했다.

그런 계절이 다가오고 있었다. 나무에 물이 오르는 이토록 답답한 나날이 계속되면 나 자신은 가득 퍼진 봄의 불안에 그만 압도당하고 만다. 나른한 느낌이 들고 가슴에는 어떤 긴장이 자리잡아 몸속에 근지러운 감각이 스쳐 흐른다. 어떤 크고도 단순한 행복을 바라는 욕망일까? 아니면 그런 기억일까? 아무튼 그렇게 뒤얽힌 느낌들이 나를 사로잡는 것이다.

나는 자갈길을 따라 산으로 올라갔다. 나는 갑자기 작은 미노스 문명의 도시를 찾고 싶은 충동이 일었다. 3, 4천 년 뒤 지상으로 솟아올라 다시 다정한 크레타의 햇볕을 따뜻이 쬐고 있는 그런 작은 도시였다. 서너 시간 걷다 보면 피로해질 테고 그러면 봄이 몰고 온 불안도 가라앉으리라 생각했던 것이다.

헐벗은 회색 바위는 어떤 나체처럼 광택을 발하고 있었는데 나무 그늘 하나 없이 살벌하고 인적이 없는 산을 나는 사랑했다. 부엉이 한 마리가 바위 위에서 밝은 달빛에 그만 멀어버린, 둥글고 노란 눈을 뜨고 있었다. 그것은 엄숙하고 아름다우며 신비에 가득 찬 모습이었다. 나는 발소리를 내지 않으려고 조심조심 걸었지만 그놈의 귀는 날카로웠다. 그놈은 날아갔다. 바위와 바위 사이로 솟아오르더니 이내 사라지고 말았다. 공기 속에는 아련한 백리향 냄새가 났다. 가시금작화의 첫물 노란꽃들이 벌써 가시를 헤치고 얼굴을 내밀었다.

폐허가 된 작은 도시가 시야에 다가서자 나는 주문에 걸린 듯 그 자리에

섰다. 아마 한낮은 되었을 것이다. 태양 광선이 수직으로 내리쏟아지면서 바위들을 빛 속에 적시고 있었다. 고대의 폐허가 된 도시에서 그것은 위험한 시간이다. 공기 속은 망령이 울부짖는 소리와 소음으로 가득 차기 때문이다. 나뭇가지 하나가 부러져도, 도마뱀 하나가 뛰어나가도, 머리 위를 지나가는 구름이 그림자 하나를 던져도 당신은 공포에 사로잡힌다. 당신이 밟는 땅은 무덤이 아닌 곳이 없으며 당신은 죽은 자의 신음 소리를 듣는다.

이윽고 내 눈은 밝은 빛에 익숙해졌다. 폐허 속에서 나는 사람의 손자국들을 알아볼 수 있었다. 두 줄기 넓은 길은 반짝이는 돌로 포장이 되어 있었다. 그 왼쪽과 오른쪽으로 좁은 길들이 꼬불꼬불 골목을 비집어 나가고 있었다. 원형의 아고라(그리스의 집회소나 광장을 말함) 복판과 그 바로 옆으로는 신하들과 완전히 터놓고 지내겠다는 듯이 2중의 둥근기둥, 큰 돌계단과 많은 바깥건물을 거느린 왕궁이 들어앉아 있었다.

도시 한복판에 박힌 돌들은 다른 곳에 박힌 돌보다 유난히 많은 발걸음으로 닳은 것으로 보아 그곳에 신전이 있었던 게 분명했다. 커다란 두 유방이 서로 꽤 넓은 간격을 잡고 있고, 두 팔에는 뱀들이 치렁치렁 감겨 있는 대여신상(大女神像)이 거기 있었다.

곳곳에 작은 점포들, 기름 짜는 기계, 대장간이 있었으며 가구와 질그릇을 만들던 일터도 보였다. 교묘하게 허물리지 않을 자리에 잘 지어놓은 개미언덕, 그곳에서 개미들이 없어진 것은 몇 천 년 전쯤의 일일까. 한곳에는 무늬살이 있는 돌로 석수장이가 항아리를 파고 있다가 완성할 시간이 없어 버려둔 유물도 있었다. 그의 손에서 떨어졌던 정은 수천 년 뒤 미완성 예술품의 바로 곁에서 발견되었다.

부질없고 어리석으며 영원한 물음, 왜? 뭣 때문에? 라는 생각이 가슴을 때렸다. 채 완성하지 못한 항아리, 예술가의 신나고 자신에 넘쳤던 영감이 갑자기 꺾이고 말았다고 생각하니 슬픔이 가슴을 채웠다.

갑자기 햇볕에 까맣게 그을린 작은 목동이 곱슬머리에다 가장자리가 헤어진 수건을 동여매고 부스러질 듯한 궁전 옆 바위 위에 나타나며 까만 무릎을 드러냈다.

"여, 안녕하시오!" 그는 소리쳤다.

나는 혼자 있고 싶어서 못 들은 체했다. 하지만 작은 목동은 조롱하는 듯이 웃기 시작했다.

"흥, 귀머거리 흉내를 내시는군요? 담배 있어요? 한 대 줘요! 이 텅 빈 구멍 속에 있자니 인생이 지겨워져요."

마지막 말은 느릿느릿 씹어뱉듯이 하는데 어찌나 비참하게 들렸는지 나는 그에게 미안한 마음이 들었다.

나는 담배가 없어서 대신 그에게 돈을 주려고 했다. 하지만 작은 목동은 기분이 상했는지 소리를 질러댔다.

"돈 따위는 지옥에나 가져가요! 그걸 가지고 내가 뭘 하지요? 나는 모든 것이 지겨워졌어요. 담배 한 대가 피우고 싶을 뿐이라고요!"

"난 가진 게 없어서…… 난 가진 게 하나도 없어서." 나는 절망스럽게 말했다.

"담배가 없다고요?" 그는 제정신이 아니었다. 손잡이가 구부러진 지팡이로 땅을 쾅 쳤다. "담배가 하나도 없다고요? 그럼 당신 호주머니 속에 있는 건 뭐요? 뭣이 있는지 불룩한데."

"책, 수건, 종이, 연필, 주머니칼." 나는 호주머니 속에 있는 물건들을 하나하나 꺼내 보이면서 대답했다. "이 주머니칼을 줄까요?"

"나도 하나 있어요. 내가 원하는 것은 다 있어요. 빵, 치즈, 올리브, 칼, 구두를 만들어 신을 가죽, 그리고 부엉이, 또 통 속에 있는 물. 모든 게 있어요…… 담배만 빼고 말입니다! 그게 없으니 나는 아무것도 없는 거나 마찬가지죠. 그런데 이 폐허 속에서 당신은 뭘 하는 거요?"

"나는 골동품을 연구하고 있소."

"무슨 좋은 수라도 있습니까?"

"아무것도 없소."

"아무것도. 나도 그렇답니다. 이것들은 다 죽은 거지요. 우리는 살아 있지만요. 빨리 가는 게 좋을 겁니다. 조심하시오!"

"그렇잖아도 갈 참이오." 나는 순순히 말했다.

나는 불안을 안고 작은 길을 되짚어 내려왔다. 잠깐 고개를 돌린 나는 아직 바위 위에 서 있는, 고독에 지칠 대로 지친 그 작은 목동을 볼 수 있었다. 그의 곱슬머리는 검은 손수건 밑에서 빠져나와 남풍에 휘날리고 있었다. 햇빛이 그의 머리에서 발끝까지 적셔내리고 있었다. 나는 소년의 청동상을 바라보고 있다는 느낌이 들었다. 그는 목이 휜 그의 지팡이를 어깨에 걸치더니 휙 하고 휘파람을 불었다.

나는 다른 길을 잡아 해안으로 내려갔다. 이따금 가까운 과수원에서 향기 가득한 훈풍이 코밑을 스치고 지나갔다. 대지에서는 풍성한 냄새가 났고 바다는 웃음으로 반짝였으며 푸른 하늘은 강철처럼 빛났다.

겨울은 사람의 몸과 마음을 위축시키지만 따뜻한 바람이 불어오면 사람의 가슴을 부풀어오르게 한다. 걸어나가던 나는 갑자기 대기를 진동하는 요란한 나팔 소리를 들었다. 나는 고개를 들었다. 어릴 때부터 언제나 깊은 감동을 받아온 멋진 광경을 거기서 보았다. 왜가리들이 전투대형을 펴고 따뜻한 나라에서 겨울을 나고 돌아오는 길목이었다. 전설에 따르면 그들은 날개와 뼈마디뿐인 몸 깊숙한 구석에 제비들을 실어온다고 한다.

조금도 어김없는 계절의 리듬, 무상한 생명의 윤회, 햇빛의 빛을 받아 변화하는 지구의 네 가지 얼굴, 삶은 지나간다는 진리, 이 모든 사실이 겹쳐 나는 다시 울적해졌다. 왜가리들의 울음과 함께 나 자신의 내부에서 다시 한 번 모든 인간은 단 한 번밖에 살 수 없다는 무서운 경고가 들려왔다. 이 세상밖에 다른 세상은 없고 즐길 수 있는 것일랑 모두 여기서 즐기고 가야만 한다는 것이다. 이 영원한 시간 속에서 우리에게 두 번 다시 기회는 주어지지 않으리라.

이토록 냉정한 경고를 들은 마음—가차없는 동시에 이토록 동정에 넘치는 경고를 들은 마음—은 스스로의 나약함, 비열함, 게으름과 부질없는 희망을 모두 떨쳐버리기로 결심할 터이며 영원히 달아나는 순간을 온 힘을 다해 붙들고 늘어지려고 들 것이다.

위대한 선인의 예가 머리에 떠오를 것이고, 당신은 잃어버린 영혼이요 당신의 인생은 쩨쩨한 쾌락과 고통 그리고 시시한 잔소리로 소비돼가고 있음을 스스로 분명히 깨닫고 만다. "창피해! 창피해!" 당신은 소리치면서 자신의 입술을 깨물고 만다.

왜가리 떼는 하늘을 가로질러 북녘으로 사라져버렸지만 내 머릿속에서는 끝없이 공허한 울음을 울며 이쪽에서 저쪽으로 계속 날아다니고 있었다.

나는 바다로 왔다. 물가를 따라 빠른 걸음으로 걸어갔다. 혼자 바닷가를 걸으면 마음이 편안하지 못하고 설레는 것은 어인 일일까! 파도가 칠 때마다, 하늘에서 새가 울 때마다 그것은 당신에게 당신의 의무를 상기시켜준다. 동무와 함께 걷고 있을 때면 당신은 웃고 이야기하느라 파도와 새가 무엇을 말하고 있는지 알아듣지 못한다. 물론 그들은 말할 게 없을지도 모른다. 그들은 당신이 재잘거리는 가운데 스쳐 지나가는 것을 지켜보다가 소리 내는 것을 멈춘다.

나는 자갈밭 위에 드러누워 눈을 감았다. '영혼은 그럼 무엇일까?' 나는 궁금했다. '그리고 영혼, 바다, 구름, 향수 사이에는 어떤 비밀의 관계가 있을까? 영혼이 바다이고 구름이며 향수 같은데…….'

나는 일어나서 다시 걸었다. 마치 어떤 결론에 다다른 것처럼. 무슨 결론일까? 나는 몰랐다.

갑자기 내 등 뒤에서 목소리가 들렸다.

"선생님, 어디로 가십니까? 수녀원에 가시는 길인가요?"

나는 돌아섰다. 하얀 머리를 수건으로 동여맨 작달막하게 생긴 혈색 좋은 노인이 손을 흔들면서 나에게 미소 짓고 있었다. 그 뒤에는 할머니가 따라서 걸어오고, 또 그 뒤에는 허리에 흰 스카프를 두르고 눈에는 날카로운 광채가 도는 검은 살결의 딸인 듯싶은 아가씨가 따르고 있었다.

"수녀원에 가시나요?" 노인은 다시 물었다.

그러자 갑자기 내가 진작 그 길로 가기로 마음먹고 있었다는 사실을 깨달았다. 몇 달을 두고 나는 바닷가에 자리한 그 작은 수녀원에 가보고 싶었지만 마음속에 결단을 못 내리고 있었던 것이다. 그런데 그날 오후 내 몸이 갑자기 그런 결정을 내려주었다.

"그렇습니다." 나는 대답했다. "나는 성모에게 드리는 노래를 들으려고 수녀원에 가는 길이지요."

"성모의 축복이 당신에게 내리기를."

그는 발걸음을 재촉하여 나를 따라왔다.

"선생이 석탄회사라고 부르는 걸 하는 사람이오?"

"그렇습니다."

"아, 당신이 커다란 수익을 올리기를 축원합니다! 선생은 마을을 위해서 좋은 일을 참 많이 하고 있지요. 가족을 거느린 가난한 가장들에게 생계비를 벌게 해주지 않습니까. 축복을 드립니다!"

그리고 한순간이 지난 뒤, 우리 사업이 시원치 않다는 것을 이미 잘 알고 있는 이 교활한 영감은 또 이렇게 위로의 몇 마디를 갖다붙였다.

　"그리고 돈은 못 번다고 하더라도 걱정 마시오. 모든 것을 잃지는 않을 테니까. 당신의 영혼은 곧바로 천당에 갈 거요."

　"할아버지. 나도 그러길 바란답니다."

　"나는 배운 거라고는 없는 사람이오. 하지만 어느 날 교회에서 들은 예수가 하신 말씀은 잊히지가 않는군요. '팔아라, 가장 위대한 진주를 사기 위하여 네가 가진 모든 것을 팔아라' 하시지 않았겠소. 무엇이 가장 위대한 진주일까요? 당신의 영혼을 구하는 일이죠. 선생은 커다란 진주를 얻을 길을 걷고 있는 거라오."

　커다란 진주라! 그것은 내 마음속에서 얼마나 여러 번 커다란 눈물방울처럼 빛났던가!

　우리는 같이 걸어갔다. 남자 둘이 앞서고 그 뒤를 두 손을 꼭 쥔 두 여자가 따랐다. 이따금 우리는 말을 주고받았다. 올리브꽃은 맨 나중에 피는 꽃인가요? 비가 올까요? 그러면 보리가 팰까요? 배가 꽤나 고팠는지 우리 이야깃거리는 줄곧 먹는 것을 맴돌았다.

　"할아버지, 가장 좋아하시는 음식은 뭡니까?"

　"다 좋아하죠. 이게 좋고 저게 나쁘다고 음식 타박을 하는 것은 큰 죄악이라오."

　"왜요? 골라서 먹으면 안 되나요?"

　"물론 그러면 안 되죠."

　"왜요?"

　"세상에는 굶주리고 있는 사람이 있기 때문이오."

　나는 그만 부끄러워져서 입을 다물고 말았다. 내 마음은 아무리 해도 그토록 고상할 수가 없었고 동정을 느낄 줄 몰랐던 것이다.

　작은 수녀원의 종이 여인의 웃음소리처럼 명랑하고 장난기 넘치는 소리를 낸다.

　노인은 성호를 그으며 중얼거렸다.

　"순교하신 동정녀로 하여금 우리에게 도움을 베풀도록 하소서! 그녀는 목에 칼의 상처를 입으시고 피를 흘리십니다. 해적들이 날뛰던 때……."

그리고 노인은 마치 살아 있는 여자의 애기인 것처럼 성녀의 고통에다 이야기를 덧붙이기 시작했다. 박해를 피해 동방에서 눈물 흘리며 아이를 데리고 온 젊은 여인은 믿음이 없는 자의 손에 찔려 죽었다는 것이다.

"1년에 한 번 진짜 뜨거운 피가 그녀의 상처에서 흘러나온다오." 늙은이는 말을 이었다. "오래전 일인데—내가 턱수염이 나기 전이니까—그를 기념하는 날에는 고원에 있는 모든 마을 사람이 다 내려와서 성녀에게 예배를 드렸었죠. 8월 15일이었소. 우리 남자들은 바깥 정원에서 자고 여자들은 안에서 잤지. 그리고 한참 잠이 들어 있는데 성녀의 울음소리를 내가 들었지 뭐요. 나는 황급히 일어나서 성녀상 앞으로 달려가 손을 그 목에다 대었지. 그런데 내가 본 것이 뭔지 아시오? 내 손가락에 그만 피가 벌겋게 묻었는데……"

영감은 성호를 긋고 여자들을 돌아다보며 소리쳤다.

"빨랑 와요 이 사람들아! 자, 거의 다 왔다니까!"

그는 다시 목소리를 낮추며 말했다.

"그때 난 결혼을 안 했었죠. 나는 성녀의 거룩한 모습 앞에 무릎 꿇고는 거짓말투성이의 이 세상을 등지고 수도승이 되겠다고 결심했었소……"

그는 웃었다.

"왜 웃으시죠, 영감님?"

"이봐요, 당신은 우습지 않소? 바로 그날 축제가 벌어졌는데 악마가 여자 차림을 하고 내 앞에 나타났지 뭐요. 그게 바로 저 여자였다오!"

그는 뒤도 돌아다보지 않고 엄지손가락으로 그 뒤를 따라오는 늙은 여자를 가리켰다. 여인은 말없이 우리를 따라오고만 있었다.

"지금은 저 여자 얼굴이 쳐다보기에도 지겹고 살결이 닿는다는 생각만 해도 몸서리가 나지만, 그때는 보통 바람둥이가 아니었소. 물고기처럼 날렵했지. 그녀를 가리켜 눈썹 긴 미녀라고 야단들이었소. 그 작은 말괄량이는 그럴 만도 했지! 하지만 지금은…… 하느님, 제 영혼을 보살펴주십시오. 그 아름답던 눈썹들은 다 어딜 갔을까? 불에 타버렸소! 한 가닥 안 남기고!"

그 순간 바로 우리 뒤에서 늙은 여자가 쇠줄에 묶인 심술궂은 강아지처럼 입을 다물고 으르렁거리는 소리를 냈다. 그러나 말은 한 마디도 하지 않았다.

"자, 저기가 수녀원이오." 노인이 말했다.

바다 끝 두 개의 커다란 바위 틈서리에 끼어 하얗게 반짝이는 수녀원이 보였다. 그 가운데 박힌 갓 회칠을 한 교회당의 둥근 지붕은 마치 작고 둥근 여자의 젖꼭지 같았다. 교회당 둘레에는 푸른 문이 달린 여섯 개의 예배실이 있었으며 안뜰에는 세 그루의 큰 실편백나무, 그리고 벽을 따라서 한창 꽃이 핀 작달막한 선인장이 몇 그루 서 있었다.

우리는 걸음을 재촉했다. 은은한 멜로디의 노랫소리가 성소(聖所)의 열린 문으로 흘러나오고 짭짤한 공기 속에는 안식향 향기가 섞여 있었다. 아치 한복판에 있는 출입문은 활짝 열려, 검고 하얀 자갈들이 깔린 깨끗하고 향내 어린 안뜰로 통하고 있었다. 벽을 따라 오른쪽 왼쪽에는 로즈메리, 마조람, 바질 화분이 쭉 늘어서 있었다.

얼마나 고요한 풍경인가! 얼마나 다정한 풍경인가! 해는 저물어가고 하얗게 칠한 벽이 분홍빛으로 바뀌고 있었다.

작은 교회당 안은 따뜻하고 어두웠으며 밀초 냄새가 났다. 남자들과 여자들은 자욱이 서린 향불의 연기 속에서 이리저리 움직이고 있었으며, 대여섯 명의 수녀들은 길고 검은 수녀복을 몸에 꼭 맞게 입고서 음정이 높은 감미로운 목소리로 "아 전능하신 하느님……" 노래 부르고 있었다. 그들은 노래하면서 연방 무릎을 꿇었다. 그들의 옷이 서로 스치는 소리가 날개를 파닥이는 새소리처럼 들렸다.

꽤 오랫동안 나는 성모 마리아에게 바치는 찬가를 듣지 못했다. 한창 젊은 나이에 반항을 하던 무렵, 나는 교회 앞을 지날 때마다 가슴속으로는 분노와 경멸을 느꼈던 것이다. 시간이 지나면서 나의 거친 성질도 모가 가셨다. 사실 이제는 가끔 종교적인 축제—크리스마스며 전야 예배며 부활절 행사—에 참가해 다시 어린아이로 돌아가는 행복을 맛보곤 했다. 어린 시절의 신비주의적인 정열이 하나의 미학적인 즐거움으로 변했다. 야만인들은 악기가 종교적인 의식에 쓰이지 않게 되면 그 신성한 힘을 잃고 화음을 빚어내기 시작한다고 믿었다. 그처럼 종교는 내 안에서 타락하여 예술이 되고 만 것이다.

나는 한쪽 구석에 가서 신도의 손길이 닿아 상아처럼 반들반들 윤이 나는 마구간에 기대어 저 먼 과거로부터 들려오는 비잔티움의 성가 소리에 황급히 귀를 기울였다. "축복하세! 사람의 마음이 가 닿을 수 없는 높은 곳. 축복하세! 천사들의 눈으로도 볼 수 없는 깊은 곳. 축복하세! 더없이 깨끗한 신부, 아 시들지 않는 장미여……."

수녀들이 다시 머리를 숙이고 무릎을 꿇으면 날개 부딪치는 소리가 옷에서 들렸다.

몇 분이 흘렀다. 안식향 냄새가 나는 날개를 단 천사들이 손에 손에 봉오리가 채 열리지 않은 백합을 받쳐들고 나타나 마리아의 아름다움을 노래했다. 해는 지고 우리는 황혼의 밑바닥에 깔린 듯한 푸르름에 감싸여 있었다. 어떻게 안뜰까지 들어왔는지 잘 기억나진 않지만 가장 큰 실편백나무 아래 나는 수녀원장과 두 젊은 수녀와 함께 있었다. 젊은 수련수녀가 나와서 잼한 스푼, 신선한 물과 커피를 권했고 평화로운 대화가 시작되었다.

우리는 성모 마리아가 이룩한 기적과 갈탄광 이야기, 암탉이 알을 낳기 시작했으니 봄이 아니겠느냐는 이야기며, 수녀 유독시아의 이야기를 했다. 간질병이 있는 그녀는 늘 교회당 바닥에 넘어져서 물고기처럼 몸을 파르르 떨며 입에 거품을 문 채 옷을 자꾸 찢는다는 것이다.

"그녀는 서른다섯이에요." 수녀원장은 한숨을 쉬며 덧붙였다. "불행한 나이지요. 참 어려워요! 성모님, 그녀에게 오셔서 도움의 손길을 내려 주십시오! 10년 아니면 15년이면 다 낫겠지요."

"10년, 아니면 15년이라고요." 나는 말을 못하고 중얼거렸다.

"영원을 생각했을 때, 10년 15년은 아무것도 아니잖아요." 수녀원장은 엄숙하게 말했다.

나는 대답하지 않았다. 나는 영원이란 지금 바로 이렇게 지나가고 있는 순간순간임을 알고 있었던 것이다. 나는 수녀원장의 살이 통통하고 향료 냄새가 밴 하얀 손에 입을 맞추고 헤어졌다.

날은 완전히 어두워졌다. 까마귀 두세 마리가 둥지로 황급히 돌아가고 있었고 부엉이가 고목나무 구멍에서 사냥을 하러 나오고 있었다. 달팽이, 쐐기벌레, 지렁이, 들쥐들이 부엉이 밥이 되려고 땅속에서 기어나오고 있었다.

자기 꼬리를 먹어버리는 신화 속의 뱀이 나를 친친 감고 대지는 그녀의 자식들을 세상에 태어나게 하며 또 그것들을 잡아먹고는 그 대신 더 많은 새끼를 치고 또 잡아먹는 것이다.

나는 주위를 둘러보았다. 꽤나 어두웠다. 마지막 마을 사람들도 돌아가버리고 이제 나를 보는 사람이라고는 아무도 없었다. 나는 정말 이 세상에 혼자였다. 나는 신발을 벗고 바닷물에 발을 담갔다. 모래 위에 뒹굴었다. 내 알몸으로 돌과 물과 공기를 느끼고 싶은 충동이 일어났다. 수녀원장은 그녀의 '영원'을 이야기하여 나를 절망시켰다. 나는 그 한마디가 야생말을 잡으려는 올가미처럼 내 곁에 날아와 떨어지는 것을 느꼈다. 나는 도망쳐보려고 껑충 뛰었다. 나는 내 발가벗은 맨몸을 땅과 바다에 밀착시키고 저 사랑스럽고 순간적인 것들이 참으로 존재하는가 확실히 느끼고 싶었다.

"네가 존재한다. 그리고 너만이 존재한다!" 나는 가장 깊은 내 안으로부터 소리 질렀다. "아 대지여! 나는 당신의 막내요, 나는 당신의 젖을 물고 놓지 않을 겁니다. 당신은 나를 1분 이상 살지 못하게 하겠지만 바로 그 1분이 젖이 되고 나는 그 젖을 물 것입니다."

나는 '영원'이라는, 사람을 잡아먹는 언어에 내동댕이쳐질 위험에 직면한 것 같아 으스스 몸을 떨었다. 나는 지난 생각이 났다. 언제던가? 불과 1년 전이었지…… 나는 두 눈을 감고 두 팔을 벌린 채 한사코 '영혼' 속에 뛰어들고 싶었던 적이 있었다.

내가 초등학교 1학년이었을 때다. 알파벳을 배우는 교과서에 이런 얘기가 있었다.

'어린아이가 우물 속에 빠졌다. 거기서 그는 멋진 도시, 화단, 진짜 꿀로 된 호수며 라이스 푸딩과 5색으로 된 장난감 산을 발견했다. 내가 알파벳을 하나하나 적어 나가자, 모든 음절은 나를 점점 더 가까이 그 마술의 도시로 데리고 가는 것 같았다. 한번은 한낮인데, 학교에서 돌아온 나는 정원으로 뛰어나가서 포도 덩굴 아래 있는 우물가로 달려가 홀린 듯 검고 조용한 수면을 노려보았다. 나는 곧 그 이상한 도시의 집들과 거리, 어린아이들과 포도송이가 주렁주렁 달린 정자를 볼 수 있으리라고 생각했다. 나는 더 기다릴수가 없었다. 머리를 아래로 박고 두 팔을 벌리고는 우물 모서리를 넘어보려발을 굴렀다. 그러나 그때 마침 어머니가 나를 보았다. 어머니는 소리를 지르시며 달려와 내 허리띠를 붙들었다. 아슬아슬한 순간이었다…….'

그러니까 나는 어렸을 적에 까딱하면 우물 속에 빠질 뻔했던 것이다. 내가 성장한 다음은 '영원'이라는 말 속에 거의 빠져들어갈 뻔했고, 그 밖에도 '사랑'·'희망'·'조국'·'하느님'이라는 숱한 말 속에 빠질 뻔했었다. 말 한마디 한

마디를 정복하고 그것들을 뒤로하면서 나는 위험을 벗어나고 어떤 진보를 하고 있다는 기분이 들었었다. 그러나 천만의 말씀이었다. 나는 다만 말만 바꾸고 그것을 해방이라 부르면서 살아온 셈이다. 그리고 지난 2년 동안 나는 부처라는 말꼬리에 매달려 세상을 살아온 것이 아니던가.

하지만 이제 나는 확신한다—조르바에게 영광이 있으리—부처는 내 마지막 우물이 될 것이고 마지막 입을 벌린 심연의 말이 될 것이며 나는 그로부터 영원히 벗어날 것이라고. 영원이라고? 그것은 내가 그럴 때마다 써온 말이 아니었던가.

나는 벌떡 일어났다. 나는 머리끝에서 발끝까지 스며드는 행복감을 느꼈다. 나는 옷을 벗고 바닷속으로 뛰어들었다. 신이 난 파도들이 희롱을 걸고 나도 그들과 희롱을 주고받았다. 이윽고 기운이 빠져서 나는 물에서 올라와 밤바람에 몸을 말렸다. 나는 커다란 위험을 용케 피하고 위대한 어머니의 가슴을 아직 꼭 쥐고 있다는 생각을 하며 다시 방향을 정한 뒤 성큼성큼 큰걸음을 내디뎠다.

16

갈탄광이 있는 해안이 눈앞에 들어오자 나는 갑자기 걸음을 멈추었다. 숙소에서 불빛이 보였던 것이다.

'조르바가 돌아온 게 틀림없어!' 그렇게 생각하니 흐뭇했다.

나는 뛰어가고 싶었지만 꾹 참았다. 그렇게 나는 내 기쁨을 감춰야 한다고 생각했다. 나는 짜증이 난 표정을 지어야 하고 먼저 단단히 따져둬야 한다. 나는 급한 볼일로 그를 그곳에 보냈다. 그런데 그는 내 돈만 왕창 써버리고 어떤 카바레 계집과 살다가 열이틀이나 늦게 돌아온 것이다. 굉장히 화가 난 것처럼 보여야만 해…… 정말 그래야지!

나는 그런 화에 발동이 제대로 걸릴 시간을 주려고 더 천천히 걸었다. 나는 화가 난 듯이 보이려고 애를 썼다. 얼굴을 찡그리고 주먹을 불끈 쥐고 화낸 사람이 흔히 하는 짓을 다 해보았지만 생각처럼 쉽지 않았다. 오히려 오두막 가까이 올수록 더 기분이 좋아졌다.

나는 살금살금 오두막으로 다가가서는 불이 켜진 작은 창문으로 안을 들여다보았다. 조르바는 무릎을 꿇은 채 화덕에 불을 붙이고서 커피를 끓이고 있었다.

나는 가슴이 흐뭇해져 소리를 지르고 말았다. "조르바!"

순간 문이 열리더니 맨발의 조르바가 뛰쳐나왔다. 목을 빼고 어둠 속을 응시하던 그는 나를 찾자마자 두 팔을 벌리고 나를 얼싸안으려고 하더니 그만 두 팔을 떨어뜨렸다.

"다시 만나서 반갑습니다. 주인님." 그는 더듬거리면서 말하고는 침울한 얼굴로 맥없이 내 앞에 서 있었다.

나는 화가 난 듯이 목소리를 돋우려고 했다.

"돌아오려고 애를 다 써주시고, 이거 참 고맙습니다그려." 나는 빈정대며 말했다. "더 가까이 오지 마시오! 화장실 비누냄새가 물씬거리는군요."

"아참, 내가 얼마나 몸을 닦아냈는지 안다면 주인님도……. 나는 온몸을 깨끗이 닦아냈지요! 주인님을 만나기 전에 나는 염병할 놈의 피부를 으스러져라 문질러 때를 뺐습니다. 한 시간 동안 모랫돌로 닦아냈다니까요. 하지만 이 고약한 냄새는…… 그래도 얼마 있으면 다 빠질 테니 걱정 말아요. 이런 일이 처음도 아니고…… 틀림없이 빠질 겁니다."

"안으로 들어갑시다." 나는 터져나오려는 웃음을 겨우 참으며 말했다.

우리는 안으로 들어갔다. 숙소에서는 향수, 분, 비누, 여자 냄새가 물씬 났다.

"이게 대체 어떻게 된 거요. 한번 물어나 봅시다." 핸드백들이며 화장비누 쪼가리, 스타킹, 자그마한 붉은 파라솔 그리고 작은 향수병 두 개가 담긴 상자를 가리키면서 나는 물었다.

"선물이죠." 고개를 숙이며 조르바는 입속말로 중얼거렸다.

"선물이라고요?" 나는 화가 머리끝까지 치밀어오른 것처럼 물었다.

"선물이라고요, 선물입니다. 주인님, 부불리나에게 주려고. 주인님, 화내지 말아요. 부활절은 곧 다가오고 그녀도 사람이지 않습니까."

나는 다시 한 번 웃음이 나오는 것을 꾹 누르며 말했다.

"그 여자에게 가장 중요한 것을 사오지 않았군요."

"뭔데요?"

"결혼 화환이죠. 몰라서 묻소?"

"뭐라고요? 무슨 말이죠? 나는 말뜻을 잘 모르겠군요."

그제야 나는 그에게 사랑에 빠진 세이렌을 골려준 얘기를 했다. 조르바는 잠시 머리를 긁적이곤 생각에 잠겼다가 이렇게 말했다.

"주인님, 내가 이렇게 말해도 괜찮을지 모르겠습니다만, 그런 일을 하면 안 되지요. 그런 종류의 농담은, 알다시피…… 여자는 약하고 섬세한 생물이에요. 내가 몇 년을 얘기해야 될까요? 그들은 자기로 만든 꽃항아리 같으니까 주인님, 조심스럽게 다뤄야만 한다는 겁니다."

나는 좀 창피해졌다. 후회스럽기도 했지만 이제는 너무 늦었다. 나는 화제를 바꾸려고 물었다.

"그런데 케이블과 연장들은?"

"다 사왔습니다. 흥분하지 말아요! 꿩 먹고 알 먹을 수는 없다고 하지 않습니까? 케이블·고가선로·롤라·부불리나, 모든 것이 준비되어 있습니다."

그는 불 속에서 브리키(삼각형으로 생긴 커피／끓이는 작은 주전자)를 끄집어내더니 내 잔에다 커피를 따르고 그가 가지고 온 깨 묻힌 줌발스(과일을 넣어 고리／모양으로 구운 과자)와 내가 좋아하는 꿀 묻힌 할바(참깨나 호두 기름에 꿀／이나 설탕을 넣은 과자)를 내놓았다.

"당신에게 주려고 할바를 큰 상자로 하나 사왔습니다. 내가 설마 주인님을 잊어버렸겠어요." 그는 자랑스럽게 말했다.

"이봐요. 앵무새에게 주려고 땅콩도 한 주머니 사왔고 하나도 잊어먹은 게 없지 뭡니까. 알죠. 내 머리는 중량을 초과했어요." 조르바는 커피를 조금씩 마시며 담배를 문 채 나를 살펴보았다. 그의 눈은 뱀의 눈처럼 나를 홀렸다.

"이 늙은 건달 같으니. 당신을 괴롭히던 문제는 그래 해결한 거죠?" 좀더 목소리가 부드러워진 나는 물었다.

"무슨 문제요, 주인님?"

"여자들이 사람이었소 아니었소?"

"아 그건 해결이 됐어요!" 조르바는 손을 저으며 대답했다. "여자도 사람이지요. 우리와 같은 사람이긴 한데 좀더 고약할 뿐이랍니다! 여자는 당신의 지갑을 보는 순간 정신을 잃고 말아요. 당신에게 매달리고 자유를 포기해버립니다. 마음 한구석에서 지갑이 번쩍거려 기꺼이 자유를 내던지고 마는 거죠. 하지만 곧 얼마 안 가서…… 아 주인님, 그따위 얘기는 때려치웁시다!"

그는 일어나 창밖으로 담배를 던지더니 말을 이었다.

"자, 이제는 남자끼리의 이야기를 합시다. 성주간^{(부활절을 앞})이 다가오고 있는데 케이블을 구해놨으니 산에 올라가서 그 돼지같이 살찐 녀석들에게 산림문서에다가 서명을 하도록 만들 때가 되었습니다. 녀석들이 케이블선을 보고 흥분해버리기 전에 말입니다. 무슨 뜻인지 알죠? 주인님, 시간은 자꾸 흘러가고, 그렇게 슬픈 척하고 앉아만 있으면 될 일도 안 되겠어요. 우리는 일을 시작해야만 해요. 긁어들이기 시작해야지요. 우리가 써버린 것을 보충하기 위해서 배에다가 짐을 퍼 실어야 한다 이 말입니다. 칸디아에 가는 바람에 돈을 너무 많이 써버렸어요, 망할 귀신이……."

그는 말을 끊었다. 나는 그에게 미안해졌다. 그는 어리석은 짓을 한 어린애와 다름이 없었다. 어떻게 사건을 바로 설명해야 좋을지 몰라서 떨고만 있는 것이다.

'부끄러운 줄 알아라!' 나는 속으로 자신에게 말했다. '저런 사람 마음을 공포로 떨게 만들어놓다니. 대체 어디 가서 조르바 같은 사람을 만날 수 있겠는가? 자, 모든 걸 털고 잊어버려!'

"조르바!" 나는 소리쳤다. "귀신 얘기는 집어치워요. 그런 따위는 우리와 상관이 없단 말이오. 한번 저지른 일은 저지른 일. 그만 잊어버리는 거요! 산투리나 내리시오!"

그는 나를 안으려는 듯이 또 한 번 팔을 벌렸다. 하지만 아직도 머뭇거려지는지 다시 팔을 모았다.

그는 한걸음에 벽 앞으로 갔다. 그리고 발돋움하여 산투리를 내렸다. 되돌아오는 그가 램프 불빛을 지나칠 때 자세히 보니 머리털이 칠흑같이 검었다.

"이런 주책바가지, 머리에다 무슨 조화를 부렸기에 그 모양이오? 그런 건 어디서 한 거요?"

조르바는 웃기 시작했다.

"주인님, 염색한 거랍니다. 화내지 말아요……. 왜 들였는지 알아요? 싸움에 져서 그랬어요……."

"뭐라고요?"

"허영심하고 말이죠. 하느님! 어느 날인가 롤라와 팔짱을 끼고 걷고 있었습니다. 말이 팔짱이지 이렇게 손가락 끝만 잡고서 말이죠. 그런데 꼬마녀석들이 그 손바닥만 한 작은 녀석들이 우리를 놀려대지 뭡니까. '이봐 영감!' 뚱보새끼 같은 녀석이 소릴 질렀어요. '이봐, 그 여잘 어디로 끌고 가는 거요. 아기 유괴범이죠?'

롤라가 얼마나 부끄러워했을지 짐작할 수 있을 거예요. 나도 창피했고요. 바로 그날 밤으로 이발소에 가서 머리털을 새카맣게 물들이고 말았지요."

내가 웃기 시작하자 조르바는 심각한 얼굴로 나를 바라보았다.

"겨우 이 정도가 우습게 들립니까, 주인님? 사실 본론을 지금부터예요. 남자가 얼마나 이상한 동물인가 가르쳐드리리다. 머리를 물들인 날부터 나는 전혀 딴사람이 되었답니다. 당신은 내 머리가 영원히 검어졌다고 생각하겠지요. 나 자신도 그렇게 믿기 시작했답니다—자기에게 어울리지 않는 것을 쉬 잊어버리는 것이 사람입니다—그리고 장담하지만 나는 더 세어졌어요. 롤라도 그것을 눈치챘지요. 내가 가끔씩 등이 아프다고 한 적이 있죠? 그런데 그 통증이 사라져버렸어요! 그러고는 한 번도 재발하지 않더군요! 물론 당신은 내 말을 안 믿을 겁니다. 당신이 읽는 책에는 그런 얘기가 써 있지 않으니까요."

그는 빈정대듯 웃더니 금세 뉘우쳤다.

"주인님, 세상에 태어나서 내가 읽은 책이라고는 《뱃사람 신드바드》 한 권뿐인데 그것을 읽고 얻은 좋은 경험으로 말하더라도……."

그는 산투리를 천천히, 아기를 다루듯 끄집어냈다.

"밖으로 나와요. 산투리는 벽 속에 갇히면 제 소리가 안 나지요. 그 악기는 야생적이고 탁 트인 공간을 가져야만 해요."

우리는 밖으로 나왔다. 별들이 반짝였다. 은하수가 하늘 한쪽에서 다른 한쪽으로 흘러내리고 있었다. 바다는 거품을 물었다. 우리는 자갈 위에 주저앉았고 파도가 우리의 발을 핥았다.

"돈이 떨어졌을 때는 신나게 놀아야 합니다." 조르바가 말했다. "뭐라고, 우리더러 포기하라고? 이리 오라니까, 산투리!"

"당신 고향인 마케도니아 노래를 한번 들어봅시다, 조르바." 나는 말했다.

"당신 고향인 크레타 노래를 할게요!" 조르바가 대꾸했다. "내가 칸디아에서 배운 노래를 부르겠어요. 그게 그만 내 인생을 바꿔놓았습니다."

그는 잠시 생각에 잠겼다가 계속 말했다.

"아닙니다. 정말 변화한 것은 아니에요. 이제 비로소 내가 옳았다는 것을 알게 되었을 뿐이지요."

그는 커다란 손가락들을 산투리에 올려놓고 목을 뺐다. 야성적이고 거칠면서 비통한 목소리의 노래가 나왔다.

> 한번 마음먹으면 뒤에서 꾸물거리지 말고,
> 후회 없이 앞으로 나가라.
> 네 젊음에 자유를 주어라. 그것은 다시 오지 않는다.
> 후회하지 말고 대담하게 하라.

우리의 근심은 흩어지고 작은 걱정들은 사라지며 영혼은 하늘에 가 닿는다. 롤라, 갈탄, 고가선, '영혼', 크고 작은 근심 걱정들이 모두 푸른 연기가 되어 하늘로 흩어져버렸고 강철의 새, 노래하는 인간의 영혼만이 남았다.

"조르바, 당신에게 모든 것을 선사하겠소!" 자존에 넘치는 노래가 끝나자 나는 외쳤다. "당신이 한 모든 일—여자, 물들인 머리, 써버린 돈—그 모든 것은 당신 것이야! 노래나 계속해요!"

그는 힘줄뿐인 목을 다시 한 번 쑥 내밀었다.

> 용기를 하느님의 이름으로! 모험이여, 무엇이 닥쳐와도 좋다!
> 네가 잃지 않으면 그때 너는 이기는 것이니!

탄광 가까이서 자고 있던 많은 노동자들이 노랫소리를 들었다. 그들은 일어나서 우리가 있는 곳으로 기어 내려오더니 빙 둘러 쭈그리고 앉았다. 그들이 좋아하는 노래를 들으니까 좀이 쑤셨던 것이다. 마침내 더 이상 참을 수가 없어진 그들은 어둠 속에서 갑자기 윗옷을 벗어던진 반라인 채로, 자루 같은 바지에 흐트러진 머리를 하고 나타났다. 그들은 조르바와 산투리를 둘러싸고는 자갈이 깔린 해안에서 춤을 추기 시작했다.

나는 말없이 그들을 지켜보며 전율을 느꼈다.

나는 생각했다. 이 광경이야말로 내가 찾고 있던 진짜 광맥이다! 그 밖에 더 무엇이 필요한가.

이튿날 먼동이 트기도 전에 탄광 갱도에는 조르바의 고함과 곡괭이 소리가 메아리쳤다. 사람들은 미친 듯이 열심히 일했다. 조르바만이 그들을 그렇게 부릴 수가 있었던 것이다. 그와 함께 있으면 일은 술이 되고 여자가 되고 노래가 되었으며 사나이들은 취했다. 대지는 그의 손이 닿으면서 생명을 찾고, 돌이며 석탄, 나무 그리고 광부가 그의 리듬을 탔으며, 아세틸렌 램프의 불빛을 따라 하얀 갱도마다 어떤 전쟁이 선포되었다. 조르바는 최전방 맨 앞에서 맨주먹으로 맞붙어 싸웠다. 그는 모든 갱도와 지층의 경계선에 이름을 붙이고, 모든 보이지 않는 힘에 표정을 부여했다. 그러고 나선 그들이 그를 피하기가 자못 어려워졌던 것이다.

"내가 그것이 카나바로 갱도라는 것을 아는데 제가 숨으면 어디로 숨겠어요?" 첫 번째 갱도에 이름을 붙이고 나서 그는 이렇게 말했다. "내가 그 이름을 아는데 어떻게 그것이 나한테 지저분한 짓을 저지르고 뻔뻔스런 생각을 품겠습니까. 수녀원장도 그렇고 안짱다리나 잔소리쟁이나 다 그럴 수야 없지요. 이봐요, 나는 그들의 이름을 하나하나 다 알고 있지 뭡니까."

그날 나는 그가 눈치를 못 채는 사이에 갱도로 숨어 들어갔다.

"이봐! 힘들 좀 내!" 그는 일꾼들에게 소리치고 있었다. 그가 건강이 좋을 때면 으레 그러는 모습을 볼 수 있었다. "자 뭐해! 우리는 아직 산을 통째로 먹어치우질 못했어! 우리는 사나이지, 안 그래? 우리를 얕보았다가는 큰일나지 큰일나! 하느님도 우리를 보면 떠실 걸세! 너희 크레타 사람과 마케도니아 사람인 내가 이 산을 도맡은 거야. 우리는 산 하나쯤으로는 끄덕도 않거든! 우리는 터키놈들도 무찔렀지, 안 그런가? 이렇게 조그마한 산 하나로 우리가 죽을 수야 없지 않나? 자 그럼!"

누군가가 조르바한테 달려갔다. 아세틸렌 불빛에 언뜻 그것이 미미코의 얄팍한 얼굴임을 알아볼 수 있었다.

"조르바," 그는 입안에서 중얼거리는 특유한 목소리로 "조르바……" 하고 불렀다.

조르바는 돌아다보더니 흘깃 한눈으로 무슨 볼일인지 다 알아차렸다.

"꺼져!" 그는 소리를 질렀다. "나가라니까."

"그 여자 심부름 왔는데……." 바보는 말을 더듬었다.

"나가라니까. 말 안 들려? 일이 바쁘단 말이야!"

미미코는 후다닥 달려나갔다. 조르바는 골이 나서 침을 퉤 뱉었다.

"낮에는 일을 해야지," 그는 말했다. "낮은 남자일까. 밤이 재미를 보는 시간이야. 밤은 여자지. 둘을 혼동하면 안 돼!"

그때 내가 나타나 말했다.

"12시가 다 됐는데 일을 그만하고 식사합시다."

조르바는 돌아서 나를 보더니 얼굴을 찡그렸다.

"우리를 기다리진 마세요, 주인님. 가서 점심 들어요. 우리는 열이틀이나 쉬어서 빨리 쫓아가야만 합니다. 맛있게 먹어요."

나는 갱도를 빠져나와 바다 쪽으로 걸어내려갔다. 내가 들고 다니던 책장을 폈다. 나는 배가 고팠지만 시장기를 잊고 있었다. 명상도 어떤 광산이라고 볼 수 있지 않은가, 그렇게 생각한 나는 명상을 계속하기로 한 것이다. 나는 정신의 커다란 갱도 속으로 뛰어들었다.

마음을 온통 뒤흔들어놓는 책이었다. 하얀 눈이 덮인 티베트의 산속 신비스러운 사원들에서 의지력을 집중시켜 마침내 그들이 바라는 대로 형체를 만들어내는 샤프란색 가사를 걸친 승려들의 얘기가 담긴 책이었다.

높은 산마루마다 공기 속에는 정령들이 가득히 움직이고 있었다. 그토록 높은 곳에는 결코 인간사의 부질없는 속삭임이 들려올 수 없었다. 위대한 금욕주의자는 열여섯에서 열여덟까지의 소년들을 제자로 받아들이고 한밤이 되면 그들을 데리고 산속에 있는 얼음같이 찬 호수로 갔다. 그들은 옷을 벗고서 얼음을 깨고 다시 얼려고 하는 물속에다 옷들을 던지고 그것을 다시 꺼내 입고는 등으로 말린다. 그리고 다시 옷을 물속에 던지고 또 한 번 체온으로 언 옷을 말리는 것이다. 그러기를 일곱 번 그들은 되풀이한다. 그리고 절에 돌아오면 아침일과를 시작한다.

1만 5천 내지 1만 8천 피트 높이의 산에 올라가서 그들은 조용한 자세로 앉아 숨을 길게 그리고 규칙적으로 쉰다. 허리까지 아무것도 걸치지 않은 채 앉아 있지만 추운 것을 모른다. 그들의 손에는 얼음 같은 물을 담은 작은 잔이 들려 있고 그들은 그것을 바라본다. 온 힘을 모아 잔에 시선을 부으면 마침내 물은 끓기 시작하고 그들은 그 물로 차를 끓이는 것이다.

위대한 고행자는 제자들을 주위에 모아놓고 이렇게 가르친다.

'자기 자신 안에 행복의 샘을 갖지 않은 자에게 화가 있으리라!'

'남을 즐겁게 하려고 원하는 자에게 화가 있으리라!'

'이승과 저승이 하나라는 것을 못 느끼는 자에게 화가 있으리라.'

어둠이 내려 더 이상 책을 읽을 수 없었다. 나는 책을 덮고 바다를 보았다. 나는 부처며 신이며 조국이며 사상 같은 그 모든 환상으로부터 나 자신이 헤어나와야만 한다고 생각했다…… 부처, 신, 조국, 사상들로부터 자신을 해방시키지 못하는 자에게 화가 있으라.

바다는 갑자기 캄캄해지고 초승달이 지고 있었다. 먼 곳에 있는 정원에서 개들이 슬피 울부짖었다. 그러면 온 계곡이 덩달아 울부짖으며 대답했다.

흙을 잔뜩 뒤집어쓴 채 조르바가 나타났다. 셔츠는 찢기어 너풀거렸다.

그는 내 곁으로 와서 쭈그리고 앉았다.

"오늘 일은 참 잘되었습니다. 좋은 일 많이 했지요." 그는 기분 좋게 말했다.

나는 조르바가 하는 소리를 흘려들었다. 내 마음은 아직 멀고도 위험한 벼랑에 붙어 있었던 것이다.

"뭘 생각하죠, 주인님?" 그는 물었다. "마음은 바다에 가 있는 거요?"

나는 정신을 차렸고, 조르바를 뒤돌아보며 머리를 설레설레 저었다.

"조르바, 당신은 자신을 훌륭한 뱃사람 신드바드라고 생각하고, 세상을 좀 돌아다녀 봤다 해서 큰소리를 치죠. 하지만 당신은 아무것도 못 보았어요, 본 것이라곤 아무것도 없다니까요. 하나도 없죠. 불쌍한 바보예요. 그건 나도 마찬가지죠. 세상은 우리가 생각하는 것보다 훨씬 크다오. 우리가 온갖 나라를 여행하고 바다를 다 횡단해봤자 우리집 문간 밖으로 코빼기도 못 내민 꼴이 된다는 거요."

조르바는 입을 오므리고 아무런 말도 하지 않았다. 얻어맞았을 때 주인에게 복종하는 강아지처럼 웅얼거리기만 했다.

나는 말했다. "세상에는 산들이 있다오. 크고 넓고 굽이마다 절들이 들어박힌 그런 산들 말이오. 그리고 그 절간에는 샤프란색 가사를 걸친 중들이 살고 있어요. 다리를 꼬고 앉아 한 가지 생각을, 오직 한 가지 생각만을 하면서 한 달이고 두 달이고 여섯 달이고 꼼짝 않고 그렇게 있는 거죠. 오직

한 가지 생각을. 알아들어요? 두 가지가 아니고 하나란 말이오! 그들은 우리처럼 여자와 갈탄 생각도 안 하고, 책이나 갈탄 생각도 안 하고, 똑같은 한 가지 일에 정신을 집중시켜 기적을 성취하는 겁니다.

렌즈를 태양 앞에 내놓고 모든 광선을 한곳에 집중하면 어떤 일이 일어나는지 보았잖소, 조르바? 그 초점에는 곧 불이 당겨집니다. 안 그래요? 왜 그럴까요? 왜냐하면 태양의 힘이 흩어진 게 아니라 그 한 점에 모두 집중하는 까닭이라오. 당신도 마음을 한 일에, 오로지 하나에만 쏟으면 기적을 만들 수가 있소. 알겠소, 조르바?"

조르바는 숨을 무겁게 쉬었다. 잠시 달아나고 싶다는 듯이 몸을 꿈틀거리더니 가까스로 자신을 억제했다.

"그래서요." 그는 목이 죄는 듯한 볼멘소리를 냈다.

그러더니 곧 펄쩍 뛰며 일어나서는 냅다 소리를 질렀다.

"닥쳐요, 닥쳐요! 왜 그런 소릴 나한테 하지요? 왜 당신은 내 마음에다 독을 푸는 겁니까? 나는 여기서 괜찮았어요. 왜 나를 방해하는 거지요? 나는 배가 고팠어요. 그리고 하느님과 악마가(그 차이를 내가 안다면 저주를 받겠소) 나한테 뼈다귀 한 개를 던져줘서 나는 그것을 핥고 있었던 거요. 나는 꼬리를 흔들면서 외쳤지요. '고맙습니다! 고맙습니다!' 그런데 이제는……"

그는 쾅 하고 발을 굴렀다. 그러고는 등을 돌려 마치 오두막으로 가려는 듯이 몸을 움직였지만 속에서는 아직 화가 끓고 있었다. 그는 걸음을 멈췄다.

"퉤! 신인지 악마인지 어떤 놈이 멋진 뼈다귀를 나한테 던져줬소!" 그는 짐승처럼 울부짖었다. "더러운 카바레 갈보년! 바다에도 못 타고 나갈 요강 같으니라고."

그는 자갈을 한 줌 쥐어서 바다에 던졌다.

"그러나 그게 누굽니까? 그런 뼈다귀를 우리에게 던지는 사람이 누구랍니까, 예?"

그는 잠시 기다리더니 아무런 대답도 나오지 않자 더 흥분했다.

"주인님, 아무 말도 해줄 게 없어요? 알면 나한테 얘기 좀 해봐요. 그 이름이나 알게 말입니다. 그럼 당신은 걱정할 게 없어요. 내가 그 친구 손 좀 봐줄 테니까! 하지만 알 길이 전혀 없다면 어디로 가야 할까요? 나는 불행해질 거예요!"

"배가 고프군요." 나는 말했다. "가서 먹을 것 좀 가져와요. 우선 먹고 봅시다!"

"주인님은 저녁 한 끼쯤 굶을 수 없나요? 우리 아저씨 한 분이 신부였는데 평일에는 소금과 물밖에는 안 먹었어요. 주일과 축제일에는 거기다가 밀기울을 조금 섞어서 먹었지요. 그런데도 그는 백 살을 넘겨 스무 해를 더 살았어요."

"조르바, 그분이 백이십 살까지 사신 것은 그에게 신앙이 있었기 때문이라오. 그는 그의 하느님을 찾았고 걱정이 없었던 겁니다. 하지만 조르바, 우리는 우리를 살피게 할 하느님이 없소. 자, 불을 피우고 저 도미를 요리해 먹읍시다. 양파와 후추를 듬뿍 넣고 우리 좋아하는 뜨거운 진국 수프를 만들어요. 그런 뒤에 생각해봅시다."

"생각해보긴 뭘 생각해요." 골이 난 조르바가 물었다. "배가 부르기 무섭게 그런 건 죄다 잊어버리고 말 텐데!"

"바로 그렇소! 조르바, 음식을 먹는 것은 바로 그 때문이라니까. 자, 그럼 이만하고 우리 골머리가 깨지지 않도록! 가서 멋진 생선 수프나 끓여요."

하지만 조르바는 막무가내였다. 서 있던 자리에서 꼼짝하지 않고 나를 노려보고 있었다.

"이봐요 주인님, 내가 할 말이 있어요. 나는 당신이 무슨 꿍꿍이속인가를 알아요. 우리가 애기를 하고 있는 순간 갑자기 나한테 영감이 떠올랐어요. 순간적으로 모든 것을 깨달았다 이 말입니다."

"내가 무슨 꿍꿍이속이란 말이오, 조르바?" 나는 호기심이 당겨서 물었다.

"수도원을 짓고 싶으시죠. 그렇지요! 수도사들을 갖다놓는 대신 존경하는 당신과 같은 펜대 운전사를 몇 명 갖다놓을 테죠. 그리고 그들은 밤낮으로 끼적거리며 세월을 보내겠지요. 그러면 옛날 그림 속에 있는 성인들처럼 당신의 입에서는 활자가 찍힌 리본이 쏟아져 나오겠지요. 내 말이 맞죠, 안 그래요?"

나는 슬픔이 복받쳐 머리를 숙였다. 젊었을 때 나의 꿈은 커다란 날개를 가지고 있었다. 순진하고 고상하며 관대하던 그 충동은 이제 날개를 잃어버리고 말았지만…… 지식인의 공동사회를 건설하고 거기에 우리 자신을 묻으려고 했다. 열 명 남짓한 친구들과 음악가, 시인, 화가들이 한곳에 모여서 낮에는 일하고 밤에만 만나 함께 먹고 노래하고 낭독하고, 인간에 관한 커다란 문제들을 우리끼리 토론하고 그에 대한 전통적인 대답들을 깡그리 뒤집어엎을 생각이었다. 나는 그때 이미 그런 공동사회의 규칙을 다 짜서 마련해놓고 있었던 것이다. 사냥꾼 성 요한의 교회가 있는 히메투스산 고갯길에 그런 건물까지 하나 찾아두었었다.

"내가 제대로 짚었지요." 내가 아무 말도 못하자 그는 신이 난 듯이 말했다.

"당신에게 부탁이 하나 있습니다, 거룩하신 원장님. 나를 당신네 수도원의 문지기로 일하게 해주시오. 오다가다 밀수입 놀음도 하게 말입니다. 참으로 얄궂은 것들을 성스러운 그곳에 들여놓지요. 여자며 만돌린이며 라키가 가득 든 목이 가는 큰 술병들이며 통째로 구운 돼지며…… 그리하여 당신이 허튼소리만 잔뜩 늘어놓으며 인생을 낭비해버리지 못하게 말입니다!"

그는 하하 웃더니 오두막 쪽으로 급히 가버렸다. 나는 그의 뒤를 쫓아갔다. 그는 입을 꼭 다문 채 생선을 씻었고 그동안 나는 나무를 가져다가 불을 피웠다. 수프가 다 되자 우리는 숟가락을 꺼내 들고 냄비째로 퍼마시기 시작했다.

우리는 서로 말을 안 했다. 온종일 쫄쫄 굶었던 터라 둘 다 게걸스럽게 먹어댄 것이다. 포도주를 좀 마셨더니 기분이 한결 좋아졌다. 조르바는 마침내 입을 열었다.

"지금 부불리나 여사가 나타난다면 재미있겠는걸요, 주인님. 지금 온다면 그 여자는 참 좋을 텐데. 하느님이 우릴 보호해주시는군요! 그 여자는 마지막 지푸라기 같은 겁니다. 그것 때문에 그만 허리가 작살날지도 몰라요. 하지만 주인님, 그 여자가 보고 싶군요. 망할 것 같으니!"

"그 작은 뼈다귀를 누가 던져줬는가를 나한테 물어보는 것은 아니겠죠?"

"그게 무슨 상관입니까, 주인님? 노적가리에서 벼룩 한 마리를 찾아내는 거나 마찬가지일 텐데…… 뼈다귀가 언어걸리면 언어걸렸나 보다 생각하면 그만이지, 그걸 누가 당신한테 내던졌는지 걱정할 필요는 없어요. 그게 맛이 있는가, 거기에 살점이라도 붙어 있는가, 물어보려면 이런 거나 물어봐야지요. 그 나머지 것은 모두가……."

나는 그의 등을 찰싹 때리면서 말했다. "배 속에 먹을 것이 들어가면 기적이 일어난다니까! 굶주린 육신은 조용해지고…… 질문을 하고 있던 영혼도 조용해지는 거죠. 산투리나 가져와요!"

조르바가 막 일어서려는데 자갈을 밟으며 걸어오는 무겁고 빠른 발소리가 들렸다.

"호랑이도 제 말 하면 온다더니." 그는 허벅지를 철썩 갈기며 낮은 목소리로 말했다. "그녀로군요! 암캐가 공기 속에서 조르바 냄새를 맡고 이리로 오고 있어요."

"나는 가겠소." 자리에서 일어서면서 내가 말했다. "나는 이 일에 말려들고 싶은 생각이 조금도 없으니까 좀 나갔다 오죠. 당신에게 이 문제를 맡기는 거요."

"잘 자요, 주인님."

"그리고 조르바, 잊지 말아요. 당신은 그 여자하고 결혼하기로 약속했으니까…… 나를 거짓말쟁이로 만들진 말아요."

조르바는 한숨을 쉬었다.

"또 한 번 결혼하라고요, 주인님? 실컷 먹었잖아요!"

화장실 비누냄새가 점점 더 가까이 풍겨오고 있었다.

"용기를 내요, 조르바!"

나는 황급히 자리를 떴다. 밖에서도 나는 벌써 헐떡거리기 시작한 그 늙은 세이렌의 숨소리를 들을 수 있었다.

17

이튿날 새벽 조르바의 목소리가 나를 깨웠다.

"꼭두새벽에 무슨 일이 일어났기에 이러지? 왜 이렇게 소리를 지르고 온 통 야단이오?"

"우리는 일을 진지하게 다뤄야만 합니다, 주인님." 그는 이렇게 대답하면서 잡낭에다 음식을 꾸려넣었다. "내가 노새 두 마리를 가져왔어요. 일어나세요. 수도원으로 가서 케이블선 주문서에 서명을 시킵시다. 세상에 사자도 무서워하는 것이 하나 있는데 그건 이(虱)입니다. 이들이 우리를 몽땅 빨아 먹어치울 겁니다, 주인님."

"왜 불쌍한 부불리나더러 이라고 하죠?" 나는 웃으며 그에게 물었다.

그러나 조르바는 못 들은 척하면서 말했다.

"자 가요, 해가 중천에 뜨기 전에 갑시다."

나는 산에 오르는 것이 정말 즐거웠다. 소나무 향기를 실컷 맡았다. 두 마리의 짐승 등에 올라 우리는 언덕을 타기 시작했는데 탄광에 이르자 잠깐 멈추어 섰다. 그동안 조르바는 인부들에게 몇 가지 지시를 했다. '수녀원장' 갱도에서 일을 하고 '오줌싸개' 갱도에 도랑을 파고 '카나바로' 갱도에서는 철수하라고 명령을 내렸다.

날씨는 투명하게 반짝이는 다이아몬드처럼 화창했다. 높이 오를수록 정신이 맑아지면서 고상해진 듯한 기분이 들었다. 다시 한 번 나는 순수하고 맑은 공기가 영혼에 주는 영향을 느꼈다. 숨 쉬기가 쉬워지고 광활한 수평선이 시야에 들어온다. 영혼도 허파와 콧구멍을 가진 동물과 마찬가지로 산소가 필요하고, 먼지 속이나 사람이 내뱉은 공기가 너무 많은 곳에서는 숨이 막히겠구나 생각했다.

우리가 소나무 숲 속으로 들어간 것은 해가 이미 높이 솟아오른 다음이었다. 그곳 공기에서는 풀 냄새가 났고 머리 위로 쏴쏴 부는 바람은 마치 바다와 같았다.

좁은 길을 오르면서 조르바는 산의 비탈면을 자세히 살폈다. 그는 상상 속에서 몇 야드마다 말뚝을 꽂아가고 있었다. 그리고 그가 눈을 들었을 때는 이미 거기에 반짝이는 케이블선이 산등을 타고 해안으로 뻗어내려 가고 있었다. 케이블선에는 벌채한 나무통들이 매달려 시위를 떠난 화살처럼 휙 소리를 내지르며 내려가고 있었다.

그는 두 손을 모아 비볐다.

"자본!" 그는 힘주어 말했다. "이곳은 황금의 탄광이 될 거예요! 우리는 곧 굴러들어오는 떼돈을 벌게 되고, 벼르고 벼르던 일을 모두 다 할 수 있을 겁니다."

나는 깜짝 놀라서 그를 쳐다보았다.

"흠! 벌써 다 잊었다는 말을 하진 마쇼! 당신의 수도원을 짓기 전에 우리는 커다란 산봉우리에 오를 거예요. 이름이 뭐였죠?"

"티베트, 티베트요 조르바. 하지만 우리 둘만이오, 여자는 데려갈 수 없어요."

"누가 여자를 데려간다고 했나요? 그 불쌍한 것들이 아무튼 매우 쓸모가 있긴 한데 말입니다. 그러니 그들에게 나쁜 소릴랑은 말아요. 남자가 남자다운 할 일이 없을 때, 탄을 캐내거나 도시를 공격해 강탈하거나 하느님에게 말을 거는 일들을 안 할 때 여자는 상당히 도움이 된다고요. 일이 끝나고 나면 뭐 할 게 있겠어요? 술을 마시거나 노름이나 하고 여자 허리에 팔을 두를 테죠…… 그리고 그는 기다릴 겁니다…… 그때가 오기를, 정말 그에게 그런 기회가 온다면 말입니다."

그는 한동안 아무 말이 없었다.

"그런 때가 온다면 말입니다." 그는 짜증스럽게 되풀이했다. "왜냐하면 그 기회는 절대 오지 않을 테니까요."

그러더니 그는 한참 있다가 덧붙였다.

"나는 이대로 살아갈 수만은 없어요, 주인님. 세상이 좀 작아지든가 아니면 내가 좀 커져야만 살 것 같아요. 아니면 끝장이 나겠지요!"

소나무 사이에서 수도사 하나가 나타났다. 머리칼은 붉고 피부빛은 황색이었는데 소매를 걷어붙이고 둥근 홈스펀 모자를 쓰고 있었다. 그는 쇠지팡이를 들고 걸으면서 그걸로 땅을 쾅쾅 쳤다. 우리를 본 그는 쇠지팡이를 높이 쳐들더니 물었다.

"어디 가는 거요?"

"수도원으로 갑니다." 조르바가 대답했다. "우리는 기도를 드리러 가는 길이지요."

"돌아가, 예수쟁이들아!" 수도사는 소리쳤다. 말을 할수록 그의 투명하고 푸른 눈이 번쩍 빛났다. "내 말을 들으려거든 돌아가요. 수도원으로 가면 성모의 과수원이 아니라 사탄의 정원을 보게 될 테니! 가난, 굴욕, 정절, ……그걸 수도사의 관(冠)이라고 하지! 그럴 거야. 돌아가시오. 돈, 자존심 그리고 젊은 사내들! 그것이 그들의 삼위일체라오!"

"이 친구 웃기는데요." 조르바는 매료된 듯이 귀엣말로 속삭였다. 그러더니 몸을 수도사 쪽으로 기울이며 물었다.

"형제분, 이름은 뭐죠? 어디서 오셨소?"

"내 이름은 자하리아요. 나는 내 물건들을 챙겨 가지고 떠나는 길이오! 지금 이렇게 말입니다. 나는 더 참고 견딜 수가 없소! 형제는 이름이 뭐요?"

"카나바로."

"카나바로 형제, 나는 더 견딜 재간이 없거든요. 밤새도록 예수가 신음해서 내가 잠을 자려야 잘 수가 있어야지. 그래 나도 그와 같이 신음 소리를 냈죠. 그런데 수도원장이라는 자가—그자를 영원한 지옥의 불길에 태워주소서—오늘 아침 나를 부르지 않겠습니까. 그러고는 이렇게 말하더군요.

'자하리아, 그래 너는 너의 형제들이 한잠도 못 자게 굴었다지. 나는 너를 내쫓아야겠구나.'

그래서 내가 말했지요.

'내가 잠을 못 자게 굴었어요? 아니면 예수가 못 자게 굴었나요? 신음 소리를 자꾸 내지르는 건 그분이라니까요.'

그랬더니 그 반기독교도 같은 녀석이 글쎄 십자가를 들더니만……. 자, 보아요!"

그는 모자를 벗고는 머리에 피가 나 엉겨붙은 자리를 보여주었다.

"그래서 그놈의 곳에서 신발에 묻은 먼지까지 몽땅 털어내고 떠난 거지요."

"우리와 함께 수도원으로 돌아갑시다." 조르바가 말했다. "내가 수도원장에게 잘 말해드리겠으니, 자 가요. 우리 동무도 돼주고 길도 일러줄 겸. 바로 하늘에서 당신을 보내신 거로군."

수도사는 한동안 가만히 생각하다가 이윽고 눈을 번뜩이며 물었다.

"뭘 주겠소?"

"뭘 원하오?"

"절인 대구 두 파운드와 브랜디 한 병."

조르바는 수도사 쪽으로 몸을 숙이면서 그를 노려보았다.

"혹시라도 악마가 당신 속에 들어간 것은 아니겠죠. 안 그렇소, 자하리아?"

수도사는 깜짝 놀라며 물었다.

"어떻게 그걸 알았죠?"

"나도 아토스 산에서 왔죠. 그래서 좀 알아요." 조르바가 대답했다.

수도사는 머리를 떨어뜨렸다. 우리는 그의 대답을 알아듣기가 힘들었다.

"예. 제 안에는 악마가 한 마리 살고 있죠."

"그래 그 녀석이 절인 대구와 브랜디를 달라고 하는군요. 안 그렇소?"

"예. 세 번 저주받을 그놈이 말입니다!"

"좋소! 그렇겠지! 그는 담배도 피우던가요?"

조르바가 담배 한 개비를 그에게 던져주었더니 수도사는 부지런히 그걸 받아 물었다.

"그는 담배를 피우지요. 예, 담배를 피워요. 염병할 놈이!" 그는 말했다.

그리고 호주머니에서 작은 부싯돌과 부싯깃 한 올을 꺼내 담배에 불을 댕겨 붙이고는 깊이 들이마셨다.

"예수의 이름으로!" 그가 말했다.

수도사는 쇠지팡이를 치켜들고 오던 길을 되짚어 돌아가려고 걸음을 떼어놓았다.

"당신 악마의 이름은 뭐죠?" 나에게 눈짓을 하면서 조르바가 물었다.

"요셉!" 자하리아는 고개를 돌리지도 않고 대답했다.

절반쯤 정신이 나간 수도사와 동행한다는 것은 영 내 취미에 맞지 않았다. 병든 마음은 병든 몸과 같이 나에게 동정심을 불러일으키지만 한편으로는 역겹게 했다. 하지만 나는 아무 말도 하지 않았다. 조르바가 저 좋은 대로 하도록 내버려둔 것이다.

깨끗하고 맑은 공기는 우리에게 쉬 배고픔을 느끼게 했다. 우리는 커다란 소나무 밑에 자리잡고 앉아 잡낭을 끌렀다. 수도사는 허리를 굽히더니 배고 픈 눈초리로 그 속에 무엇이 있는가 들여다보았다.

"그렇게 서두르진 말아요!" 조르바가 소리쳤다. "자하리아, 음식을 너무 빨리 먹으면 안 돼요. 오늘은 성월요일이거든요. 우리는 떠돌이 일꾼들이니까 고기도 먹고 닭고기도 먹을 거요. 하느님, 우리를 용서하소서. 하지만 이봐, 자네의 그 성스러운 수도사의 밥통을 위해서는 할바와 올리브만 가져가시오!"

수도사는 더러운 제 수염을 쓰다듬었다.

"나는 올리브와 빵과 깨끗한 물만 있으면 됩니다." 그는 양심의 가책을 받고 말을 했다. "하지만 요셉은 악마입니다. 그는 당신들과 함께 고기를 먹을 겁니다. 그는 닭고기를 좋아하거든요—아, 그는 영혼을 잃었지요—그리고 당신의 술통에서 포도주도 마실 거예요!"

수도사는 성호를 긋더니 빵과 올리브와 할바를 단숨에 삼켜버렸다. 그러고는 손등으로 입을 쓱 문지르고 물을 마신 다음 식사를 다했다는 표시로 또 한 번 성호를 그었다.

"자, 이제 요셉 네 차례다." 그는 이렇게 말하더니 닭고기를 향해 달려들었다. "먹어, 이 망령아!" 그는 입속에 커다란 닭고기 덩이를 우겨넣으면서 화난 듯이 중얼거렸다. "처먹어!"

"만세. 아무렴 그래야죠, 수도사님!" 조르바는 덩달아 신이 난 듯 외쳤다. "당신 활에는 줄이 두 개나 달려 있군요 그래."

그는 나를 돌아다보았다.

"이 친구를 어떻게 생각합니까, 주인님?"

"당신과 닮은 것 같군요." 나는 웃으면서 말했다.

조르바는 수도사에게 술통을 내주었다.

"요셉 한 잔 마시게!"

"마셔, 이 망령아!" 수도사는 병을 낚아채서 입에 들이붓듯이 가져다대며 말했다.

햇빛이 너무 따가워서 우리는 그늘이 있는 곳으로 자리를 옮겼다. 수도사의 몸에서는 시큼한 땀 냄새와 고약한 향료 냄새가 물씬 났다. 태양열에 녹초가 되다 못해 녹아 터질 지경이 된 자하리아를 조르바는 그늘이 제일 짙은 자리에 옮겨 앉혔다. 조금이라도 냄새가 덜 나게 하려고 했던 것이다.

"왜 수도사가 되었소?" 조르바가 물었다. 그도 이제는 실컷 먹어서 잡담을 하고 싶어진 것이다.

수도사는 씽끗 웃었다.

"내 마음이 성자처럼 고상해서 이 직업을 택했다고 생각하나요? 아무렴! 가난해서죠. 형제여, 가난해서라오! 나는 먹을 게 없었지요. 그래서 혼자 생각했어요. 만약 내가 수도원에 들어가면 굶지야 않겠지!"

"그래 만족했소?"

"오, 하느님에게 영광을! 나는 가끔 한숨을 쉬며 불평하지만 그런 건 아무것도 아니니 모른 체해요. 나는 세속의 물건이 가지고 싶어서 한숨을 쉬는 게 아닙니다. 나에게 그런 건 있어도 그만 없어도 그만이에요. 나를 용서하세요. 나는 날마다 그것들을 없애버리라고 했지요. 하지만 나는 천국에 가기를 원했습니다! 그래서 나는 농담을 하고 광대노릇을 하면서 수도사들을 웃겼지요. 그런데 그들은 모두 나에게 악마가 들러붙었다면서 나를 모욕했어요. 하지만 나 자신은 속으로 이렇게 말했습니다. '그럴 리가 없지. 하느님은 농담과 웃음을 틀림없이 좋아하실 거야.' 어느 날 그분이 이렇게 말씀하리라는 것을 나는 알고 있어요. '내 안으로 들어와. 이 작은 광대야, 안으로 들어오게. 자, 이리 와서 나를 웃겨주게!' 그것이 바로 내가 천국에 들어가는 방법입니다. 익살스러운 광대 노릇으로 말입니다!"

"자네는 생각을 제대로 한 거요, 이 친구야!" 조르바는 일어서면서 그렇게 말했다. "자 움직입시다. 그래야 밤이 되기 전에 갈 거 아니오."

수도사는 앞장서서 걸었다. 산을 오르면서 나는 내 마음속에 가로놓인 산봉우리를 기어오르고 있는 듯한 느낌이 들었다. 저속하고 자질구레한 잡념을 버리고 좀더 고상한 생각을 할 수 있는 산길을 오르고 있었으며, 평야지대의 편안한 진리에서 낭떠러지처럼 깎아지른 상념의 세계로 옮겨가고 있었다.

갑자기 수도사가 멈춰섰다.

"우리 복수의 여인!" 우아한 지붕을 인 작은 기도원 건물을 가리키며 그는 소리쳤다. 그는 털썩 주저앉아 무릎을 꿇더니 성호를 그었다. 나는 노새 등에서 내려 시원한 기도원 안으로 걸어들어갔다. 한쪽 구석에는 연기로 그을린 오래된 성상이 신도들이 기원하면서 바친 예물들로 가득히 뒤덮인 채로 서 있었다. 성상은 엷은 은판 위에 치졸한 솜씨로 다리, 손, 눈과 가슴을 아로새긴 모습이었고, 성상 앞에는 영원히 타오르는 촛불을 꽂은 촛대 하나가 세워져 있었다.

나는 사납고 호전적인 느낌이 드는 성모상이 있는 곳으로 말없이 다가갔다. 튼튼한 목을 가진 엄숙하고 불안한 얼굴빛의 동정녀는 손에 아기 예수 대신 긴 창을 들고 있었다.

"수도원을 공격하는 자에게 화가 미칠진저!" 따라온 수도사는 겁에 질려서 말했다. "성모께서는 침략자에게 덤벼들어서 그자를 산적 꿰듯 창으로 찔러버릴 겁니다. 옛날에 알제리 사람들이 여기 쳐들어 와서 수도원을 불살라버린 적이 있지요. 그러나 그 이교도들이 치른 값이 뭔지 아세요. 그자들이 이 기도원 앞을 지날 때였습니다. 성모 마리아가 갑자기 성상을 그려넣은 저 속에서 뛰쳐나와서 창으로 닥치는 대로 냅다 찌르기 시작했지요. 한 놈도 남기지 않고 다 죽어버렸다지 뭡니까. 우리 할아버지가 그들의 해골을 보았다는 얘기를 했는데 뼈가 이 숲 속 곳곳에 널려 있었다는 겁니다. 우리는 그때부터 이 성상을 복수의 여인이라고 부르지요. 전에는 자비의 여인이라고 불렀지만요."

"자하리아 신부, 그녀는 왜 그들이 수도원을 태우기 전에 기적을 행하시지 않았을까요?"

"그것은 천주님의 뜻입니다." 세 번 십자가를 그으며 수도사는 대답했다.

"천주님, 잘하셨습니다!" 조르바는 다시 노새 안장에 발을 올려놓으며 중얼거렸다. "자 갑시다!"

갑자기 시야가 트이더니 고원이 나타났다. 우리는 고원 위에서 바위와 소나무들로 둘러싸인 성모 수도원의 윤곽을 볼 수 있었다. 바깥세상과는 아예 담을 쌓고 높은 숲이 울창한 계곡에서 정상의 고귀함과 평야의 상냥함을 더 깊은 차원에서 조화시키며 조용히 웃고 있는 이 수도원이 나한테는 인간이 명상하기 위해서 택할 수 있는 더없이 좋은 은신처로 여겨졌다.

나는 생각했다. '여기서라면 상냥하고 또렷또렷한 정신은 인간의 자리에 어울리는 종교적인 기쁨을 가꿔갈 수 있으리라. 험하고 초인간적인 산봉우리도, 게으르고 풍만한 평야도 아니지만 인간이 인간적인 따뜻한 맛을 잃지 않으며 그 영혼을 드높이는 데는 더없이 알맞은 곳이다. 이러한 곳에서는 영웅도 돼지 같은 녀석도 나오지 않을 것이다. 이곳은 오로지 인간을 만들어내려고 다듬어진 지형이다.'

여기에는 고대 그리스식 수도원이나 화려한 마호메트교의 사원이 어울릴 것이다. 하느님은 이곳에 단순한 인간의 모습을 하고 내려오셨을 것이며 봄의 풀밭을 맨발로 거닐면서 조용히 사람들과 얘기를 나눴을 것이다.

'얼마나 훌륭한가! 얼마나 조용한가! 얼마나 행복한가!' 나는 속으로 중얼거렸다.

우리는 노새 등에서 내려 가운데 문을 거쳐 면회실로 올라갔다. 거기서 우리는 전통적인 접대법에 따라 라키, 잼 그리고 커피를 대접받았다. 방문객 안내인이랄까 접대인이랄까, 그런 사람이 우리를 맞이하러 나왔다. 그런데 순식간에 우리는 저마다 입을 열기 시작한 수도사들에게 빙 둘러싸이고 말았다. 번들거리는 교활한 눈알들과 피로를 모르는 입술, 콧수염, 턱수염, 그리고 숱한 숫염소의 냄새가 우리를 에워쌌다.

"신문을 안 가지고 오셨소?" 한 수도사가 열심히 물었다.

"신문이오?" 나는 깜짝 놀라서 말했다. "이런 데서 신문은 어디에다 쓰려고요?"

"신문은, 형제, 저 아래 세상에서 무슨 일이 일어나고 있는지 우리에게 알려줄 게 아니겠소!" 두세 명의 화난 목소리가 동시에 들려왔다.

발코니 난간에 기대고 선 채 그들은 까마귀 떼처럼 떠들었다. 그들은 흥분한 목소리로 영국이며 러시아며 베니젤로스^(그리스의 정치가 1864~1936) 그리고 왕에 대한 이야기를 지껄였다. 세상은 그들을 잊었지만 그들은 그들을 추방해버린 세상을 잊지 않고 있었다. 그들의 눈망울에는 큰 도시와 상점, 여인들 그리고 신문들이 그득히 담겨 있었던 것이다.

덩치가 크고 북슬북슬한 수도사 하나가 일어서더니 코를 킁킁거렸다.

"당신에게 보여드릴 게 있소." 그는 나에게 말을 했다. "그걸 어떻게 생각하는지 나한테 얘길 좀 해주시오. 가서 가지고 올 테니까."

그는 털이 난 짧은 손을 앞으로 모아쥐고 배를 받친 채, 헝겊 슬리퍼를 복도에 질질 끌면서 자리를 떴다. 그리고 이내 문 쪽으로 사라졌다.

수도사들은 모두 고약한 웃음을 얼굴에 띠었다.

"데메트리오스 신부는 또 점토로 빚은 그의 수녀를 가지러 간 거라오." 접대 책임자가 말했다. "악마가 그를 위해 그걸 정원에다 묻어두었는데 어느 날 정원을 일구던 데메트리오스가 그걸 파냈지요. 그는 그걸 자기 방에 갖다 놓은 다음부터 잠을 잃어버렸습니다. 정신도 오락가락하게 됐는가 봐요."

조르바는 일어섰다. 그는 숨을 쉴 수가 없었던 모양이다.

"우리는 수도원장님을 뵈러 왔는데요, 서류에 서명을 좀 받으려고." 그는 입을 뗐다.

"원장님은 지금 여기 안 계십니다. 오늘 아침 마을로 내려가셨거든요. 좀 기다리세요."

데메트리오스 신부가 다시 나타났다. 그는 마치 성배라도 들고 오는 것처럼 두 손을 모아 높이 들고 있었다.

"봐요." 그는 그의 손을 조심스럽게 열어 보이면서 말했다.

나는 그가 있는 곳으로 다가갔다. 작은 타나그라 상(고대 그리스의 타나그라 지방에서 발굴되는 테라코타로 만든 작은 토기상)이었다. 수도사의 살찐 손가락 사이에서 그 반라의 입상은 아늑한 미소를 내게 지어 보였다. 수녀는 아직 남아 있는 한 손으로 머리를 괴고 있었다.

"여자가 머리를 이렇게 손으로 괴고 있는 것은 그 속에 보석이 들어 있다는 뜻입니다. 아마 다이아몬드 아니면 진주일 거예요. 어떻게 생각하시죠?"

데메트리오스가 이렇게 묻자 어떤 수도사가 톡 쏘는 소리를 했다.

"나는 그 여자가 머리가 아파서 그러는 게 아닐까 생각하네."

그러나 거구의 데메트리오스는 염소처럼 입술을 축 늘어뜨리고서는 나만 바라보고 있었다. 그는 매우 안타깝다는 표정을 하고서 나에게 말했다.

"아무래도 그것을 깨서 속을 파야만 할 것 같지요? 그것 때문에 나는 밤에 잠도 잘 수가 없답니다. 그 속에 만약 다이아몬드가 있다면……."

나는 우아한 얼굴에 작고 탄력 있는 젖가슴을 가진 그 젊은 여인을 바라보았다. 향내가 자욱한 이곳에서 육체와 웃음과 키스에 저주를 내린, 십자가에 못박힌 여러 신의 이웃으로 유배돼 온 여인이었다.

아! 내가 그 여인을 구출할 수만 있다면 얼마나 좋을까!

조르바는 테라코타 상을 받아쥐더니 그 여인의 가는 허리, 몸매를 매만졌다. 달달 떨리는 그의 손가락은 단단하게 솟아오른 젖가슴 위에 머물러 있었다. 이윽고 그는 수도사에게 말했다.

"이봐요, 신부님. 이것이 악마라는 것을 모르시겠소? 이것은 악마 자신의 모습임에 틀림없습니다. 걱정 말아요. 나는 그 저주받은 녀석을 잘 알고 있으니까. 여기 이 젖가슴을 봐요, 데메트리오스 신부. 시원하고 둥글고 단단하죠? 그게 바로 악마의 유방이라니까요. 나는 그런 걸 숱하게 보았거든요!"

한 젊은 수도사가 문간에 나타났다. 태양 광선이 그의 금발머리와 둥글고 솜털이 보송보송한 얼굴을 환히 밝혔다.

조금 전에 입을 열었던 험구가가 접대 책임자에게 윙크를 했다. 그들은 교활하게 웃으며 말했다.

"데메트리오스 신부, 여기 당신의 수련수사 가브릴리가 왔소이다." 테메트리오스는 자그마한 여인상을 금세 움켜쥐더니 술통이 굴러나가듯 황급히 문간으로 빠져나갔다. 좌우로 엉덩이를 흔들면서 그의 앞으로 말없이 다가섰던 그 잘생긴 수련수사는 망가진 채로 놔둔 긴 회랑 저 아래쪽으로 그를 따라서 사라졌다.

나는 조르바에게 신호를 보냈다. 그리고 우리는 안뜰로 나왔다. 바깥은 기분이 좋을 만큼 따뜻했다. 안쪽마당 한가운데에 꽃이 활짝 핀 오렌지나무 한 그루가 서 있어 주위는 온통 향기로 그득했다. 그 가까이, 대리석으로 깎은 고대의 숫양 머리에서 졸졸거리며 물이 나오고 있었다. 나는 그 아래에 머리를 댔다. 정신이 번쩍 들 만큼 시원했다.

"대체 이게 어떻게 된 사람들입니까?" 혐오감을 감추지 못하는 조르바가 물었다. "저자들은 남자도 아니고 여자도 아니고 노새들이에요. 퉤! 목이나 매고 뒈져라!"

그도 숫양 머리 아래에 머리를 집어넣더니 껄껄 웃기 시작했다.

"제길, 뒈지도록 내버려둬요!" 그는 다시 말했다. "마귀가 안 붙은 녀석이라곤 하나도 없군요. 한 놈은 여자가 갖고 싶고, 한 놈은 절인 대구를 먹고 싶고, 또 한 놈은 돈을, 다른 한 놈은 신문을 찾고 있으니…… 풀어진 국숫발 같은 것들만 모여 있지 뭐요! 왜 그들은 속세에 내려와서 그것들을 실컷 만지고, 먹고, 쓰고, 읽어서 그들의 머리를 말끔히 씻어내질 않는답니까?"

그는 담배를 피워 물고 꽃이 활짝 핀 오렌지나무 그늘에 놓인 벤치에 가 앉았다.

"내가 뭘 꼭 갖고 싶을 때 어떻게 하는지 아나요? 나는 목구멍이 미어질 만큼 그것을 쑤셔넣습니다. 그걸 없애버리고 다시는 그놈의 생각이 떠오르지 않게 말이에요. 그 생각만 해도 꽥 구역질이 나게 말입니다. 어렸을 적 일입니다만—싹수는 그때 보인 거예요—나는 버찌에 미쳤더랬습니다. 하지만 돈이 없어서 한꺼번에 많이 살 수는 없었지요. 그래도 돈이 생기면 몽땅 버찌 사는 데 썼습니다. 그런데 먹어도 먹어도 더 먹고 싶지 뭡니까. 밤낮으로 생각나는 것이라곤 버찌, 버찌뿐이었죠. 입에 군침이 고이고 마치 주리를

트는 것처럼 괴로웠어요! 그러던 어느 날 나는 화가 났습니다. 아니, 창피
했는지도 몰라요. 아무튼 그놈의 버찌가 나를 데리고 논다는 느낌이 들었고
그런 우스운 노릇이 어디 있겠는가 생각이 들더군요. 그래 어떻게 했겠어
요? 나는 밤에 슬그머니 일어나서 아버지 호주머니를 뒤졌는데 은전 한 닢
이 나오질 않겠어요. 훔쳤지요. 이튿날 일찍이 일어나서 시장에 있는 과일장
수한테 달려갔어요. 그리고 버찌를 한 바구니 샀습니다. 도랑 속에 틀어박혀
서 그것을 먹기 시작했는데, 나는 어쩌나 정신없이 그걸 집어넣었던지 통통
배가 부풀어 올랐어요. 더 들어갈 구멍이 없을 때까지 처넣었죠. 그러다 배
가 아프기 시작하더니만 그만 탈이 나고 말았어요. 정말입니다. 주인님, 처
절하게 앓았지요. 그때부터 지금까지 나는 버찌를 먹고 싶다는 생각을 한 적
이 한 번도 없답니다. 나는 그것을 바라보는 것조차 견딜 수 없어졌어요. 나
는 구원을 받은 셈입니다. 버찌라면 이제 그것이 아무리 먹음직한 놈일지라
도 난 말해줄 수 있어요. 이젠 자네가 필요없네, 하고 말이죠. 그리고 그 뒤
의 일입니다만, 나는 포도주와 담배도 그렇게 해서 끊었더랬지요. 나는 아직
도 술을 마시고 담배를 피우긴 합니다만 언제라도 원하기만 하면 당장에
획! 끊을 수 있습니다. 나는 정열의 지배를 받지 않아요. 나의 나라도 마찬
가지예요. 나는 한때 그것들을 날마다 생각했지만, 신물이 나도록 그걸 먹고
토해낸 다음부터는 나를 다시는 괴롭히지 않게 되었습니다."

"여자들은 어떻소?" 나는 물어볼 수밖에 없었다.

"그것들의 차례도 오겠지요. 망할 년들 같으니! 물릴 때가 오긴 할 겁니
다! 내가 일흔 살쯤 먹으면!" 그러고 나서 그는 잠시 생각에 잠긴 듯하더니
이윽고 다시 말을 바꾸었다.

"가만있자. 그럼 얼마 안 남았네요. 여든 살쯤으로 해둡시다. 주인님, 내
가 우습지요? 하지만 웃을 것까진 없어요. 사람이 자유로워지려면 다 그렇
게 하는 법이니까! 내 말을 들어요. 혼이 날 때까지 배 속 가득히 쓸어넣어
보는 도리밖에는 없으니까요. 금욕주의자가 되어가지고는 알 수가 없지요.
마귀한테 이기려는데 어떻게 하겠어요. 그렇지 않고서야 주인님이 반쯤, 아
니 곱빼기로 마귀 노릇을 해보지 않는 이상 마귀를 이길 수는 없습니다."

데메트리오스가 숨을 헐떡이며 안뜰로 들어섰다. 그 뒤를 살갗이 하얀 그
젊은 수도사가 따르고 있었다.

"누가 보아도 그는 화가 난 천사라고 생각할 거예요." 젊은이의 수줍은 태도와 생기 넘치는 얼굴, 우아한 자태가 부러웠는지 조르바가 중얼거렸다.

그들은 위쪽 거실로 통하는 돌계단 밑으로 발을 옮겨갔다. 데메트리오스는 고개를 돌리더니 젊은 수도사를 보고 뭐라고 몇 마디 했다. 젊은이는 거절하는 것처럼 고개를 저었다. 그러나 곧 그 말을 따르겠다는 듯이 고개를 끄덕이고는 데메트리오스의 허리를 한 팔로 끌어안고 함께 계단을 올라갔다.

"알겠어요?" 조르바가 물었다. "무슨 영문인지 알겠어요? 소돔하고 고모라래요."

두 수도사가 밖을 내다보더니 서로 윙크를 하고는 냅다 웃었다.

"심술궂은 패거리들이군!" 조르바가 못마땅해서 중얼거렸다. "이리 떼도 서로 물고뜯어 찢어발기지는 않는데, 이 신부들 좀 봐요! 어디 여자들이 이렇게 서로 물어뜯고 할퀴는 꼴을 봤습니까?"

"그들은 모두 남자잖소." 나는 그냥 웃고 넘겼다.

"주인님, 다를 게 뭐 있어요? 없어요! 모두 새끼 노새들 같다니까요. 그들을 가브릴리스라고 불러도 좋고 가브릴라라고 불러도 좋고 데메트리오스 아니면 데메트리아라고 기분 내키는 대로 불러도 괜찮아요. 자, 주인님 떠납시다. 서류에 서명을 받는 즉시 떠나버립시다. 우리가 여기 머물러 있다가는 남자건 여자건 모두 구역질이 나고 아예 싫어질 거예요."

그는 목소리를 낮추며 말을 이었다.

"그리고 나한테는 계획이 하나 있어요."

"또 하나의 미친 생각이겠죠. 내가 다 알아요. 일생 해온 어리석은 짓 가지고도 모자라서 그래요, 늙은 주책바가지 같으니라고. 계략이라니 대체 뭔데 그러오?"

조르바는 어깨를 으쓱했다.

"내가 어떻게 그런 말을 주인님에게 할 수 있겠어요? 죄송한 말이지만 당신처럼 점잖은 사람한테 말입니다. 당신은 상대가 누구이건 가리지 않고 정성을 다해줍니다. 만약 겨울철 이불 위에서 벼룩을 보면 그놈이 감기가 들세라 당신은 이불 속에 끌어넣어 줄 사람이에요. 나 같은 늙은 건달을 당신이 어떻게 이해하시겠소? 만약 나라면 벼룩을 탁 하고 잡으면 그만이지! 나는 그놈을 짓눌러 죽여요. 내 눈에 양이 띄면 쓱싹 그놈 목부터 자르고 그놈을 철썩 숯불 위에 올려놓고는 친구들을 불러다가 잔치를 벌여놓고 봅니다! 하지만 당신은 그 양이 당신의 것이 아니라고 말하겠지요! 아니지요. 그건 인정해요. 하지만 주인님, 우리는 우선 먹고 보자는 겁니다. 그러고 나서 조용히 무엇이 '당신 것'이고 무엇이 '내 것'인가를 따지고 싶은 만큼 따져보는 것이지요. 당신이 실컷 그것을 따지는 동안 나는 성냥개비로 이나 쑤시고 앉아 있겠어요."

뜰 가득히 그의 웃음소리가 메아리쳤다. 자하리아가 겁에 질린 얼굴로 나타났다. 그는 손가락 하나를 입에 갖다대며 발꿈치를 들고 살금살금 우리에게 다가왔다.

"쉬!" 그는 말했다. "웃으면 안 돼요! 저기를 올려다봐요. 작은 창이 보이지요. 바로 저기가 주교님이 일하고 계신 서재입니다. 그는 글을 쓰고 있어요. 거룩한 성인이 말입니다. 종일 글을 쓰니까 소리를 내면 안 돼요."

"하, 요셉 신부, 그렇지 않아도 당신을 찾고 있던 참이오." 그러면서 조르바는 신부의 팔을 붙잡았다. "자 당신 방으로 나를 안내하시오. 내가 할 말이 있으니."

그러고서 그는 나를 불러 말했다.

"우리가 없는 동안 당신은 교회당을 둘러보시고 오래된 성상이나 전부 구경해요. 나는 원장님을 기다리겠어요. 조금 있으면 오실 겁니다. 하지만 혼자서는 아무것도 시작하지 말아요. 일을 다 망쳐놓기만 할 테니까요. 나한테 맡겨요. 좋은 수가 있으니 말이에요."

그는 허리를 굽히더니 내 귀에 대고 속삭였다.

"우리는 그 숲을 반값으로 살 수 있을 테니 두고 봐요. 주인님은 아무말도 하지 말아요."

조르바는 그렇게 말한 뒤 미친 수도사의 팔을 붙들고 총총히 사라졌다.

18

교회당 문턱을 넘어서 그늘진 안으로 불쑥 들어가니 시원하고 향기로웠다.

건물 안은 텅 비어 있었다. 청동 샹들리에서 희미한 불빛이 새어나왔다.

정교하게 다듬은 성상 스크린이 교회당의 저쪽 끝머리를 가리고 있었다. 포도알이 주렁주렁 달린 황금빛 덩굴 그림이 그려져 있었다. 벽은 천장에서 바닥까지 반쯤 벗겨져 나간 벽화로 덮여 있었다. 해골처럼 생긴 고행자의 무서운 그림, 초기 교회의 교부들, 예수의 기나긴 수난의 모습, 습기로 썩어 바랜 파랑과 분홍빛 폭넓은 리본으로 머리를 동여맨 큼지막하고 사납게 생긴 천사들의 모습이 그려져 있었다.

둥근 천장 저 위에는 애원하듯 두 팔을 벌린 성처녀의 모습이 보였다. 무거운 은제 램프가 그녀 앞에 놓여 있었고, 그녀를 에워싼 깜박이는 불빛이 그녀의 길고 이지러진 얼굴을 부드럽게 쓰다듬었다. 나는 그녀의 비탄에 잠긴 눈, 오므린 둥근 입과 강인해 보이는 턱을 잊을 수가 없다. 나는 생각했다. '사라져갈 자신의 몸으로 영원히 죽지 않을 존재를 낳은, 극심한 고통 속에서도 완전한 행복과 만족을 느끼는 성모가 바로 여기 있다.'

다시 문턱을 되짚어 밖으로 나왔을 때는 해가 저물고 있었다. 나는 오렌지나무 밑에 앉아 행복한 마음에 젖었다. 황혼이 온 듯 교회당의 둥근 지붕이 분홍빛으로 물들고 있었다. 수도사들은 모두 제 방으로 들어가서 쉬고 있었다. 그들은 잠을 자지 않을 것이다. 그들은 젖먹은 힘을 다 짜내야만 했다. 그날 밤 예수가 골고다 언덕을 오르기 시작하면 그들은 그를 따라나서야 했기 때문이다. 캐러브 아래 분홍빛 젖꼭지를 드러낸 까만 암퇘지 두 마리가 누워 깊은 잠에 빠져 있었다. 비둘기들은 지붕 위에서 퍼덕이며 꾸루룩꾸르르 하고 울었다.

'나는 언제까지 이 대지의 아름다움과 공기의 달콤함을 만끽하며 침묵을 즐기고 활짝 핀 오렌지 향기를 즐길 수 있을까.'

교회당 안에서 보았던 바쿠스인의 성상은 가슴속을 행복감으로 가득 채웠다. 내 가슴을 가장 깊숙이 흔들어놓는 목적의 일관성, 견고함 그리고 의욕의 불변성이 다시 한 번 영감처럼 떠올랐다. 앞 이마에 고수머리가 포도송이처럼 흘러내리는 귀여운 아기 예수의 상에 축복이 있으라. 술과 황홀을 다스리는 잘생긴 신 디오니소스와 바쿠스 성인의 모습이 내 마음속에서 혼돈을 일으켜 같은 모습으로 나타났다. 포도나무 잎사귀와 수도사들의 법의 밑에는 햇볕으로 그을린 그리스의 생명이 뛰는 것 같은 육체가 숨어 있었다.

조르바가 돌아오더니 소식을 일러줬다.

"원장신부가 돌아왔어요. 얘기를 해봤는데, 좀더 구슬려야겠어요. 그는 헐값으로는 숲을 내놓지 않겠다는 겁니다. 우리가 얘기한 액수보다 훨씬 더 내라는군요. 그 늙은 것이. 하지만 아직 그하고 얘기가 다 끝난 건 아니지요."

"왜 그를 구슬려야 한다는 거요? 우리는 합의했던 것으로 알고 있는데?"

"제발 주인님, 이 문제에는 끼어들지 말라니까요. 그것 봐요. 그들이 어떻다는 것을 다 보고 나서도 첫날 계약 얘기를 하고 있으니 말이오. 그건 옛날에 묻어버렸다니까요. 얼굴을 찡그리진 말아요. 그것은 없어진 거나 다름없어요. 우리는 그 숲을 반값에 얻어낼 겁니다!"

"조르바, 또 무슨 장난을 치려고 그러는 거요?"

"걱정말라니까요. 내가 알아서 할 일이니. 내가 기름을 쳐서 일이 잘 풀려 나가게 만들어놓겠어요. 알겠죠?"

"그런데 왜 꼭 그래야 하죠? 나는 이유를 모르겠는걸요."

"왜냐하면 내가 써선 안 될 돈을 칸디아에서 써버렸기 때문이죠. 그게 이유입니다! 롤라가 내 돈을, 정확히 말하면 당신 돈이지만, 왕창 먹어버렸기 때문이지요. 내가 그걸 잊어먹은 줄 압니까. 그럴 리가요! 세상에는 자존심이라는 것이 있는 법입니다. 내 기록에 오점이 남아서야 되겠어요! 나는 그만큼 돈을 많이 썼고 쓴 만큼 마땅히 갚겠다는 겁니다. 계산도 해보았어요. 롤라 덕분에 7천 드라크마를 썼지요. 원장신부와 수도원 그리고 성모 마리아가 롤라 대신 돈을 갚는 셈이죠. 그게 내 계산입니다. 어떻게 생각합니까. 괜찮지요?"

"전혀 안 괜찮소. 아, 왜 당신의 낭비에 대한 책임을 성모 마리아가 뒤집어써야 한단 말이오?"

"그녀는 책임이 있지요. 책임 이상의 책임이 있고말고요! 봐요, 그녀가 아들을 찾았지요. 하느님을 말입니다. 하느님은 나 조르바를 만드셨고 나에게 몇 가지 연장을 주셨거든요. 무슨 연장인지는 당신도 알 거요. 그런데 그 망할 놈의 연장이 어디서건 여자라는 종족만 만나면 앞뒤 생각을 지워놓고 내 지갑을 몽땅 벌리게 만들어요. 알겠어요? 그러니까 성모 마리아는 책임 정도가 아니라 그 이상의 의무가 있다 이 말입니다. 그러니 돈을 갚도록 봐 둬요."

"나는 그게 싫다니까요, 조르바."

"싫고 좋고는 별개의 문제입니다. 자, 먼저 일곱 개의 작은 수표부터 남기고 토의는 그 다음으로 미룹시다. '사랑을 먼저 해주면 나중에 다시 네 숙모가 또 될 거야…….' 왜 그런 노래도 있지 않던가요."

비곗덩어리 접대 책임자가 나타났다. "안으로 들어오시오. 저녁이 준비되었습니다." 그는 성직자 특유의 설득력 있는 목소리로 말했다.

우리는 수도원 식당으로 내려갔다. 벤치와 폭이 좁은 긴 식탁이 줄지어 있는 넓은 홀이었다. 시큼하고 퀴퀴한 기름냄새가 온통 차 있었다. 저쪽 맨끄트머리에는 최후의 만찬을 그린 낡은 벽화가 걸려 있었다. 열한 명의 충실한 제자들이 마치 양 떼처럼 예수를 둘러싸고 있었는데, 붉은 머리를 한 유다가 검은 양처럼 혼자 떨어져 서 있는 것이 보였다. 그는 이마가 튀어나왔고 매부리코였다. 예수는 그에게서 시선을 돌리지 못했다.

접대 책임자는 나를 자기 오른쪽에 앉히고 조르바를 왼쪽에 앉혔다.

"우리는 단식을 하고 있습니다." 그가 말했다. "그래서 기름이나 포도주를 대접하지 못 하니 용서해주시기 바랍니다. 손님에게조차 안 내놓기로 돼 있어요. 하지만 많이 드십시오!"

우리는 성호를 그었다. 그리고 잠자코 올리브, 봄철 양파, 신선한 콩과 할바로 된 식사를 들었다. 우리 셋은 모두 토끼처럼 천천히 씹어 나갔다. 접대 책임자는 말을 이었다.

"이승에서 산다는 노릇이 그렇지요. 십자가와 단식의 인생입니다. 하지만 형제들, 인내심을 가져요. 부활과 어린 양이 그리고 천국이 다가오고 있습니다."

나는 기침을 했다. 조르바는 마치 나에게 "닥쳐!"라고 말하듯이 내 발을 밟았다.

"나는 자하리아 신부를 보았습니다." 조르바가 화제를 돌렸다.

접대 책임자는 깜짝 놀라며 불안스러운 듯이 물었다.

"그 미친 사람이 뭐라고 말했습니까? 그의 오장육부 속에는 일곱 마리의 마귀가 들어 있어요. 그가 하는 말은 한 마디도 믿지 마세요. 그의 영혼은 불순물투성이고, 그의 눈에 보이는 것도 모두 불결한 것뿐이랍니다."

수도사들을 부르는 종소리가 서글프게 들려왔다. 접대인은 성호를 긋고는 몸을 일으켰다.

"나는 가봐야겠습니다. 예수의 고행이 시작되었습니다. 우리는 그와 함께 십자가의 짐을 나눠 지어야 합니다. 오늘 밤은 쉬십시오. 여행을 하시느라 고단하실 테니까요. 하지만 내일 아침예배에는……."

"저런 돼지들 같으니!" 조르바는 수도사가 나가자마자 입속으로 중얼거렸다. "돼지들아! 거짓말쟁이들아! 노새야!"

"뭐가 잘못되었소, 조르바? 자하리아가 무슨 얘기를 합디까?"

"걱정 말아요, 주인님. 그까짓 것은 아무래도 좋아요. 만약 서명을 안 하겠다면 내가 어떤 놈인가 단단히 보여줄 테니까요!"

우리는 숙소로 지정된 방으로 갔다. 방 한구석에는 큰 눈에 눈물이 글썽한 채 아들 얼굴에 볼을 갖다댄 성모 마리아의 성상이 있었다.

조르바는 그 큰 머리를 흔들었다.

"주인님, 그녀가 왜 우는지 알아요?"

"모르겠는데요."

"왜냐하면 세상 돌아가는 것을 볼 수 있기 때문이에요. 내가 화가라면 눈이나 귀나 코가 없는 성모 마리아상을 그리겠어요. 그녀가 측은해서 그래요."

우리는 딱딱한 침대 위에 몸을 뻗었다. 나무기둥에서는 실편백나무 냄새가 났다. 열어놓은 창으로는 봄의 산들바람이 꽃향기를 실어 나르고 있었다. 가끔 안뜰에서는 회오리바람처럼 슬픈 가락이 밀려오곤 했다. 창가에서 나이팅게일이 울기 시작하고 좀 떨어진 곳에서 또 한 마리가 우니까 더 먼 곳에 있는 새까지도 따라 울었다. 밤은 사랑으로 넘쳐흐르고 있었다.

나는 잠을 이룰 수가 없었다. 나이팅게일의 노래는 예수의 비탄 소리와 뒤섞였고 나는 뭉툭뭉툭 떨어져 있는 핏자국을 따라 오렌지꽃 길을 스쳐 골고다 언덕을 넘어서려 했다. 짙푸른 봄밤의 차고 눅눅한 기운 속에서 나는 예수의 창백하고 쓰러질 듯 휘청거리는 몸이 식은땀에 뒤덮여 반짝거리는 것을 보았다. 길 가는 사람을 붙들려고 애원하는 거지처럼 뻗친 그의 두 손이 떨리고 있었다. 불쌍한 갈릴리 사람들은 "호산나! 호산나!" 외치며 그 뒤를 좇았다. 그들은 손에다 종려수잎을 들고 발길 아래 망토자락을 펄럭이고 있었다. 예수는 사랑하는 갈릴리 사람들을 하나하나 보았으나 그 슬픔의 깊이를 헤아리는 자는 아무도 없었다. 오직 그만이 자신의 죽음을 알고 있었다. 조용히 빛나는 별빛 아래서 그는 눈물을 흘리며 공포로 가득 찬 그의 가련한 인간의 가슴을 위로했다.

"한 알의 씨앗처럼 심장이여, 너 또한 땅에 떨어져 죽어야만 한다. 두려워하지 마라. 네가 떨어져 죽지 않으면 어떻게 열매를 맺을 것인가? 어떻게 굶주려 죽어가는 인간을 살찌게 할 것인가?"

그러나 그의 내부에서 그의 인간의 심장은 기절할 듯이 떨며 죽기를 싫어했다…….

수도원을 둘러싼 숲 속에는 나이팅게일 울음이 가득 찼다. 그들의 노래는 촉촉한 나뭇잎들 사이에서 피어올랐고 오로지 사랑과 정열만을 얘기하고 있었다. 그리고 그 노래와 더불어 불쌍한 인류의 가슴은 떨며 눈물을 흘렸다.

눈에 띄지 않게 천천히 나는 예수의 고난과 나이팅게일의 노랫소리와 함께 꿈나라로 들어갔다. 영혼이 천국에 들어가는 것이 아마 그러했으리라.

한 시간쯤 눈을 붙였을까, 나는 깜짝 놀라서 일어나 겁먹은 소리로 외쳤다.

"조르바! 당신 들었소? 연발권총 소리야!"

그러나 침대 위에 걸터앉은 조르바는 담배만 피우고 있었다.

"주인님, 놀라지 말아요." 그는 그때까지 자신의 분노를 억누르려고 애쓰면서 말했다. "저희 일은 저희끼리 해결하도록 내버려둬요. 돼지들 같으니!"

복도에서 비명이 들려왔다. 육중하게 슬리퍼를 질질 끄는 발소리, 문을 여닫는 소리, 그리고 부상당한 듯한 누군가의 신음 소리도 들렸다.

나는 침대에서 벌떡 일어나 문을 열었다. 쪼글쪼글 늙은 영감이 내 앞에 나타나 팔을 벌리고 길을 막았다. 그는 무릎까지 내려오는 흰 셔츠에 끝이 뾰족한 보닛을 쓰고 있었다.

"당신은 누구요?"

"주교입니다…….." 그는 대답했으나 목소리가 사뭇 떨렸다.

나는 하마터면 웃음을 터뜨릴 뻔했다. 주교라고? 어디에 그의 장신구가 있다는 말인가? 황금 제복은 어떡하고 주교관(主敎冠)과 십자가는 어디 있으며 오색영롱한 가짜 보석들은……. 나는 잠옷 차림의 주교를 그때 처음 보았던 것이다.

"주교님, 연발권총 소리는 무엇입니까?"

"난 모르오, 난 모르오……." 나를 살짝 방 안으로 떠밀어 넣으면서 그는 말을 더듬었다.

조르바는 침대에서 웃음을 터뜨리고 말았다.

"겁이 나 그러오? 꼬마 신부님. 그럼 이리 들어와요. 그리고 우리와 함께 있읍시다. 우리는 수도사가 아니니까, 글쎄 걱정할 게 없어요."

"조르바, 좀 공손하게 굴어요. 모르겠소? 주교님이시란 말이오." 나는 나직이 타일렀다.

"흥, 셔츠 바람으로 무슨 주교 노릇을 합니까. 여보게, 들어오라니까요!"

그는 일어서더니 주교의 손을 잡아 방 안으로 끌어들이고는 문을 닫아버렸다. 그는 보따리에서 럼주병을 꺼내더니 작은 잔에 가득 따랐다.

"친구, 한 잔 드시오. 그럼 기운이 날 거요."

작은 노인은 잔을 비우더니 이내 정신을 차렸다. 그는 내 침대 위에 앉아 등을 벽에 기댔다.

"존경하는 신부님, 연발권총 소리는 왜 났지요?" 나는 물었다.

"모르겠소이다……. 나는 자정까지 일을 하다가 잠자리에 들었는데, 그때 내 옆방인 데메트리오스 신부의 방에서 그 소리가 났소……."

"하하!" 조르바가 웃으며 말했다. "당신 말이 맞소. 그럼 자하리아야! 그 지저분한 돼지들!"

주교는 머리를 푹 떨어뜨렸다.

"무슨 도난사고일 거야." 그는 중얼거렸다.

복도에서 요란하게 들리던 고함 소리가 사라지고 수도원에는 다시 한 번 고요가 깃들었다. 주교는 그의 상냥하고 겁에 질린 눈을 들어 나한테 애원하는 투로 물어보았다.

"졸리시오, 젊은이?"

그 말에 나는, 그가 우리 곁을 떠나 혼자 자기 방에 돌아가고 싶지 않아한다는 것을 분명히 느낄 수 있었다. 그는 불안한 것이다.

"아니오." 나는 대답했다. "전혀 졸리지 않습니다. 여기 좀더 계시지요."

우리는 이야기를 시작했다. 조르바는 베개 위에 기대서 담배를 말고 있었다.

"당신은 교양이 있는 젊은이 같군요." 주교가 나에게 말했다. "여기서는 이야기를 나눌 만한 사람을 찾을 수가 없거든요. 내게는 인생을 기분 좋게 만들어주는 세 가지 이론이 있는데, 자네한테 그 이야기를 들려주겠소."

그는 대답을 채 기다리지도 않고 곧장 얘기를 시작했다.

"첫째 이론은 이렇소. 꽃의 생긴 모양은 그 색깔에 영향을 주고 그 색깔은 그 성분에 영향을 준다는 것이지요. 그러니까 꽃은 인간의 육체와 영혼에 저마다 다른 영향을 미친다는 거요. 우리가 꽃이 활짝 핀 들판을 지나갈 때 굉장히 조심해야만 하는 것은 바로 그 때문이죠."

그는 내 의견이 나오기를 기다리는 듯 잠시 말을 끊었다. 나는 이 자그마한 노인이 아무도 모르는 흥분 속에 꽃들의 모양과 색깔을 눈여겨보면서 들판을 방황하는 모습을 쉽게 상상할 수 있었다. 가련한 늙은이는 신비로운 경외감에 몸을 부들부들 떨었으리라. 봄이 와 들판에 노랗고 붉은 꽃들이 피면 그는, 여러 가지 빛깔을 한 마귀와 천사들이 벌판을 가득 채우고 있구나, 생각할 터였다.

"나의 다음 이론은 이렇소. 진정한 영향력이 있는 사상은 실제로 존재하는 것이기도 합니다. 그 사상은 눈에 보이지 않게 공기 속을 떠다니는 게 아니라 실제로 있는 것이니까요. 몸뚱이가 있고 눈이 둘, 입이 하나, 두 다리 그리고 배가 있어요. 이 실체는 여자 아니면 남자죠. 그래서 서로를 따라다니는 겁니다. 복음서에 '말씀은 육신이 되었나니!' 하는 말이 있죠. 이게 바로 그런 뜻이오."

그는 불안한 듯이 나를 다시 보았다.

"나의 세 번째 이론은!" 내가 아무 소리도 하지 않고 있는 것이 견딜 수 없었던지 그는 말을 재촉했다. "바로 이거요. 우리의 부평초 같은 인생에도 영원은 있다는 거죠. 단지 우리 혼자서는 그것을 발견하기가 힘들 뿐이오. 우리는 그날그날의 걱정 때문에 길을 잘못 들곤 하거든요. 오직 몇몇 사람만이, 인류의 꽃과 같은 사람만이 이 지상에서 덧없는 일생을 살다 가면서도 영원을 누리고 살 수가 있죠. 그 밖의 모든 사람은 기왕에 사라질 것들이니까 하느님은 그들에게 자비를 베푸시고 신앙을 내려주신 겁니다. 그리하여 대중도 영원 속에 살 수 있도록 말이오.”

말을 끝마친 그는 한결 후련해 보였다. 눈썹이 없는 작은 눈을 치뜨고 나한테 웃음을 지었다. 그것은 마치 이런 말을 하는 듯했다. ‘자, 자네한테 다 일러주는 것이니 받아가게나!’ 아직 서로 깊게 사귄 사이도 아닌데 자기가 일생에 걸쳐 이룩한 연구의 결실을 한번에 나에게 주고만 이 작은 늙은이에게 나는 무척 큰 감동을 받았다.

그의 눈에는 눈물이 고여 있었다.

“내 이론을 어떻게 생각하시오?” 두 손으로 내 손을 잡고 내 눈을 똑바로 보면서 그는 물었다. 나는 내 대답 하나에 따라 그의 인생이 보람이 있었던가 없었던가를 가름하게 될 것이라고 느꼈다.

나는 진리를 넘어서, 진리보다 더 인간에게 소중한 또 하나의 인간적인 의무가 존재한다는 것을 알고 있었다.

“그 이론들이 많은 사람의 인생을 구하게 될 것 같습니다.” 나는 대답했다.

주교의 얼굴에서 빛이 났다. 그것은 그의 전 생애를 정당화해주는 말이었던 것이다.

“고맙소, 젊은이.” 그는 내 손을 다정하게 흔들며 속삭이듯이 말했다.

그러자 조르바가 껑충 구석에서 뛰쳐나오면서 소리쳤다.

“나한테 네 번째 이론이 있죠!”

나는 안절부절못하고 그를 바라보았고 주교도 그에게 고개를 돌렸다.

“말을 해보시오. 자네의 이론을 하느님이 축복하시도록, 뭐죠?”

“둘 보태기 둘은 넷입니다.” 엄숙한 목소리로 조르바가 말했다.

주교는 멍하니 그를 바라보기만 했다.

“그리고 다섯 번째 이론도 있죠, 영감님.” 조르바는 말을 이었다. “둘과 둘을 보태면 넷이 안 됩니다. 자, 봐요. 이럴 수도 있고 저럴 수도 있답니다! 당신도 하나 고르시오!”

“난 무슨 소린지 모르겠소.” 노인은 말을 더듬으면서 나에게 무언가 물어보는 시선을 던졌다.

“나도 몰라요!” 조르바는 깔깔거리고 웃었다.

불쌍한 노인은 그만 풀이 죽었다. 나는 화제를 바꾸려고 물었다.

"이 수도원에서 하고 계시다는 연구가 무엇이지요, 신부님?"

"나는 수도원의 고문서들을 정서하고 있소. 그리고 요즈음에는 교회에서 사용해온, 성모 마리아에 관한 성스러운 형용사와 별명을 수집하고 있죠."

그는 한숨을 푹 쉬었다.

"나는 나이를 먹어서 그 일밖에 못해요. 성모 마리아를 꾸미는 온갖 형용사를 듣고 있으면 마음이 편안해지고 이 세상의 비참한 모습도 잊게 된다오."

그는 베개에 팔꿈치를 괴고 눈을 감더니 열에 들떠 잠꼬대하는 사람처럼 중얼거리기 시작했다.

"불멸의 장미, 열매 풍성한 대지, 포도나무, 샘, 기적의 원천, 하늘에의 사다리, 파선을 구출하는 프리깃함, 휴식의 항구, 천국의 열쇠, 새벽, 영원한 빛, 번개, 불기둥, 무적의 장군, 서 있는 탑, 난공불락의 요새, 위안, 기쁨, 눈먼 자의 지팡이, 고아의 어머니, 식탁, 식량, 평화, 평온, 향수, 꽃배달, 우유와 꿀……."

"늙은 친구, 잠꼬대하고 있군!" 조르바가 나직한 목소리로 말했다. "감기 들지 않게 덮어 줘야지."

그는 일어나서 주교에게 담요를 덮어주고 베개도 바로잡아 주었다.

"세상에 일흔일곱 가지의 광기가 있다면 이건 일흔여덟 번째의 광기임에 틀림없을 것 같군요." 그는 말했다.

새벽이 밝아오고 있었다. 우리는 세만트론(널빤지나 쇠막대를 작은 망치로 두들겨 내는 종소리 같은 그리스 정교회의 신호)이 울리는 소리를 들을 수 있었다. 창밖으로 머리를 내밀었다. 새벽 첫 햇살 속에 길고 검은 모자를 쓴 채 안뜰을 천천히 돌면서, 긴 나무토막에 작은 망치를 부딪쳐 소리내고 있는 깡마르고 키 큰 수도사가 보였다. 나무에서는 희한한 음악 소리가 나왔다. 세만트론의 음향이 아침 공기에 메아리쳐 감미로움과 하모니와 호소력이 가득 넘쳐났다. 나이팅게일의 울음은 그쳤고 숲 속에서는 다른 새들이 재재거리기 시작했다.

나는 귀를 기울였다. 세만트론의 감미로운 회상을 불러일으키는 음률에 매혹당한 것이다. 비록 속은 타락했다 할지라도, 생명이 고조된 리듬은 그 외부 형태를 그대로 보존하고 있었으며 참으로 인상적이고 고귀한 멋을 풍겼다. 정신은 빠져나가버렸지만, 천천히 진화해온 조개껍데기처럼 그 정교한 정신의 집은 남아 있는 것이다.

신을 믿지 않는 시끄러운 도시 속 훌륭한 수도원들이 바로 그런 텅 빈 조개껍데기 같은 거라고 생각했다. 그것은 이제 앙상한 뼈대만 남은 선사시대의 괴물이 햇빛과 비바람에 닳은 모습이었다.

누군가가 우리 방문을 두드렸다. 언제나 매끈거리는 접대 책임자의 목소리가 귓전에 들렸다.

"자, 형제들 일어나세요. 아침 예배시간입니다."

조르바는 벌떡 일어났다.

"밤중의 연발권총 소리는 뭐였소?" 그는 이성을 잃고 소리쳤다.

그는 한참 기다렸다. 침묵이 흘렀다. 수도사는 문틈으로 그의 말소리를 들은 게 틀림없었다. 그의 요란한 숨소리를 우리도 들을 수 있었으니까. 조르바는 화가 머리끝까지 나서 발을 굴렀다.

"연발권총 소리는 어떻게 된 거냐니까요?" 그는 또 한 번 노여움에 복받쳐 물었다.

우리는 황급히 멀어지는 발소리를 들었다. 조르바는 껑충 뛰어 문께로 가 문을 열어젖혔다.

"더러운 깡패들 같으니. 야, 이 악당들아!" 그는 멀어지는 수도사 쪽으로 침을 퉤 뱉으며 고함을 질렀다. "신부, 수녀, 수도사, 교회지기, 교회 심부름꾼, 너나 할 것 없이 모두 똑같지. 너희는 그것밖에는 못 돼!" 그리고 그는 다시 침을 퉤 뱉었다.

"갑시다! 공기 속에서 피 냄새가 나는군요." 내가 말했다.

"피 냄새뿐이면 좋게요. 아침 예배에 가고 싶거든 당신 혼자 다녀오시오. 나는 한 바퀴 둘러보면서 무슨 일이 있었는지 찾아내야겠소." 조르바는 투덜댔다.

"가요!" 나는 구역질이 나는 것을 참고 또 한 번 말했다. "정말 내 말 좀 들어요. 당신 일도 아닌데 왜 참견이냔 말이오? 제발 그만둬요."

"바로 내 일이 아닌 일에 나는 언제나 참견하기를 좋아한다니까요!"

그는 잠깐 생각하더니 교활하게 웃으며 말했다.

"마귀가 우리에게 좋은 수를 가르쳐주는 것 같아요. 마귀가 이제는 사태를 폭발점으로 슬슬 몰아붙이는 것 같다는 말입니다. 그렇게 되면 수도원이 어떤 대가를 치러야 하는지 알겠죠, 주인님? 권총을 쏘는 그런 일말입니다. 7천 드라크마는 거뜬히 날아가지요!"

그는 안뜰로 내려갔다. 꽃향기와 상쾌한 아침 공기가 몸속에 스며들자 하늘에 오른 듯한 행복한 기분이 들었다. 자하리아가 우리를 기다리고 있었다. 그는 달려오더니 조르바의 팔을 잡았다.

"카나바로 형제." 그는 달달 떨리는 모깃소리로 말했다. "자, 우리는 떠나야만 해요!"

"연발권총 소리는 무슨 영문이오? 그들은 누군가를 죽였겠죠. 안 그렇소? 자, 어서 말해봐요. 말하지 않으면 목통을 비틀어 놓고 말 테니까!"

수도사의 턱이 후들후들 떨렸다. 그는 주위를 두리번거렸다. 안뜰에는 인기척이 없었으며 거실마다 창이 내려지고 예배당의 열린 문으로 음악 소리가 파도처럼 흘러나왔다.

"나를 따라와요, 두 분 다." 그는 입속말로 중얼거렸다. "딱 소돔과 고모라지요!"

우리는 벽을 끼고 빠져나와 안뜰 건너편으로 가서 정원을 벗어났다. 수도원에서 백 야드쯤 떨어진 곳에 교회 묘지가 있었다. 우리는 안으로 들어갔다.

자하리아는 무덤을 가로질러 작은 교회당으로 갔다. 그가 교회당 문을 열고 들어가 우리도 그를 뒤따랐다. 한가운데 골풀로 짠 멍석 위에 수도사복을 입은 시체 하나가 누워 있었다. 송장의 머리와 발끝에 촛불이 하나씩 타고 있었다.

나는 허리를 구부리고 시체를 들여다보았다.

"젊은 수도사군요!" 낮게 소리를 지르는 내 온몸에 소름이 싹 끼쳤다. "데메트리오스 신부가 데리고 있던 금발의 젊은 수도사."

교회당 문 위에 날개를 펴고 칼을 빼들고 붉은 샌들을 신은 대천사 미카엘의 번쩍이는 모습이 보였다.

"대천사 미카엘! 불과 유황을 가져다 그들을 모조리 불살라주십시오!" 수도사가 부르짖었다. "대천사 미카엘님, 제발 손을 써주십시오. 성상에서 빠져나오시오! 당신의 칼을 번쩍 들어 그자들을 무찔러주십시오. 당신은 그 연발권총 소리를 못 들으셨나이까?"

"누가 그를 죽였소? 누구요? 데메트리오스요? 이 늙은 염소 수염아, 얘기 하라니까!"

수도사는 조르바의 손아귀에서 빠져나오더니 대천사 바로 앞 마룻바닥에 벌렁 엎드렸다. 그렇게 꼼짝 않고 몇 분이 흘렀다. 그는 얼굴을 들고 입을 벌린 채 성상을 뚫어져라 노려보았다.

그러다 그는 갑자기 기쁜 듯이 벌떡 일어섰다.

"내가 그것들을 불살라버리겠소!" 그는 결의가 대단한 듯 선언을 했다. "대천사가 움직였어요. 내가 그걸 봤소. 나한테 신호를 한 거요!" 그는 성상으로 다가갔다. 그리고 그의 두터운 입술을 대천사의 칼에다 대었다.

"하느님에게 영광을! 나는 구원받았어!"

조르바는 수도사를 또 꼭 붙들었다.

"이봐 자하리아, 이제 내가 시키는 대로 하시오." 그리고 나서 그는 나를 돌아보았다.

"주인님, 돈을 주시오, 서류 서명은 내가 맡으리다. 저기 있는 저것들은 이리 떼고 당신은 양이에요. 그들은 당신을 잡아먹을 겁니다. 나한테 맡겨요. 걱정말라니까요. 그 살찐 돼지들을 바로 내가 원하는 곳에다 끌어들였지요. 우리는 산림 소유권을 우리 호주머니 속에 넣고서 정오에 이곳을 떠날 겁니다. 자, 자하리아, 가자!"

그들은 몰래 수도원 쪽으로 빠져나갔다. 나는 소나무 숲 사이로 산책을 나갔다.

해는 이미 높이 솟아 올랐고 잎사귀 위에 이슬이 반짝이고 있었다. 바로 앞에서 검은 새 한 마리가 푸드덕 날아올라 돌배나무 가지 위에 앉았다. 꽁지를 몇 번 톡톡 치더니 부리를 벌리고 나를 보았다. 그리고는 두서너 번 조롱하는 듯한 휘파람 소리를 내었다. 소나무 사이로 수도원의 안뜰이 시야에 들어왔다. 한 줄로 서서 나오는 수도사들은 머리를 푹 숙이고 검은 모자를 어깨에 걸치고 있었다. 아침 기도가 끝나고 식당으로 들어가는 참이었다.

'저처럼 엄숙하고 고상한 의식에 영혼이 없다는 것은 얼마나 딱한 노릇인가.'

잠을 설친 탓에 피곤했다. 그래서 다시 풀을 베고 벌렁 누워버렸다. 야생의 바이올렛, 금작화, 로즈메리, 샐비어 향내가 온통 진동했다. 꽃 속으로 해적처럼 풍덩 뛰어들어 꿀을 빨아마시는 굶주린 벌 떼들이 윙윙거렸다. 저 멀리 산그림자가 마치 타오르는 햇빛 속에 움직이는 아지랑이처럼 투명하게 반짝이며 조용히 다가왔다.

나른해진 나는 눈을 감았다. 조용하고 이루 말할 수 없는 신비로운 환희가 내 몸을 감쌌다. 내 주위에 있는 초록빛 기적이 온통 낙원 같기만 했고, 내가 지금 느끼는 이 모든 신선함, 상쾌함, 엄숙하기조차 한 즐거움은 하느님 같기만 했다. 하느님은 시시각각으로 그 모습을 바꾸었다. 그가 아무리 변장을 해도 그의 참모습을 알아볼 수 있는 자에게 축복이 있을진저. 어느 순간 그는 한 잔의 신선한 물이 되고, 다음은 당신의 무릎 위에서 뛰노는 당신 아들이 되며, 또 매혹적인 여인이 되고 아니면 아마 단순한 아침 산책이 되기도 한다.

내 주위에 있는 것들은 조금씩 조금씩 형체를 바꾸지 않은 채 꿈이 되어갔다. 나는 행복했다. 대지와 낙원은 하나가 되었다. 커다란 꿀 한 방울을 그 속에 지닌 한 송이 들판의 꽃, 나에게는 그것이 인생으로 비쳐졌다. 그리고 내 영혼은 그 꿀을 탐닉하는 한 마리 벌이었다.

이 법열의 경지에서 난폭하게 나를 깨워놓는 것이 있었다. 등 뒤에서 발소리와 속삭이는 말소리가 들려왔다. 그때였다.

"주인님, 갑시다!" 행복한 목소리가 외쳤다.

조르바는 내 앞에 서 있었고 그의 작은 눈에 귀신 같은 빛이 번뜩였다.

"가자고?" 나는 안도의 숨을 쉬며 물었다. "다 해결된 거요?"

"모두 다 깔끔하게 끝났습니다!" 조르바는 자기 호주머니 위쪽을 탁탁 쳐 보이면서 말했다. "이 안에 숲이 있습니다. 이것이 우리에게 행운을 가져다 주기를! 그리고 여기 롤라가 쓴 7천 드라크마도 있어요!"

그는 호주머니에서 지폐 한 뭉치를 끄집어냈다.

"자 가져가요! 내 빚을 갚는 겁니다. 이제는 당신 얼굴을 마주봐도 부끄러워하지 않을 거예요. 양말과 핸드백과 향수 그리고 부불리나 부인의 파라솔 값이 다 그 속에 포함되었어요. 앵무새의 땅콩 값도 들었고, 내가 당신에게 사다준 할바 값도 모조리 쳐서 계산했으니까요!"

"조르바, 그 돈은 당신이 간수해요. 내가 주는 선물이니까. 가서 성모 마리아 앞에 촛불을 켜놓고 당신이 지은 죄나 어서 빌어요."

조르바는 뒤돌아섰다. 자하리아 신부가 초록빛으로 바랜 더러운 사제복을 걸치고 뒤창이 다 나간 신을 끌며 이쪽으로 다가왔다. 그는 우리가 타고 온 노새 두 마리를 끌고 있었다.

조르바는 그에게 지폐 뭉치를 보였다.

"요셉 신부, 아시겠소. 우린 이걸 반으로 쪼개는 거요. 이 돈이면 절인 대구를 만족할 만큼 사서 배가 펑 터질 때까지 먹을 수 있을 거요. 그걸 꼴깍꼴깍 토할 때까지 먹어두면 다신 대구 생각이 안 날 거요! 자, 손을 이리 내 봐요."

수도사는 더러운 지폐를 받더니 그걸 숨겼다.

"나는 파라핀을 좀 살래요!"

조르바는 목소리를 쑥 낮추더니 늙은 수도사 귀에다 대고 속삭였다.

"그 염소 같은 색마들이 몽땅 잠든 어두운 밤에 말입니다. 아, 센 바람이 불어야 하오. 4면 벽에다 그걸 끼얹어요. 걸레쪽이나 못 쓰게 된 무명 헝겊쪽 아니면 뭐든지 파라핀에 적시기만 해서 불을 붙이면 되죠. 요령을 알겠소?"

수도사는 그 말을 듣더니만 와들와들 떨었다.

"그렇게 떨진 말아요! 당신에게 대천사가 명령을 내린 일이니까, 안 그렇소? 파라핀과 하느님의 은총을 믿어요. 행운을 빌겠소!"

우리는 노새 등에 올랐다. 나는 마지막으로 수도원을 바라보았다.

"조르바, 뭘 좀 알아봤소?" 내가 물었다.

"연발권총 소리 말입니까? 주인님, 그런 걸 가지고 골치 썩일 것 없어요. 자하리아 말이 맞죠, 소돔과 고모라 말입니다! 데메트리오스가 그 상냥하게 생긴 어린 수도사를 죽였죠. 알겠습니까?"

"데메트리오스가? 왜요?"

"그런 걸 꼬치꼬치 캐묻지 말아요. 주인님, 지저분하고 매스꺼운 일이니까요."

그는 수도원을 돌아다보았다. 수도사들이 식당에서 줄지어 나오고 있었다. 머리를 숙이고 손들을 꼭 쥐고는 저마다 쇠를 잠그고 틀어박힐 셈으로 제 방을 찾아가고 있었다.

"교황 성하, 나를 실컷 저주하소서!" 그가 외쳤다.

19

우리가 그날 밤 해안으로 내려오는 길에 처음 만난 사람은 부불리나였다. 그녀는 오두막 앞에 웅크리고 앉아 있었다. 램프를 켜고 그녀의 얼굴을 본 나는 섬뜩해졌다.

"왜 그러시오, 오르탕스 부인. 어디 편찮으시오?"

그녀의 마음속에서 그 위대한 희망, 결혼에 대한 희망이 번뜩이기 시작한 그 순간부터 우리의 늙은 세이렌은 그녀가 지니고 있던 야릇한 매력을 몽땅 잃어버리고 만 것이다. 그녀는 과거를 깨끗이 지워버리려고 했다. 과거에 사귄 파샤, 터키의 지사들, 해군제독들에게서 얻어낸 온갖 장식, 번쩍이는 촌스러운 치장들을 모두 걷어치운 것이다. 이제 그녀에게는 진지하면서도 존경을 받는 평민, 착하고 정숙한 여인이 되려는 욕망밖에 없었다. 이제는 화장도 하지 않고 맵시를 내려고 들지도 않았다. 그녀는 있는 그대로의 모습을 드러냈는데, 결혼이 죽도록 하고 싶은 불쌍한 여인의 모습이었다.

조르바는 입을 열지 않았다. 그는 신경질적으로 새로 염색한 수염을 끌어당기고만 있었다. 허리를 굽히고 화덕에 불을 지핀 그는 커피를 끓이려고 물을 좀 올려놓았다.

"당신은 잔인해요!" 늙은 카바레 가수가 불쑥 쉰 목소리로 말했다.

조르바는 머리를 들고 그녀를 쳐다보았다. 그의 눈매가 부드러워졌다. 여자가 가슴이 미어질 듯한 소리로 말을 하면 그는 꼼짝 못하고 굴복했다. 여자의 눈물 한 방울만 보면 마치 물에 빠진 듯 허우적거리는 그런 사나이였던 것이다.

그는 말없이 끓는 주전자에 커피와 설탕을 넣고 휘저었다.

"왜 당신은 나와 결혼하기 전에 그토록 나를 애태우나요?" 늙은 세이렌이 말했다. "나는 이제 감히 마을에 내려갈 수도 없어요. 망신살이 뻗쳐서 고개도 들고 다닐 수가 없다고요. 그냥 죽어버릴 거예요."

나는 침대에 누웠다. 베개에 팔을 괸 채 나는 이 우습고도 감동적인 광경을 구경했다.

"당신은 왜 결혼식에 쓸 화환을 안 가지고 왔나요?"

조르바는 부불리나의 통통하고 작은 손이 그의 무릎 위에서 달달 떨리는 것을 느꼈다. 그 무릎이야말로 일천 번 하고도 또 한 번 난파를 치러낸, 이 가엾은 여자가 기댈 수 있는 마지막 한 치의 굳은 땅이었던 것이다.

조르바는 그것을 이해하고 마음속으로 뉘우치는 듯했다. 그러나 그래도 그는 말을 하지 않았다. 그는 커피를 세 개의 컵에다 따랐다.

"왜 결혼 화환을 안 사가지고 왔냐구요, 여보." 그녀는 떨리는 목소리로 다시 물었다.

"칸디아에는 쓸 만한 게 하나도 없었소." 조르바는 무뚝뚝하게 대답했다.

그는 잔을 돌리고 나서 한쪽 구석에 가 쭈그리고 앉았다.

"아테네에 편지를 써서 화환을 좀 보내라고 했소." 그는 말을 이었다. "흰 초도 좀 주문했고 초콜릿 향료를 넣고 설탕에 절인 편도도 좀 부치라고 했어요."

말을 일단 꺼내자 그는 상상력에 불을 댕긴 듯이 거침없이 이야기를 해나갔다. 눈에서는 불빛이 번뜩였다. 창조의 불길이 타오르는 순간의 시인처럼 조르바는 하늘 높이 솟아올랐는데, 그런 높이에서 보자면 허구이건 진실이건 한데 어울려 오누이처럼 닮아버리는 법이었다. 그는 쭈그리고 앉은 채 쉬면서 커피를 후루룩후루룩 소리내어 마셨다. 그는 두 번째 담배에 불을 붙였다. 따지고 보면 운이 좋은 날이었다. 산림 문서가 호주머니에 점잖게 들어와 있겠다, 빚은 몽땅 갚아버렸다, 그는 기분이 사뭇 좋았던 것이다. 그는 에라 마음놓고 얘기하자고 마음먹은 성싶었다.

"나의 아름다운 부불리나여, 우리 결혼식은 정말 멋져야만 하오! 내가 당신을 위해 주문한 웨딩드레스가 도착할 때까지 조금만 더 기다려줘요. 내가 칸디아에 그토록 오래 머물러 있던 것은 그 때문이라오. 여보, 아테네에서 이름난 디자이너 둘을 초청해다가 이렇게 일렀소. '이봐! 내가 결혼을 하려고 하는 사람은 말이야 동서에 비할 상대가 없어! 그녀는 4대 열강국이 다 알아서 모시던 여왕이란 말일세. 하지만 지금은 열강이 죽었으니 과부지. 그런데 바로 그 여왕이 나를 남편으로 맞이하겠다고 승낙했거든. 그러니 그녀가 입을 드레스도 세상에 유례가 없는 최고라야 한단 말이야. 전부 실크를 쓰고 진주와 황금별로 치장해야지.' 그랬더니 두 디자이너가 항의를 하지 않겠소. '하지만 그렇게 아름다운 드레스를 입었다간 그만 손님들 눈이 멀어버리고 말 거예요!' 그래서 내가 말해줬소. '그건 걱정말게! 그게 무슨 걱정이야? 내 사랑하는 사람이 만족하면 그만이지!' 하고 말이오."

오르탕스 부인은 벽에 기대 서서 그의 애기를 쭉 들었다. 그녀의 주름지고 축 늘어진 얼굴에 정감 어린 미소가 스쳐 지나갔다. 목에 감긴 붉은 리본은 금방이라도 툭 끊어질 것만 같았다.

"나는 당신 귀에다 대고 속삭이고 싶어요." 그녀는 커다란 한 마리 양처럼 실눈을 떠 보이며 조르바에게 말했다.

조르바는 나에게 눈을 껌뻑이더니 앞으로 몸을 기울였다.

"오늘 밤 당신에게 뭘 좀 가져왔어요." 여자는 작은 혀를 그의 큼지막하고 털이 난 귀에 꽂을 듯이 가까이 가져다대며 속삭였다.

그러고는 보디스에서 한쪽 귀퉁이가 매어진 손수건을 꺼내 조르바에게 내밀었다.

그는 두 손가락 사이로 작은 손수건을 받았고 그걸 그의 오른쪽 무릎 위에 놓더니 문 쪽으로 고개를 돌려 바다를 내다보았다.

"조르바, 그 매듭 안 끌러볼 거예요?" 그녀가 물었다. "궁금하지도 않은가 봐요!"

"커피 한 잔 마시고 담배부터 피우고 보겠소. 나는 그걸 끌러보지 않아도 그 속에 뭐가 들었는지 알고 있는걸."

"끌러요 끌러요!" 늙은 세이렌이 애원했다.

"담배부터 먼저 피우고 본다질 않았소!"

그러더니 그는 나에게 힐난의 눈길을 보냈다. 그 눈길은 마치 '이게 다 당신 때문이오!' 말하는 듯했다.

그는 천천히 담배를 피웠다. 바다를 바라보면서 콧구멍으로 연기를 쑥 뿜어냈다. 그러고는 혼잣말로 중얼거렸다.

"내일은 시로코 바람이 불겠는데. 계절이 바뀌었어. 나무에 물기가 오르고 처녀 젖가슴에도 물기가 오르겠지! 젖가슴이 그만 보디스에서 팡 터져나올 거야! 아, 봄은 장난꾸러기! 악마가 발명한 걸 거야!"

그는 잠깐 말을 멈추었다. 그리고 조금 있다가 나를 보며 말했다.

"주인님, 이 세상에서 좋은 건 모두 악마가 발명한 것이라는 사실을 의식한 적이 있나요? 아리따운 여자며 봄, 돼지 통구이며 술, 이것들 전부 악마가 만든 거지 뭡니까! 하느님이 만드신 거라고는 수도사, 단식, 카밀러차, 못생긴 여자…… 아이 지겨워!"

그렇게 말하면서 그는 오르탕스 부인을 날카로운 눈으로 흘깃 훑어보았다. 여자는 조르바의 얘기를 들으며 한구석에 앉아 있었다.

"조르바! 조르바!" 여자는 끊임없이 애타는 소리로 그를 불렀다.

그러나 그는 또 한 대 담배를 피워 물더니 다시 바다로 눈을 돌리고 새로운 명상에 잠겼다.

"봄이면…… 사탄이 만물을 절대적으로 지배하죠. 허리띠를 느슨히 끄르고 블라우스 단추를 풀고 늙은 여자들은 한숨을 쉬죠…… 손 치워, 부불리나!"

"조르바! 조르바!" 그 불쌍한 늙은 여인은 사뭇 애원했다. 그녀는 허리를 굽히고 떨어진 손수건을 줍더니 그걸 남자 손안에다 밀어넣었다.

그는 담배를 내던지고 매듭을 잡더니 그걸 끌렀다. 손을 펴고 그 속을 들여다보았다.

"이게 대체 뭐요? 부불리나." 그는 넌더리를 내면서 물었다.

"반지요. 작은 반지들이에요. 아이 당신도, 결혼반지라니까요." 목소리를 떨면서 늙은 세이렌이 말을 이었다. "여기 증인이 있어요. 하느님, 그를 축복하소서. 밤은 아름답고 시로코 계절이에요. 하느님이 보고 계십니다. 약혼을 해요, 조르바!"

조르바는 나와 오르탕스 부인과 그리고 작은 반지들을 번갈아보았다. 한 무리의 악마가 그의 안에서 싸우고 있었으나 어느 한 놈도 승자가 되지는 못했다. 가련한 여인은 공포에 질린 눈으로 그를 쳐다보았다.

"조르바…… 조르바!" 그녀는 코멘소리로 구애를 했다.

나는 침대에서 일어나 앉아 그걸 지켜보고 있었다. 물론 그는 어떤 방법을 취할 수도 있었다. 조르바는 어느 방법을 택할까?

갑자기 그는 고개를 휘저었다. 드디어 결심을 한 것이다. 그의 얼굴빛이 잔잔해졌다. 그는 손뼉을 치더니 껑충 뛰어오르면서 소리쳤다.

"자, 밖으로 나갑시다! 별들 밑으로, 그러니까 하느님이 우리를 볼 수 있게! 주인님, 반지들을 가져와요. 노래할 수 있어요?"

"아뇨." 나는 재미가 나서 대답했다. "하지만 그건 문제가 안 되죠!" 나는 벌써 침대에서 뛰어내려와 착한 여인을 부축해 일으켜 세우고 있었다.

"좋소. 내가 부를 수 있어요. 어릴 때 성가대원을 했으니까요. 신부를 따라 결혼식, 영세식, 장례식 등을 다녔었지요."

"자, 나의 부불리나, 와요. 나의 작은 프랑스식 함선. 돛대를 올리고 내 오른쪽으로 와요."

조르바를 다스리는 모든 악마 가운데 마음씨 좋은 광대녀석이 결국 이긴 셈이었다. 조르바는 늙은 세이렌에게 미안해졌다. 그녀의 빛이 다 바랜 시선이 한사코 그를 불안스레 붙들고 있는 것을 그 착한 마음은 더 이상 참고 견딜 수가 없었던 것이다.

"악마가 나를 잡아갈 거야." 그는 결정을 내리면서 그렇게 중얼거렸다. "아직도 여자란 종족들에게 어떤 기쁨을 줄 능력이 있으니…… 자, 와요!"

그는 오르탕스 부인의 팔을 붙들고 해안으로 뛰어나갔다. 나에게 반지를 준 그는 바다를 향하더니 성가를 부르기 시작했다.

"이 세상에서 주님에게 끝없는 영광이 있을진저…… 아멘!"

그는 나를 돌아보더니 이렇게 말했다.

"당신 차례예요, 주인님!"

"오늘 밤은 '주인'이고 뭐고 없소. 나는 당신의 들러리요."

"그렇다면 눈치 있게 움직여줘요. 내가 '브라보'라고 외치면 반지들을 끼워주는 겁니다."

그는 당나귀 우는 굵은 목소리로 성가를 다시 읊조리기 시작했다.

"하느님의 종인 알렉시스, 하느님의 종인 오르탕스가 이제 서로 약혼을 했으니 구원을 비나이다. 오, 주여!"

"주여 불쌍히 여기소서! 주여 불쌍히 여기소서!" 나는 웃음과 눈물을 가까스로 참으면서 떨리는 소리로 외었다.

"아직 외울 게 한참 남았어요. 염병할 놈의 걸 어디 다 욀 수가 있어야죠! 아무튼 간지러운 대목은 끝냅시다!"

그는 잉어처럼 공중에 껑충 솟아오르면서 외쳤다.

"브라보! 브라보!" 그러고는 그 큰 손을 나한테 내밀었다.

"자, 당신도 그 작은 손을 이리 내놔요." 그는 약혼녀에게 말했다. 빨래와 집안일로 주름이 진 통통한 손이 떨리면서 내 앞으로 나왔다. 내가 그들에게 반지를 끼워주고 있는 동안, 조르바는 완전히 들떠 탁발승처럼 고래고래 소리 질렀다.

"하느님의 종 알렉시스는 하느님의 종 오르탕스와 성부, 성자, 성신의 이름으로 약혼하였나이다, 아멘. 하느님의 종 오르탕스는 하느님의 종 알렉시스와 약혼하였나이다! 좋았어. 그럼 내년까지 일은 다한 거야! 자 그럼 나의 사랑스러운 애인에게 처음으로 합법적인 근사한 키스를 해줘야지!"

하지만 오르탕스 부인은 땅바닥에 쓰러져 조르바의 정강이를 붙든 채 울고 있었다. 조르바는 동정에 가득 차서 고개를 저었다.

"불쌍한 건 여자들이야. 얼마나 어리석은 짓들일까?" 그는 중얼거렸다.

오르탕스 부인은 이윽고 일어나서 치마를 털더니 두 팔을 벌렸다.

"으음, 이봐요!" 조르바가 소리쳤다. "오늘은 참회 화요일이오. 손을 저리 치워요. 사순절이오!"

"나의 조르바……." 그녀는 기절할 듯이 말을 더듬었다.

"참아요 여보, 부활절까지 기다려요. 그때 가서 고기를 좀 먹고 붉은 달걀을 함께 깹시다. 자, 이제 당신은 돌아갈 시간이 됐소. 이 밤중에 여기서 어정거리고 있으면 마을 사람들이 뭐라고 하겠소?"

부불리나의 표정은 애원에 가까웠다.

"안 돼, 안 돼, 사순절이라니까. 부활절이 올 때까진 안 돼요. 자 함께 갑시다."

그는 내 쪽으로 몸을 기울이더니 귀에다 대고 속삭였다.

"우리는 제발 떨어지지 말아요. 지금은 그럴 기분이 아니니까요!"

우리는 함께 마을로 내려가는 길목으로 나섰다. 하늘은 맑고 갯내가 우리를 감싸주며 밤새들이 우리를 보고 울었다. 세이렌은 조르바한테 매달려서 행복에 겨워했지만 실망한 모습으로 끌려오고 있었다.

그 여자는 그토록 소망하던 항구에 드디어 입항한 셈이다. 평생 그녀는 노래를 부르고 춤을 추며 신나게 재미도 보면서 정숙한 여자들을 놀려주기도 했었지만…… 가슴은 산산이 깨어져 나갔다. 향수를 잔뜩 뿌리고 덕지덕지 짙은 화장을 하고, 요란하고 유난스러운 옷을 입은 채 알렉산드리아, 베이루트, 콘스탄티노플의 거리를 지나다 보면 그녀는 아이들에게 젖을 물린 여자들을 볼 수 있었다. 그럴 때면 그녀 자신의 젖가슴은 아리고 부풀어 올랐으며, 두 젖꼭지는 마치 어린 입이 쭉쭉 빨아주기를 바라는 듯이 일어서곤 했었다. '남편을 얻어, 서방을 얻어 아이를 가져야지…….' 그것은 그녀가 일생을 두고 꾸어온 꿈이었다. 하지만 그녀는 지금까지 그토록 가슴 아픈 소망을 아무에게도 털어놓은 적이 없었던 것이다. 그런데—하느님에게 영광이 있을진저, 이제 비록 조금 늦기는 했지만 꿈을 이루고, 풍랑을 겪어 이지러지고 얻어맞은 모습일지언정 그토록 기다리고 기다린 항구에 들어선 것이다.

이따금 그녀는 눈을 들어 그녀 옆에서 성큼성큼 걷고 있는 남자를 얼빠진 듯이 쳐다보았다. 그러고는 이렇게 생각했다. '그는 금술 달린 페즈를 쓴 돈 많은 파샤는 아냐. 터키 지방 장관의 잘생긴 아들도 아니지. 하지만 하느님, 감사합니다. 아무도 없는 것보다는 낫고말고요. 그는 제 남편이 될 겁니다. 영원히 제 남편이에요. 하느님!'

조르바는 팔에 매달린 그녀가 무겁다고 느꼈다. 마을에 나가면 떼어놓을 생각으로 질질 끌면서도 걸음을 재촉했다. 가엾은 여자는 길바닥의 돌에 걸려 연방 넘어지고 발톱이 거의 찢겨나가고 티눈이 아파 죽을 지경이었지만 한 마디도 하지 않았다. 무슨 말을 해? 불평을 왜 하지? 모든 것이 잘되고 훌륭한데 하느님에게 감사해야지!

우리는 처녀가 죽었다는 무화과나무를 지나고 과붓집 정원을 지나 마을 어귀의 집들이 처음 나타나는 곳에서 걸음을 멈추었다.

"잘 자요, 나의 보배." 늙은 세이렌이 약혼자와 입술을 맞추려고 발돋움하면서 다정하게 말했다.

하지만 조르바는 허리를 굽히려 들지 않았다.

"당신의 발에 키스를 하게 해줘요, 여보!" 부불리나는 땅에 엎드리려고 했다.

"아니오! 아니오!" 조르바는 머리를 세차게 저었다. "내가 당신의 발에다 키스를 해야지, 여보. 하지만…… 지금은 그럴 기분이 안 나는군그래. 잘 자요!"

우리는 거기서 그녀와 작별하고 나왔다. 향기로운 공기를 마시며 말없이 길을 걸었다. 조르바가 갑자기 나를 돌아다보았다.

"우리는 뭘 해야만 할까요, 주인님? 웃을까요? 아니면 울까요? 충고를 좀 해줘요."

나는 아무 대답도 안 했다. 갑자기 목이 탁 막혀왔다. 우스워서 그랬는지 슬퍼서 그랬는지 이유를 알 수 없었다.

"주인님, 혼자 사는 여자가 불평할 겨를을 안 준다는 깡패 같은 신의 이름이 뭐랬지요? 그에 관해서 어디선가 들은 것은 분명한데 말입니다. 수염을 물들이고 심장에 문신을 하고 팔에다가 화살과 사이렌을 끼고 다닌 것 같은데. 위장으로 신분을 숨기고 다녔다는군요. 황소도 되고 백조도 되고 양도 되고 체면을 잃지 않으려고 당나귀도 되고, 사실 계집들이 원하는 모든 모습으로 둔갑할 수 있었다지 뭡니까. 이름이 뭐였더라?"

"아아 제우스 얘길 하고 있나 보군요. 뭐 때문에 제우스 생각을 했소?"

"하느님, 그의 영혼을 보호하소서!" 조르바는 하늘을 우러러 두 팔을 펴면서 그렇게 말했다. "그는 얼마나 힘든 시간을 보냈을까요. 정말이지, 그가 겪은 일을 생각하자면 끔찍해요! 주인님, 그이는 위대한 순교자였습니다. 당신은 책에 나오는 것이면 무엇이고 진짜라고 믿어버리지요. 하지만 그런 책을 쓰는 사람이 어떤 사람인가를 한번 생각해봐요. 쳇! 학교 선생투성이죠. 그들이 여자에 대해서 아니면 여자 꽁무니를 좇는 남자에 대해서 뭘 안다는 겁니까? 아무것도 없어요!"

"조르바, 당신이 직접 책을 써보지 그러오? 그리고 세계의 신비를 우리에게 설명해주면 어떻소?" 나는 이죽거렸다.

"왜 안 쓰는 거냐고요? 이유야 간단하죠. 당신이 말하는 그 신비라는 걸 몽땅 겪으며 사느라고 그걸 쓸 시간이 없었던 겁니다. 어느 때 그건 전쟁이고, 어느 땐 여자가 되고, 어느 땐 술, 어느 땐 산투리…… 그러다 보니 어디 따분한 펜대 운전일랑 할 시간이 있었겠소? 그러니 그 일이 펜대 놀리는 자의 손에 떨어지고 마는 겁니다. 인생의 신비로운 고비를 산 사람들은 그걸 쓸 시간이 없고, 시간이 있는 사람들은 또 그런 삶을 못 갖습니다. 무슨 뜻인지 알겠어요?"

"우리 하던 얘기나 하자고요. 제우스가 어떻게 되었다는 겁니까?"

"아, 그 불쌍한 친구 말이죠." 조르바는 한숨을 쉬었다. "그가 받은 고통을 이해할 사람은 나밖에 없습니다. 물론 그는 여자를 좋아했지요. 하지만 당신 같은 글 쓰는 사람들이 생각하는 식으로 사랑을 한 건 아닙니다. 천만에! 그는 여자들을 불쌍하게 여겼어요. 그들이 어떤 고통을 받고 있는지를 잘 이해하고 그들을 위해서 자기 자신을 희생시킨 겁니다! 하느님도 돌보지 않는 형편없는 시골구석에서 그는 정욕과 회한으로 육신이 사위어가는 노처녀, 혹은 아리따운 젊은 아내를 보았습니다. 그녀가 아름답지 않은 경우도 있고 괴물처럼 못생길 때도 있겠지요! 남편은 멀리 떠나고 그녀는 잠을 이룰 수가 없습니다. 그럴 때 그는, 이 착한 친구는 이마에서 가슴, 어깨에서 어깨로 성호를 긋고 옷을 바꿔 입고는 그 여자가 그리고 있는 모습으로 제 모습을 바꾼 다음 여자 방으로 들어가 주었습니다.

그는 더도 말고 애무만 원하는 여자는 거들떠보질 않았지요. 어림도 없었습니다! 기진맥진한 상태에서도 그는 쉴 새가 없었지요. 이해할 겁니다. 세상의 그 모든 탕녀를 어떻게 만족시킬 수 있겠어요? 아, 제우스! 딱하기도 한 늙은 색마죠. 몇 번인가 그는 도저히 감당할 수가 없었어요. 기분이 썩 좋지 못했습니다. 암산양을 서넛 해치우고 난 수산양을 보신 적이 있습니까? 입에서는 침이 질질 나오고 눈에는 안개가 낀 듯 눈곱투성이지요. 기침까지 하면서 다리가 휘청거려 서 있을 재간도 없습니다. 참 가엾게도 제우스는 그런 경지를 얼마나 여러 번 겪었겠습니까.

새벽이면 집으로 돌아와서 이렇게 말하겠지요. '아! 하느님, 언제쯤이나 저는 실컷 밤잠을 잘 수 있게 될까요? 이대로 쓰러질 것만 같습니다!' 그리고 그는 입에서 자꾸 흘러나오는 침을 닦았을 겁니다.

문득 그때 어딘가에서 한숨 소리가 들려옵니다. 저 아래 지구에서 어떤 여자가 잠옷을 걷어차고 실오라기 하나 안 걸친 채로 발코니로 나와 풍차 날개가 돌아갈 만큼 요란한 한숨을 쉬고 있었던 겁니다! 그리고 나의 제우스는 제법 압도당하고 맙니다! 그는 신음을 내겠지요. '저기 여인이 운명을 한탄하고 있어. 내가 가서 위로해줘야만 하지!'

그러다 보니 마침내 여자들은 그를 텅 빈 것으로 만들고 말았습니다. 그는 허리를 움직일 수가 없었고 구역질을 하기 시작했지요. 중풍이 걸려 죽고 말았습니다. 그때 그의 후계자인 예수가 나타난 거지요. 제우스 꼴이 말이 아닌 걸 보고는 이렇게 외칠 수밖에 없었지요. '여자를 조심할지어다!'"

나는 조르바의 신선한 마음을 경탄하면서 웃음을 터뜨리고 말았다.

"주인님, 웃고 싶으면 웃어요! 하지만 신령이 여기서 벌인 우리 사업을 성공시킨다면—나한테는 불가능해 보이지만, 아무튼—내가 어떤 가게를 열 것인지 알겠어요? 결혼 상담소를 열겠습니다! 그렇지요…… 바로 그거예요, '제우스 결혼 상담소!' 그럼 남편을 고를 기회가 없던 가련한 여성들 모두가 또 한 번의 기회를 가질 수 있게 되는 겁니다. 늙은 처녀, 못생긴 여자들, 안짱다리, 사팔뜨기, 꼽추, 절름발이 그들 전부를 젊고 참한 총각 사진이 가득한 작은 휴게실로 불러들이겠습니다. 그리고 이렇게 말할 겁니다. '숙녀 여러분, 고르고 싶은 사람을 골라요. 갖고 싶은 사람을 선택하라, 이 말씀입니다. 그러면 내가 그를 당신의 남편으로 만들어드리겠습니다.' 그리고는 나가서 그 사진과 비슷한 사람을 아무나 찾아 같은 옷을 입히고 돈을 주면서 이렇게 일러줍니다. '이러저러한 거리의 이러저러한 번지에 가면 아무개 양이 있는데 찾아가서 광포한 성교를 해줘요. 징그럽다고 그러진 마오. 내가 값을 치를 테니까. 함께 자면서 일찍이 남자가 여자에게 해주는 좋은 애기란 애기는 다 들려줘요. 그 여자는 그런 애기라고는 태어나서 이제껏 들어본 적이 없거든. 가엾은 여자죠. 그녀와 결혼을 하겠다고 맹세해요. 가엾은 인생에게 약간의 쾌락을 주는 것도 나쁘진 않소. 암산양이나 심지어 거북이, 지네들도 맛보는 쾌락을 조금은 줘야죠.'

우리 부불리나를 닮은 여자! 하느님, 그녀에게 축복을 주소서! 그런 늙은 여자가 나타났는데 제아무리 많은 돈을 내가 줘도 그 여자를 아무도 위안해 주겠다고 나서질 않는다면 글쎄…… 별수 있나요? 성호를 긋고 결혼 상담소 소장인 내가 몸소 문제를 해결해야겠죠! 그러고 나면 이웃에 사는 멍청한 친구들이 이런 소리를 하는 것을 듣게 될 거예요. '저것 봐! 저런 늙은 잡놈을 다 보았나! 여자를 보는 눈도 없고 냄새를 맡는 코도 없는 걸까?' '이봐 당나귀 같은 놈들아, 나는 눈이 있어! 야, 인정도 눈물도 없는 남의 흉이나 보고 사는 것들아, 나는 이렇게 코도 있다고! 그리고 심장도 있어서 그런 여자를 보면 불쌍한 마음이 들어 그러는 거야! 만약 너희에게 심장이 없다면 눈이나 코가 아무리 많아도 모두 다 소용이 없는 거야. 때가 되면 그런 것들은 한 푼의 값어치도 없는 거라니까!'

그러다 보면 나는 바람을 피운 나머지 갈 데 없는 발기불능의 사나이가 되고, 그러다가 꼴깍 숨이 넘어가면 문지기 노릇을 하는 성 베드로가 나를 위해 천국의 문을 열어줄 겁니다. 그는 이렇게 말하겠죠. '들어오게 조르바, 이 불쌍한 친구야. 순교자 조르바, 어서 들어오게. 저리 가서 자네 동지인 제우스 곁에 누워 좀 쉬어! 자넨 지상에서 대단한 몫을 해줬지! 내가 자네를 축복해주겠네!'"

조르바는 말을 계속했다. 그의 상상력이 그에게 덫을 놓아 그는 때때로 그 함정들 속에 빠지곤 했다. 그는 자신이 꾸며낸 말을 진실이라고 믿기 시작한 것이다. 젊은 처녀가 죽었다는 무화과나무 앞을 지나갈 때 그는 한숨을 푹 내쉬었다. 그러고는 선서할 때처럼 손 하나를 내밀더니 이렇게 말했다.

"부불리나, 짜증내지 마시오. 학대받고 지내온 가엾은 썩어가는 폐선아, 짜증내지 마시오! 당신에게 위안을 주지 않고 당신을 버리지는 않을 거요! 위대한 4대 열강국의 버림을 받고 젊음으로부터 버림을 받고 심지어는 하느님에게마저 버림을 받았다 할지라도, 나 조르바는 당신을 버리지 않겠소!"

해안으로 돌아온 것은 자정이 넘어서였다. 바람이 일고 있었다. 저 건너 아프리카에서 나무를 부풀게 하고 포도줄기를 부풀게 하며 크레타의 젖가슴들을 부풀게 하는 따뜻한 남풍 노토스가 불어오고 있었다. 물가에 누운 섬이, 나무에 수액을 오르게 하는 이 바람의 따뜻한 입김을 맞아 살아나는 것 같았다. 제우스와 조르바 그리고 남풍이 한데 어울렸다. 그리고 커다란 남자 얼굴, 검은 턱수염과 기름기 흐르는 머리털을 가진 그 얼굴이 오르탕스 부인, 곧 대지에 뜨겁고 붉은 입술을 문질러대는 것을 나는 뚜렷이 보았다.

20

우리는 돌아오자마자 잠자리에 들었다. 조르바는 만족스러운 듯이 두 손을 마주 비볐다.

"주인님, 오늘은 참 좋은 날이었습니다. 뭐가 그렇게 좋았느냐고 묻겠죠? 무척 재수가 있었지요. 생각을 해봐요. 오늘 아침만 해도 몇 마일이나 떨어진 수도원 원장의 낭패한 문제를 풀어주고 있었지요. 그는 우리를 몹시 저주했을 겁니다! 그러고 나서 이 오두막에 내려온 우리는 부불리나 부인을 발견했고 나는 약혼까지 했지 뭡니까. 그런데 참, 이 반지를 봐요. 순금이라니까요……. 그녀 이야기를 들으니 19세기 끝무렵에 영국 제독이 그녀에게 준 영국의 파운드 금화가 여태 두 개나 남아 있었다는 거예요. 그녀는 그것을 장례식에 쓰겠다고 고이 간직하고 있었죠. 그런데 이제는—시간이여, 그녀에게 친절하소서—그걸 자기 손으로 가져다가 금은방에 맡겨서 반지를 만들었어요. 인간이란 참으로 알다가도 모를 존재지요!"

"이젠 자요, 조르바!" 내가 말했다. "마음 가라앉히고! 그만하면 무던한 하루였소. 내일 우리는 엄숙한 식을 치러야 하오. 우리 고가선을 위해 첫 철탑을 세워야 하니까. 스테파노스 신부도 오시라고 했소."

"잘했어요, 주인님. 그거 괜찮은 생각인데요. 그 염소수염을 단 신부도 오고 마을의 유지들도 죄 오라고 해요. 작은 촛불도 좀 나누어줘서 불을 켜도록 하지요. 근사한 인상을 주려면 그런 걸 차려야 하니까. 그래야 우리 사업에도 좋을 겁니다. 내가 무슨 짓을 하건 상관하진 말아요. 나에게는 나만의 신이 있고 나만의 악마가 있어요. 하지만 다른 사람들은……."

그는 낄낄 웃기 시작했다. 그는 잠을 잘 수가 없었던 것이다. 그의 머릿속은 혼란에 빠졌다.

"아, 할아버지…… 하느님이 당신의 유해를 정화해주시기를!" 한참 있다가 그가 말을 이었다. "할아버지도 나 같은 팔난봉이었죠. 그런데도 그 늙은 건달께서는 성지에 가서 하지(^{메카나 예루살렘 순례}
^{를 마친 사람})가 되었는데 그 까닭을 누가 안답니까! 그가 마을에 돌아오니까 이 세상에서 착한 일이라고는 한 번도 해보지 못한, 염소 도둑질이나 하던 그의 옛친구가 물었어요. '이 친구야, 자네는 성지에 갔다가 나한테 십자가도 하나 안 가져왔나?' 그러자 교활한 내 할아버지가 얘기했지요. '아니 이 사람아, 그게 무슨 소린가. 내가 자네한테 빈손으로 오다니. 내가 행여 자네를 잊어버렸을 줄 알았나? 오늘 밤 우리집으로 오게나. 축복을 받게 신부님도 함께 모시고 오고. 그럼 내 이 성스러운 물건을 자네한테 줌세. 애돼지 통구이 한 마리와 포도주도 좀 가져오게나. 우리 운수가 트이게 말일세!'

그날 저녁, 집으로 간 할아버지는 온통 벌레가 먹은 문기둥에서 쌀 한 톨만 한 나무쪽을 끊어내더니 그것을 보드라운 천에다 쌌어요. 그리고 그 위에 기름을 한두 방울 쳐놓고 기다렸지요. 그러고 조금 있으니까 문제의 사나이가 신부를 모시고 애돼지 통구이에다 술까지 가지고 나타났지요. 신부는 스톨라(^{성직자의}
^{긴 제복})를 꺼내 입고 축복해주었어요. 할아버지는 값비싼 나무쪽을 양도하는 의식을 올리고 그들은 애돼지를 탐스럽게 먹기 시작했습니다. ─한데 이건 정말입니다. 그 사나이는 넓죽 절을 하고 그 작은 나무쪽 앞에 풀썩 엎드렸다가 그걸 목에다 걸었습니다. 그날부터 그는 생판 딴사람이 되고 말았답니다. 성격이 완전히 달라졌어요. 산에 들어가 아르마톨레스와 클레프테스 산적 패에 가담하여 터키인 마을에 불을 지르는 노릇을 거들었죠. 그는 탄환이 비오듯 하는 곳으로 겁없이 달려가곤 했어요. 겁낼 까닭이 뭡니까? 예수님 무덤에서 가져온 십자가를 지니고 있었으니…… 총알이 그를 비껴나 간다는 거겠죠."

조르바는 호걸처럼 웃음을 터뜨렸다.

"생각이 모든 걸 결정합니다." 그가 말했다. "믿음이 있습니까? 있다면 헌 문짝에서 떼어낸 나무쪽도 성스러운 기념품이 됩니다. 믿음이 없다고요? 그럼 성스러운 십자가 전부를 주어도 그것은 당신에게 한낱 낡은 문기둥밖에는 안 될 거요."

나는 이 사나이를 경탄했다. 그의 뇌기능은 그토록 자신이 넘치고 대담할 수가 없었다. 그리고 그의 정신으로 말하면 언제이건 누군가 건드릴 때마다 불길을 내뿜었다.

"조르바, 전쟁터에 나가 본 적이 있소?"

"그걸 내가 어떻게 알죠?" 그는 이마를 찡그리며 물었다. "기억이 안 나는데요. 무슨 전쟁 말이오?"

"다름이 아니라 당신 나라를 위해 싸워본 적이 있느냔 말이오?"

"다른 얘기를 하면 안 되나요? 그런 터무니없는 짓들은 모두 끝장내고 깨끗이 잊어버린 지 오래인데."

"조르바, 당신은 그걸 터무니없는 짓이라고 하오? 부끄럽지도 않소? 그게 당신의 조국을 두고 하는 소리요?"

조르바는 머리를 들더니 나를 쳐다보았다. 나도 베개를 베고 누워 있었고 등잔이 머리맡에서 타고 있었다. 그는 고약한 표정으로 나를 한참 들여다보더니 수염을 꽉 쥐고 이렇게 말했다.

"그건 말 치고 참 엉성한 수작이오. 학교 선생이나 하는 소리라니까요. 당신에게는 쇠귀에 경읽기라는 말이 맞을 거요. 그런 소리를 용서한다면 말이오."

"뭐요?" 나는 항의했다. "조르바, 나도 말귀는 알아듣소. 그건 잊지 말아요."

"물론이죠. 당신은 당신의 머리로 이해합니다. 당신은 이렇게 따지죠. '이건 옳고 저건 틀려, 이건 진실이고 저건 아냐, 그가 옳고 다른 친구는 잘못

이야…….' 하지만 대체 그래서 어쨌다는 겁니까? 당신이 말을 할 때면 나는 당신의 팔과 가슴을 지켜봅니다. 글쎄 어떤지 알아요? 그들은 침묵하고 있습니다. 그것들은 한마디도 말이 없어요. 마치 피 한 방울 나누지 못한 사이인 것처럼 말이지요. 그래, 무엇으로 알아듣는다고 생각하나요? 당신의 머리로? 웃기는 말씀!"

"내 질문에나 대답해요. 그런 식으로 우물쩍 피하려 들지 말고!" 나는 그를 흥분시키기에 딱 알맞은 말로 쏘아붙였다. "당신은 나랏일에 대해서는 별로 신경 쓰지 않은 게 틀림없소, 그렇죠?"

그는 화가 나서 석유통 옆구리를 주먹으로 쾅 쳤다. 그러고는 외치듯 말했다.

"당신 앞에 서 있는 바로 이 사람으로 말하면……, 한때 제 머리털로 장식한 성 소피아 교회 패를 부적처럼 가슴에 늘어뜨리고 다녔다오. 그렇소, 주인님. 내가 그랬다니까요. 나는 그때만 해도 칠흑같이 검었던 내 머리칼을 뜯어다가 이 도둑놈 발 같은 손으로 그걸 엮었다고요. 마케도니아의 산악지대를 파블로스 멜라스^(불가리아 비정규군과의 전투에 공을 세운 그리스 장교)와 함께 돌아다녔소. 그때는 몸이 떡 벌어진 건강한 몸집에다 이 숙소보다 더 키가 컸는데 바지 대신 킬트^(스코틀랜드 남자들이 입는 주름잡힌 치마)를 입고 붉은 페즈 모자, 은으로 만든 장식물, 부적, 야타간^(이슬람교도가 쓰는 날밑 없는 S자형 칼), 탄띠 그리고 권총들을 차고 설쳤습니다. 온몸이 강철과 은과 쇠붙이로 가득 덮여 있어서 행진을 할 때면 마치 일개 연대가 거리를 지나가는 것만큼이나 요란하게 철커덕찰카닥 소리를 내곤 했지요. 여기 봐요! 여길! 그리고 저길!"

그는 셔츠를 올리고 바지를 내렸다.

"불을 이리 가져와요!" 그가 명령했다.

나는 램프를 깡마르고 검게 탄 몸 가까이 가져가 비췄다. 깊은 상처, 탄환 자국과 칼자국으로 그의 알몸은 마치 구멍을 송송 뚫어 놓은 여과기 같았다.

"자 반대쪽도 보아요!"

그는 돌아서서 등을 나에게 보여줬다.

"할퀸 자국 하나 없지요. 알겠어요? 램프를 갖다놔요……."

그는 분노의 소리를 질렀다. "터무니없는, 미친 지랄이지! 구역질 나는 짓이고말고! 언제쯤이나 사람들이 진정 사람이 되리라고 생각합니까? 우리는 아랫도리를 입고 셔츠를 입고 옷깃을 세우고 모자를 씁니다만, 여전히 숱한 노새, 여우, 이리, 돼지들에 지나지 않아요. 우리가 하느님의 모습을 본떠서 만들어졌다고요! 누가, 우리가? 그 천치 같은 낯짝에 나는 가래침을 뱉겠소!"

그의 뇌리에 끔찍한 기억들이 되살아나는 것 같았다. 그는 갈수록 기분이 거칠어지고, 몸을 덜덜 떨었다. 알아들을 수 없는 말들이 흔들거리는 이 사이로 새어 나왔다.

그는 일어나서 물주전자를 집어 들어 한참 물을 마셨다. 기분이 좀 나아진 듯했다.

"어디를 건드려도 나는 꽥꽥 소리 지를 거요." 그는 말했다. "내 몸은 온통 상처와 옹이투성이요. 여자에 대한 그 모든 썩은 수작이 무슨 의미가 있습니까? 내가 진짜 사나이라는 걸 깨달은 뒤부터 나는 그들을 거들떠보지도 않았답니다. 이렇게 잠깐 스쳐지나가면서 수탉처럼 그들을 건드리고 내 갈 길을 갔을 뿐이죠. 나는 혼자 말했습니다. '더러운 흰담비들 같으니……. 내 기운을 몽땅 뽑아서 말릴 작정이로군 제기랄! 계집들은 지옥에나 가!'

그리고 나는 총을 집어들고 길을 떠났지요! 혁명투사로 입단했던 겁니다. 하루는 저녁 무렵 불가리아인 마을로 내려가 마구간에 몸을 숨겼더랬어요. 그런데 하필 물불을 가리지 않는 잔인한 불가리아 혁명당원이었던 신부의 집으로 들어간 겁니다. 밤이면 그는 신부복을 벗고 목동의 옷으로 갈아입고는 총을 들고 이웃 그리스인 마을로 내려갔어요. 그리고 새벽이면 먼동이 트기 전에 흙탕물과 피가 뚝뚝 떨어지는 모양으로 되돌아와서 성당에 달려가 신도들을 위한 미사를 집전하는 신부로 둔갑했지요. 내가 잠입하기 며칠 전만 해도 잠들어 있는 그리스인 교장을 그가 죽이고 갔었습니다. 그래서 나는 그 신부의 마구간에 들어가서 기다렸죠. 밤이 되니까 신부는 말에 먹이를 주려고 마구간으로 들어왔습니다. 나는 그를 덮쳐 양의 멱을 따듯 그 목을 땄지요. 그놈의 두 귀를 끊어내 호주머니에다 넣었어요. 불가리아놈들의 귀를 수집하고 있었을 때니까요. 그래서 신부의 귀들을 훔쳐 가지고 도망쳤습니다.

며칠 뒤 다시 그 마을에 들렀는데 그때는 환한 대낮이었습니다. 나는 행상 차림이었어요. 무기는 산에다 놔두고 다른 동지들을 위해 빵, 소금, 구두를 사러 내려왔었지요. 그때 나는 어느 집 앞에서 다섯 명의 꼬마를 만났습니다. 그들은 검은 옷차림에 맨발이었는데 서로 손을 잡고 구걸을 하고 있었어요. 셋은 계집애고 둘은 사내아이더군요. 제일 큰 놈이래야 열 살도 안 되어 보였고 제일 작은 놈은 아직 갓난애 같았습니다. 큰 계집애는 어린애를 안고 입을 맞추다 다독거려 주다 야단도 아니었죠. 울지 말라고 말입니다. 나는 나도 모르게, 아마 하느님의 계시였겠지요, 그들한테 달려갔습니다.

'너희는 뉘집 애들이니?' 내가 불가리아말로 물었어요.

그랬더니 제일 큰 녀석이 고개를 들고 이렇게 대답하지 않겠어요.

'신부 집 애들이에요. 아버지는 며칠 전 마구간에서 목이 잘렸답니다.'

왈칵 눈물이 납디다. 지구가 내 주위에서 방앗간 돌아가듯 돌아가기 시작했죠. 벽에 몸을 기대자 그제야 멈추더군요.

'이리와, 애들아. 나한테 가까이 와.'

그렇게 말하면서 나는 지갑을 꺼냈습니다. 지갑에는 터키 화폐와 그리스 화폐가 가득 차 있더군요. 나는 무릎을 꿇고 그것들을 몽땅 바닥에 쏟아놓았습니다.

'자, 가져가라!' 나는 소리쳤습니다. '가져가! 가져가!'

꼬마들은 엎드려서 돈을 주워 모았습니다.

'그건 네 거야! 그건 네 거야!' 소리를 질렀지요.

나는 그 사이 사놓은 물건이 든 바구니도 그들에게 주었습니다.

'이것도 전부 너희가 가져가거라. 전부 말이다.'

그리고 나는 마을을 빠져나왔습니다. 마을 밖으로 나오자마자 나는 셔츠를 끄르고 내가 수놓아 엮었던 소피아상을 갈기갈기 찢은 다음 있는 힘껏 도망쳤습니다. 그리고 나는 아직도 도망치고 있지요."

조르바는 벽에 기댔다가 내 쪽으로 몸을 돌리며 말했다.

"그렇게 나는 도망친 셈이죠."

"당신의 조국으로부터 말입니까!"

"그렇소, 내 조국으로부터 구원을 받은 거라오." 그는 조용하게, 그러면서도 단호한 목소리로 말했다.

그리고 한참 있다가 이렇게 덧붙였다.

"나의 조국으로부터 신부들로부터 돈으로부터 구원을 받은 셈입니다. 나는 걸러내기 시작했지요. 점점 더 많이 걸러내다 보니 짐이 가벼워졌어요. 뭐랄까…… 해탈의 길을 발견했다고나 할까요? 나는 사람이 된 겁니다."

조르바의 눈이 반짝 빛났다. 큰 입에서는 만족스러운 웃음이 흘러나왔다.

한동안 말이 없는 것 같더니 그는 다시 말을 이어 나갔다. 가슴에 넘치는 감정을 억제할 길이 없었던 것이다.

"한때 나는 이렇게 말하곤 했습니다. '저 사나이는 터키놈 아니면 불가리아놈, 그리스놈' 하고 말입니다. 주인님, 나는 내 조국을 위해서 머리털이 곤두서는 일들을 해냈어요. 사람 목을 따고 마을을 불사르고 강도질에 강간도 모자라 온 집안을 몰살시키는 일까지 했습니다. 왜냐고요? 그들은 불가리아놈이거나 터키놈들이었기 때문이죠. 때때로 나는 자신에게 말했습니다. '죽일놈 같으니! 지옥에나 가. 돼지만도 못한 녀석! 지금 썩 꺼져, 이 멍청아!' 하지만 요즘은 달라졌지요. 지금은 이 사람은 좋은 사람, 저 사람은 나쁜 사람이라는 소리밖에 안 합니다. 그리스인이든 불가리아인이든 터키인이든 이제 그런 건 내게 중요하지 않지요. 인종은 문제가 되지 않아요. 그는 괜찮은 사람인가 아니면 나쁜 사람인가? 내가 요즘 따지는 것은 이것뿐입니다. 그리고 나이가 들면서—마지막 입에 들어갈 빵조각을 두고 맹세합니다만—그런 것도 계속 따질 게 못 된다는 느낌을 갖게 되었습니다!

사람이 착하건 못됐건 그가 가엾습니다. 그들 모두가 말입니다. 사람을 보면 속이 뭉클하지요. 내가 전혀 아무렇지 않은 것처럼 행동할 때도 말입니다! 저 친구, 가엾은 악마 같으니, 하고 나는 생각합니다. 그 역시 먹고 마시고 사랑을 하고 겁을 먹고, 그가 누구이건 간에 말이죠. 그에게도 신과 악마가 있을 테고, 때가 되면 뻗어버려 판자쪽처럼 꼿꼿하게 땅속에 묻힐 것이고, 벌레들에게 좋은 밥이 되기는 마찬가질 거예요. 가엾은 놈! 우리는 모두가 형제라오. 모두가 벌레 밥이죠!

그리고 만약 그것이 여자였다면……. 아! 그럼 나는 눈이 멀도록 울어버리겠습니다. 주인님은 나더러 너무 여자를 좋아한다고 계속 골리죠. 그들은 모두가 그토록 나약한 미물들이라서 저희가 무얼 원하고 있는지도 모르고 젖가슴만 잡아버리면 그 자리에서 맥을 못 추죠. 그런 것들을 어찌 사랑해주지 않을 수 있겠습니까…….

한번은 내가 다른 불가리아 마을에 들어갔을 때입니다. 내가 들어온 것을 목격한 녀석이—마을의 장로였는데—다른 사람들에게 고해바쳐서 내가 묵고 있는 집을 포위하게 만들었습니다. 나는 발코니로 빠져나와 지붕을 타고 도망쳤죠. 마침 달이 환해서 나는 발코니에서 발코니로 고양이처럼 뛰어넘었습니다. 하지만 내 그림자를 그들이 보았지 뭡니까. 지붕으로 기어올라오더니 총질을 하기 시작했어요. 그러니 어쩌겠어요. 마당에 뚝 떨어졌지요. 그런데 불가리아 여자 하나가 침대에서 자고 있는 모습이 보이지 않겠어요? 여자는 잠옷 바람으로 일어나서 나를 보더니 소리를 지르려고 하더군요. 나는 두 손을 내밀면서 속삭였어요. '자비를! 자비를! 소리치지 말아요.' 그러면서 젖가슴을 꽉 쥐었지요. 그녀는 창백해지면서 반쯤 까무러칩디다.

'들어오세요, 안으로요. 우리가 안 보이게요…….' 그녀는 나지막한 목소리로 말했습니다.

나는 안으로 들어갔지요. 그녀는 내 손을 꼭 잡더니 물었어요. '당신은 그리스 사람인가요?' '그렇소. 나를 배반하지 마오.' 나는 그녀의 허리를 껴안았지요. 여자는 아무 말도 하지 않았습니다. 그녀와 함께 침대로 갔어요. 가슴은 기쁨으로 두근거렸습니다. 나는 속으로 말했지요. '조르바 이 개새끼야. 네놈에게 여자가 생겼군. 그래, 그게 인간의 근성이란 게지! 그녀는 뭐야? 불가리아인 아니면 그리스인? 파푸아인? 하지만 그런 건 조금도 따질 게 못 되지! 그녀는 인간이야. 입이 있고 젖가슴이 있는 인간이지. 사랑할 수가 있어. 너는 사람을 죽이는 게 지겹지도 않니? 야 임마! 돼지새끼야!'

그녀와 함께 누워 있으면서 그녀의 따뜻한 체온을 나눌 때 내 머리를 스쳐간 생각이지요. 하지만 그 미친개 같은 나의 나라가 그러고 있도록 편안히 내버려뒀으리라고 생각합니까? 나는 이튿날 새벽 불가리아 여인이 준 옷을 입고 사라졌지요. 그녀는 과부였어요. 그녀는 옷장에서 죽은 남편의 옷들을 꺼내서 나한테 주었죠. 그러고는 내 무릎을 끌어안으며 다시 돌아와달라고 애원을 했답니다.

아, 물론 돌아갔고말고요. 그 이튿날 밤에. 물론 그때만 해도 나는 애국자였습니다. 들짐승이라고나 할까요. 나는 파라핀 통을 들고 들어가서 마을에다 불을 싸질렀습니다. 그녀도 다른 사람과 함께 타 죽었을 거예요. 불쌍한 계집이죠. 이름은 루드밀라라고 했었어요."

조르바는 한숨을 내쉬었다. 담배에 불을 붙이더니 한두 모금 빨고는 휙 던져버렸다.

"나의 조국이라고 말했던가요? 당신은 책 속에 쓰여 있는 그 벌레 같은 수작을 다 믿습니까? 자, 당신이 믿어야 할 사람은 나 같은 사람입니다. 세상에 나라들이 있는 한 사람들은 동물, 그것도 사나운 동물 노릇을 계속할 테지요. 하지만 나는 그 모든 노릇에서 해방되었습니다. 하느님에게 감사를 올립니다. 나는 졸업했어요. 당신은 어떻소?"

나는 대답을 안 했다. 나는 이 사나이가 부러웠다. 그는 살과 피로 살아왔다. 싸우고 죽이고 입을 맞추면서 내가 오직 펜과 잉크로 배우려고 했던 모든 것을 실제로 살아왔다. 내가 고독하게 의자에 눌어붙어 차근차근 하나하나 풀어보려고 했던 모든 문제를 이 사나이는 칼 한 자루 들고 공기 맑은 산속에서 해결해버린 것이다.

나는 비참한 생각이 들어 눈을 감았다.

"자는 거요, 주인님?" 기분이 언짢아서 조르바는 말했다. "당신을 붙들고 얘기를 하는 내가 바보지!"

그는 투덜거리며 누웠다. 금세 코고는 소리가 들렸다.

나는 밤새 한잠도 이룰 수 없었다. 그날 밤 처음 듣는 나이팅게일 울음소리는 고독한 나를 더 견딜 수 없도록 슬프게 만들었다. 문득 나는 뺨 위에 눈물이 흐르는 걸 느꼈다.

나는 목이 메었다. 새벽에 일어난 나는 오두막의 문간에서 대지와 바다를 노려보았다. 밤사이에 세상이 온통 뒤바뀐 것만 같았다. 내가 있는 곳 맞은쪽 모래밭에는 작은 가시나무 덤불이 있었는데 엊그제만 해도 비참할 만큼 따분한 빛을 하고 있던 그 덤불이 지금은 작고 하얀 꽃으로 뒤덮이지 않았는가. 공기 속에는 레몬과 오렌지나무에 꽃이 필 때 풍기는 달콤하고 코끝을 떠나지 않는 향내가 자욱했다. 나는 몇 발짝 걸어나갔다. 이처럼 끊임없이 되풀이되는 기적은 아무리 보아도 물리지 않았다.

갑자기 등 뒤에서 행복한 탄성이 들렸다. 잠에서 깨어난 조르바가 거의 알몸으로 문까지 달려나온 것이다. 그 또한 봄 풍경에 전율을 느끼고 있었다.

"저게 뭐지요?" 그는 놀라서 물었다. "저기 일어나고 있는 기적 말입니다. 주인님, 저 움직이는 푸른빛을 뭐라고 합니까? 바다? 바다요? 그리고 꽃이 활짝 핀 초록빛 앞치마를 두른 건 또 뭐고요? 대지? 저렇게 만든 예술가는 누굽니까? 주인님, 나는 저런 광경을 처음 보아요. 정말입니다!"

그의 눈에는 눈물이 넘쳐흘렀다.

"조르바!" 나는 외쳤다. "당신, 머리가 아주 돈 게 아니오?"

"뭘 비웃는 겁니까? 당신 눈에는 저게 안 보여요? 저 모든 것 뒤에 기적이 숨어 있어요."

밖으로 달려나간 그는 봄을 만난 망아지처럼 풀밭에 나뒹굴며 춤을 추기 시작했다.

해가 솟아올랐다. 나는 손바닥을 쭉 뻗어 온기를 느꼈다. 솟아오르는 수액 …… 솟아오르는 유방…… 그리고 영혼도 한 그루 나무처럼 이제 꽃을 피우는 것이다. 육체와 정신이 같은 물질로 빚어졌다는 사실을 실감할 수 있는 순간이었다.

조르바는 두 발을 뻗고 다시 섰다. 머리에는 이슬과 흙이 묻어났다.

"주인님, 서둘러요. 옷도 차려입고 멋지게 꾸밉시다! 오늘 우리는 복을 받는 날이니까요. 조금만 있으면 신부와 마을 유지들이 몰려올 겁니다. 만약 우리가 이렇게 풀밭을 기어다니고 있는 꼴을 들키면 회사에 먹칠하는 거죠! 옷깃을 세우고 타이를 맵시다! 표정도 심각하게 짓고요! 머리가 있건 없건 그건 상관없어요. 당신에게 어울리는 모자를 찾아 쓰느냐 못 쓰느냐가 문제지요! 미친 세상이니까요!"

우리가 옷을 입자 인부들이 도착했고 그 뒤를 이어 유지들이 찾아들었다.

"마음을 단단히 먹어요. 주인님, 오늘은 바보짓을 해서는 안 됩니다. 절대로 우습게 보이면 안 돼요."

깊은 호주머니가 달린, 더러운 일상 사제복을 입은 스테파노스 신부가 앞장 서서 걸었다. 헌당식 때이건 장례식이건 결혼식이건 영세식이건 간에 그는 자기에게 내주는 것이면 건포도, 롤케이크, 치즈 파이, 오이, 고기쪽, 설탕 절임 등 무엇이든 가리지 않고 이 지옥처럼 깊은 호주머니 속에 집어넣었다. 그리고 밤이 되면 그의 아내인 늙은 파파디아는 돋보기를 걸치고 이것저것 연방 오물오물 씹으면서 음식을 종류별로 나누어 정리했다.

스테파노스 뒤에는 마을 장로들이 따랐다. 카페 주인 콘도마놀리오는 카니아까지 여행하고 게오르기오스 왕자를 직접 보기도 했다면서 제법 세상을 두루 알고 있다 자부하는 위인이었다. 소매가 넓고 눈이 부시도록 하얀 셔츠를 입은 아나그노스티 아저씨가 미소 띤 얼굴로 그 뒤를 따랐으며, 이어 지팡이를 짚고서 근엄하고 엄숙한 표정을 지은 교장선생의 모습도 보였다. 마브란도니는 맨 뒷줄에 서서 느리고 무거운 걸음을 옮기고 있었다. 머리에 검은 수건을 쓰고 검은 셔츠에 신까지 검은 것을 신은 그는 거만한 모습으로 우리에게 아는 체를 했다. 기분이 별로 좋지 않지만 초연하려고 애쓰는 듯 보였다. 그는 일행과 조금 떨어져 바다에 등을 돌리고 서 있었다.

"우리 주 예수 그리스도의 이름으로!" 조르바가 엄숙한 목소리로 말했다. 그가 행렬의 맨 앞으로 나서자 사람들도 저마다 경건히 기도를 외며 그 뒤를 따라갔다.

이들 농부의 가슴속에서 마술적인 의식에 대한 백 년 묵은 기억들이 되살아났다. 그들의 시선은 모두 신부에게 집중되었다. 마치 신부가 보이지 않는 암흑의 세력과 대결하고 그것을 쫓아주기를 기대하는 것 같았다. 수천 년 전 마법사가 두 손을 들어 성수를 공중에 뿌리며 신비롭고 힘찬 말들을 중얼거렸다. 그러면 악한 마귀들은 도망가고 물과 대지와 하늘로부터 인류를 도우려는 좋은 영(靈)들이 나왔던 것이다.

우리는 고가선의 첫 번째 탑을 세우려고 바닷가에 파놓은 구덩이 앞에 도착했다. 사람들은 큰 소나무 기둥을 들어올려 그것을 구덩이 한가운데다 곧추세웠다. 스테파노스 신부는 영대(領帶)를 걸치고 향로를 잡고서 나무기둥에다 시선을 꽂은 채 마귀를 쫓는 주문을 외기 시작했다.

"바람이나 물이 몰아쳐도 흔들리지 않는 단단한 바위 위에 기초를 내리도록 하소서, 아멘."

"아멘!" 조르바는 성호를 그으며 천둥 같은 소리를 질렀다.

"아멘!" 마을 어른들이 중얼거렸다.

"아멘!" 마지막은 인부들 차례였다.

"하느님이 그대의 일을 축복하옵시고 그대에게 아브라함과 이삭의 부귀를 내리시도록 비나이다!"

마을 신부는 말을 이어갔고 조르바는 1백 드라크마짜리 지폐를 그의 손 위에 올려놓았다.

"그대에게 나의 축복을!" 사뭇 만족한 신부가 말했다.

우리는 오두막으로 돌아갔다. 조르바는 따라온 손님 모두에게 술과 고기를 안 넣은 오르되브르, 고기 대신 볶은 낙지, 오징어 튀김에 절인 콩과 올리브를 곁들인 음식을 대접했다. 그걸 몽땅 먹어치운 다음 손님들은 집으로 돌아갔다. 마법적인 의식이 끝난 셈이었다.

"모든 것을 무사히 치렀군요!" 손을 비비며 조르바가 말했다.

그는 옷을 벗었다. 그러고는 작업복으로 갈아입고 곡괭이를 들더니 인부들에게 소리쳤다.

"이봐! 성호를 긋고 일을 시작해!"

조르바는 그날 온종일 고개 한 번 들지 않고 일에 열중했다.

인부들은 50야드마다 구덩이를 파고 기둥을 세우는 작업을 했다. 이 작업은 산꼭대기에 이를 때까지 계속되었다. 조르바는 재고 계산하고 명령을 내렸다. 그는 온종일 먹지도 않고 담배도 안 피우고 한 번도 쉬지 않았다. 완전히 일에 빠져들었던 것이다.

"일을 어정쩡하게 반거충이로 하기 때문입니다." 그는 이따금 나에게 말하곤 했었다. "말도 절반만 하고 우물거리는가 하면 착한 일도 반쯤 하다 그만둬버리죠. 그러다 보니 세상이 오늘날 이 모양 이 꼴이 되었지 뭡니까. 하느님 말씀대로 일을 철저히 해야 합니다! 못 하나하나 박는 일도 성실히 해나가면 결국 우리는 임무를 완수하게 될 겁니다! 하느님은 대악마보다 어정쩡한 반악마를 열 배나 더 미워하시죠!"

그날 저녁 일을 마치고 돌아온 그는 지친 채로 모래밭 위에 그냥 드러누웠다.

"난 여기서 자겠어요. 동이 트기를 기다렸다가 다시 일을 시작할래요. 밤일도 교대로 시킬 참이지요."

"왜 그렇게 서두르시오, 조르바?"

그는 잠깐 망설였다.

"왜냐고요? 내가 마땅한 비탈면을 옳게 골라잡았는가 알아보고 싶어서지요. 제대로 고르지 않았다면 우리는 큰일 나는 거지요. 모르겠어요? 우리가 당했다는 것을 빨리 알수록 우리 모두에게 더 낫다는 말입니다."

그는 재빨리 게걸스럽게 저녁을 먹어치웠다. 그리고 곧 해안에는 그의 코고는 소리가 드르렁 울려 퍼지기 시작했다. 나는 꽤 오랫동안 잠을 이루지 못하고 하늘을 가로질러가는 별을 쳐다보았다. 하늘 가득히 널린 별들이 자리를 바꾸는 것이 보였다. 내 머리에 붙은 귓바퀴도 마치 천문대처럼 별자리의 위치를 따라 자리를 옮겼다. '너도 별들과 함께 돌아가는 것처럼 별의 움직임을 지켜보아라……' 마르쿠스 아우렐리우스의 글이 내 가슴속을 화음으로 가득 차게 했다.

21

부활절날이었다. 조르바는 옷을 차려입었다. 마케도니아에서 사귄 여자친구 하나가 그를 위해서 짜준 두꺼운 가짓빛 털양말을 신었다. 그는 우리 쪽 해안 가까이 있는 작은 언덕에 뛰어 올라갔다 내려왔다 하며 안절부절못했다. 두 눈을 덮은 짙은 눈썹 위로 손을 가져가면서 그는 마을에서 나오는 길을 바라보았다.

"그녀는 늦었어, 늙은 물개가. 늦었어, 게으른 여편네, 논다니 같으니. 그녀는 늦었어, 넝마쪽이 다 된 찢어진 깃발 같은 주제에!"

번데기 옷을 벗고 갓 날아오른 나비 한 마리가 조르바의 수염 위에 앉으려고 했다. 그런데 그만 조르바를 간질여 그는 재채기를 해버리고, 나비는 조금도 놀라는 기색 없이 눈부신 햇살 속으로 조용히 날아가고 말았다.

우리는 부활절을 축하하려고 그날 오르탕스 부인을 기다리고 있었다. 석쇠에 양고기를 굽고 모래 위에는 융단을 깔고 달걀들에 색을 칠했다. 반은 장난삼아, 반은 진정으로 그녀를 거창하게 맞아들일 준비를 했던 것이다. 인적이 끊긴 바닷가에서 이 멍청하고 향수내 자욱하지만 살짝 한물이 간 세이렌은 언제나 우리에게 이상한 마력을 발휘하고 있었다. 그녀가 없으면 꽤 허전했다. 오드콜로뉴 냄새, 오리처럼 뒤뚱거리는 걸음걸이, 약간 쉰 듯한 탁한 목소리, 그리고 슬며시 새큼한 감이 도는 두 개의 희미한 눈빛이 그리워지곤 했다.

그래서 우리는 도금양과 월계수 나뭇가지를 꺾어 그 밑으로 그녀가 지나오도록 개선 아치를 만들어두었다. 그리고 아치에다가는 영국기·프랑스 삼색기·이탈리아기·러시아기 네 나라의 기를 꽂고, 가운데 높은 곳에다가 푸른 줄무늬가 진 길고 하얀 천을 늘어뜨렸다. 우리는 해군 제독들은 아니므로 대포는 없었지만 장총 두 자루를 빌려서 언덕 위에 올라가 기다리기로 했다. 우리의 물개가 대굴대굴 굴러서 내려오는 것만 보이면 곧바로 예포를 쏘아올릴 참이었다. 우리는 이 호젓한 해안에 무엇인가 그녀의 화려했던 옛날의 일부를 되살려놓고 싶었다. 그리하여 이 가엾은 여자가 짧은 한때나마 환상을 즐기며 붉은 입술을 가진 젊은 여인이 되어, 풍만한 가슴을 과시하고 에나멜가죽으로 지은 궁정화를 맞춰 신고 실크 스타킹을 자랑하는 자신을 다시 한 번 눈앞에 그려볼 수 있게 하려 했다. 도대체 그것이 우리 모두에게 젊음과 기쁨을 다시 불러일으켜 주는 기적의 표적이 못 되는 것이라면 예수의 부활인들 무슨 소용이 있을까? 늙은 코코트^(프랑스 파리의 매춘부)일망정 다시금 갓 스물하나의 젊음을 느껴보지 못한대서야 무슨 소용이 있다는 말인가?

"그녀가 늦군. 그 늙은 물개가 늦었어. 게으른 여편네, 논다니 같으니. 넝마쪽이 다 된 찢어진 깃발 같은 주제에!" 조르바는 자꾸 흘러내리는 가지색 양말을 끌어올리면서 심심하면 중얼거렸다.

"조르바, 이리 와서 앉아요! 그늘로 와서 담배나 한 대 피워요. 곧 올 테니까!"

마을로 난 길을 마지막으로 한 번 쏘아보고는, 그는 캐러브 그늘 밑에 내려와 털썩 앉았다. 정오가 다 되어 자못 더웠다. 멀리서 부활절을 알리는 기운차고 즐거운 종소리가 들려왔다. 이따금 바람결을 타고 크레타 리라^(현악기의 하나)의 음악이 들려왔다. 마을은 온통 봄철을 제대로 맞은 벌집처럼 생명의 소리로 넘쳐 있었다.

조르바는 머리를 저었다.

"끝장났어요. 부활절이 올 때마다 나는 내 영혼이 하늘을 오르는 듯한, 예수와 똑같은 느낌을 가졌는데 이제는 모두가 끝장났어요!" 그는 말했다. "이제 다시 태어나는 것은 내 몸뿐입니다. 왜냐하면 누군가가 음식을 당신에게 한 턱 낼 때 두 턱 세 턱 내는 것을 보고서 사람들은 이렇게 말한답니다. '요것 한입만 먹어요. 그리고 이것 한입만 더……' 글쎄 그러다 보면 당신은 똥으로 내려가 없어지는 것보다는 더 많은 맛있는 음식을 몸 안에 쌓아두게 되는 겁니다. 무엇인가 없어지지 않고 남아서 저축되었다가 기분 좋은 것이 되고, 춤을 추고 노래하며 심지어 말다툼질도 하게 되는 게 아닙니까. 바로 나는 그것을 가리켜 부활이라고 부릅니다."

그는 일어섰다. 지평선 쪽을 바라보다가 이마를 찌푸렸다.

"꼬마녀석이 이쪽으로 달려오는군요." 그는 급히 그를 마중나갔다.

소년은 발돋움질하더니 무엇인가 조르바 귀에다 대고 속삭였다. 조르바는 깜짝 놀라며 화를 냈다.

"아프다고?" 그는 소리를 버럭 질렀다. "아프다니? 썩 꺼져, 한 대 얻어 터지기 전에!" 그리고 그는 나를 향했다.

"주인님, 나는 지금 달려가서 늙은 물개한테 무슨 일이 일어났는지 알아 봐야겠습니다. 잠깐! 붉은 달걀 두 개만 줘요. 그녀와 함께 까먹게 말입니다. 금방 돌아올게요."

그는 달걀 두 개를 호주머니에 집어넣고 가지색 양말을 한 번 추켜올리더니 떠났다.

나는 언덕에서 내려와 시원한 자갈밭 위에 누웠다. 약한 바람이 불어오고 바다에는 보일 듯 말 듯 잔물결이 일었다. 갈매기 두 마리가 작은 파도에 실려 올라갔다 내려갔다 목의 잔털을 가다듬으며 수면의 움직임을 온몸으로 즐기고 있었다.

배 밑에 시원한 물을 깔고 있는 그들의 즐거움을 쉬이 상상할 수 있었다. 갈매기를 바라보면서 나는 생각했다. '바로 저것이 길이다. 절대 리듬을 찾고 절대적인 믿음으로 그걸 따르는 거야.'

한 시간 있다가 조르바가 다시 나타났는데 만족스럽게 턱수염을 쓰다듬고 있었다.

"그녀는 불쌍하게도 감기가 들었더군요. 대단치는 않지만. 지난 며칠 동안—사실 성주간(聖週間) 내내—자정 미사에 나갔다는 거예요. 그녀는 유럽 사람이지만 나를 위해 그랬다는군요. 그러다 감기가 걸렸지 뭡니까. 그래서 피를 좀 빼주고 램프기름으로 문질러준 다음 럼주 한 잔을 먹였죠. 내일이면 다시 원기가 돌아와 쌩쌩해질 거예요. 아참! 그 늙은 암양은 그 나름으로 사람을 웃겨요. 내가 마사지해줄 때 비둘기처럼 소리내는 걸 들었어야 하는 건데. 아 글쎄 간지럽다지 뭡니까!"

우리는 식탁에 앉았다. 조르바는 잔을 채웠다.

"그녀의 건강을 위해서, 악마가 한참은 그녀를 데려갈 엄두를 못 내게 하옵소서!"

우리는 한참 동안 말없이 먹고 마셨다. 바람은 저 멀리서 정열적인 리라의 음률 몇 마디를 날라다주었다. 별들이 내는 소리처럼 아련했다. 예수는 마을의 테라스에서 다시 태어나고 있었다. 부활절에 희생된 양고기와 케이크가 이윽고 사랑과 노래로 화하는 순간이었다.

잔뜩 먹고 마시고 난 조르바는 한 손을 털이 수북한 귀로 가져다댔다.

"리라……." 그는 중얼거렸다. "마을에서 춤을 추고 있군."

그는 갑자기 벌떡 일어났다. 술이 그만 머리에 오른 것이다.

"우리는 도대체 뭘 하고 있죠? 한 쌍의 뻐꾸기처럼 둘이서만 죽치고 앉아 있으니 말입니다. 가서 춤을 춥시다. 우리가 먹어치운 양한테 미안하지도 않나요? 그놈이 고작 피가 되거나 아무것도 아닌 방귀소리로 빠져나가게 할 작정이오? 자, 가요! 그걸 노래와 춤으로 만드는 겁니다. 조르바는 지금 다시 태어납니다!"

"잠깐만, 잠깐만! 조르바. 바보같이 굴지 말아요. 돌았소?"

"주인님, 아무래도 상관없습니다. 하지만 나는 그 양한테 미안해서 그러오. 그리고 붉은 달걀과 이스터케이크와 크림치즈를 먹은 게 미안해서! 요 빵 부스러기 몇 쪽이나 올리브 몇 알을 비웃으려 들었다면야 이렇게 말을 하겠어요. '오, 잠이나 잡시다. 난 축하를 드리러 갈 필요가 없어요.' 올리브와 빵 부스러기는 아무것도 아니죠. 안 그래요? 그놈들에게 뭘 기대하겠습니까? 하지만 내 말을 들어봐요. 음식을 그렇게 낭비하는 것은 죄악입니다. 자, 우리 부활을 축하합시다. 주인님!"

"오늘은 그럴 기분이 아니오. 당신이나 가요. 가서 내 몫까지 추고 오면 되잖소."

조르바는 내 팔을 잡아당겨 나를 끌어 일으켰다.

"예수가 다시 태어났어요, 친구! 아! 내가 당신만큼만 젊다면 얼마나 좋겠소! 나는 모든 것에 물불을 가리지 않고 뛰어들 거요! 곧장 정면으로, 일이건 술이건 사랑이건 모든 것을 붙들겠어요. 그리고 나는 하느님이건 악마이건 두려워하지 않을 겁니다. 젊음은 그렇게 즐기는 거라오."

"조르바, 그건 양이 하는 소리요. 그놈이 당신 배 속에 들어가더니 거칠어져서 늑대가 되었나 보오."

"그 양은 조르바로 바뀌었을 뿐입니다. 그리고 조르바가 당신에게 이야기를 하고 있는 것이고. 들어요, 당신이 듣고 나서 욕을 하고 싶다면 마음대로 해요. 나는 뱃사람 신드바드…… 내가 온 세계를 두루 돌아다녔다는 것은 아닙니다. 천만에요! 그러나 나는 강도질과 살인, 거짓말을 하고 숱한 여자와 자고 십계명을 모조리 어긴 사람이라오. 몇 개나 되죠? 열 개든가? 왜 계명이 스무 개, 쉰 개, 백 개는 안 됩니까? 그래야 내가 모조리 다 깨뜨릴 게 아니겠어요? 하지만 하느님이 정말 있다고 하더라도 나는 때가 와서 그 앞에 서게 되는 것을 두려워하진 않을 겁니다. 어떻게 말을 해야 당신이 이해할 수 있을지 모르겠군요. 나는 그 어느 것이건 대단한 것으로는 생각하질 않아요. 알겠어요? 아니, 하느님이 지렁이들을 타고 앉아 그놈들이 전생에서 한 일을 일일이 따져볼까요? 그러다가 한 놈이 이웃집 지렁이 암놈하고 외도를 했거나 성 금요일에 고기 한입을 먹었대서 화를 내겠나요? 젠장할, 때려치워요. 당신처럼 수프나 게걸스럽게 마시는 신부 같은 소린 치워요. 제기랄!"

"조르바, 글쎄 말이오." 나는 그를 더 사납게 만들 양으로 말했다. "하느님은 당신이 뭘 먹었는가 따지진 않을지 모르죠. 하지만 아마 그는 틀림없이 당신이 무슨 짓을 했는지 물어볼 겁니다."

"그는 그런 것도 묻지 않을 거예요. '자네같이 멍청한 친구가 그걸 어떻게 알아?' 하고 묻겠죠. 내가 안다면 아는 거예요. 나는 틀림없이 그렇다고 생각해요. 만약 나에게 두 아들이 있어서 한 놈은 조용하고 조심스러우며 겸손하고 미쁜데, 다른 놈은 개차반이고 욕심 많으며 형편없는 무법자에 계집 궁둥이만 좇는다면 내 마음은 둘째 놈 편을 들 겁니다. 아마 그 녀석이 나를 닮아서일까요? 하지만 도대체 누가 밤낮으로 무릎을 꿇으며 돈이나 모으는 늙은 스테파노스 어른이나 나나 하느님 자신을 닮진 않았다고 말할 수 있겠어요?

하느님은 재미를 찾습니다. 살인도 하고 부정도 하고 성교도 하고 일도 하고 불가능한 일을 하려고 드는 점이 나와 똑같죠. 그는 내가 먹고 싶은 것을 먹으며 내가 고른 여자를 갖습니다. 만약 당신이 깨끗이 거른 물처럼 신선하고 아름다운 여자가 곁을 지나는 것을 보았다면 당신의 심장이 껑충 뛸 겁니다. 갑자기 땅이 꺼지고 그녀는 사라집니다. 어디로 갔을까요? 누가 그녀를 잡아갔을까요? 만약 그 여자가 착한 여자였다면 그들은 이렇게 말할 겁니다. '악마가 여자를 업어갔어.' 하지만 주인님, 내가 전에도 한 말을 또 되풀이하지만 하느님과 악마는 일심동체라오!"

조르바는 지팡이를 집어들었다. 삐뚤게 모자를 눌러쓰고는 참 안됐다는 듯이 나를 보았다. 지금 한 말에다 몇 마디를 더 보탤 듯이 순간 입술이 움직였다. 하지만 그는 아무 말 없이 흥분한 채 마을 쪽으로 걸어나가 버렸다.

저녁 햇살을 받고 터무니없이 커진 그의 그림자와 그가 휘두르는 지팡이의 그림자를 볼 수 있었다. 조르바가 나가면 온통 해안이 생기를 띠었다. 나는 귀를 세우고 차차 멀리 사라지는 그의 발소리를 들었다. 나는 아무도 없이 혼자가 되었다고 느낀 순간 껑충 뛰어올랐다. 왜 이럴까? 어디로 간다는 말인가? 나는 알지를 못했다. 내 마음은 결정을 못 내렸던 것이다.

"가자! 앞으로가!" 사뭇 명령하는 게 아닌가.

나는 큰맘 먹고 빠른 걸음으로 마을 쪽으로 걸어나가면서 여기 잠깐 저기 잠깐 머뭇거리며 봄공기를 허파 가득히 실컷 들이마셨다. 대지에서는 카모밀라 냄새가 났다. 정원으로 가까이 다가갈수록 레몬·오렌지·월계수에 활짝 핀 꽃향기가 물밀듯이 나를 덮쳐왔다. 저녁하늘에 돋아난 저녁별이 유쾌한 듯 춤을 추기 시작했다.

"바다와 여자와 술과 힘든 일!" 나는 나도 모르게 걸어가면서 조르바가 한 말을 되뇌었다. "바다와 여자와 술과 힘든 일! 너 자신을 몽땅 일과 술과 사랑 속에 빠뜨려보라. 그리고 절대로 신이건 악마이건 두려워하지 말라 …… 그게 젊음이란 거지!" 나는 그 말을 자신에게 되뇌며 마치 나 자신에게 용기를 주려는 듯이 되풀이하면서 길을 걸었다.

갑자기 나는 발길을 멈추었다. 마치 목적지에 이른 것처럼. 여기가 어딜까? 나는 주위를 둘러보았다. 나는 과부네 정원 앞에 서 있었다. 갈대담장과 선인장 저 너머로 흥얼거리는 부드러운 여자의 목소리를 들을 수 있었다. 나는 가까이 가서 갈대숲을 헤쳤다. 오렌지나무 밑에 여자가 있었다. 검은 옷을 입은 여자는 터질 듯이 큰 가슴을 갖고 있었다. 여자는 꽃가지를 꺾으면서 노래하고 있었던 것이다. 저녁 어스름 속에서 내 눈길은 그녀의 반쯤 드러난 하얀 유방의 원형을 더듬을 수 있었다.

나는 숨이 탁 막혔다. 그녀는 야생동물이었고, 그녀 자신도 그것을 알고 있었다. 그녀에게 사내들이란 얼마나 가련하고 괜히 거드럭거리며 터무니없이 몸을 가누지 못하는 족속들로 보였을까! 여자는 곤충의 암놈—사마귀나 메뚜기, 거미—처럼 통통했고 그녀 역시 새벽이면 수컷들을 잡아먹어야만

하는 것이다.

과부는 나의 시선을 의식했을까? 갑자기 노랫소리가 그치더니 돌아다보았다. 우리 둘의 시선이 마주쳤다. 나는 내 무릎에서 휘청 힘이 빠지는 것을 느꼈다. 마치 갈대밭 위에서 암호랑이와 느닷없이 마주친 것 같았다.

"누구세요?" 그녀는 나직한 소리로 물었다. 머릿수건으로 가슴을 가리는 그녀의 얼굴빛이 일순 어두워졌다.

나는 막 자리를 뜨려고 했다. 그런데 조르바의 말이 금세 내 가슴을 채워 줬다. 나는 용기를 얻었다. '바다와 여자와 술과……'

"나요." 나는 대답했다. "나요, 들어갑시다."

이렇게 말을 꺼내자마자 공포심이 나를 꼼짝 못하게 사로잡아 나는 다시 도망치고 싶어졌다. 몹시 창피했지만 나는 자신을 가다듬었다.

"나라니요, 내가 누구죠?"

여자는 천천히 조심스럽게 걸어나와 내가 있는 쪽으로 몸을 기울였다. 그녀는 좀더 뚜렷이 보려고 눈을 반쯤 감으며 머리를 내밀고 한 발짝 앞으로 나왔다. 사뭇 경계하는 태세였다.

갑자기 여자의 얼굴에는 반가운 빛이 감돌았다. 그녀는 혀끝을 살짝 내밀더니 입술을 핥았다.

"사장님!" 여자는 한결 더 부드러운 소리로 말했다.

그녀는 앞으로 다시 나오면서 껑충 뛸 듯이 몸을 움츠렸다.

"당신, 사장님이죠?" 그녀는 목쉰 소리로 물었다.

"그렇소."

"들어오세요!"

먼동이 트고 있었다. 조르바는 벌써 집에 돌아와서 오두막 앞 바닷가에 앉아 있었다. 담배를 피워 문 그는 바다를 바라보고 있었다. 나를 기다리고 있는 것 같았다.

내가 나타나자마자 그는 고개를 들더니 뚫어져라 노려보았다. 그의 콧구멍이 날렵한 사냥개의 그것처럼 벌름거리고 있었다. 목을 쑥 빼더니 냄새를 코로 마실 듯이 심호흡…… 내 체취를 맡아내고 있었다. 순간 그의 얼굴빛은 기쁨으로 밝아졌다. 그는 과부의 냄새를 맡은 것이다.

그는 천천히 일어서더니 온몸으로 웃음 지으며 두 손을 뻗어 나를 잡았다. "축하하오!" 그는 말했다.

나는 침대로 가서 눈을 감았다. 조용히 조화롭게 규칙적으로 숨 쉬는 바닷소리가 들려오고, 마치 나 자신이 갈매기가 된 듯 파도를 타고 오르내리는 기분이었다. 그처럼 우아한 요람 같은 동요 속에서 나는 잠이 들고 꿈을 꾸었다. 이를테면 나는 땅 위에 쭈그리고 앉은 커다란 흑인 여자를 본 셈인데, 그녀는 마치 나에게 화강암으로 만든 웅장한 고대의 사원 같았다. 나는 그 입구를 찾으려고 있는 힘을 다해 그녀의 주변을 맴돌고 또 맴돌았다. 갑자기 그녀의 발꿈치 가까이서 나는 컴컴한 동굴 같은 입구를 찾아냈다. 우렁찬 목소리가 명령을 내렸다. "들어와!"

그래서 나는 들어갔다.

한낮이 다 될 무렵 깨어났다. 햇빛이 창틈으로 새어들어 침대보를 적시고 있었다. 벽에 걸린 작은 거울에 부딪친 빛살이 어찌나 세찬지, 그만 거울을 수천 개의 조각으로 박살내는 것 같았다.

커다란 흑인 여자의 꿈이 다시 떠올랐다. 바다의, 속삭이듯 출렁이는 소리를 들을 수 있었다. 눈을 다시 감았다. 나는 깊은 행복감에 젖었다. 나의 몸은 가벼웠고 사냥을 끝낸 야수처럼 만족스러웠다. 마음껏 먹이를 잡아먹고 나서 햇볕에 누워 입맛을 다실 때의 기분이다. 알고 보면 육체의 생리를 지닌 마음은 흐뭇하게 늘어져 있었다. 마음은 그를 못살게 괴롭히던 중대하고 복잡한 문제들에서 기묘하도록 단순한 해답을 찾아낸 듯싶었다.

전날밤 황홀했던 모든 기쁨이 내 존재의 가장 깊은 곳에서 다시 흘러나와 결국은 흙으로 빚어진 나의 대지에 새 물줄기를 뿜어내며 흥건히 물을 대주었다. 눈을 감고 누워 있는 동안 나는 내 몸이 그 세포 하나하나를 깨면서 크게 자라나고 있는 소리를 듣는 것 같았다. 그날 밤 나는 난생처음으로 영혼이 곧 육체이기도 하다는 것을, 어쩌면 더 변화가 심하고 더 투명하며 한결 자유로울지는 모르지만 아무래도 영혼이 육체라는 것을 실감했다. 그리고 육체는 영혼이다. 어쩌면 좀 부어올랐을지도 모르고, 오랜 여행에 약간은 지치고 그가 물려받은 유산의 무거운 짐에 휘어들었을지는 모르지만 역시 육체는 정신이었다.

얼핏 내 앞에 그림자가 스치는 것을 느끼고 눈을 떴더니 조르바가 문간에서 행복한 표정으로 나를 내려다보고 있었다.

"일어나지 마오. 일어나지 말아요, 친구!" 그는 마치 어린애를 달래는 어머니처럼 상냥한 목소리로 말했다. "오늘도 휴일인걸요. 푹 자요."

"난 실컷 잤소." 나는 일어나 않았다.

"달걀을 하나 깨줄 게요." 조르바는 웃으면서 말했다. "기운이 돌아올 겁니다!"

나는 그 말에는 대꾸하지 않고 바다로 달려 내려갔다. 물속에 뛰어들었다가 나온 몸을 햇볕에 말렸다. 하지만 나는 아직도 감미롭고 떨어질 줄 모르는 냄새를 내 코와 입술 위 그리고 내 손끝에서 맡을 수 있었다. 크레타 섬의 여자들이 머리를 감는 오렌지물 그리고 월계수 기름의 향기였다.

간밤에 그녀는 예수님에게 가져가려고 오렌지꽃 한 아름을 꺾어놓았었다. 그날 저녁 마을 사람들이 모두 은백양나무 밑 광장에 모여 춤을 추는 바람에 교회는 텅 비어 있었던 것이다. 그녀 침대 위에 있는 성상을 모시는 단에는 레몬꽃이 가득히 놓여 있었고, 꽃잎 사이로 큰 편도(扁桃) 같은 눈을 가진 성처녀가 비탄에 잠겨 있는 모습을 볼 수 있었다.

조르바는 달걀을 컵에 담아 들고 나를 위해 바닷가까지 내려왔다. 오렌지두 개와 부활절용으로 만든 작은 건포도를 넣은 단빵도 하나 가져다줬다. 조용히 그리고 기꺼이 내 시중을 드는 폼이 마치 전쟁터에서 돌아온 아들을 돌보는 어머니 같았다. 대견한 듯이 나를 바라보다가 그는 자리를 떴다.

"철탑을 몇 개 더 박아야겠소." 그는 말했다.

나는 햇볕을 흠뻑 받으며 다소곳이 음식을 씹었다. 시원스럽고 초록빛이 감도는 바다를 두둥실 떠내려가는 듯한 깊은 육체적 행복을 느꼈다. 나는 내 정신이 온통 이 육신의 환희를 독점하고 그 나름의 형상을 만들어 사상화 (思想化)하도록 버려두지 않았다. 나는 머리끝에서 발끝까지 마치 짐승처럼 온몸으로 기쁨을 맛보았던 것이다. 하지만 황홀한 가운데서도 나는 이따금 주위를 둘러보고 또 내 안을 살피며 이 인생의 기적을 바라보았다. 무엇이 일어나고 있는가? 나는 스스로 물었다. 세상이 어쩌면 그렇게도 완벽하게 우리 손과 발 그리고 배에 짜맞춰 들어맞도록 만들어졌단 말인가? 그리고 다시 눈을 감고 나는 잠자코 있었다.

벌떡 일어나서 나는 오두막으로 들어갔다. 거기서 부처에 관한 원고를 집어들고 페이지를 폈다. 원고는 다 되어 있었다. 마지막에 부처는 꽃이 활짝 핀 나무 아래 누워 있었다. 그는 손을 들어 자신을 이루고 있던 다섯 가지 요소, 흙·물·불·공기·영혼에게 흩어지라고 명령했다.

더 이상 나는 나를 괴롭히는 그러한 이미지들에 시달릴 필요가 없었다. 나는 그 단계를 넘어 있었고, 부처에 대한 나의 봉사를 모두 마친 터였다. 나 또한 손을 들어 내 안에 있는 부처에게 사라질 것을 명령했다.

나는 급히 서둘러 말의 도움과 그 귀신을 쫓는 위력에 힘입어 그의 몸과 마음과 정신을 파괴했다. 사정없이 나는 종이 위에다 최후의 말을 갈겨쓰고 마지막 소리를 지르고 말았다. 그리고 커다란 붉은 연필로 내 이름을 썼다. 끝장을 낸 것이다.

나는 굵은 노끈으로 원고를 싸맸다. 마치 엄청나게 힘이 센 원수의 팔다리를 꽁꽁 묶어놓은 것 같은 야릇한 쾌감이 들었다. 또는 사랑하던 사람이 죽었을 때 그들이 무덤에서 기어나와 유령이 되어 방황하지 않도록 몸을 묶은 야만인들이 느꼈을 그런 기분이었다.

갑자기 어디선가 맨발 소녀가 나에게로 뛰어왔다. 그 애는 노란 드레스 차림에 손에는 붉은 물감을 들인 달걀 하나를 꼭 쥐고 있었다. 아이는 멈춰 서더니 나를 보고 깜짝 놀랐다.

"왜 그러니. 뭣 때문에 왔지?" 나는 겁먹은 애를 달래려고 웃으면서 물었다.

아이는 킁킁 코로 냄새를 맡더니 숨이 찬 작은 목소리로 대답했다.

"부인이 아저씨를 모셔오라고 시켰어요. 누워 계시거든요. 아저씨가 조르바라는 분이시죠?"

"좋아, 곧 갈게."

나는 일어서서 또 하나의 붉은 달걀을 그녀의 작은 한쪽 손에 쥐여주었다. 그녀는 뛰어갔다.

자리를 털고 일어난 나는 길을 따라 걸었다. 마을에서 왁자지껄 떠드는 소리가 점점 더 가까이 들려왔다. 리라의 감미로운 소리, 외치는 소리, 총소리, 즐거운 노랫소리가 커졌다. 마을 광장에 들어섰을 때는 청년들과 처녀들이 모여 초록빛이 한창인 포플러 아래서 춤추기 시작할 참이었다. 나무를 빙 둘러서 벤치에 앉은 노인들은 지팡이 위에 턱을 괴고 구경을 하고 있었다.

나이 든 여자들은 그 뒤에 쭉 서 있었다. 기가 막힌 솜씨로 리라를 켜는 파누리오는 사월장미 한 송이를 귀 밑에 꽂은 채 춤추는 사람 등에서 잔뜩 뽐내고 있었다. 왼손으로는 리라를 무릎 위에 곧추세우고 오른손으로는 활을 움직이면서 동시에 손마디에 종을 달고 장단을 맞췄다.

"예수가 다시 나셨습니다." 나는 지나가면서 소리쳤다.

"그렇고말고요!" 그들은 일제히 기쁜 소리로 속삭이듯 대답했다.

나는 재빨리 둘러보았다. 건장한 몸집의 청년들이었다. 허리는 날씬하고 통이 넓은 짧은 바지 차림에 머리마다 마치 고수머리처럼 내려와 이마를 덮는 술장식이 달린 수건을 두르고 있었다. 그리고 젊은 아가씨들은 목에 스팽글을 달고 수놓은 피쉬(^{셰모폴})를 걸치고는 눈을 아래로 깐 채 기대에 부풀어 사뭇 떨고 있었다.

"선생님, 우리와 함께 계시지 않겠어요?" 몇몇 목소리가 물었다. 하지만 나는 이미 그들 앞을 빠져나온 다음이었다.

오르탕스 부인은 그녀가 언제나 놓지 않고 끌고 다닌 유일한 가구인 커다란 침대 위에 누워 있었다. 그녀의 볼은 열이 높아 타는 듯했고 기침을 콜록콜록 하고 있었다.

나를 보자마자 그녀는 불평하듯 한숨을 내쉬었다.

"조르바는요? 조르바는 어디 있지요?"

"그는 몸이 좋지 않소. 당신이 아프던 날부터 그도 병이 났다오. 그는 당신의 사진을 손에 꼭 끼고 그것을 쳐다볼 때마다 한숨을 짓고 있어요."

"그래서요! 그래서 또 어떻게 되었어요?"

늙은 세이렌은 행복에 겨워 눈을 감으면서 중얼거렸다.

"그는 당신이 혹시 필요한 게 없나 알아보라고 나를 보낸 겁니다. 저녁에는 그가 직접 온다고 했어요. 자기 몸도 잘 가누기 힘든 형편이긴 하지만 말이죠. 더는 당신과 떨어져 있는 것을 못 참겠대요."

"그래서요. 어서 더 말해봐요……."

"그는 아테네에서 전보를 받았거든요. 결혼 의상이 다 준비되고 화환도 마련되었다는군요. 배에 실었다니까 곧 여기 도착할 겁니다. 하얀 초 그리고 거기 곁들일 분홍빛 리본도 부쳤답니다."

"그래서요, 그래서요?"

잠이 결국은 이겼다. 그녀의 숨소리가 달라졌다. 그녀는 헛소리를 하기 시작했다. 방 안에선 오드콜로뉴·암모니아·땀내가 마구 뒤섞여 풍겼다. 열린 창틈으로 마당에서부터 닭똥·토끼똥의 코를 찌르는 냄새가 솔솔 들어오고 있었다.

나는 일어나서 살그머니 방을 빠져나왔다. 문간에서 미미코와 맞부딪쳤다. 새 반바지와 구두를 신고 있었는데 귀밑머리에 향기로운 바질 한 송이를 꽂았다.

"미미코." 나는 소리쳤다. "칼로 마을에 달려가서 의사 선생님을 모셔와."

내 말이 채 끝나기도 전에 미미코는 구두를 벗어 들었다. 그는 가다가 신을 더럽히지 않으려는 것이다. 구두를 팔 밑에 꼈다.

"의사 선생을 찾아서 내 안부를 전하고 노새를 타고 지체없이 이리 오시라고 일러야 돼. 부인이 위독하시다고 해요. 감기에 걸렸어. 가련한 여자는 열이 펄펄 끓고 죽어간다고 그래. 잊어버리면 안 된다. 알았지, 가!"

"곧, 가요!"

그는 제 손바닥에다 침을 탁 뱉고는 신나게 손을 철썩 문질러댔지만 꼼짝하지 않았다. 나를 바라보는 그의 눈빛이 즐겁다는 듯이 반짝였다.

"빨리 가! 왜 꾸물거리는 거야?"

그는 그래도 꼼짝을 않았다. 나에게 윙크를 보내면서 징그럽게 웃었다.

"선생님, 선생님께 선물로 드리라고 받은 오렌지물 한 병을 제가 가지고 있어요."

그는 잠깐 머뭇거렸다. 누가 주었느냐고 내가 묻기를 기다렸지만 나는 물어보지 않았다.

"누가 보냈는지 궁금하지 않으세요?" 그는 킬킬 웃었다. "선생님 머리에 뿌리시라고 그분이 말했어요. 당신한테서 좋은 냄새가 나게 말이지요."

"빨리 가라니까! 그리고 입 닥치고 있어!"

미미코는 손에다 다시 한 번 침을 뱉으면서 깔깔거렸다.

"곧 가죠!" 그는 또 한 번 꽥 소리쳤다. "예수님이 다시 태어났습니다."

그리고 그는 사라졌다.

22

포플러 밑에서 벌어진 부활절 축제의 춤은 바야흐로 한창이었다. 춤을 이끄는 것은 스무 살쯤 된 키 크고 잘생긴 얼굴에 살결이 검은 청년이었다. 면도날이 가 닿은 적이라고는 없는 검은 솜털이 뺨을 뒤덮고 있었다. 셔츠를 열어젖힌 자리에 검은 피부가 드러나고 곱슬곱슬한 털이 수북했다. 고개를 벌떡 뒤로 젖히고 날개처럼 가벼운 두 다리로 땅을 밟으며 장단을 맞췄고, 이따금 어떤 아가씨에게 시선을 던졌다. 끊임없이 번뜩이는 눈의 흰자위가 해에 그은 얼굴빛과 어지러운 대조를 이뤘다.

나는 무서우면서도 매혹당했다. 오르탕스 부인 집에서 돌아오던 길에 한 여자를 찾아가서 시중을 부탁한 터라 한시름 던 나는 크레타 섬 사람들의 춤을 구경하러 온 것이다. 그래서 나는 아나그노스티 아저씨 곁에 가 그의 옆자리 벤치에 앉았다.

"춤을 이끄는 저 젊은이는 누구입니까?" 나는 물었다.

아나그노스티 아저씨는 껄껄 웃었다.

"그가 대천사처럼 당신의 넋을 빼앗아간 모양이오. 저 건달 녀석이." 그는 찬탄을 아끼지 않았다. "시파카스라고, 목동이죠. 일년 내내 산속에서 양 떼를 몰고 다니다가 부활절에만 마을 사람들을 만나러 내려와 저렇게 춤을 춘다오."

그는 휴 한숨을 쉬었다.

"아, 나도 저렇게 젊기만 하다면야!" 그는 중얼거렸다. "그만큼 젊었다면 젠장! 콘스탄티노플을 휩쓸어버릴 텐데 말이오."

젊은이는 고개를 흔들더니 발정기의 숫양 같은 소리를 냅다 질렀다. 사람 목소리 같지가 않았다.

"켜라, 켜라. 파누리오!" 그는 소리쳤다. "카론이 죽을 때까지 마음껏 놀자 놀아!"

매순간 죽음은 죽어가고 생명은 새로 태어나고 있었다. 그것은 삶과 같았다. 수천 년 동안 봄이 오면 신록이 우거진 나무 그늘에서 처녀 총각들이 모여 춤을 추었다. 포플러 밑에서, 전나무 밑에서, 떡갈나무 밑에서, 플라타너스 그리고 날씬한 종려수 그늘에서 그들은 정욕에 이글거리는 얼굴로 앞으로 또 수천 년을 계속 춤출 것이다. 얼굴은 바뀌고 허물어져 땅으로 들어가지만 다른 사람들이 일어나서 그들의 자리를 차지한다. 춤추는 이는 오직 한 사람뿐이다. 그러나 그는 천 개의 얼굴을 가지고 있다. 그는 언제나 갓 스물. 그는 불멸의 젊음이다.

젊은이는 있지도 않은 턱수염을 쓰다듬듯 손을 들었다. "켜!" 그는 또 소리쳤다. "파누리오, 켜라니까. 아니면 내가 터질 것 같아!"

리라 연주자는 손을 흔들었다. 리라가 호응하고 종들이 리듬을 쏟아내기 시작했다. 젊은이는 공중에 치솟아 사람의 키 높이에서 세 번 소리내어 모둠발을 모아 차더니, 그의 옆에 있는 경관 마놀라카스 머리에 두른 흰 수건을 구두코로 멋지게 벗겨냈다.

"브라보, 시파카스!" 그들은 소리쳤다. 처녀들은 떨면서 시선을 내리깔았다.

하지만 젊은이는 말이 없었고 아무도 쳐다보질 않았다. 야생 그대로이면서 자제력이 강한 그는 왼손으로 늘씬하고 힘있게 생긴 제 허벅다리를 짚으면서 시선은 온순하게 땅 위에 떨어뜨린 채 춤만 추었다. 그러나 그의 춤은 갑자기 멎었다. 하늘로 두 손을 뻗쳐 든 채 늙은 성당지기 안드롤리오가 광장으로 달려나온 것이다.

"과부가, 과부가!" 숨이 차서 그는 외쳤다.

경관 마놀라카스가 춤의 대열에서 빠져나와 맨 먼저 그에게로 달려갔다. 광장에서는 아직 도금양과 월계수 장식이 펼쳐진 교회가 보였다. 머리 위로 피가 몰린 채 춤을 추던 사람들은 제자리에 섰고 늙은이들이 자리에서 일어났다. 리라를 무릎 위에 놓은 파누리오는 사월장미를 귀 밑에서 뽑아 냄새를 맡았다.

"어디 있어, 안드롤리오?" 화가 치민 그들은 소리쳐 물었다. "어디 그 여자가 있느냐고?"

"교회 안에 그 계집이 막 들어왔어요. 레몬꽃을 한 아름 안고 말입니다."

"가자, 그 여자를 잡아!" 앞장서 달리면서 경관이 소리쳤다.

바로 그때 검은 수건을 머리에 두른 과부가 교회문 계단 위에 나타났다. 그녀는 성호를 그었다.

"더러운 년! 갈보년! 살인자!" 목소리들이 저마다 외쳤다. "뻔뻔스럽게 여기 나타나다니! 그년을 붙잡아, 그년이 마을을 창피하게 만들었어!"

몇 사람은 경관을 따라 교회로 뛰어가고 다른 사람들은 위에서 그녀에게 돌팔매질을 했다. 돌 한 개가 그녀의 어깨를 맞혔다. 여자는 비명을 지르고 얼굴을 두 손으로 감싸며 앞으로 달렸다. 하지만 젊은이들은 벌써 교회 입구에 가 닿았고 마놀라카스는 칼을 꺼냈다.

과부는 공포에 질린 짤막짤막한 비명을 내면서 뒷걸음질쳤다. 허리를 굽혀 얼굴을 가리고 넘어지며 다시 피난처를 찾아 교회로 들어가려고 했다. 하지만 그때는 이미 입구에 마브란도니가 떡 버티고 서버린 다음이었다. 두 손으로 문 양쪽을 버티며 그는 길을 막았다.

과부는 왼쪽으로 껑충 뛰더니 성당 뜰에 있는 큰 노송나무를 붙들고 늘어졌다. 휙 돌 한 개가 날아가더니 그녀 머리를 맞히고 수건을 떨어뜨렸다. 머리가 풀리면서 우수수 흐트러져 어깨를 덮었다.

"예수님! 예수님의 이름으로!" 과부는 실편백나무를 꼭 붙들면서 소리를 질렀다.

마을의 젊은 여자들은 광장에 줄지어 늘어서서 흰 수건을 질근질근 씹으면서 벌어지는 광경을 열심히 쳐다보고, 늙은 여자들은 벽에 기대어 꽥꽥 소리를 질렀다. "그년 죽여! 그년 죽여!"

젊은 두 사내가 그녀를 밀쳐서 붙들었다. 검은 블라우스가 찢겨 나가면서 대리석처럼 희게 빛나는 두 유방이 드러났다. 머리 꼭대기에서 흐르는 피가 이마에서 볼로 그리고 목으로 흘러내렸다.

"예수님의 이름으로! 예수의 이름으로!" 여자는 할딱거렸다.

뚝뚝 흐르는 피, 그리고 뽀얗게 번쩍이는 젖가슴이 젊은 사내들을 흥분시켰다. 그들은 저마다 허리띠에서 칼을 꺼냈다.

"잠깐!" 마브란도니가 외쳤다. "그 여잔 내게 맡겨."

교회 입구에 그때까지 버티고 서 있던 마브란도니가 손을 들었다. 모두가 주춤했다.

"마놀라카스, 자네 사촌의 피가 자네에게 복수를 외치고 있네." 그는 굵고 낮은 소리로 말했다. "그 영혼에게 평화를 주게."

나는 기어 올라갔던 담에서 뛰어내려 교회 쪽으로 달려갔다. 돌이 발에 걸리더니 내 몸은 그만 나동그라졌다.

바로 그때 시파카스가 내 곁을 지나가고 있었다. 그는 허리를 굽히더니 고양이를 들어올리듯 목에 건 스카프를 잡아당겨 나를 일으켜 세웠다.

"여기는 당신 같은 사람이 얼씬거릴 곳이 못 돼요." 그는 말했다. "썩 꺼지시오."

"시파카스, 자네는 그녀의 처지가 아무렇지도 않나?" 나는 물었다. "그녀를 불쌍히 여겨주게!"

야만의 산사나이는 내 얼굴에다 야유의 웃음을 퍼부었다.

"내가 여잔줄 아시오? 불쌍히 여기라고 부탁하게. 나는 남자요."

그 말을 하자마자 그는 교회 마당으로 들어갔다.

나도 바로 그의 뒤를 쫓아갔는데 숨이 막힐 것만 같았다. 그들은 이제 과부를 빙 둘러쌌다. 아무도 입을 열지 않는 무거운 침묵이 흘렀다. 박해를 당하는 자의 목이 꼭 쥔 숨소리만이 들렸다.

성호를 그은 마놀라카스는 한 발짝 앞으로 나가면서 단도를 치켜들었다. 벽에 기대 선 늙은 여인들이 환호성을 질렀다. 젊은 아가씨들은 수건을 푹 눌러쓰고 얼굴을 가렸다.

과부는 눈을 들었다. 머리 위에 칼을 보았다. 어린 암소 같은 소리가 목에서 새어나왔다. 실편백나무 밑동에 펄썩 쓰러진 그녀의 두 어깨 사이로 머리가 푹 파묻혔다. 치렁치렁한 머릿단이 땅을 덮었다. 통곡하는 그녀의 목이 어스름한 빛에 번뜩였다.

"나는 하느님의 정의를 요구합니다." 늙은 마브란도니 역시 성호를 그으며 소리쳤다.

그러나 바로 그때 우렁찬 소리가 우리 등 뒤에서 들렸다.

"칼을 내려놔, 이 사람 백정아!"

모든 사람이 깜짝 놀라서 고개를 돌렸다. 마놀라카스는 머리를 들었다. 화가 난 조르바가 두 팔을 휘저으며 그의 앞에 버티고 서 있는 게 아닌가. 고함 소리가 터졌다.

"창피하지도 않나? 참 훌륭한 사나이들이시군! 온 마을이 달려들어 여자 하나를 죽이려고 법석이라니! 조심해요. 잘못하다가는 온 크레타 사람의 명예를 망쳐놓겠소!"

"조르바, 자네 일이나 봐요! 그리고 우리 일에는 아예 참견 말란 말이오!" 마브란도니가 고래고래 소리쳤다.

그리고 그는 조카에게 말했다.

"마놀라카스, 하느님과 성처녀의 이름으로 찔러!"

마놀라카스가 뛰어들었다. 과부를 붙들더니 땅바닥에 넘어뜨리고 무릎으로 여자 배를 짓누르면서 칼을 높이 올렸다. 그러나 번개처럼 날쌔게, 조르바는 그의 팔을 붙잡고 큰 손수건을 감아쥔 손으로 경관의 손에서 칼을 빼앗으려고 승강이를 벌였다.

과부는 무릎을 짚고 일어나 도망갈 구멍을 찾아 두리번거렸지만 마을 사람들이 모두 길을 막고 있었다. 그들은 교회 마당을 빙 둘러 싸고 벤치 위에 올라 서 있었다. 그녀가 나갈 틈서리를 찾는 것을 보자 그들은 한 발짝 다가서며 포위망을 좁혔다.

그 사이에도 몸이 날래고 결단력 있는 데다 침착한 조르바의 싸움은 조용히 계속되었다. 교회 문 가까이서 그걸 바라보던 나는 안절부절못했다. 마놀라카스의 얼굴은 분노로 새파랗게 질려 있었다. 시파카스와 또 하나의 거인이 그를 도와주려고 가까이 왔다. 하지만 마놀라카스가 화를 내며 눈알을 부라렸다.

"가까이 오지 마! 가까이 오지 마! 아무도 가까이 오지 말란 말야!" 그는 소리쳤다.

그는 다시 사납게 조르바를 공격했다. 황소처럼 머리로 받으려고 했다. 조르바는 말없이 입술을 깨물었다. 그는 바이스로 죄듯 경관의 오른팔을 붙들고 늘어지며 경관이 이마로 받으려는 것을 좌우로 피했다. 화가 나서 미칠 듯이 날뛰던 마놀라카스는 앞으로 온몸을 떠다밀며 온 힘을 다해 조르바의 귀를 이로 물어뜯었다. 피가 치솟았다.

"조르바!" 그를 구하려고 달려나가면서 겁에 질린 나는 비명을 질렀다.

"주인님, 비켜요!" 그는 소리쳤다. "끼어들면 안 됩니다!"

주먹을 쥔 그는 마놀라카스의 아랫배에다 엄청난 한 방을 먹였다. 짐승 같은 사나이는 금세 떨어졌다. 그의 이 사이에서 꼭 물고 있던 찢긴 귀 반쪽이 풀려나왔다. 그의 새파란 얼굴은 징그럽게 창백해졌다. 조르바는 그를 땅바닥에 밀어붙이며 칼을 빼앗아서는 교회담 너머로 던져버렸다.

그는 손수건으로 귀에서 쏟아지는 피를 막았다. 그리고 그는 얼굴을 닦았다. 땀이 비오듯 하는 그의 얼굴은 온통 피로 범벅이 되었다. 그는 허리를 펴고 매무새를 고치면서 시선을 돌려 주위를 훑었다. 눈은 부어오르고 핏발이 섰다. 그는 과부에게 소리쳤다.

"일어나요. 날 따라와요!"

그리고 그는 교회 정원으로 난 문을 향하여 걸어나갔다.

과부는 일어섰다. 앞으로 쏜살같이 달려나갈 셈으로 온 힘을 모았다. 그러나 그럴 시간이 미처 없었다. 한 마리 매처럼 뛰어내린 마브란도니가 덮치더니 그녀를 때려누이고는 머리채를 세 번 팔로 휘감아 쥐기가 무섭게 단칼에 그녀의 목을 끊어버렸다.

"이 죄에 대한 책임은 내가 진다!" 그는 소리치며 끊어진 머리를 교회 제단 위에 내던졌다. 그리고 그는 성호를 그었다. 조르바는 뒤를 돌아보다가 끔찍한 광경을 목격했다. 처참한 그 꼴을 본 그는 제 수염을 잡더니 한 줌이나 뜯어냈다. 나는 그에게 다가가서 그의 팔을 잡았다. 두 개의 커다란 눈물방울이 그의 눈썹에 맺혔다.

"주인님, 갑시다." 그는 목이 메어 말을 했다.

그날 저녁 조르바는 먹지도 마시지도 않았다. "목이 꽉 막혀서 아무것도 넘어가질 않을 것 같군요." 그는 말했다. 그는 찬물에다 귀를 씻었다. 솜 조각에다 라키를 좀 묻혀서 붕대처럼 귀를 쌌다. 매트리스 위에 앉은 채 두 손으로 머리를 괸 그는 생각에 잠겼다.

벽쪽 마루에 팔꿈치를 벤 채 누워 있던 나는 뜨거운 눈물이 볼을 스쳐 흘러내리는 것을 느꼈다. 내 머리는 멈춘 채 움직이질 않았고 아무것도 생각나지 않았다. 나는 울었다. 깊은 슬픔에 휩싸인 어린애처럼 울었다.

갑자기 조르바는 고개를 들더니 그의 감정을 밖으로 내쏟았다. 야만인의 사고를 좇던 그는 외치듯 말하기 시작했다.

"이봐요 주인님, 이 세상에서 벌어지는 모든 일이 부정(不正), 부정, 부정이라오! 나는 그 속에는 절대 안 끼겠어요! 나는, 조르바는 벌레, 굼벵이요! 왜 젊은 사람은 죽어야만 하고 늙은 주책들은 살아가야만 합니까? 왜 어린애들은 죽지요? 내게는 사내애가 하나 있었어요. 디미트리라고 불렀지요. 그런데 그 애를 세 살 때 잃어버리고 말았습니다. 글쎄…… 나는 죽어도 그 짓을 한 신을 용서치 않겠어요. 내 말 들어요? 내가 죽는 날, 그가 뻔뻔스럽게 내 앞에 나타날 염치가 있다면, 그리고 정말 그가 진짜 신이라면 그는 부끄러워할 겁니다! 그렇지, 그렇고말고요. 그는 조르바 이 굼벵이 같은 녀석 앞에 정체를 드러내는 것을 참 부끄러워할 겁니다!"

그는 아파서 얼굴을 찡그렸다. 상처에서 피가 다시 흘러내렸다. 그는 비명을 지르지 않으려고 입술을 꼭 물었다.

"기다려요, 조르바. 내가 붕대를 갈아주겠소!"

나는 라키로 다시 한 번 그의 귀를 씻어주고 머리맡에 있던, 과부가 보내준 오렌지물을 가져다가 그 속에 솜을 적셨다.

"오렌지물요?" 조르바는 열심히 그 냄새를 맡으며 말했다. "오렌지물? 내 머리에라도 좀 이렇게 뿌려주겠어요? 그리고 내 손에다가도요. 몽땅 쏟아요, 더!"

그는 금세 생기가 돌아왔다. 나는 놀란 얼굴로 그를 쳐다보았다.

"마치 이대로 과붓집 정원에 들어서는 기분입니다."

그리고 그는 다시 탄식을 늘어놓기 시작했다.

"얼마나 많은 세월이 걸렸을까." 그는 중얼거렸다. "그처럼 멋진 몸매를 마침내 빚어내는 데 대지는 얼마나 오랜 세월을 보내야 했을까! 그 여자를 쳐다보면서 이렇게 말을 했었겠지요. 아, 내가 이제 갓 스물이라면, 그리고 이 지상에서 사내라는 종족은 모조리 없어지고 오직 그 여자만 남아 있다면 나는 여자에게 아이를 낳게 할 것이다. 아니야, 애들이 아니야. 그들은 정말 신이 될 거야…… 그런데 지금은……."

그는 벌떡 일어났다. 눈에는 눈물이 가득했다.

"주인님, 나는 참을 수가 없어요." 그는 말했다. "나는 걸어야겠어요. 산을 두 번 세 번 오르내리면서 오늘 밤 온몸이 지치도록 걸어야 마음이 조금은 가라앉겠어요. ……아! 그런 과부를! 나는 당신을 위해서 미롤로그 (그리스인들의 상엿소리)를 불러야 할 것 같군요!"

그는 밖으로 달려나갔다. 산 쪽으로 가더니 어둠 속에 사라지고 말았다.

나는 침대에 누워 램프를 끄고 다시 한 번 철면피처럼 비인간적인 방법으로 현실을 바꾸어보았다. 현실에서 피와 살과 뼈를 추려내고 그것을 추상화한 다음 우주를 다스리는 법에다 연결시키다가, 나는 이윽고 저질러진 사태는 필연적이었다는 끔찍한 결론에 다다르고 말았다. 그리고 거기에 그치지 않고 그것은 우주의 조화에 기여했다는 생각을 하기에 이르렀다. 나는 이렇게 곧 세상에 일어난 모든 일은 일어나야만 했었다는, 마지막 지독한 위안을 얻은 셈이었다.

과부 살해사건은 나의 뇌리를 잠식했다. 인간의 두뇌는 오랜 세월에 걸쳐 모든 독을 꿀로 바꿔놓는 벌집인데, 과부의 죽음은 그런 벌집을 온통 혼란으로 몰아넣었다. 하지만 나의 철학은 금세 끔찍한 그 경고를 받아들이고 그 죽음을 숱한 이미지와 교묘한 기술로 둘러싸서 맥을 못 추게 만들었다. 같은 방식으로 꿀벌들은 꿀을 훔치러 굶주린 수벌이 올 때면 그것들을 밀랍 속에 싸버리곤 하는 것이다.

몇 시간 뒤 과부는 내 기억 속에 조용하고 맑은 모습으로 간직되어 있었다. 하나의 상징으로 변모했던 것이다. 그녀는 내 심장 속에서 밀랍으로 고정되어버렸다. 더는 나의 내부에 고통을 퍼뜨리거나 내 두뇌를 마비시킬 수 없었다. 그날 하루 동안에 일어난 무서운 사건들은 시간과 공간에 널리 퍼지고 퍼져서 과거의 위대한 문명과 한 모습이 되었으며, 그들 문명은 또한 지구의 운명과 같은 모습이 되고 말았고, 지구의 운명인즉 다름 아닌 우주의 운명이었다. 그리고 다시 과부로 되돌아왔다. 나는 위대한 생존법칙 위에서 마침내 그녀가 살해한 자들과 화해하여 영원한 평화를 누리는 모습을 본 것이다.

내게 있어서 시간은 그 참된 의미를 찾았다. 과부는 수천 년 전에 죽었었다. 에게문명 시대에 일어난 일과 다를 바 없었다. 바로 그날 아침 크노소스(고대크레타)의 아가씨들은 이 유쾌한 바닷가에서 그들의 고수머리를 어쩌지 못한 채 죽어왔던 것이다.

잠이 나를 사로잡았다. 마치 어느 날—그토록 분명한 사실이 어디 또 있겠는가—죽음이 나를 소유하듯 나는 조용히 어둠으로 빨려들어갔다. 나는 조르바가 돌아오는 소리를 듣지 못했다. 아니, 그가 돌아온지조차 몰랐다. 이튿날 아침 나는 산속에서 인부들에게 욕을 하고 소리치는 그의 모습을 발견했다.

인부들이 하는 일은 하나도 그의 마음에 들지 않는 모양이었다. 그는 고집을 부리는 인부 셋을 해고하고는 직접 정을 들고 바위를 깨어 헤치기 시작했으며, 기둥을 세울 자리를 표시해둔 곳으로 길을 닦아 나갔다. 그는 산꼭대기에 올라가서는 소나무를 자르고 있는 나무꾼들을 붙들고 고래고래 욕을 퍼부었다. 그중 하나가 킬킬대며 중얼거렸더니 조르바는 몸을 날려 싸우자고 대들었다.

그날 저녁 그는 기진맥진하여 형편없이 해어진 옷차림으로 오두막에 내려왔다. 입을 벌릴 기력조차 없어 보였다. 이윽고 입을 열었을 때 목재·케이블·갈탄에 대해서만 얘기했다. 마치 그곳 일을 망치려고 서두르는, 일확천금을 노리는 청부업자처럼 굴었다. 수지를 맞출 대로 맞춘 다음 훌쩍 떠나버리려는 사람 같았다.

자기 위안의 경지에 다다랐던 나는 또 한 번 과부 이야기를 막 끄집어내려고 했는데 조르바는 긴 팔을 뻗쳐 그 큰 손으로 내 입을 막았다.

"닥쳐요!" 그는 울음을 억누른 소리로 말했다.

나는 창피해져서 말을 끊었다. 진짜 사나이란 이래야 한다고 속으로 생각했다. 조르바의 슬픔을 부러워하면서. 뜨거운 피가 흐르고 착실한 뼈마디를 갖춘 사람은 고통을 받을 때 진짜 눈물이 두 볼을 흘러내리도록 내버려둔다. 그리고 행복한 순간에는 형이상학의 그 올이 가는 채로 그걸 거르느라 기쁨의 신선함을 망치는 법이 없다.

그렇게 사나흘이 흘러갔다. 조르바는 먹거나 마시거나 쉴 겨를 없이 꾸준히 일을 했다. 그는 기초를 다져놓고 있었던 것이다. 어느 날 저녁 나는 부불리나 부인이 아직 병상에 누워 있다는 것과 의사가 아직 왕진을 오지 않았으며, 헛소리를 하는 가운데 그의 이름을 계속 부르고 있다는 얘기를 했다.

그는 주먹을 불끈 쥐었다.

"알았어요." 그는 대답했다.

이튿날 새벽 그는 마을로 내려갔다가 금세 오두막으로 되돌아왔다.

"그 여자를 보고 오는 길이오?" 나는 물었다. "상태는 어떻습니까?"

"이상은 없어요." 그는 대답했다. "그녀는 죽을 거예요." 그리고 그는 일터로 나가버렸다.

그날 저녁 그는 저녁도 먹지 않고 굵직한 지팡이를 짚더니 밖으로 나갔다.

"어디 가는 거요?" 내가 물었다. "마을로?"

"아니요, 산책을 가는 겁니다. 곧 돌아올게요."

그는 결심한 듯 잰걸음으로 마을 쪽으로 걸어갔다.

나는 피곤해서 잠자리로 갔다. 내 마음은 다시 세상사를 더듬어 돌이켜보았다. 온갖 추억이 떠오르고 슬픈 생각들이 몰려왔다. 내 생각은 이 지상과는 아예 먼 곳을 맴도는 것들이었지만 이윽고 지상에 되돌아와서 조르바에게 머물렀다.

만약 그가 밖에서 마놀라카스를 만나게 된다면 크레타에서 손꼽히는 거인이 야만인 같은 분노로 그를 덮치지 않을까 하는 데 생각이 미쳤다. 지난 며칠 동안 그는 방 안에 틀어박혀 있다는 소리를 들었다. 그는 마을에 나타나 제 모습을 보이기가 부끄러운 것이다. 그래서 만약 조르바를 잡기만 한다면 이빨로 정어리를 깨물어 먹듯 질근질근 씹어놓겠다고 계속 벼르고 있다는 것이다. 인부 한 사람은 그가 한밤에 단단히 무장하고 오두막 주변을 맴도는 것을 보았다고 했다. 만약 그들이 오늘 밤 만난다면 살인이 벌어지고 말 것이다.

나는 벌떡 일어났다. 옷을 주섬주섬 입고는 서둘러 마을로 가는 길로 들어섰다. 정적 속에 축축한 밤공기를 타고 야생 제비꽃 향기가 흐르고 있었다. 한참만에 나는 천천히 걸어가고 있는 조르바를 보았다. 매우 지친 듯 마을 쪽으로 걸어가고 있었다. 가끔 걸음을 멈추고 그는 별을 노려보기도 하고 주위에 귀를 기울였다. 그러고는 다시 걸어나갔다. 이번에는 조금 빨리 걸었다. 나는 지팡이가 돌부리에 부딪치는 소리를 들을 수 있었다.

그는 과부의 정원으로 가까이 가고 있었다. 대기는 레몬꽃과 인동덩굴 향기로 가득했다. 그 순간 정원의 오렌지나무로부터 나이팅게일이 샘물처럼 뚜렷한 소리로 애절한 노래를 부르기 시작했다. 그것은 어둠 속에서 깜짝 놀랄 만한 아름다움을 가지고 울어댔다. 조르바는 걸음을 멈추고 그 새소리의 아름다움에 숨막히는 듯했다.

갑자기 울타리로 친 갈대가 움직였다. 날카로운 잎들이 칼날처럼 부딪치며 소리를 냈다.

"야, 거기 서!" 커다란 목소리가 분노에 진동했다. "이 늙은 망령난 멍청이 같으니! 기어코 너를 찾고야 말았지!"

내 몸의 피가 얼어붙는 것 같았다. 나는 목소리의 주인을 알아챘던 것이다.

조르바는 앞으로 나갔다. 지팡이를 든 자세로 그는 멈췄다. 나는 별빛 아래 그의 일거수일투족을 살펴볼 수 있었다.

갈대울타리에서 불쑥 몸집이 큰 사나이가 뛰쳐나왔다.

"누구야?" 조르바는 목을 돌리며 소리쳤다. "나다, 마놀라카스다."

"자네 갈 길이나 가! 꺼져버려!"

"왜 당신은 나를 망신시켰지?"

"나는 자네에게 망신을 주지 않았어, 마놀라카스! 꺼지라니까. 자네는 덩치 크고 억센 사나이지, 그래. 하지만 운이 없었던 거야…… 그리고 운수는 눈이 먼 거야. 그걸 몰랐나?"

"운이 있건 없건 눈이 멀었건 안 멀었건 나는 망신당한 건 깨끗이 씻어내야겠어." 마놀라카스는 말했다. 그가 이를 가는 소리를 나는 들었다. "그리고 그건 오늘 밤이다. 칼을 가졌나?"

"아니." 조르바는 대꾸했다. "지팡이뿐이지."

"가서 네 칼을 가져와. 여기서 기다릴 테니 빨리 가!"

조르바는 움직이지 않았다.

"무서워서?" 비웃듯 마놀라카스가 쏘아붙였다. "가라니까, 말 안 들려?"

"그래서 칼을 가지고 날더러 어쩌라는 건가?" 차츰 흥분하기 시작한 조르바가 물었다. "그걸 가지고 내가 뭘 하지? 교회 일을 잊었나? 자네는 그때 칼을 가지고 있었고 나는 안 가졌던 것으로 기억하는데…… 하지만 내가 이기지 않았나. 안 그런가?"

마놀라카스는 화가 머리끝까지 나서 소릴 질렀다.

"약까지 올리려고 드네, 뭐라고? 지금도 비웃을 수 있다고 생각하면 잘못이야. 나는 칼을 들었고 너는 안 들었다는 걸 잊지 마! 칼을 가져오라니까, 이 거지 같은 마케도니아놈아, 그럼 누가 더 센지 알 테지."

조르바는 손을 번쩍 들더니 지팡이를 던졌다. 나는 그것이 갈대숲에 떨어지는 소리를 들었다.

"네 칼을 버려!" 그는 소리쳤다.

나는 살금살금 들키지 않게 다가갔다. 별빛 속에 번쩍하고 칼 또한 갈대 속에 떨어지는 것이 보였다.

조르바는 손에다 침을 뱉었다.

"덤벼!" 그는 예비동작으로 껑충 뛰며 소리쳤다.

그러나 두 사람이 대들어 맞붙기 전에 나는 그들 틈으로 뛰어들었다.

"그만둬!" 나는 외쳤다. "자, 마놀라카스! 그리고 조르바, 이리 와요! 창피하지도 않소!"

두 적수는 천천히 나한테로 왔다. 나는 두 사람의 오른손을 잡았다.

"악수를 해요!" 나는 말했다. "두 사람 다 옳고 용감한 사람이오. 이 싸움은 바로잡아야만 하오."

"그가 나를 망신시켰소!" 마놀라카스는 손을 빼려고 들면서 말했다.

"당신을 그렇게 쉽게 망신시킬 사람은 세상에 없소." 나는 말했다. "온 마을 사람이 당신이 용감한 사람이라는 것을 다 알고 있소. 그날 교회에서 일어난 일일랑 잊어버려요, 그건 운 나쁜 사건이었소! 이미 일어난 일은 다 끝난 일이 아닌가! 그리고 조르바가 타향 사람, 마케도니아에서 온 사람이라는 걸 잊지 마오. 그리고 크레타 사람들에게는 우리 고향을 찾아온 사람에게 손질을 한다는 것이 가장 큰 불명예가 된다는 사실도 잊지 마오……. 자, 이리 와 당신 손을 주시오. 그게 진정한 용기요! 그리고 마놀라카스, 숙소로 오시오. 우리 함께 실컷 술을 마시고 소시지도 듬뿍 구워 먹으면서 우정을 쌓아봅시다."

마놀라카스의 허리를 껴안은 나는 그를 옆으로 좀 떼놓으면서 속삭였다.

"기억해두시오. 저 불쌍한 친구는 나이를 먹었소. 자네처럼 힘세고 젊은 친구가 그렇게 나이 먹은 사람에게 주먹질을 한대서야 말이 됩니까."

마놀라카스는 좀 누그러졌다.

"좋소, 당신이 그렇게까지 말한다면."

그는 조르바 쪽으로 한 발 다가가더니 큰 손을 내밀며 말했다.

"자, 친구 조르바. 모든 것은 끝장이 났고 잊어버렸소. 손을 주시오."

"자넨 내 귀를 깨물었소." 조르바가 말했다. "그게 아무쪼록 자네에게 행운을 가져다주길 바라네! 자, 악수하세!"

그들은 힘있게 악수를 나누었다. 서로 눈을 마주보며 더 힘차게, 힘차게 흔들어댔다. 나는 그들이 다시 싸움을 벌이면 어떻게 하나 걱정했다.

"자네 참 손아귀가 센데, 마놀라카스." 조르바가 말했다. "자네는 건장하고 무척 억센 친구야."

"당신 손도 힘이 세군요. 나를 더 꽉 쥘 수 있는가 쥐어봐요."

"그만하면 됐소." 내가 소리쳤다. "자, 가서 우리의 우정을 술로 단단히 다집시다!"

해안으로 돌아가면서 나는 조르바를 내 오른쪽에, 마놀라카스를 내 왼쪽에 끼고 걸었다.

"올해는 풍년이 들겠군요……" 나는 화제를 돌리려고 말을 꺼냈다. "비가 많이 왔으니."

아무도 대꾸가 없었다. 그들은 아직 가슴에 맺힌 매듭이 풀리지 않고 있었다. 나는 술에다 희망을 걸었다. 우리는 오두막에 도착했다.

"우리의 누추한 집에 어서 들어오시오." 나는 말했다. "조르바, 소시지를 굽고 마실 것을 좀 찾아와요."

마놀라카스는 오두막 앞 돌 위에 앉았다. 조르바는 나뭇가지를 한 줌 집어서 소시지를 굽고 술을 세 잔 따랐다.

"건강을 위해서!" 나는 내 잔을 높이 들며 말했다. "마놀라카스의 건강을 위해서! 조르바의 건강을 위해서! 자, 건배합시다!"

그들은 잔을 서로 부딪쳐 소리를 냈고 마놀라카스는 몇 방울을 땅 위에 뿌렸다.

"나의 피가 이 포도주와 같이 흘러내리길 빕니다." 그는 사뭇 엄숙한 목소리로 말했다. "만약 내가 다시 당신에게 손을 댄다면, 조르바."

"나의 피도 역시 이 포도주와 같이 흘러내릴 것이오." 조르바가 되받아 그대로 따라 말하며 땅 위에 몇 방울을 흘렸다. "만약 자네가 물어뜯은 내 귀를 내가 이미 잊어버리지 않았다면 말일세."

23

새벽이 되자 조르바는 침대에 일어나 앉아 말을 걸며 나를 깨웠다.

"주인님, 잡니까?"

"무슨 일이오, 조르바!"

"꿈을 꾸었어요. 이상한 꿈을요. 머지않아서 우리는 어디로 여행을 떠나거나 그럴 날이 얼마 안 남은 것 같아요. 들어봐요. 이걸 들으면 웃을 겁니다. 이곳 항구에 거리 하나가 들어갈 만큼 큰 배가 들어와 있었어요. 고동이 막 울리고 배는 어디론가 떠날 준비를 하고 있었지요. 그때 막 나는 마을에서 뛰어나오면서 그 배를 잡으려고 했답니다. 앵무새 한 마리를 들고 있었어요. 배에 닿은 나는 갑판으로 올라갔지요. 선장이 달려오더군요. '배표를 내놔요!' 소릴 질렀습니다. '얼마요?' 나는 물었지요. 호주머니에서 지폐 한 뭉치를 꺼내면서 말입니다. '천 드라크마요.' '이봐요, 좀 깎읍시다. 8백이면 안 되겠소?' 하고 말했습니다. '안 되오. 천이라니깐.' '내 가진 것이 8백밖에 없으니 다 가져가란 말이오.' '천 드라크마에서 한 푼도 깎을 순 없소! 돈이 없으면 빨리 배를 내려요!' 하고 우기길래 나는 불쾌해졌죠. '이봐 선장, 당신을 위해 그러는 거야. 내가 주겠다는 8백이나 받아둬. 만약 안 받겠다면 나는 잠에서 깨어날 테고 그럼 이 친구야, 자넨 몽땅 밑지는 거야!' 하고 말했죠."

조르바는 껄껄 웃음을 터뜨렸다.

"인간이란 얼마나 이상한 기계입니까!" 그는 놀라서 말했다. "그에게 빵과 술과 물고기, 홍당무 따위를 가득 먹여놓으면 그 속에서 한숨과 웃음과 꿈이 되어 쏟아져 나오잖아요. 무슨 공장 같다니까요. 발성영화가 우리 머릿속에서 틀림없이 돌아가고 있다고 생각해요."

그는 갑자기 침대에서 뛰어나왔다.

"그런데 왜 앵무새가 나왔죠?" 그는 불안한 듯이 외쳤다. "무슨 뜻일까요? 앵무새를 함께 데리고 가다니. 하! 그렇게 되는 건가…….'

그는 미처 말을 끝맺을 시간이 없었다. 작달막한 붉은 머리의 전령이 곧 악마가 변신한 듯한 모습으로 달려들어왔던 것이다. 그는 숨이 턱에 차 있었다.

"하느님 맙소사! 불쌍한 여자는 애타게 의사를 부르고 있어요. 자기가 죽어간다는 거예요. 틀림없이…… 그리고 당신은 양심에 가책을 느낄 거라고 그 여자가 그러더군요!"

나는 부끄러워졌다. 과부가 우리에게 준 슬픔 때문에 우리는 우리의 옛친구를 깜박 잊어버리고 있었던 것이다.

"불쌍한 여자는 심한 고통을 받고 있어요." 빨강머리 사나이가 수다스럽게 늘어놓았다. "어찌나 기침을 해대는지 그녀의 여인숙이 온통 흔들리는 판입니다. 그래요, 그건 영락없는 당나귀 기침입지요! 쿨럭쿨럭! 그 바람에 온 마을이 들썩들썩한다니까요!"

"조용히 해! 그걸 농담이라고 하나!"

나는 종이 한 장을 꺼내서 편지를 썼다.

"이걸 가지고 의사한테 가게. 그가 암말을 타고 떠나는 것을 자네 두 눈으로 보기 전에 돌아오면 안 돼. 알겠지? 자, 얼른 가!"

그는 편지를 받아 쥐고 그걸 허리춤에다 찌르더니 달음질쳐 나갔다.

조르바는 벌써 일어서 있었다. 말 한 마디 없이 그는 급히 옷을 챙겨 입었다.

"잠깐 기다리게. 나도 같이 가겠네." 내가 말했다.

"나는 바빠요." 그는 대답을 하는 둥 마는 둥 길로 나갔다.

조금 있다가 나는 마을로 가는 길을 들어섰다. 과부의 버려진 정원에서 나온 향기가 공기를 진동했다. 미미코가 집 앞에 쭈그리고 앉아서 얻어맞은 개처럼 웅얼거리고 있었다. 몹시 마른 모습으로, 붉고 떼꾼한 눈은 퀭하니 들어가 있었다. 얼굴을 돌렸다가 나를 본 그는 돌을 집어 들었다.

"여기서 뭘 하고 있니, 미미코?" 후회 가득한 눈으로 마당을 흘깃 쳐다보면서 내가 물었다. 나는 내 목에 감기던 따뜻하고 힘찬 두 팔을 느낄 수 있었고…… 레몬꽃 향기와 월계수 기름 냄새를 맡을 수 있었다. 우리는 아무 얘기도 하지 않았다. 나는 새벽 어스름 속에서 그녀의 이글거리는 검은 눈과 반짝이던 뾰족한 흰 이들을 보는 것 같았다. 그녀는 이를 호두잎으로 문질러 윤을 내곤 했다.

"왜 그걸 물어요?" 그는 노여운 소리로 말했다. "가요. 당신 일이나 해요."

"담배 줄까?"

"나는 이제 담배 안 피워요. 당신들은 다 돼지들이요! 당신들 모두가 다! 당신들 모두가 다!"

그는 숨이 차서 말을 멈추었다. 꼭 하고 싶은 말이 있는데 잘 떠오르지 않는 모양이었다.

"돼지…… 악당들…… 거짓말쟁이…… 살인자……"

그는 이윽고 찾던 단어가 떠올랐는지 신이 났다. 손뼉을 치면서 째질 듯이 외쳤다.

"살인자들! 살인자들! 살인자들!" 그는 웃기 시작했다. 그의 모습을 보니 내 심장이 찢어지는 것 같았다.

"자네 말이 맞네, 미미코." 나는 말했다. "자네 말이 맞아." 나는 잰걸음으로 그곳을 떴다.

마을로 들어서자 지팡이를 짚고 있는 아나그노스티 영감을 보였다. 그는 미소를 띤 채 봄의 풀밭 위를 이리 쫓고 저리 쫓는 노랑나비 두 마리를 바라보고 있었다. 그는 나이가 들고 밭과 아내 그리고 아이들에 관한 걱정을 하지 않게 되었으므로 주위를 좀더 거리낌 없이 둘러보고 살필 겨를이 생겼다. 그는 내 그림자를 땅 위에서 보고 고개를 쳐들었다.

"무슨 행운이 이토록 꼭두새벽에 이곳까지 오도록 만들었소?" 그는 물었다.

하지만 그는 나의 불안한 얼굴 표정을 보고서는 대답을 기다리지도 않고 말을 이었다.

"여보게, 서둘러야 할 거요. 나는 자네가 그녀를 살았을 때 만날 수 있을지 장담 못하겠소. 불쌍한 여자 같으니!"

큰 침대는 그녀의 가장 충실한 반려로서 무척 많은 이바지를 해주었지만 그녀의 작은 방 한가운데 놓인 그것은 방을 거의 꽉 채우고 있었다. 가수의 머리맡에는 그녀의 충성스러운 고문관인 앵무새가 초록빛 관을 쓰고 노랑 보닛을 걸친 채 악마처럼 검은 둥근 눈을 번뜩였다. 그는 누운 채 신음하고 있는 여주인을 묵묵히 내려다보고 있었다. 그리고 거의 인간의 머리처럼 생긴 머리를 한쪽으로 갸우뚱하고 귀를 기울이고 있었다.

아니다. 그것은 그가 그토록 잘 알고 있던 성행위의 환희에 들떠 지르는 목이 턱턱 막히는 기쁨의 흐느낌이 아니었고 비둘기의 부드러운 울음소리도 아니었으며, 깔깔 짤막하게 터뜨리는 웃음소리도 아니었다. 얼음처럼 차디찬 땀방울이 여주인의 얼굴에서 뚝뚝 떨어지고 있었으며, 감지도 않고 빗지도 않은 머리는 마(麻) 부스러기처럼 이마에 붙어 있었다. 침대 속에서 일어나는 발작적인 움직임을 처음 본 앵무새는 불안해졌다. 그는 "카나바로! 카나바로!" 외치고 싶었다. 하지만 목소리가 목구멍에 걸려 나오지 않았다.

그의 불행한 여주인은 신음하고 있었다. 그녀는 자꾸 쪼글쪼글 마르고 축 늘어진 팔을 들어 이불을 걷어내려 하고 있었다. 화장이 지워진 얼굴의 볼은 부어올랐고 땀내와 함께 벌써 부패하기라도 한 듯한 지독한 살내가 났다. 그녀의 초라하고 모양이 일그러진 궁정화가 침대 밑에서 삐끔 코쫑배기를 드러내고 있었다. 그것을 보니 가슴이 쓰라렸다. 신발이 그 신의 주인 모습보다 더욱 가슴을 쳤다.

조르바는 침대 곁에 앉아 그 신발을 들여다보고 있었다. 그는 거기서 시선을 뗄 수가 없었던 것이다. 그는 눈물을 참으려고 입술을 깨물었다. 나는 방 안에 들어가서 조르바 곁에 앉았지만 그는 내가 온 것을 눈치채지 못했다.

불쌍한 여자는 이제 숨 쉬기도 힘들었다. 숨이 턱턱 막혔다. 조르바는 인조장미로 장식한 모자를 집어들고 그녀에게 부채질을 해주었다. 그는 마치 축축한 탄불을 피우려 드는 것처럼 매우 빠르게, 어색하고 큰 손을 위아래로 휘젓고만 있었다.

그녀는 겁에 질려 눈을 뜨고 주위를 훑어보았다. 캄캄하여 아무것도 볼 수가 없었다. 꽃이 달린 모자로 부채질을 해주고 있는 조르바조차 보이지 않던 것이다.

모든 것이 캄캄했고 주위의 모든 것이 불안스러웠다. 푸른 안개가 땅 위에서 솟아오르며 모양을 이리저리 바꾸고 있었다. 안개는 비웃는 입 모양으로 변하고 발톱 달린 발이 되었다가 검은 날개들로 변했다.

그녀는 손톱을 세워 눈물과 침과 땀으로 뒤범벅이 된 베개를 부여잡으며 비명을 질렀다.

"나는 죽고 싶지 않아! 나는 싫어!"

하지만 그녀의 상태를 전해 들은 문상객이 이미 두 사람이나 마을에서 막 찾아와 있었다. 그들은 살그머니 방 안에 들어와 바닥에 앉더니 벽에 기대었다.

앵무새가 둥근 눈으로 그들을 노려보고는 화를 냈다. 머리를 빼면서 소리를 냈다. "카나브……." 하지만 조르바가 급히 새장을 손으로 쳐서 새를 잠자고 있도록 만들었다.

다시 한 번 절망의 목소리가 새어나왔다.

"나는 죽고 싶지 않아요. 난 싫어요!"

수염도 안 난 두 젊은이는 햇볕에 그은 얼굴을 삐죽 문간에 내밀고, 앓고 있는 여자를 조심스럽게 살펴보았다. 만족스러운 표정으로 그들은 서로 눈짓을 하더니 사라져버렸다.

얼마 안 있어서 마당에서 겁에 질린 닭이 꼬꼬댁거리며 홰치는 소리가 들려왔다. 누가 닭들을 잡으려고 쫓고 있었던 것이다.

맨 먼저 곡을 하려고 온 말라마테니아는 같이 온 여자에게 이렇게 말했다.

"레니오 아줌마, 그자를 보았어요? 그자들을 보았냐구요? 그들은 못된 놈들이에요. 굶주린 것들이라서 그렇죠. 암탉의 목을 비틀어 잡아먹으려고 그런다오. 마을에 사는 형편없는 것들은 모두 마당에 모여들었으니, 머지않아 이 집을 털고 말 거야!"

그러고는 죽어가는 여자가 누운 침대에다 대고 못 참겠다는 듯이 중얼거렸다.

"친구, 자 빨리 죽어요. 빨리 영혼을 포기해야 우리도 다른 사람만큼의 기회를 가질 게 아니오."

"참, 말은 바로 하고 볼 일이지만 말라마테니아 부인, 그 사내애들이 잘못한 것도 없지 뭐요." 이가 다 빠진 작은 입가에 주름을 세우며 레니오 아줌마가 말했다. "먹고 싶은 게 있으면 훔쳐라, 갖고 싶은 것이 있으면 훔치라고 우리 친정어머니는 말하곤 했었지. 미롤로그(상옛소리)를 되도록 빨리 읊고 난 다음에는 쌀과 설탕을 조금씩 그리고 냄비를 하나씩 꾸려 넣읍시다. 그래야 그녀를 기억하며 두고두고 축복할 수 있을 게 아닙니까. 저 여자는 부모도 없고 아이들도 없으니 누가 그녀가 기르던 암탉이며 토끼들을 먹이겠어요? 또 누가 그녀의 술을 마셔주죠? 솜이나 빗이나 단것들 그리고 또 물건들을 누가 물려받는답니까? 참, 말라마테니아 부인은 어떻게 생각해요? 하느님, 이 죄를 용서하소서. 하지만 세상살이가 다 그런 거죠, 뭐 나도 물건을 조금 골라 가야겠어요!"

"좀 참아요. 너무 서두르진 말라니까요." 말라마테니아 부인이 그녀의 팔을 낚아채면서 말했다. "나도 같은 생각을 하고 있었다오. 까짓 거 나도 털어놓고 말하지요 뭐. 하지만 그녀가 숨을 거둘 때까지만 기다려요."

그러는 순간에도 죽어가는 여자는 필사적으로 베개 밑에 손을 넣어 휘젓고 있었다. 그녀는 위험한 순간에 놓였다고 생각하자 트렁크에서 하얗게 윤이 나는 뼈로 만든 십자가를 꺼내서 그걸 베개 밑에 넣어뒀던 것이다. 오랫동안 그녀는 그것을 까맣게 잊고 있었다. 그것은 다 찢어진 슈미즈와 벨벳과 걸레쪽에 뒤섞여 트렁크 맨 밑바닥에 깔려 있었던 것이다. 마치 예수란 무섭도록 아플 때에만 먹는 약 같았다. 먹고 마시며 사랑하고 즐길 수 있는 동안 그것은 필요없는 약이었다.

마침내 더듬던 그녀의 손이 십자가를 찾았다. 그녀는 그걸로 땀에 젖어 축축한 자기 가슴 위를 꼭 눌렀다.

"예수님, 사랑하는 예수님……." 그녀는 열정적으로 부르며 그녀의 마지막 애인을 가슴에 안았다.

반은 프랑스어, 반은 그리스어인 그녀의 말은 이를 데 없이 상냥하고 정열에 넘친 것이었지만 뒤죽박죽이었다. 앵무새가 그녀의 말을 들었다. 새는 목소리의 음색이 달라진 것을 느꼈다. 그러고는 주인이 고통으로 잠을 잘 수 없었던 기나긴 밤들을 생각해내고 금세 생기가 났다.

"카나바로! 카나바로!" 새는 목쉰 소리로 외쳤다. 해에다 대고 우는 닭울음소리 같았다.

이번에는 조르바도 새의 입을 다물게 하지 않았다. 그는, 울면서 십자가에 못 박힌 예수상에 입을 맞추는 동안 풍상에 거칠어진 그녀의 얼굴 위에 예상하지 않았던 부드러움이 살아나는 것을 지켜보고 있었다.

문이 열리고 아나그노스티 영감이 모자를 벗어 든 채 조용히 들어섰다. 그는 앓아 누운 여자 앞에 와서 머리를 숙이고는 무릎을 꿇었다.

"나를 용서하시오, 부인." 그는 죽어가는 여자에게 말했다. "나를 용서하시오. 하느님도 당신을 용서하실 것이오. 가끔 내가 거친 말을 했더라도 우리는 사람에 지나지 않습니다…… 용서해주시오."

그러나 상냥한 영혼은 이제 조용히 누워 있었다. 형용할 수 없는 행복감 속에 빠져들면서 그녀는 영감이 뭘 말하는지 몰랐다. 그녀의 모든 고통은 사라졌다. 불행한 늙은 나이, 참고 삼켜야 했던 그 모든 조롱과 매정한 말들, 두꺼운 털양말을 뜨면서 문간에 앉아 홀로 보내야 했던 슬픈 저녁들은 지나갔다. 이 우아한 파리의 여인, 남자들의 애를 몹시 태우며 누구도 그녀를 거역할 수 없었던 이 여인은 한창때는 4대 열강을 무릎 위에 올려놓고 데리고 놀며 네 나라 해군의 거수경례를 받던 여인이었다.

바다는 담청빛으로 푸르고 파도마다 흰 물거품이 엉켜 들어오고 있었다. 원양항해를 하는 바다의 요새는 항구에서 둥실거리며 춤을 추고 돛대마다 만국기가 펄럭였다. 메추리 굽는 냄새가 진동했고, 석쇠에 구운 붉은 숭어와 설탕에 절인 과일은 수정그릇에 담겨 식탁에 올려졌으며, 샴페인 마개가 펑

평 천장으로 치솟아 올랐다.

검은 수염, 금빛 수염, 붉은 수염, 회색 수염과 바이올렛, 오드콜로뉴, 사향 그리고 파촐리 네 가지 향수가 번갈아 들어왔다. 철판으로 된 선실의 문들이 닫히고 육중한 커튼이 내려지고 불들이 켜졌다. 오르탕스 부인은 눈을 감았다. 그녀의 사랑의 일생, 그녀의 고통의 일생이 모두—아, 전능하신 하느님이여! 단지 한순간에 지나지 않았다…….

그녀는 이 사람 무릎에서 저 사람 무릎으로 옮겨지며 금테를 두른 제복들을 팔로 껴안고 향수 짙은 수염 속에다 손가락을 파묻는다. 여자는 이제 남자들의 이름을 기억하지 못한다. 자기 앵무새와 다를 바 없는 것이다. 카나바로라는 이름만이 그녀의 기억에 남았다. 그가 가장 젊은 남자였다는 이유 말고 앵무새가 발음할 수 있는 오직 하나뿐인 이름이었기 때문이다. 그 밖의 이름들은 복잡하고 발음하기가 힘들어서 그만 까먹어버린 것이다.

오르탕스 부인은 한숨을 푹 쉬더니 열정적으로 십자가를 끌어안았다.

"나의 카나바로, 나의 귀여운 카나바로……." 그녀는 잠꼬대 속에서 중얼거리며 그것을 그녀의 축 처진 유방에다 꼭 대었다.

"저 여자는 이제 자기가 무슨 말을 하는지 모르는 거예요." 레니오 아줌마가 속삭였다. "여자가 수호천사의 모습을 보고 겁을 집어먹은 게 틀림없어요…… 수건을 풀고 좀더 가까이 가봅시다."

"뭐라고요! 하느님이 무섭지도 않소?" 말라마테니아 부인이 말했다. "아직 그 여자가 살아 있는데 통곡을 시작하라는 말이오?"

"흥 말라마테니아, 말 한번 잘했군요." 레니오 아줌마가 낮은 소리로 투덜거렸다. "그 여자의 트렁크며 옷가지 그리고 저 밖 가게에 있는 온갖 재산과 마당에 있는 닭과 토끼는 생각하지 않고, 그 여자 숨이 꼴깍 넘어갈 때까지 우리는 이렇게 마냥 기다려야만 한다고 날 타이를 작정인가요! 안 될 소리죠! 먼저 온 사람이 먼저 가져가야 맞는 겁니다, 그렇고말고!"

그렇게 말하면서 그녀가 일어서자 상대편도 화가 나 따라 일어났다. 그들은 머리에 쓴 검은 수건을 풀어버리고 다 빠진 흰머리를 늘어뜨린 채 침대 가장자리를 움켜쥐었다.

레니오 아줌마는 등골이 오싹해질 만큼 찢어지는 목소리로 길게 신호를 보냈다.

"어이이!"

조르바는 튀어오르더니 두 노파의 머리채를 거머쥐고 뒤로 끌어냈다.

"이 늙은 떠버리들 같으니, 주둥이 닥치지 못해!" 그는 소리를 버럭 질렀다. "그녀가 아직 살아 있는 게 안 보여? 뒈져버려!"

"이 비실거리는 늙은 바보는 어디서 튀어나왔지? 이 멍청이는 왜 또 나서는 거야." 말라마테니아 부인은 다시 머릿수건을 죄어 매면서 투덜댔다.

늙은 세이렌은 지칠 대로 지친 가운데서도 제 침대 곁에서 일어난 귀에 거슬리는 소리를 들었다. 달콤한 환상은 사라졌다. 해군제독의 배는 가라앉고 구운 메추리고기, 샴페인, 향수를 바른 수염은 자취를 감추었으며 다시 냄새 고약한 죽음의 침상, 세상이 끝난 자리에 굴러떨어졌다. 그녀는 마치 거기서 도망치려는 것처럼 몸을 일으켜 세우려고 했지만 다시 쓰러졌다. 연약하고 처량한 목소리로 그녀는 울부짖었다.

"나는 죽고 싶지 않아요. 나는…… 않아요."

조르바는 몸을 앞으로 기울여 옹이 진 그의 큰 손으로 여자의 이마를 만졌다. 여자 얼굴에 눌어붙어 있던 머리털을 쓸어냈다. 새눈처럼 생긴 그의 두 눈에 눈물이 괴었다.

"진정해요. 여보, 진정해요." 그는 중얼거렸다. "내가 여기 있소. 조르바란 말이오. 무서워하지 말아요."

그러자 갑자기 환상이 되돌아왔다. 커다란 청록색 나비의 모습이 나타나 날개를 펴 침대를 온통 뒤덮었다. 죽어가는 여자는 조르바의 큰 손을 쥐었다. 천천히 팔을 뻗쳐 그녀 가까이 몸을 굽힌 남자의 목을 안았다. 여자 입술이 움직였다…….

"나의 카나바로, 나의 귀여운 카나바로……."

십자가가 베개 위에서 미끄러져 내려 마룻바닥에 떨어지면서 조각났다. 남자의 목소리가 마당에서 울려왔다.

"자! 닭을 집어넣어. 물이 끓는단 말이야!"

나는 방 한구석에 앉아 있었다. 이따금 눈물이 앞을 가리곤 했다. 그게 인생인걸, 하고 나는 생각했다. 얼룩지고 요령부득이고 무관심하고 마음대로 안 되고 인정이라고는 없는 것이 아닌가. 이 원시적인 크레타 농부들은 지구 저쪽 끝에서 찾아온 늙은 카바레 가수를 에워싸고 그녀가 죽어가는 것을 인간답지 않은 기쁨으로 지켜보고 있었다. 그녀는 같은 인간이 아니라는 듯한 태도였다. 마치 이상하게 생긴 큰 새 한 마리가 날개가 부러져 하늘에서 떨어졌고 사람들은 마을 가까운 해안에서 그 새가 죽어가는 것을 지켜보려고 모여든 것만 같았다. 그것은 늙은 공작새 아니면 늙은 앙고라, 고양이, 병든 물개 같은 죽음이었을지 모른다……

조르바는 가만히 목에 감긴 오르탕스 부인의 손을 풀었다. 그리고 백지장처럼 하얘진 얼굴로 일어섰다. 그는 제 눈을 손등으로 비비고 병든 여인을 쳐다보았으나 아무것도 볼 수가 없었다. 그는 다시 제 눈을 비볐다. 그리고 가까스로 그녀의 부어오른 두 다리가 침대에서 움직이는 것과 공포에 이지러진 그녀의 입을 볼 수 있었다. 여자는 한두 번 후두르르 몸을 떨었고 이불이 바닥에 떨어지면서 땀에 절고 부어올라 녹황색으로 변한 그녀의 반나체가 드러났다. 그녀는 날짐승의 먹을 따는 듯 날카롭게 귀를 째는 비명을 질렀다. 그러고는 꼼짝하지 않았다. 눈은 겁에 질려 초점 없이 허공을 향해 뜬 채였다.

앵무새는 새장 밑바닥으로 뛰어내렸다. 창살을 붙들고 늘어진 채, 조르바가 큰 손을 뻗쳐 이루 다 말할 수 없도록 상냥하게 그의 정부의 눈을 감겨주는 모습을 바라보았다.

"자, 빨리 모두 들어와! 그녀는 갔어!" 만가를 부르던 사람들은 침대로 우르르 달려들면서 소리쳤다. 그들은 길길이 울부짖었다. 몸을 앞뒤로 내흔들며 주먹을 불끈 쥐고 가슴팍을 때리고 때렸다. 이 단조로운 슬픔의 진동이 차츰차츰 그들을 얼마쯤 히스테릭한 상태에 몰아넣었고 자신들의 해묵은 슬픔이 독기처럼 그들의 마음속을 파고들어왔다. 그들은 마침내 가슴을 활짝 열어젖히고 미롤로그를 목청껏 쏟아냈다.

그대에게는 어울리지 않는 것
땅 밑에 누워야 하다니……

조르바는 마당으로 나갔다. 그는 울고 싶었다. 하지만 여자 앞에서 눈물을 흘리는 것이 부끄러웠다. 그가 나에게 이런 말을 했던 기억이 났다. "나는 사내들 앞이라면 우는 것을 부끄러워하지 않습니다. 사내들 사이에는 어떤 공통되는 것이 있지 않습니까? 그것은 불명예가 아닙니다. 하지만 여자 앞이라면 남자는 언제나 자기가 용감하다는 것을 증명해야만 합니다. 우리도 눈알이 튀어나오도록 울어버린다면 이 불쌍한 것들에게 어떤 사태가 일어날까요? 그럼 끝장입니다!”

그들은 그녀를 포도주로 씻었다. 시신을 뉘어놓은 늙은 여자가 트렁크를 열고 깨끗한 옷을 꺼냈다. 헌옷을 벗기고 새옷을 입힌 뒤 오드콜로뉴 한 병을 그녀 몸에다 부었다. 가까운 정원에서 쉬파리들이 날아와 그녀의 콧구멍에 눈 가장자리에, 그리고 입술가에다 돌아가며 알을 슬었다.

밤이 내리고 있었다. 서녁 하늘은 아름답도록 조용했다. 가장자리에 황금빛을 띤 깃털같이 작고 붉은 구름들이 천천히 어두운 자주색으로 퍼진 저녁 하늘을 가로질러 가고 있었다. 그것들은 배처럼 보이다가 백조가 되고 어느새 솜털과 너덜거리는 비단으로 만든 황당한 괴물의 모습으로 바뀌었다. 정원을 둘러싼 갈대밭 저쪽으로 파도가 일렁이는 바다 물결이 반짝였다.

가까운 무화과나무에서 살찐 까마귀 두 마리가 내려오더니 마당을 걸어다녔다. 화가 난 조르바는 자갈을 집어 들어 그들을 쫓았다.

정원 한쪽 구석에서는 마을 사람들이 엄청난 잔칫상을 차리고 있었다. 그들은 커다란 부엌 식탁을 꺼내놓고 빵, 접시, 나이프, 포크들을 끄집어냈다. 지하실에서 포도주를 목이 긴 큰 병 가득히 담아 오고 솥에는 몇 마리 암탉을 삶고 있었다. 바야흐로 행복한 그들은 시장한 배를 채우려고 신나게 잔을 부딪치며 축배를 올리듯이 먹고 마셨다.

“하느님, 그녀의 영혼을 구제하소서! 그리고 그녀의 죄가 많아도 그녀를 벌하지 마소서!”

“그녀의 모든 애인이 천사가 되어 그녀의 영혼을 천당으로 안내해 들이도록 하소서!”

“저기 조르바 영감을 좀 보게나.” 마놀라카스가 말했다. “저 까마귀들에게 돌을 던지고 있군그래! 이제 홀아비가 된 거지. 자, 그의 여자에 대한 추억을 위해서 술을 한잔 들자고. 그래요! 이봐 조르바! 와서 우리와 함께 마십시다.”

조르바는 뒤돌아보았다. 그는 상다리가 휘도록 가득한 것을 보았다. 김이 무럭무럭 나는 닭이 접시에 담겨 있고 포도주가 잔 속에서 반짝거렸다. 햇볕에 그을린 건장한 청년들이 스카프를 머리에 동여맨 채 쾌활한 자세로 앉아 있었다. 젊은 기운이 팔팔 넘치는 모습이었다.

'조르바! 조르바!' 그는 스스로 타일렀다. '견뎌라! 네가 어떤 인간인지 보여줘야 하는 자리야!'

그는 그들이 있는 쪽으로 다가가서 단숨에 꿀꺽꿀꺽 석 잔을 받아 마시고 닭다리 하나를 들었다. 그들은 그에게 말을 걸었지만 그는 아무 대꾸도 안 했다. 그는 탐욕스럽게 빨리 먹고 마셨다. 입이 미어져라 가득히 집어넣고 꿀꺽꿀꺽 한참을 떼지 않고 술을 기울였다. 말이 없었다. 그는 자꾸 부불리 나가 누워 있는 방 쪽을 처다보면서 열린 창으로 흘러들어오는 미롤로그에 귀를 기울였다. 이따금 곡소리가 끊어지고 마치 싸움이 벌어진 듯 요란한 고함 소리가 들리기도 했다. 찬장 문이 왈카닥 열렸다 닫히고 트렁크를 여닫는 소리가 나는가 하면 사람들이 주먹다짐을 벌인 듯이 무거운 발로 마룻바닥을 차며 급히 움직이는 소리가 났다. 그러다가 또 미롤로그의 단조롭고 절망 서린 곡이 들려왔다. 벌 한 마리가 잉잉거리는 듯 부드럽고 낮은 목소리였다.

두 여자는 시체가 있는 방을 이리 뛰고 저리 뛰어다니면서 입으로는 곡을 읊고 눈과 손으로는 구석구석 샅샅이 들른 듯 뒤지고 있었다. 찬장을 열어젖힌 그들은 숟가락 몇 개, 설탕 그리고 통에 든 커피와 루쿰(터키과자) 한 상자를 찾아냈다. 레니오 아줌마는 커피 통과 루쿰 상자를 덮쳤다. 말라마테니아 부인은 설탕과 숟가락을 움켜잡았다. 그녀는 루쿰 두 쪽도 집어들더니 지체없이 입속에 넣었다. 그래서 한동안 곡소리는 설탕과자와 범벅이 된 입안에서 한풀 죽은, 목이 턱턱 메는 소리로 새어나올 수밖에 없었던 것이다.

오월의 꽃이 비처럼 우수수 너에게 떨어지고,
사과들은 네 무릎 위에 떨어지는데…….

또 다른 여자 둘이 몰래 방으로 들어갔다. 트렁크 있는 데로 달려가서 손을 휘저어 손수건 몇 개와 수건 두세 장 그리고 실크 스타킹 세 켤레, 가터(양말대님) 하나를 끄집어내더니 허리춤 속에 감추었다. 그 다음 침대에 누워 있는 죽은 여자를 보고는 성호를 그었다.

말라마테니아 부인은 그 늙은 여자들이 트렁크 속에서 물건을 훔쳐내는 것을 보고 머리끝까지 화가 났다.

"계속해요, 곡을 계속하고 있어요. 내 곧 돌아올 테니까!" 레니오 아줌마에게 큰 소리로 이르면서, 그녀는 트렁크를 향해 다이빙을 했다.

낡은 새틴천 조각, 연자줏빛 구식 드레스, 고풍이 찬연한 붉은 샌들, 부러진 부채 하나, 주홍빛 새 차양 하나, 그리고 밑바닥 오른쪽 구석에 제독이 쓰는 삼각모자가 나왔다. 옛날에 누군가가 부불리나에게 선물로 준 것인 모양이었다. 집에 혼자 있을 때면 그녀는 가끔 그 모자를 써보고는 거울 속에 비친 자기 모습을 슬프게 그리고 엄숙하게 감상하던 버릇이 있었다.

누군가 문가로 다가왔다. 노파들은 나가고 레니오 아줌마는 다시 한 번 죽은 이의 침대를 붙들고 가슴을 치며 소리하기 시작했다.

······진홍 카네이션꽃을 네 목에다 두르고······.

조르바가 들어왔다. 조용하고 평화로운 죽은 여자의 얼굴을 들여다보았다. 누렇게 변한 얼굴에는 파리떼가 모여 있었으며 팔을 포개고 누운 여인의 목에는 작은 벨벳 리본이 걸려 있었다.

'한 줌의 흙이지.' 그는 생각했다. '배가 고프기도 하고······ 그리고 웃기도 하고 또 키스를 하던 한 줌의 흙. 진흙 덩어리이면서 인간의 눈물을 흘리던 것. 그런데 지금은 어떻게 됐지? ······우리를 이 세상에 나오게 한 것은 도대체 어느 놈이고, 우리를 데려가버리는 것은 또 어떤 놈이란 말인가?'

그는 침을 뱉고 주저앉았다.

마당 밖에는 젊은이들이 춤을 추려고 모여들었다. 영리한 리라 연주자인 파누리오는 가장 늦게 들어왔다. 그들은 식탁을 한쪽으로 끌어당기고, 춤추는 자리를 만들기 위해서 파라핀 통들과 빨래통과 세탁바구니를 죄다 치웠다.

마을 유지들이 모습을 나타냈다. 구불구불한 긴 지팡이를 짚고 헐렁한 흰 셔츠를 입은 아나그노스티 아저씨, 통통하고 지저분한 콘도마놀리오, 큰 놋쇠로 만든 잉크통을 허리띠에 찌르고 초록빛 펜대를 귀밑에 꽂은 교장선생이 나타났다. 마브란도니의 모습은 보이지 않았다. 그는 경찰에 쫓기는 몸이 되어 산속에 숨은 것이다.

"여러분 반갑소!" 아나그노스티 아저씨가 손을 들어 인사했다. "여러분이 마음껏 즐기는 것을 보니 반갑군요! 하느님의 축복을 내리소서! 하지만 소리를 크게 지르진 마오…… 그럼 안 되오. 죽은 사람은 귀가 있고 기억합니다. 죽은 사람은 소리를 들어요."

콘도마놀리오가 설명했다.

"우리는 죽은 여자의 재산목록을 조사하려고 왔소. 그것을 가난한 사람들에게 나눠줄 수 있도록 말입니다. 여러분은 실컷 먹고 마셨소. 그만하면 되었소. 집 안을 온통 털지는 맙시다. 이봐요!" 그는 위협하듯 지팡이를 높이 흔들었다.

세 마을 어른 뒤에는 누더기를 걸친 여인들 십여 명이 헝클어진 머리에 맨발로 나타났다. 저마다 빈 자루를 팔 밑에 끼고 있었으며 등에는 바구니를 지고 있었다. 그들은 살금살금 한 발짝씩 말없이 다가왔다.

아나그노스티 아저씨가 뒤로 고개를 돌렸다가 그들을 보고는 버럭 소리를 질렀다. "저리 돌아가지 못해? 이 집시 떼들아! 뭐라고? 그래서 여기 달려왔다고. 우리는 물건 하나하나를 조목조목 따져서 모두 기록해놨다가 그걸 제대로 나눠서 가난한 사람들에게 공평하게 줄 판이란 말이야. 돌아가, 내 말 못 알아듣겠어?"

교장선생은 긴 잉크통을 허리띠에서 뽑고 큰 종이 한 장을 펴놓더니 작은 가게에 들어가 물품 재고조사를 시작했다.

그러나 바로 그때다. 귀청이 떨어질 듯 요란한 소리가 났다. 누군가가 깡통을 받았는지 아니면 무명실 상자가 쏟아지며 굴러떨어졌는지 컵들이 부딪쳐 깨어지는 듯한 소리가 들렸다. 그리고 부엌에서는 냄비와 접시, 부엌칼들이 와장창 부딪치는 요란한 소리가 들렸다.

늙은 콘도마놀리오가 지팡이를 휘두르며 달려갔다. 그러나 그런들 무슨 소용이 있을까? 남녀노소 할 것 없이 문으로 몰려들고 열린 창으로 뛰어드는가 하면 담장을 넘어 발코니에서 뛰어내렸다. 닥치는 대로, 손에 잡히는 대로 냄비, 프라이팬, 매트리스, 토끼를 낚아채 갔다……. 어떤 사람들은 문짝과 창틀을 떼어 메고 나갔다. 미미코는 궁정화 두 개를 움켜잡았고 그것을 줄로 매어 목에 걸었다. 마치 오르탕스 부인이 그의 어깨 위에서 목말을 타고 가는 광경 같았다. 다만 보이는 것은 그녀의 신발뿐이긴 했지만……

교장선생은 얼굴을 찡그리고 잉크통을 다시 허리띠에 찌르고는 처녀처럼 깨끗한 종이를 집어넣더니 한마디 말도 없이 권위가 몹시 상했다는 표정을 지으며 문지방을 넘어 성큼성큼 나가버리고 말았다.

아나그노스티 아저씨만 가엾게 소리를 빽빽 지르면서 그러지 말라고 애원도 하고 그들에게 지팡이를 휘두르기도 했다.

"이 무슨 창피한 짓이오! 이 무슨 창피요! 죽은 사람이 당신들 목소리를 듣고 기억해둘 겁니다."

"이 몸이 달려가서 신부님을 오시라고 할까요?" 미미코가 말했다.

"무슨 신부를 말이냐, 이 바보야!" 콘도마놀리오가 화를 냈다. "그 여자는 프랑스 사람이야. 너는 그녀가 성호 긋는 것도 못 봤어? 이렇게 네 손가락으로 긋지 않던. 신앙심이 없는 여자야! 자, 그녀를 묻어야지. 냄새로 우리 모두를 쫓아내고 온 마을을 뒤덮기 전에 말이다!"

"여자 몸속에 벌레가 가득 차 들기 시작했어요. 십자가 곁에 있는데도 말입니다!" 미미코가 말하면서 성호를 그었다.

마을 원로인 아나그노스티 아저씨는 그의 잘생긴 머리를 흔들었다.

"그게 뭐 이상하냐, 이 천치 같으니. 사실 사람은 태어나는 그날부터 몸 안에 벌레를 잔뜩 지니고 있는 법이다. 네가 볼 수가 없어서 그렇지, 네 몸이 썩기 시작하는 냄새를 맡으면 그들은 숨어 있던 구멍에서 기어나오기 시작한단다. 모두 하얗지. 치즈 구더기처럼 모두 하얗게 생겼다고!"

첫 별이 얼굴을 내밀고 작은 은방울처럼 파들거리며 하늘에 걸렸다. 모든 어둠이 땡그랑거리는 방울소리로 가득 찼다.

조르바는 앵무새와 새장을 죽은 여자의 머리맡에서 끌어내렸다. 천애 고아가 된 그 새는 한쪽 구석에 쭈그리고 앉아 겁에 질려 있었다. 눈을 크게 뜨고 둘러보았지만 아무것도 이해할 수가 없었던 것이다. 그는 머리를 날개 속에 묻고 공포로 온몸이 굳어버렸다.

조르바가 새장을 들어내린 다음에야 앵무새는 고개를 들었다. 새는 말을 하려고 했지만 조르바는 손을 들어 그것을 막았다.

"조용히 해!" 그는 작은 목소리로 속삭였다. "조용히…… 나하고 함께 가자."

조르바는 허리를 굽히고 죽은 여인의 얼굴을 들여다보았다. 그는 한참을 그렇게 지켜보았다. 목이 막히고 입이 말랐다.

그는 허리를 더 굽혔다. 마치 입을 맞추려는 것처럼. 그러나 참았다.

"가자! 제발!" 그는 중얼거렸다. 새장을 든 그는 마당으로 나왔다. 거기서 나를 보더니 내게 다가왔다.

"그만 갑시다……." 그는 나직한 목소리로 말하며 내 팔을 잡았다.

조르바는 침착해 보였지만 입술은 떨리고 있었다.

"우리도 언젠가는 모두 저렇게 가게 될 겁니다." 나는 그에게 말했다.

"참 그 소리 한번 큰 위안이군요." 그는 비웃듯이 말했다. "갑시다."

"잠깐, 이제 막 그녀를 운구해 나갈 참이라오. 기다렸다가 봐야 하잖소…… 당신은 잠시를 못 기다리겠다는 소리요?"

"좋아요!" 그는 목멘 소리로 말했다. 새장을 내려놓고 팔짱을 끼었다.

시체를 놓아둔 방에서 모자를 벗어 든 아나그노스티 아저씨와 콘도마놀리오가 나오더니 성호를 그었다. 그들 뒤에 사월장미를 귀밑머리에 꽂은 무용수 네 명이 따라나섰다. 그들은 반쯤 취해 있었고 즐거워했다. 모두 문짝 한 귀퉁이를 잡고 나오는데 그 위에다가 죽은 여자의 시체를 얹어놓았던 것이다. 뒤를 따라서 악기를 든 리라 연주자, 그리고 좀 비틀거리긴 했지만 장송 행진 대열을 가다듬은 여남은 남짓한 사내들과 냄비 아니면 의자를 든 대여섯 명의 여자들이 따라 나왔다. 미미코가 맨 꽁무니였다. 목에다 그 보잘것 없이 낡은 궁정화를 매어 달고 있었다.

"살인자들아! 살인자들아! 사람 백정들아!" 그는 유쾌하게 외쳤다.

파도가 찰랑이는 바다에서 따뜻하고 습기에 찬 바람이 불어왔다. 리라를 켜는 친구가 활을 쳐들었다. 그의 신선한 목소리가 따뜻한 밤하늘 속에 유쾌하게, 빈정대듯 울려 퍼졌다.

아 태양이여. 그대는 얼마나 빨리 서산에 지던고…….

"자," 조르바가 입을 떼었다. "이젠 끝났어요……."

24

우리는 말없이 마을의 비좁은 거리를 걸어갔다. 집집마다 불이 꺼져 밤은 더 짙게 어두운 그늘을 드리우고 있었다. 어디선가 개 짖는 소리가 들려왔고, 거세한 수소가 한숨을 내쉬었다. 저 멀리서 리라 방울의 즐거운 음률이 장난기 가득한 분수대의 물처럼 춤을 추며 바람에 실려 흘러왔다.

"조르바." 나는 무거운 침묵을 깨려고 입을 열었다. "이게 무슨 바람이오? 남쪽 바람인가?"

하지만 조르바는 새장을 들고 앞장서 걸으면서 대꾸는 하지 않았다. 우리가 바닷가로 되돌아왔을 때 비로소 그는 돌아보았다.

"주인님, 배고픈가요?" 그는 물었다.

"아뇨 난 안 고픈데, 조르바."

"졸린가요?"

"아뇨."

"나두 잠이 안 오는군요. 우리 자갈밭에 좀 앉아 있을까요? 당신한테 물어볼 말이 있어요."

우리는 둘 다 지쳐 있었지만 잠을 자고 싶지는 않았다. 우리는 그 마지막 몇 시간 동안에 일어난 슬픔을 잃어버리는 것이 싫었다. 그리고 잠을 잔다는 것은 위험한 순간에 등을 돌리고 도망치는 일처럼 여겨졌다. 우리는 잠자리에 든다는 것이 부끄러웠다.

우리는 바닷가에 가 앉았다. 조르바는 새장을 두 무릎 사이에 놓고 한동안 말이 없었다. 산 뒤에서 불안감을 주는 별자리가 나타났다. 헤아릴 수 없이 숱한 눈을 달고 나선형 꼬리를 가진 괴물 같은 별자리였다. 이따금씩 별이 자리를 뜨더니 사라졌다.

조르바는 황홀한 듯 입을 벌린 채 하늘을 쳐다보고 있었다. 마치 밤하늘을 처음 보는 사람 같았다.

"저 위에선 대체 어떤 일이 벌어지고 있을까요?" 그는 중얼거렸다.

잠시 뒤 그는 말을 하기로 결심했다.

"주인님, 이 모든 것이 무엇을 뜻하는지 말해줄 수 있어요?" 그의 목소리는 따뜻한 그 밤을 깊게 흔들어놓을 만큼 진실했다. "그리고 누가 이들을 창조했죠? 왜요? 그리고 무엇보다……," 여기서 조르바의 목소리는 분노와 불안으로 떨렸다. "사람은 왜 죽는 걸까요?"

"조르바, 난 모르오." 나는 대답했다. 세상에서 가장 쉬운 질문을, 가장 기초적인 물음을 받고도 대답 못하는 사람처럼 나는 부끄러워졌다.

"모른다고요!" 조르바는 놀란 눈을 크게 뜨며 말했다. 내가 춤을 못 춘다고 고백한 그날 밤의 표정과 똑같았다.

그는 한동안 말을 못 잇더니 갑자기 이렇게 말했다.

"아니, 그 염병할 많은 책을 다 읽었는데도—도대체 그 책들이 무슨 소용이오? 당신은 뭐하러 그걸 읽고 있는 거요? 그런 질문에 대한 답도 쓰여 있지 않다면 어떤 것을 당신에게 가르쳐준단 말이오?"

"책을 읽으면 인간의 낭패하고 당황한 모습을 알게 되죠. 조르바, 당신이 금방 물어본 것을 대답하지 못하는 것이 당황하는 인간의 모습이오."

"아, 제기랄 놈의 당황이로군요!" 그는 약이 올라서 땅에다 쾅쾅 발을 굴렀다.

그 소리에 그만 앵무새가 깜짝 놀라 깼다.

"카나바로, 카나바로!" 새는 구원을 청하듯이 불러댔다.

"닥쳐! 너도!" 조르바는 주먹으로 새장을 치면서 꽥 소리 질렀다.

그는 나를 돌아보았다.

"우리가 어디서 오고 어디로 가는 것인지 말을 해달란 말이오. 그토록 오랫동안 당신은 마술이 적힌 검은 책들을 읽느라 몸을 불살랐으니까. 50톤의 종이쯤은 거든히 씹어먹은 셈일 텐데! 거기서 얻은 게 뭡니까?"

그 목소리에는 너무나 깊은 고뇌가 어려 있어 내 가슴을 아프게 죄어왔다. 아, 그에게 대답할 말이 있다면 얼마나 좋을까!

인간이 성취할 수 있는 최상의 것은 지식도 미덕도 아니며, 착한 일도 승리도 아니며, 그보다 더 위대하고 더 영웅적이고 더 결함적인 것이라고, 나는 뼈에 사무치도록 느꼈다. 그것은 신성한 정의감이다!

"대답할 수 없죠?" 조르바는 불안하게 물었다.

나는 신성한 경외감이 무엇인지 내 친구가 알아듣게 하려고 애를 썼다.

"조르바, 우리는 작은 구더기라오. 거창한 나무의 작은 잎사귀에 매달린 작은 애벌레란 말이오. 이 작은 잎이 바로 지구예요. 다른 잎사귀들은 밤이면 하늘을 가로지르고 움직이는 별들이지요. 우리는 이 작은 잎을 불안스럽게 그리고 조심스럽게 살피며 꿈틀거리는 겁니다. 우리는 그 냄새를 맡을 수 있소. 그것은 좋은 냄새 혹은 나쁜 냄새가 나기도 하죠. 우리는 그 맛을 봅니다. 먹을 만하다고 생각하죠. 그것을 두들기면 그것은 살아 있는 것처럼 비명을 지르기도 합니다.

어떤 사람들은—좀더 겁이 없는 그런 사람들이겠죠—잎의 가장자리까지 기어나가 봅니다. 거기서 몸을 뻗으면 우리는 카오스를 내려다볼 수 있어요. 몸이 막 떨리는 겁니다. 우리 밑바닥에 얼마나 무서운 나락이 누워 있는가 짐작하게 되는 거지요. 우리는 저 멀리서 거목의 다른 잎사귀들에서 나는 소음을 들을 수도 있습니다. 나무뿌리로부터 잎까지 솟아오르는 수액을 피부로 느끼면 우리 가슴은 부풀어옵니다. 경외감을 불러일으키는 심연을 그처럼 굽어다볼 때 우리의 모든 육신과 모든 영혼은 가득한 두려움에 떨지 않을 수가 없는 거지요. 그때부터입니다……."

나는 말을 끊었다. 나는 이렇게 말하고 싶었던 것이다.

"시(詩)는 그 순간부터 시작되는 것"이라고. 하지만 조르바가 못 알아들을 것 같았다. 나는 말을 멈추었다.

"뭐가 그때부터입니까?" 조르바가 불안한 소리로 물었다. "왜 말을 하다 마는 거요?"

"……거창한 위험이 시작되는 거죠, 조르바. 어떤 놈은 어지럽고 흥분한 나머지 헛소리를 하게 되고 어떤 놈은 잔뜩 겁을 집어먹습니다. 그들은 용기를 내려고 어떤 대답을 찾으려고 한단 말이오. 그래서 '하느님!' 소리도 나오게 되는 거 아니겠소! 딴 놈들은 그래도 잎의 가장자리에 붙어서 심연을 내려다보다가 '나는 그게 좋은걸' 하고 조용히 그리고 용감하게 말을 한다는 거요."

조르바는 한동안 생각했다. 그는 그 말을 이해하려고 무진 애를 쓰고 있다.

"알다시피," 이윽고 그는 입을 열었다. "나는 매 순간 죽음을 생각하고 있어요. 죽음을 마주해도 전혀 두렵지 않죠. 그렇지만 절대, 단 한 번도 나는 그것이 좋다고 말한 적은 없어요. 천만에, 그걸 조금도 좋아하지 않죠! 나는 그 말에 찬성할 수 없습니다!"

그는 침묵에 잠겼다. 하지만 다시 말문을 열었다.

"나는 카론에게 목을 내놓는 양처럼 '내 목을 제발 자르시오. 카론 씨, 나는 곧장 천국에 가고 싶군요!' 그렇게 말할 수는 없다 이겁니다."

나는 당황한 채 조르바의 말을 듣고만 있었다. 법이 명한 바를 자진해서 행하라고 제자들에게 가르친 현인이 누구였던가? 필연(必然) 앞에 공손히 순응하고, 피할 수 없는 일을 그들의 자유의지로 행하는 일처럼 바꿔놓으라고 타이른 사람은 누구던가? 그것이 아마 해탈에 이르는 단 하나의 길인지도 모른다. 측은한 길이지만 딴 길이야 없지 않은가.

그렇다면 반항이란 무엇일까? 필연을 정복하려는 인간의 긍지에 넘치는 돈키호테 같은 반동은 무엇인가. 인간은 외계의 법칙이 영혼을 다스리는 내면의 법칙에 따르도록 만들려고 하지 않는가. 존재하는 그대로의 현상을 모두 부정하고 자연의 비인간적인 법칙과는 상반하는, 내 심장 속에 존재하는 이치에 따라 새로운 세계를 창조하려고 하지 않는가. 그것은 이미 존재하는 것보다 더 순수하고 뛰어나며 보다 도덕적인 새 세계를 만들겠다는 반동이 아닌가?

조르바는 나를 살폈다. 그리고 내가 더 해줄 말이 없다는 것을 깨달았는지 앵무새가 깨어나지 않도록 새장을 살그머니 들어서 머리맡에 갖다놓고는 벌렁 드러누웠다.

"잘 자요, 주인님. 그만하면 됐어요." 그는 말했다.

아프리카에서 강한 남풍이 불어오고 있었다. 그것은 크레타의 채소와 과일 그리고 짐승을 모조리 부풀어 오르게 하고 자라게 만드는 바람이었다. 나는 이마며 입술이며 목에 와 닿는 바람의 감촉을 느꼈다. 그리고 하나의 과일처럼 나의 두뇌가 탁 소리를 내면서 부풀어 올랐다.

나는 잠을 잘 수 없었고 자기도 싫었다. 나는 아무 생각도 하지 않았다. 나는 다만 무엇인가를 느꼈다. 그 따뜻한 밤 내 안에서 누군가가 성숙해가고 있다는 것을. 나는 그 놀라운 체험이 일어나는 모든 순간을 투명한 의식으로 느꼈다. 나는 나 자신이 변화하는 모습을 목격했던 셈이다. 우리의 오장육부 가장 깊숙한 곳에서 일어나는, 범상치 않은 일이 내 눈앞에서 공공연하게 일어난 것이다. 바닷가에 쭈그리고 앉아 나는 이 기적의 현상을 보았다.

별빛이 어두워졌다. 하늘이 맑아지면서 빛을 발하는 그 하늘을 배경으로 섬세하게 잉크로 그린 듯한 산과 나무와 갈매기들이 떠올랐다.

먼동이 트고 있었다.

며칠이 지나갔다. 옥수수가 영글고 그 옹골찬 알알이 지니는 무게에 눌려 무거운 옥수숫대가 고개를 숙였다. 올리브나무 위에서 매미들은 공기를 톱으로 썰어댔다. 그 휘황찬란한 곤충은 타오르는 더위 속에 노래를 불렀다. 바다에서 김이 무럭무럭 나고 있었다.

조르바는 새벽마다 말없이 산으로 갔다. 고가선을 가설하는 작업도 거의 끝나가고 있었다. 철탑은 모두 제자리에 박혔고 케이블선이 걸리면서 도르래도 부착되었다. 조르바는 땅거미가 질 무렵 지칠 대로 지쳐서 돌아왔다. 그는 불을 지피고 저녁을 지었으며, 우리는 함께 저녁을 먹었다. 우리는 우리 안에 잠들어 있는 악마들, 죽음과 공포를 깨우지 않으려고 서로 노력했다. 우리는 과부 얘기나 오르탕스 부인의 얘기를 결코 입 밖에 내지 않았으며 하느님 얘기도 하지 않았다. 잠자코 우리는 그 바다만 노려보았다.

조르바가 침묵해버리는 통에 영원하면서도 부질없는 그런 의문이 다시 한 번 내 안에서 고개를 들었다. 다시 한 번 나의 가슴은 고민으로 가득 찼다. 이 세상은 도대체 어떻게 생겨먹은 걸까? 나는 이상하다는 생각이 들었다. 그 목적은 무엇이며, 잠깐이면 끝나고 마는 우리 인생에서 우리가 어떻게 산다면 그 목적을 도와줄 수 있을까? 인간과 물질의 목적을 조르바에게 묻는다면 쾌락을 창조하는 일이라고 말할 것이다. 다른 사람들은 영혼을 창조하는 일이라고 말할 것이다. 그러나 그것은 차원이 다르지만 같은 뜻이 되고 만다. 하지만 왜 그래야만 하는가? 어떤 목적이 있어서 그래야 하는가? 그리고 육신이 사그라지는 마당에 우리가 영혼이라고 불러온 것이 과연 조금이나마 남아 있게 된다는 것인가, 아니면 아무것도 안 남는다는 말인가? 그리고 영원불멸을 그리는 우리의 끝없는 갈증도 우리가 영원불멸하다는 사실에서 나온 게 아니라, 우리 일생의 짧은 기간에 우리가 어떤 불멸의 것을 위해서 봉사하고 있다는 데서 비롯된 것은 아닐까?

하루는 일어나 세수를 하고 나니까 지구도 마치 그때 막 일어나서 목욕을 한 모습으로 내게 비쳤다. 그것은 새롭게 창조된 것처럼 반짝였다. 나는 마을로 내려갔다. 왼쪽으로는 짙푸른 바다가 조용히 누워 있었고, 오른쪽으로는 마치 대군의 병사가 금빛 창살을 휘두르는 것처럼 아득히 밀밭이 일렁이며 반짝이고 있었다. 나는 젊은 부인의 무화과나무 곁을 지나갔다. 나무에는 푸른 잎이 덮이고 자그마한 무화과 열매들이 조롱조롱 달렸다. 고개를 돌려 쳐다보지도 않고 나는 서둘러 과붓집 정원을 지나 마을로 들어갔다. 작은 여인숙은 이제 버려진 채 인기척이 없었다. 문이며 유리창이며 다 없어져버렸고 개들이 마음대로 정원을 드나들었다. 방들은 텅 비었다. 여자가 죽어 나간 그 방에 놓였던 침대, 트렁크, 의자는 모두 자취를 감추었다. 오직 붉은 리본을 달고 뒤창이 다 닳아빠진 채 풍상에 절은 슬리퍼 한 짝이 방 한구석에 남아 있었다. 그것은 아직 신 주인의 발모습을 충실하게 간직하고 있었다. 그놈의 못생긴 슬리퍼 한 짝이 인간의 마음보다는 한결 더 동정심이 많아선지, 푸대접 받았지만 사랑했던 그 발을 못 잊고 있었던 것이다.

나는 늦게 돌아왔다. 조르바는 벌써 불을 켜고 밥 지을 준비를 하고 있었다. 눈을 들어 나를 맞는 그는 금세 내가 어딜 다녀오는지 알아차렸다. 그는 얼굴을 찡그렸다. 그토록 여러 날이 지나는 동안 말 한 마디 없던 그가 그날 저녁은 닫혔던 심장의 자물쇠를 풀어버린 듯 말을 쏟아냈다.

"주인님, 내가 고통을 받을 때마다 내 심장은 그만 두 쪽으로 갈라집니다." 그는 변명하듯 이렇게 말문을 열었다. "하지만 그것은 이미 구멍이 숭숭 뚫리고 상처투성이가 된 지 오래입니다. 그런데 다시 한 번 어느 순간에 갈기갈기 찢겼던 것들이 맞붙어서 상처를 안 보이게 덮었나 싶었지요. 내 몸은 온통 아물든 상처투성이지요. 그래서 나는 그토록 많은 것을 견딜 수 있는 겁니다."

"당신은 얼마 안 가서 부불리나를 잊었소, 조르바." 나는 내 나름으로는 좀 거친 말투로 그에게 이렇게 얘기했다.

조르바는 그 말에 약이 올랐다. 목소리가 높아졌다.

"새 길을 닦는 겁니다. 그리고 새로운 계획을 다루고 있지요!" 그는 외쳤다. "나는 어제 일어났던 일은 아예 깨끗이 생각 않기로 한 거지요. 그리고 나 자신에게 내일 무엇이 일어날 것인가 묻지도 않기로 했습니다. 오늘 일어나는 일, 이 시간에 일어나는 일. 나는 그것만 걱정하는 겁니다. 나는 이렇게 말하지요. '조르바야, 지금 넌 뭘 하고 있지?' '나는 자고 있어.' '그럼 잘 자.' '조르바, 지금 넌 뭘 하고 있지?, '나는 일하고 있어.' '그럼 일 잘해.'

'조르바, 지금 넌 뭘 하고 있지?' '나는 여자와 키스하고 있어.' '아 그래, 그럼 잘해봐, 조르바! 그리고 그러는 동안 그 밖의 모든 세상사는 잊어버려. 이 세상에 자네하고 그 여자밖에 또 누가 있는가, 계속하게!' 하고 말이오."

조금 있다가 그는 또 이렇게 말을 이었다.

"알다시피, 부불리나가 살아 있을 때 이 걸레쪽처럼 늙어빠지고 뼈밖에 안 남은 조르바만큼 그녀에게 큰 기쁨을 안겨준 카나바로 따위의 바람둥이도 없었지요. 왜 그런지 알고 싶습니까? 이 세상의 모든 카나바로는 그 여자의 입술을 빨고 있을 때에도 그들이 몰고 온 함대, 그들이 모시고 있는 왕, 또는 크레타 섬, 또는 근무 성적이며 훈장 따위를 생각하거나 마누라 생각을 버리지 못하기 때문이죠. 하지만 나는 그 밖의 모든 것은 깡그리 잊어버리곤 했습니다. 그리고 그 늙은 것이 그걸 알고 있었거든요. 공부 많이 하신 도련님, 그걸 알아야 하오. 세상에 그것보다 여자에게 큰 기쁨을 주는 것은 없다오. 진짜 여자라면—잘 들어둬요. 도움이 될 테니깐—남자한테 받는 기쁨보다는 자기가 주는 것에 더 큰 기쁨을 느끼는 겁니다."

그는 불 속에 나무를 더 지피려고 허리를 굽혔다. 그러고는 말이 없었다.

나는 그를 바라보았다. 그렇게 행복할 수가 없었다. 나는 인적이 없는 바닷가의 그런 순간이야말로 단순하면서도 인간의 깊은 가치를 보여준 풍요한 시간이라고 느꼈다. 그리고 저녁마다 우리가 먹는 음식은 뱃사람들이 어느 외딴 해안에 상륙했을 때 끓여먹는 스튜 같았다. 물고기, 굴, 양파, 푸짐한 후춧가루. 그처럼 맛있는 요리는 세상 어느 곳에도 없었고 그토록 인간의 정신을 살찌게 하는 음식을 다른 데서는 찾을 수 없었다. 세상의 끝과 같은 그 해변에서 우리는 난파한 두 명의 뱃사람이었던 셈이다.

"내일모레면 우리는 고가 케이블에 시동을 걸게 됩니다." 자기 생각을 좇던 조르바가 말했다. "더는 땅 위를 걸어다니지 않는 거죠. 해가 되는 거예요. 도르래가 내 어깨 위에 돋아난 것 같은 느낌이에요!"

"피레우스 식당에서 당신이 나를 꾀려고 던진 미끼를 기억하오?" 내가 물었다. "당신은 기가 막힌 수프를 만들 수 있다고 했었죠. 그런데 내가 이 세상에서 가장 좋아하는 음식이 수프거든요. 대체 어떻게 알아냈소?"

조르바는 약간 경멸하듯 머리를 저었다.

"뭐라고 말해야 좋을지 모르겠군요, 주인님. 그냥 그렇게 말해야 한다는 생각이 들었을 뿐이에요. 당신이 카페 구석에 조용하고 얌전하게 앉아 있는 품이, 그리고 금박테를 두른 작은 책을 펴놓고 들여다보고 있는 품이—글쎄 모르겠어요. 꼭 당신은 수프를 좋아할 것만 같았어요. 그것뿐이죠. 그렇게 척 느껴진 것뿐이랍니다. 이해할 수 없는 얘기죠!"

그는 갑자기 말을 멈추고 앞으로 몸을 내밀면서 귀를 세웠다.

"조용히!" 그가 말했다. "누가 오고 있어요!"

누군가 뛰어오는 다급한 발소리와 헐떡이는 숨소리가 들렸다. 불길이 반짝하는 순간 갑자기 찢어진 옷에 맨머리의 수도사가 나타났다. 그 사나이는 붉은 턱수염과 작은 콧수염을 기르고 있었다. 그가 다가오자 파라핀 냄새가 물씬하게 풍겨왔다.

"아, 어서 오시게! 자하리아 신부 아니오?" 조르바가 소리쳤다. "어떡하다 그 지경이 되셨소?"

수도사는 불에 가까운 마룻바닥에 풀썩 주저앉았다. 그의 턱이 떨리고 있었다.

조르바는 그에게 가까이 몸을 기대면서 윙크를 했다.

"그래요!" 수도사는 대꾸했다.

"브라보, 신부님!" 조르바는 외쳤다. "이제 당신은 틀림없이 천국으로 갈 거요. 어김없고말고! 그리고 당신이 들어갈 때, 당신의 손에는 파라핀 한 통이 들려 있을 거요!"

"아멘!" 수도사는 성호를 그으며 중얼거렸다.

"어떻게 되었던 거요? 언제 했지요? 자, 말 좀 해줘요!"

"카나바로 형제, 나는 미카엘 대천사를 만났어요. 그가 나더러 명령했지요. 어떻게 그렇게 되었는지 제 말 좀 들어봐요. 나는 부엌에서 콩을 실에다 꿰고 있었어요. 나 혼자밖에 없었지요. 문은 닫혀 있었고 수도사들은 저녁기도를 드리고 있었어요. 조용하기 이를 데 없었지요. 밖에서 지저귀는 새소리를 들을 수 있었으니까요. 천사의 목소리 같았어요. 나는 모든 준비를 마치고 때만 기다리고 있었던 거죠. 파라핀 한 통을 사서 묘지에 있는 교회당 제단 바로 밑에다 숨겨뒀어요. 미카엘 대천사가 축복해줄 수 있도록 말입니다.

그래서 강낭콩을 꿰고 있던 어제 오후 천국의 생각이 머릿속을 스쳐 갔던 겁니다. 나는 속으로 중얼거렸죠. '우리 주 예수여! 저 역시 하늘 나라 왕국에 갈 자격이 있습니다. 저는 천국의 부엌에서 마르고 닳도록 콩이나 께고 앉아 있을 모든 준비가 되어 있습니다!' 그런 생각을 하고 있으려니 눈물이 주르륵 흘러내리는 것이 아니겠어요. 갑자기 나는 머리 위에서 날개를 퍼덕이는 소리를 들었습니다. 나는 알았지요. 머리를 푹 숙인 채 겁에 질려 와들와들 떨었습니다. 그때 목소리가 들렸어요. '자하리아, 고개를 들어, 무서워할 것 없단다.' 하지만 나는 얼마나 다리가 떨렸던지 그만 마루 위에 나뒹굴고 말았습니다. '위를 봐, 자하리아!' 목소리는 또 한 번 말했습니다. 나는 고개를 들었고 마침내 보았습니다. 문은 열려 있었고 문지방에 미카엘 대천사가 서 있었습니다. 그의 모습은 수도원 성소 입구에 그려진 모습과 똑같았습니다. 검은 두 날개, 붉은 샌들 그리고 금빛 후광이 빛나고 있었는데, 다만 칼 대신에 불을 댕긴 횃불을 들고 있는 품이 달랐습니다. '자하리아, 잘 있었는가!' 그는 말했습니다. 나는 대답했지요. '나는 하느님의 종입니다. 시키실 일이 있으십니까?' '이 불붙는 횃불을 가져 가게. 주님이 그대와 함께 계시도록.' 나는 손을 내밀었습니다. 손바닥이 타는 것처럼 뜨거웠어요. 하지만 대천사는 이미 모습을 감추고 없었습니다. 내가 본 것이라고는 하늘에 한 줄기 살별처럼 흐르는 불빛뿐이었습니다."

수도사는 제 얼굴에서 땀을 닦아냈다. 그는 하얗게 질려 있었다. 신열이 오르는 듯 그의 이가 달달 떨렸다.

"그래서?" 조르바가 말했다. "용기를 내요, 자하리아! 그 다음은 어떻게 됐소?"

"그 순간이었습니다. 수도사들이 저녁기도를 마치고 나와 식당으로 들어가고 있었습니다. 옆을 지나가면서 수도원장은 개 차듯 냅다 나를 걷어찼어요. 수도사들은 모두가 웃었습니다. 나는 아무 소리 안 했지요. 대천사가 다녀간 다음에도 공기 속에는 아직 유황 냄새가 서려 있었지만, 눈치를 챈 사람은 아무도 없었습니다. '자하리아!' 지도수사가 말했습니다. '자네는 먹지 않을 셈인가?' 나는 입을 열지 않았지요.

'천사의 식사면 그 친구에겐 충분하지!' 소돔이나 다름없는 데메트리오스가 말했습니다. 수도사들은 또 한바탕 웃더군요. 그래서 나는 일어나 묘지쪽으로 걸어가버린 겁니다. 나는 대천사 앞에 엎드렸습니다…… 몇 시간

동안 그렇게 나는 무거운 그의 발을 내 목 위에 느끼면서 엎드려 있었지요. 시간은 번개처럼 지나갔습니다. 그렇게나 천국에서는 몇 시간 몇 세기가 빠르게 지나가버리는 건가 봐요. 한밤중이 되었습니다. 사방은 적막 속에 휩싸였습니다. 수도사들은 잠자리에 들었습니다. 나는 일어섰지요. 성호를 긋고, 대천사의 발에다 입을 맞추었습니다. '그대의 뜻이 이루어지리라.' 나는 말했습니다. 파라핀 통을 끄집어내어 뚜껑을 따 들고 나갔습니다. 옷 속에다 걸레쪽을 얼마나 많이 넣었는지요.

그날 밤은 먹물을 풀어놓은 것만큼이나 어두웠습니다. 달은 아직 떠오르지 않았고 수도원은 마치 지옥처럼 캄캄했습니다. 나는 안뜰로 들어가 계단을 올라가서 수도원장이 기거하는 쪽으로 갔습니다. 나는 파라핀을 문이며 창이며 벽에다 뿌렸습니다. 나는 데메트리오스의 방으로 달려갔습니다. 거기서부터 나는 모든 방과 커다란 나무 계단 여기저기 파라핀 칠을 한 셈이죠. 당신이 말한 그대로예요. 그리고 나는 교회당 안으로 들어가서 예수상 앞에다 초를 켜놓고 불을 질렀습니다."

수도사는 숨이 가빠지더니 말을 더 잇지 못했다. 그의 눈은 안에서 끓어오르는 불길에 이글이글 타고 있었다.

"하느님에게 영광을 돌리소서!" 그는 성호를 그으며 크게 외쳤다. "하느님에게 영광을 돌리소서! —순식간의 일이었습니다. 수도원 전체가 불꽃에 휩싸였습니다. '지옥의 불이다!' 나는 목청껏 소리 지르고, 다리야 날 살려라 달아났습니다. 나는 뛰고 또 뛰었습니다. 종소리가 마구 울리고 수도사들이 외치는 소리가 들리더군요…… 달리고 또 달렸지요…….

날이 밝았습니다. 나는 숲 속에 숨었어요. 마구 몸이 떨렸습니다. 해가 떠오르자 수도사들이 숲을 뒤지며 나를 찾기 시작했어요. 하지만 하느님께서 안개 장막을 내리시어 나를 감싸주셨지요. 그들은 나를 못 보았습니다. 저녁 무렵 나는 목소리를 들었습니다. '바다로 내려가라, 이곳을 떠나!' '대천사님, 나를 인도해주세요. 나를 인도해주세요!' 나는 소리쳤습니다. 그리고 걸어갔습니다. 나는 내가 어디로 가는지 갈피를 못 잡았지만, 번쩍 불을 비춰주거나, 아니면 나무 위에서 퍼덕이는 큰 새를 보내거나, 아니면 산속에서 내려가는 길을 만들어 대천사는 앞길을 이끌어주셨습니다. 그리고 나는 온 힘을 다하여 그의 뒤를 좇았습니다. 온통 그를 믿었던 거죠. 그리고 그가 내린 포상금은 엄청난 것이었죠. 알다시피 나는 당신을 이렇게 찾았습니다. 친애하는 카나바로! 나는 구원을 받은 겁니다!"

조르바는 한 마디도 안 했다. 그러나 그의 입가에서부터 털이 수북한 당나귀 같은 귀밑까지 정감 어린 웃음이 온 얼굴에 퍼지고 있었다.

저녁 준비가 다 되었다. 그는 불에서 솥을 내려놓았다.

"자하리아, 무엇이 천사의 음식인가요?" 그가 물었다.

"영혼이죠." 수도사는 성호를 그으며 대답했다.

"영혼이라고? 말을 바꾸면 바람이라는 소리요? 그걸 가지고 사람이 살아가겠소 어디. 자, 와서 빵을 좀 먹고 생선 수프랑 고기 몇 점을 들어봐요. 그럼 기운이 되돌아올 테니. 당신 참 훌륭히 해냈소! 먹어요!"

"배가 고프지 않군요." 수도사는 말했다.

"자하리아가 배고프지 않다면 요셉은 어떨까? 그 역시 배가 고프진 않을까요?"

"요셉은 타버렸습니다." 수도사는 마치 심오한 수수께끼를 털어놓는 것처럼 나직한 목소리로 말했다. "타버렸어요. 그놈의 영혼을 저주하오. 하느님에게 영광이 있을진저!"

"타버렸다고!" 조르바는 웃음을 터뜨리며 소리쳤다. "어떻게 말입니까? 언제 그랬죠? 그가 타 죽는 걸 당신은 보았소?"

"카나바로 형제, 내가 예수님 램프에서 촛불을 붙이는 순간, 그는 타버리고 말았어요. 나는 내 눈으로 똑똑히, 불로 쓴 글자가 이글거리는 까만 리본처럼 내 입에서 나오는 걸 보았으니까요. 촛불에서 튀긴 불똥이 그에게 떨어지니까, 그는 뱀처럼 몸을 뒤틀면서 타버리더니 재가 되고 맙디다. 얼마나 후련한지 모르겠어요! 하느님에게 영광이 있기를! 나는 벌써 천국에 들어선 것만 같습니다!"

그는 쪼그리고 앉아 있던 불 곁에서 몸을 털고 일어섰다.

"나는 이제 바닷가에 가서 잠이나 자겠어요. 그러라는 명령을 받았으니까요."

그는 물가로 걸어가더니 밤의 어둠 속에 모습을 감추고 말았다.

"조르바, 당신이 그에 대한 책임을 져야 하오." 나도 말했다. "수도사들이 그를 찾기만 하면 그는 작살나고 말 테니까."

"그들은 그를 못 찾을 테니 주인님은 아예 걱정 말아요. 나는 이런 놀음은 너무나 잘 알고 있거든요. 내일 이른 아침, 나는 그의 머리와 수염을 깎아주고 진짜 사람다운 옷을 입혀서는 배에 태울 작정입니다. 그에 대해서라면 전혀 근심을 말아요. 그럴 가치가 없으니까. 스튜 맛이 괜찮아요? 한 사람 몫의 식사나 즐겁게 하고 나머지 일은 머리에서 모두 잊으라니까요!"

조르바는 매우 왕성한 식욕으로 먹고 마시더니 입수염을 쓰다듬었다. 이제 그는 말을 하고 싶었던 것이다.

"눈치챘어요, 주인님?" 그는 물었다. "그의 악마는 죽었습니다. 그리고 지금은 텅 비었어요. 가련한 친구가 이제는 완전히 아무것도 없는 알몸이 되었어요. 끝장이란 거지요! 이제부터 그는 다른 여느 사람과 마찬가지입니다!"

그는 잠깐 생각했다.

"주인님, 그의 악마가 무엇인지 알아요?"

"물론." 나는 대답했다. "수도원을 불태우겠다는 생각이 그의 넋을 사로잡았던 거라오. 그것이 불에 타버린 지금은 마음이 가라앉은 거죠. 고기를 먹고 술을 마시겠다는 생각이 성숙해진 나머지 마침내 행동으로 화한 것이오. 또 하나의 자하리아는 술이나 고기를 원하지 않습니다. 그는 단식으로 성숙해졌으니까요."

조르바는 그 말을 한동안 생각해보았다.

"참 그렇군요. 주인님 말이 옳아요! 아마 내 속에는 틀림없이 악마 대여섯 마리가 죽치고 앉았나 봅니다!"

"우리는 모두가 몇 마리쯤은 다 가지고 있어요, 조르바. 걱정 말아요. 그리고 많이 가지고 있을수록 더 좋다는 겁니다. 중요한 것은, 그것들이 하는 짓은 저마다 다를지라도 한 가지 목표를 겨냥하고 있기만 하면 되는 거죠."

그 말이 조르바에게는 깊은 감명을 준 것 같았다. 그는 커다란 머리를 무릎 사이에 묻은 채 생각에 잠겼다.

"무슨 목표지요?" 그는 눈을 들어 나를 쳐다보면서 물었다.

"내가 그걸 어떻게 알겠소, 조르바? 정말 어려운 것을 묻는군요. 내가 어떻게 그것을 설명하죠?"

"간단하게 말해요. 내가 알아듣게 말입니다. 바로 이 순간까지만 해도 나는 내 속에 든 악마들이 하고 싶어하는 것을 하도록 언제나 내버려두었고 그들이 하자는 대로 했습니다…… 그리고 바로 그랬기 때문에 어떤 사람은 나를 정직하지 않다고 하고, 어떤 사람은 정직하다고 하고, 어떤 사람은 나를 돈 놈으로 생각하는데, 또 다른 사람들은 나를 솔로몬처럼 현명하다고 말을 하기도 한 거죠. 나는 그것 모두이기도 하면서 그보다 더 많은 것이 깃든 인간이기도 합니다. 진짜 러시아 샐러드(모든 야채를 한 번씩 익혀서 만듦)지요. 좀더 그걸 분명하게 밝혀주겠어요, 주인님? 무슨 목표죠?"

"조르바, 나는―틀린 말일지도 모르지만―세상에 세 가지 인간이 있다고 봅니다. 이른바 주어진 인생을 살면서 먹고 마시고 연애하고 돈 벌고 유명해지는 것을 목표로 삼는 그런 사람들이 있고, 그 다음에는 스스로의 인생을 살기보다는 인류 전체 생활에 더 관심을 쏟고 그것을 목표로 삼는 사람들이 있죠. ―그들은 모든 인간은 같다고 느낍니다. 그래서 인류를 계몽하려고 하며 사랑할 수 있는 데까지 사랑하려 들고, 그들에게 좋은 일을 하려고 하는 겁니다. 마지막 인간은 전 우주의 삶을 사는 것을 목적으로 삼는 사람이죠. 모든 사물의 목숨, 인간과 동물과 나무와 별들, 우리는 모두가 한 목숨이고, 우리는 다 같이 무서운 싸움에 말려든 한 물질이라는 겁니다. 무슨 싸움이냐고요? ……물질을 정신으로 바꿔놓기 위한 싸움이죠."

조르바는 머리를 긁적거렸다.

"나는 머리가 둔해요. 주인님, 나는 그런 말을 쉽게 이해하진 못해요…… 아, 만약, 지금 당신이 한 모든 말을 나한테 춤으로 표현해줄 수만 있다면 얼마나 좋을까. 그럼 내가 척 알아버릴 텐데 말입니다."

나는 당황하여 입술을 깨물었다. 이 안타까운 생각들을 내가 춤으로 표현할 수만 있다면! 하지만 나는 그럴 재간이 없었다. 나는 일생을 낭비한 셈이다.

"그렇지 못하면 주인님, 나에게 한 모든 말을 이야기로 풀어주면 어떨까요. 후세인 아가(Hussein Aga)가 그랬던 것처럼 말입니다. 그는 우리집 이웃에 살던 늙은 터키 사람입니다. 형편없이 늙고 형편없이 가난했는데 아내도 없고, 아이도 없고 의지할 데라곤 전혀 없는 몸이었죠. 옷은 해어진 것을 입고 있었지만 깨끗이 빨아서 광이 날 지경이었어요. 혼자서 빨래도 하고 밥을 짓고 마루를 닦아내고 광택을 냈습니다. 밤이면 우리를 찾아오곤 했었지요. 그는 우리 할머니와 몇몇 노파들과 마당에 앉아서 양말을 기워 가곤 했습니다.

그건 그렇고, 내가 얘기한 이 후세인 아가는 성인이었지요. 하루는 나를 무릎 위에 올려놓더니 축복을 주듯 한 손을 내 머리 위에 얹었습니다. '알렉시스!' 그는 말했어요. '내가 너한테 비밀 하나를 가르쳐주마. 너는 지금은 너무 어려서 무슨 소리인지 이해하지 못할 거다. 하지만 네가 다 자라면 말뜻을 알게 될 거야. 꼬마친구, 잘 들어둬. 하늘의 7층이나 땅 위의 7층도 하느님이 들어가시기에는 작단다. 하지만 사람의 심장에는 충분히 들어가실 수 있지. 그러니까 알렉시스야, 아주 조심하란 말이야—나의 축원을 이 아이에게 주소서. 사람의 가슴에 못을 박는 짓은 절대로 하지 말아라!' 하고 말이에요."

나는 조르바의 말을 잠자코 듣고 있었다. 만약 내가 입을 열지만 않았다면, 하고 나는 생각했다. 추상적인 사상들이 최고의 경지에 다다르면 마침내 하나의 이야기가 되었을 게 아닌가! 그러나 오직 위대한 시인들만이 그런 경지에 도달할 수 있으며, 보통 사람이라면 수백 년 침묵의 노력을 다한 다음에나 그런 경지에 이를 수 있을 것이다.

조르바는 일어섰다.

"나가서 우리의 불붙이는 나무토막(사고뭉치)께선 뭘 하시는가 살펴보고 나무토막께서 감기가 안 드시도록 담요나 한 장 덮어드리겠소. 가위도 가져가야겠군요. 일류 이발사 노릇은 못하겠지만."

그는 가위와 담요를 들고 껄껄 웃으면서 해안선을 따라 나갔다. 달이 떠오르고, 대지 위에 병색에 겨운 빛을 내리비추고 있었다.

사위어가는 불 곁에서 나는 조르바의 말을 저울질하고 재봤다. 뜻이 많은 그 말들은 따뜻한 흙냄새를 풍겼다. 그의 존재 깊은 곳에서 우러나온 그 말은 인간의 따스함을 아직 지니고 있다고 나는 느꼈다. 나의 말은 책에서 나온 종이로 만든 말, 그것들은 내 머리에서 떨어지는 것일 뿐 거의 핏방울 하나 묻어 나오지 않는 그런 말들이다. 말 속에 만약 어떤 조그마한 가치가 있다면 그 속에 묻어 있는 한 점의 핏자국 덕분이다.

배를 깔고 누워 불기가 아직 남은 속을 휘젓고 있는데 조르바가 돌아왔다. 두 팔을 축 늘어뜨린 채 그의 얼굴은 놀라는 빛이 뚜렷했다.

"주인님, 너무 상심 마시오……"

나는 자리를 차고 일어섰다.

"수도사가 죽었습니다." 그는 말했다.

"죽다니요?"

"바위에 누워 있는 그를 찾았지요. 온몸에 함빡 달빛을 받으며 누워 있었습니다. 나는 무릎으로 살살 기어가 그의 턱수염과 남아 있던 코밑수염을 자르기 시작했어요. 마구 잘라 나갔는데도 그는 꼼짝 않았죠. 나는 흥분했습니다. 머리까지 그만 깨끗이 깎아버렸지요. 자그마치 그의 얼굴에서 털을 한 파운드는 깎아냈을 겁니다. 그러고는 털을 깎은 양처럼 된 그를 보고는 히스테릭하게 웃었어요. '자하리아, 선생, 이봐요!' 나는 그를 부르고 흔들면서 한바탕 웃었지요. '일어나서 성처녀의 기적을 보시오!' 그런데 일어나기는커녕 꼼짝을 안 했어요! 그를 다시 뒤흔들었습지요. 결국 매한가지였습니다. '그가 죽었을 리는 없는데, 불쌍한 친구 같으니' 하고 혼자 생각하면서 그의 옷을 벗겨 가슴을 드러낸 다음 그의 심장 위에다 손을 얹었지요. 심장 소리가 났느냐고요? 아무 소리도 안 났습니다. 엔진이 멎은 거였죠!"

말을 하다 보니 조르바는 제 기운을 되찾았다. 죽음은 잠시 그에게서 말을 앗아갔지만 그는 곧 그것을 제자리에 가져다놓았다.

"이제 어떻게 해야 할까요, 주인님? 그를 화장해야 할 텐데 말입니다. 파라핀으로 다른 사람을 죽인 자는 자신이 파라핀으로 멸망할지니라—어디 그와 비슷한 말이 성경에도 씌어 있지 않나요? 그리고 그의 옷이 기름때에 젖어 뻣뻣한 데다 파라핀도 이미 준비돼 있으니까 그는 성목요일의 유다처럼 활활 타오를 거예요!"

"마음대로 하시오." 나는 안절부절못하면서 말했다.

조르바는 깊은 생각에 빠졌다.

"귀찮은 일이네요." 그는 이윽고 말했다. "형편없이 귀찮아지겠는걸요. 내가 만약 그에게 불을 붙이면 그의 옷은 횃불처럼 금세 불길에 휩싸일 겁니다. 하지만 이 불쌍한 친구는 뼈와 살가죽밖에는 없는 처지거든요. 그처럼 깡마른 몸집이고 보면 재로 태우는 데 엄청난 시간이 걸릴 거예요. 불길을 세게 할 한푼어치의 비계조차 없군요."

그는 고개를 설레설레 젓더니 이렇게 덧붙였다.

"만약 하느님이 계시다면 이 모든 일을 미리 아셨을 것이고, 우리의 손을 덜 수 있도록 그에게 비계와 살을 붙여두셨을 터인데. 어떻게 생각해요?"

"이 일에 날 끌어들이지 말아요. 마음대로 생각대로, 하지만 빨리 해치우시오."

"가장 좋은 방법은 어떤 기적이 일어나주는 건데 말입니다! 수도사들로 하여금 하느님 스스로가 이발사가 되어 그의 머리를 깎고, 수도원에 끼친 그의 파괴행위를 벌하시는 뜻에서 그를 해치운 것이라고 믿게 만드는 겁니다."

그는 머리를 긁적였다.

"하지만 무슨 기적이란 말이오? 무엇이 기적이겠소? 그 점이 들통 날 대목이 아니오, 조르바!"

초승달은 수평선으로 스러지려 하고 마치 광택을 낸 구리 같았다.

지친 나는 침대로 갔다. 새벽에 눈을 뜬 나는 곁에서 커피를 끓이고 있는 조르바를 보았다. 그의 얼굴은 창백했다. 그의 눈은 충혈되고 잠을 못 자서 부어 있었다. 하지만 양처럼 큰 입술가에는 심술궂은 웃음이 감돌고 있었다.

"주인님, 나는 한잠 못 잤습니다. 해치울 일이 있었거든요."

"무슨 일이오, 깡패 아저씨?"

"나는 기적을 이룩했답니다."

그는 너털웃음을 치며 손가락을 입술에 가져다댔다. "나는 당신에게 아무 말도 안 할 거예요. 내일은 우리 고가선 개통식이죠. 그 멧돼지 같은 녀석들이 모두 축하하려고 여기 모일 겁니다. 그러고는 복수의 처녀가 행한 새로운 기적을 보게 되겠지요. 복수의 여신의 힘은 위대하죠!"

그는 커피를 따라주었다.

"알겠어요? 날더러 수도원장을 하라면 잘해내리라는 생각이 드는군요." 그는 말했다. "만약 내가 수도원을 연다면 다른 수도원은 모조리 문을 닫게 만들고, 그들의 단골손님들을 몽땅 빼앗아온다는 데에 내기를 걸어도 좋아요. 눈물을 보고 싶다면 성상 뒤 작은 스펀지에 물을 적셔놓는 겁니다. 그럼 성인들을 울리고 싶을 때 울릴 수가 있죠. 천둥 말입니까? 성단 바로 밑에 기계를 놓아두고 귀청이 떠나갈 듯한 소리를 만들어줍니다. 유령이라고요? 가장 믿을 만한 수도사 두 녀석한테 밤이면 침대보를 뒤집어쓰고 수도원 지붕을 걸어다니게 만들지요, 뭐. 그리고 해마다 한 번 나는 축원을 드리도록 병신들과 눈 먼 사람들 그리고 중풍환자들을 잔뜩 모아가지고, 그들 모두가 다시 햇빛을 보고 두 다리로 곧장 일어서서 여신의 영광을 위해 춤출 수 있도록 만드는 겁니다.

주인님, 그게 뭐가 우스운가요? 제 삼촌 하나가 있었는데, 어느 날 그는 다 죽어가는 노새를 보았대요. 그놈은 산속에서 죽어가도록 내팽개쳐졌던 겁니다. 삼촌은 그놈을 집으로 데리고 갔습니다. 아침마다 풀밭으로 끌고 나가고, 밤이면 집에 다시 데리고 왔지요. 그가 노새를 끌고 지나가는 것을 본 마을 사람들은 '하랄람보스, 어디 가는가!' 소리쳤어요. '자넨 그 늙어빠진 쓸모없는 놈으로 뭘 어쩌겠다는 건가?' '이 친구는 내 똥공장이라네!' 하고 삼촌은 대답했죠. 이봐요, 주인님, 내 손에 들어오면 수도원은 기적을 낳는 공장이 될 테니 두고 봐요!"

25

내가 살아 있는 한 나는 5월 1일을 잊지 못할 것이다. 고가선 공사가 완성을 보아 철탑이며 케이블이며 도르래가 아침 햇살에 반짝이고 있었다. 산꼭대기에는 잘라놓은 큰 소나무들이 산처럼 쌓여 있었고, 인부들은 케이블에 그걸 걸어서 밑에 있는 바다로 내려보내라는 신호가 오르길 기다리고 있었다.

산 위 출발지점에 있는 철주 꼭대기에서 커다란 그리스 국기가 펄럭이고 있었으며, 그 아래 바닷가에도 비슷한 국기가 펄럭이고 있었다. 숙소 앞에다 조르바는 포도주통들을 자그맣게 쌓아놓았다. 그 곁에서는 인부 하나가 통통하게 살 오른 양 한 마리를 산적에 꿰어 굽고 있었다. 축복식이 끝나고 개통식을 마치면 손님들은 술을 마시며 우리의 성공을 축하할 예정이었다.

조르바는 앵무새 새장도 들고 나와 첫 번째 철탑이 박힌 높은 바위 곁에다 놓아뒀다.

"그러면 마치 그의 여주인을 볼 수 있는 것 같거든요." 그는 귀엽다는 듯이 새를 바라보면서 중얼거렸다. 호주머니에서 땅콩을 한 줌 꺼내서는 앵무새에게 주었다.

조르바는 가장 멋진 차림을 하고 나섰다. 단추가 없는 흰 셔츠, 초록색 재킷, 회색 바지 그리고 근사한 고무장화를 신고 있었다. 게다가 염색이 바래져가는 코밑수염에다 왁스 칠을 했다.

아주 고귀한 신분의 귀족이 같은 신분의 친구들에게 친절을 베푸는 것처럼 그는 마을 유지들이 도착할 때마다 급히 나가서 맞이하며 그들에게 고가선이 무엇인지를 설명해주고, 그것이 시골 사람들에게 어떤 이익을 가져올 것이며, 무한한 자비를 지닌 성모 마리아께서는 이 공사의 완벽한 실현을 위해서 그녀의 지혜를 다하여 그를 도와줬다는 얘기를 들려주었다.

"그것은 위대한 토목기술입니다." 그는 말했다. "정확하게 맞아 들어가는 기울기를 찾아야만 하고, 그러려면 꽤 힘든 계산을 해내야 하거든요! 나는 몇 달을 두고 머리를 짜고 또 짜보았지만 소용이 없었답니다. 이처럼 커다란 사업을 하려면 인간의 머리만으로는 부족합니다. 우리는 하느님의 도움을 받아야 해요…… 글쎄, 성처녀께서 내가 열심히 애쓰는 것을 보고는 나를 가엾게 여겼지 뭡니까. '불쌍한 조르바 같으니.' 그분은 말했다오. '그는 나쁘지 않은 친군데. 마을이 잘되라고 온갖 일로 애쓰고 있거든요. 내가 가서 좀 도와줘야겠군요.' 그러고 나서 아, 하느님의 기적이……."

조르바는 말을 끊고 세 번 연거푸 성호를 그었다.

"아, 기적이었습니다! 어느 날 밤 꿈속에 검은 옷을 입은 여자가 나타났지요. 성처녀였습니다. 그녀 손에는 작은 모형 고가선이 들려 있었어요. '조르바!' 그녀는 말했어요. '당신에게 내가 당신을 위한 계획을 세워 가지고 왔어요. 그건 하늘에서 보낸 거지요. 이게 당신이 필요로 하는 기울기이니, 자 나의 축복을 받으오…….' 그러고 나서 사라져버렸습니다! 나는 깜짝 놀라서 깨어났지요. 내가 작업을 하고 있던 곳으로 달려갔습니다. 무엇을 보았는지 아세요? 케이블이 저 혼자서 제자리에 걸려 있지 뭡니까! 그리고 거기서는 안식향 냄새도 났다오. 바로 성처녀께서 직접 손을 대었다는 징표입니다!"

콘도마놀리오가 막 질문을 하려고 입을 열 참이었는데 노새를 탄 수도사 다섯 명이 돌산으로 뚫린 고갯길을 따라 나타났다. 그 앞에서 커다란 나무십자가를 짊어진 수도사가 소리를 지르며 달려가고 있었다. 우리는 귀를 세워 그가 외치는 소리를 들으려고 했지만 무슨 뜻인지 알 수가 없었다.

성가를 부르는 소리가 들렸다. 수도사들은 하늘 높이 팔을 휘젓고 성호를 그었다. 노새의 발굽이 걷어찰 때마다 번쩍번쩍 불똥이 튀었다.

맨발의 수도사가 우리 앞으로 다가왔다. 얼굴은 땀으로 범벅이었다. 그는 십자가를 높이 치켜들었다.

"예수를 믿는 사람들이여, 기적이 일어났습니다!" 그는 외쳤다. "예수교 도들이여! 기적이오! 신부님들은 성모 마리아 바로 그분을 모시고 오는 길 이오! 무릎을 꿇고 참배하시오!"

마을 사람들과 유지들 그리고 인부들은 모두 흥분하여 달려가 수도사를 에워싸며 성호를 그었다. 나는 멀찌감치 떨어져 있었다. 조르바는 눈을 반짝 이며 나를 흘깃 쳐다보았다.

"주인님, 가까이 가봐요." 그는 말했다. "가서 성처녀의 기적이 무엇인가 알아봐요!"

수도사는 숨이 턱에 닿은 채 서둘러 이야기를 시작했다.

"무릎을 꿇으세요, 예수교도여. 그리고 하늘의 기적을 들으시오! 예수교 도들이여, 들으시오! 악마가 저주받은 자하리아의 영혼을 사로잡았습니다. 이틀 전 악마는 그더러 수도원에다 파라핀을 뿌리라고 충동했어요. 우리는 한밤에 불길을 발견했습니다. 우리는 침실에서 황급히 뛰쳐나왔지요. 작은 수도원 회랑과 작은 독방들이 온통 불길에 휩싸였습니다. 우리는 수도원의 종을 치면서 외쳤지요. '도와주시오! 도와줘요! 복수의 성처녀여!' 하고 말 입니다. 우리는 주전자와 양동이에 물을 가득 담아 불붙는 현장으로 달려갔 지요! 새벽녘이 되자 불길을 잡았습니다. 성은에 감사드립니다!

우리는 교회당에 가서 성처녀의 기적을 담은 성상 앞에서 외쳤습니다. '복 수의 성처녀여! 당신의 창을 들어 범인을 찔러주십시오!' 그리고 우리는 안 뜰에 모두 모였는데 자하리아, 바로 우리의 유다가 없어진 것을 알았습니다. '불을 지른 건 그놈이야. 그놈의 짓이 틀림없어!' 그렇게 외친 우리는 그를 잡으러 달려가 온종일 찾았지만 허탕이었습니다. 그리고 밤을 새워 구석구 석 뒤져보았지만 결과는 마찬가지였죠. 그런데 오늘 새벽이었습니다. 우리 는 예배를 드리려고 다시 한 번 교회당엘 갔었는데 형제들이여, 우리가 무엇 을 보았는지 아십니까? 무서운 기적이었습니다! 자하리아가 죽어서 성상 밑에 누워 있었습니다. 성처녀의 창끝에는 커다란 핏자국이 보였고요!"

"주여 긍휼히 여기소서! 주여 긍휼히 여기소서!" 마을 사람들은 겁에 질 려 저마다 중얼거렸다.

"그게 끝이 아닙니다." 침을 삼키면서 수도사는 말을 더 보탰다. "저주받은 자하리아를 들어올리려고 우리가 허리를 굽혔을 때, 우리는 깜짝 놀라 입을 벌리고 말았으니까요. 성처녀는 글쎄 그의 머리, 콧수염, 턱수염을 마치 가톨릭 신부의 머리처럼 몽땅 깎아버렸지 뭡니까!"

나는 웃음이 터져 나오려는 어려운 고비를 가까스로 참아 넘기며 조르바를 돌아보았다.

"악당 같으니라고!" 나는 낮은 소리로 속삭였다.

그러나 그는 놀라움으로 눈을 크게 뜨고 그 수도사를 쳐다보고 있었다. 그리고 깊은 감회에 젖어 계속 성호를 그으면서 그의 놀라움을 나타냈다.

"당신은 위대합니다, 하느님! 당신은 위대합니다, 하느님! 당신이 하신 일은 놀랍습니다." 그는 중얼거렸다.

그때 다른 신부들도 당도하여 노새에서 내렸다. 성당 신부는 성상을 두 손으로 안고 바위 위에 올라갔으며 모든 사람이 달려가서 기적의 성처녀 앞에 무릎을 꿇었다. 맨 마지막으로 데메트리오스가 헌금 쟁반을 들고 헌금을 걷으면서 농부들의 고지식한 머리에다 장미수를 뿌리고 다녔다. 세 수도사가 그를 둘러싸고 머리를 배꼽까지 숙인 채 구슬 같은 비지땀을 뻘뻘 흘리면서 성가를 불렀다.

"우리는 성처녀를 받들고 크레타의 마을과 마을을 행렬로 누빌 작정입니다." 살이 뒤룩뒤룩 찐 데메트리오스가 말했다. "그리하여 믿는 사람들은 성상 앞에 무릎을 꿇고 제물을 바칠 수 있게 말입니다. 우리는 돈이 필요합니다. 성스러운 수도원을 복원하려면 엄청난 돈이 필요합니다……."

"비곗덩이 돼지들 같으니!" 조르바가 투덜거렸다. "이것 가지고 녀석들은 재미를 톡톡히 볼 결심이로군!"

그는 수도원장에게 다가갔다.

"신부님, 식을 올릴 준비는 전부 해두었습니다. 성처녀께서 우리 작업을 축복해주시길 비나이다!"

해는 이미 중천에 솟았고 찌는 듯이 더웠는데 바람이라곤 한 점 없었다. 수도사들은 깃발이 걸린 탑 둘레에 자리를 잡았다. 널찍한 소매로 이마의 땀을 닦더니 정초식(定礎式)에 올리는 기도를 드리기 시작했다.

"주여, 아 주여, 이 건설공사로 하여금 바람과 물에도 흔들리지 않을 견고

한 바위 위에 기초를 다져넣도록 하소서……." 그들은 성수 살포기를 놋그릇 속에 푹 담갔다가 물체와 사람을 가리지 않고 뿌려댔다. 철탑, 케이블선, 도르래, 조르바와 나 그리고 마지막에는 농부들, 인부들과 바다에도 뿌렸다.

그러고 나서는 마치 앓는 여자를 들어올리듯 성상을 아주 조심스럽게 들어올리더니 그걸 앵무새 곁에 놓고 에워쌌다. 한쪽에는 마을 어른들이 조르바를 중심으로 서 있었다. 나는 조금 뒤로 물러나서 바다 가까이 자리를 잡고 기다렸다.

고가선은 세 번 나무를 실어내리는 것으로 시운전을 하기로 되어 있었는데, 셋이라는 숫자는 성삼위일체에 맞춘 것이었다. 하지만 우리는 복수의 성처녀를 떠받들어 모시는 의미에서 거기다 한 번을 더 붙여 네 번 시험을 해보기로 했다.

수도사와 마을 사람들 그리고 인부들은 일제히 성호를 그었다.

'성부와 성자와 성신의 이름으로 그리고 성처녀의 이름으로!' 그들은 중얼거렸다.

조르바는 한걸음에 성큼 첫 번째 철탑으로 가서 코드를 당기고 기를 내렸다. 그것은 바로 산꼭대기에 있던 사람들이 기다리던 신호였다. 구경꾼들은 모두 한 걸음씩 물러서며 산마루에 시선을 옮겼다.

"성부의 이름으로!" 수도원장이 소리쳤다.

그 다음에 일어난 일은 도저히 설명할 수가 없다. 파국은 번개처럼 순간에 우리를 엄습했다. 우리는 도망칠 시간조차 없었던 셈이다. 구조물이 송두리째 휘청거렸다. 인부들이 케이블에 달아맨 소나무는 악령이 붙은 것처럼 엄청난 속력이 붙었다. 불꽃이 튀고 큰 나무 쪽들이 쏜살같이 튕겨져 나가면서 불과 몇 초 뒤 밑바닥에 닿은 소나무는 마치 불에 태운 것처럼 새까만 통숯 모양이 돼 있었다.

조르바는 다 죽어가는 얼굴로 나를 보았다. 수도사와 마을 사람들은 조심스럽게 뒤로 물러섰으며 묶어놓은 노새들은 앞발을 쳐들면서 야단이었다. 덩치 큰 데메트리오스는 거품을 물고 쓰러져서 헐떡거렸다.

"주여, 이 몸을 용서하소서!" 그는 공포에 질린 채 중얼대었다.

조르바는 손을 흔들었다.

"괜찮아요." 그는 자신 있게 말했다. "첫 번째 나무토막은 으레 그런 거

아닙니까. 이제 기계가 잘 조절될 겁니다…… 봐요!"

그는 기를 올리고 다시 한 번 신호를 보내고는 저만큼 꽁무니를 뺐다.

"그리고 성자의!" 수도원장은 약간 떨리는 목소리로 외쳤다.

두 번째 통나무가 발사되었다. 철탑들이 부르르 떨었다. 통나무에 속도가 붙더니 마치 돌고래처럼 펄쩍 뛰면서 곧바로 우리를 향하여 달려 내려왔다. 하지만 오래가지 못했다. 그것은 언덕을 반쯤 내려오는 동안에 그만 가루가 되어 갈기갈기 날아 흩어져버린 것이다.

"제기랄!" 조르바가 코밑수염을 질근질근 씹으면서 투덜댔다. "망할놈의 기울기를 아직 맞추지 않았군그래!"

그는 다시 한 번 껑충 철탑 쪽으로 뛰어가서 기로 신호를 올렸다. 화가 머리끝까지 치밀어오른 세 번째 신호였다. 수도사들은 이제 모두가 노새 곁에 서서 성호를 긋고 있었다. 마을 유지들은 여차하면 도망가려고 숫제 한쪽 발을 들고 기다리는 판이었다.

"그리고 성신의 이름으로!" 수도원장은 준비를 갖추고 옷을 걷어 올리면서 말을 더듬거렸다.

세 번째 나무통은 어마어마하게 컸다. 그것이 산꼭대기에서 풀려나자마자 요란한 소리가 들렸다.

"엎드려요, 젠장!" 급하게 달려나가며 조르바가 고함을 질렀다.

수도사들은 일제히 땅바닥에 몸을 내던지고 마을 사람들은 걸음아 날 살려라 악을 쓰고 달아났다.

통나무는 한 번 껑충 뛰며 휘청하고 케이블에 부딪쳐 불똥을 비오듯 쏟아냈다. 그러고는 눈 깜빡할 사이에 산등성이를 따라 그만 무시무시한 속도로 내려오더니 해안을 훨씬 가로질러 바다 저쪽에 가 떨어지며 엄청난 물기둥 거품을 일으켰다.

철탑은 이미 몇 개가 기울어지면서 형용할 수 없이 무섭게 요동을 쳤다. 나귀들은 줄을 끊고 달아나버렸다.

"괜찮아요! 걱정할 거 없어요!" 정신이 나간 조르바는 소리쳤다. "이제는 정말 가계가 잘 조절되었으니 제대로 시작할 수 있을 겁니다." 그는 다시 한 번 기를 번쩍 들었다. 우리는 그가 얼마나 필사적으로 덤벼들었는지 피부로 느꼈고 모든 것이 어서 빨리 끝났으면 싶었다.

"그리고 복수의 성처녀!" 수도원장은 바위 쪽으로 달려가면서 말을 더듬거렸다.

네 번째 통나무가 발사되었다. 귀를 째는 듯한 요란한 소리가 두 번 공기를 뒤흔들어놓더니 철탑은 마치 카드짝처럼 차례차례 쓰러지고 말았다. 하나도 남아나지 않았다.

"주여 긍휼히 여기소서! 주여 긍휼히 여기소서!" 마을 사람들, 인부들 그리고 수도사들은 우르르 도망치면서도 소리를 질렀다.

날아온 나무쪽에 데메트리오스는 허벅다리에 상처를 입었고, 파편 하나는 정말 머리카락 하나 차이로 하마터면 수도원장의 눈알을 빼앗아갈 뻔했다. 마을 사람들은 뿔뿔이 흩어졌다. 오직 성처녀만이 창을 손에 쥔 채 차가운 눈으로 저 아래 사람들을 내려다보면서 바위 위에 꼿꼿이 서 있었다. 그녀 곁에는 살았다고 할 것이 못 되는 앵무새가 녹색 깃털을 모두 세운 채 파르르 떨고 있었다.

수도사들은 성처녀 성상을 부둥켜안고, 아파서 신음 소리를 내고 있는 데메트리오스를 부축하여 일으켜 세웠다. 흩어졌던 노새들을 다시 끌어모아 올라타고는 왔던 길로 부리나케 물러가고 말았다. 산적 꼬챙이를 이리저리 돌리며 굽고 있던 인부들은 혼비백산하여 달아났고 이제 고기는 새까맣게 타기 시작했다.

"양고기가 그만 숯처럼 타겠네!" 조르바는 산적 쪽으로 달리면서 불안한 듯이 말했다.

나는 그의 곁에 가 앉았다. 해안에는 이제 아무도 남아 있지 않았다. 우리 단둘이었다. 그는 내 쪽으로 고개를 돌리며 이상하고도 망설이는 눈초리로 나를 보았다. 그는 이 파탄을 내가 어떻게 여기고 받아들일지 가늠할 수가 없었거나, 아니면 이러한 모험을 어떻게 끝내야 할지 모르는 것 같았다.

그는 나이프를 꺼냈다. 양고기 쪽으로 다시 한번 몸을 굽히더니 맛을 보고는 곧 그것을 불에서 들어내어 산적 쇠꼬챙이를 나무에 기대 세웠다.

"알맞게 구워졌어요." 그는 말했다. "주인님, 꼭 알맞습니다! 이왕이면 한 점 들어보는 게 어때요?"

"빵과 술도 가져와요. 배가 고프군요." 나는 말했다. 조르바는 술통 있는 곳으로 급히 가서 양고기가 있는 데로 굴려왔고 흰 빵 한 덩이와 잔 두 개를 가져왔다. 우리는 나이프를 꺼내서 고기 두 점을 듬뿍 잘라내고 빵을 잘라 먹기 시작했다.

"봐요 주인님, 정말 맛있지요? 입안에서 살살 녹는군요! 이곳에는 풀이 우거진 유목지가 없어서 가축들은 내내 마른풀만 먹지요. 그러니 고기가 맛있을 수밖에요. 나는 평생 이처럼 즙이 많은 고기를 딱 한 번 먹어본 기억이 나는군요. 성 소피아상을 내 머리털로 짜서 부적처럼 가지고 다닐 때 얘기니 …… 퍽 오래된 일입니다."

"어서 얘기해봐요!"

"옛날 얘기라니까요, 주인님! 미친 그리스인의 생각이지요!"

"어서 조르바, 당신의 긴 이야기를 듣고 싶군."

"글쎄 이런 얘기가 되겠습니다. 불가리아군에게 포위되었을 때입니다. 저녁인데 녀석들이 산비탈마다 불을 들고 우리를 빙 둘러싸고 있는 게 보였어요. 우리를 겁주려고 심벌즈를 두들기며 늑대 떼처럼 울부짖더군요. 아마 3백 명은 족히 되었을 겁니다. 우리는 모두 스물여덟, 로바스가 우리 대장이었어요─그가 죽었다면, 하느님 그에게 구원을 주십시오. 그는 참 멋진 사나이였습니다. '자, 조르바.' 그는 말했지요. '양을 산적 꼬챙이에다 꿰어달아!' '구덩이를 파고 굽는 것이 한결 더 맛이 좋아요, 대장님' 하고 나는 말했어요. '자네 좋을 대로 빨리 굽기나 하게, 배가 고파 환장할 지경들이니까.' 그는 말했지요. 그래서 우리는 땅에다 구멍을 파고 그 속에 양을 묻고 그 위에 판을 몇 겹 쌓아올리고는 불을 질렀습니다. 그리고 우리는 배낭에서 빵을 꺼내 피어오르는 불에 빙 둘러앉았습니다. '이게 마지막 식사가 될지도 몰라!' 우리 대장은 말했습니다. '여기서 겁을 집어먹은 사람이 있나?' 그 말에 우리는 모두 웃었습니다. 아무도 그런 물음 따위에는 대답할 수가 없었으니까요. 우리는 술통을 꺼내 들고 말했습니다, '대장님의 건강을 위해서. 우리에게 총알을 맞히려면 특등사수가 돼야지 그들 가지고는 어림도 없습니다!' 우리는 마시고 또 마시고 나서 다른 구멍 속에서 그 양을 끄집어냈습니다. 아 주인님, 그런 양고기는 처음 봤지요! 그걸 생각하면 아직도 군침이 돕니다! 그건 루쿰처럼 살살 녹아요! 우리는 냅다 달려들어 뜯어 먹었죠. '이렇게 맛있는 고기는 처음 먹어봐!' 대장은 말했습니다. '하느님, 우리 모두를 구원해주소서!' 그러고는 그는 전에 술이라곤 한 잔도 마셔보지 않았던 것처럼 단숨에 포도주잔을 비웠어요. '클레프테스(산적)의 노래를 불러!' 그는 명령했습니다. '저기 있는 녀석들은 늑대 떼처럼 울부짖고 있지만 우리는 사나이답게 노래를 부르세, 디모스부터 시작할까.'

우리는 허겁지겁 마시고 창자를 채우고 또 마셨어요. 그리고 노래를 부르기 시작했습니다. 노랫소리는 계곡에 울려 퍼지면서 점점 더 높아갔습니다. 그리고 나는 클레프테스의 산적으로 40년을 설쳤죠. 우리는 목청을 돋우어 깡다구 있게 불러젖혔습니다. '좋았어, 하느님이 우리를 도울 거야!' 대장은 말했습니다. '바로 그 정신이지! 자, 알렉시스, 저기 있는 양의 등가죽을 가서 보게. 뭐라고 쓰여 있나?' 나는 불 있는 데로 가서 양의 등가죽을 칼로 긁었습니다.

'대장님, 무덤은 하나도 보이지 않는데요.' 나는 외쳤습니다. '죽은 사람도 없습니다. 우리는 또 한 번 멋지게 빠져나갈 거예요, '하느님이 자네 말을 들어주시도록!' 우리 대장은 말했습니다. 대장이 결혼한 지 얼마 안 되었을 때였지요. '아들 하나만 낳게 해줘! 그 다음에는 어떻게 되어도 난 상관없으니까' 하고 말이에요."

조르바는 콩팥게 붙은 살점을 뭉텅 잘라갔다.

"그 양고기는 정말 훌륭했습니다. 하지만 이 고기도 전혀 뒤지지는 않겠는데요. 정말 멋져요!"

"조르바, 술을 좀 따라요." 나는 말했다. "잔이 찰찰 넘치도록 채워요. 그놈을 모두 마셔 치웁시다."

우리는 술잔을 부딪치고 포도주를 맛보았다. 풍성한 붉은빛이 마치 토끼의 선혈 같은 크레타산 고급 포도주였다. 그것을 마시면 사람은 대지의 핏줄과 핏줄이 이어지는 듯한 느낌이 들고 사람을 잡아먹는 거인이 되고 마는 것이다. 당신의 혈관은 힘이 넘쳐흐르고 당신의 심장은 착한 마음으로 가득 찬다! 만약 당신이 양이라면 당신은 사자로 변하고, 당신은 모든 억압에서 풀려나며, 인생살이의 쩨쩨한 꼴들을 말끔히 잊어버린다. 짐승과 신이 인간과 화합하는 순간 당신은 우주와 동격임을 실감하는 것이다.

"이 양의 등에 무엇이 씌어 있나 읽어보오." 나는 외쳤다. "자 어서, 조르바."

그는 아주 조심스럽게 등에 붙은 살점을 뜯어 먹고 난 다음 나이프로 살살 닦고는 불에다 가죽을 비춰 보며 주의 깊게 살폈다.

"모든 게 좋습니다." 그는 말했다. "주인님, 우리는 1천 년은 살겠어요. 강철 같은 심장을 가졌으니까요!"

그는 허리를 굽히고 숯불에 다시 한 번 등가죽을 비추며 조사했다.

"여행할 패가 보입니다. 아주 긴 여행이군요. 그 여행이 끝난 지점에 문이 여러 개 달린 큰 집이 있습니다. 주인님, 그건 어떤 왕국의 수도임에 틀림없어요…… 아니면 내가 수문장 노릇을 하게 될 수도원인가. 아, 언젠가 우리가 말하던 곳 있잖아요. 내가 밀수나 해먹을 장소인가 보군요. 안 그래요?"

"조르바, 술을 더 따라요. 그리고 예언은 그만두시오. 내가 말하겠소. 문이 여러 개 달린 큰 집이란 다름 아닌 대지와 그 속에 자리 잡은 모든 무덤이오, 조르바. 그게 긴 여행의 종착점이지. 건강을 위해서 건배, 이 건달친구야!"

"건강을 위해서 주인님! 행운의 신은 눈이 멀었다고 흔히 얘기합니다. 그게 어디로 가는지, 사람들을 어디로 몰고 가고 있는지조차 볼 수가 없군요…… 그리고 눈먼 그가 멍청하게 부딪친 사람을 우리는 운이 좋다고 하지요? 그렇다면 그 운 따위는 지옥으로 꺼져라, 이겁니다! 우리는 그걸 원하지 않아요. 안 그래요, 주인님?"

"물론이요, 조르바! 건강을 위해서!"

우리는 마셨고 양고기를 모두 먹어치웠다. 그러고 나니 세상이 조금쯤은 가벼워졌다. 바다가 행복해 보이고 지구는 배의 갑판처럼 흔들거렸다. 갈매기 두 마리가 사람처럼 서로 얘기를 주고받으며 자갈밭을 걸어오고 있었다.

나는 일어났다.

"이리와요, 조르바." 나는 소리쳤다. "나에게 춤을 좀 가르쳐주시오!"

조르바는 껑충 일어났다. 그의 얼굴에서는 광채가 돌았다.

"춤을요? 주인님, 춤을 추겠다고요? 좋습니다! 자, 해요!"

"그럼 이제 우리 갑시다, 조르바! 내 인생은 변했소! 자, 춤을 춥시다!"

"맨 먼저 제임베키코를 가르쳐주지요. 그것은 거친 군대식 춤이에요. 내가 군인 노릇을 할 때 전투에 나가기 전이면 언제나 이 춤을 추었답니다."

그는 신을 벗어 던지고 자줏빛 양말도 벗고 셔츠 바람이 되었다. 하지만 그래도 몸이 달아서 그것마저 벗어 던졌다.

"주인님, 내 발들을 보아요." 그는 나한테 명령했다. "봐요!"

한 발을 내놓으며 사뿐히 발가락이 땅을 스치고 다른 발 쪽을 짚었다. 스텝은 열광적이고 환희에 넘쳤으며 땅이 북처럼 울렸다.

그는 내 어깨를 잡아 흔들었다.

"자, 이젠 당신 차례." 그는 말했다. "함께 춥시다!"

우리는 춤에다 온몸을 내던졌다. 조르바는 춤추는 법을 나에게 가르치며 근엄하고 끈기 있게 내 춤을 고쳐주었다. 상냥하기 이를 데 없었다. 나는 점점 대담해지고 내 심장이 한 마리 새처럼 날아오르는 것을 느꼈다.

"브라보! 당신은 신통하군요!" 조르바는 장단삼아 손뼉을 치며 소리쳤다. "브라보, 젊은이! 종이와 잉크는 지옥으로 던져버려요! 재산이고 이윤이고 때려치워요! 탄광이건 인부이건 수도원이건 작살내버려요! 이젠 당신은 춤도 잘 추고 내 말을 배웠으니 우리 서로가 터놓고 못할 말이 어디 있겠소!"

그는 맨발로 자갈밭을 밟으며 손뼉을 쳤다.

"주인님." 그는 말했다. "나는 당신한테 할 말이 무척 많습니다. 나는 당신만큼 다른 사람을 사랑한 적은 없었소. 수백 가지 할 말이 있는데도 내 혀가 말을 안 듣는군요. 그러니 당신을 위해 그것을 춤으로 보여주겠소! 자, 갑시다."

그는 하늘로 치솟았다. 팔다리에는 마치 날개가 돋아난 것 같았다. 바다와 하늘을 배경으로 그가 공중으로 곧장 몸을 솟구쳐 올리는 모습은 마치 반란을 일으킨 저 대천사처럼 보였다. 조르바의 춤에는 그러한 반항과 고집이 넘쳐흘렀기 때문이다. 그는 하늘을 향해서 이렇게 외치고 있는 듯싶었다. '전능하신 이여, 나를 어떻게 하시렵니까? 죽이지 않고는 나를 어떻게 할 수도 없소. 좋아요, 날 죽여요. 나는 개의치 않겠소! 나는 실컷 분풀이를 했고 하고 싶은 얘기도 다 털어놓았소. 나는 춤을 출 시간이 있었지요. 나는 당신을 더는 필요로 하지 않아요!'

조르바가 춤추는 것을 보면서 나는 난생처음 자기 체중을 극복하려는 엄청난 인간의 노력을 이해했다. 나는 조르바의 끈기, 그의 물 찬 제비 같은 민첩함 그리고 자랑스러움이 넘치는 자태에 갈채를 보냈다. 그의 영민하고 맹렬한 스텝은 바로 모래 위에 쓰인 인류의 신들린 역사였던 것이다.

그는 춤을 멈추었다. 박살이 난 케이블선과 한데 이어져간 파멸의 무더기를 한참 쳐다보았다. 해는 저물어가고 주위의 그림자들이 점점 깊어졌다. 조르바는 내 쪽으로 몸을 돌리더니 손바닥으로 제 입을 막으며 낯익은 몸짓을 했다.

"주인님, 글쎄 그 물건이 소나기처럼 내리쏟는 섬광의 불똥을 봤습니까?"

우리는 폭소를 터뜨리고 말았다.

조르바는 달려들며 나를 껴안고 키스했다.

"그것이 당신을 웃게 만들었나요?" 그는 부드럽게 말했다. "역시 웃고 있죠, 주인님? 이렇게 좋을 수가!"

우리는 신나게 웃으며 한동안 서로 장난처럼 씨름을 했다. 그러고는 풀썩 주저앉아 자갈밭에 몸을 뻗고 서로 팔을 낀 채 잠이 들고 말았다.

새벽에 일어난 나는 바다를 끼고 급히 마을로 걸어갔다. 내 심장이 가슴속에서 둥둥거리며 뛰었다. 나는 일생에 좀처럼 그토록 가득 차오르는 기쁨을 느껴본 적은 없었던 것이다. 그것은 흔히 그렇고 그런 기쁨이 아니었다. 그것은 숭고하고 이상야릇하며 뭐라 설명할 수 없는 기쁨이었다. 설명할 수 없을 정도가 아니라 도무지 이치에 가 닿지 않았다. 그때에 나는 모든 것을 잃었던 것이다. 내 돈이며 내 일꾼들, 고가선이며 트럭이 한꺼번에 날아가버렸다. 우리는 작은 항구를 건설했었지만 이제 거기서 수출할 물건이라곤 하나도 없다. 모든 것이 사라졌다.

글쎄, 내가 뜻밖의 해방감을 느낀 것은 바로 그 순간이었다. 마치 어렵고 암담한 가난의 미궁 속 한구석에서 노닐고 있는 자유의 여신을 발견한 것만 같았다. 그리하여 나는 그녀와 놀아난 것이다.

모든 것이 빗나가고 뒤틀리고 있을 때 당신의 정신을 시험하고 정신의 인내력과 용기를 관찰한다는 것은 얼마나 기쁜 노릇인가! 보이지 않는 가장 강력한 적이—어떤 이는 그것을 하느님이라고 부르며 어떤 이는 그것을 악마라고 부르지만—우리를 파괴하려고 기습을 가하는 것 같아도 우리는 파괴되지 않았다.

비록 겉으로는 곤죽이 되도록 얻어터져도 그때마다 안에서는 정복자가 될 수 있는 우리 인간은 형용할 수 없는 자부심과 기쁨을 느끼는 것이다. 외부의 재앙은 더할 수 없이 높고 뒤흔들어놓을 수 없는 행복감으로 변한다.

나는 언젠가 조르바가 나에게 들려주었던 다음과 같은 얘기를 기억한다.

"어느 날 밤 마케도니아의 눈 덮인 산속에는 무서운 바람이 일어났습니다. 내가 묵고 있던 작은 산막을 뒤흔들고 뿌리째 그것을 날려보낼 기세였습니다. 하지만 나는, 나는 막사를 떠받치고 그놈에게 힘을 빌려주었지요. 나는 불을 피우고 혼자 앉아서 바람을 비웃으며 약을 올렸습니다. '넌 내 작은 숙소에 들어올 수 없어. 내가 문을 열어주지 않을 테니까. 넌 내 불을 끌 수도 없지. 넌 내 숙소를 뒤집어엎을 수가 없대도 그래!' 하고 말이오."

조르바의 이 하찮은 몇 마디로, 나는 강력하지만 눈이 먼 필연이랄까 불가피한 사태에 임할 때 인간이 갖춰야 할 태세와 말투를 이해했던 것이다.

나는 바닷가를 급히 걸어가면서 보이지 않는 적에게 말을 걸었다. 나는 외쳤다. "넌 내 정신 속으로 들어올 순 없지! 난 너한테는 문을 안 열어줄걸, 넌 날 꺾을 수가 없단 말이다!"

해는 아직 산마루에서 얼굴을 내밀기 전이었다. 하늘에 뻗친 색깔이 물 위에 어른거렸다. 진초록빛에 자줏빛이 어울려 춤을 추고 올리브나무가 무성한 내륙에는 아침 햇살에 취한 작은 새들이 눈을 뜨고 재잘거렸다.

나는 물가를 따라 걸어나가면서 이 고요한 해안에 작별인사를 고하고 이 풍경을 마음속에 아로새겨 내 안에 간직해두기로 했다.

나는 이 해안에서 많은 환희와 숱한 쾌락을 알았다. 가슴에는 조르바와 지낸 내 생명의 이야기가 가득 찼고 그가 한 몇 마디의 말은 내 영혼을 편안히 쉬게 했다. 틀림없는 직감과 원시의 독수리 같은 이 사내의 모습은 매사에 자신 있는 지름길을 택했으며, 숨이 차는 법이라고는 없이 노력의 정상을 달리고 그것을 넘어서기까지 했다.

한 무리의 남녀가 음식이 가득 담긴 바구니와 큰 술병을 들고 지나갔다. 그들은 오월 초하루를 축하하기 위해서 들판으로 나가고 있었다. 한 아가씨가 노래를 부르는데 봄 물결처럼 목소리가 밝았다. 어린 가슴이 벌써 방긋 부풀어오른 소녀가 숨이 턱에 차 내 곁을 지나서 높은 바위 위로 올라갔다. 얼굴이 희고 검은 수염을 기른 사나이가 화가 나서 그녀를 쫓고 있었다.

"내려와. 내려오라니까……." 그는 쉰 목소리로 외쳤다.

하지만 두 볼이 새빨갛게 달아오른 아가씨는 두 손을 들어 머리 뒤로 깍지 끼며 땀이 솟는 몸을 상냥하게 흔들면서 노래를 했다.

웃으면서 나에게 말해요, 울면서 나에게 말해요,

너는 나를 사랑하지 않는다고 말해요,

내가 뭘 걱정하리요.

"내려와. 내려오라니까······." 수염 난 사나이는 고함을 질렀다. 쉰 목소리는 애원을 하다가 협박으로 바뀌고 협박은 또 애원으로 바뀌었다. 갑자기 뛰어오른 그는 여자의 발목을 잡았다. 억세게 거머쥐고 놓치질 않았다. 여자는 그녀의 감정을 툭탁 털어버릴 이 야만스러운 몸짓을 기다리고나 있었다는 듯이 왈칵 울음을 터뜨리고 말았다.

나는 걸음을 재촉했다. 돌연히 기쁨을 나타내는 이 모든 현상이 내 가슴을 움직였다. 늙은 세이렌의 모습이 내 마음속에 떠올랐다. 살집이 오르고 향수를 바르고 키스로 포식한 그녀의 모습이 눈에 선했던 것이다. 그녀는 땅속에 묻혀 있다. 지금쯤 그녀는 벌써 퉁퉁 부어올라 녹색으로 변했을 것이다. 그녀의 피부는 이미 터지고 체액이 밖으로 스며나와 지금쯤은 온몸에 구더기가 우글우글 기어다니고 있을 것이다.

나는 공포에 질려 머리를 설레설레 흔들었다. 가끔 대지는 투명해지고 우리 숙명을 마지막으로 지배하는 구더기가 그의 지하 작업장에 들어앉아 밤낮으로 일하는 모습을 우리는 들여다보게 된다. 하지만 금세 우리는 시선을 딴 곳으로 돌려버린다. 사람들은 모든 것을 견디고 참을 수 있지만 그 자그마한 흰 구더기의 작업 광경만은 견뎌내지 못하기 때문이다.

마을 어귀에 들어서면서 나는 막 트럼펫을 불려고 준비하고 있는 배달부와 마주쳤다.

"편지요, 선생님!" 그는 말했다. 푸른 봉투를 건네주었다.

나는 그 섬세한 글씨를 알아보고는 어찌나 기쁜지 껑충 뛰고 말았다. 나는 녹음 속을 총총걸음으로 헤치고 들어가서 올리브숲을 끼고 빠져나오면서 다급하게 편지를 뜯었다. 급히 써내려간 편지의 사연은 간단했다. 나는 단숨에 읽어 내려갔다.

우리는 그루지야 국경에 닿았네. 쿠르드족을 용케 피했고 모두 무사해.

나는 마침내 참된 행복이 무엇인지 깨달았어. 이제야 옛 격언의 참뜻을 체험했으니까. 행복이란 의무를 다하는 걸세. 의무가 어려우면 어려운 것일수록 거기서 오는 행복은 크다네.

이제 며칠만 있으면 이처럼 쫓기며 다 죽어가는 무리들이 바툼에 닿을 걸세. 그리고 금방 나는 다음과 같은 전보를 받았어.

'첫 배가 시야에 들어왔음.'

엉덩이가 펀펀한 아내와 눈이 이글거리는 어린애들을 거느린 이 수천 명의 부지런하고 머리 좋은 그리스인들은 곧 마케도니아와 트라키아로 가게 되지. 그리스의 늙은 혈관에다 우리는 새롭고 용감한 피를 섞으려고 하는 거야.

내가 지친 것은 사실이네. 하지만 그까짓 게 무슨 문제겠는가? 우리는 싸웠어. 알겠나? 그리고 이겼네. 나는 행복해.

나는 편지를 숨기고 걸음을 재촉했다. 나 또한 행복을 느꼈다. 나는 산으로 오르는 가파른 길에 접어들면서 백리향의 향긋한 어린 가지를 손가락으로 문질러 보았다. 한낮이 다 되었다. 나의 검은 그림자가 발 밑게로 줄어들었다. 황조롱이가 머리 위를 맴돌고 있는데 어쩌나 빨리 날개를 파닥이는지 숫제 움직이지 않는 것처럼 보였다. 자고새가 내 발소리를 듣고 풀숲을 스쳐 달리다가 푸드덕 공중으로 기계처럼 소리를 내며 날아갔다.

나는 행복했다. 그럴 능력만 나에게 있었던들 나는 기분을 풀려고 목청을 돋우어 노래라도 불렀을 테지만, 나는 남이 알아들을 수 없는 소리나 지르는 것이 고작이었다. 대체 너는 어떻게 된 것이냐? 나는 비웃듯이 자신에게 물었다. 그럼 너는 그토록 애국자였다는 말인가? 그러면서도 그걸 전혀 몰랐다고? 아니면 너는 네 친구를 그토록 사랑한다는 것인가? 너는 창피한 줄을 알아야만 해! 자신을 억누르고 조용하란 말이다!

하지만 나는 환희에 들떠서 산길을 계속 기어오르며 소리를 냅다 질렀다. 양들 목에 단 방울 소리가 들려왔다. 바위 위에 검은색 갈색 회색의 양들이 햇빛을 가득히 받으며 나타났다. 수놈이 맨 앞에 서서 목에 힘을 주고 있었다. 녀석의 몸에서 풍겨나는 냄새가 공기 속에 진동했다.

"안녕하시오, 형씨! 어디를 가십니까? 누구를 쫓고 있지요?"

양치기가 바위 위에 껑충 뛰어올라서더니 손가락을 입 속에 넣어 나를 향해 휘파람을 불었다.

"급한 일이 있어서 그렇소." 나는 대답하며 걸음을 늦추지 않았다.

"잠깐만 기다려요. 와서 양젖이나 한 모금 마시고 기운을 차리도록 하시오!" 양치기는 바위에서 바위로 건너뛰며 소리를 질렀다.

"바쁜 볼일이 있다고 하지 않습니까!" 나도 큰 소리로 되받았다. 나는 말을 하려고 멈췄다가 내 즐거움을 빼앗기고 싶지 않았다.

"잠깐만요. 내 양젖이 우습다는 말인가요?" 양지기는 상심한 말투였다. "그럼 가세요. 안녕히 가세요!"

그는 손가락을 입안에 넣더니 다시 한 번 휘파람을 획 불었다. 그러자 양과 개들이 바위 뒤에 숨었고 양치기도 자취를 감췄다.

나는 곧 정상에 닿았다. 산의 정상을 정복하는 일이 마치 내 목표였던 것처럼 나는 금세 평정을 되찾았다. 나는 바위 그늘에 가서 팔다리를 뻗고 누웠다. 그리고 저 멀리 펼쳐진 평원과 바다를 보았다. 숨을 깊게 쉬었다. 공기 속에는 샐비어와 백리향 향기가 가득 찼다.

나는 일어나서 샐비어를 긁어모아 베개처럼 만들어 머리 끝에 괴고 다시 누웠다. 나는 지쳐 있었다. 눈을 감았다.

순간 내 마음은 흰눈이 아직 덮인 저 머나먼 고원지대로 달려갔다. 나는 북쪽으로 활로를 개척하고 있는 남자와 여자와 가축들의 작은 집단을 상상하려고 했다. 그리고 숫양처럼 그 무리를 앞장서서 이끌고 있는 내 친구의 모습을 상상했다. 하지만 얼마 못 가서 내 마음은 흐려지고, 나는 잠들고 싶은 거역할 수 없는 욕구를 느꼈다.

나는 잠을 뿌리치고 싶었다. 잠 속에 말려드는 것을 원치 않았다. 나는 두 눈을 떴다. 알프스 붉은부리까마귀가 산꼭대기에 있는 나의 코앞 바위 위에 날아와 앉았다. 그 푸른기 감도는 검은 깃털이 햇빛에 반짝였고 노랗게 구부러진 커다란 부리가 선명하게 보였다. 나는 기분이 상했다. 어쩐지 불길한 새 같았다. 나는 돌을 집어 새를 맞히려고 던졌다. 붉은부리까마귀는 침착하게 그리고 천천히 날개를 폈다.

나는 다시 눈을 감았다. 도저히 졸음을 뿌리칠 수가 없었던 것이다. 금세 나는 잠 속에 몽롱하게 빨려들고 말았다.

잠든 지 몇 초도 지나지 않았을 것이다. 나는 비명을 지르며 후다닥 놀라서 일어나 앉았다. 바로 그 순간 붉은부리까마귀가 내 머리 위를 지나가고 있었다. 나는 온몸을 와들거리며 바위에 기댔다. 광포한 꿈이 내 마음을 마치 칼처럼 베어놓은 것이다.

나는 아테네에 있는 나 자신을 보았다. 헤르메스 거리를 혼자 걷고 있었다. 햇빛은 타들어 오는 불길처럼 뜨거웠고 거리에는 인적이 없었다. 상점은 모두 문을 닫았으며 더할 수 없이 고독했다. 카프니카레아 교회(11세기에 세워진 비잔틴식 교회) 앞을 지나면서 나는 헌법광장에서 이쪽으로 숨이 턱에 차서 달려오고 있는 내 친구의 창백한 모습을 보았다. 그는 굉장히 키가 크고 깡마른 사나이를 쫓아오고 있었는데 키 큰 사나이는 발걸음도 엄청나게 컸다. 내 친구는 외교관 옷차림을 하고 있었다. 그는 나를 보더니 멀리서부터 헐떡이는 목소리로 소리쳤다.

"야! 요즘은 뭘 하고 있지! 자네 본 지가 몇십 년은 되는 것 같네. 오늘 밤 나한테 오게. 이야기나 좀 하세."

"어디 있는가?" 나도 덩달아서 큰 소리로 외쳤다. 내 친구가 아주 먼 곳으로 도망가는 것 같았고 그를 잡으려면 한껏 내 목소리를 내질러야만 할 듯 싶었던 것이다.

"오모니아 광장으로 오늘 저녁 6시까지 와. 파라다이스 카페의 분수대에 있을게!"

"좋아! 내 그리 갈게!" 나는 대답했다.

"자네는 온다고 말하지만 오진 않는걸!" 그는 책망하듯이 말했다.

"정말 간다니까!" 나는 소리쳤다. "다짐하는 악수야!"

"난 바빠."

"왜 그렇게 서두르는가, 자넨? 악수를 하잔 말이네!"

그는 손을 내밀었다. 그러자 갑자기 그의 손이 어깨에서 쑥 빠지더니 내 손을 잡으려고 공중으로 쏜살같이 날아왔다.

나는 그의 차디찬 악수에 질겁해 깜짝 놀라 비명을 지르며 눈을 떴던 것이다.

그때였다, 붉은부리까마귀가 내 머리 위에서 맴도는 모습을 본 것은. 내 입술 사이에서는 독이 배어나오는 것만 같았다.

나는 동쪽을 바라보았다. 그 먼 곳을 꿰뚫고 내다보려는 듯이 나의 시선은 수평선의 한 점에 못을 박았다……. 나는 친구가 위험에 빠졌다는 것을 믿어 의심하지 않았다. 나는 그의 이름을 세 번 큰 소리로 불렀다.

"스타브리다키! 스타브리다키! 스타브리다키!"

그러면 그에게 용기를 줄 수 있을 것 같았던 것이다. 하지만 내가 지른 목소리는 내가 선 앞쪽으로 불과 몇 야드를 넘어서지 못했고, 그만 대기 속에 사라지고 말았다.

몸이 지치면 슬픔도 죽지 않을까 싶어 나는 산길을 단숨에 내달렸다. 내 머리는 이따금 몸을 꿰뚫고 영혼에 다다르는 그 신비로운 휘파람의 뜻을 꿰어 맞추려고 부질없이 애를 썼다. 나의 존재 깊숙한 곳에서 이성보다 더 깊은 이상한 확신이 우러나와 나를 공포 속에 몰아넣었다. 순전히 동물 같은 직감이었다. 어떤 짐승들, 이를테면 양이나 쥐들은 지진이 일어나기 전에 나와 같은 확신을 느낀다. 내 안에서 눈을 뜨고 있는 것은 최초의 인간이 우주에서 완전히 떨어져 나오기 전에 가지고 있던 영혼과 같은 정신이었다. 그때까지만 해도 영혼은 이성의 뒤틀린 영향 없이 진실을 직접 느껴 알았다.

"그는 위험에 빠졌어! 그는 위험에 빠졌어!" 나는 중얼거렸다. "그는 죽어가고 있어! 아마 그 자신은 아직 그걸 모를 거야. 하지만 나는 알아, 틀림없이 알아……."

나는 산비탈길을 뛰어내리다가 돌무더기에 미끄러지면서 엉덩방아를 찧었다. 돌들이 사방에 흩어졌다. 찢기고 피가 나는 손과 다리를 털고 나는 다시 벌떡 일어섰다.

"그는 죽어가고 있어! 그는 죽을 거야!" 어떤 덩어리가 목에 치미는 것을 느끼면서 나는 말했다.

운이 없는 사람은 가련한 자기 둘레에, 난공불락이라고 스스로 믿는 방벽을 쌓아놓게 마련이다. 그는 그 속에 숨고 그의 생활에 작은 질서와 안정을 구축하려고 든다. 자그마한 행복감이다. 모든 일은 정해진 순서에 따라 처리된다. 그것은 신성불가침의 일과를 이루며 그는 안전하고 단순한 규칙에 따라 행동한다. 미지의 세계로부터 밀어닥치는 맹렬한 공격을 막기 위해 견고히 방어된 이 테두리 안에서 그의 왜소한 확신은 도전을 받지 않는 지네처럼 노닥거리고 있는 것이다. 강력한 기적이라고는 하나밖에 없다. 그것은 정말 무서워하고 미워해 마지않는 커다란 필연적인 사실이다. 이제 이 커다란 확실성은 내 존재의 외벽을 침범해 들어왔고 그리고 나의 영혼을 덮칠 준비를 다 마친 것이다.

우리의 바닷가에 닿은 나는 잠시 걸음을 멈추고 숨을 몰아쉬었다. 마치 제2방어선에 닿은 느낌이 들어 자신을 가다듬었다. 이 모든 신호며 메시지는 우리 내부의 불안에서 나오는 것이라고 나는 생각했다. 그것이 우리 꿈속에서는 상징의 화려한 의상을 차려입지만 그것을 만들어내려는 것은 우리 자신이다…… 나는 차차 안정을 되찾았다. 이성이 내 심장에게 질서회복을 명하면서 그 이상하게 파닥이는 박쥐의 날개들을 잘랐다. 자르고 또 자르고 그놈이 더는 날아갈 수 없을 때까지 잘랐다.

오두막에 돌아온 나는 나 자신의 철딱서니 없던 행동에 웃었다. 나는 내가 그토록 빨리 공포에 사로잡혔다는 것이 창피했다. 나는 일상의 현실로 되돌아왔다. 배가 고프고 목이 말랐다. 피로가 한꺼번에 몰려왔다. 그리고 돌에 부딪쳐 찢어진 팔다리의 상처가 쑤시기 시작했다. 내 심장은 자신감을 되찾았다. 외벽까지 침투해 들어왔던 무서운 적은 내 영혼 둘레에 쳐진 제2의 방어선에 걸려 저지되었던 것이다.

26

다 끝장이 나고 말았다. 조르바는 케이블선, 연장, 트럭 몇 대 그리고 철판 쇳조각 나부랭이와 목재를 한곳에 주워모아 바닷가에다 가득 쌓아올렸다. 언제라도 범선이 실어낼 수 있도록 한 것이다.

"조르바, 그걸 당신에게 선물로 주겠소." 나는 말했다. "모두가 당신 것이오. 행운을 빌어요."

조르바는 울음이 나오려는 것을 참는 듯 침을 삼켰다.

"우리는 헤어져야 하나요?" 그는 맥없이 물었다. "주인님은 어디로 갈 거죠?"

"나는 외국으로 나가오, 조르바. 내 속에 들어앉은 그놈의 염소가 아직도 씹어먹을 종이 부스러기가 꽤 많다는군요."

"그렇게 배우고도 아직 철이 안 들었나요, 주인님?"

"조르바, 고마워요. 당신 덕택에 철은 들었어요. 하지만 나는 당신의 방법을 받아들일 생각이오. 당신이 버찌를 즐긴 것처럼 나도 책을 그렇게 다뤄볼 생각이죠. 종이를 실컷 잡아먹을 작정이에요. 그럼 속이 뒤틀리고 병이 나겠죠. 그럼 왕창 그걸 모두 토해버리게 될 테고 완전히 그놈과 손을 끊게 된다, 이 말씀이오."

"그럼 주인님 없이 나는 어떻게 되는 겁니까?"

"조르바, 초조해하진 말아요. 우린 또 만나게 될 테니. 또 누가 압니까, 인간의 힘이란 엄청난 것이니까! 어느 날 우리는 우리의 위대한 계획을 실천에 옮길 겁니다. 우리는 신도 없고 악마도 없으며 오직 자유로운 인간만이 있는 우리의 수도원을 지을 것이고, 조르바 당신은 수문장이 될 거요. 커다란 열쇠꾸러미를 갖고 성 베드로처럼 문을 열어주고 닫아주는 수문장이 되는 거라고요."

조르바는 오두막 벽에 등을 기댄 채 땅바닥에 앉아 연거푸 잔을 채우며 아무 말 없이 술만 마시고 있었다.

밤이 되었다. 우리는 식사를 끝내고 포도주를 홀짝거리면서 우리의 마지막 대화를 나누고 있었다. 이튿날 아침 일찍 우리는 작별할 예정이었다.

"그렇지요, 그럼요." 수염을 흔들며 술잔을 기울이면서 조르바는 말했다. "그럼요, 그렇고말고요."

우리 머리 위에는 별이 총총한 밤이 뒤덮여 있었고, 우리의 내부에서는 저마다 가슴이 어떤 해방감을 바라면서도 서로 자제하고 있었다. 그에게 영원한 작별인사를 해야지, 나는 속으로 생각했다. 그의 모습을 한 번 머릿속에 잘 담아두고 나서 다시는 조르바에게 시선을 돌리지 말 것!

나는 그의 가슴에 머리를 파묻은 채 느껴 울 수도 있었다. 하지만 부끄러웠다. 나는 내 감정을 감추려고 너털웃음을 지어보려고도 했지만 안 되었다. 목구멍에 주먹만 한 것이 가로막혀 있었다.

나는 독수리처럼 고개를 꼬고 말없이 술을 마시는 조르바의 얼굴을 보았다. 그를 바라보면서 우리의 인생이라는 것이 정말 알 수 없는 신비임을 절실히 느꼈다. 바람에 날리는 나뭇잎과 풀잎처럼 사람들을 만났다가 다시 뿔뿔이 흩어지고 만다. 눈길은 당신이 사랑한 사람의 얼굴 모습, 몸매, 몸짓을 잊지 않으려고 애를 쓰지만 부질없는 노릇이다. 2, 3년이 지나면 어느새 당신은 그이의 눈빛이 파랗던가 까맣던가조차도 기억해내지 못한다.

인간의 영혼은 놋쇠 따위로 만들어놓았어야 옳았다. 아니면 강철로 만들었어야 한다. 나는 속으로 울었다. 조금도 어색하지 않았다.

조르바는 계속 술을 마셨다. 그 큰 머리를 바로 세우고 움직이질 않았다. 그는 밤 속으로 다가오는 발소리를 듣는 것도 같았고 그의 존재 깊숙한 내부로 사라지는 발소리를 듣는 것도 같았다.

"조르바, 뭘 생각하고 있지요?"

"내가 무얼 생각하고 있냐고요? 주인님, 아무 생각도 안 해요!"

그리고 잠시 뒤 그는 다시 잔을 가득 채우면서 말했다.

"주인님의 건강을 위해서!"

우리는 잔을 부딪쳤다. 우리는 서로 알고 있었다. 이토록 쓰라린 슬픔이 그다지 오래 계속되지는 않으리라는 것을. 우리는 울음을 터뜨려 통곡하거나 아주 취해버리거나 아니면 미친놈들처럼 춤이라도 추기 시작해야 될 판이었다.

"켜요, 조르바!" 내가 제안했다.

"주인님, 내가 전에 말하지 않았습니까? 산투르는 행복한 기분일 때 켜는 겁니다. 한 달 아니면 아마 두 달쯤 있으면 켜게 되겠지요. 누가 압니까? 그맘때면 나는 어떻게 두 사나이가 영원히 헤어지게 되었는가 노래로 엮어 볼 수 있을 겁니다."

"영원히라고!" 나는 깜짝 놀라 말했다. 나는 그 돌이킬 수 없는 말을 혼자 속으로는 중얼거렸지만 그렇게 큰 소리로 드러내놓으리라고는 예상조차 안 했었다. 나는 겁이 났다.

"영원히!" 조르바는 애써 침을 삼키며 되풀이했다. "영원한 작별이지요. 당신이 방금 말한 다시 만나자는 소리라든지 우리의 수도원을 건설하자는 소리는 모두 병들어 누운 사람을 다시 일으켜 세우려고 만든 소리거든요. 나는 그런 말을 믿지 않습니다. 그러고 싶지가 않거든요. 그런 소리가 필요한 여자들만큼 우리가 허약한가요? 물론 우린 안 그렇지요. 그렇소, 영원히 헤어지는 겁니다."

"어쩌면 내가 당신하고 여기 있을지도……." 나는 조르바의 처절한 애정에 당황하여 그렇게 말했다. "어쩌면 내가 당신과 함께 갈 수도 있어요. 난 자유로우니까."

조르바는 고개를 저었다.

"천만에, 당신은 자유롭지 않아요." 그는 말했다. "당신이 묶인 줄은 다른 사람이 묶인 줄보다 더 길지도 몰라요. 그것뿐이죠. 당신은 긴 줄에 묶여 있어요, 주인님. 당신은 그 사이를 마음대로 오가니까 자유롭다고 생각하죠. 하지만 당신은 그 줄을 절대 자르지는 못합니다. 그리고 사람이 그 줄을 못 끊는 한······."

"언젠가 나는 그걸 끊을 거요!" 조르바의 말은 나의 아물지 않은 상처를 건드리며 나를 괴롭혔기 때문에 나는 오기로 맞섰다.

"그건 어렵지요. 참 어려운 겁니다. 그러려면 한물 살짝 간 바보가 돼야 합니다. 알겠어요? 모든 걸 위험에 내맡겨야 하니까요! 그렇지만 당신은 그렇게 강한 두뇌를 가지고 있으니 언제나 그 머리가 당신을 다스리게 될 거예요. 사람의 머리는 식료품상 같지요. 계산을 합니다. 내가 얼마를 쓰고 얼마를 내었다, 그건 곧 이 정도의 이윤 아니면 저 정도의 손해다! 머리는 조심스러운 장사꾼이지요. 절대로 가진 물건을 모두 거는 도박은 않습니다. 언제나 예비금이 조금은 있거든요. 속박의 줄은 결코 못 끊어버린다는 말입니다. 아, 어림없는 소리지요! 녀석은 팽팽히 줄에 매달려 있는 거예요. 잡았던 줄을 놓치면 머리(두뇌)라고 하는 작은 악마는 갈 곳을 잃고 끝장이 나버리고 마는 거죠! 그러나 사람이 그런 유대의 끈을 끊어버리지 않는다면 인생은 무슨 맛이 남겠습니까? 카모밀차의 맛밖에 남는 게 없겠지요! 럼주 같은 향기, 당신 인생의 안팎을 뒤집어놓고 맛본다는 것은 턱도 없는 일이죠!"

그는 침묵했다. 술을 꿀꺽꿀꺽 들이켜더니 다시 말을 하기 시작했다.

"주인님, 나를 용서해야만 하오. 나는 무뚝뚝한 놈입니다. 말이라는 것은 내 발목을 잡는 진흙처럼 이 사이에 걸려서 도무지 제대로 나오질 않거든요. 나는 아름다운 말씨를 쓰거나 인사치레를 할 재간은 없어요. 안 되는 걸 어떡합니까. 하지만 당신은 이해하리라 믿어요."

그는 잔을 비우더니 나를 바라보았다.

"당신이라면 이해하죠." 그는 갑자기 화가 난 것처럼 소리 질렀다. "당신은 이해해요. 그러니까 언제나 당신에게는 편안한 날이 안 오는 거죠. 만약 당신이 이해를 못했다면 당신은 행복할 겁니다! 당신에게 뭐가 모자라오? 젊겠다, 돈 있겠다, 건강하겠다, 사람 좋겠다, 당신에게는 없는 게 없습니다. 정말 하나도 없지요! 꼭 하나를 제외하면 말입니다. 그리고 그것이 없다면야…… 주인님…… 글쎄요."

그는 머리를 설레설레 젓더니 다시 말을 끊었다.

나는 거의 눈물을 흘릴 뻔했다. 조르바가 한 말은 구구절절이 옳았다. 어렸을 때 나에게는 온갖 광기, 초인간적인 욕망이 가득하여 도무지 세상에 만족하질 못했다. 차츰 시간이 지나면서 나는 침착해졌다. 나는 한 개의 줄을 긋게 되었다. 가능한 것을 불가능한 것과 분리했고 인간적인 것을 신적인 것에서 구분하면서 나는 내 연을 꼭 잡아당겼다. 달아나지 못하게.

엄청나게 커다란 유성이 하늘을 가로지르고 있었다. 조르바는 깜짝 놀라서 마치 난생처음 유성을 보는 사람처럼 눈을 크게 떴다.

"별을 보았어요?" 그는 물었다.

"그래요."

우리는 침묵에 잠겼다.

갑자기 조르바는 목을 쑥 빼더니 가슴을 한껏 내밀면서 야만인처럼 절망의 절규를 내뱉었다. 순간 절규는 어느새 인간의 말이 되고 조르바의 천 길 깊은 속에서는 슬픔과 외로움에 가득 찬 옛날의 단조로운 멜로디가 떠올랐다. 지구의 심장 바로 그것이 둘로 찢기면서 동양의 감미롭고 압도적인 독을 내뿜는 광경이었다. 나는 나를 용기와 희망으로 이어주던 힘줄이 내부에서 천천히 녹아버리고 있음을 이내 느꼈다.

이키 키클릭 비르 테펜데 오티요르
오트메 데, 키클릭, 베민 데르팀 예티요르, 아만! 아만!
Iki kiklik bir tependé otiyor
Otme dé, kiklik, bemin dertim yetiyor, aman! aman!

모래밭은 모래알, 눈 닿는 저 끝까지 펼쳐져 있다. 끓어오르는 대기는 분홍 파랑 노랑으로 일렁이고 너의 관자놀이는 터진다. 영혼은 야성의 소리를 지르며 기뻐서 날뛴다. 아무도 고함으로 화답하는 이 없음에 나의 눈에는 눈물이 그렁그렁 고였다.

한 쌍의 자고새가 작은 언덕에 붉은 다리를 짚고서 노래 부르고 있었다.

자고야 노래를 거두어라! 내 아픔만으로도 나에겐 충분하니. 아만! 아만!

조르바는 말이 없었다. 손가락을 칼날같이 움직여 그는 눈썹 위의 땀을 닦아냈다. 그는 앞으로 수그리며 땅을 지그시 바라보았다.

"조르바, 그건 무슨 터키 노래요?" 한참 있다가 내가 물었다.

"낙타 모는 상인의 노래지요. 사막에서 부르는 노래랍니다. 불러본 적도 없고 오랫동안 기억도 못 하던 노래인데 지금 막……."

그는 고개를 들었다. 목소리는 격했고 목이 메었다.

"주인님." 그는 말했다. "자, 자야 할 시간입니다. 칸디아에 가는 배를 잡으려면 내일 새벽 일찍 일어나야 하거든요. 잘 자요!"

"나는 졸립지 않소. 당신하고 함께 있겠어요. 우리가 함께 지내는 마지막 밤이니까요."

"바로 그러니까 빨리 끝장을 내야 한다는 겁니다." 그는 술을 더 마시고 싶지 않다는 의사를 밝히듯 빈 잔을 엎어놓으면서 소리쳤다.

"여기서 지금 끝장을 내야 한다는 겁니다. 남자가 담배를 끊고 술을 끊고 노름을 끊듯이 말입니다. 그리스의 영웅 팔리카리처럼 말입니다.

나의 아버지는 진짜 팔리카리였지요. 나를 쳐다보지 말아요. 그에 비하면 나는 아무것도 아니니까요. 난 그의 발꿈치에도 못 따라가요. 팔리카리는 그리스 사람들이 언제나 얘기하는 고대 그리스인 가운데 한 사람이었죠. 그와 악수를 하면 뼈가 그만 부스러지는 것 같았답니다. 나야 가끔 말을 합니다만 아버지는 호랑이처럼 울부짖지 않으면 당나귀처럼 소리 지르는 노래가 곧 말이었습니다. 그의 입에서 사람 같은 말이 나오는 것은 아주 드물었으니까요.

그렇죠. 그는 죄라는 죄는 돌아가면서 다 지었는데, 하지만 그것들을 작살내버리고 말았어요. 칼로 베듯이 말입니다. 말을 하자면 그는 굴뚝이 아닌가 싶게 담배를 연방 붙여 무는 골초였죠. 어느 날 아침 일어나더니 들판으로 밭을 갈러 갔습니다. 밭에 도착한 그는 나무 울타리에 기대서 일을 시작하기 전에 담배 한 대를 말아 피우려고 허리춤에 찬 담배쌈지에 손이 갔어요. 쌈지를 정작 꺼내보니 텅 비었지 뭡니까. 집을 떠나기 전에 그걸 다시 채워놓는 걸 잊었던 겁니다.

그는 화가 머리끝까지 났죠. 소리를 고래고래 지르더니 마을 쪽으로 달려갔어요. 담배맛이 배인 그의 정열은 그의 이성을 완전히 뒤집어놓은 거죠! 그러나 갑자기―그래서 나는 인간이 신비롭다고 생각하고 언제나 그렇게 말하지만―그는 창피해져서 걸음을 멈췄답니다. 담배쌈지를 끄집어내더니 땅에다 내던지고 쾅쾅 밟아 문지르고는 침까지 탁 뱉었어요. '더러운 것! 더러운 것!' 목소리가 쩌렁쩌렁 울리도록 소리쳤지요. '더러운 화냥년 같으니!' 그러고 난 시각부터 그가 목숨을 거둘 때까지 그는 담배라고는 입술에 대지 않았습니다.

그게 진짜 남자의 행동이라는 거죠. 주인님, 잘 자요."

그는 일어섰다. 바닷가를 큰 걸음으로 가로질러 갔다. 그는 뒤돌아보지 않았다. 바닷물이 찰싹거리는 그 가장자리까지 다 가더니 자갈밭 위에 벌렁 뻗어 버리고 말았다.

그리고 나는 그를 다시 보지 못했다. 노새를 몰고 나를 데리러 온 사나이가 첫닭이 울기도 전에 나타났던 것이다. 나는 안장 위에 올랐다. 그리고 떠났다. 나는 아마 잘못 생각하고 있는지도 모른다. 아무래도 그때 조르바는 달려나와서 흔히 하는 작별인사를 나누며 우리를 슬프게 만들고, 또 악수를 하거나 손수건을 흔들며 맹세를 주고받는 일은 하지 않았어도 어딘가에 숨어서 내가 떠나는 모습을 지켜보긴 했을 것 같다.

우리의 작별은 칼로 벤 것처럼 깨끗했다.

칸디아에 가니 전보 한 통이 나를 기다리고 있었다. 나는 그것을 받아쥔 순간 손이 떨려서 펴보기 전에 한참을 들여다보았다. 어떤 내용인가 나는 알고 있었다. 무서울 만큼 정확하게 그 전보에 쓰인 글자의 수, 심지어 획수까지 나는 미리 알아맞힐 수 있었다.

나는 그걸 열어보지 않은 채 짝짝 찢고 싶은 충동에 사로잡혔다. 속에 무슨 글이 있는지 아는데 새삼스럽게 읽을 필요가 있을까? 하지만 우리는 정신력에 대한 신념을 잃었다. 슬픈 노릇이 아닐 수 없다! 이성이라는 영원한 소매상인은 마치 우리가 마녀와 늙은 여자를 비웃듯이 정신과 영혼을 비웃고 있는 것이다. 우리가 괴벽이 있는 노파들을 비웃듯이 말이다. 별수 없이 나는 전보를 뜯어보았다. 티플리스에서 온 것이었다. 한동안 글자들이 내 눈 앞에서 춤을 추는 바람에 한마디의 말도 알아볼 수가 없었다. 하지만 천천히 제자리가 잡히면서 내용을 읽게 되었다.

'어제 오후 폐렴으로 스타브리다키 죽음.'

5년이 지나갔다. 공포에 질린 긴 5년의 세월이었다. 시간은 그사이 속력을 더하여 국경선들이 춤바람에 가담했고 콘서트가 악기를 여러 개 연주하듯 늘어나고 줄어들었다. 조르바와 나는 그 폭풍에 휩쓸려 떠내려갔고 드문드문이기는 했으나 첫 3년간은 그로부터 이따금 엽서를 받기도 했다.

한 장은 아토스 산에서 보낸 천국의 문을 지키는 성처녀의 상이 있는 엽서였는데, 슬픈 큰 눈과 힘을 준 결의에 찬 턱을 드러내고 있었다. 성처녀 그림 밑에다가 조르바는 으레 종이를 긁어서 찢고 마는 예의 굵고도 무거운 필체로 이렇게 써보냈다.

사업을 할 기회가 여긴 없습니다. 주인님! 여기 사는 수도사들은 벼룩의 간을 빼먹을 극성쟁이들이니까! 나는 떠나렵니다!

며칠 뒤에 또 한 장의 카드가 날아왔다.

떠돌아다니는 광대처럼 앵무새를 새장에 넣은 채 그런 수도원을 두루 찾아다닐 수가 없습니다. 까마귀에게 위령기도에 있는 노래를 휘파람으로 멋지게 노래하는 기술을 가르친 수도사 한 사람에게 그걸(앵무새) 선물로 주고 말았습니다. 그 작은 악마가 정말 수도사 뺨치게 노래를 한다니까요. 당신이 그 소릴 들어보면 깜짝 놀랄 겁니다. 그는 우리 불쌍한 앵무새에게도 노래를 가르친다는 겁니다. 나 참! 그 악당이 평생 보고 들은 것을 노래로 엮는다지 뭡니까! 이제 우리 앵무새 녀석은 성스러운 신부, 성직자로 둔갑하는 거죠! 행운을 빌어요.

알렉시오스 신부님, 성스러운 은둔자로부터.

6, 7개월 뒤 나는 루마니아에서 목 부분이 깊게 파인 드레스를 입은 매우 가슴이 풍만한 여인의 그림이 있는 카드를 받았다.

나는 아직 살아 있소. 마말리가 (루마니아식)를 먹으며 보드카를 마시고 있소. 유전에서 일을 하는데 시궁창의 쥐만큼이나 더럽고 냄새가 납니다. 그럼 또 어떻습니까? 여기 있으면 갖고 싶고 먹고 싶은 것은 충분히 찾을 수 있습니다. 나 같은 늙은 건달에게는 그야말로 천국이지요. 무슨 말인지 알겠어요, 주인님? 기가 막히게 좋은 생활입니다. 맛있는 고기도 많고 덤으로 애인도 많아 하느님에게 축복을 드리고 있죠. 행운을 빌어요.
알렉시스 조르베스쿠, 시궁창의 쥐로부터.

2년이 흘렀다. 이번에는 세르비아에서 보내온 카드를 받았다.

난 아직 살아 있소. 무지막지하게 추워서 난 도저히 결혼을 안 하고는 배길 수가 없습니다. 뒷면을 보시오. 그녀의 얼굴입니다. 여자치고는 괜찮은 애지요. 허리둘레에 살집이 약간 붙었는데 나를 위해서 꼬마 조르바를 만들어보고 있기 때문이랍니다. 나는 그녀 곁에 당신이 준 양복을 입고 서 있어요. 내 손에 낀 결혼반지는 불쌍한 부불리나의 것입니다. 세상에 안 되는 일이라곤 없죠! 그녀의 유해에 신의 축복이 내리기를. 이 친구 이름은 류바라고 해요. 내가 입고 있는 여우 털이 달린 외투는 내 아내가 결혼 선물로 준 거죠. 그녀는 암말 한 마리와 돼지 일곱 마리를 가지고 들어왔는데 재미있는 족속들입니다. 첫 번째 결혼에서 얻은 두 아이도 있습니다. 그녀가 과부라는 것을 빼먹었군요. 여기서 가까운 동광에 일자리를 얻었습니다. 나는 자본주의자들을 후려치는 솜씨가 있거든요. 그래서 파샤처럼 아주 편하게 살고 있습니다. 행운을 빌어요.
알렉시스 조르비크, 홀아비 신세를 면한 놈으로부터.

카드 뒤에는 날씬한 폼을 재고 신랑 차림을 한 조르바의 사진이 있었다. 털모자를 눌러쓰고 긴 외투에 멋진 지팡이를 들고 있었다. 그의 팔에 엉긴 여인은 스물다섯도 안 돼 보이는 슬라브계 미인이었다. 엉덩이가 푸짐하게 넓은 야생마를 닮은 여인은 유혹하는 눈매의 장난기가 듬뿍 담긴 모습이었고 게다가 풍만한 젖가슴까지 타고난 것이 아닌가. 카드 밑에는 조르바가 꼬부랑글씨로 쓴 글이 붙어 있었다.

'나 조르바 그리고 끝없는 사업, 여자들—이번 여인의 이름은 류바이다.'

해외여행을 하던 그 숱한 세월을 두고 나 또한 끝없는 내 사업을 벌여왔지만 젖가슴이 큰 여자, 새 외투, 새끼 돼지 선물 따위는 한 번도 없었다.

하루는 베를린에 있는데 전보가 왔다.

'훌륭한 녹옥(green stone)을 발견했소. 급히 오시오, 조르바.'

독일에는 대불황이 휩쓴 해였다. 마르크화 값이 어찌나 하락했던지, 우표 딱지 같은 사소한 것을 사려고 해도 여행용 가방 가득히 수백만 마르크의 지폐를 넣고 다녀야만 하는 판국이었다. 가는 곳마다 굶주림과 추위와 낡은 옷과 구멍투성이 신발 등이 위세를 떨쳐 혈기 좋던 독일인의 두 볼마저 창백하게 변하고 만 때였다. 바람이 조금만 불어도 낙엽이 지듯 사람들이 길가에 쓰러지곤 했다. 어머니들은 아이들의 울음을 달래려고 고무조각을 끊어주어 씹게 했다. 밤에는 아이들을 팔에 안은 채 세상살이를 끝내려고 강에 몸을 던지려는 어머니들을 막기 위해서 경찰이 다리마다 지켜서 망을 보았다.

겨울이어서 눈이 내렸다. 내 옆방에는 동양어를 가르치는 독일인 교수가 있었는데, 그는 글씨를 쓰면 몸이 더워지는지 긴 붓을 꺼내서 극동지방의 고통스러운 습관을 좇아 고대 중국의 시 몇 수 아니면 공자의 어록을 베끼려고 들었다. 붓끝과 치켜든 팔꿈치 그리고 붓글씨를 쓰는 사람의 심장이 삼각형을 이루고 있었다.

"이제 몇 분 있으면 땀이 샘솟듯 쏟아져 나올 것이오. 그게 나의 보온법이라오."

그처럼 사정없이 추운 한겨울 낮에 나는 조르바의 전보를 받았다. 처음 나는 화가 났다. 수백만 사람들은 그들의 육체와 정신을 지탱할 빵 한 쪽이 없어 쓰러져가고 있는데 나더러 예쁜 녹옥 하나를 보러 수천 마일의 여행길을 떠나라고 전하는 전보가 오다니! 아름다움 따위는 지옥에나 가라지! 도무지 아름다움이라는 것은 인간의 고통에 대해선 한 가닥 관심조차 없거든……

하지만 나는 곧 너무 놀라 하얗게 질리고 말았다. 노엽던 생각은 금세 사라지고 조르바의 이 비인간적인 호소에 내 마음이 움직이고 있다는 것을 깨닫기 시작했기 때문이다. 내 안에 숨어 있던 야생의 새 한 마리가 날개를 퍼덕이며 나더러 가자고 보챘던 것이다.

하지만 나는 가지 않았다. 다시 한 번 나는 대담하게 나서질 못했다. 나는 속에서 외치는 신성한 야만의 목소리에 따르지 않았다. 나는 생각 없는 고상한 행위를 하지 않은 것이다. 나는 이성의, 온건을 취하며 차디찬 인간의 목소리에 귀를 기울였다. 그래서 나는 펜을 들고 조르바에게 가지 못하는 이유를 설명해주었다.

그랬더니 조르바의 답장이 왔다.

이런 말을 해도 되는지 모르겠지만 주인님, 당신은 고작 펜대 놀리는 재간밖에는 없는 사람이오. 당신도 일생의 한 번쯤은 녹옥의 아름다움을 볼 수 있었으련만 가련하게도 그걸 보지 못했던 거예요. 참 환장할 노릇이죠. 할 일이 없을 때면 나는 이런 질문을 해봅니다. 세상에 지옥이라는 게 있을까 없을까? 하지만 당신의 편지가 오고 난 다음 나는 말했습니다. 정말 몇 사람 안 되는, 주인님 같은 펜대 운전사들에게는 틀림없이 지옥이 있을 거라고요.

조르바는 그 뒤로 한 번도 편지를 보내지 않았다. 우리는 그보다 엄청난 사건으로 갈라서야 했다. 세상은 여전히 술 취한 사나이처럼 휘청거리고 비틀거렸던 것이다. 땅이 두 쪽으로 갈라지면서 우정이나 사람들끼리의 애정 근심 걱정을 통째로 삼켜버리고 말았다.

나는 가끔 친구들에게 이 위대한 인간에 대한 이야기를 들려주었다. 우리는 자존심이 강하고 자신에 넘친 그의 태도며, 학교 교육은 못 받았지만 이성보다 깊은 데 뿌리박은 인간됨을 흠모했다. 우리가 수십 년의 고통 끝에 달성할까 말까 한 정신의 높이에 조르바는 한 걸음이면 가 닿았다. 그러면 우리는 "조르바는 위대한 인간이야" 하고 말하고, 만약 그가 그보다 더 차원이 높은 곳으로 뛰면 "조르바는 돌았어" 하고 말했다.

그렇게 시간은 지났고, 추억은 감미로운 독을 품게 되었다. 또 하나의 그림자, 내 친구의 그림자가 내 영혼 위에 그늘을 던졌다. 그것은 나를 떠난 적이 없었다. 왜냐하면 나는 그것이 나를 떠나기를 원치 않았기 때문이다.

하지만 그 그림자에 대해서는 아무에게도 이야기하지 않았었다. 나는 혼자서 대화를 나누었으며, 그 덕분에 죽음과도 화해를 해가고 있었다. 나는 아무도 모르는 비밀의 다리로 저쪽과 터놓고 지냈던 것이다. 내 친구의 영혼이 그 다리를 건너올 때면 그는 피곤하고 창백하다는 느낌을 나에게 주었다. 나와 악수를 하기에 그는 너무나 기운이 없었다. 이따금 나는 공포에 질려서 생각하기도 했다. 어쩌면 내 친구는 육신의 노예생활에서 자유로워질 시간과 죽음이 다가오는 숭고한 순간에 공포에 떨다가 파멸당하지 않도록 그의 정신을 개발하고 강화할 시간을 이 지상에서는 미처 못 얻어 가졌던 것이 아닐까 하고. 그의 내부에서 영원불멸의 것이 될 수 있는 것을 영원불멸의 것으로 만들 시간이 채 그에게는 없었다고 나는 생각했다.

하지만 이따금씩 그는 굳세었다―그래, 굳세었을까? 아니면 내가 그를 그토록 강렬히 기억하고 있기 때문일까? 그를 기억할 때 그의 모습은 언제나 젊고 요구하는 것이 많았다. 심지어 그의 발소리를 나는 계단에서 들은 것 같이 느낄 때가 있었다.

어느 해 겨울 나는 엥가딘 산으로 혼자 순례여행을 떠난 적이 있었다. 오래전 내 친구와 나 그리고 우리가 다같이 사랑하던 여인과 몇 시간의 황홀한 한때를 보낸 산이었다.

나는 우리가 묵었던 호텔에서 잠을 잤다. 달빛이 열린 창으로 흘러들어오고 나는 산의 정기를 느꼈다. 눈 덮인 소나무, 조용하고 푸른 방이 마음속으로 스며 들어왔다.

나는 뭐라 말할 수 없는 황홀감을 맛보았다. 마치 요람을 탄 느낌이었지만 나의 오관은 어쩌면 그렇게도 예민하게 주위에 젖어들었던지, 만약 수천 길이나 되는 내 위로 배가 한 척 물결을 스치고 지나간다면 그대로 온몸에 멍이 들 지경이었다.

문득 내 앞에 그림자가 스쳐갔다. 나는 그가 누구인지 알았다. 그의 목소리에는 원망이 그득했다.

"자네 자나?"

나는 비슷한 목소리로 대답했다. "자네는 나를 기다리게 했어. 몇 달째인가, 자네 소식이 끊어진 지가 말이네. 그동안 어디를 그렇게 헤맸나?"

"무슨 소리. 난 자네와 늘 함께 있었는걸. 하지만 자네가 날 잊어버렸지. 나는 언제나 누구를 불러낼 힘이 없지 않은가? 그런데 자넨 나를 버리려고만 들지. 달빛이 아름답군. 그리고 눈에 덮인 나무들, 그리고 지상의 생명도. 제발 나를 잊지 말게!"

"나는 자네를 잊은 적이 없어. 자네도 잘 알면서 그러는가. 자네가 처음 나를 놔두고 떠나던 날, 나는 온몸이 지쳐빠지도록 험한 산속을 뛰어서 넘었지. 그리고 자네 생각에 숱한 밤을 뜬눈으로 지새웠다네……. 나는 그런 내 감정을 싹 지우려고 시까지 썼지 뭔가. 하지만 그것들은 내 아픔을 덜 수 없는 비참한 모습이었어. 그중에는 이런 것도 있었지.

> 그리고 카론과 험한 산길을 네가 달릴 때
> 나는 너의 유연한 몸매와 몸짓에 반했지.
> 그것은 새벽 어스름 깨어나서 떠나는 두 마리 물오리같이…….

그리고 완성 못한 또 하나의 시에는 내 절규가 담겼지.

> 네 이를 악물어라, 아 사랑하는 이여.
> 네 혼이 날아가버리지 않도록!

그는 쓰디쓴 웃음을 웃었다. 그의 얼굴을 내 얼굴 가까이 대자 창백한 그 모습에 나는 온몸에 오한이 일었다.

그는 눈이 있던 자리 텅 빈 동공으로 오랫동안 나를 노려보았다. 눈이래야 이제는 두 개의 작은 흙덩이에 지나지 않았다.

"자넨 뭘 생각하고 있나? 왜 말이 없지." 내가 중얼거렸다.

다시금 그의 목소리는 먼 곳에서 한숨처럼 들려왔다.

"아, 세상이 온통 좁아진 혼령에게 뭣이 남아 있겠나! 다른 사람의 시 몇 줄 이리저리 흩어지고 토막이 난 시구절 4행시도 못되는걸! 지상을 방황하다가 가깝던 친구 집을 찾아가지만 모두 마음의 문을 닫아버렸어. 어떻게 내가 들어가지? 내가 어떻게 생명을 찾는다는 말인가! 나는 문이라는 문은 모조리 닫아 건 집 둘레를 한없이 맴도는 개와 같은 신세지. 아! 내가 자유롭게 살 수만 있다면, 자네들의 따뜻하고 살아 숨 쉬는 몸에, 물에 빠져 죽는 놈처럼 달라붙지 않아도 된다면 얼마나 좋을까!"

눈물이 눈구멍에서 솟아나오고 구멍에 박힌 흙이 젖어 진흙으로 변했다.

하지만 이윽고 그의 목소리에 힘이 들어갔다.

"자네가 나를 가장 기쁘게 해 준 것은 한 번, 취리히의 축제 때였지. 기억하나? 자네는 술잔을 들어 내 건강을 기원했었지. 기억하나? 우리 말고도 누가 하나 더 있었어⋯⋯."

"기억나네. 우리는 그녀를 우리의 우아한 부인이라고 불렀었지⋯⋯." 나는 대답했다.

우리는 말이 끊어졌다. 수백 년이 흘러간 것 같구나! 취리히! 밖에서는 눈이 내리고 있었다. 테이블 위에는 꽃이 놓여 있었고 우리는 모두 셋이었다.

"스승이여, 뭘 생각하고 계시오?" 빈정거리는 듯한 그림자의 물음이었다.

"숱한 것들을 생각하고 있어⋯⋯ 모두를."

"나는 자네의 마지막 말을 기억하네. 자네는 잔을 높이 들면서 떨리는 목소리로 말했지. '친구, 자네가 갓난아이일 때 자네 할아버지는 자네를 한쪽 무릎에 앉히고 다른 한쪽 무릎에는 크레타 리라를 놓고 팔리카리아를 몇 곡 연주하셨지. 오늘 밤 나는 자네의 건강을 위해 잔을 드네. 그대가 언제나 하느님의 무릎 위에 앉아 운명이 꼭 보살피도록!'

하느님은 자네의 기도를 지체없이 받아주셨겠지. 슬픈 일이야!"

"그래서 어떻다는 건가?" 나는 외쳤다. "사랑은 죽음보다 강한 법이지."

그는 또 한 번 쓴웃음을 짓더니 말이 없었다. 나는 그의 몸이 어둠 속으로 빨려들어가는 것을 느낄 수 있었다. 한낱 작은 흐느낌, 한숨, 웃음소리로 변해가고 있었다.

그리고 며칠 동안 죽음의 맛이 내 입술 언저리에서 떠나질 않았다. 하지만 마음은 후련해졌다. 죽음은 낯익고 사랑하던 얼굴을 들고 나의 생활 속에 뛰어든 것이 아닌가. 당신을 방문한 친구처럼 기다리다가 뛰어든 것이 아닌가.

하지만 조르바의 그림자는 언제나 질투를 품고 내 주위를 맴돌기만 했다.

어느 날 밤 내가 아이기나 섬의 바닷가에 있는 나의 집에 홀로 있을 때였다. 나는 기분이 썩 좋았다. 창문을 바다 쪽으로 열어놓으니 교교한 달빛이 방 안에 넘치고 바다 또한 행복한 듯 속삭이고 있었다. 수영을 너무 많이 해서 내 몸은 관능적으로 피로해 있었으며 깊은 잠을 자고 있었다.

새벽이 되기 직전이었다. 한창 행복한 잠결에 갑자기 조르바가 내 꿈에 나타났다. 나는 그가 뭐라고 말했는지, 그가 왜 왔는지 기억하지 못한다. 하지만 잠을 깨고 나는 가슴이 빠개지는 것 같았다. 까닭없이 눈에는 눈물이 고였다. 우리가 크레타 해안에서 함께 지낸 생활을 재현하고 조르바가 내 마음 속에 흩뜨려놓은 모든 얘기, 절규, 몸짓, 눈물 그리고 춤들을 기억해내고는, 모두 모아서 간직해야겠다는 거역할 수 없는 욕망이 솟아올랐다.

그 욕망은 어찌나 광포했는지 겁이 났다. 나는 그것이 이 세상 어디에선가 조르바가 죽어가고 있다는 징후로 보았던 것이다. 내 영혼은 그의 영혼과 너무 밀착해 있어서 어느 한쪽이 큰 충격을 받고 고통의 외마디를 지르지 않고는 혼자 죽기도 어려운 것 같이 느껴졌다. 한동안 나는 조르바에 관한 나의 모든 추억을 한데 묶어 글로 써둔다는 계획을 망설였다. 어린애 같은 공포가 나를 엄습했던 것이다. 혼자서 이렇게 말했다. 만약 내가 그렇게 한다면 조르바는 정말 죽음의 위험을 당한다는 뜻이 아닐까. 나는 나로 하여금 글을 쓰게 만들려는 것 같은 그 신비로운 손을 뿌리치기 위해 싸워야만 한다.

나는 이틀을, 사흘을, 일주일을 쓰지 않고 버티었다. 나는 다른 글을 쓰는 데 정신을 쏟거나 온종일 산책으로 보내거나 책을 읽으면서 지냈다. 그것은 눈에 보이지 않는 그 존재를 교묘히 피하기 위해서 내가 써먹은 전략이었다. 하지만 내 마음은 조르바로 말미암아 큰 걱정을 덜어낼 수가 없었다.

하루는 바닷가에 있는 내 집 테라스에 앉아 있었다. 한낮이었다. 햇볕이 무척이나 뜨거웠다. 나는 눈앞에 들어오는 살라미스 산의 나무가 없고 우아하게 휜 측면을 노려보고 있었다. 불현듯 신에게 충동을 받은 듯한 나는 종이를 꺼내서 테라스의 뜨겁게 달아오른 돌 위에 엎드린 채 조르바의 언행에 관한 기록을 쓰기 시작했다. 나는 과거를 급히 되살리고 살아 있는 그대로의 모습을 회상하여 조르바를 부활시킬 셈으로 충격적인 글을 써내려갔다. 만약 그가 존재도 없이 사라지면 그것은 전적인 내 책임이다. 그리고 나는 옛 친구의 모습을 되도록이면 완전히 그리기 위하여 밤낮으로 일했다.

나는 아프리카 야만족의 무당처럼 일했다. 무당은 꿈속에 본 그들 조상의 모습을 동굴의 벽에다 그리는데, 조상의 혼이 제 몸뚱이라는 것을 알아보고 그 속에 들어올 수 있게 그림을 현실에 가깝도록 그리려고 애를 쓴다.

불과 몇 주일 동안에 조르바에 관한 나의 전기는 완성되었다. 원고에서 손을 떼던 마지막 날 저녁, 나는 다시 테라스에 앉아 바다를 바라보고 있었다. 내 무릎 위에는 완결을 본 원고 뭉치가 놓여 있었다. 큰 짐을 어깨에서 내려놓은 것처럼 나는 행복했고 해방감을 맛보았다. 나는 갓 낳은 아기를 안고 있는 어머니 같았다.

펠로폰네소스 산 너머로 막 붉은 해가 지려는데, 시내에서 오는 내 우편물을 가져다주는 농가의 소녀 소울라가 편지를 들고 테라스로 올라왔다. 소녀는 편지를 내밀더니 달아나 버렸다……. 곧 나는 이해했다. 적어도 나는 이해한 것 같았다. 왜냐하면 그것을 뜯어서 읽고 난 뒤에 나는 껑충 뛰어오르거나 비명을 지르지도 겁에 질리지도 않았기 때문이다. 틀림없었다. 나는 원고를 무릎 위에 놓고서 산에 지는 해를 바라보는 바로 이 순간에 그 편지를 받게 되리라는 것을 알고 있었다.

조용히 침착하게 나는 편지를 읽었다. 세르비아의 스코플리제 가까운 마을에서 보낸 편지는 아무렇게나 쓴 독일어로 되어 있었다. 나는 그걸 번역했다.

나는 이 마을의 학교 교장이며, 이곳 동광 주인인 알렉시스 조르바가 지난 일요일 6시 세상을 떠났다는 슬픈 소식을 전하려고 펜을 들었습니다. 그는 임종의 자리에 나를 불렀습니다.

'이리 오시오, 교장선생. 나는 그리스에 친구가 하나 있소. 내가 죽으면 그에게 편지를 써서, 죽기 직전까지 나의 정신은 말짱했고 그 친구를 생각하고 있었다고 일러주오. 그리고 나는 내가 한 일이 뭐든 간에 후회하지 않는다고 말해주오. 그가 잘되기를 바란다고 일러주고 이제는 철이 들 때가 되었을 거라고 말하더라고 전하시오.'

'잠시 들어요. 만약 신부나 누가 와서 내 참회를 들으려거든 썩 꺼지라고 이르고 대신 욕이나 하고 가라고 말하세요! 나는 살아 있는 동안 한 일도 많고 많지만 아직 해야 할 걸 다 못했다오. 나 같은 사람은 천 년은 살아야 마땅한데. 잘 자요!'

그게 그의 마지막 유언이었습니다. 그는 침대에서 몸을 일으켜 이불을 걷어붙이며 시트를 차 일어서려고 했어요. 우리는 뛰어가서 그를 말렸죠. 그의 아내 류바와 나와 이웃에 사는 장정 몇이 달려들어서 말입니다. 그러나 그는 우리 모두를 거칠게 밀어붙이면서 침대에서 껑충 뛰어내려 창문으로 갔어요. 창틀을 움켜쥔 그는 거기서 먼 산들을 바라보더군요. 눈을 크게 뜨고는 껄껄껄 웃기 시작했어요. 그러다가는 말처럼 울었죠. 그렇게 창살에 손톱을 박은 채 서서 그는 죽음을 맞았습니다.

그의 아내인 류바가 나더러 당신에게 편지를 쓰고 존경의 뜻을 전해달라고 말하더군요. 죽은 이가 당신 얘기를 가끔 했고 그가 자신이 죽은 뒤에 그의 산투르를 당신에게 주어서 당신이 그를 기억하는 데 도움이 되도록 하라는 부탁을 남기고 갔다는군요.

그래서 미망인은 만약 당신이 우리 마을을 지날 기회가 있다면 부디 그녀의 손님으로 그녀의 집에서 하룻밤을 묵으시고 아침에 떠날 때 산투르를 가지고 가시라고 합니다.

오! 러시아어

오데사

"어머니 러시아! 어머니 러시아!"

뱃머리에 서 있던 러시아 승객 두 사람이 젖은 공기를 가르며 서서히 또렷하게 그들 앞으로 다가오는 조국의 회녹색 해안을 바라보며 소리쳤다.

정오쯤이 되자 돌보지 않아 버려진 정원들, 초록색 돔을 올린 교회들, 그리고 높은 집들이 또렷하게 눈에 들어왔다. 러시아 여자는 여러 시간째 선실에 틀어박혀 있었다. 마침내 배가 항구로 들어가고 나서야 그녀는 악마처럼 능란하게 화장을 하고 나타났다. 그녀는 두 눈 주위로 파란색 원을 그려 넣고, 얼굴은 창백하게 입술은 지나치게 빨갛게 칠했다. 그리고 오렌지색 실크 블라우스를 입은 그녀는 배의 살롱에 앉더니 말없이 입술만 핥고 있었다.

배가 선창가로 다가섰다. 우리 모두는 뱃머리에 기대어서 무엇 하나 놓칠세라 도시 풍경을 탐욕스럽게 지켜보았다. 해안의 사람들은 손이 얼지 않도록 계속 비벼 대면서 재빠르게 선창가를 따라 움직였다. 우리 뒤로 몇 층짜리 집들이 늘어서 있었는데, 모든 창문들이 닫혀 있었다. 맞은편 세관 건물에서 관리들 열댓 명과 붉은 근위병들이 나오더니 우리 배로 올라왔다. 그들은 배 안을 샅샅이 뒤지며 수화물을 열고, 책갈피를 훑어보고, 옷가지들을 털어 보고는 했다. 그러나 모두가 한결같이 정중했으며 생색내는 듯한 예의는 전혀 보이지 않았다.

"좋습니다, 들어가십시오!"

장교가 미소를 지으며 손을 뻗어 우리 앞에 기다리고 있는 러시아를 가리켰다. 드디어 입국 허가가 떨어진 것이다.

러시아 땅에 첫발을 디뎠을 때의 감회는 말하지 않고 지나가겠다. 내 안에 있던 수많은 세대들이 이 순간을 열망해 왔다. 크레타의 수많은 나의 조상들, 모스크바 공국 사람들이 내려와서 구해 주기를 몇백 년이나 기다렸던 그들이 이제 기쁨에 겨워 날뛰고 있었다.

"용기를 내시오, 형제들이여. 모스크바 공국 사람들이 내려오고 있소!"

나는 설레는 마음으로 널찍한 거리들을 돌아다니며 눈으로 보고, 귀를 기울이고, 손으로 만져 보았다. 행복했다. 도로에 쌓여 있는 멜론과 빨간 사과 더미들, 몇 명밖에 보이지 않는 남자들은 창백한 얼굴로 급히 서두르고 있었다. 화장을 한 여인네들과 맨발의 아이들 그리고 드문드문 지나가는 자동차들. 가게에는 상품들이 가득 진열되어 있었다. 또 몇몇 가게에는 사치품을 진열해 놓았고, 또 어떤 가게에는 책들이 빽빽하게 들어차 있었다. 그런데 어디를 가나 레닌의 초상화가 빈정대는 듯하면서도 칼처럼 날카로운 특유의 그 미소를 머금고 높다랗게 걸려 있었다.

여러분들이 이곳에서 느끼게 되는 첫인상, 맨 처음 갖게 되는 뚜렷한 인상은 넓고 큰 도로에서의 적막함과 고독감이다. 가게는 모두 영업을 하고 있지만 닫힌 것처럼 보인다. 가게 안은 물건들로 가득 채워져 있지만 왠지 텅 빈 느낌이다. 길가를 지나가는 사람들마다 고단함과 굶주림 따위로 인해 안색이 누렇고, 얼굴에는 상실감과 두려움이 낙인처럼 뚜렷하게 찍혀 있다. 사실 지금은 그런 상실감과 두려움은 사라지고 없지만 혁명 초기에는 무자비하게 사람들을 괴롭히던 것이었다.

오데사의 모든 것이 너무 많은 피를 흘렸다는 듯한 느낌이 들었다. 오데사는 심한 병을 앓고 있었던 것이다. 그러나 이제 다시 오데사의 핏줄을 타고 생명이 흐르고 있다는 것을 감지하게 된다. 일상은 다시 정상적인 흐름을 시작했고, 남자들은 이제 행복을 맛보게 되었으며, 여자들은 웃기 시작하고, 아이들의 뺨은 다시 붉어지고 있다. 거리와 나무, 그리고 사람들은 천천히 그들이 앓았던 열병에서 회복되어 가고 있다.

여러분이 느끼고 있는 이것은 성스럽고 조용한 침묵이다. 마치 심하게 앓다가 이제 막 일어나 앉게 된 사람의 방에 들어갔을 때 느끼게 되는 그런 분위기처럼 그는 이제 신열이 떨어져 음식을 먹기 시작했으며, 말할 정도까지 되었다. 몇 년 전에 가보았던 또 다른 도시, 역시 중요한 순간을 맞고 있었던 한 도시가 떠올랐다. 빈이었다.

어쩌면 이렇게 다를 수가 있을까! 빈은 죽어 가고 있었다. 그러나 편안한 쾌락을 위해 만들어진 온갖 시설들은 밤이고 낮이고 늘 열려 있었다. 댄스

바며 떠들썩한 집시 음악, 낯 뜨거운 여러 가지 광경들, 수많은 여자들에게서 나는 꽃향기와 땀 냄새, 코카인 연기가 뒤섞인 공기 속에 맴돌고 있었다.

오데사는 그런 타락에 빠졌던 것이 아니었다. 상처를 입고 목숨이 위태로웠었다. 그러나 이제 다시 일어나 살아가고 있었다. 빵은 화덕 속에서 다시 구워지며 향기를 내뿜고 있다. 사람들은 다시 옷과 신발, 석탄과 고기 같은 생활에 없어서는 안 될 모든 필수품들을 가지게 되었다. 밤이면 이곳에서는 움직임이라곤 거의 찾아볼 수 없다. 고단한 도시는 잠이 든다. 거리의 전차 안에, 길거리의 벽에, 학교와 법원에, 그리고 클럽 안에는 채색된 포스터들이 붙어 있다. 일하는 노동자들, 아기에게 젖을 물린 여자들, 학교에 가는 어린이들, 밭을 가는 농부들의 포스터들, 대중 위로 몸을 기울인 레닌은 이 포스터에서는 미소 지으며 조용히 있다가도, 다른 포스터에서는 분노에 사로잡혀 경련을 일으킨 듯 얼굴을 찌푸리고 있다. 갑자기 그의 입술이 예언자의 입술 같다는 생각이 든다. 그 입에서 쏟아지는 것은 말이 아니라 불타는 석탄이다.

이곳에서 또 인상적인 것 가운데 하나는 거리에서 쉽게 볼 수 있는 많은 유대인들이다. 오데사는 차르가 유대인의 거주를 허락했던 러시아의 몇 안 되는 도시 가운데 하나이다. 그래서 거리를 지나다 보면 유대인 특유의 그 빈틈없고 어두운 얼굴들, 매부리코, 검고 날쌘 눈동자, 염소와 같은 입술들과 가끔 부딪치게 되어 놀라고 만다.

나에게 이 도시를 구경시켜 주던 그리스 친구는 이 〈세례 받지 않은 자〉들을 보기만 하면 저주를 하면서 땅바닥에 침을 뱉곤 했다. 깊은 증오의 골과 무자비한 경쟁의식이 이 〈위험하고〉 막강한 민족과 그 친구 사이를 매정하게 갈라놓고 있었다.

"퉤! 유대인 놈들, 지구상에서 꺼져 버려라!" 그가 투덜거렸다. "저들은 그리스도를 십자가에 못 박은 것도 모자라서 우리 일자리까지 다 빼앗아 갔습니다!"

그 친구는 다 떨어진 구두와 군데군데 기운 헐렁한 망명객 바지를 입고, 내 옆에서 걸으며 날카롭고 탐욕스러운 눈으로 모든 것을 노려보았다. 그는 자신의 불쌍한 〈어머니 러시아〉에 돌아와서 기뻐하고 있었다. 그는 팔고 있는 몇몇 품목을 눈여겨보고 가격을 물은 뒤, 어디에다 가게를 열어야 할지

고민하면서 어떻게 새 바지를 사고 새 신발을 주문할지에 대해 꿈꾸기 시작했다. 그런 다음에는 〈붉은 것〉들이 눈치 채지 못하게, 아주 조심스럽게 다시 루블화를 산더미처럼 쌓아 놓고 이곳의 토박이가 될 것이다. 이것이 그의 꿈이었다. 오늘 그는 배에서 내리자마자 땅바닥에 주저앉아 러시아의 대지에 입을 맞추었다. 그리고 그의 거무스름한 호밀빵을 큰 입에 집어넣고는 흘러내리는 눈물을 감추지 못했다. 그리스는 그의 마음속에서 아득한 관념처럼 빛나고 있었다. 그러나 그에게 러시아는 어머니였고, 그가 따뜻한 목소리로 러시아를 부를 때는 〈가련한 어머니〉가 되었다. 그는 러시아를 사랑했고, 러시아가 젖이 불은 다정한 암소라도 되는 양 그 젖가슴을 찾기 위해 기를 쓰고 있었다.

"붉은 골목으로 가봅시다." 나는 그에게 말했다.

나는 그리스 친우회[1]가 처음 결성되었다는 그 작은 집이 보고 싶었다. 그곳에 가니 1층에서 구두 수선공이 일하고 있었다.

나는 교활하고 눈치 빠른 이 그리스인의 팔을 붙잡고 말했다.

"이 작고 허름한 집에서 그리스 친우회의 첫 번째 모임이 있었습니다. 평범한 세 남자가, 댁같은 상인들이 어느 날 밤 위층에 모여서 오스만 제국을 몰락시키자고 맹세한 것입니다. 그들에게는 돈도 무기도, 현명한 사람도 없었습니다. 반면에 투르크는 어느 모로 보나 막강했지요. 투르크는 소아시아와 이집트, 아랍, 시리아, 발칸 반도 전역을 차지하고 있었습니다. 그 군대는 빈의 성문까지 거의 다가온 적도 있었지요. 그런데 이 평범한 그리스인 세 명은 저 창문에서, 지금 당신이 쳐다보고 있는 저 창문 뒤에서 술탄을 사로잡고 투르크를 무너뜨려 그리스를 해방하고, 우리 모두를 콘스탄티노플로 데려가려는 계획을 세웠습니다!"

그 그리스인은 귀를 기울여 듣고 있었지만 아무 말도 하지 않았다. 우리는 마차에 올라탔다. 그 남자는 모스크바로 가는 역까지 나를 배웅해 주었다. 그 사이 밤이 되어 집들은 어둠 속으로 모습을 감추고 있었다. 남자와 여자들은 서둘러 집 안으로 돌아갔다. 여기저기 길 모퉁이에서는 거지들이 하모

---

[1] 오데사에서 결성된 그리스인들의 비밀 결사. 오스만 제국의 지배에서 그리스를 해방시키기 위한 운동을 벌였다.

니카를 연주하거나 낮은 소리로 우크라이나 민요를 부르고 있었다. 거대하고 운치 있는 도시 위로 얼어붙을 듯 싸늘한 비가 천천히 내렸다.

나는 모스크바로 가는 기차역에 닿았다. 그리스인 친구를 돌아보며 작별 인사를 하자 그는 매우 감격한 듯 내 손을 잡고 말했다.

"선생이 그 그리스 친우회의 작은 집에 관해 설명한 순간부터 나는 다른 사람이 된 것 같습니다. 이제 아무것도 두렵지 않아요. 지난날에는 이곳 러시아에서 돈깨나 있었지만 모든 것을 잃어버렸습니다. 그래서 이처럼 구멍 뚫린 바지를 입고 구두도 없는 신세가 되고 말았지요. 하지만 맹세컨대 나는 반드시 다시 부자가 될 겁니다. 그 방법을 찾았어요. 두고 보십시오, 내가 큰일을 해낼 테니까. 인간의 영혼이 간절히 원하면 그게 무엇이든 다 이루게 된다는 걸 알았으니까요."

신념이 투철한 그 교활한 그리스인은 그런 식으로 그리스 친우회를 받아들여 장삿속으로 변질시켜 버린 것이었다.

키예프

밤비가 추적추적 내리고 있었다. 기차는 덜컹대며 앞으로 내달렸다. 내 바로 앞에는 작업복을 입은 중년남자가 앉아 있었다. 셔츠를 입은 그는 가죽벨트를 차고 높고 무거운 신발을 신고, 머리는 짧게 깎았다. 우리는 서로 이야기를 나누기 시작했는데, 알고 보니 그는 전직 키예프 대학교의 교수였다. 우리는 러시아와 그리스에 관해 말했다. 그는 언젠가 그리스가 빛나는 것을 보는 것이 자신의 꿈이었으며 그 꿈이 이루어지기를 바랐다. 반면에 나는 어두컴컴한 북극에서, 깊은 눈 속에 파묻혀 나 자신을 잊는 것이 내 꿈임을 알게 되었다. 만족을 모르는 인간 본성, 늘 자신이 가지지 못한 것을 바라는 인간 본성을 생각하면서 우리는 서로 웃었고, 인간이 어떻게 이 억제할 수 없는 악마적인 갈증과 고칠 수 없는 병을 딛고서, 그 모든 희망을 쌓고 또 이루는지에 관해 즐겁게 말했다.

아득한 옛날부터, 그렇게 해서 생명은 이 위험하면서도 불투명한 갈망을 가지고 식물에서 동물로, 동물에서 인간으로 발전해 온 것이다. 그리고 이제 그 생명은 모든 걸 하나로 아우르는 신음 소리로, 우리—제물을 바치는 사람이면서 동시에 제물인—를 몰아붙이고 있다. 현재 우리가 속한 사회의 평형 상태, 정신의 평형 상태를 파괴하라고. 그리하여 새롭고 불확실하고 또 위험하지만, 바라건대 좀 더 높은 균형을 추구하라고 재촉하는 것이다.

우리의 철학적 고백이 이 지점에까지 이르자 그 친구는 입을 다물었다. 나는 이와 같은 일반 원리들을 오늘날 러시아의 문제와 연관시키려고 애썼지만, 그 교수는 더 이상 입을 열려고 하지 않았다. 그러더니 그는 주머니에서 사과 두 개를 꺼내어 껍질부터 차근차근 전부 다 먹어 치웠다. 그러고는 의자에 길게 몸을 뻗더니 쇠가죽 코트를 뒤집어쓰고 나에게 잘 자라고 말했다.

아침에 눈을 떠보니 기차는 끝없이 펼쳐진 우크라이나의 검은 땅 안으로 들어와 있었다. 농부들이 비옥한 흙에 파묻힌 채, 뼈대가 굵고 육중한 말을 부리며 쟁기질하는 모습이 심심찮게 보였다. 바위나 동산, 숲 따위는 찾아보려고 해도 보이지 않았다. 이따금 가냘픈 몸매의 하얀 포플러나 배고픈 까마귀들이 하늘을 나는 것이 눈에 띌 뿐이었다. 안개 너머로 끝없이 펼쳐진 평원 위로는 드문드문 흩어진 마을들이 보였다. 마을 한가운데에는 한결같이 서양배 모양의 초록색을 칠한 돔이 있는 교회가 서 있었고, 그 주변으로 낮은 집들이 빽빽하게 들어서 있었다. 그리고 마을 변두리에는 양떼 사이로 양치기 소년이 서 있었다.

기차가 역에 설 때마다 살짝 들린 코에 천진한 파란 눈을 한 마을 소녀들이 화려한 색깔의 블라우스 차림에 두껍게 짠 신발을 신고 미소를 지으며 기차에 올라오더니 우리에게 다가왔다. 그들은 뜨거운 차를 담은 유리잔이나 우유통을 담은 쟁반을 들고 있거나, 아니면 사과나 배, 빵과 버터가 가득 든 바구니를 들고 있었다. 몇몇 소년들도 기차에 뛰어올라 비교적 비싸지 않은 작은 책들을 팔았다. 《공산주의 알파벳》, 레닌이나 트로츠키, 부하린의 저작들, 프롤레타리아 노래집, 또는 토양 경작법이나 인간의 질병에 관한 대중광고 팸플릿 따위였다.

기차역은 잠깐 동안 웃음소리와 소음으로 떠들썩했다. 승객들은 기차에서 내려 찻주전자에 끓는 물을 채웠다. 그러나 엔진의 기적이 이내 울렸다. 기차는 앞으로 나아가고, 우리는 다시 고요하고 축축하고 검은 땅의 우크라이나 속으로 빨려들어갔다.

나는 말없이 창밖을 내다보면서, 머릿속으로 러시아 땅의 거대한 몸뚱이를 찬찬히 그려 보았다. 지대가 높은 북쪽은 어둡고 울창한 숲이었다. 전나무, 너도밤나무, 느릅나무, 보리수나무, 떡갈나무 숲이 끝없이 이어진다. 그리고 남쪽으로는 카자흐의 드넓은 초원이 펼쳐진다. 변화없이 단조로운 그 초원 곳곳에는 옛날 영웅들의 유골을 덮고 있는 성스러운 언덕, 쿠르간*¹이 솟아 있었다. 더 남쪽으로 내려가 드네프르 강 어귀에 다다르면 초원은 모래펄로 바뀌고, 다시 크림 반도 북부에 이르러서는 고운 모래가 되었다가 카스피 해에서 짠물에 잠긴다. 물결치듯 끝없이 이어지는 경이로운 야생의 대초원에는 시르카시아인, 노가예츠인, 칼미크인, 타타르인들 같은 반야만적인

*1 작은 언덕 모양의 분묘.

민족들이 살고 있었다. 그 아래쪽 카프카스와 크림 반도의 해안지역에 이르면 태양이 빛나고 포도 덩굴과 올리브나무, 감귤나무가 꽃을 피운다. 러시아에는 어느 것 하나 없는 것이 없다. 최북단에 사는 것부터 거의 열대 지방에 사는 것에 이르기까지 온갖 동물과 식물들이 이 드넓은 러시아 땅에서 태평스럽게 살고 있다.

그곳에는 자연적 경계선은 존재하지 않는다. 대지는 끝없이 바다처럼 사방으로 뻗어 있으며, 황무지는 그 자신의 모습을 닮은 인간의 형상과 혼을 빚어낸다. 이 평원, 그리고 이 대초원에서 러시아인들의 크나큰 성격이 시작된 것이다. 러시아인들의 눈에는 러시아가 세계 전체로 보인다.

'어느 외국 말입니까?' 고골의 '감찰관'에 등장하는 한 인물은 이렇게 외친다. '우리 마을을 떠나 3년 동안 마차를 달려도 외국 땅에는 닿지 못합니다!'

러시아인들은 자신들의 드넓은 땅에서 여행하는 것을 좋아한다. 아주 까마득한 초기에, 그들은 자신들의 신과 아이들을 카누에 태우고 떠났다. 그들은 커다란 여러 강으로 들어갔으며 어린아이들처럼 집과 음식, 기후와 생활방식을 바꾸면서 살아갔다.

러시아인들의 다양한 민족의 혼합은 거대한 모자이크를 만들어 냈다. 슬라브인, 바랑인*2, 게르만인, 리투아니아인, 아르메니아인, 그리스인, 유대인, 폴란드인, 타타르인, 몽골인, 카자흐인…… 끊이지 않고 새로운 피가 이 드넓은 땅으로 흘러들어왔다. 이 정복자들이 들어오면서 이 혼돈에도 질서가 잡히기 시작했다. 특히 위대했던 조직자로는 두 민족을 들 수 있다.

첫째가 바랑인들이다. 이들은 얼어붙은 북극해에서 기다란 카누를 타고 들어왔다. 이들은 러시아의 큰 강들을 따라 옮겨 가면서 강둑에 요새를 건설했고, 그렇게 계속 흑해까지 나아갔다. 바랑인들은 이동하는 중에 손에 넣을 수 있는 것이면 무엇이든 다 차지했고, 비잔티움에 닿아서는 약탈한 물건들을 열심히 팔았다. 양피와 호박, 벌꿀, 밀랍, 가축, 남자 노예들과 여자 노예들이었다.

드네프르 강 유역에 흩어져 살던 슬라브족은 원래 농경민족이었다. 이들

---

*2 고대 스칸디나비아의 부족으로 러시아어로는 바랴크라고 한다.

은 착하고 부지런하며 미개한 가부장적 사회를 이루고 있었다. 이들은 자유를 숭배했으며, 영웅적인 방법으로 기꺼이 목숨을 내던질 준비가 되어 있는 사람들이었다. 이들은 이방인들에게 성심껏 대해 주었으며, 열정적인 춤과 노래를 사랑했다. 이들의 관습은 소박하고 원시적이었다. 여자는 남편의 노예였으며, 아이들은 아버지의 재산이었다. 조상을 섬기는 것이 이들의 종교였다. 한 가족의 가장은 모두 사제였으며, 연장자들은 신성한 의식을 집전했었다.

이들에게는 중요한 공휴일이 1년에 두 번 있었다. 봄이 되면 이들은 축제를 벌이면서 신에게 씨 뿌린 밭을 축복해 달라고 빌었다. 가을 축제 때는 신에게 추수감사제를 드렸다. 신전은 따로 존재하지 않았으며, 제전의 장소는 숲이며 언덕, 샘, 강이었다. 이들은 전쟁에서 졌을 때에도 무릎 꿇지 않았다. 적에게 입은 상처로 인해 죽게 되면 미래에도 영원히 노예로 일하게 된다고 믿었으므로, 할복함으로써 자살을 택한 것이다.

무정부적 혼란으로 저희들끼리 전투를 벌이고 서로가 죽고 죽이던 역사가 몇 세기 동안 이어졌다. 최고(最古)의 슬라브 연대기 작가인 네스토르에 따르면, 마침내 이들은 바랑인들에게 전갈을 보내어 하루빨리 내려와서 그 무정부 상태를 평정해 주십사하고 부탁했다고 한다.

'우리의 땅은 풍요롭고 크지만 우리에게는 질서가 없습니다. 그러니 어서 오셔서 질서를 잡아 주십시오.'

이것이 바랑인들에게 보낸 이들의 메시지였다.

바랑인들이 내려왔다. 그리고 탑과 성을 지었다. 그들은 슬라브인들을 농노로 삼고, 자신들은 봉건 영주가 되었다. 그러나 주민들의 가족사나 사회생활, 관습이나 종교에는 아예 끼어들지 않았다. 그들이 원한 것은 오로지 복종과 세금뿐이었다. 그들은 유목민들의 침략과 내부적인 무정부 상태에서 슬라브인들을 보호하는 것을 의무로 삼았다.

둘째는 비잔틴인들이다. 바랑인들이 러시아의 외적인 형태를 조직했다면 비잔틴인들은 내적인 것을 조직했고, 슬라브인들의 지적·심리적 능력을 길러 주었으며, 그들에게 문명을 알게 했다. 그러므로 러시아인들의 알파벳과 글, 미술, 종교 등 모든 것이 비잔틴인들에게서 영향을 받은 것이다.

맨 처음에 러시아 군주 이고르의 과부였던 올가가 비잔티움에 가서 세례를 받았다. 한 러시아 연대기 작가는 이런 기록을 남겼다.

'올가는 그리스도교 왕국에서 샛별처럼 빛났다. 그녀는 그 세계에서 매우 은은한 빛을 발했다. 밤하늘의 달처럼 이교도들 위에서 빛난 것이다. 이제 그녀는 러시아 하늘로 올라가서 러시아의 아들들을 위해 신께 기도하고 있다.'

올가의 아들 블라디미르는 거친 성격의 소유자로서, 일단 주변 부족들을 잔인하게 정복하자 곧바로 자신을 키예프의 군주라고 칭하고 등극했다. 이제 그는 자신이 섬길 신을 선택할 생각으로, 이웃의 여러 나라에 사신을 보내어 그들이 어떤 신을 섬기는지 알아보라고 했다. 사신들은 알라만인들을 찾아갔지만 그들이 섬기는 신이 마음에 들지 않았다. 이어서 이슬람교도인 술탄의 왕국으로 갔다. 그러나 메카의 예언자가 신도들에게 술을 마시지 못하게 했다는 말을 듣자 블라디미르는 불같이 화를 냈다.

"무함마드의—종교는 받아들일 수 없다. 러시아인들은 술을 마실 때 큰 기쁨을 맛보기 때문이다!"

마침내 사신들은 비잔티움에 다다랐는데, 이곳에서 그들의 마음은 놀라움으로 울렁거렸다. 그들은 왕에게 편지를 썼다.

'우리가 있는 곳이 천국인지 지상인지 모르겠습니다. 그 아름다움이란! 인간의 상상력을 능가합니다.'

불가르족 살해자라고 알려진 바실리우스 황제는 사신들에게 궁전과 교회뿐 아니라 히포드롬에서 열리는 경기와 성스러운 축제들 및 성찬식을 두루 보여 주었다. 그리고 그는 러시아 사신들이 돌아갈 때 아름다운 선물들을 가득 실어 함께 보내 주었으며, 블라디미르의 신붓감으로 누이동생 안나까지 딸려 보냈다. 그러자 야만인 같았던 러시아 군주는 그처럼 막대한 부와 권력에 입을 다물지 못하고 크림 반도의 헤르손에서 스스로 세례를 치렀고, 수많은 백성들이 강에 들어가 세례를 받도록 만들었다. 유명한 테오파노[3]의 딸로 교양이 높았던 안나는 학자와 사제, 미술가와 건축가 무리들을 거느리고 북쪽으로 떠났다. 그녀는 끝없이 이어지는 벌판을 지나며 마치 원시인의 집

---

*3 동로마 황제 로마누스 2세의 둘째 부인. 천한 신분 출신이지만 미모가 뛰어났다고 한다. 남편 사후 섭정을 맡다가 후에 니케포루스 2세와 결혼하여 공동 섭정을 했지만 말년에 추방당하는 등 파란만장한 삶을 살았다.

같은 곳에서 잠을 잤다. 아침에 눈을 뜨면 가끔 눈 속에 파묻혀 있었지만 계속해서 북쪽으로 갔다. 그녀는 가녀린 손에 그리스 문명을 들고, 발밑의 검은 흙 속에 그것을 옮겨 심으리라는 희망을 안고서 쉬지 않고 북쪽으로 나아갔다.

드디어 그 씨앗이 한곳에서 뿌리를 내렸다. 오랜 세월이 흐르지 않아 그 비옥한 땅에 교회와 사원들이 세워졌고 그 벽들은 회화와 모자이크로 장식했다. 거칠기만 했던 해묵은 습관들은 날이 갈수록 희미해져 갔다. 키예프에서 오랜 도시 노브고로트까지, 러시아의 얼굴에 광명이 찾아들었다.

우리가 러시아의 고도 키예프에 닿은 것은 아침이었다. 옅은 안개 속에서 뾰족한 타타르의 투구처럼 반짝이는 황금 돔들을 멀리서도 알아볼 수 있었다.

성스러운 오랜 도시들이 으레 그렇듯, 키예프는 피를 흘리고 있다. 이 도시의 첫 번째 행운은 얼마나 이어졌던가? 2세기 동안이었다. 그런 뒤 갑자기 타타르족이 키예프를 덮쳤다. 타타르족은 교회를 불태웠고, 남자들을 학살했으며, 여자들을 잡아갔다. 그 뒤 문학과 예술은 수도원으로 피신했다. 그 무렵 최고의 이상은 세상을 등지고 수도사가 되는 것이었다. 자기의 영혼을 구하기 위해 스스로 거세한 이들의 숫자는 이루 헤아릴 수 없을 정도였다. 그러자 수도원은 부자가 되었고, 수사들은 지도자가 되었다. 수사가 된 그들은 타타르인들과 협정을 맺고, 그들의 협력자가 되어 농민들을 착취했다.

해가 밝게 빛나고 있었다. 우리는 기차에서 내려 이 유명한 도시를 종종걸음으로 서둘러 돌아다녔다. 많은 공원들, 유쾌한 우크라이나인들의 얼굴들, 현란한 색깔들, 우크라이나는 러시아의 미소짓는 얼굴이다. 5월 25일이면 많은 도시에서, 소녀들이 지붕 위로 기어 올라가 봄을 부른다. 소녀들은 봄에게 어서 오라고, 다시금 해를, 새들과 꽃들을 데려와 달라고 애원한다. 이 서정적인 봄맞이는 가끔 극적인 형태를 띠기도 한다. 여자들이 두 개의 성부로 나뉘어 노래를 부르는 것이다. 한 무리가 봄을 부르면 다른 무리가 봄이 되어 대답한다.

우크라이나인들의 춤은 생명력과 열정, 우아함이 넘친다. 그들은 남자와 여자가 같이 어울려 춤을 춘다. 그 춤은 가끔 극적인 팬터마임이 되어 사랑의 줄다리기를 연출하게 되는데, 여자가 남자를 거절하고 달아났다가 다시 돌아오는 식이다. 마침내 여자가 행복하게 패배하면 춤은 걷잡을 수 없는 승리의 선회로 빠져 든다.

나는 교회도 서너 군데 들어가 보았다. 어두컴컴함, 향 냄새. 낡은 비잔틴식 성모상은 외국으로 모습을 감추어 버리고 없었다. 비잔티움이 남긴 온갖 황금의 흔적들만이 오늘날 사람들의 생활 속에 바위처럼 여전히 각인되어 있을 뿐이다. 이제는 아무도 이 화석들을 어지럽히는 사람이 없었고, 이것들 역시 누구도 귀찮게 하지 않는다. 한때 이것들은 굶주림과 힘으로 가득한 하나의 살아 있는 유기체를 이루고 있었다. 그러나 지금은 단순히 겉으로 해로울 것 없는 장식물들에 지나지 않는다. 볼셰비키는 이들 앞을 그냥 지나칠 뿐, 고개를 돌려 절대로 쳐다보지 않았다. 이따금 시대를 착각한 네댓 명의 열성적인 숭배자들이 지나가다가 들러서 몰래 공물을 바쳤다. 마치 무슨 죄악이나 저지르는 것처럼, 아니면 두려워하는 것처럼.

정오에 우리는 기차에 올랐고 여행은 다시 시작되었다. 1천 년이 지난 지금, 우리는 안나가 그랬던 것처럼 북쪽으로 가고 있다. 빛을 주기 위해서가 아니라 어쩌면 빛을 받기 위해서. 그곳에서는 새로운 지도자들이 러시아의 낡은 정치 구조 및 정신 구조를 파괴하고 있었다.

그들은 새로운 생활 방식을 창조하고 있으며, 그 방식으로 세상을 새롭게 하기 위해 투쟁하고 있었다. 나는 격정과 설렘을 안고서, 모순이 가득한 혼란스러운 논리를 풀기 위해 이 새로운 지도자들에게로 가고 있었다. 새로운 현실을 살기 위해서, 그리고 이 지도자들이 물질적 생활과 인간의 가슴에 어떤 변화라도 일으키게 하는지 알아보기 위해서였다.

까마득한 옛날, 천지가 시작되던 시대에도 그러했듯이 지금 우리는 새로운 신들이 북방에서 탄생했다는 사실을 알게 되었다. 그리고 그들의 요람 앞에 절을 하기 위해 멀리서부터 찾아왔다. 내가 탄 그 열차를 타고서, 소비에트 각 지역에서 파견된 농민 사절단이 도착하였다. 그 밖에도 체코슬로바키아 노동자들, 터키인과 불가리아인들 심지어 조용하고 신비로운 두 명의 일본인들까지 와 있었다. 그들 모두는 저마다의 불안감과 희망, 질문을 하려고 온 것이었다.

이것이 새로 탄생한 신에게 현대인들이 가져가는 선물이었다. 나는 두 일본인들에게 접근했다. 두 사람 다 건축가였다.

'우리는 러시아 건축의 새로운 유파에 관한 글들을 읽었습니다. 모스크바로 가서 그 유파에 대해 공부하려고요. 이러저러한 기술적인 문제가 있어 우리를 괴롭히는데, 뭔가 해답을 찾았으면 하는 바람입니다.'

나는 그들의 말에 귀를 기울이며 '마태오의 복음서'의 한 구절을 즐겁게 떠올렸다. '우리는 동방에서 그분의 별을 보고 그분에게 경배하러 왔습니다.'

이런 생각을 하는 동안 두 번째 밤이 지났다. 잠에서 깨어 보니 우리 열차는 깊은 눈 속에 파묻혀 있었다. 전나무들은 수정 속에서 얼어붙은 채 꼼짝도 하지 않았다. 돌로 지은 집들은 어느새 모습을 감추고, 지금은 비스듬한 초가지붕을 한 나무 오두막들만 남아 있었다. 드디어 우리는 우크라이나를 가로질러서 이제 대러시아로 들어가고 있었던 것이다.

농부들의 얼굴은 한층 더 무거워 보여 마치 흙을 바른 듯했다. 그리고 마을들은 납작하게 짓눌려 있는 듯 보였고 을씨년스러웠다. 생명은 그 리듬을 바꿔 이제는 좀 더 넓고 깊기는 하지만, 원시적이고 활기가 없는 듯 보였다.

쇠가죽 망토로 몸을 감싼 채 침묵하고 있는 농민들의 낮은 이마에는 기름때와 머리카락이 내려앉아 있었다. 그들은 눈 덮인 숲에 사는 마귀들 같았다. 인간보다 비천하면서 동시에 인간보다 성스러운 느낌을 주었다. 이 농부들이 러시아의 운명을 쥐고 있었다. 아니, 그 털북숭이 손안에 쥐고 있는 것이 비단 러시아의 운명만은 아닐 것이다. 그들은 어둡고 그 수가 많으며 완고한 대중으로 전투의 최전선에서는 사람들을 선동하며 싸운다. 이 선동가들은 갖은 고초를 겪으면서 신음한다. 그들 뒤에는 어중이떠중이로 맹목적인 떼거지들이, 그러나 확실하게 밀어붙이고 또 밀어붙인다.

나는 머릿속으로 번뜩이는 레닌의 모습, 빛과 불꽃으로 번쩍이는 그 모습을 떠올리면서, 그가 서서히 변화시킨 침울한 대중, 즉 농민들을 내 눈앞에서 보았다. 나는 되도록 빨리 목적지에 닿고 싶어 좀이 쑤시기 시작했다. 근본적으로 적대자이자 협력자인, 다시 말해 정신과 육체인 이 두 대립물이 크렘린의 폐쇄적인 붉은 무대에서 씨름하는 모습을 보고 싶었기 때문이다.

함박눈이 내려 경작지를 뒤덮고 있었다. 땅에 뿌려진 알곡의 씨앗은 조용히, 그러나 확실하게 자기가 지닌 양분을 섭취하고 있었다. 때때로 칠흑처럼 검은 까마귀들이 먹을 것을 찾기 위해 마을의 지붕 쪽으로 성난 듯 날아들었다.

나는 러시아를 보는 내내 일리야 예렌부르크의 슬픔과 긍지에 가득한 글귀가 머리에 떠올랐다.

꾀죄죄하고 굶주림으로 부어오른 모습—그대의 벌어진 상처에서는 피고름이 흐른다. 오! 러시아여, 그대는 신음과 한숨을 내뱉으며 그대의 몸을 눕혔다. 저들은 그대가 보이는 탄생의 무아경을 죽음으로 착각하고 있다. 현자와 배부른 자, 말쑥한 자들은 그대를 비웃고 있다. 그들의 정신은 황폐해졌고, 화석으로 변한 그들의 가슴은 텅 비었다. 누가 성스러운 유산을 받아들일 것인가? 어느 누가 프로메테우스가 들고 있는 반쯤 꺼진 횃불을 받아 들어 다시 불을 붙이고, 계속 들고 갈 것인가? 힘든 탄생, 위대하고 성스러운 순간, 바다의 물거품도 파란 하늘도 살아남지는 못할 것이다. 이 검은 황무지에서, 우리가 흘린 피로 몸을 씻은 힘찬 시대가 새롭게 태어나고 있다. 우리를 믿자. 우리 손으로 그 시대를 받아 내자. 그것은 우리 것이며 그대의 것이다! 그것은 단 한 번의 호흡만으로는 모든 경계선들을 쓸어버릴 것이다. 캄캄한 도시의 한밤중, 눈〔雪〕으로 짜인 수의 밑에는 잊힌 생명이 감추어져 있다. 그리고 운명은 한 민족이 그 생명의 성스러운 피로 메마른 대지의 가슴에 물을 대도록 정해 놓았다. 오, 생명의 산모여, 그대의 적이 그대에게 다가올 것이다—눈 속에 찍힌 피 묻은 그대의 발자국에 입 맞추기 위하여.

나는 기대를 품고 보고 또 보았다. 이 끝없는 평원에 사는 사람들의 눈에서 볼 수 있는 넓고 푸른 깊이가 내 눈길에도 옮겨진 듯한 느낌이 들었다. 밖을 계속 바라보고 있는데 정오가 되자 멀리 검은 회색빛 하늘 아래서 느닷없이 황금빛 돔들이 나타났다.

마침내 기차가 다다른 곳은 노동자 신이 태어난 새로운 예루살렘, 새로운 약속의 땅의 심장부 모스크바였다.

모스크바

다양한 색채를 띠고 무수한 싹을 틔운 이 혼돈의 도시 모스크바를 보면서, 정처 없이 떠돌며 느끼고 또 느껴도 결코 질리지 않는다. 나는 이 아름다운 껍데기 뒤에 감춰져 있는 것을 애써 찾아보기보다는 기대하지 못했던 광경을 내 눈에 보이는 그대로, 소박하게, 아이 같은 행복감으로 실컷 즐기기로 한다.

도보로 모스크바를 한 바퀴 돌아보도록 하자. 묵고 있는 호텔의 볼셰비키 도어맨은 허리를 굽혀 우리가 덧신 신는 것을 도와주었다. 마치 주인과 하인이 여전히 존재하는 것처럼. 날은 춥고 싸락눈이 내리고 있다. 참새며 여우들은 아늑한 둥지에서 겨울을 지내지만 모스크바 거리의 수많은 어린 방랑자들은 몸을 녹일 오두막조차 없다. 이 어린 프롤레타리아들은 모피코트를 여미고 지나가는 내 모습을 아무런 적대감도 없는 표정으로 바라보고 있다. 나는 이 아이들이 빨리 자라서, 이 세상의 다른 아이들보다 훨씬 더 빨리 자라나서 내 모피코트를 빼앗으려 들 것이라고 생각하며 나 자신을 위로한다.

키가 크고 잘 차려입은 신사, 고집이 센 늙은 귀족 한 사람이 호텔 근처의 한 귀퉁이에서 호박으로 만든 담뱃대를 팔고 있다. 갑자기 맞은편 도로에서 다른 한 노인이 그를 본다. 그가 진흙탕을 튀기며 그에게 달려가더니 반색하며 인사한다. 그리고 그의 손을 꼭 잡는다. 몰락한 귀족은 조용히 사람 좋은 미소를 짓고 옛 러시아의 정신이 묻어나는 고상한 말을 되풀이한다.

'니체보! 니체보(괜찮습니다! 괜찮습니다)!'

역사에는 영광보다 더 큰 상처가 존재한다—
백만 명의 입술이 닿은 손수건 한 장—
모스크바라는 인간의 숲 속에서—
수많은 사상들 겹겹이 쌓아 올려져 있고—
벼락과 언어에 불타 버린 나무들은

바스락대는 나뭇잎 같다…….

나는 놀랍게도 러시아의 신비주의 시인 니콜라이 알렉세예비치 클류예프 Nikolai Alekseevich Kluiev의 이 구절을 기억하고 있었다. 나는 몰락한 두 귀족이 있는 자리를 떠나며 그 구절을 읊조렸다.

크렘린이 내 앞에 우뚝 서 있었다. 그곳은 모스크바의 심장부, 그리고 내 생각에 지금은 세계의 심장부가 된 곳이다. 붉은 광장에는 눈부신 성 바실리 성당이 있고, 그 바깥쪽으로 이반 뇌제(雷帝)가 서 있는 단상이 보인다. 그 지휘 아래 있던 처형관들은 폭도들을 비롯해 자유를 사랑했던 보야르*1들의 목을 잘랐다.

이반 뇌제는 강력한 통일 국가를 건설하기 위해 모든 귀족들에게 굴욕감을 심어 주려고 했다. 그러나 동시에 그는 가련한 백성들을 사랑했으며, 누더기를 걸친 음유 시인들이 궁정에서 대중적인 발라드를 부를 때면 감동하며 귀 기울였다. 그의 오른쪽에는 천사가 하나 서 있다. 보야르였던 니키타 로마노프인데, 그는 차르의 처형이자 로마노프 왕가의 조상이었다. 그리고 그의 왼쪽에 있는 악마의 모습을 하고 있는 피에 굶주렸던 말류타 스쿠라토프Maliuta Skuratov이다.

한 발라드에 이반이 어떻게 카잔을 정복했는지 묘사되어 있다.

그는 카잔의 성벽 밑으로 왔다. 그리고 화약통을 겹겹이 쌓아 놓았다. 그 다음 도화선에 불을 붙였다. 그러나 화약은 폭발하지 않았다. 성벽 위에 있던 타타르족들은 웃음을 터뜨리고 그를 향해 엉덩이를 내보였다.

"하하! 위대하신 차르 양반, 그래 이런 식으로 카잔을 차지하려고?"

차르는 분노해서 길길이 날뛰었다. 그는 화약 대원들의 목을 매달라고 명령했다. 한 노인이 드릴 말씀이 있다며 나섰다.

"왕이시여, 참으소서. 심지란 것은 공기 중에서는 빨리 타지만 땅속에서는 서서히 타는 법입니다."

그가 말을 마치자마자 갑자기 카잔 성벽이 휘청거리더니 곧 완전히 허

---

*1 10~17세기 러시아의 최상층 귀족.

물어져 버렸다. 그러자 차르는 기뻐하며 화약 대원들에게 각각 50루블씩을 주었으며, 그 노인에게는 5백 루블을 하사했다!

그리고 이반의 어두웠던 사생활에 관련된 발라드들도 있다. 그는 일곱 명의 아내를 두었는데, 그중 일부는 그가 죽여 버렸고, 나머지는 수도원에 가두었다. 그의 아들이자 후계자도 그의 손에 죽임을 당했다.

이반 뇌제는 궁전 안을 오락가락했다. 그는 촘촘한 빗으로 검은 머리를 빗으며 붉은 창문 밖을 가만히 지켜보았다. 그가 말했다.

"나는 저 왕좌를 차르그라드(콘스탄티노플)에서 모스크바로 가져왔다. 황제의 자주색 가운을 처음 입은 사람이 바로 나였다. 나는 카잔과 아스트라한을 정복했다. 키예프의 반역자들을 처단했고, 노브고로트의 반역자들을 모조리 섬멸시켜 버렸다. 내 어머니의 땅, 하얀 성벽의 모스크바에서도 나는 그들을 다시 칠 것이다."

그러자 한 보야르가 일어나더니 말했다.

"차르 이반 바실리예비치, 폐하는 키예프와 노브고로트의 반역자들을 처단했습니다만 모스크바에서는 그 반역자를 꺾지 못합니다. 그는 폐하의 궁전 안에 있습니다. 폐하와 나란히 앉아서 폐하와 똑같은 접시의 음식을 먹습니다. 놈은 폐하와 똑같은 옷을 입지요. 그 반역자는 바로 차레비치*2 표도르입니다!"

이반은 불같이 화를 낸다.

"믿을 만한 처단자가 한 명도 없단 말인가?"

말류타가 벌떡 일어서서 말했다.

"소인이 나서서 처단할까요?"

그는 겹겹이 반지를 낀 하얀 손으로 차레비치를 붙잡고 모스크바 강으로 끌고 간다······.

이반의 영혼은 풍요로우면서도 모순적이었다. 잔인하면서 성스럽고, 대범

---

*2 차르의 아들을 말한다.

한 상상력에 예술적 감성도 갖추었다. 안드레이 쿠르프스키 공과, 백해(白海)의 성 키릴 수도원 대수도원장에게 보내는 편지에서 그는 자신의 교활한 본성, 냉소주의와 상스러움, 거칠 것 없는 욕설, 신에 대한 두려움, 깊은 학식을 고스란히 드러낸다. 실제로 그는 있는 그대로의 벌거벗은 자아를 캐내고 드러낸 최초의 러시아 작가였다.

그는 한 편지에서 어릴 적에 자신이 보야르들 밑에서 어떤 시련을 겪었는지 묘사한다.

헐벗고 굶주리면서 나는 얼마나 많은 고생을 했는지 모른다! 우리 어린 아이들은 놀고 있었다. 슈이스키 공은 왕좌에 앉아서 팔을 괴고 우리 아버지의 침대 위로 발을 뻗었다. 그들은 우리 아버지와 할아버지의 것이었던 엄청난 보물을 가져갔다. 그들은 보물을 녹여 그것으로 여러 장의 금판과 은판을 만들어 그 위에 자기들의 이름을 새겨넣었다…….

나는 크렘린에 있는 교회들의 황금 돔 지붕과 붉은 벽들을 가만히 바라보았다. 육중한 요새 문이었던 상인방은 지금 붉은 별로 꾸며져 있지만, 한때 그 자리에는 성모의 성상이 미소 짓고 있었을 것이다. 이윽고 나는 피로 얼룩진 중세의 과거에서 서둘러 떠난다. 그리고 현대의 장면 속으로 들어오자 마음이 놓였다. 이 얼마나 생명이 넘치는 곳인가.

동구의 모든 것이 눈 속에 묻혀 있다. 무거운 터번을 두른 중동의 장사꾼들이 보인다. 원숭이처럼 주름이 많은 중국인들은 나무나 은으로 만든 진기한 장난감들을 판다. 남녀 상인들이 모든 도로를 차지하고서 과일과 책, 아이들용 턱받이, 깃털 뽑은 닭, 레닌의 작은 초상화 따위를 팔고 있다. 머리에 붉은 머릿수건을 쓴 여성 노동자들이 지나간다. 뚱뚱하고 퉁명스러운 그 여자들의 외모와 눈은 몽골인과 비슷했다. 반쯤 벌거벗은 아이들은 아스트라한식 모자를 썼다. 녹색 또는 황금 돔 지붕의 교회들, 타타르 성벽, 중세 성들, 그리고 그 옆으로 보이는 현대식 초고층 건물들. 또 벽 위에 교회 위에, 시가 전차에 쓰인 이런 글귀들.

'만국의 프롤레타리아여, 단결하라!'

그러다 늦은 오후가 되면서 갑자기 이 불안정한 온갖 소음 위로 크고 넓게 퍼지며 들려오는 러시아의 종소리가, 지금도 이어지고 있는 저녁 기도 시간을 알린다.

혼돈—이것이 모스크바에 대한 첫 번째 인상이다! 모스크바는 슬라브 민족의 혼이 완벽하게 구현된 곳이다. 미리 계획한 도시 설계 하나 없이 중앙의 붉은 핵인 크렘린 주변에서 숲처럼 성장해 나간 도시이다. 이 성스러운 러시아 언덕에 처음 세워진 것은 왕의 궁전이었다. 그 옆으로 황금 돔 지붕을 올린 신의 교회들이 지어졌다.

도시는 크렘린을 중심으로 급속도로 발전되면서 강 옆 지역을 차지했고, 타타르 성벽과 자신을 이었다. 차츰 세월이 지나면서 도시가 넘쳐나게 되자, 모스크바는 다시 밖으로 뻗어 나갔다. 그러자 비뚤어지고 불규칙한 길들이 만들어졌고, 교회와 집에는 따뜻한 색깔이 입혀졌다. 러시아의 모든 민족과 동양인들이 이곳에 와서, 어떤 논리적인 짜임새도 없이 그 끝이 늘 열려 있는 이 방대한 러시아의 모자이크 속에 그들의 영혼을 뿌리내린다.

동구의 건축은 궁전과 도시들이 숲처럼 자유롭게 변화하는 것을 허락한다. 여기에는 기하학적인 조화는 없지만 생명 자체의 비이성적이고 복잡한 격동이 있다. 이처럼 고정되어 있는 러시아의 현실이란 존재하지 않는다. 그것은 늘 진행형이다. 그것은 흐르는 강물이며, 흘러가면서 길을 만들고 자기만의 강둑을 창조해 낸다. 거기에는 수많은 모순들, 논리적으로는 설명할 수 없는 창조물과 사물들이 있다—시원(始原)적인 유물들이 서서히 죽어 없어지는가 하면 더러는 사라져버린 것들도 있고, 또 어떤 것들은 새로 태어나서 이제 막 숨 쉬기 시작하는 것의 특징인 서투름, 불확실성, 우아함 따위를 지니고 있기도 하다. 이 크고 넓은 땅, 서로 다른 1백여 민족이 살아가는 터전인 이 심장부에서 서로 어울리지 않는 세력들이, 유럽인들로서는 이해되지 않을 만큼 아무렇지도 않게 어울려 지내고 있다. 그러면서 교회에서, 가게의 진열창에서, 박물관에서, 가정과 거리의 생활 속에서, 이렇게 서로가 아주 먼 곳에서 흘러온 다양한 지류들을 찾고 발견한다는 것은 즐거운 일이다.

이곳에는 카펫과 화려한 도자기를 가져온 우크라이나인들이 산다. 또한 우아한 실크 자수를 뽐내는 크림 반도 사람들이 있는가 하면, 금속과 가죽 제품들에는 강인한 타타르인들의 숨결이 배어 있다. 카프카스인들은 법랑을 입힌 귀중한 은제 무기와 벨트, 버클, 귀고리를 가져온다. 그리고 아제르바이잔인과 다게스탄인들은 꽃과 야생 동물을 아름답게 수놓은 실크를 들고 있으며, 중앙아시아인들은 다양한 러그를 펼쳐 보인다. 그들은 끈기를 가지고 러그에 독특하고 기하학적인 장미 무늬를 짜넣는다. 마지막으로 북방에서 온 털이 많은 은둔자들도 있다. 그들은 양가죽으로 몸을 감싼 채 이곳에 와서 나무와 뼈에 그들의 원시적인 문양을 새겨 넣는다.

이것들은 아시아에서 온 것들이다. 반면에 유럽에서 온 것들은 사상과 이론, 체계, 그리고 이 모든 아시아적인 광기에 하나의 논리를 적용해 보려고 하는 강력한 욕구와 다름없다. 거리와 학교, 사무실에서는 진지한 사람들을 만나 볼 수 있다. 방법론과 행동, 합리성을 모두 갖춘 이들은 사실, 위대한 러시아 문학을 통해 우리에게 잘 알려진 러시아적인 인간들—무력하고 신경질적이고 신비스러운—과는 전혀 다른 사람들이다.

오늘날, 새로운 유형의 러시아가 새로운 이데아에 의해 만들어지고 있는 것이다. 그러므로 모스크바를 걷다 보면 두 번째의 확고한 인상이 여러분을 지배하게 된다. 이국적인 이 도시에서 인간들은 어떤 '종합'에 닿기 위해 투쟁하고 있다. 그들은 안팎으로 널리 퍼져 있는 동양의 이 모든 혼돈을 가라 앉히기 위해 논리적으로 정돈된 이념을 가지고 고집스럽게 애쓰고 있다.

이제 여러분은 지금 발을 디디고 있는 곳이 광신자들의 도시임을 깨닫게 된다. 세계의 다른 어느 도시에서도 이처럼 사람들의 얼굴이 준엄하고 단호하지는 않다. 이글거리는 눈빛, 고집스럽게 꾹 다문 입술, 일에 대한 이같은 열성과 종교적인 열정을 다른 곳에서는 찾아볼 수 없는 것이다. 여러분은 마치 성으로 둘러싸이고, 전투가 한창인 음침한 중세 도시 한가운데로 옮겨진 듯한 기분이 들 것이다. 적이 가까이 다가오는 가운데, 기사들은 바리케이드를 친 문 뒤에서 무장하고 있다. 러시아에서는 이와 비슷하게 전쟁이 임박한 분위기가 느껴진다. 학교든, 관청이든 공장이든, 또는 축하 행사나 강연에 참가하든 상관없이 여러분은 늘 전투를 준비하고 있는 듯한 분위기를 느낄 것이다.

이곳에서 그들은 일하면서도 투쟁하고 있다. 그들은 굽히지 않는 믿음으로 채비를 갖추고 있다. 커다란 두려움과 커다란 희망이 그들의 머리 위를 감돌고 있다. 그러므로 시름없이 속 편하게 웃는 웃음 소리는 좀처럼 들을 수가 없다. 거리에서는 한가롭게 거니는 실업자들을 찾아볼 수 없다. 또한 저녁이 되어도 사람들 속에서 수다를 떠는 여자들을 볼 수 없을 뿐더러, 밤이 되어도 카바레나 무도장은 물론, 쾌락을 사는 도시의 매음굴도 찾아볼 수가 없다. 뭐라고 말할 수 없는 무시무시한 것이 공기 중에 몸을 도사리고 있다. 그리스도의 재림시에 무섭게 타오르는 천사들 가운데 하나처럼, 모든 눈과 칼이 크렘린의 흉벽 위에 서서—중세 고딕식 첨탑 위에 버티고 서 있는 키메라처럼—모스크바를 수호하고 있다.

나는 군중을 따라갔다. 사무원들은 하루 일과를 끝낸다. 셔츠와 닳아 해진 양가죽 외투 위로 가죽 벨트를 두른, 새 러시아의 말없는 사람들이 거리와 시가지 전차를 꽉 채우고 서두르고 있다. 나는 그들의 시선을 잡아챈다. 가을날 저녁의 어스름한 빛 속에서 그 얼굴들의 광채를 잡아낸다. 그들의 단호하고 거친 몸짓들을 살핀다. 움직이는 이 모든 군중들 속에서 나는 서서히 아주 서서히 이들의 깊은 내면 속에서 같은 점을 발견하게 된다. 이것은 모스크바의 세 번째 뚜렷한 인상이다. 개인들은 후퇴하고 하나의 질서에 따르고 있다는 것.

그렇게 되면 여러분의 희망 또는 두려움은 커진다. 뭔가 알 수 없는 무자비하고, 암울하고, 지금으로선 전혀 갈피를 잡을 수 없는 대중을 하나의 전능한 통일성으로 몰아가는 자연의 힘 같은 것을 느끼게 되는 것이다.

밤이 되었다. 모스크바 중심가 위에서 느닷없이 야만적인 군가가 허공을 가르며 울려 퍼진다. 스베르들로프 광장 끝에 붉은 군대의 한 대대가 나타난 것이다. 그들은 뾰족한 몽골식 모자를 쓰고 있었다. 강철 빛깔의 회색 외투는 발까지 내려왔다. 그 얼굴들은 불처럼 타오르고 있었다. 대열의 선두에서는 지도자가 행진하면서 격정적인 노래를 선창했다. 그가 내 앞을 지나치는 순간, 나는 간질 환자처럼 비뚤어진 그의 입을 보았다. 목의 핏줄은 부풀어 있었고, 차가운 날씨인데도 그의 이마에선 땀방울이 쉴 새 없이 흘러내렸다. 얼마 동안 그는 공중에 칼을 휘두르며 혼자 노래를 불렀는데, 걸어갈 때의 몸의 리듬이 너무 격렬해서, 누가 보면 춤을 춘다고 생각할 정도였다. 그가 혼자 노래를 부르다가 갑자기 군인들이 그 거친 가락을 따라 부르면 고요한 거리가 갑자기 쩌렁쩌렁 울렸다. 나는 그 붉은 군대가 지나는 모습을 지켜보면서 그들의 숨결이 느껴지는 동안 레리흐Roerich의 성난 예언자 같은 노래가 나도 모르게 입술 사이로 터져 나왔다.

두려움이 그대들을 덮치리라
움직이지 않는 것이 꿈틀거리면.
무질서한 바람이 폭풍을 일으키면.
인간의 입에 무의미한 말들이 가득 차게 되면
그대들은 두려움에 사로잡히리라,
인간들이 보물 같은 부를 땅속에 묻으면.
두려움이 그대들을 덮치리라,
대중들이 모이면.
모든 학문이 잊히면.
생각을 적어둘 종이 한 장 없게 되면.
오, 이웃들이여, 스스로 왕좌에 오르다니 수치스럽다!
그대들의 광기는 모든 여자 중에서
가장 가증스러운 '애인'을 불러들였다!
교활한 그녀들은 그대들이 춤출 때
목을 조르려고 준비를 한다.
그대들이 춤출 때.

러시아 군대가 지나가자 사위는 고요해졌다. 그러나 나는 볼 수 있었다.
모스크바의 이 밤을, 내가 보고 싶어 애태웠던 것을. 천국도 아니면서 지옥
도 아닌 땅이—그 땅의 민중은 수백만 년 동안 위험 속에서, 배반의 지형
속에서, 거짓 계단의 한가운데에서 피땀으로 투쟁해 왔다—앞으로, 그리고
위를 향해 나아가고 있었다. 우리 시대가 바뀌면서 이 땅의 투쟁은 이곳 러
시아에서 더 뚜렷하고 좀더 예언적으로, 그리고 더 결정적으로 벌어지고 있
다. 다른 시대에서의 그 투쟁은 다른 땅에서 벌어졌다. 오늘날 그 위대한 전
투원이—일부는 그걸 신 또는 정신이라 부르고, 또 일부는 물질이라고 부르
기도 한다—자신의 모든 에너지를, 즉 고통과 희망을 쏟아 붓고 있는 곳이
바로 선구자적인 고통을 받은 마투슈카[3]—러시아이다.

---

*3 원래는 성직자의 아내를 높여 부르는 말. 여기서는 어머니의 애칭.

결혼과 사랑

오늘 오후에 전기공학을 공부하고 학위를 딴 어느 젊은 여자가 자기 집으로 나를 초대했다. 그녀의 집은 배움을 위한 검소한 작업장이었다. 과학 서적들, 침대 위 작은 칠판에 쓰인 방정식, 대수 공식들, 베라 그리고리예브나는 스물두 살이다. 마른 몸에 입술이 다부진 그녀는 두꺼운 안경을 쓰고 톨스토이 블라우스를 입고 있다. 우리는 이야기를 나눴다.

"공산당원입니까?" 내가 물었다.

그녀가 한숨을 쉰다.

"아뇨. 가입할 수가 없었어요. 두 번이나 입당 원서를 냈는데, 당은 내가 지식인 집안 출신이라는 이유로 받아 주지 않았죠. 불행히도 우리 집안사람들은 한 명도 자기 손으로 일한 적이 없었거든요."

"당신은 무얼 믿으세요? 자기 인생에 어떤 목적을 부여하고 있습니까?"

"나는 물질을 믿어요. 존재하는 것만 믿죠. 내 역할은 스스로 선택한 분야에서 사회 전체를 위해 적극적이고 생산적이 되는 거라고 생각해요."

"당신이 말하는 '물질'은 무엇을 설명해 주는 단어일까요? '물질'과 '정신'이란 단어는 우리의 무지를 덮어 버리는 가면이라고 생각하지 않나요? 이 편리한 단어 뒤에 무엇이 존재할까요? 그 본질은 무엇일까요?"

베라 그리고리예브나가 웃었다. 그녀는 약간 삐딱하게 나를 쳐다보았다. "한 번도 본질 때문에 고민한 적은 없어요. 본질을 가지고 제가 뭘 할 수 있죠? 그것 역시 부르주아들의 발명품일뿐이에요. 나는 과학자이지 철학자가 아니에요. 나한테는 현상이면 충분해요. 민중들에게 번영을 안겨 주기 위해 우리가 통제하고 써야 할 현상 말이에요. 그리고 그것이 우리 과학의 목적이죠."

나는 등줄기가 오싹해지는 것을 느꼈다. 그녀는 마치 다른 행성, 다시 말하면 여기보다는 훨씬 발전되어 이미 엄청나게 차가워지고 있는 별에서 온

냉혹하고 완전 무장한 유기체와 말하는 기분이었다.

약간의 침묵이 흐른 뒤 내가 물었다. "당신의 즐거움은 뭔가요, 베라 그리고리예브나? 이제 겨우 스물두 살인데."

"생산적으로 일하는 거예요."

"그래요, 하지만 일하지 않을 때도 있잖아요."

"전 항상 일해요."

"그럼 사랑은?"

"사랑은 제 인생에서 중요한 역할을 하지 못해요. 전 감상주의자가 아니고, 또 그럴 시간도 없어요. 우리 러시아에서는 삶의 리듬이 아주 빨라요. 시간은 매우 소중하고 해야 할 일도 많지요. 감성적인 사랑을 하려면 시간은 물론이고 어느 정도의 말미가 있어야 해요. 부르주아들에게는 그런 사랑이 좋은 것이겠지요. 하지만 저한테 가장 큰 기쁨은 결혼하는 것이 아니라 일하는 거예요. 난 기생충이 아니에요. 따라서 전체 사회를 위해 뭔가 이바지해야 한다는 사실을 잘 알고 있으니까요. 물론 저도 언젠가는 사랑을 하겠지요. 철저한 금욕주의자는 아니니까요. 하지만 사랑의 속삭임 따위로 시간 낭비 하지 않고 간단하게 사랑할 거예요."

"그럼 사랑이 스웨덴식 체조 같은 건가요?"

베라 그리고리예브나는 눈살을 찡그렸다. 그녀의 맑고 파란 눈이 잠깐 동안 엄격하게 빛났다.

"선생님이 무슨 생각을 하시는지 알겠어요." 그녀가 말했다.

"우리가 경직되고 메말라 있으며 시적이고 은밀한 그리움이 부족하고, 사랑에 빠진 지붕 위의 비둘기가 못 된다고 생각하시는 거죠? 하지만 열린 마음을 가지고 시적으로 흥분하는 망명자나 신비주의자보다는 너그럽지 못하고 강인한 인간이 나아요. 니콜라이 미하일로비치, 우리는 많은 고통을 받아 왔어요. 몇 년 전만 해도 러시아는 죽어 가고 있었죠. 이제 겨우 제정신으로 돌아오고 있어요. 현재의 러시아는 먹고 마셔서 뼈를 튼튼하게 만들어야 해요. 앞으로 한두 세기가 흐르면 철학적인 사색을 할 수 있겠죠. 그때가 되면 나도 시간이 나겠죠. 그러면 아마도 사랑 고백을 시작할 수 있을지도 몰라요. 하지만 지금은 보세요……."

그녀는 펼쳐 놓은 공책들과 대수방정식이 가득 적힌 침대 위의 칠판, 자신의 방에 밴 궁핍함, 온기 없는 화덕을 보여주었다. 나는 그녀의 시간을 이렇게 빼앗는 것이 옳지 않다는 생각이 들어서 서둘러 일어났다. 그녀는 손을 내밀었다. 그녀의 차갑고 긴장된 손은 나와는 반대편에 있는 다른 바닷가 사람의 손처럼 느껴졌다. 그러자 순간적으로 몸서리가 쳐졌다. 그리고 우리 사이의 깊은 심연이 가로놓여 있는 듯이 느껴졌다. 어떤 심연일까? 그건 러시아가 만들어 낸 골이었다.

실제로 소련의 생활 리듬은 매우 엄격하다. 커다란 위협과 위대한 희망이 모든 사람들의 머리 위에 걸려 있다. 남자와 여자들은 자신의 일에 헌신하고 집중해야 한다. 또한 그들은 곧바로 요구되는 문제들을 풀어야 한다. 그러므로 그들에게는 사랑을 좇을 시간이나 정신이 없다. 이 강인한 유기체들에게 사랑이란 배고픔과 같은 하나의 생리적인 현상이지, 배부른 자들이 집요하게 매달리는 개념이나 어지러운 고민이 아니다.

밤의 어둠이 깊어져도 이곳에서는 자본주의 도시들의 잘난척하는 그 콧대를 깎아내리는 한심한 장면들은 볼 수 없다. 밤마다 짙게 화장하고 거리에서 남자들을 쫓아다니는 배고픈 '누이들'도 없다. 차르 시절에는 이곳에도 유명한 매음굴들이 있었다. 그런 업소의 개업식을 치를 때면 화려한 축하 행사에 경찰이 참석하고, 지역 사제가 와서 축복해 주기도 했다. 이제 소련에서는 이런 낯 뜨거운 매음굴을 더 이상 허락하지 않는다. 물론 지금도 자청해서 몸을 파는 여자들은 있다. 그러나 이들이 적발되면 돈을 치른 남자가 처벌받는다.

이처럼 매춘은 매우 드문 일이다. 처음에는 놀라겠지만 이곳의 새로운 공기를 숨 쉬다 보면 점차 그 이유를 알게 된다.

이곳 소비에트의 나라에서는 전 세계의 여자들을 수치스러운 일로 몰아내는 사치에 대한 열정이 사라져 버린 것이다. 그것은, 처음에는 어쩔 수 없어서 그렇게 된 것이었지만 나중에는 습관과 새로운 내적 관심 때문이었다. 이곳의 여자들은 금붙이나 깃털 장식이 없는 아주 간소한 옷차림을 하고 다닌다. 그들은 새롭고 더 나은 매혹의 방식을 발견하였으며, 남자를 유혹하는 자신의 잠재된 내재적 능력을 사치스러운 장식보다 더욱 높이 평가하게 된 것이다.

러시아에서 매춘이 더 이상 성행하지 않는 또 하나의 이유는, 자본주의 사회를 감염시키고 타락시키는 중요한 요인이 되는 성적 자극을 위한 볼거리나 읽을거리들이 존재하지 않기 때문이다. 영화관이나 극장에서 여러분은 상상력과 육욕을 유발시키는 작품을 절대 볼 수 없을 것이다. 그런 장소들은 이제 민중을 교육시키는 기능을 가진 국가기관으로 바뀌었다. 러시아에서는 국민을 정치, 경제, 문화적으로 향상시키는 것이 무엇보다 중요한 과제로 여기고 있다. 교육적으로 국민을 살찌워야만 공산주의 이념이 뿌리를 내리고 번성할 것이기 때문이다. 자본가들은 여흥을 즐기고 흥분하기 위해 그들의 도시 중심부로 달려간다. 반면에 이곳의 대중들은 배우고 알기 위해서 한데 모인다.

이와 마찬가지로, 모든 인쇄 매체는 엄격하게 교육적인 내용을 담고 있다. 러시아에서 한 권의 책이 출간되기 위해서는 원고를 특별한 편집 위원회에 제출해서 허가를 받아야 한다. 국민의 교육 수준 향상에 도움이 되지 않을 책이나 정기 간행물, 또는 신문의 발행은 아주 엄격하게 금지되어 있다. 포르노그래피 책자들은 이 새로운 러시아에서는 아예 알려져 있지도 않다. 러시아에서 펜을 쥔 자들은 자신에게 엄청난 책임이 있다는 사실을 알아야만 한다.

이곳에서는 모든 여자들이 일을 한다. 여자들도 남자와 똑같은 일을 하면 남자와 똑같은 급료를 받는다. 여자들 사이에 새로운 호기심이 고개를 들었고, 새롭게 몰두할 관심사가 떠오른 것이다. 여자들이 관리를 선출하고 또 관리로 선출된다. 그리고 소비에트에도 참여한다. 이들은 책임 있는 의식과 관심을 가지고 집단의 이익을 위한 안건에 따른다. 이들은 더 이상 실업자가 아니며, 권태에 시달리면서 파우더 룸에서 또는 희롱 속에서 자신의 영혼과 육체를 내버리지 않는다. 여자들의 영혼과 육체에 새롭고 신선한 바람이 불고 있다. 그리고 이 바람이 그들의 인생에서 새롭고 예상치 못한 하나의 고결함을 불러일으키고 있다. 혁명 초기의 몇 년 동안 맛보았던 자유는 여자들을 중독시켰고, 부끄러운 줄 모르는 과도함으로 이들을 몰아갔다. 그러나 이제 그것은 균형 감각과 자제심을 찾아가고 있으며, 가장 근엄한 모습을 띤다. 바로 책임감 때문이다.

이렇게 깊은 차원에서 새로운 삶을 경험한 여자들은 도시와 농촌의 수백만 명의 다른 여자들에게도 이런 책임의식을 일깨우기 위해 사명감을 가지고 열성적으로 투쟁하고 있다. 노동자와 학생, 콤소몰 단원들과 함께 교사들이 앞장서서 광신주의와 방법론을 동원해 이 여성 해방 운동을 이끌고 있다. 오직 여자들만을 대상으로 하는 수많은 신문과 정기간행물도 발행되고 있다. 일부는 여성 노동자들을 위해서, 또는 여성 농민들을 위해서, 또 일부의 반은 미개 상태인 수많은 여성과 다양한 민족을 위해서 다양한 지역 언어로 발행된다.

이 드넓고 원시적인 땅에서 구시대의 무감각에 젖어 있는 여성을 일깨우는 것은 힘들고도 벅찬 과제이다. 그러나 이제 계몽된 여성들이 끈기와 결단력, 그리고 흔들리지 않는 믿음으로 그 길을 열고 있다. 이 엄청난 과제를 수행해 온 여성들 가운데 가장 눈부신 활약을 보였던 뉴리나는 그저께 자기 사무실에서 이런 말을 했다.

"잊지 마세요, 니콜라이 미하일로비치. 우리가 과도기를 지나가고 있다는 것을요. 아직 낡은 여성은 죽지 않았고, 새로운 여성은 실행 가능한 뚜렷한 틀을 아직 찾아내지 못한 상태예요. 그러나 종의 진화가 그렇듯이, 변화의 시간에는 수많은 사산과 희화화가 일어나고 지나친 것과 불완전한 것들이 쉴 새 없이 발생하게 마련이지요. 마지막 형태는 아직 준비되지 않았어요. 하지만 시간이 지나면 이 모든 다양성이 견고하고 생산적인 형태로 자리잡을 겁니다. 그러니까 서두르지 마세요. 우리가 자유를 얻은 지 몇 년이 되었고, 우리가 일하기 시작한 지 얼마나 되었다고 그러세요? 우리에게 시간을 주세요. 그러면 우리는 새로운 여성, 곧 동지이자 아내이며 어머니를 창조해 낼 것입니다."

"그럼, 결혼은요?" 내가 물었다.

뉴리나 니콜라예브나가 웃었다.

"볼셰비키의 결혼이 어쩌면 그렇게도 왜곡되었는지 러시아 밖에 있는 사람들은 이렇게 생각하지요. 우리의 새로운 사회에 결혼은 존재하지 않는다. 여자는 원하는대로 많은 남자를 둘 수 있다. 또한 남자는 능력이 닿는 한 많은 여자를 거느릴 수 있다, 그렇게 되면 그 사회는 분열되지 않을까? 실제로 자본주의자들이 이런 정보를 퍼뜨리면서 불행하고 몽매한 민중을 독살시키고 있어요. 그들은 그런 일부다처제 제도를 이루기에 있어서 소비에트연방의 러시아만큼 제약이 많은 나라는 없다는 사실을 무시하고 있어요."

그 순간, 비록 마른 몸집이기는 해도 힘이 넘쳐 보이는 한 젊은 여자가 사무실에 들어왔다. 매부리코에 칠흑 같은 짧은 머리, 이글거리는 아몬드형 눈을 하고 있었다. 그녀는 맞은편 테이블에 앉더니 서류가 한가득 들어 있는 가방을 열었다. 나는 그녀 또한 세계를 흔드는 그 신비의 민족, 하나의 메시아를 데려왔다가 이제 다른 메시아를 낳고 있는 민족 출신임을 곧바로 알아챘다. 그녀가 잠깐 동안 눈을 들어 나를 쳐다보았다. 마치 내가 어떤 가치를 지니는지, 내가 왜 살아가는지, 그리고 내가 투쟁에 어떤 기여를 하고 있는지 저울질하는 것 같았다. 그러더니 달려오느라 힘들었던지 여전히 가쁜 숨을 몰아쉬면서 재빨리 서류로 다시 눈을 돌렸다.

뉴리나는 빠른 말로 뭐라고 그녀에게 지시를 내린 뒤 두꺼운 봉투를 건네주고는 나에게 돌아서서 말했다.

"여기는 제 조수인 이트카 호로비치예요. 소비에트의 결혼에 관련해서 농촌 지역을 상대로 홍보 업무를 맡고 있죠. 그건 어려운 사업입니다. 하지만 저희는 계속하고 있답니다."

"결혼에 관한 소비에트연방 법의 주요 특징은 무엇입니까?"

그녀가 사무실에 들어온 순간부터, 마치 무자비한 어떤 정신이 불쑥 내 안에 들어와 내 영혼을 저울질한 뒤 무가치하다고 판단하고 내팽개쳐버리기라도 한 것처럼, 나는 제대로 숨 쉬지 못하고 있었다.

"종교적인 결혼은 물론 폐지되었어요." 뉴리나가 대답했다.

"관공서 사무실에서 한 남자와 한 여자가 서로 결혼하고 싶다고 선언하는 것만으로 충분합니다. 물론 일부다처제는 금지되었죠. 여성의 재산은 결혼 뒤에도 그 여자의 것으로 남습니다. 배우자가 저마다 가난하거나 일할 수 없을 때는 서로를 부양할 의무가 있어요. 어머니든 미혼모든 어머니라면 모두 똑같은 권리를 가집니다. 합법적으로 태어난 아이나 사생아도 똑같은 권리가 보장됩니다. 부모는 아이들이 열여덟 살이 될 때까지는 육체적 건강과 정신적 교육을 제공할 의무가 있습니다. 한편 자식은 부모가 가난하거나 일할 수 없을 때 부모의 생활을 돌볼 의무가 있지요. 그리고 부모 가운데 한쪽이 이혼을 바랄 때는 이혼이 인정됩니다. 그러나 이런 제도로 인한 경제적인 결과는 전혀 예상 밖의 일입니다. 소비에트연방의 러시아에서는 선생님이 생각하시는 것처럼 이혼이 그리 흔하지 않거든요. 그것은 자유와 책임이 계몽적으로 종합됨에 따라 더욱 강화되어 온 것입니다.

사실 인류의 법률에서 여성의 권리가 이처럼 광범위하게 보호받고, 결혼에 이처럼 초개인적인 의미가 부여된 것은 지금까지 예로 봐서는 처음 있는 일입니다. 그렇다고 우리가 여성을 공동의 재산으로 만드는 것은 아닙니다. 아이들을 부모와 떼어 놓거나 병든 사람들을 죽이지도 않습니다. 자본주의 세계에서 아내로서 또 어머니로서의 여성을 이처럼 폭넓은 이해와 사랑으로 보호해 주는 나라는 그 어디에도 없습니다. 또 전체 사회에 이바지하는 여성들의 능력이 이처럼 강화된 곳도 없습니다.

우리는 트로츠키의 선각자적인 말을 늘 명심하고 있습니다.

'우리가 개인의 가치를 드높이려 한다면 결혼을 강화해야 한다. 한 나라의 문명화 정도는 그 나라가 어머니를, 또 그 아이들을 지원해 주는 정도에 비례하는 것이다.' "

톨스토이와 도스토옙스키

그 무엇보다도 러시아에는 우리의 찬란했던 젊은 날을 사로잡았던 두 마리의 용이 있다. 톨스토이와 도스토옙스키이다. 이 두 사람은 우리의 위대한 '아버지'들로 우뚝 서 있다.

어느 날 스위스 루체른에 있는 한 호텔에 가난한 가수 한 사람이 서 있었다. 그의 앞에 늘어선 식탁에서는 화려하게 차려입은 숙녀들과 혈색 좋은 신사들이 식사를 하고 있었다. 그는 아주 달콤하게 노래를 부르기 시작했다. 노래가 끝나고 그 가수가 손을 벌렸으나 그에게 돈을 주는 사람은 아무도 없었다. 이 일상적인 사건은 그냥 잊혀 버릴 수도 있었다. 그러나 이 장면을 목격하고 그 본질을 포착한 무자비한 눈이 있었다. 톨스토이의 눈이었다.

갑자기 무시무시한 불꽃이 일더니 이 거친 영혼을 빛으로 가득 채웠다. 그때 그는 진실을 보았다. 과학의 진보와 산업 발전 속에 물들어 있는 유럽인들의 그 유명한 문명이라는 것은 모두가 냉혹하고 비인간적이라는 사실을 말이다. 부는 몇몇 사람에게만 집중되어 있으며, 대중은 가난과 무지에 허덕인다. 인간에 대한 사랑은 결핍되어 있고, 우리 문화 깊은 곳에는 야만주의와 이기주의, 부에 대한 광적인 갈증이 도사리고 있다! 처음으로 톨스토이는 자신에게 이런 질문을 던졌다. '스스로 문명화되었노라고 자부하는 이 이기적인 사회가 동료를 돕고자 하는 인간의 본능적인 성향을 파괴할 수도 있지 않을까? 그렇다면 그렇게 많은 피를 흘리고, 그렇게 많은 비인간적 행위를 저지르면서 이루고자 했던 정의가 과연 이런 것이란 말인가?'

톨스토이는 깊은 고민에 빠져 러시아로 돌아왔다. 이때부터 그의 내부에서 하나의 이념이 서서히 탄생되었다. '만약 대중을 끌어올리려면 먼저 대중의 아이들부터 시작해야 한다. 학교를 열고 그들을 교육시켜라.' 그는 자기 나름의 교육 체계에 따라 학교를 세웠다. 그러나 그는 다시 불안해졌고 머뭇거리게 되었다. '내 영혼이 순수하게 느껴지지 않는다. 내가 이 농부 아이들의 정신을 부패시키고 있는 것 같다.' 갈수록 그의 육신은 피로해졌고, 영혼은 괴로워했다. 그는 모든 것을 포기하고 광활한 초원으로 도피했다. 그리고 소박하고 원시적인 삶을 살기 위해 바슈키르족에게 가서 암말의 젖을 발효시킨 쿠미스로 양분을 섭취했다.

그는 다시 젊어진 몸과 마음으로 초원에서 돌아왔다. 결혼하고 안정을 찾았으며, 야스나야 폴랴나에서 20년 동안 자신의 최고 걸작들을 쓰면서 행복하게 살았다. 이 무렵 톨스토이의 아내를 만났던 시인 페트는 그녀를 이상적인 동반자로 묘사했다. '온통 순백의 옷을 입고 허리에 열쇠 꾸러미를 두른 그녀는 소박하고 명랑했으며 계속 아기를 가졌다.'

톨스토이는 행복했다. 그는 페트에게 이렇게 썼다. '나는 새사람이 되었습니다. 지금 행복에 푹 빠져 있습니다. 어떤 즐거운 정령이 나의 집 안에, 나의 밭에, 그리고 보이든 보이지 않든 내가 기울이는 다양한 노력과 함께 합니다! 나에게는 벌집과 양들이 있으며, 열매가 열리는 과수원도 있습니다.'

그는 계속해서 더 많은 땅을 사들이고 암말을 1백 마리 사서 쿠미스를 만들었다. 그는 돼지를 키우고, 무슨 전설 속의 대가장처럼 러시아의 흙 속으로 좀더 깊고 넓게 뿌리를 내렸다.

그러나 그 안에서 서서히 두 가지의 두려운 문제가 고개를 들더니, 곧이어 그의 머리를 가득 채웠다.

'왜?' '무엇을 위해?'

그가 고백한 바에 따르면, 그것은 마치 몇 년 동안 계속 걸어가던 중에 문득 심연의 가장자리에 와 있는 자신을 발견한 듯한 느낌이었다. 그는 자신을 죽이고 싶었다. 그래서 그는 스스로 목매달지 않게끔 자기 방에서 밧줄을 치워 버렸으며, 총으로 자신의 심장을 겨누고 목숨을 끊는 일이 없도록 사냥을 나가는 것도 그만두었다.

톨스토이의 고통은 어디에서 온 것일까? 어떻게 그와 같은 가부장적 행복의 정점에서 그런 절망과 혼란 속으로 떨어진 것일까? 톨스토이는 노년에 접어들면서 삶의 숙명적인 열매가 주는 공포에 마주하기 시작했다. 그것은 죽음이었다. 그는 공포에 질려서, 자기 육신과 힘이 노쇠해 감을 느꼈다. 그는 거울 속에 비친 자신의 모습을 어떻게 살펴보았는지, 팔이 가늘어지고 머리카락이 백발이 되고 이가 빠지는 것을 어떻게 보았는지 묘사했다.

그는 육신의 노화와 함께 자기 영혼의 고통도 느낄 수 있었다. 톨스토이에게 육신과 영혼은 떼어 낼 수 없는 하나의 전체였다. 그에게는 이제 삶이란 모순으로 가득하고 고통스러우며 의미없는 것처럼 느껴졌다. '우리의 행동, 우리의 지적 관심사, 우리의 예술과 과학의 모든 것을 나는 이제 완전히 다른 빛 속에서 보게 되었다. 이 모든 것은 무의미한 시바리스(부와 향락으로 유명했던 그리스의 고대 도시)적 놀이였다. 나는 내 모습이 역겨워지기 시작했고, 이제 진실을 깨닫게 되었다.'

톨스토이에게는 더 이상 자신의 내적 존재를 찢어 놓는 그 어둠의 목소리를 억누를 힘이 없었다. 그는 모든 것을 포기하고 달아나고 싶었다. '나는 보잘것없는 기생충, 나무를 갉아먹는 비참한 벌레이다. 구원의 길은 오직 하나뿐이다. 모든 것—가족, 부, 영예—을 포기하고 그리스도의 순결한 계율 속에서 자유롭게 사는 것이다.'

그 순간부터 그의 삶에서 이율배반은 계속 깊어졌다. 이제 그의 이상과 유일한 의무는 소박한 삶, 고립, 완전한 자유가 되어야 했다. 그러나 자신의 나약함과 비겁함 때문에 자신이 이룬 가부장적인 부유한 가정과, 적개심을 가지고 자신을 대하는 대가족 속에서 정반대의 삶을 살았다. 가족들은 그를 감독하고 노예로 만들었다. 그런 한편으로 러시아 각지에서 또 먼 나라에서 그를 찬양하는 사람들이 끊임없이 찾아와 경의를 나타냈다.

그는 이제 자기가 살지 않는 삶의 방식을 설교한다는 이유로 스스로를 혐오하고 힐책했다. 그는 하나의 타협점을 찾으려고 애썼고, 또 그 타협점을 찾아내기는 했지만 그것은 비겁하고 안락한 것이었다. 톨스토이 자신도 그 사실을 알고 있었다. 실제로 그는 자신의 재산을 포기했으나 그것을 가족에게 넘긴 것이었다. 들에서는 소박한 농부의 셔츠를 입고 맨발로 일하다가도, 밤이면 아늑한 자기 집으로 돌아왔고, 마당에서는 줄지어 서 있는 그의 추종자들이 그를 흐뭇하게 바라보고 있었다. 그는 고기를 먹지 않았으나 거추장스러운 수사복을 입어야 했던 하인들이 그가 택한 채식을, 아주 훌륭하고 다양한 요리법에 따라 준비해서 차려 주었다.

이런 식으로 톨스토이는 신의 의지와, 아내 소피아 안드레예브나 백작 부인의 바람을 화해시키려고 애썼다. 그러나 마음 깊은 곳에서는 스스로를 비겁하고 비도덕적이라고 힐책했다. '명예롭고 넉넉한 한 가족의 안락함이란 것은, 그 이웃에서 굶주리는 수백 명을 먹여 살릴 수 있는 것을 가지고 자기들만의 즐거움을 위해 쓰도록 요구하는 것이다. 그 안락은 가장 추잡한 술잔치보다 훨씬 더 비도덕적이다.'

그가 예술을 혐오하고 비난했던 것은 예술을 너무나 사랑했기 때문이었다. 그는 좀더 소박한 사람들—농부들, 가난하고 글을 모르는 사람들, 수사들—에게 관심을 기울였고, 그들의 소박한 입에서 자기 내면의 고통에 대한 대답을 찾게 되기를 기대했다. 그리고 마침내 그것을 찾아냈다. 우리는 순수하고 소박했던 최초의 그리스도교 사회로 돌아가야 한다. 삶은 단순화되어야 한다. 이상(理想)에 이르는 길은 결코 쉽지 않다. 따라서 우리는 인내심을 가지고 계속 싸워야만 한다. 우리는 고통 받아야 한다. 이 이상에 이르는 것을 가로막는 것이라면 무엇이든—재산, 교회, 국가, 전쟁—피해야 하며, 그것을 비난하되 무력이 아니라 수동적이면서 확고한 저항으로 마주서야 한다. 결국 무력으로 악에 저항하지 말라는 것이 톨스토이의 윤리에서 중심적인 가르침이다.

투르게네프는 죽음에 임박하여 톨스토이에게 편지를 보냈지만 소용없었다. '오 내 벗이여, 문학으로 돌아오게나. 문학의 재능 역시 똑같이 신성한 샘에서 나와 우리에게 온 것이 아닌가? 그대가 나의 애원을 들어준다면 정말 행복하련만! 오 내 벗이여, 러시아의 위대한 작가여, 부디 내 간청을 들어주게나!'

톨스토이는 그의 말을 듣지 않았으며 그의 도덕적 투쟁은 더욱 치열해질 뿐이었다. 경의를 나타내기 위해 톨스토이를 찾아온 사람들은 그를 성자로 여겼지만, 그는 이렇게 소리쳤다. '나는 농부들의 노동을 게걸스레 먹었으며, 그들에게 잔인하게 대했다. 나는 도둑질하고 거짓말을 했으며 간통을 저질렀다. 살인도 했다. 이 세상에서 내가 저지르지 않은 범죄 행위는 없다.'

그는 더 이상 자신을 제어할 수 없었다. 1910년 10월 28일 밤, 그는 결심하고 집을 떠났다. 그러나 이미 때가 너무 늦었다. 그의 나이 여든둘, 고생스러운 겨울의 도피 생활을 감당할 수 있는 나이의 몸이 아니었다. 그는 아스타포보라는 작은 기차역에서 쓰러졌고, 11월 7일 '러시아의 살아 있는 양심'은 결국 숨을 거두었다.

이렇게 해서 가장 위대한 작가, '러시아 대지의 코끼리'는 세상을 떴다.

그는 최고의 조화에 이를 수 없었던 것이다. 그는 마지막 순간까지 자기 안에 자리 잡고 있는 정복할 수 없는 어두운 무언가를 이겨내기 위해 싸웠다. 그는 사랑하고 싶었고 인류를 위해 자신을 희생하고 싶었지만, 평생 이기적이고 자존심 강한 사람으로 남아 있었으며, 친구도 없이 철저하게 혼자였다. 그는 죽음의 공포를 정복할 힘을 얻고 싶어서 믿음을 찾으려고 했다. 그러나 삶을 바꾸고 우리의 행위와 생각을 완전무결한 단순성으로 변환시켜 주는 그런 믿음은 끝내 찾지 못했다. 그는 스스로 이렇게 말했다. '나는 둥지에서 떨어진 한 마리 새, 뒤로 나자빠진 채 키 큰 풀밭 한가운데에서 운다.'

톨스토이라는 거대하고 서사적인 인물 옆에는 나란히, 도스토옙스키라는 비극적인 얼굴이 있다. 그 두 사람 모두 현상 너머의 '신'을 찾아 형상화하려고 했으나, 그들이 탐색을 위해 떠났던 길은 전혀 달랐다.

톨스토이는 귀족 출신이었고 부유했으며, 놀랄 만큼 건강한 체질로 떡갈나무처럼 러시아 대지에 뿌리박고 있었다. 도스토옙스키는 프티 부르주아(소시민)였다. 그는 평생 가난과 배고픔, 그리고 병마에 시달렸다. 그의 신경 체계는 영혼이 숨을 쉴 때마다 상처를 입었고, 그 영혼은 신경병에 걸린 대도시의 프롤레타리아 같았다.

톨스토이의 눈은 기가 막힐 정도로 명쾌하게 바깥 세계를 보았다. 그는 놀라운 애정과 예민함으로 육체를 누렸다. 반면에 도스토옙스키는 육체를 혐오했다. 그에게 있어서 육체는 어둡고 악마적인 장애물일 뿐이었다. 그는 단 한 번의 도약으로 인간 영혼의 심연으로 들어갈 수 있었다.

톨스토이의 내면은 차분한 논리가 최고의 자리를 차지하고 있었다. 그는 자기가 무엇을 원하는지 잘 아는 현실주의자였다. 그는 윤리적 탐색을 위한 자신의 방법으로 자신의 삶은 물론, 자신의 예술 위에 논리정연한 건축물을 짓고자 심혈을 기울였다. 톨스토이에게 있어서 삶이란 그가 논리로 풀어내고자 했던 하나의 문제였다. 반면에 도스토옙스키의 내면은 어두운 가슴, 불가사의한 동요와 혼돈이 지배하고 있었다. 그는 괴로워하는 몽상가였다. 그의 작품은 무질서하고 고르지 않다. 그의 내면적 삶은 번갯불이요, 외면적 생활은 암흑이었다. 도스토옙스키에게 있어서 인간의 삶과 영혼이란 무시무시한 수수께끼이며, 논리로는 도저히 풀지 못할 수수께끼로 가득 찬 암울한 여행이었다. 오직 가슴만이 사랑을 통해 그것을 감지할 수 있을 뿐이었다.

톨스토이에게 고통은 우리를 구원에 이르게 하는 길이었다. 도스토옙스키에게는 고통과 삶, 고통과 사랑은 하나였다. 그러므로 그에게는 고통이 곧 구원이었던 것이다.

톨스토이 내면의 극적인 투쟁과, 말년에 그를 괴롭혔던 도덕주의자와 예술가 사이의 투쟁은 도스토옙스키에게서는 찾아볼 수 없다. 도스토옙스키는 자신의 예술적 사명과 윤리적 사명 사이에서 어떤 모순도 느끼지 않았다. 그에게는 시적 창조, 다시 말해 인간 영혼의 심연에 들어가서 그것을 예술 작품으로 표현하려는 시도가 가장 큰 의무가 되었다.

도스토옙스키의 주인공들은 자기를 둘러싼 제도와 맞닥뜨리지 않는다. 그들은 국가, 교회, 지역과의 관계를 부정하지도 않는다. 오히려 그것들의 횡포한 권력을 인식하고 있으며, 그것에서 좀더 깊은 의미를 찾고자 한다. 그의 주인공들은 대지, 농부, 자연 등과 접촉하게 되었을 때는 차분해지지 않는다. 그들이 움직이고 숨쉴 수 있는 유일한 대기는 더럽고 소란스럽고 사납고 절규로 가득한 대도시의 공기이다. 이 복잡하고 악마적인 대도시라는 발명품 속에서 인간들의 영혼은 저주를 받는다. 톨스토이의 주인공들이 부유한 지주, 공작, 공작부인 또는 농부들인 데 반해, 도스토옙스키의 주인공들은 프롤레타리아 지식인들로 대도시의 도로를 걸어 다니며 살인과 광기, 기아 직전의 상태로 비틀거린다. 영혼의 혼돈, 바로 이것이 도스토옙스키가 뛰어들어 힘들게 헤쳐 나가는 정신적 시련의 도가니이다.

그가 자연에 관해서 말하지는 않지만, 몇 안 되는 그런 묘사 속에서는 땅과 바람, 나무에 대한 깊은 감정과, 심미안을 지닌 신비주의적 애정이 느껴진다. 이러한 톨스토이와는 달리 도스도예프스키는 피와 진흙, 냄새가 가득한 러시아의 '애욕의 육신'을 묘사하지 않는다. 그가 조명하는 것은 신비주의적인 육체이며, 그 육체는 영혼의 불꽃에 의해 머리끝에서 발끝까지 소진되어 버린다.

도스토옙스키의 모든 작품에서 중심이 되는 인물은 초라하고 멸시받는 반미치광이들로서, 이들은 단지 용기만이 아니라 열정과 감사하는 마음으로 자신의 고통을 안고 살아간다. 인간의 의무이자 동시에 인간의 행복이 되는 것이 바로 이것이다. 인류를 사랑하는 것, 인류의 고통을 느끼고 자신을 희생하는 것. 이런 사랑이 도스토옙스키의 주인공에게 육감—다른 이의 고통을 이해할 수 있으며, 그 고통을 나누어 가짐으로써 자신을 위로할 줄 아는 능력—을 준다. 그는 그리스도처럼 십자가에 매달리기를 갈망하고, 세상의 모든 죄악을 자신이 떠맡아 인류를 구하게 되기를 갈망한다.

도스토옙스키의 주인공들은 어두운 힘, 그들이 평생에 걸쳐 싸우게 되는 '악령'들에게 사로잡혀 있다. 무신론자, 허무주의자, 호색가, 범죄자—이들은 모두 막강한 열정을 가지고, 루시페르 같은 당당함을 지니고 자신의 파멸로 발을 내디딘다. 독자들은 도스토옙스키의 영혼이 그 주인공들 안에서 싸우고 있으며, 그들과 함께 저주받는 것을 느낀다. 그것은 인간의 영혼이 되고 전 우주의 영혼이 된다. 낙원은 존재한다. 그러나 그곳에 이르기 위해서 여러분은 모든 지옥을 거쳐 가야만 하는 것이다.

신은 어떤 자를 구원하는가? 스스로를 겸허하게 여기고 자기 내면을 사랑하는 사람들만 구원하는 것이다. 이 두 개의 불꽃은 무신론자와 범죄자의 영혼 안에서도 타오를 수 있다. 열성적인 영혼, 그리고 정열적인 육체가 되는 것, 이것이야말로 구원에 필수 불가결한 요소인 것이다. 차갑고 계산적이며 자기만족에 빠진 자들—자신의 문제를 해결함으로써 더 이상 자기 안에서 어떤 두려움도 느끼지 못하는 자들—은 절대로 구원받지 못한다.

도스토옙스키가 볼 때, 논리적 기초에서 출발하여 인류에게 정의와 행복을 약속하는 사회학자들만큼 경멸스러운 사람들은 없다. 그는 대중에게 평등을 가져다주겠다며 대중을 정치 행동에 말려들게 하는 사회학자와 자유주의자들을 혐오했다. 반면에 모호하게만 인식되던 신에게 형태를 부여하고, 군주제를 지지한다는 이유로 그는 교회를 감쌌다. 물론 여기서 군주제란 차르의 군주제가 아니라, 신과 같았던 백성의 아버지인 옛 러시아의 군주제를 말한다.

광신적인 범슬라브주의자였던 도스토옙스키는 하나의 러시아인, 또는 그가 의미 부여한 대로라면 하나의 인간으로 남고 싶어했다. 그러나 러시아인들은 모든 것과 더불어 모든 것 속에서 살아간다. 인간적인 것은 무엇이든 지니고 있으며 국적이나 민족, 지역을 따지고 차별하지 않으므로 러시아인들은 '범인류'라는 감정을 지니고 있는 것이다.

도스토옙스키에게는 러시아가 세계를 구원하기 위해 '위에서부터' 운명지어졌다는 확고한 믿음이 있었다. 그가 본 유럽은 하나의 묘지, 힘 있는 영혼들이 모두 죽어버리고 영혼이 없는 껍데기들, 실리적이고 자기 이익만 챙기는 '식료품상들'만이 가득한 곳이었다. 부활의 첫 울음이 터져 나올 곳은 바로 러시아이다. 도스토옙스키는 종종 러시아를 '요한의 묵시록' 속의 여인, 태양이 그 위로 떨어져서 수태하게 되는 여인에 비유했다. 러시아가 낳게 될 아들이 바로 세계를 구원할 새로운 말씀이라는 것이다.

톨스토이 작품에 등장하는 '악마'—죄악, 육욕, 열정—는 단순하고 생리학적이며 근본적으로 위험하지 않은 존재이다. 강인한 인간이라면 이런 악마와 싸워서 이길 수도 있다. 그러나 도스토옙스키에게 있어서의 악마는 정복할 수 없는 신비한 어둠의 힘이며, 우리들 육체뿐 아니라 우리 영혼에까지 녹아든 존재이다. 어쩌면 신에게까지 융화되었을지도 모른다. 조화로움은 인간들의 논리에 꼭 필요한 것이지만, 신은 논리를, 조화를 넘어선 존재이다. 아마 우리가 톨스토이와 도스토옙스키를 구분할 수 있는 가장 심오한 차이는 이것이 아닐까, 톨스토이가 그와 같은 조화의 예언자였다면, 도스토옙스키는 그런 신의 예언자였다는 것이다.

레닌

거대한 붉은광장에는 레닌의 나무로 된 영묘(레닌의 영묘는 나중에 장석과 화강암으로 다시 만들어졌다)가 소박하고 평온한 모습으로, 눈에 덮인 채 완벽한 균형을 이루며 서 있다. 나는 광장 맞은편 어둡고 낮은 입구에서 4열 횡대로 빽빽하게 서 있는 남자와 여자, 그리고 아이들을 본다. 그들은 먼동이 트기 전부터 꼼짝하지 않고 그렇게 기다리고 있다. 모스크바 곳곳에서, 러시아 전역에서, 세계 각국에서, 거의 살아 있는 것처럼 땅 밑에 누워 있는 '붉은 차르'를 보고 존경의 뜻을 나타내기 위해 찾아온 사람들이다.

나도 그쪽으로 다가가 줄을 서서 기다린다. 새벽의 어스름 속에서도 환희에 차서 끈기 있게 기다리는 얼굴들의 다양한 표정과 모습을 알아볼 수 있다. 물소 냄새를 풍기는 타타르인들, 배가 유난히 두드러져 보이는 농부 여인들, 각진 턱의 미국인들, 어딘가 아픈 것 같은 중국인들, 키 큰 독일의 젊은이들과 뾰족한 양가죽 모자를 쓴 카프카스 농부들.

그들은 아무도 소리를 내지 않는다. 눈과 서리 속에서 신비한 기대감을 품고 기다리면서 그들 앞의 영묘 참배에 눈을 고정시키고 있다. 나는 머릿속으로 이 새로운 러시아의 '아버지'가 살아온 한평생을 떠올리며, 시인 니콜라이 클류예프의 시를 낮게 중얼거린다.

레닌! 삼나무의 신비로운 낙원이여
그곳에선 태양마저도 열렬한 투사이다.
아! 피 흘리는 그 이름이
공작의 꼬리처럼 활짝 퍼지기를!

갑자기 거대한 벽돌 하나가, 지금까지 눈으로 만든 상(像)처럼 조용히 서 있던 것이 영묘 입구에서 흔들흔들 움직인다. 붉은 근위대가 문을 열기 위해 움직인 것이다. 그리고 똑같은 동작으로 대열 앞쪽에 선 군중들이 부드러운 물결처럼 움직인다. 머리를 쳐들고, 줄의 선두에 있던 사람들이 문지방을 지나 안으로 들어간다. 뒤에 있는 사람들이 가볍게 나를 민다. 나는 조금씩 앞으로 나아간다. 드디어 내 순서가 되자 나는 어두운 복도로 들어간다. 탐색하듯 한 발짝씩 앞으로 나아가, 지하 통로의 계단을 내려가고 다시 계단으로 올라간다. 따뜻한 공기, 벽은 인광을 발하는 붉은색이다. 여기서는 다른 사람들의 숨결을 들이마시게 된다. 발을 끌며 계단을 올라가는 소리를 듣게 된다.

내 앞에 있는 두 농부의 칙칙하고 순한 얼굴이 갑자기 환해진다. 마치 신비한 지하 세계의 태양이 그들 위로 내려온 것 같이 보인다. 나는 목을 길게 빼고 본다. 저 아래, 대지의 심장 깊은 곳에 방부 처리된 새로운 메시아의 몸을 감싼 크나큰 수정이 보인다. 그 안의 눈부신 영상. 레닌의 해쓱한 대머리 두개골.

허리 아래로는 붉은 깃발에 덮인 채, 예전의 그 회색 노동자복을 입고 누워 있는 그는 마치 살아 있는 것처럼 보인다. 오른손은 주먹을 꽉 쥐고, 왼손은 가슴 위로 뻗어 올렸다. 장밋빛 얼굴에 강렬한 금빛 염소수염을 하고 미소짓는 그 모습은 엄격하면서도 무척 온화한 용모 속에서 평온하고 만족스러운 웃음을 띠고 있다.

러시아 군중은 황홀경에 빠져 레닌을 내려다본다. 수년 전, 이 새로운 구원자가 등장하기 전 그들은 교회 제단 앞에서 장밋빛 고운 얼굴의 예수를 보며 그때도 지금처럼 똑같이 신비스러운 눈길로 경탄하곤 했었다. 이 '붉은 그리스도'를 지켜보는 동안 농부들의 눈에는 인간의 영원한 투쟁이란 개념이 머릿속 그 어떤 이론보다 더 뚜렷하게 나타난다. 본질은 똑같은 모습으로 남는다. 다만 이름이 달라졌을 뿐이다.

신앙을 가진 사람들은 숭배 대상이 무엇이든 상관없이, 그 신도들이 영원히 느끼는 감정을 똑같이 그대로 인식한다. 그들의 영혼은 다시 활력을 얻고, 온 세계가 그들을 위해 다시 태어난다. 욕망은 목표점에 도달하고 충만해진다. 힘은 몇 배로 더 증가한다. 이것이 모든 신앙의 무시무시한 비밀이며, 오늘날에 있어서 그 믿음은 공산주의이다.

농부 같은 걸음으로 걸으면서 빛나는 이 또렷한 두개골을 지켜보는 동안,

그의 온 생애가 번개처럼 내 머리를 스치고 지나간다. 이 '붉은 차르'는 투쟁을 했으며, 추방과 가난, 배반과 비방을 겪었다. 그의 확신과 고집은 가장 신뢰했던 친구들을 겁에 질리게 만들었고, 마침내 많은 사람들이 그를 저버렸다. 이제 이마가 높은 이 머리뼈 아래에서, 그 꺼져 버린 작은 눈 주변에서 러시아가, 그 많은 마을과 도시, 산, 눈 덮인 초원과 크나큰 강들이 그에게 도움을 청하며 울부짖고 있다.

그는 가장 굳센 이였고, 따라서 러시아에서 가장 책임 있는 사람이었으므로, 조국이 자신을 불러 자기 어깨에 러시아를 구원할 책임을 지웠다고 믿었다. 러시아는 자신의 투쟁과 희망으로 그를 만들었으며, 그를 가장 굳센 인간으로 만들었고 결정적인 순간에 그에게 가장 어려운 임무를 맡겼다. 그리하여 레닌은 전설 속의 수많은 영웅들처럼 취리히의 허름한 노동자의 집에서 시작하게 되었고, 그곳에서 몇 년 동안 추방자로서 가난하게 살아갔다. 신기료장수이기도 했던 순진한 스위스인 집주인이 그에게 물었다.

"일리치, 어디를 가려는 거요? 이제 초순인데 방세는 미리 냈잖소. 설마 일찍 집을 나가면 방세를 조금 돌려줄 거라고 생각하는 건 아니겠죠?"

"그건 상관없습니다, 괜찮아요."

레닌이 웃으면서 대답한다.

"그런데 대체 어디로 가려고?"

순진한 신기료장수가 다시 묻는다.

"러시아에 가면 묵을 방을 구할 수 있겠소?"

그러자 레닌이 대답한다.

"방을 구할지 못 구할지 제가 그것을 어떻게 알겠습니까? 그건 알 수 없지만 전 가야 합니다!"

그는 스위스와 독일을 지나 러시아 국경에 도착했고, 끝없이 펼쳐져 완전무장을 한 차르의 제국으로 들어갔다. 낡은 노동자 모자에 닳아 해진 옷을 입고 있는 그는 잠시 서서 자기 앞에 펼쳐진 드넓은 평야를 바라보았다. 작고 꿰뚫는 듯한 눈을 가진 허름한 차림의 무뚝뚝하고 키 작은 이 여행자의 목표는 무엇이었을까? 크나큰 제국을 뒤집어 엎어버리고 러시아의 모든 집과 공장, 땅의 소유권을 차지하는 것. 차르와 차리나, 그리고 그 자식들을 내쫓아버리는 것. 군사 귀족들과 관료들, 귀족, 부르주아와 성직자들을 몰아내는 것, 그리고 참혹하게 굶주린 프롤레타리아들에게 독재 권력을 주는 것이었다.

'과대망상증 환자! 미친 사람!' 이성—그 인색하고 덕망 높은 늙은 하녀—이 세계를 지배한다고 믿는 현명한 이들은 이렇게 부르짖었다. 그러나 몇 달 만에 이 허름한 차림의 소박한 남자는 러시아를 차지하고, 차르의 정부이자 무희인 체신스카야의 궁전에 당당히 입성하여 그녀의 발코니에 서서 프롤레타리아 대중들에게 연설하게 된다.

"역사는 이 궁전을 선택해서 그 작업장으로 삼았습니다. 그리고 낡고 부패한 러시아를 상징하는 이 궁전의 방에서부터 전제 군주를 파괴하기 위해 돌진해 나아갑니다. 황실 매춘부가 살던 이 궁전은 이제 연기에 찌든 공장 노동자들로 붐비고 있습니다. 군인들은 참호에서부터 이투성이의 뒤틀린 몸을 이끌고 여기까지 새로운 복음을 선언하기 위해 달려왔습니다!"

사적 재산, 상업, 돈이 폐지된다. 은행, 공장, 광산, 모든 도시 및 농장 재산이 압수되어 모두의 소유가 된다. 군주제, 귀족 계급, 부르주아, 그리고 남자와 여자, 종교, 성직자들 사이의 법적·사회적 불평등, 백인이 아닌 민족에 대한 탄압, 차르 군대와 경찰 법원, 교육 체계가 불과 10주 만에 완전히 무너진다.

사정 없이 타오르는 불꽃, 이념의 전능함을 믿는 단순하고 풍요로운 믿음은 모든 혁명의 시작에서 볼 수 있는 변함없는 특징이다. 새로운 숨결이 자연 발생적으로 무질서하게, 또 억누를 수 없이 그 적응력과 참을성의 한계를 알지 못한 채 불어온다. 그것은 아직 경험이 없다. 어떤 것도 그것을 괴롭힐 수 없으며, 심지어 훌륭한 분별력조차도 그것이 맨 처음에 보여 주었던 것처럼 세계를 사흘만에 파괴하고 재건할 수 있는 그 힘의 무아경 속에서 혁명이 하는 그대로를 믿어 버린다.

하나의 이념이 레닌의 머릿속에 분명하게 자리를 잡았다. 그리고 세계는 그 이념이 지시하는 길을 걸어가야 했다. 사용되는 수단이나 최종 목표에 대해서는 의견이 다를 수 있지만 그 영혼의 힘, 금욕적인 순수함, 정신의 대담성과 예리함은 아무도 부정하지 못한다. 종종 레닌은 칭기즈 칸이나 표트르 대제와 비교되곤 한다. 하지만 그런 비교는 항상 피상적이며, 지금의 시점에서는 어설픈 것이다. 전체적인 그림을 바라보고 열매를 가지고 그 나무를 판단하는 데 필요한 시간적 거리를 우리는 아직 가지지 못했다. 그러나 한 가지 진실만은 흔들림 없이 역사 속에 남아 있을 것이다. 이 가난하고 소박한 남자, 일생의 투쟁을 끝내고 이제 그에 합당하게 고요히 잠든 이 남자는 지상에 내려와서 자신의 임무를 다했다는 사실이다.

나는 레닌의 영묘에서 나온 뒤, 러시아인들이 이제 레닌의 위대한 동지들을 하나씩 묻어 가고 있는 눈 덮인 크렘린의 벽 밑에서 몇 시간 동안 러시아 친구와 걸어 다녔다. 그리고 그가 젊은이다운 혈기를 가지고 이 위인에 관해 늘어놓는 러시아 민중들의 말에 귀를 기울였다.

"이제 레닌은 하나의 암호입니다. 그분은 벌써 인간적인 차원을 넘어서 전설이 되었습니다. 혁명기에 태어난 아이들은 '레닌의 아이들'이라고 부르곤 합니다. 새해 첫날 선물 보따리를 들고 찾아와 아이들에게 선물을 나누어 주는 수수께끼의 손님은 이제는 성 니콜라스나 성 바실리우스가 아니라 레닌입니다. 모든 여성들, 자신을 보호해 줄 초인간적인 힘에게 기도하려는 욕구가 깊은 여성들은 서서히, 그 소박한 마음과 상상력 속에서 옛 성상들의 자리에 이미 전설이 된 레닌의 성스러운 얼굴을 떠올립니다. 그리고 매일 저녁 그 얼굴 앞에 촛불을 밝힙니다. 러시아의 가장 외진 마을에서, 북극해의 얼어붙은 바닷가에서부터 중앙아시아의 열대 마을까지, 소박한 농부들과 어부들, 여자들은 긴 밤을 지새울 때면 늘 그렇듯이 떠들거나 울고 웃으면서 계속해서 레닌의 초상을 만들어 냅니다. 여자들은 가지각색의 비단 위에 레닌의 모습을 수놓고, 남자들은 나무에 레닌을 새겨넣고, 아이들은 마을 한가운데다 레닌의 눈사람을 만들어 놓지요. 한번은 모스크바로 가져온 적도 있었답니다. 러시아 전체가 흙 위로 몸을 숙이고, 대지의 따뜻하고 전능한 숨결을 빌려 레닌을 부활시키고 있는 것입니다.

교육을 받았든 못 받았든 상관없이 우리 모두에게 레닌은 하나의 부호가 되었습니다. 우리 내면 속에서 잠자고 있던 위대한 힘이 이제 깨어났습니다. 러시아의 국가형태는 이미 바뀌기 시작했습니다. 이것은 무엇을 의미할까요? 차리즘에 의해 우리 내면 깊숙이 노예화되었던 힘이 해방되었다는 뜻입니다. 물론 레닌이 새로운 에너지를 만들어낸 것은 아니었습니다. 다만 잠자는 힘을 깨웠던 거지요. 레닌은 사슬에 묶여 있던 그 힘들을 풀어 주었어요. 우리 마르크스주의자들에게 그 위대하신 분은, 그를 낳은 민중들 위에 군림하는 독립적이고 새로운 인물이 아닙니다. 오히려 그분은 의도적으로 민중들의 힘과 욕구, 이 시대 힘과 욕구를 실현시켰습니다. 아무리 인민들이 엉뚱한 소리를 해도 그분은 변함없이 조리있게 말씀하시죠. 그리고 입 밖으로 나오자마자 그 말은 잊힐 수 없는 것이 됩니다. 그대로 하나의 부호가 되는 것입니다.

우리는 세계 모든 나라에 새로운 사회상을 보여 주었습니다. 새롭고 좀더 고차원적인 인간 사회의 유형을 만들어낸 것이죠. 이제 우리와 부르주아 둘 중 하나는 세상에서 사라져야 합니다. 이 두 개의 현실은 그다지 오랫동안 공존할 수 없으니까요. 한 벌집 속의 두 여왕벌처럼 서로 싸우게 되어 있습니다. 마침내 어느 한쪽이 다른 쪽을 잡아먹겠지요."

"누가 잡아먹는 쪽이 될까요?"

"러시아의 어린 꼬마들, 시월단이나 레닌소년단을 보셨죠. 피오네르와 콤소몰을—그 불꽃, 삶, 믿음을—직접 보셨을 겁니다. 그들이 시가행진을 벌이고, 놀거나 일을 하는 모습을, 또 선생님의 질문에 어떻게 대답하는지 보셨잖습니까. 이들 새로운 세대는 틀림없이 부르주아들을 두려움에 떨게 만들 불꽃을 지니고 있습니다. 그 불꽃을 지니고 있을 뿐 아니라, 또 알고 있습니다. 그리고 가장 중요한 사실은 이것입니다. 그들은 이 불꽃이 어디를 향하고 무엇을 불태울 것인지를 알고 있다는 것입니다!"

그 친구는 한동안 조용해졌다. 그는 첫 번째 순교자들이 묻힌 성벽 주변의 무덤들과, 레닌을 보기 위해 끝없이 이어지며 땅 속으로 들어가는 대열을 가만히 바라보았다. 한순간 그의 얼굴은 응축된 교감과 사랑으로 녹아들었다. 그러더니 그는 다시 말을 하기 시작했다.

"다듬지 않은 순수한 수정, 그것이 그분의 머리입니다. 그분은 언제, 어디서, 어떻게, 이 세 가지를 잘 알고 있었고, 그리고 결코 틀리지 않았지요. 그분은 상상을 뛰어넘을 만큼 명쾌하게 사건을 있는 그대로, 더 나쁘게도 더 좋게도 아닌 그대로 볼 수 있었습니다. 그분은 모든 요소를 불러 모았고 수학적인 정확성으로 행동의 고유한 동인을 찾아내셨죠. 혁명이 일어나기 며칠 전에는 조급해하는 동지들과 또 망설이면서 혁명을 연기하려는 동지들에게 이렇게 말씀하셨습니다. '11월 6일에 혁명의 신호를 보내는 것은 너무 이르다. 8일은 너무 늦다. 신호는 11월 7일에 보내야 한다.' 그것이 레닌입니다. 트로츠키가 불꽃, 스탈린이 흙이라면, 레닌은 빛입니다."

젊은 러시아 친구의 말을 들으며, 나는 대초원에서 달려오는 먼 숨결에 귀를 기울이듯 고개를 높이 들었다. 동풍이 내 관자놀이를 향해 세차게 돌진해 타격을 가하고 있었다. 그리고 귓가에는 붉은 군대의 행진처럼 지나가는 알렉산드르 블로크의 섬뜩한 단어로 조합된 무거운 운율이 들려왔다.

너희는 수백만이다. 그러나 우리는 대초원에 있는 수많은 아이들이다. 우리에게 올 테면 와봐라! 그래, 우리는 스키타이인이다. 그래, 우리는 사팔뜨기이며 탐욕스럽게 찢어진 눈을 한 아시아인이다. 수세기가 우리의 것이고, 이 시간은 우리의 것이다! 아, 늙은 유럽이여! 너희 머리를 쥐어짜서 스핑크스의 수수께끼를 풀 새로운 오이디푸스나 찾아보아라! 러시아가 바로 그 스핑크스이다. 고통스럽게 피를 흘리는 러시아가, 늙은 세계 앞에 피와 증오로 가득한 문제를 내나니!

십자가에 못 박힌 러시아

어느 날 나는 공산주의자 모임에 갔다가 유럽인 친구들과 함께 밖으로 나오고 있었다. 우리는 심호흡을 하며 밝은 공기 속으로 걸어 나왔다. 건물 안의 담배 연기가 자욱한 방에서는 노동자들이 열변을 토해 냈다. 과묵하고 고집스러운 농부들은 못이 박힌 주먹을 꼭 쥐고 손가락을 꼬면서 끝없는 연설에 귀를 기울이고 있었다. 똑같은 핵심적인 구절들, 똑같이 옳고 고압적인 교리, 똑같은 단조로움이 사람들의 영혼을 긴장시키고 있었다. 사실 섬세한 지식인들은 그처럼 수없이 거듭되는 진부한 상투어들을 견뎌내지 못한다. 그러나 역사는 그런 연약한 자들에 의해 만들어지는 것이 아니다. 인류는 교양을 뽐내는 것이 아니다. 민중은 단단한 두개골을 가졌다. 따라서 그것을 깨고 싶다면 집요하게, 율동적인 힘으로 두드리고 또 두드려야 한다.

아, 정신이여! 우리를 괴롭히는 유치하고 천박한 문제들을 늘 뛰어넘고 있는 그 정신은, 진저리 한 번 치는 일 없이 매우 경건한 자세로 우리의 몸과 머리를 빚어내고, 우리의 재료가 되는 이 끔찍한 진흙탕에 격동을 일으켜서 그 형체를 만들어내다니! 아름다움과 추함을 모두 아우르는 폭넓은 시각을 가지고 소매를 걷어 올린 채, 대충 깎아 낸 인류 위로 몸을 굽히고 있는 그 정신은 반죽을 하는 노동자이다. 그러나 얼마나 많은 대중들이 계몽될 것인가? 또 얼마나 많은 이들이 자기 개인의 지옥에서 탈출할 것인가? 또 얼마나 많은 이들이 보편적 법칙을 이해하고 기꺼이 그 법칙을 따를 것인가? 말할 것도 없이 보잘것없는 소수이리라. 그렇지만 그들은 모두 함께 위협하고 갈망하고 웃으면서, 영영 자신들을 비추지 않을지도 모르는 빛을 위해 싸우는 전투원이 된다.

내 친구를 돌아보니, 그는 한숨을 쉬고 있었다. 나는 웃으면서 그의 어깨를 눌렀다.

"이봐, 동지. 자네는 꼭 지옥에서 빠져나온 것 같은 얼굴을 하고 있군. 지상 연옥의 달콤한 빛에 아직도 익숙해지지 않은 모양이야. 지나가는 사람들하고 계속 부딪치다니 말일세. 대체 무슨 생각을 하고 있는 겐가?"

"인간들이 지긋지긋해! 그런 생각을 하고 있었어. 이념은 인간을 건드리는 순간 타락하지. 우리 머릿속의 이념은 흠집 하나 없이 빛과 사랑으로 가득한 채 떠오르는데 말이야. 그런데 거리로 내려오자마자 그것은 대중화되고, 화장과 바람기를 뒤집어쓰고 은밀하게 놀면서 배가 되고 자궁이 되어 버리지. 나는 그게 싫다네."

"그럼 그 이념이 어떠했으면 좋겠는가? 자네 머릿속 거미줄 쳐진 방에는 실 잣는 처녀라도 살고 있단 말인가? 자네가 제대로 말했다시피, 이념은 여자 같은 거야. 그녀는 먹어서 배를 불리라고 있는 거야. 그녀의 자궁은 출산을 위해 만들어졌고. 만약 이념이 어느 현명한 이의 머릿속에 그대로 남아 있게 된다면 무얼 이룰 수 있겠는가? 점점 시들어 가다가 기력을 잃고 결국 죽고 말겠지. 아무것도 낳지 못하고 불만에 가득 차서 말이야."

"그렇게 대중화되면서 몸을 파느니 차라리 순결한 채로 죽는 게 나아. 나는 민중들과 함께 살았어. 나한테는 이념이 있었고, 그것을 행동으로 옮기고 싶었어. 실제로 그것을 위해서라면 내게 가장 소중한 것, 나의 자유까지도 포기하기로 결심하고 나 스스로 국가라는 억압적 멍에를 뒤집어썼어. 그리고 3년 동안 어리석고 느려 터지고 망가져 버린 그 기계에 맞서 싸웠지. 나는 할 수 있는 한 최선을 다해 싸웠어. 하지만 점점 실망만 쌓여 갔어. 그리고 점점 투쟁에 대한 믿음, 인간의 가치에 대한 믿음을 잃어 가게 되었지.

수많은 민중들을 구할 수 있었던 조치와 행동들은 너무 천천히, 너무 천천히, 너무 힘들게 움직였고, 그런 탓에 구원받았어야 할 모든 영혼들이 죽어 가고 있었네. 물론 내가 그들을 구원하지 않았어도 그들은 그럭저럭 살아났을 테지. 그런데 지금 그들은 길을 잃었네. 고여 있는 당의 노선 속에서는 어떤 창조적 숨결도 반동적인 것으로 여겨졌지. 그것은 자기 안에 내재해 있던 악마를 흔들었고, 그 악마는 그것에 맞섰어. 악한 자들은 가끔 서로를 미워하다가도, 선한 이들이 자기 앞에 서 있는 거대한 적이라고 여기게 되면 서로 힘을 합쳐 형제처럼 하나가 되었네. 나는 하나의 이념이 내 안에서 태어나는 과정을 지켜보았고, 그것이 자신을 현실화시켜 줄 인간들과 어떻게 접촉하게 되었는지 지켜보았네. 그들이 그 이념을 어떻게 왜곡하고 싸구려로 만들어 버렸는지, 어떻게 그 본질과 목적을 바꿔 버렸는지 아는가? 내 속은 분노와 역겨움으로 들끓어 올랐네.

늦지 않았네. 나는 이런 결론을 내렸어. 그것은 민중의 잘못이 아니라 국가의 잘못이지. 수많은 젊은 친구들이 높고 순수한 이상을 가지고 정력적으로 그 투쟁에 몸을 던졌네. 하지만 그 거대한 기계의 바퀴는 서서히 그들을 깔아뭉개 버렸지. 그들은 결국 타협에 빠지고, 편안해졌고, 타락해 갔어.

굶어 죽을 것 같은 위험을 무릅쓰고, 나는 떠났네. 나도 깨닫지 못하는 사이에 서서히 그 안락한 무리가 되지는 않으려고 말이야. 나는 주장했어. '오늘날의 국가는 커다란 적이다. 국가를 파괴해야 한다!'고 말일세.

그리고 노동자들에게 갔지. 모든 노동자가 아니라 내가 보기에 나처럼 깨어 있는 것 같은 몇 명의, 즉 최고의 노동자들에게로. 그들은 나처럼 빛과 정의, 사랑에 목말라 있었어. 적어도 내 생각에는 그랬다네. 나는 나 자신을 통째로 내던졌지. 그들을 조직하기 위해, 우리의 의무를 좀더 분명하고 의식적으로 만들기 위해, 그들이 작은 열정과 비대한 욕구를 딛고 일어서도록 돕기 위해, 그들이 생각하는 중력의 중심을 배에서 가슴으로 옮겨 놓기 위해……

그러나 다 부질없는 짓이었지. 그들 역시 그들이 지닌 자그마한 인간적 열정 때문에 비난받았네. 그리고 설령 그들이 조직화된다는 데 동의했다고 해도, 그것은 결국 더욱 풍요로운 식탁으로 달려가기 위한 것이었어. 오늘날 부르주아들이 만찬을 여는 그곳으로 달려가기 위해서, 그들도 부르주아처럼 향연을 즐기기 위해서 말이야. 위장과 남근, 자궁에 대한 숭배라네. 마침내 나는 이렇게 자신을 위로했지. '결국 그들 역시 배를 위한 향연을 시작할 것이다. 그들도 똑같은 노래를 부르고, 똑같은 무감각이 그들을 사로잡을 것'이라고 말일세."

"무감각?"

"그래, 너무 많이 먹은 뒤에 찾아오는 무기력처럼 말이야. 그럴 때는 두뇌가 무거워지고 잠이 쏟아지지."

그는 조금 당황한 듯 잠시 입을 다물었다. 그러고는 다시 말을 이었다.

"아니, 자네는 그렇게 생각하지 않나? 대중이 권력을 잡기 전에 먼저 그들이 왜 투쟁하고 있는지 깨우쳐야 한다고 생각하지 않나? 그리고 그들의 궁극적인 목표가 물질적이고 만족스러운 복지가 아니라, 생명의 음식을 정신으로 바꾸는 것임을 이해시켜야 한다고 보지 않는가? 자네가 말하는 이 노동자들은 모두 똑같이 그들의 환상 속에서 김이 오르는 구운 고기와 옷을 벗은 여자들만 계속 보고 있어. 그런 사람들이 세상을 새롭게 바꾸기를 기대한다는 게 말이 되는가?”

“그럼 이건 어떻게 생각하나, 탁월하신 동지?” 나는 모질게 되쏘았다. “세상이 바뀌게 될 것 같은가? 어떤 미끼를 가지고 대중을 자극할 생각인가? 자네는 마음이 너무 여려. 그리고 이념의 순수성에 대해 지나치게 그리스도교적 가치를 부여하고 있네. 차라리 더 이상 민중들을 쳐다보지 말고 수도승의 승복을 입고 금욕주의자가 되게나. 그게 싫다면 책상에 앉아서 체스판의 폰처럼 채워야 할 배도, 남자니 여자니 따질 성(性)도 없는 민중들이 사는 이상적인 사회에 관해 글을 쓰든가. 그리고 그들에게 기하학 문제를 풀라고 목표를 주는 거야. 그러면 될 것을 지금 자네는 여기서, 채워야 할 위장이 있고 음경이나 자궁을 가진 한심하고 가련한 존재들 속에서 뭐하는 건가?

자네가 말한 모든 것들을 대충 생각해 봤지만 나는 그 어떤 것에도 동의하지 않아. 자네는 먼저 대중을 교육시키고, 계몽된 대중이 일어서서 혁명을 위해 싸우기를 바라고 있어. 하지만 언제 다수가 혁명을 시작한 적이 있었나? 언제나 아주 일부분만이, 하나의 이념 또는 열정을 중심으로 조직된 소수의 사람들만이 확실하고 빠른 보상으로 대중을 유혹하면서 가능한 한 많은 이들을 대열에 합류시키는 법이라네. 그들 모두가 광분해서 일어서게 되면 그때부터 싸움이 시작되는 거라네. 처음에는 패배하고, 다시 싸워서 승리하고, 권력을 향해 일어서는 거야. 그들은 자신들의 권력을 굳게 다질 때까지 자유를 짓밟고, 테러를 저지르고, 불의를 행한다네. 그러다가 권력을 잡으면 다시 두려워하기 시작하지. 그들은 반대파를 구분하기는 하지만 그것을 위험하게 여기지는 않네. 이제 자유가 돌아오고—그 이름에 축복 있으라—자유와 함께 아직 규정할 수는 없지만 다음번에 권력을 뒤집어엎게 될 분명한 가능성도 더불어 올 걸세.

사실 피는 언제나 피할 수 없는 개시 의식이었네. 만약 나에게 새로운 이념이 승리를 거둘 수 있는 방법을 선택하라고 한다면, 즉 피와 평화로운 수

단 가운데에서 하나를 고르라고 한다면, 나는 피를 선택할 거야. 그건 내가 피를 좋아해서가 아니라 악에 대해 더욱 폭력적으로 맞설수록, 그 투쟁이 더욱 피투성이가 될수록, 위로 치고 올라가는 그 물결은 더욱 막강해지고 승리가 더욱 확실해지기 때문이라네.

자네도 알겠지만 '신'은—그 어둠의 세력에 그 이름을 붙여 보자고—우리가 순진하게 생각해 온 것과는 달리, 한 가정의 다정한 가장이 아니라네. 신은 잔인해. 개인들에게는 전혀 관심이 없네. 그는 죽이고 태어나게 하고, 다시 죽이고 다시 태어나게 하지. 우리의 미덕이나 욕망 따위는 생각하지도 않고 앞으로 나아가기만 하는 거야. 자네는 그런 방법이 맘에 들지 않겠지? 신이 상냥한 존재이기를, 인간의 얼굴을 하고 하얀 옷에 깨끗한 손을 한 존재이기를, 정의의 저울을 든 현명한 통치자처럼 인간들에게 빵과 두뇌를 골고루 정당하게 나누어 주는 존재이기를 바라겠지. 하지만 신은 우리를 살피지도 않아. 기분이 좋으면 내려와서 아무것이나, 그것이 배든 가슴이든 머리든 마음대로 붙잡고는 인간을 뒤흔들어 반항하게 만들지.

이 신성한 정신이 맨 처음 지상에서 내보이는 것이 혼돈이라네. 시간이 흐르고 열기가 식고 열정이 약해지면 싸우던 세력들은 균형을 이루게 되지. 그리고 새로운 씨앗이 피와 눈물 속에서 솟아난다네. 그 씨앗이 영원한 행복, 평화, 정의일까? 하지만 예나 지금이나 그런 일은 없어. 고맙기도 하지! 다시 불의와 굶주림, 비참함이 나타나는 거야. 새로운 절규가 저 아래에서, 신의 새로운 군대, 새로이 억압받는 자들에게서 들려오게 되지.

정의와 행복은 하나의 휴지(休止)상태라네. 삶의 엄연한 법칙과는 정반대인 상태지. 그것들은 키메라에 불과하지만 대중을 좀더 높은 곳으로 밀어 올리며 한 계단씩 삶을 북돋아주지. 그리고 때때로 불의와 굶주림이 굳어져 가는 사회 질서를 파괴한다네. 그것이 새로운 욕구와 미움, 희망들을 야기하거든. 그것들은 피를 일깨우고 새로운 전망을 창조하지. 그러면 억압받는 자들이 새로운 신화에 사로잡혀서 나서게 되고, 억압하는 자들을 뒤집어엎기 위해 싸우게 되는 거야. 행복과 정의를 가져올 수 있다고 진지하게, 또 순진하게 믿으면서 말이야. 그리고 바로 이때가 인간들에게는 최고의 순간들이네. 물밀듯 밀려드는 순간들이야. 인류는 더 이상 노예 상태의 늪에서 침체되지 않지. 승리와 복지 역시 변화가 없는 것이 아니라네. 인간은 계속해서 위로 솟구치는 거야. 그리고 삶의 모든 것이 인간과 함께 한다네."

내 친구는 버럭 소리를 질렀다.

"그럼 인간이 꼭대기에 올라가면, 그러니까 실컷 먹어서 타락하면, 자네 말처럼 또 다른 대중이 밑에서 튀어 오른다는 건가? 이런 일이 영원히 되풀이된다고? 내 머리로는 도저히 받아들일 수 없어. 내 머리는 끝을 보고 싶어 하는 거야. 거기 멈춰 서서 쉬고 싶어 한단 말일세."

"인간의 불쌍한 정신은 지쳐 가고 있네. 자네 말이 옳아. 그것은 목표를 정하고 거기에 다다르고 싶어 하지. 쉬기 위해서 말이야. 하지만 삶은 끊임없이 움직이는 것이고, 시작도 끝도 없어. 늘 그 바퀴 위에서, 인간의 살과 정신으로 된 바퀴 위에서 돌고 도는 것이라네. 이 법칙을 이미 깨달은 최고의 두뇌들은 겁을 집어먹고 침묵해 버리지. 그러나 나머지 사람들은 바커스 숭배 같은 도취로 삶을 사랑하려 애쓰고, 또 어떤 사람들은 이 무시무시한 삶의 법칙에 맞서서 자신의 마음이나 머리로 만들어 낸 틀에 억지로 꿰어 맞추려고 싸우기도 한다네.

이것이 바로 내가 이해하는 인간의 투쟁이며, 내가 바라본 역사의 순환이라네. 실제로 오늘날 프롤레타리아가 생겨난 것도 그렇게 이해해야 한다고 생각해. 그리고 우리는 러시아에 대해 머리를 조아리며 경의를 나타내야 해. 오늘날 바로 그가 세계의 개척자이기 때문이지. 굶주림과 피 속에서 삶의 질을 높이기 위해 길을 연 주인공이 바로 러시아이기 때문이야.

경외전을 보면 이런 이야기가 있어. 사랑하는 제자 요한이 십자가에 못 박힌 스승 앞에서 울다가 놀라운 환영을 보게 되지. 그런데 그 십자가는 나무가 아니라 빛으로 되어 있는 거야. 그리고 그 십자가에서 한 사람이 아닌 수많은 남자, 여자, 아이들이 신음하면서 죽어 가고 있었어. 요한은 일어섰지만, 그 거대한 십자가 위의 어느 얼굴에 초점을 맞추어야 할지 알 수 없었지. 수많은 얼굴들이 늘 바뀌면서 흘러가고 있었던 거야. 그러면서 그 얼굴들은 서서히 희미해지더니 십자가형을 당한 이들의 어마어마한 절규만 남았지.

요한이 본 그 환영이 오늘날 우리 앞에서 어른거리고 있어. 러시아 전체가, 수많은 남자, 여자, 아이들이 십자가에 못 박혀 고통 받고 있다네. 그들은 차츰 사라지고 있고, 우리의 환영 속에서 그 얼굴들이 희미해지고 있어.

거기서 어떤 특정한 형태를 가려낼 수는 없다네. 그리고 그 수많은 죽음에서 오직 절규만이 남게 될 거야. 하지만 동지, 그로 인해 세계는 다시 구원을 받은 것이네. 그런데 '구원받는다'는 것이 무얼 뜻하는 것일까? 그것은 삶에서 새로운 정당성을 찾는 거지. 낡은 것은 그 의미를 잃어서 인간들의 건축물을 지지할 힘이 없거든. 새로운 구세주가 오는 거야. 다시 말해서, 완벽한 수용체인 동시에 그 시대를 분출하는 자가 올 걸세. 그리고 그는 새로운 환상을 창조한다네. 하지만 그가 창조만 하는 것은 아니야. 그의 마음은 간절한 희망을 가지고 조각조각으로 산산이 흩어진 환상을 한데 모은 다음, 조잡하고 얼굴도 없고 뚜렷하게 나타낼 수도 없는 민중의 욕구들을 간단한 '말씀'으로 구체화시키는 일도 한다네.

그리고 갑자기—갑작스런 일로 보이지만 실은 오래도록 묵묵히 성숙해 왔던 것이야—그 말씀이 다시 살이 되어 지상 위를 행진해 나아가지. 그러면 선구자들은 그를 보고 겁에 질려 버린다네. 예언자들, 다시 말해 시인들, 현인들, 공상가들은 이렇게 외치지. '우리는 절대 살육과 굶주림을 원하지 않았다. 우리가 추구한 것은 정의와 자유, 사랑이었다!'

그들은 인간이 낳은 정의, 자유, 사랑이라는 이 세 딸이 늘 피 속에 발바닥과 발목, 종아리와 무릎까지 담그고 있다는 사실을 절대 깨닫지 못한다네. 결국 그 예언자들은 소리를 지르며 저항하고 규탄하는 거라네. 그러나 정신은, 예언자들보다 뛰어난 정신은 그들에게 거칠게 주먹을 날린다네. 그러고는 예언자들을 뒤에 남겨 둔 채 지구 전체에 동원령을 내리지. 이처럼 정신은 예언자들보다 위대하고, 지도자들보다 위대하며, 러시아보다 위대한 것이라네."

"하지만 자네가 말한 러시아의 이런 절규를 사람들이 알아들을 수 있도록, 명확한 말씀으로 정리하지 못한다면 어떻게 될까? 러시아의 절규뿐 아니라 지구 전체의 절규가 그렇게 된다면? 투쟁하는 것은 단지 러시아만도 아니고 세계의 노동자들만도 아니야. 지구 전체가 출산하는 여인처럼 고통에 신음하고 있어. 그리고 자네가 태어나기를 기다리는 그 아이가 이 모든 투쟁을 허사로 만든다면?"

나는 이렇게 대답했다.

"인간이 산꼭대기에서 무언가를 단호히 열망한다면, 그의 열망은 오히려 아래를 향해 신비스럽게 내려오고, 그 다음에는 도시들을 정복하게 될 걸세. 오늘날 지각 있는 자들, 편안함을 누리는 자들, 뭔가를 끼적거리는 글쟁이들이나 바리사이파 사람들 같은 위선자들은 십자가에 못 박힌 이 나라를 보고 업신여기며 웃고 있다네.

'러시아는 끝났다. 러시아는 사라졌다!'

왜냐하면 이성은 오직 눈에 보이는 것만 믿고, 보이지 않는 순교의 힘을 알아보지 못하기 때문이지. 하지만 그리스도가 말씀하셨듯이, 밀알이 새로운 곡식이 되기 위해서는 먼저 땅 속으로 내려가서 죽어야만 하네. 러시아는 바로 그 씨앗, 하나의 위대한 이념과 같아.

그리고 그날이 올 때까지—물론 그날은 반드시 오고야 말겠지만—'말씀'은 러시아의 절규를 한 군데로 응결시키고, 그 절규는 여러 세대의 인간들에게 파괴할 수 없는 힘으로 작용하게 될 거야. 그리고 결국 시간이 어느 지점에 이르게 되면 그 '말씀'이 현실이 되어 뚜렷하게 드러날 것이네. 동지, 우리 인내와 믿음을 가지고 러시아를 지켜보세."

내 친구는 다시 한 번 비꼬는 듯한 표정으로 나를 바라보았다. 그는 짜증이 난 듯 목소리가 더욱 날카로워져 있었다.

"자네가 공산주의를 이해하는 그 이교도적 방식을 도대체 뭐라고 부르면 되겠나?"

"마음 내키는 대로 부르게나. 자네는 아직도 꼬리표를 붙여야 직성이 풀리겠는가? 어쨌든 이것이 내 가슴이 느끼는 것이고, 또 내 머리를 밝게 하려는 것이라네. 나는 내 가슴과 머리가 가리키는 길을 따라서 행동하고 싶다네. 그러나 질서를 좋아하는 자네처럼 서구인 머리를 만족시키기 위해서 이 이단적 믿음에 이름을 붙이기로 하지. 그것을 '후기 공산주의'라고 부르기로 하세나."

카잔차키스의 생애와 작품

카잔차키스와 그리스인 조르바

크레타시절과 수학기

니코스 카잔차키스(Nikos Kazantzakis)는 1883년 2월 18일, 오스만제국 (터키제국)의 지배를 받던 크레타 섬 이라클리오에서 태어났다. 그는 걸음마를 배우고 말을 익히기 전부터 찬란한 지중해의 햇빛과 거대한 동물처럼 꿈틀거리는 청람빛 바다에 익숙했다.

대장이라고 불렸던 아버지 미할리스는 곡물과 포도주를 취급하는 소규모 무역상이었다. 할아버지는 1878년 혁명(터키에 대항한 반란사건)에 가담하여 학살당했는데, 어린 카잔차키스는 성유에 닦인 채 보관된 칼자국이 난 할아버지의 두개골을 보고 자기 조상이 '피에 굶주린 해적이거나 하느님과 인간을 두려워하지 않는 무사계급의 두령들'이었을 거라고 생각했다. 그런 일을 계기로 어릴 적부터 그는 '영웅이자 성인'이 되기를 바라는 구도자적인 삶을 꿈꾸었다.

카잔차키스는 여섯 살 때 부모와 두 여동생과 함께, 갈수록 심해지는 오스만제국의 압제와 전쟁을 피해 그리스의 피레아스로 이사했다가 다시 낙소스 섬으로 옮겨갔다. 카잔차키스는 그곳에 있는 가톨릭계 프랑스 중학교에 다니며 프랑스어와 이탈리아어를 배웠다.

그 뒤 고향인 이라클리오로 돌아온 카잔차키스는 우수한 성적으로 고등학교를 마치고, 아테네대학 법학부에 입학하였고, 1906년 23살의 나이에 박사과정에 들어갔다. 대학시절부터 글쓰기에 두각을 보이던 카잔차키스는 학부를 졸업한 후에는 아테네에서 발행되는 여러 신문과 잡지에 글을 기고하고, 영어·프랑스어·독일어를 번역하는 일로 생계를 꾸려나갔다.

1907년에는 파리에 유학하여 2년간 철학을 공부했다. 거기서 프랑스 철학자 앙리 베르그송의 이론을 두루 배우고, 독일 철학자 프리드리히 니체의 작품에 용기를 얻는다. 크레타로 돌아온 카잔차키스는 각종 저널에 두 철학자들에 대한 논문과 번역문을 실고, 피터 아이다라는 필명으로 소설과 희곡들을 쓰기 시작했다. 다윈, 니체, 베르그송, 플라톤의 《대화》 등 과학과 철학을 아우르는 고금의 중요한 책들을 그리스어로 번역하여 출판하기도 했다.

정계입문과 세계여행

이 시기에 카잔차키스는 종교적으로 커다란 영향을 받았던 앙겔로스 시켈리아노스와 교류한다. 시켈리아노스는 그리스정교회에 심취해 있던 당시의 유명 시인이었다. 15년간 결혼생활을 이어갔던 첫 번째 아내인 갈라테아를 이때 만나게 된다. 이후 1922년부터 세상을 떠날 때까지 카잔차키스는 평생 고국을 떠나 해외를 떠돌며 살았다. 1926년 첫 번째 아내와 이혼한 뒤, 약 20년 뒤인 1945년에 두 번째 아내인 엘레니 사미우와 재혼했다.

제2차 발칸전쟁이 일어난 1912년에는 북부 그리스 군대에 자원입대하여 1년간 참전했고, 제1차 세계대전이 끝난 1919년에는 오스만제국이 해체됨에 따라 세계 각지에 피신해 있던 그리스 난민들을 본국으로 귀환시키는 국가사업에 참여하면서 정치계에 입문했다. 하지만 정계활동은 오래 지속되지 못했다. 1920년대에 독일에 머무는 동안, 카잔차키스는 자신이 글을 쓰는 이유가 생각을 행동으로 옮기지 못하는 무능력 때문임을 처음으로 인식한다. 그러면서 그리스도교도의 목적론적 신을 대체할, 물질의 정신적 승화를 추구하는 새로운 행동정치 신학을 모색한다.

정치생활을 청산한 뒤 카잔차키스는 세계 곳곳을 방문하며 활발한 집필활동을 했다. 유럽과 지중해에 있는 대부분의 나라들뿐 아니라 러시아·카자흐스탄·우즈베키스탄과 투르크메니스탄을 비롯한 중앙아시아, 그리고 일본·중국 등 동아시아까지 여행하며 창작에 몰두했다. 프랑스어 소설 《암석정원 Le jardin des rochers》(1936)은 일본과 중국에서 돌로 꾸민 정원을 보고 영감을 받아 쓴 소설이다. 크레타 출생의 카잔차키스가 세계의 끝에 있는 동양의 나라에 가서 '범의 형상을 한 15개의 바위'를 응시하는 순간, 인간은 시와 감수성, 사랑과 행복을 초월하여, 무한한 생성 속에 있는 자유로운 심장에 불과하다는 것을 깨달은 결과물이었다.

1차대전과 2차대전 사이에 많은 서유럽 지식인들이 그랬듯이, 카잔차키스 역시 '모스크바 순례'를 떠나고 싶다는 생각을 가지고 있었다. 그것은 '몸부림치는 러시아'를 가까이에서 지켜보고, 세계에서 '최초로 등장한 공산주의 사회'의 목표와 문제, 그동안의 성과 등을 평가해 보고 싶어서였다. 카잔차키스는 소련의 주인들과 동지들로부터 정중한 대접을 받았으며, 러시아에서 돌아온 후에는 출판과 강연을 통해 자신이 받았던 인상을 전달했다. 그 뒤에도 다시 러시아를 찾았고, 그 방대한 땅의 이곳저곳을 두루 돌아다녔다. 또한 대부분의 지식인들과는 다르게 소련 공산주의가 실패한 것이라고 규정하는 사람들과 뜻을 같이하지 않았다. 더구나 마르크스주의와

카잔차키스와 어머니(앉은 이)·두 여동생

소련 공산주의에 대한 자신의 견해를 상당 부분 수정한 뒤에도 정치적 환멸을 나타낸 문학에 참여하지 않았다.

평생을 철학과 종교의 소용돌이 속에서 존재의 균형을 잡고자 했던 카잔차키스는 한때 니체 철학에 심취했다. 그러나 니체를 새롭게 해석하던 중 불교에 자신이 바라던 존재론적 이상향이 있다는 것을 발견한다. 히틀러 나치즘이 온 유럽을 광기로 몰아가던 시절이었다. 신의 부음이 떠도는, 몰락하는 유럽문명의 황혼에 싸여 방황하던 카잔차키스는 니체가 최후의 인간이라 부른 부처에게서 인간을 속박하지 않는 지상의 신을 찾았던 것이다.

"드디어 최종점에 도착했다. 나는 완고함, 비인간적인 사랑, 인간에 대한 경멸, 신앙과 침묵에 대한 승리의 표지를 어렵사리 세웠다. 생일인 오늘, 나는 조용하게 주위에 아무도 거느리지 않고, 내 앞에 녹색으로 얼어붙은 바다를 보고 있다."(1929년 2월 18일)

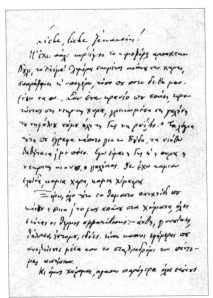

카잔차키스가 엘레니 사미우에게 보낸 연서(첫장)

러시아여행과 사회주의운동

카잔차키스의 불교 연구는 레닌 공산주의 연구로 이어졌다. 혁명가에게 매료된 그의 문학은 자연히 시 정신을 리얼리즘에 결부시키려는 시도로 이어졌다. 그리스인 특유의 몽상적이고 시적인 문체가 그리스인들이 당면한 현실의 이야기 속으로 녹아듦으로써 헬레니즘의 귀환이라 할 만한, 시적인 유연성과 현실성이 독특하게 결합된 작품들이 탄생했다.

카잔차키스는 러시아내전 중이던 1919년, 카프카스 지역에 거주하는 그리스인들의 본국 송환을 돕는 그리스 정부의 특사 자격으로 처음 러시아를 방문했다.

이 여행에서 그는 지울 수 없을 만큼 강렬한 인상을 받았다. 그는 길 위에서도 묻고, 읽고, 노트에 기록하고, 친구에게 편지를 쓰거나 작품의 초고를 쓰는 등 지칠 줄 모르고 일했다. 그러나 무엇보다도 사색적인 예술가로서 그는 파산한 서구문명의 사상과 체제를 대신할 만한 또는 개인의 존재에 의미를 부여할 수 있는 새로운 사상과 체제를 끊임없이 찾고 있었다. 카잔차키스는 러시아가 자신의 복음, 곧 쉬지 않고 새로운 세계를 건설하는 것을 목표로 투쟁하고 도전하는 정신적 복음을 퍼뜨릴 만한 비옥한 토양이라고 생각했다.

러시아혁명에 열광했던 카잔차키스는 정부의 추적을 받으면서도 몇 년간 공산당원으로 활발하게 활동하기도 했으나 1920년대 후반, 3회에 걸친 러시아 여행을 통해 공산주의에 환멸을 느끼게 된다. 그는 러시아 사람이 아니었지만, 러시아 정신에 상당히 강한 친밀감을 보였다. 부분적으로 이것은 그가 러시아정교회의 종교유산에 관해 특별한 인식을 가지고 있었다는 것에 기인하는데, 실제로 카잔차키스 자신도 크레타의 그리스정교회 집안 출신이었다. 여기서 우리가 생각해야 할 일은 비록 카잔차키스가 그리스정교회, 그리고

서재에서 카잔차키스와 아내 엘레니 사미우(1957)
카잔차키스는 3만 3천여 행이 넘는 《오디세이아》를 썼는가 하면, 《신곡》·《파우스트》 등 번역에서도
눈부신 능력을 발휘했다.

　전반적으로 조직화된 종교와 충돌을 빚고 있었던 것은 사실이지만, 그럼에
도 개개인이 가진 종교적 요구를 충분히 인식하고 있었다는 점이다. 그리고
그는 무엇보다도 그리스정교회가 그리스 및 슬라브인들의 성격 형성에 끼쳤
던 영향을 이해하고 있었다는 점이다. 그렇기 때문에 그는 소련의 종교적 상
황을 살펴보려고 애쓰면서, 교회와 종교박물관, 시장 등을 둘러보았다.

　카잔차키스가 새로운 사회주의 시각에서 바라본 종교의 미래는 절망적이
고 어두웠다. 종교는 이제 물러가고, 그 자리를 새로운 공산주의 기도서가
차지하고 있었다. 그러나 결과적으로 볼 때, 그런 결과를 소리 높여 예언했
던 사람들이 모두 다 옳았던 것은 아니었다. 신앙과 종교 행위는 생각했던
것보다 훨씬 더 생명력이 길었으며, 새로운 공산주의 기도서는 예상했던 것
보다 훨씬 더 약점이 많았다. 그렇지만 낡은 방식에 매달리던 모든 종교집단
에게 그즈음 상황이 어려웠던 것은 사실이었다.

　그는 스탈린주의의 등장과 함께 서서히 모습을 갖추어 가던 소련 현실에
대한 자신의 반감을 드러낸다. 그러나 카잔차키스는 아서 케스틀러나 앙드

레 지드처럼 환멸을 나타낸 글에 찬성하지도 않았으며, 이와 비슷한 식의 글을 발표한 적도 없었다. 그의 시각 속에서는 얼핏 비판적인 자세가 엿보일 수도 있겠지만, 대체로 그는 소련 사회를 변화시키려는 노력들에 대해 여전히 공감하고 또 이해하는 편이었다.

러시아여행 관련 작품들

카잔차키스가 소련에서 경험한 것들과, 그 경험에 대한 성찰은 여러 가지 면에서 독특하다. 더욱이 그가 도입한 철학적 관점들로 인해 더욱 강한 특징을 지닌다. 이런 모습들을 살펴볼 수 있는 작품으로는, 러시아혁명에서 영감을 얻고 집필한 장편소설 《토다 라바 *Toda Raba*》(1929)와 카잔차키스의 자전적인 소설 《영혼의 자서전》(1961)이 있다. 이 소설들에는 이러한 주제에 관한 다양한 생각들 및 사람들과의 만남이 포괄적으로 쓰여져 있다. 뿐만 아니라 이 소설들은 20세기의 가장 탐구적인 인물이 작성한, 1920년대 러시아에 대한 가장 뛰어난 보고서이기도 하다. 카잔차키스의 《러시아 여행기》(1928)는 1920년대와 1930년대에 소련을 방문했던 문인들이 남긴 글 가운데 가장 매력적인 작품에 속한다.

그는 서구유럽과 소련의 주요 관리 및 지식인들과 이야기를 나누기도 하며, 거리에서 만난 사람들에게서 의견을 듣기도 한다. 그는 좀더 높은 역사 인식을 향해 그 사회를 밀어 올리려는 소련의 어마어마한 노력에 깊이 감동하고, 1927년 소련의 혁명 10주년 기념행사를 지켜보면서 사실상 무아지경에 빠지기도 한다. 그러나 한편 1927년은 소련에서 '실험적'인 20년대가 사실상 막을 내리고, 아울러 그때까지 누리고 있었던 상당한 유연성이 자취를 감추면서 정치·사회 활동은 물론, 사상적으로도 규격화가 시작되던 해였다. 따라서 무엇보다도 타협을 모르는 사상가이자, 가혹하게 자유를 추구하는 인간이었던 카잔차키스는 이와 같은 새로운 환경에 불편함을 느낀다.

서사시 《오디세이아》

레닌에게 품었던 그의 열정은 이후 오디세우스에게로 향한다. 고뇌에 찬이 모든 관념적, 실천적 여정 뒤에, 그는 결국 자신이 인생의 초반기에 붙들려 있었던 그리스도에게로 돌아가게 된다. 지나왔던 모든 철학적 고뇌의 여

정이 그리스도 안에 열매맺어 있다는 것
을 발견했기 때문이었다.

시인으로서의 카잔차키스는 12년 동
안 심혈을 기울여 총 24권 3만 3333행
의 서사시, 《오디세이아*Odissa*》를 썼다.
호메로스의 《오디세이아*Odysseia*》가 이
타카에서 돌아와 아내에게 구혼한 자들
을 응징한 오디세우스의 이야기였다면,
카잔차키스의 《오디세이아》는 그 이후의
이야기로, 오디세우스가 다시 방랑과 투
쟁의 여행을 떠나 결국 남극에 도착해
죽음을 맞이한다는 이야기이다. 또한 호
메로스의 이야기가 고향을 찾아 나서는
구심적 영혼 이야기라면, 카잔차키스의
이야기는 신을 찾아 방황을 계속하는 원
심적 현대인의 이야기이다.

《그리스인 조르바》 뉴욕판

과거 유산을 파괴하면서 진정한 자유의 의미를 찾는 20세기 인간의 고난
을 그렸다는 점에서, 조이스의 《율리시즈》와 견주어지며 높은 평가를 받고
있다. 방언과 신조어를 많이 썼기 때문에 그리스 지식인에게도 난해한 작품
이라는 점에서도 조이스 작품의 면모와 많이 닮아 있다.

《최후의 유혹》과 《그리스인의 수난》

젊은 시절, 청년 카잔차키스는 옛 수도원이 많이 남아 있던 아토스 산에서
영혼과 육체의 수련을 통한 그리스도와의 영적 교류를 시도했으나 실패한
경험이 있었다. 이러한 경험과 유년기 가톨릭계 중학교에서 받은 교육, 시켈
리아노스와의 친분 등에 영향을 받아 카잔차키스는 참된 구세주와 존재의
의미를 평생 끊임없이 추구했지만, 행동으로써 존재를 실천하는 행동가의
삶과 은둔하여 고행하는 신앙의 삶 사이에서 언제나 갈등했다. 파리 유학 직
전인 1907년, 아테네에서 종교비밀결사인 프리메이슨에 들어갔던 이색적인
경력도 이러한 고뇌의 결과이었다.

그의 말년에 발간된 소설들은 사회에 커다란 파장을 불러일으켰고, 그리스 정부는 그의 소설들을 금지하기도 했다. 그 예로, 19세기 말 크레타 섬에서 가망 없는 반란을 일으킨 그리스인들을 소재로 한 《미할리스 대장》(1953)은 그리스정교회로부터 맹렬한 비난을 받았다. 또한 1955년 그리스에서 출간된 《최후의 유혹》은 십자가에 달린 예수가 죽어 가면서도, 사랑하는 여인과 결혼하여 행복하게 사는 꿈을 꾸는 등 인간으로서의 예수를 그려, 1954년에 로마가톨릭교회로부터 비판을 받고 금서목록에 오르기도 했다. 그때 카잔차키스는 교부 테르툴리아누스의 말을 인용해 자신의 입장을 로마가톨릭교회와 그리스정교회에 발표하고 자유를 쟁취했다. 사실 보기에 따라서는 그리스도를 그만큼 사랑하고 공경하는 마음으로 그려낸 작품도 많지 않다. 이 작품은 마틴 스코세이지 감독에 의해 〈그리스도 최후의 유혹〉(1988)이라는 영화로 만들어져 화제를 모으기도 했다.

또한 카잔차키스는 1948년에 《그리스인의 수난(다시 십자가에 못 박히는 그리스도)》에서 제자에게 배반당한 예수의 고뇌를 현대의 터키 마을 이야기 속에서 부각시키기도 하였다. 이 작품은 터키에서 살던 그리스인과 난민으로 내쫓긴 그리스인의 추한 반목과 대립을 그려내고 있다. 또한 이 작품은 스웨덴어·독일어·영어 등으로 번역되어 출간되었다. 이 작품은 1956년에 줄스 다신에 의해 〈죽어야 하는 자〉라는 영화로 제작되기도 하였다.

《그리스인 조르바》

창백한 관념론자로 머물 것인가, 행동할 것인가라는 선택의 갈림길 앞에서 그는 군인이 되어 전쟁에 참전함으로써 행동의 길을 택했다. 자기철학의 실천적 표현에 있어서는 반대로, 정치 대신 글쓰기를 선택했다. 하지만 명상적인 불교를 떠나 혁명의 불꽃을 일으키는 레닌주의로 시선을 돌렸을 때, 그의 본질은 이미 실천적 행동 쪽으로 기울어졌다고 보아도 무방할 것이다. 그러나 맨 마지막으로 그가 귀의한 곳은 내면 깊이 자리한 그리스도의 고요하고 따스한 품이었다.

이렇게 한평생을 자유와 혁명과 행동하는 삶에 대한 욕망에 이끌렸던 것은, 오히려 카잔차키스 자신의 밑바닥에 짙게 깔린 너무도 고요한 지식과 존재의 안개에 반항하려는 몸부림이었다고도 볼 수 있다. 그런 그였기에, 《그리스인 조르바(원제 : 알렉시스 조르바의 삶과 시간)》(1943)에서 행동과 명상 사이의 갈등이라는 주제를 가장 분명하게 다루어 내고, 그것이 우리에게 불후의 명작으로 남겨질 수 있었던 것이다.

이 소설에서 카잔차키스와 주인공인 서술자 '나'는 모호하게 얽혀 있다. 작가 자신이 말하고 있는 것인지 주인공이 말하고 있는 것인지 알 수 없는 독백이 이어진다. 두서없는 전개, 소설적 객관과 주관을 허무는 진술들은 카잔차키스의 비전을 한꺼번에 불사르고 있는 불꽃 자체를 포착하고 있다. 그런 의미에서, 조르바 주변에서 일어나는 다양한 모험

만년의 카잔차키스(1883~1957)
현대 그리스 소설의 개척자였던 그는 세계적으로도 일급 작가로 평가된다.

이야기들은 곁가지에 불과하다. 결국 카잔차키스가 말하려 하는 것은, '인간은 무엇이며 어디로 가고 있는가'라는 질문이다. 그것은 인간존재의 궁극적 문제를 향해 쏘는 화살, 곧 자기 자신에 대해 위안과 야유의 카타르시스를 동시에 충족코자 하는 필록테테스(Philoctetes)적인 화살이다. 인간정신이 체험할 수 있는 스펙트럼 전체를 자기화하려던 카잔차키스에게 인간의 생애란 대승불교의 바퀴가 돌아가는 도중의 한순간이었으며, 암흑과 암흑을 잇는 작은 여울목에 지나지 않았다. 그 짧은 인생, 인위적인 막간을 이용하여 인간은 마치 풍차 앞을 가로막는 돈키호테처럼 열병에 들떠, 순간을 한없는 시간의 좌표 위에 인위적으로 고정시킬 수 있다고 생각하며 온갖 방어체제를 고안하고 있는 것이다. 그렇게 해서 생겨난 것들이 종교조직, 민족주의, 민주주의 같은 도그마들이라고 카잔차키스는 생각한다.

조르바는 싸움에 거의 진 적이 없는, 그리스신화의 거인 씨름꾼 안타이오스(Antaeus)와 같다. 대지에 몸이 닿으면 그의 정기는 저절로 충전이 되어 힘이 솟는다. 그러나 원시인 같은 순진함, 문명에 때묻지 않은 시력과 청력을 가진 조르바가, 처음부터 속세와 거리를 충분히 유지하며 서유럽의 간악한 지혜에 물들지 않았던 것은 아니다. 오히려 혁명과 전쟁, 그리고 인간의

모든 악에 부딪치고 닳아 떨어지면서 더욱 순수해져 갔던 것이다. 카잔차키스는 이런 조르바 옆에 서유럽 지식인인 '나'를 세워 두었다. 대지에 발을 딛고 살며, 조각을 다듬는 데 거치적거린다고 자신의 손가락을 잘라 버리는 조르바와는 달리, 현대의 지식과 이상으로 가득 찬 '나'는 본능이 마비된 현대인의 불구자 같은 모습을 대조적으로 드러낸다.

카잔차키스 외가의 사람들처럼 양순한 농민들이 수천 년 동안 살아오던 땅에서, 카잔차키스의 할아버지는 터키인의 칼에 맞아 두개골이 파열되었다. 그 땅 크레타를 조르바의 무대로 선택한 것은 순전히 의도적인 것이었다. 크레타는 현대 그리스의 서사시와 서정시의 원천이며, 신화와 상징이 살아 숨쉬는 서양 속의 동양이다. 인간을 광기로 몰아가는, 아프리카에서 불어오는 바람. 난데없이 촉발된 걷잡을 수 없는 폭력의 광기가 홀어미의 목숨을 앗아가기도 하는 크레타 섬의 숙명적인 요소가 조르바의 치열한 삶을 더욱 돋보이게 한다. 무장하지 않고는 살 수 없는 그곳에서 조르바는 허무주의를 이겨내고 크나큰 거목같이 늙는다.

《그리스인 조르바》에 등장하는 나약한 지식인의 모습은 다름 아닌 작가 자신의 표상적 자아의 모습이며, 속 시원한 인생관을 토해 내며 행동하는 힘을 보여주는 조르바는 그의 관념적 자아의 모습이다. 이것은 그리스도 신앙과 조르바의 대결로 나타난 신앙의 변증법이기도 하다. 주인공에게 악기를 주고 떠난 조르바가 카잔차키스의 참된 신은 아니었다. 카잔차키스에게 신이란 행복이나 영광, 안락함에서 창조되는 것이 아니라, 오직 수치와 곤욕, 눈물 속에서 창조되는 초인간적인 것이기 때문이다. 대부분이 만년에 쓰인 카잔차키스의 소설 중에, 《그리스인 조르바》뿐만 아니라 사후에 출간된 《영혼의 자서전》(1961)도 역시 단편적인 자서전이라 할 만하다.

크레타로 다시 돌아오다

카잔차키스는 그리스 작가로서는 드물게 국제적인 명성을 얻었는데, 그것은 카잔차키스가 현대 그리스 문화의 영역을 뛰어넘어, 한 사람의 세계인으로서 인간에게 진정한 자유란 무엇인가라는 주제를 추구했기 때문이다. 톨스토이로부터 전해진 그런 성향은 새로운 종교의 창설이라는 야망으로 이어져, 카잔차키스는 자신의 희곡과 소설 대부분에서 그리스도, 부처, 아시시의 프란체스코 등과 같은 종교인을 다루고 있다.

카잔차키스의 작품세계를 흔히 시가적(詩歌的)이라고 한다. 시가적이라는 말은 매우 애매한 말이다. 하지만 그것을 일상적인 산문성의 차원을 넘어서는 강렬한 정신적 고양의 특성이라 정의할 수 있다면, 카잔차키스의 소설들이야말로 20세기 문학에서도 보기 드문, 시정신이 밝혀놓은 새로운 경지라고 할 수 있다. 한편, 피터 본은 카잔차키스가 현대 구어체 그리스 소설의 개척자가 됨으로써 현대 그리스어 최대의 문학적 문제를 풀었다고 평가했다. 카잔차키스의 공적은 사실주의와 시적 자유가 공존하면서도 거부반응을 일으키지 않고 효과도 서로 상쇄되지 않았다는 사실에 있다.

지병으로 백혈병을 앓았던 카잔차키스는 74세인 1957년 10월 26일 독감으로 독일 프라이부르크 대학병원에서 세상을 떠났다. 관이 아테네로 옮겨졌는데 주교가 고인의 작품들에 대한 평판을 이유로 종교의식을 거부하여, 다시 고향인 이라클리오로 옮겨가는 수모를 겪었다. 결국 10여 일 뒤인 11월 6일, 카잔차키스는 이라클리오 시의회의 만장일치로 주교와 정치 당국자와 그리스 교육부장관의 주관 아래 크레타 섬 이라클리오에 묻혔다. 무덤엔 카잔차키스의 소망에 따라, 다음과 같은 비문이 쓰여 있다.

"아무것도 바라지 않는다. 아무것도 두렵지 않다. 난 자유롭다."

그것은 작품 《토다 라바 *Toda raba*》(1929)에서 그가 인용했던 힌두의 우화에서 다시 인용한 것이었다. 작품 속에서 폭포 쪽으로 밀려가지 않으려고 필사적으로 노를 젓던 위대한 무사는 마침내 노를 걷어 올리고 노래한다. "아, 이 노래가 나의 목숨이게 하소서. 나는 아무것도 바라지 않고, 두려워하는 것도 없소. 나는 자유라오."

세계 문호들은 니코스 카잔차키스를 이렇게 기린다.

카잔차키스야말로 나보다 백번은 더 노벨 문학상을 받았어야 했다. 그의 죽음으로 우리는 가장 위대한 예술가를 잃었다.　　　　　알베르 카뮈

부드럽고 정교하면서도 강하고 극적인 힘을 보여 주는, 의심할 여지 없이 높은 예술적 경지에 도달한 작품이다.　　　　　토마스 만

엄청난 집중력과 흥미진진함 속에서 단숨에 읽고야 말았다. 그의 작품은 격렬하게 요동치면서 마음을 심란하게 만드는 한편, 지극히 인간적이어서 감동을 준다.   마르탱 뒤 가르

카잔차키스는 20세기 가장 위대한 작가 중 하나이다.   존 스타인벡

카잔차키스가 그리스인이라는 것은 비극이다. 이름이 카잔초프스키이고 러시아어로 작품을 썼더라면, 그는 톨스토이, 도스토옙스키와 어깨를 나란히 할 수 있었을 것이다.   콜린 윌슨

무지개처럼 영롱하게 빛을 발하는 상상력, 번뜩이는 역설과 시, 고뇌와 즐거움에 완전히 매료된다.   타임스

그는 불굴의 열정을 지닌 이 시대의 진정한 자유인이었다.

니코스 카잔차키스 연보

1883년	2월 18일 크레타 섬 이라클리오에서 소상인 미할리스와 농부의 딸 마리아의 장남으로 태어남.
1889년(6세)	크레타에서 터키제국 지배에 대항하는 반란이 일어났으나 실패함. 카잔차키스 일가는 그리스의 낙소스 섬으로 피신하여 6개월간 머무름.
1897~98년(14~15세)	크레타에서 두 번째 반란이 일어남. 자치권을 얻는 데 성공함. 프랑스 수도사들이 운영하는 학교에 등록, 여기서 프랑스어 등을 배움.
1902년(19세)	이라클리오에서 중등교육을 마치고 법학을 공부하기 위해 아테네대학에 진학함.
1906년(23세)	소설《뱀과 백합》을 출간하여, 빈곤한 그리스 현대문학이 지적, 미학적, 언어학적 악마를 등에 업고 등장하는 새 작가를 맞았다는 평가를 받음. 아테네대학 법학부 졸업, 박사과정 입학.
1907년(24세)	아테네대학 박사과정 중에 희곡〈먼동이 틀 때〉로 수상. 10월 파리에 유학해 소르본대학에서 그의 정신적 지주가 된 베르그송의 생의 철학을 공부함.
1908년(25세)	니체 작품 읽음. 소설《부서진 영혼 Spasménes psihés》완성.
1909년(26세)	《법철학과 국가철학으로 본 니체》라는 박사논문을 가지고 피렌체, 로마를 거쳐 귀국함. 단막극《코메디》를 발표.
1911년(28세)	첫 번째 아내인 갈라테아와 결혼.
1912년(29세)	베르그송에 대한 논문을 냄. 자원입대하여 발칸전쟁 참전.
1914년(31세)	그리스 시인 앙겔로스 시켈리아노스와 만나 사상적 교류.
1915년(32세)	시켈리아노스와 함께 다시 그리스를 여행함.《오디세이아》,

《그리스도Hristós》, 《니키포로스 포카스Nikifóros Fokás》의 초고를 씀.

1917년 (34세) 《그리스인 조르바》의 모델이 된 요로고스 조르바와 함께 갈탄 채굴 및 벌목사업.

1919년 (36세) 그리스 공공복지부 국장에 임명되고, 러시아내전으로 코카서스 지방에 발이 묶여 볼셰비키에 의해 처형 위기에 처한 15만 그리스인의 구출작전에 참여함. 1927년에 작전이 끝나자 본격적인 창작생활을 시작.

1923년 (40세) 《신의 구세주들》 출간.

1925년 (42세) 《오디세이아》 1~6편을 씀.

1926년 (43세) 갈라테아와 이혼.

1927년 (44세) 특파원 자격으로 이집트와 시나이를 방문함. 《여행기 Taksidévondas》 1권에 실릴 글을 모음.

1928년 (45세) 아테네에서 《러시아 여행기》 2권으로 출간.

1929년 (46세) 흑인의 비애를 자기화한 《토다 라바Toda Raba》를 집필함.

1931년 (48세) 그리스로 돌아와 아이기나에 머무름. 순수어와 민중어를 포괄하는 프랑스-그리스어사전 편찬작업에 착수함.

1936년 (53세) 프랑스어 소설 《암석정원Le Jardin des rochers》 집필.

1937년 (54세) 《스페인 기행》 출간함.

1938년 (55세) 서사시 《오디세이아》 최종원고를 완성, 출판함.

1940년 (57세) 《영국 기행Taksidévondas : Anglia》을 쓰고 청소년들을 위한 전기소설 《알렉산드로스 대왕Megas Aleksandros》, 《크노소스 궁전Sta palatia tis Knosu》을 씀.

1943년 (60세) 《그리스인 조르바(원제 : 알렉시스 조르바의 삶과 시간)》을 발표, 세계적인 명성을 얻게 됨.

1945년 (62세) 2차대전 끝나고 그리스 정무장관에 취임, 각 정당의 반목을 해소하지 못하고 사임. 엘레니 사미우와 재혼.

1946년 (63세) 유네스코의 고전문학 고문에 임명(1948년까지).

1947년 (64세) 파리에서 《그리스인 조르바》를 프랑스어로 출간함.

1948년 (65세) 제자에게 배반당한 예수의 고뇌를 현대의 터키 마을 이야기 속에서 부각시킨 《그리스인의 수난(다시 십자가에 못 박히는 그리스도)》을 써서 스웨덴어·독일어·영어로 번역됨. 1951년 노벨문학상 후보에 오름.

1949년(66세) 그리스 내전을 소재로 한 소설 《전쟁과 신부 *Iaderfofádes*》에 착수함. 희곡 〈쿠로스 Kúros〉와 〈크리스토퍼 콜럼버스 Hristóforos Kolómvos〉를 씀.

1950년(67세) 《미할리스 대장》 집필함.

1951년(68세) 《최후의 유혹》 초고를 완성함.

1953년(70세) 소설 《성 프란체스코》 집필. 《미할리스 대장》이 출간됨. 이 책과 《최후의 유혹》이 신성을 모독했다는 이유로 그리스정교회가 카잔차키스를 맹렬히 비난함.

1954년(71세) 《최후의 유혹》이 로마교황청의 금서목록에 오름.

1955년(72세) 《최후의 유혹》이 마침내 그리스에서 출간됨.

1956년(73세) 슈바이처 박사에게 헌정된 《성 프란체스코》 출간. 작품 《그리스인의 수난》이 줄스 다신에 의해 영화 〈죽어야 하는 자〉라는 제목으로 제작됨.

1957년(74세) 10월 26일 독일 프라이부르크 대학병원에서 아시아 독감으로 운명. 11월 5일 고향인 이라클리오에 안치됨.

1961년 사후 자전적 소설 《영혼의 자서전》 출간됨.

1968년 두 번째 아내인 엘레니 사미우가 쓴 전기 《니코스 카잔차키스》 출간.

1988년 작품 《최후의 유혹》이 마틴 스코세이지 감독에 의해 영화 〈그리스도 최후의 유혹〉이라는 제목으로 제작됨.

박석일(朴錫一)

전남대 사학과를 거쳐 인도 델리대 대학원 사학과를 졸업하다. 한국외국어대학 힌디어 과
장을 지내다. 지은책 《인도사 개설》《인도 사정》 등이 있고 옮긴책 《간디 자서전》《네루 자서
전》 인디라 간디의 《인도의 진로》 크리팔라니 《타고르》 카이사르 《갈리아전기》《내전기》 등
이 있다.

세계문학전집040
Nikos Kazantzakis
ZORBA THE GREEK
그리스인 조르바
니코스 카잔차키스/박석일 옮김
동서문화창업60주년특별출판
1판 1쇄 발행/2016. 9. 9
발행인 고정일
발행처 동서문화사
창업 1956. 12. 12. 등록 16-3799
서울 중구 다산로 12길 6(신당동 4층)
☎ 546-0331~6 Fax. 545-0331
www.dongsuhbook.com
＊
이 책의 출판권은 동서문화사가 소유합니다.
의장권 제호권 편집권은 저작권 법에 의해 보호를 받는 출판물이므로
무단전재와 무단복제를 금합니다.
사업자등록번호 211-87-75330
ISBN 978-89-497-1499-8 04800
ISBN 978-89-497-1459-2 (세트)